1837

OLIVER TWIST

孤雛淚

Charles Dickens　查爾斯・狄更斯

方淑惠、李延輝——譯

目錄

第一章　奥利佛・崔斯特的出生地及誕生情形　9
第二章　奥利佛・崔斯特的成長、教育及膳宿情形　12
第三章　奥利佛・崔斯特差點做了苦差事的經過　22
第四章　奥利佛找到新工作，初入社會　30
第五章　奥利佛認識新同事。第一次參加葬禮便萌生不利於老闆生意的想法　37
第六章　奥利佛被諾亞的嘲諷激得憤而反抗，諾亞大吃一驚　48
第七章　奥利佛繼續反抗　53
第八章　奥利佛徒步走到倫敦。途中遇到一位奇怪的年輕人　60
第九章　有關愉快老先生及其得意門生的其他細節　68
第十章　奥利佛進一步了解新伙伴的品行，付出慘痛的代價學到教訓　74

第十一章　地方法官范先生之二三事，及其執法方式的小實例　79

第十二章　奧利佛受到前所未有的呵護。回頭談到那位愉快的老先生和他的那群年輕朋友　87

第十三章　向聰明讀者介紹幾個新角色，以及他們與本傳記有關的各種趣事　96

第十四章　奧利佛住在布朗洛先生家的後續情況，以及他出外辦事時，格凜維各先生說出有關他的非凡預言　104

第十五章　敘說愉快的猶太老頭與南西小姐有多麼喜歡奧利佛·崔斯特　114

第十六章　奧利佛·崔斯特被南西帶走之後的遭遇　121

第十七章　奧利佛惡運連連，引來一位大人物到倫敦破壞他的名聲　131

第十八章　奧利佛如何跟著那群上進又可敬的朋友度日　140

第十九章　經過討論，一個值得注意的計畫就此成立　148

第二十章　奧利佛被交到比爾·賽克斯先生手中　158

第二十一章　遠征　166

第二十二章　夜盜　172

第二十三章　本伯先生與某位女士的愉快對話，
顯示即使教區執事也可能動情　179
第二十四章　記述一件微不足道的小事　186
第二十五章　回頭說起費金先生及其同伙　192
第二十六章　神祕人物登場；許多與本傳記密不可分的事情發生　199
第二十七章　為前一章唐突拋下某女士的無禮舉動賠罪　211
第二十八章　尋找奧利佛並了解他的遭遇　218
第二十九章　介紹奧利佛求助的這家人　228
第三十章　新訪客對奧利佛的印象　232
第三十一章　情況緊急　238
第三十二章　奧利佛與善心朋友一起展開幸福生活　248
第三十三章　奧利佛及其友人的幸福遭遇突如其來的考驗　256
第三十四章　詳細介紹一位現在才出場的年輕人；
以及奧利佛遭遇的新冒險　264

第三十五章　奧利佛的冒險不了了之；
哈利．梅里與蘿絲展開一場重要的對話　273
第三十六章　本章雖短，單看或許不重要，卻是前一章的續篇，
以及時候到了自然會看到的後續章節伏筆，因此仍是必讀的一章　281
第三十七章　讀者在本章可以看到婚前婚後兩樣情的常見情況　284
第三十八章　本伯夫婦和孟克斯先生夜晚晤談時的遭遇　294
第三十九章　讀者已熟知的可敬人物再次登場，
並說明孟克斯和猶太老頭兩顆精明腦袋如何湊在一塊　304
第四十章　奇特的晤談，上一章的後續發展　318
第四十一章　包含全新的發現，並說明正如禍不單行，
意外之事也會接踵而來　325
第四十二章　奧利佛的舊識展現突出的天才特徵，在首都成為公眾人物　334
第四十三章　本章描述狡猾的機靈鬼惹上麻煩的過程　345
第四十四章　到了履行對蘿絲．梅里承諾的時刻，南西卻失約了　356

第四十五章　費金利用諾亞·克雷波爾執行祕密任務　363
第四十六章　赴約　367
第四十七章　致命的後果　377
第四十八章　賽克斯逃亡　385
第四十九章　孟克斯和布朗洛先生終於會面。
本章提及他們的對話，以及打斷兩人談話的消息　394
第五十章　追捕與逃脫　404
第五十一章　本章解開多個謎團，並談成一樁隻字不提聘金嫁禮的婚事　415
第五十二章　費金人生中的最後一夜　428
第五十三章　尾聲　437

第一章
奧利佛・崔斯特的出生地及誕生情形

在某個城鎮（基於各種考量，該城鎮名還是不提的好，在此也不編造假名）的公共建築物之中，有個多數大小城鎮自古以來便十分常見的機構：濟貧院；本章標題提及的那個小娃兒便是在這間濟貧院出生，至於確切的日期在此不必贅述，因為就現階段而言，這點對讀者而言根本無關緊要。

這個娃兒由教區外科醫師接生，來到充滿悲傷與麻煩的世界後，一直讓人極度懷疑這孩子究竟能否冠上名字、存活下來；以他的情形而言，這本傳記很可能難以問世，又或者即使真的問世，也只有寥寥數頁；不過這本傳記有一項極其珍貴的價值，就是成為古今中外最簡明而又忠實的傳記。

雖然出生在濟貧院不能說是人生中最幸運、最讓人欽羨的事情，但就奧利佛・崔斯特的情況而言，或許是他人生最好的際遇。事實上，就連要讓奧利佛呼吸都十分困難——呼吸是一件麻煩的事情，但習慣已經讓這件事成為人類生存的必要條件；奧利佛躺在一張塞滿棉絮毛屑的小床墊上喘息已經有好一會兒，在今生與來世之間搖擺不定，而且顯然傾向於後者。此時此刻，如果在這短暫的時間裡，奧利佛的身邊圍繞著細心的阿嬤、緊張的阿姨、經驗豐富的護士和學識淵博的醫師，想必他早就沒命了。但如今他身邊只有一位貧窮老嫗，而且這名婦人已經灌了不少得來不易的啤酒，喝得醉醺醺的，此外還有一位依規定前來接生的教區外科醫生。奧利佛與死神奮戰搏鬥，最後經過幾番掙扎，他的呼吸終於平穩下來，打了個噴嚏，然後這個在遠超過三分十五秒的時間裡始終一聲不吭的男嬰，以可以合理預期的響亮哭聲向濟貧院的收容人宣告，這個教區又多了一個負擔。

就在奧利佛證明自己的肺部功能運作正常後，隨意鋪在鐵床架上、打滿補丁的床單上傳來一陣窸窣聲；一名臉色蒼白的年輕女子從枕頭上虛弱地抬起頭，以微弱的聲音斷斷續續地說：「讓我看一眼孩子再死。」

醫師原本面對火爐坐著，時而烤火暖手，時而搓搓掌心，聽到少婦說話，便起身走向床頭，以出乎意料的和善語氣說：

「還不到講這種話的地步。」

「上帝保佑這個可憐人吧，她還不能死啊！」那名護士插嘴說道，匆匆將一個綠色玻璃瓶塞進口袋，瓶子裡的東西她已經躲在角落嘗過，顯然十分滿意。

「上帝保佑這個可憐人吧，等她活到我這把歲數啊，醫生，生了十三個孩子，結果只有兩個活下來跟著我一起住在濟貧院，到時候她才會更明白，保佑這個可憐人啊！想想當媽是怎麼一回事吧，妳還有個可愛的小嬰兒要照顧呢。」

這一番描繪母親的未來的安慰話，顯然沒有發揮應有的作用。這名患者搖搖頭，朝嬰兒伸出手。

醫師將嬰兒放進她懷裡。她用冰涼慘白的雙唇愛憐地親著嬰兒的額頭，然後雙手抹了抹臉，瘋狂地環顧四周，接著打了個冷顫便往後一倒——從此與世長辭。他們按摩她的胸口、雙手和太陽穴，但她體內的血液再也不會流動了。他們替她祈求希望與安慰，兩者都是她睽違已久的感受。

「她走了，牟太太[1]！」最後，醫師說道。

「唉，可憐哪，真的走了！」護士說道，撿起她彎腰抱孩子時掉在枕頭上的綠瓶子瓶塞。「可憐哪！」

「護士，如果孩子哭了，儘管派人來叫我，」醫生說完，慢條斯理地戴上手套。「這孩子很可能**會**很難帶。如果他哭鬧，就給他喝點粥。」他戴上帽子朝門口走去，途中又在床邊停下腳步，補了一句：「她也長得很漂亮，是哪裡人？」

「昨晚才送來這兒的，」老婦人回道：「是長官的命令。有人發現她倒在街上，好像走了很遠的路，鞋子都磨破了，可是沒人知道她從哪裡來、要往哪裡去。」

醫師靠向死者拉起她的左手，搖搖頭說：「又是這樣，沒戴婚戒，我懂了。唉，晚安！」

醫生出去用餐；護士則又拿出綠瓶子喝了幾口，坐在爐火前的一張矮椅子上，開始幫嬰兒穿衣服。

小奧利佛・崔斯特真是顯示衣著力量的最佳範例！他原本身上只包著一條毯子，分不出是名門之後還是乞丐之子，即使是最傲慢的外人，也難以斷定他真正的社會地位。但如今他裹在許多人穿過的泛黃陳舊棉布袍裡，就等於被標上記號、貼上標籤，從此確立了他的身分——教區的孩子、濟貧院的孤兒、吃不飽餓不死的卑微苦力，在世上注定要飽受挫折磨難，被人人輕賤且無人憐惜。

奧利佛發出洪亮的哭聲。如果他知道自己是個孤兒，將來的一切全得仰賴教區委員和濟貧院長官大發慈悲，或許他會哭得更大聲。

1 Mrs. Thingummy，thingummy有某物或某人之意，用以稱呼一時想不起名稱的人或物，因此譯文中取諧音「牟太太」。

第二章 奧利佛・崔斯特的成長、教育及膳宿情形

接下來的八至十個月，奧利佛徹底成了背信和欺騙行為的受害者。他是用奶瓶養大的。濟貧院當局將這名孤兒飢貧交迫的困境如實呈報給教區當局。教區當局以威嚴的態度詢問濟貧院當局，「院內」難道沒有女收容人能為奧利佛・崔斯特提供他所需的照顧及營養。濟貧院當局謙卑地回答：確實沒有。教區當局於是寬宏而慈悲地決定，應該將奧利佛送去「寄養」，也就是送到大約五公里外的分院，院內有二、三十名不符濟貧法的年幼收容人，成天滿地打滾，沒有吃太飽或穿太暖的煩惱。院內有一名老婦人承擔起家長的責任，看管每個小毛頭每週可換取七便士半分的報酬。每週七便士半分已經足以讓一個孩子吃得極為豐盛，可以買到很多東西，足以讓孩子吃撐了肚子，甚至飽到不舒服。這名老婦人精明老練，她知道怎麼帶孩子，也深知怎麼做對自己有利。因此她將每週津貼的絕大部分挪作私用，而用在教區下一代身上的錢，則比原本規定的短少了許多。她藉此實踐了精益求精的哲理，證明自己是個十分偉大的實驗哲學家。

大家都知道另一位實驗哲學家的故事，這個人有一套馬兒不吃草也能跑得好的大道理，並徹底實踐他的理論，每天只餵他的馬吃一根草，如果這匹馬不是在餓了二十四小時、準備享用第一頓美味的空氣飼料大餐前一命嗚呼，想必會成為不吃糧草也極為活潑而神采奕奕的神駒。不幸的是，負責照顧奧利佛・崔斯特的那名婦人也信奉這種實驗哲學，而她的做法往往也造成類似的結果；每當孩子勉強靠著極微薄而劣質的糧食存活下來，就有八成五的機率一定會出事，像是因飢寒交迫而生病、失足跌進火坑或差點意外悶死等；只要發生上述事情，可憐的小生命通常就會蒙主寵召，到另一個世界和他今生無緣見面的祖先團聚。

偶爾會有格外引人注意的官司案，審理教區孤兒意外死亡的案件，例如在翻床架時一不留神將孩子壓死，或是在洗澡時不小心將孩子燙死——不過後者發生的機率微乎其微，因為寄養院裡的孩子梳洗的次數屈指可數——此時陪審團會提出難以回答的問題，或是教區居民會群起反抗，聯名簽署抗議書。不過這些異議很快便會被醫師的證據及教區執事的證詞壓下；醫師照例解剖遺體後，會發現體內空空如也（確實極有可能），而教區執事總是依教區所願宣誓作證，證詞洋溢著自我犧牲的精神。除此之外，委員會也會定期訪視寄養院，但總是在前一天派教區執事先去通報。因此委員來訪時，孩子們總是打扮得整齊乾淨給他們看，已做到這個地步，夫復何求！

這個寄養體系不可能培養出超凡或豐碩的成果。奧利佛．崔斯特滿九歲時仍是個蒼白瘦弱的孩子，不但個頭矮，身材也很瘦小，但他有堅毅的精神，可能是天生也可能是遺傳。而這種精神還有很大的發展空間，這都要歸功於這個機構的伙食只能勉強餬口；或許正因如此他才能活到第九個年頭。無論如何，這一天是他的九歲生日，而他慶生的地點就在地下煤窖，還有兩名年輕人陪同，他們三個罪大惡極的傢伙膽敢喊餓，因此被扎扎實實打了一頓之後關在這裡。就在此時，寄養院的女主人曼恩太太被突然來訪的教區執事本伯先生[2]嚇了一跳，正努力打開庭院大門上的小門。

「天哪！是您嗎，本伯先生？」曼恩太太邊說邊將頭伸出窗外，露出十分虛偽的喜悅神情。「（蘇珊，帶奧利佛和這兩個小鬼上樓，直接帶他們去洗乾淨。）——真是高興啊！本伯先生，看到您真開心，是真——的！」

本伯先生是個急躁的胖子，因此他並未以同樣親切的態度回應這個熱烈的招呼，而是用力搖晃這道小

2 Mr. Bumble，bumble有笨拙、壞事的意思，也影射這個角色的為人。

門，然後朝門上踹了一腳；除了教區執事，也沒有人會踹這麼一腳。

「唉呀，瞧瞧，」曼恩太太邊說邊跑出來——此時那三個男孩已經被人帶往別處——「瞧我這記性！居然忘了門從裡頭閂上了，都是因為忙那些乖孩子的事忙忘了！請進，請進，本伯先生，勞您的駕。」

雖然這伴隨著屈膝禮的邀請可能軟化教區委員的心，但並未平息教區執事的怒意。

本伯先生緊握著手杖質問：「曼恩太太，教區長官來這裡處理教區孤兒的相關事務，妳卻讓他們在庭院大門外等，這種行為妳覺得恭敬或合宜嗎？曼恩太太，容我說一句，妳知道自己是教區的委任代表，是領薪水的嗎？」

「本伯先生，我只是在告訴那一、兩個乖孩子您來了，他們很喜歡您，是真的，」曼恩太太十分恭謹地回答。

本伯先生一向認為自己辯才無礙、地位顯赫，現在既然已經展現口才，也證明了自己的重要性，態度便開始軟化。

「好啦、好啦，曼恩太太，」他以較平靜的語調回答：「就當妳說的是真話吧，或許是這樣。帶路吧，曼恩太太，我是來辦正事的，有話要說。」

曼恩太太帶著教區執事走進一間鋪著地磚的小會客室請他坐下，再殷勤地將他的三角帽及手杖放在他面前的茶几上。這一趟路讓本伯先生的額上沁出汗水，他一面擦拭汗珠一面得意地看著帽子，臉上露出笑容。沒錯，他笑了。教區執事畢竟也是人：本伯先生笑了。

「我接下來要說的話，您聽了可別生氣，」曼恩太太以迷人甜美的語氣說道：「要不是您大老遠跑這一趟，我也不會這樣問。您要不要喝點什麼，本伯先生？」

「不用了，我一滴都不喝，」本伯先生說，以威嚴又不失冷靜的態度揮了揮右手。

「我想您還是喝吧，」曼恩太太說，留意到執事拒絕時的語氣和伴隨的手勢。「喝一點就好，加一點冷水、放一塊糖。」

本伯先生咳了一聲。

「好啦，就喝一點，」曼恩太太用說服的語氣說。

「是什麼酒？」教區執事問道。

「唉呀，本伯先生，還不就是院裡該準備的一點東西，在那些上帝保佑的孩子們生病時，加在他們的藥水裡，」曼恩太太回道，打開角落的櫥櫃拿出一瓶酒和杯子。「是琴酒，不騙你，本伯先生，真的是琴酒。」

「妳給孩子們喝藥水嗎，曼恩太太？」本伯問道，興味盎然地緊盯著調酒的過程。

「對啊，願主保佑他們，這些可愛的孩子，」這位保母回答道：「你也知道，我不忍心眼看著他們受苦。」

「是啊，」本伯先生贊同道：「是啊，妳確實會不忍心。妳是個慈悲的女人，曼恩太太。」（她將酒杯放在他面前。）「我會盡快向委員會提起這件事，曼恩太太。」（他將酒杯挪近。）「妳就像他們的母親，曼恩太太。」（他將加了水的琴酒攪勻。）「那就──衷心祝妳身體健康，曼恩太太，」說完一口氣喝掉半杯。

「言歸正傳，」教區執事說，掏出皮夾。「那個受洗禮才做一半的孩子，奧利佛．崔斯特，今天滿九歲了吧。」

「願主保佑他！」曼恩太太插嘴說，用圍裙的一角擦了擦左眼。

「雖然提供了十英鎊賞金，後來又增加到二十英鎊，這個教區已經盡了最大的努力，甚至做到了超乎尋常的地步，」本伯說道：「可是還是沒辦法找到他的父親，也沒查出他母親的住所、姓名或相關資料。」

曼恩太太驚訝地舉起雙手，想了想又說道：「那他的名字是誰取的？」

教區執事得意洋洋地坐挺了身子說道：「是我取的。」

「是您啊，本伯先生！」

「正是在下，曼恩太太。我們依字母順序給這些寶貝命名。上一個是S——史瓦寶，是我取的。這一個是T——崔斯特，也是我替他取的。下一個就是恩文，再下一個是威爾金。我已經想好所有名字，取到最後一個字母了，等到了Z之後，就從頭再輪一遍。」

「哇，您真是個大文豪！」曼恩太太說。

「好啦、好啦，」教區執事說道，這一番恭維顯然讓他心花怒放。「或許是吧，或許我真的是個文豪，曼恩太太。」他喝完杯子裡的兌水琴酒，接著說：「奧利佛現在年紀太大，不能再待在這裡了，委員會決定讓他回到濟貧院。我親自來接他過去，所以妳現在就叫他過來。」

「我親自去帶他過來，」曼恩太太說完便走出會客室去找奧利佛。此時奧利佛已經在一次清洗中盡可能刷掉臉上及手上的一層汙垢，由這位慈愛的女監護人帶進會客室裡。

「奧利佛，向這位先生鞠躬敬禮，」曼恩太太說。

奧利佛鞠了個躬，半對著坐在椅子上的教區執事，半對著桌上的三角帽敬禮。

「奧利佛，你想不想跟我走？」本伯先生以威嚴的語氣說道。

奧利佛正要說他十分樂意跟任何人離開這裡，一抬眼卻看到曼恩太太站在教區執事的椅子後，鐵青著一張臉朝他揮舞拳頭。他馬上明白她的暗示，因為這副拳頭太常往他身上招呼，早已在他的心裡留下深刻的記憶。

「她也跟我一起去嗎？」可憐的奧利佛問道。

「不會，她不會去，」本伯先生回答：「但她可以偶爾來看看你。」

對這個孩子而言，這番話並沒有多大的安慰作用，但年幼的他已經懂得佯裝捨不得走的樣子。要這個男孩擠出幾滴眼淚也並非難事。飢餓和最近所受的虐待是催淚的絕佳助力，奧利佛也的確哭得很自然。曼恩太太不停擁抱奧利佛，還給了他十分需要的東西，也就是一塊麵包和奶油，以免他到了濟貧院露出一臉飢餓相。奧利佛手裡拿著這片麵包，頭上戴著教區的褐色小無邊帽，在本伯先生的帶領下離開了這個悲慘的寄養院，這裡從來沒有人對他說過一句好話或給他好臉色看，為他憂鬱的幼年時期帶來一絲光明。然而就在寄養院大門在他身後關上時，他卻突然孩子氣地覺得難過不已。他即將告別的那些可憐小同伴雖然討人厭，卻是他僅有的朋友；這個孩子的心裡首度萌生孤身進入大千世界的孤獨感。

本伯先生邁開大步向前走，小奧利佛緊抓著他的金邊袖口小跑步跟在他身邊，每前進四百公尺就問一句「是不是快到了」。本伯先生對他的問題一律給予簡短暴躁的回答；兌水琴酒暫時喚醒的溫柔此時早已消失，他又變回教區執事。

奧利佛一到濟貧院，本伯先生便將他交給一名老婦人照顧，他在院內還待不到十五分鐘，剛吃完第二片麵包，本伯先生便回來了；他告訴奧利佛今晚委員會正好要開會，要他立刻向委員報到。

奧利佛聽完這番話十分吃驚，他並不十分清楚木板[3]怎麼會有生命，也不確定究竟該笑還是該哭。但他還來不及思考這件事，本伯先生便用手杖在他頭上敲了一記讓他回過神來，又在他背上打了一下要他振作起來；他囑咐奧利佛跟著他走，帶他進入一間刷白的大房間，裡頭有八名或十名身材臃腫的紳士圍著圓桌而坐。桌首的那位紳士坐在比其他椅子更高的扶手椅上，他的身材特別胖，有一張非常圓潤的紅臉。

「向委員們鞠躬敬禮，」本伯先生說道。奧利佛擦掉在眼眶裡打轉的兩、三滴淚水，房裡只有一張桌

3 委員會的英文是board，但這個字也有木板的意思。由於奧利佛從來沒見過委員會，因此直覺想成木板。

子卻沒看到木板，幸好他還懂得向那張桌子敬禮。

「孩子，你叫什麼名字？」坐在高椅上的紳士說道。

奧利佛看到在場有這麼多位紳士便嚇得全身發抖，而教區執事又從背後打了他一下，害他哭了起來。這兩個原因導致他以極小的聲音結結巴巴地回答，一名穿白色背心的男士因此斷言奧利佛是個笨蛋，而他通常都是藉此提振精神、放鬆心情。

「孩子，」坐在高椅上的男士說道：「聽我說，我想你應該知道自己是孤兒吧？」

「先生，孤兒是什麼意思？」可憐的奧利佛問道。

「這孩子**一定**是個傻瓜——我覺得他早就傻了，」穿白色背心的男士說道。

「別吵！」最先開口的那名男士說道：「你知道自己無父無母，是由教區養大的，對吧？」

「是的，先生，」奧利佛回答，傷心地哭了起來。

「你哭什麼？」穿白色背心的男士問道，認定這是極為特殊的情況，這孩子有什麼好哭的？

「希望你每天晚上都有禱告，」另一名男士厲聲說：「像個基督徒一樣，為那些供你糧食、照顧你的人祈禱。」

「是，先生，」奧利佛結結巴巴地說。最後發言的那名男士意外說對了。如果奧利佛真的曾為那些給他糧食、照顧他的人禱告，他一定會像個基督徒，而且是極虔誠的基督徒。但他根本從未禱告過，因為沒人教過他。

「很好！你來這裡是要接受教育，學習有用的手藝，」坐在高椅上的紅臉男士說。

「那你就從明天早上六點開始拆舊麻繩[4]，」穿白色背心的傲慢男士補了一句。

為了答謝他們以拆舊麻繩這個簡單程序結合教育和學藝這兩項善舉，奧利佛在教區執事的指示下向他們深深一鞠躬，接著便被匆匆帶往一間大宿舍，躺在一張粗糙的硬床上啜泣到睡著為止。這真是英國仁慈法律的全新寫照，居然肯讓貧民睡覺！

可憐的奧利佛！他怎麼也沒想，就在他沉沉睡去，對周遭一無所知之際，委員會已經在當天做出一項決定，對他未來的命運產生極為重大的影響。他們的決定如下：

委員會的成員個個都是極為賢明、有深度、有智慧的人士，因此他們一關注濟貧院，便立即發現常人絕不會察覺的情況——那就是窮人很喜歡濟貧院！這裡是貧民常去的公共娛樂場所，是不必花錢的客棧，全年都有公家提供的早、午、晚餐及下午茶，是一座由磚頭和灰泥砌成的樂園，在這裡可以成天玩樂不必工作。「啊哈！」看似洞察一切的委員說道：「要整治這股歪風得靠我們了。我們會馬上制止這種行為。」因此他們訂立了規定，所有貧民應該有所選擇（因為委員不會強迫人，他們不做這種事），是要在濟貧院裡慢慢餓死，還是在院外痛快了斷。他們根據這項原則，與供水廠簽定無限制供水合約，並與糧商協議定期供應少量燕麥，一天三餐只發薄粥，一週發兩顆洋蔥，週日發半條麵包。他們還針對女性制定了其他許多明智又有人情味的規定，在此毋須一一贅述；並好心拆散已婚的貧民，替他們省下在倫敦民法博士院[5]訴請離婚的高額費用；也不再強迫男性像以往一樣養家活口，而是直接將他們的家人帶走，讓他們變成單身漢！最後這兩條規定如果不是與濟貧院配套，社會各階層不知道會有多少人申請救濟，幸好這些委員都有先見之明，早已做好準備應付這道難題，讓救濟與濟貧院和薄粥密不可分，藉此嚇跑大家。

奧利佛．崔斯特轉回濟貧院的頭六個月，這套制度已經全面實施。起初開銷驚人，主要是因為喪葬費用大增，加上院內的貧民吃了一、兩週的薄粥後身形消瘦許多，衣服穿在身上太過寬鬆，因此必須改小。

4 當時以麻絮來塞船的縫隙。拆舊麻繩的工作大多由濟貧院裡的兒童及女人負責。

5 Doctors' Commons是英國早期處理遺囑、結婚、離婚等民事案件的機構。

但濟貧院收容人的人數及貧民的數量確實都因此減少，委員會因而欣喜不已。

男孩們用餐的地方是一間石造大堂，食堂的一側放著一口大鍋：每到用餐時間，院長就會穿上圍裙站在鍋邊，在一、兩名婦人的協助下分發薄粥給大家。在這種歡宴般的場合，每個男孩都有一碗粥，僅此而已——只有在普天同慶的日子，才會加發二又四分之一盎司[6]的麵包。

這些碗根本不必洗，因為男孩們會用湯匙將碗刮得乾乾淨淨，在這個過程中（湯匙幾乎和碗一樣大，因此花不了多久的時間），他們會坐在位子上以渴望的眼神盯著大鍋，彷彿連墊鍋子的磚塊都要吞下去，同時努力吸吮手指，絕不放過任何一滴不小心灑出來的湯汁。男孩的胃口通常很好。奧利佛．崔斯特和他的同伴已經忍受飢餓的折磨長達三個月：最後他們因為飢餓而變得凶狠瘋狂，其中一名男孩長得比一般同齡孩子高，又從來沒吃過這種苦（因為他的父親原本開了一家小飯館），他惡狠狠地暗示其他同伴每天要讓他多喝一碗粥，否則他說不定哪天晚上就把睡在他旁邊的人給吃了，而睡在他隔壁的正好是一個年幼弱小的男孩。他的眼神瘋狂而飢渴，大家對他說的話沒有絲毫懷疑。經過一番討論，他們決定以抽籤的方式推派代表，在當天晚餐後上前向院長多討一些粥，而這項重責大任就落在奧利佛．崔斯特的肩上。

當天傍晚，男孩們就坐。院長穿著他的廚師服站在大鍋邊，他的貧民助手則站在他身後；薄粥一一分發下去，冗長的飯前禱告配上少得可憐的共餐食物。薄粥很快就一掃而空，男孩們交頭接耳，拚命朝奧利佛眨眼示意，坐在他身邊的人也不停用手肘推他。他雖然只是個孩子，卻因為飢餓甘願鋌而走險，因苦難而變得不顧後果。奧利佛站起來走向院長，手裡捧著粥碗和湯匙，對自己的莽撞多少覺得緊張，開口說道：

「先生，再多給我一點粥吧，求求您。」

院長是個肥胖而健康的男子，此時他的臉色卻十分蒼白。他震驚地僵住，盯著這個造反的小傢伙看了好幾秒，然後扶住大鍋以免腳軟跌倒。他的助手也驚訝地僵在原地，男孩們則是嚇得不敢動彈。

「你說什麼！」院長終於開口，以微弱的聲音說道。

「求求您，」奧利佛回答：「再給我一些粥吧。」

院長用湯勺往奧利佛的頭上敲了一記，再以手臂箝住他，大聲叫教區執事過來。

委員會正嚴肅地商討事情，本伯先生慌張地衝進會議室，向坐在高椅上的那名男士報告：

「林姆金斯先生，抱歉打擾您了！奧利佛．崔斯特說他還要更多粥！」

在場所有人都吃了一驚，露出驚恐的表情。

「還要**更多**！」林姆金斯先生說：「本伯，冷靜一點，好好回答我的問題。你是說他吃完分配的晚餐之後，還要吃更多嗎？」

「是的，長官，」本伯回答。

「那孩子將來一定會被吊死，」穿白色背心的男士說道：「我敢打包票，那孩子將來一定會被吊死。」

沒人反駁這名男士的預言。大家激動地討論之後，決定馬上將奧利佛拘禁起來；隔天早上濟貧院大門外貼了一張公告，凡願意替教區收養奧利佛．崔斯特者，可得賞金五英鎊。換句話說，任何男女不論技藝、行業或職業為何，都可以收奧利佛．崔斯特為學徒，並獲得五英鎊賞金。

「我這輩子從來沒這麼肯定，」隔天早上穿白色背心的男士一面敲門一面看著這張告示說道：「我這輩子從來沒這麼肯定，這孩子將來一定會被吊死。」

究竟穿白色背心男士的預言是否成真，筆者打算在後文揭曉，如果現在就透露奧利佛．崔斯特的下場是否真的如此淒慘，恐怕會破壞這個故事的趣味（假設這個故事真有趣味可言）。

6 大約六十公克。

第三章
奧利佛·崔斯特差點做了苦差事的經過

奧利佛犯下要粥的滔天大罪後，便被當成要犯關在黑暗的獨囚室裡長達一週，這都是委員會聰明而仁慈的決定。起初似乎可以合理推定，如果他對白色背心男士的預言有合理的尊重之意，應該會將白手帕的一端綁在牆壁的鉤子上，再將自己吊在手帕的另一端，讓這位賢者從此建立未卜先知的名聲。但要達成這項壯舉必須先克服一個障礙：那就是經委員會開會討論、鄭重簽名蓋章並發布明令後，手帕這種奢侈品已就此從貧民的鼻子底下消失了。此外，對年幼無知的奧利佛而言還有另一個更大的障礙，就是他白天只會痛哭不已，等到漫長而陰鬱的夜晚降臨，他便用兩隻小手遮住眼睛將黑暗阻擋在外，蜷縮在角落努力讓自己睡著，但不久後又會驚醒顫抖，不停貼向牆壁，似乎想在一片黑暗寂寞之中，將冰冷堅硬的牆面當成一種保護。

反對「該體制」的人千萬別以為，奧利佛在獨囚期間無法享受運動的效益、社交的歡樂或宗教的慰藉。在運動方面，當時正值酷寒隆冬，他卻可以每天早上在石砌庭院裡的幫浦下洗澡，整個過程由本伯先生監督，為了防止奧利佛感冒並給他全身熱辣辣的感覺，他還會不斷用手杖打他。在社交方面，每隔一天他就會被帶到男孩們用餐的食堂當眾鞭笞，以儆效尤。而為了避免剝奪他享有宗教慰藉的權利，每天晚上他都在晚禱時間被關進同一個房間，可以在這裡傾聽全體男孩的禱告以慰心靈，委員會還會在禱告詞中特別加上一條，要大家當個良善、正直、知足和順從的人，不要犯下奧利佛·崔斯特所犯的罪過。禱告詞中明白指出，奧利佛受到邪惡力量的特別保護，是惡魔親手製造的產物。

奧利佛就這樣接受這種幸運又舒適的待遇：某天早上煙囪打掃工人甘菲德先生在前往大街的途中，腦中反覆思索要如何支付遲繳的房租，因為他的房東已經催得很緊了。就算甘菲德先生算得再精，也湊不出所需的整整五英鎊，他因此陷入某種算術難題，急得不知如何是好，不停用棍子輪番打自己的腦袋和他的驢子，此時他正好經過濟貧院，看到了貼在大門上的那張公告。

「嗚——喔！」甘菲德先生對驢子說。

但這隻驢子完全心不在焉，或許正在想等主人處理掉這輛小拖車上的兩袋煤灰後，是否會賞牠一、兩根甘藍菜心，因此沒有留意甘菲德先生的命令，仍繼續緩緩向前走。

甘菲德先生對驢子狠狠咒罵了一聲，尤其瞪著驢子的眼睛罵牠，然後追上去朝牠的頭頂打了一下，如果不是驢子而是其他動物，恐怕已經腦袋開花。接著他抓住轡頭，將驢子的下顎猛然一拽作為溫柔的提醒，讓這頭驢子明白牠不能自作主張，並藉此讓牠調頭。然後他又在驢子頭上敲了一記，讓牠在他回來之前待在原地。他做好這些安排之後，便走向大門看那張告示。

穿白色背心的男士方才在會議室裡發表了一番意味深長的論點，現在正背剪著手站在大門口。他目睹了甘菲德先生與驢子的小爭執後，見那人走上前來看告示，開心地露出笑容，因為他馬上認定甘菲德先生就是奧利佛．崔斯特需要的那種老闆。甘菲德先生仔細看了公告內容後也露出笑容，因為五英鎊正是他希望的總數，至於附帶的那個男孩，甘菲德知道濟貧院的飲食情況，想必那孩子的個頭一定很小，正適合清掃通風爐。因此他又將這張公告從頭到尾仔細看了一遍，然後碰了碰自己的毛皮帽行禮，和穿白色背心的男士聊了起來。

「先生，這裡是不是有個男孩，教區希望送他去當學徒，」甘菲德先生說。

「是啊，老兄，」穿白色背心的男士說道，帶著屈就的笑容說：「你覺得他怎麼樣？」

「如果教區想讓他學個輕鬆的技藝，打掃煙囪倒是個不錯的行業，」甘菲德先生說：「我正好缺個徒弟，想收他為徒。」

「請進，」穿白色背心的男士說。甘菲德先生在後面停留了一下，朝驢子頭上又敲了一記，再拽了一下轡頭，警告牠不要趁他不在時亂跑，然後才跟著穿白色背心的男士走進一間會議室，也就是奧利佛第一次和白背心男士見面的地方。

甘菲德先生重申自己的願望，林姆金斯先生聽完後說道：「這一行很辛苦啊。」

「從以前就常聽說有小男孩悶死在煙囪裡，」另一名男士說道。

「那是因為他們要叫那些孩子下來，所以把稻草沾溼再放進煙囪裡點火，」甘菲德說道：「這樣只會冒煙，不會有火；可是要叫小孩子下煙囪，用煙燻根本沒有用，只會把他弄暈而已，他反而喜歡這樣。各位，小男孩是很頑固又懶惰的，只有燒燙燙的一把火才能讓他趕快下來。各位，這種做法其實很人道，就算他們卡在煙囪裡，烤烤他們的腳丫子也能讓他們努力脫困。」

穿白色背心的男士被這一番解釋逗得哈哈大笑，但林姆金斯先生使個眼色，立即將他的笑聲壓下。接著委員會低聲討論了數分鐘，只聽到「節省開支」、「帳面好看」、「發布書面報告」等字眼。其實，在場人士之所以能聽到這些字眼，是因為委員不斷再三強調。

最後私下討論終於結束，委員一一回到座位，恢復嚴肅的表情，林姆金斯先生說道：

「你的提議我們討論過了，結論是不贊成。」

「絕對不贊成，」穿白色背心的男士說道。

「斷然否決，」另一名委員說道。

由於甘菲德先生過去曾將三、四名男孩毆打致死，名聲確實不太好，他心想或許委員會基於某種難以說明的怪理由，將這個無關緊要的因素納入考量，因此影響了他們的討論結果。若果真如此，這和他們平時的行事作風大相逕庭；但無論如何，他並不特別希望大家想起過去那些流言，因此兩手擰著帽子，慢慢從會議桌邊向後退。

「所以你們不同意讓我領養他囉?」甘菲德先生說道，在門邊停下腳步。

「對，」林姆金斯先生回答:「至少，那是很危險的工作，所以我們認為你領取的津貼應該要比我們提供的少。」

甘菲德先生的表情豁然開朗，一個箭步走回會議桌邊，說道:

「那你們要給我多少?唉喲，不要這樣為難一個窮人嘛。你們要給多少?」

「我想三英鎊十先令已經綽綽有餘了，」林姆金斯先生說。

「十先令是多給的，」穿白色背心的男士說道。

「拜託!」甘菲德先生說:「四英鎊啦，各位。只要四英鎊，你們就能從此擺脫那個小鬼。好啦!」

「三英鎊十先令，」林姆金斯以堅定的語氣重申。

「好啦!我退一步，各位，」甘菲德努力勸說:「三英鎊十五先令。」

「我一便士也不多給，」林姆金斯堅定地回答。

「你們這是要逼死我啊，各位，」甘菲德猶豫地說。

「呸!呸!胡說!」穿白色背心的男士說:「就算一毛錢不給，領養他也很划算。帶他走吧，你這個蠢蛋!這孩子正適合你。他需要人不時打他一頓，這樣對他比較好，而且他的食宿也花不了幾個錢，因為他打從出生就沒吃飽過。哈!哈!哈!」

甘菲德先生以狡獪的眼神掃視圍坐在桌邊的委員，看到所有人臉上的笑容後，也逐漸展露笑顏。交易談成了。委員會立即指示本伯先生在當天下午將奧利佛．崔斯特及相關文件帶往地方法院，以取得地方法官的簽名和許可。

為了執行這項決議，委員立即將小奧利佛釋放，並命他換上乾淨的襯衫，讓他驚訝不已。他才剛完成這項極不尋常的體能活動，本伯先生又親自為他端來一碗薄粥，還加上假日才有的二又四分之一盎司麵包。看到這幅驚人的景象，奧利佛開始哭得十分淒慘，他很自然地以為委員會一定是別有打算決定宰了他，否則他們絕對不會用這種方式將他養胖。

「別把眼睛哭紅了，奧利佛，要心存感激好好吃你的飯，」本伯先生以極為浮誇的語氣說道：「你要被送去當學徒了，奧利佛。」

「當學徒，先生！」這孩子顫抖著說。

「是啊，奧利佛，」本伯先生說：「你從小無父無母，奧利佛，卻有這麼多善良又得人敬重的人像至親一樣照顧你，現在他們要送你去『當學徒』，讓你學會謀生之道，長大成人，為此教區還花了三英鎊十先令！——三英鎊十先令喔，奧利佛！——那是七十先令——一百四十六便士喔！——全都是為了一個沒人愛的淘氣孤兒。」

本伯先生以嚴肅的語氣說完這番話，停下來喘口氣，這可憐的孩子傷心地啜泣著，淚水順著臉頰滑落。

「好啦，」本伯先生看到他的口才發揮效果後，滿意地略微收起架子說道：「好啦，奧利佛！用大衣袖口擦擦眼睛吧，不要讓眼淚滴進粥裡；那可是蠢到極點的行為，奧利佛。」確實是如此，因為這碗粥已經夠稀了。

在前往地方法院的途中，本伯先生叮囑奧利佛所有該做的事情，包括在法官問他是否想當學徒時，要以十分開心的表情回答說自己真的很想當學徒；奧利佛答應遵照這兩項吩咐，更何況本伯先生也和氣地暗示，如果任何一項吩咐出了差錯，到時候奧利佛會有什麼下場誰都不知道。他們抵達地方法院後，奧利佛便被單獨關在一間小房間裡，本伯先生要他待在房裡，等他回來叫他。

這個孩子在房裡待了半小時，緊張得心跳不已。最後本伯先生探頭進來，頭上的三角帽已經脫下，大聲說道：

「好了，奧利佛小乖乖，跟我一起去見法官吧。」本伯先生說完後，露出猙獰威脅的表情，低聲補了一句：「別忘了我吩咐過你的事，你這個小壞蛋！」

奧利佛聽著本伯先生前後有些矛盾的稱呼，無辜地看著他的臉；但這位先生不讓他有機會針對這點發表任何意見，馬上帶他走進隔壁房門敞開的房間。這間房間很寬敞，有一扇大窗。辦公桌後方坐著兩位老先生，頭上戴著抹了髮粉的白色假髮：其中一人正在看報紙，另一人則戴著玳瑁眼鏡，仔細讀著放在面前的一小張羊皮紙。林姆金斯先生站在辦公桌前的一側，甘菲德先生則站在另一側，臉還沒完全洗乾淨；此外還有兩、三位長相嚇人的男子穿著長統靴走來走去。

戴眼鏡的老先生在那一小張羊皮紙前緩緩打起瞌睡；本伯先生將奧利佛帶到辦公桌前站好之後，停頓了一會兒。

「大人，就是這個孩子，」本伯先生說道。

看報紙的老先生抬起頭看了一眼，扯了扯另一位老先生的袖子將他叫醒。

「噢，就是這孩子啊？」老先生說道。

「就是他，大人，」本伯先生回答。「乖孩子，向法官鞠躬。」

奧利佛挺起身子，畢恭畢敬地鞠躬行禮，眼睛直盯著兩位法官的假髮，心想是不是所有法官打從出生頭上就頂著白色的東西，他們是不是因為這樣才當上法官。

「很好，」老先生說：「我想他應該喜歡打掃煙囪吧？」

「大人，他喜歡得很，」本伯回答，並且悄悄掐了奧利佛一把，暗示他最好別說他不喜歡。

「那他將來**會**當個煙囪清掃工囉，對吧？」老先生問道。

「大人，如果我們明天要他去做其他工作，他一定會馬上逃跑，」本伯先生回答。

「這個人就是他的師傅吧。這位先生，你會好好待他，供他吃住等各種生活所需，是不是？」老先生說。

「我說到做到，」甘菲德先生信誓旦旦地回答。

「朋友，你說話雖然粗魯，但看起來是個老實、直爽的人，」老先生說道，戴著眼鏡轉頭看向即將領取奧利佛津貼的人選，這個人長相凶惡代表他應該生性殘暴。但這位法官一方面眼力不佳，一方面則是想法天真，因此無法合理指望他能察覺其他人都看得出來的事情。

「我希望是這樣，大人，」甘菲德先生說道，並且噁心地拋了個媚眼。

「我相信你是，朋友，」老先生邊回答，邊將鼻梁上的眼鏡扶正，四處找墨水瓶架。

這是奧利佛命運的關鍵時刻。如果墨水瓶架是在老先生原以為的地方，他就會拿筆沾上墨水，在文件上簽名，而奧利佛也會馬上被帶走。但由於墨水瓶正好在老先生鼻子的正下方，因此他照例翻遍桌子還是遍尋不著；就在他往正前方找墨水瓶時，他的目光瞥見了奧利佛．崔斯特蒼白驚懼的臉孔。雖然本伯不斷對奧利佛使眼色和掐他，他仍然以又驚又怕的表情盯著他未來雇主可憎的面容，這個表情實在太過明顯，即使是眼力不佳的法官也不會看錯。

這位老先生停了下來，放下手中的筆，看了看奧利佛，又看向林姆金斯先生，此時林姆金斯先生正以愉快而漠不關心的表情掏出鼻菸盒。

「孩子！」老先生說道：「你嚇得臉色都發白了。怎麼回事？」

「執事，離他遠一點，」另一名法官說道；他放下報紙，興味盎然地傾身向前。「好了，孩子，告訴我們發生了什麼事，別怕。」

奧利佛往地上一跪，雙手合十懇求兩位法官下令將他關回那間黑暗的房間，讓他挨餓，讓他挨揍，甚至如果他們高興，殺了他也行，就是不要讓那個可怕的人把他帶走。

「夠了！」本伯先生舉起雙手，翻了個白眼，以最令人敬畏的嚴肅神情說道：「夠了！奧利佛，在所有狡猾、詭計多端的孤兒裡，你是我見過最無恥的一個。」

本伯先生剛說完這番話，第二位老先生便說道：「你閉嘴，執事。」

「對不起，大人，」本伯先生懷疑自己是否聽錯了，問道：「您是說我嗎？」

「對，你閉嘴。」

本伯先生驚訝得愣在原地。堂堂一個教區執事居然被喝令閉嘴！簡直反了！

戴著玳瑁眼鏡的老先生看著同僚，對方意味深長地點頭。

「這些文件我們不會批准，」老先生說完將羊皮紙扔到一旁。

「我希望，」林姆金斯先生結結巴巴地說道：「希望法官大人不會因為一個孩子毫無根據的指證，就認定院方有管理不善之過。」

「這種事不在地方法官的管轄範圍之內，」第二位老先生以嚴厲的口吻說道：「把這孩子帶回濟貧院，好好對待他。他似乎沒有獲得善待。」

當天晚上，穿白色背心的男士毫無疑問地斷言，奧利佛不僅會被吊死，還會被開腸剖肚、大卸八塊。本伯先生憂鬱而神祕地搖頭，說他希望奧利佛能有善報；而甘菲德先生則回答，他還是希望奧利佛能歸他，雖然他很贊同執事的話，但這個願望似乎與執事所言完全相反。

隔天早上濟貧院又貼出公告：奧利佛．崔斯特再度「出讓」，凡願意收留他者，可獲得五英鎊的報酬。

第四章
奧利佛找到新工作，初入社會

在大家庭裡，如果成長期的少年無法透過擁有、繼承、地產指定繼承或將來繼承等方式取得有利的地位，有一種極為常見的做法，就是將他送去跑船。委員會也仿效這種明智而有效益的做法，齊聚一堂商討權宜之計，以便將奧利佛．崔斯特送上小商船，前往某個危險的港口。這似乎是處置他最好的辦法：說不定船長哪天會在飯後心血來潮將他鞭打致死，或用鐵棍將他打得腦袋開花；這兩種消遣活動都十分著名，是該階層人士極為喜愛而常見的娛樂。委員會愈是從這個角度探討這件事，愈覺得這個方法好處多多，因此他們做出決議，對奧利佛唯一有效的方法，就是立即送他去跑船。

他們派本伯先生去四處打聽，有沒有船長或什麼人需要無親無故的雜役；就在他要回濟貧院報告調查結果時，在大門口遇到了教區的葬儀社老闆索爾伯利先生。

索爾伯利先生的身材高瘦，關節比常人來得大，身穿一套破舊的黑色西裝，腳下踩著與西裝同色系的補丁長統棉襪及黑鞋。他的長相原本不適合面帶笑容，但整體而言他仍擅長製造笑料。他的腳步輕快，臉上隱約露出愉快的心情，朝本伯先生走來親切地與他握手。

「本伯先生，我剛才幫昨晚過世的兩個女人量好尺寸了，」葬儀社老闆說。

「你要發財啦，索爾伯利先生，」這位教區執事說道，將食指與拇指伸進葬儀社老闆遞過來的鼻菸盒裡；這個鼻菸盒別出心裁，是一具小巧的棺材模型。「我剛才說，你要發財啦，索爾伯利先生，」本伯先生又說了一遍，親切地用手杖在葬儀社老闆的肩頭輕敲了一下。

「是嗎？」葬儀社老闆對本伯先生說的話，以不置可否的語氣說道：「委員會開的價太低了，本伯先生。」

「棺材的成本也低啊，」這位教區執事回答，臉上的笑容拿捏得恰到好處，完全不失大官員應有的分寸。

索爾伯利先生被這句話逗笑了：當然他不必有所顧忌，因此笑個不停。「夠了，夠了，本伯先生，」最後他終於說道：「這點我不否認，自從新伙食制度實施之後，棺材和以前比起來是愈做愈窄、愈做愈淺了；可是我們還是得有賺頭才行啊，本伯先生。處理好的乾燥木材可不便宜啊，鐵手把也全都是從伯明罕經運河送來的。」

「好啦，好啦，」本伯先生說：「每一行都有它的難言之隱。當然，賺取正當的報酬是合理的。」

「當然，當然，」葬儀社老闆回答：「假如我在這個行當上沒賺到錢，您也知道，我遲早還是會撈回來的——嘿！嘿！嘿！嘿！」

「就是說啊，」本伯先生說。

「不過我也得說一句，」葬儀社老闆重拾剛才被教區執事打斷的話題：「不過我也得說一句，本伯先生，有一件事對我很不利，那就是胖子死得最快。這些人的生活一直過得比較好，也繳了許多年的稅，一旦進了濟貧院，最先倒下的就是他們；我告訴你，本伯先生，只要比估量的尺寸多出三、四英寸，我就要虧大錢了，尤其我還有一家子得養活。」

索爾伯利先生愈說愈憤慨，像是被人虧待了一樣；本伯先生覺得再說下去可能有損教區名聲，最好換個話題，此時他最先想到的是奧利佛．崔斯特，於是便以這件事為話題。

「對了，」本伯先生說：「你知不知道有誰缺伙計的？有個教區學徒現在成了重擔，容我說一句，簡直就像一塊磨石吊在教區的脖子上。條件不錯喔，索爾伯利先生，條件不賴吧？」本伯先生邊說邊舉起手杖指著上方的告示，在大寫羅馬字體印刷的「五英鎊」幾個大字上明確地敲了三下。

「唉呀！」葬儀社老闆拉著本伯先生制服大衣的金邊翻領說：「我正要和您說這件事。您也知道——唉喲，這釦子真漂亮呀，本伯先生！我之前都沒留意。」

「是啊，我也覺得很漂亮，」教區執事得意地低頭看著大衣上裝飾的大銅釦。「上頭的圖案和教區紋章一樣——是醫治受傷病人的好心撒瑪利亞人[7]。這是委員會在元旦早晨送我的禮物，索爾伯利先生。我記得第一次穿是去參加那個落魄商人的死因審訊會，那個人在半夜死在別人家門口。」

「我想起來了，」葬儀社老闆說：「陪審團的報告說：『死因為凍死及缺乏一般生活必需品。』對吧？」

本伯先生點點頭。

「我記得他們還做出特別裁決，」葬儀社老闆說：「最後加註了幾句話，說如果當時救濟官員——」

「呸！胡說！」教區執事打斷他：「如果那些無知陪審員的胡說八道委員會全聽進去，他們就有得忙了。」

「說得沒錯，」葬儀社老闆說：「確實是如此。」

「那些陪審員啊，」本伯先生緊握著手杖，這是他激動時慣有的動作，說道：「那些陪審員都是沒教養、下流、墮落的壞蛋。」

「沒錯，」葬儀社老闆說道。

「他們不管是哲學還是政治經濟，都只懂這麼一丁點，」教區執事說完，輕蔑地彈了彈手指。

「沒錯，」葬儀社老闆附和道。

「我瞧不起那些人，」教區執事說，一張臉漲得通紅。

「我也是，」葬儀社老闆贊同道。

「我只希望能找個自以為是的陪審員來濟貧院住一、兩個星期，」教區執事說：「這樣委員會訂的法規很快就能壓下他的氣焰。」

「隨他們去吧，」葬儀社老闆回道，邊說邊露出贊同的笑容，希望能平息這位憤慨教區長官高漲的怒火。

本伯先生摘下他的三角帽，從帽冠內緣拿出手帕，擦去盛怒之下額頭上冒出的汗珠，再將帽子戴回頭上，轉頭以較冷靜的語氣對葬儀社老闆說：「對了，你說那孩子怎麼了？」

「噢！」葬儀社老闆回道：「你也知道的嘛，本伯先生，我為這些窮人繳了一大筆稅。」

「嗯！」本伯先生說：「所以呢？」

「所以，」葬儀社老闆回道：「我在想，既然我為他們付了這麼多錢，我應該有權利盡可能在他們身上討回來吧，本伯先生，所以——我想要那個孩子。」

本伯先生拉著葬儀社老闆的手臂走進濟貧院。索爾伯利先生與委員祕談五分鐘後，便決議讓奧利佛當晚跟著他「實習」——意思是，教區學徒經過短期試用後，如果老闆認為這個孩子能做的工作夠多，又不會消耗太多糧食，就可以將他留用數年，並在這段期間內任意差遣他。

當天晚上，這群「紳士」將小奧利佛叫到跟前，通知他當晚就要以濟貧院一般伙計的身分去一家棺材店工作；如果他敢抱怨自己的遭遇，或是又回到教區，他們就要送他去跑船，到時候他很可能會淹死或是被人打破頭，奧利佛聽完這番話幾乎毫無反應，他們因此一致認為他是個無可救藥的小壞蛋，命本伯先生

7 源自《聖經》〈路加福音〉第十章的寓言故事。故事中一名猶太人遇到歹徒打劫，受了傷倒在路邊。路過的「高尚」人都對他不聞不問，只有一位身分低微的撒瑪利亞人救助了他。後人便以好心的撒瑪利亞人形容見義勇為的舉動。

立刻將他帶走。

雖然說，如果有人表現出缺乏感情的跡象，委員基於道德考量而比一般人更覺得驚恐不已是再自然不過的事，但這一次是他們誤會奧利佛了。其實奧利佛並不是缺乏感情，而是感情太過豐富；在種種虐待下，他很可能變得一輩子痴呆憂鬱。他聽到上級對他命運的宣判，不發一語地接過交到手中的行囊——不過就是個大約十五平方公分、三英寸深的牛皮紙包，拿起來一點都不費力——將無邊帽的帽緣壓低遮在眼前，再次拉著本伯先生的大衣袖口，由著這位達官貴人將他帶往新的受苦場所。

本伯先生帶著奧利佛走了好一會兒，對他不理不睬也不發一語，只擺出教區執事應有的架子昂首闊步。那一天風很大，本伯先生的大衣下襬被風吹開，將小奧利佛整個人包住，也讓本伯先生風光露出大衣下的長馬甲和淺褐色及膝絨毛褲。快抵達目的地時，本伯先生覺得應該低頭檢查一下這孩子的外表是否整潔，以便讓他的新主人檢視；他也確實以慈悲恩人的姿態低頭檢查奧利佛的儀容。

「奧利佛！」本伯先生說。

「是，先生，」奧利佛以顫抖的語氣低聲回答。

「帽子拉高一點，不要遮住眼睛，把頭抬起來。」

雖然奧利佛馬上照他說的話做，還用空著的那隻手的手背利落地擦了擦眼睛，但他抬起頭看著這位領路人時，眼裡還是有一滴淚。本伯先生板起臉瞪著他，這滴眼淚便順著奧利佛的臉頰流下，接著第二滴、第三滴眼淚也跟著滑落。這孩子努力忍住淚水，卻徒勞無功。最後他乾脆放開本伯先生的袖口，兩手摀著臉大哭了起來，眼淚從他下巴和枯瘦手指間的縫隙湧出。

「夠了！」本伯先生大吼一聲，猛然停下腳步，惡狠狠地瞪了這個小傢伙一眼。「夠了！在所有最忘恩負義、最壞心眼的男孩裡，奧利佛，你是我見過最——」

「不要，不要，先生，」本伯先生舉起奧利佛再熟悉不過的那根手杖，奧利佛趕緊哭著抓住他的手：

「不要，不要，先生；我會乖乖的，真的，真的，我會乖，先生！我只是個小孩子，先生，實在是太——太——」

「太怎樣？」本伯先生驚訝地問道。

「太寂寞了，先生！我真的好寂寞！」這孩子哭著說：「大家都討厭我。噢，先生，求求你不要生我的氣！」這孩子用手捶自己的胸口，看著他同行友伴的臉，淚水中包含滿心的傷痛。

本伯先生有些訝異地盯著奧利佛可憐又無助的表情看了好幾秒，啞著嗓子清了三、四次喉嚨，喃喃地說了一句「這惱人的咳嗽」之後，囑咐奧利佛擦乾眼淚、當個乖孩子，然後又牽起他的手，默默帶著他向前走。

葬儀社老闆才剛關好店鋪，正在與店內氣氛十分相襯的昏暗燭光下記帳，此時本伯先生走了進來。

「啊哈！」葬儀社老闆將視線從帳本上抬起，字才寫到一半就停筆，說道：「是你嗎，本伯？」

「不是我還有誰，索爾伯利先生，」這位教區執事回答。「你看！我把那孩子帶來了。」奧利佛鞠了個躬。

「噢，就是這個孩子嗎？」葬儀社老闆說道，他將蠟燭高舉過頭，以便看清楚奧利佛的模樣。「索爾伯利太太，能不能麻煩妳過來一下，親愛的？」

索爾伯利太太從店鋪後方的小房間走出來，是個一臉狠毒、身材瘦小乾癟的婦人。

「親愛的，」索爾伯利先生恭敬地說道：「這就是我跟妳提過從濟貧院來的那個孩子。」奧利佛又鞠了個躬。

「天哪！」葬儀社老闆娘說：「怎麼這麼小啊！」

「呃，他**確實是**很小，」本伯先生回答；他看著奧利佛，彷彿在怪他怎麼不長得高大一點。「他是很小，這點不容否認。不過他還會再長，索爾伯利太太——他會長大的。」

「是啊！我敢說他一定還會再長，」這位女士氣沖沖地說：「可是吃喝都要花我們的錢啊。我就說領養教區的孩子不划算嘛；養他們的開銷一定比他們本身的價值還高。反正啊，男人老是自以為懂得比較多。好啦！下樓去吧，小白骨精。」葬儀社老闆娘說完便打開側門，推著奧利佛走下一道陡峭的階梯進入潮溼陰暗的石窖，這間名為「廚房」的石室通往煤窖，裡頭坐著一個邋遢的女孩，穿著一雙破鞋和補到不能再補的藍色毛紗長統襪。

「喂，夏洛蒂，」索爾伯利太太跟著奧利佛走下來說：「把留給特立普的剩菜分一點給這孩子。牠一大早出去到現在都還沒回來，大概也不必留給牠吃了。我敢說這孩子也不會挑嘴到不肯吃吧——對不對，小子？」

奧利佛一聽到有肉吃，一雙眼睛都亮了起來，因為急著想吃到而全身打顫，趕緊回答自己不挑嘴，接著一大盤粗劣不堪的食物便放在他面前。

真希望能有個腦滿腸肥、以酒肉為膽汁、冷血如冰、心硬似鐵的哲學家，目睹奧利佛抓起那盤連狗都不肯吃的珍饈美饌。希望他能親眼見到飽受飢餓折磨的奧利佛如何在旺盛食慾的驅使下將食物撕成碎片。筆者只更希望看到一個畫面，就是那位哲學家吃著同樣的食物時，也能如此津津有味。

「好啦，」葬儀社老闆娘懷著驚恐的心情默默看著奧利佛吃完晚餐，對他將來的食慾十分憂心。「吃完了沒？」

奧利佛面前已經沒東西可吃，於是他給了老闆娘肯定的答覆。

「那就跟我來，」索爾伯利太太說完便拿起一盞昏暗骯髒的燈，帶頭走上樓；「你的床就在櫃台下。我想你應該不介意睡在棺材中間吧？你介意也好，不介意也罷，反正也沒別的地方讓你睡。走啊，不要讓我在這裡耗一整晚！」

奧利佛不再磨蹭，乖乖地跟著他的新老闆娘上樓。

第五章

奧利佛認識新同事。第一次參加葬禮便萌生不利於老闆生意的想法

奧利佛獨自在葬儀社老闆的店鋪裡，將燈放在工作台上，以敬畏又恐懼的心情膽怯地環顧四周，想必許多年紀比他大得多的人也能理解這種心情。一副尚未完工的棺材放在店鋪中央的黑色台架上，看起來十分陰森而死氣沉沉，讓他忍不住打個冷顫；每一次他的視線飄向那個陰沉的東西，總以為會看到可怕的身影從棺材裡緩緩抬起頭，簡直要把他嚇瘋了。牆邊整齊擺放了一整排切割成同樣形狀的榆木板，在昏暗的燈光下，看起來就像是一個個兩手插在褲子口袋裡的寬肩幽靈。地上散落著棺材銘板、榆木屑、閃閃發亮的釘子和黑色碎布；櫃台後方的牆上掛著一幅栩栩如生的畫作裝飾，畫中兩名送葬者繫著極為硬挺的領結，守在私人住宅的大門口，遠處有四匹黑色駿馬拉著一部靈車駛來。店鋪裡又悶又熱，空氣似乎染上棺材的氣味。櫃台下的凹處看起來簡直像座墳墓，奧利佛的棉絮鋪蓋就塞在這裡。

讓奧利佛沮喪的不只是這種陰森的感覺。他孤身一人待在陌生的地方；我們都知道，即使是最堅強的人在這種情況下有時也會覺得寒心和孤寂。這個男孩沒有朋友可關心，也沒有關心他的朋友。他對於先前經歷的離愁還記憶猶新，也因為沒有自己所愛和熟悉的人而覺得空虛，這種感覺沉沉地壓在心頭。

總之，他覺得心情沉重，爬上了自己狹窄的小床，希望這裡就是他的棺材，希望他能在教堂的墓園裡平靜地長眠，頭上有茂盛的綠草迎風搖曳，還有古老低沉的鐘聲撫慰沉睡中的他。

到了早上，奧利佛被店鋪外一陣踹門巨響吵醒；在他匆匆穿上衣服之前，對方已經憤怒而猛烈地朝店

門連續踹了大約二十五下。等他終於解開門上的鏈條，對方才終於停腳、開口說話。

「到底要不要開門啊？」踹門的那人大喊。

「我馬上開門，先生，」奧利佛回答，一邊努力解開鏈條，轉動鑰匙。

「我猜你就是那個新來的伙計，對吧？」對方的聲音從鑰匙孔傳來。

「是的，先生，」奧利佛回答。

「你幾歲啊？」對方問道。

「十歲，」奧利佛回答。

「等我進去再揍你一頓，」對方說：「你等著瞧吧，看我做不做得到，你這個濟貧院來的小鬼！」對方許下這個熱情的承諾後便吹起口哨來。

「揍」這個極具說服力的單音節字眼是奧利佛時常遭受的待遇，因此不論說這句話的人是誰，他都絲毫不懷疑對方會徹底實現這個承諾。他以顫抖的手拉開門閂，將門打開。

奧利佛朝街道的兩頭看了看，又朝對街看了一眼，深信剛才透過鑰匙孔和他對話的那位陌生人已經走開去取暖了，因為他什麼人都沒看到，只有一名身材高大的慈善學校男學生，坐在屋前的木樁上吃著一片抹了奶油的麵包：他極其靈巧地用摺疊小刀將麵包切成一口大的楔形，然後吃下肚。

「不好意思，先生，」奧利佛沒看到其他訪客現身，終於開口問道：「請問是你敲的門嗎？」

「是我敲的，」慈善學校的男學生回答。

「你是要買棺材嗎，先生？」奧利佛天真地問道。

慈善學校的男學生聽到他這麼問，露出極為憤怒的表情對奧利佛說，如果他再這樣對上司開玩笑，很快他自己就需要一副棺材了。

「我想你應該不知道我是誰吧，濟貧院小子？」慈善學校男學生從木樁下來，以嚴肅的表情繼續對奧利佛說教。

「不知道，」奧利佛回答。

「我是諾亞．克雷波爾先生，」慈善學校男學生說道：「你就是我的手下。把活動遮板拿下來，你這個懶惰的小敗類！」克雷波爾先生說完踢了奧利佛一腳，神氣地走近店內，替自己添了不小的派頭。不論在何種情況下，要讓一個大頭小眼、身材笨重、其貌不揚的年輕人看起來有派頭，都是一件難事；特別是這些個人還搭配上一個紅鼻子和一條黃短褲，難度更為提高。

奧利佛拿下活動遮板，沉重的遮板讓他步履蹣跚，就在他將第一塊板子搬到白天放置這些遮板的屋旁小院子時，不慎打破了上頭的一塊玻璃，諾亞先是「安慰」奧利佛，向他保證「他麻煩大了」，而後又大發慈悲，好心幫他搬。過了一會兒索爾伯利先生下樓來，不久後索爾伯利太太也跟著現身。奧利佛確實如諾亞所言領教了「大麻煩」，然後跟著這位年輕人下樓吃早餐。

「來火爐邊吧，諾亞，」夏洛蒂說：「我幫你從老闆的早餐裡偷留了一小塊美味的培根。奧利佛，把諾亞先生身後的門關上，你的那一分我已經放在麵包烤盤的蓋子上了，自己去拿。這是你的茶，拿到那邊的箱子上去喝吧，快點，他們還等著你去顧店，聽到了沒？」

「聽到了沒，濟貧院小鬼？」諾亞．克雷波爾說。

「唉喲，諾亞！」夏洛蒂說：「你真是個怪人！幹嘛不隨他去？」

「隨他去！」諾亞說道：「每個人都隨他去。他爸媽都不能再管他了，他所有的親戚也都對他完全放任不管。妳說是吧，夏洛蒂？嘿！嘿！嘿！」

「喔，你這個怪人！」夏洛蒂說完便哈哈大笑，諾亞也跟著笑；接著兩人輕蔑地看著可憐的奧利佛．崔斯特，他正坐在房內最寒冷角落的箱子上發抖，吃著特地留給他的酸臭食物。

諾亞是慈善學校的學生而非濟貧院的孤兒。他並非私生子，從他的家譜可以一路追溯到他生活困苦的雙親；他的母親是洗衣女工，父親是酗酒的軍人，帶著一隻木腿義肢和每天兩便士半多（尾數少得微不足道）的撫卹金退伍。附近店家的伙計總愛在大街上用各種不堪入耳的綽號來嘲笑諾亞，像是「皮馬褲」、「慈善事業」等等，諾亞也總是逆來順受。但如今命運賜給他一個沒沒無聞的孤兒，即使是身分最低微的人也能指著這孤兒的鼻子嘲諷，諾亞因此興致勃勃地將自己所受過的一切回報在奧利佛身上。這點值得我們深思，不但顯示人類本性的美妙之處，也說明這種美好的特質不分貴賤，不論是在最傑出的貴族或最低賤的慈善學校學生身上都能看到。

奧利佛替葬儀社老闆工作了大約三星期至一個月後，某天店鋪打烊後，索爾伯利夫婦正在後堂的小起居室裡用晚餐，索爾伯利先生畢恭畢敬地看了他太太好幾眼之後，開口說道：

「親愛的——」他正要說下去，卻見到索爾伯利太太抬起眼，眼見苗頭不對，只好打住不說。

「怎樣，」索爾伯利太太凶巴巴地說。

「沒什麼，親愛的，沒什麼，」索爾伯利先生說。

「唉喲，你這個討厭鬼！」索爾伯利太太說。

「沒有啦，親愛的，」索爾伯利先生卑微地說：「我以為妳不想聽，親愛的，我只是要說——」

「哼，不要跟我說你想說什麼，」索爾伯利太太打斷他：「反正我人微言輕嘛，拜託你別來問我。**我**才不想知道你的祕密。」索爾伯利太太說完便歇斯底里地大笑起來，看來索爾伯利先生恐怕有得受了。

「可是，親愛的，」索爾伯利說道：「我想聽聽妳的意見。」

「得了，得了，別來問我，」索爾伯利太太以感傷的語氣回答：「問別人去吧。」說完又歇斯底里地大笑，把索爾伯利先生嚇得半死。這是夫妻間極為常見又備受認可的相處之道，通常效果十足。索爾伯利先生馬上開始哀求，拜託索爾伯利太太特別開恩，讓他說出她其實很想知道的事情。她堅持了一下子後，終於大發慈悲地首肯了。

「就是小崔斯特的事，親愛的，」索爾伯利先生說：「這個孩子長得還挺俊秀的，親愛的。」

「當然啊，因為填飽肚子了嘛，」他的夫人說道。

「但他臉上總帶著憂鬱的表情，親愛的，」索爾伯利接著說：「這很有意思。他可以當個稱職的送葬者，親愛的。」

索爾伯利太太以極為驚訝的表情抬起眼。索爾伯利先生注意到她的表情，急忙在這位善良女士發表任何意見之前接著說下去。

「我不是要他在成人的葬禮上固定當送葬者，親愛的，只派他去小孩的葬禮。用孩子當孩子的送葬者很新奇吧，親愛的。相信我，一定會有驚人的效果。」

索爾伯利太太辦葬禮的經驗豐富，這個創新的想法讓她大吃一驚，但若直接承認這點未免有失面子，因此眼下她只厲聲質問他丈夫，為何不早點想出這個簡單的方法？索爾伯利先生自然推斷她已經默許了他的提議，因此當下決定要立即讓奧利佛了解這個行業的箇中奧祕，有鑒於此，他應該跟著老闆出席下一場葬禮。

機會很快就來了。隔天早上吃過早餐半小時後，本伯先生走進店鋪，將手杖拄在櫃台上，掏出他的大皮夾，從裡頭拿出一張小紙片交給索爾伯利。

「啊哈！」葬儀社老闆開心地看著紙片說：「要訂一副棺材是吧？」

「先訂一副棺材，之後還要辦一場教區葬禮，」本伯先生一面繫上皮夾繩子一面答道：這個皮夾就和他的主人一樣，十分臃腫。

「貝頓，」葬儀社老闆看了紙片一眼，又看著本伯先生說：「沒聽過這個名字。」

本伯搖搖頭，回答：「是個固執的傢伙，索爾伯利先生，非常固執。恐怕也很驕傲。」

「啊？驕傲？」索爾伯利先生譏諷地說：「唉喲，太過分了吧。」

「對啊，真教人討厭，」這位教區執事回答：「真缺銻啊[8]，索爾伯利先生！」

「就是說啊，」葬儀社老闆附和道。

「我們一直到前天晚上才知道有這麼一家人，」教區執事說道：「我們原先對他們一無所知，後來有個和他們住在同一棟屋子裡的女人替他們向教區委員會申請，要求派教區醫生去看一個病得很重的女人。醫生出去吃飯了，不過他的實習生，一個很聰明的小子，馬上不假思索，拿了一些藥裝在鞋油瓶裡送去給他們。」

「啊，真是機靈啊，」葬儀社老闆說。

「確實是很機靈！」教區執事回答：「可是結果咧，你知道那些不知感恩的傢伙做了什麼嗎？那個丈夫居然派人來傳話，說那個藥和他太太的症狀不合，所以她不能吃——居然說她不能吃耶！明明是很有效又有益健康的良藥，就在一個星期前，有兩個愛爾蘭工人和一個運煤挑夫吃了都很有效，現在用鞋油瓶裝著免費送給他們，他居然派人傳話說她不能吃！」

本伯先生的腦海中又清楚浮現了這樁不愉快的事件，氣得他滿臉通紅，用手杖重重地敲櫃台。

「呃，」葬儀社老闆說：「我從——來——沒有——」

「前所未聞啊！」教區執事大吼：「真的是前所未聞；現在好啦，她死了我們還得幫忙下葬；反正地址就寫在紙上，這件事愈快辦妥愈好。」

本伯先生說完便戴上他的三角帽，為了教區而憤憤不平的他，一開始還將帽子戴反了；接著他匆匆走出店門。

「哇，奧利佛，他真的是氣炸了，居然忘了問起你！」索爾伯利先生說道，看著教區執事大步走上街。

「是的，先生，」奧利佛回答，他在剛才兩人交談之際，一直小心翼翼不讓他們看到自己；光是想到本伯先生的聲音，他就已經全身發抖。

不過，他根本不必這麼大費周章地避開本伯先生的視線；因為這位官員牢記著穿白色背心男士的預言，認為既然葬儀社老闆已經答應試用奧利佛，在他確實取得七年的工作長約之前，最好別提起這件事，以便有效而合法地避免奧利佛被送回教區手中。

「好吧，」索爾伯利先生拿起帽子說：「這件事愈快辦妥愈好。諾亞，你來顧店。奧利佛，戴上帽子跟我來。」奧利佛聽從吩咐，跟著老闆出門辦正事去了。

他們走了好一段路，穿過鎮上最擁擠、人口密度最高的區域；然後走進一條比剛才經過的地方還要骯髒、破敗的狹窄街道，停下來尋找他們此行目標所住的房子。街道兩側的房子又高又大，但都十分老舊，裡頭的住戶都屬於赤貧階級：偶爾路過的幾名男女，模樣畏畏縮縮，全都縮著手臂、弓著身子，即使沒有他們骯髒的外表做為佐證，光從房子疏於維護的外觀也足以看出這點。許多廉價公寓都設有店面，但這些店面全門窗緊閉、破敗不堪，只有樓上的房間有人住。有些房子因為年久失修已經搖搖欲墜，只靠著幾根牢牢固定在路邊的大木樁撐住牆壁，才不致傾倒在街上；但即使是這些簡陋得出奇的地方，似乎也被一些無家可歸的流浪漢選為夜晚棲身的處所，因為這些地方權充門窗的許多粗木板都被撬開，留下足以讓一人通過的空隙。水溝阻塞，汙穢不堪。就連老鼠也因為飢荒而形容枯槁，殘破腐屍隨處可見。

奧利佛和他老闆在一扇敞開的門前停下腳步，門上既無門環也無門鈴拉繩，葬儀社老闆只好小心翼翼地摸黑穿過走道，爬到第一層階梯的頂端，並叮囑奧利佛跟在他身後，不要害怕。他在二樓的樓梯間踉蹌撞到一扇門，用指關節敲了敲門。

應門的是一名十三、四歲的少女。葬儀社老闆馬上看清楚室內的陳設，知道這裡就是他要找的公寓。

8 本伯先生原本想說的是「缺德」(antinomian)，卻說成缺銻 (antimonial)。

他走進房內，奧利佛也跟著進去。

房裡沒有升火，但有一名男子傷心地蜷伏在空火爐前，另有一名老婦人在冰冷的爐邊放了一張矮凳，坐在男子身邊。房內另一個角落有幾個衣衫襤褸的孩子；而在房門正對面的一間小凹室裡，地上有個東西用一條舊毯子覆蓋。奧利佛朝那個地方看了一眼，馬上打了個冷顫，不自覺地貼向他的老闆；雖然那東西用毯子蓋著，但這孩子仍知道那是一具屍體。

男子的臉孔瘦削而慘白，頭髮和鬍子都已灰白，雙眼充血。老婦人滿臉皺紋，僅剩的兩顆牙齒向外凸出遮住了下唇，眼神明亮而銳利。奧利佛因害怕不敢看這兩個人；他們看起來就像是他剛才在屋外看到的老鼠。

葬儀社老闆走向凹室，男子突然激動地跳起來說：「誰都不准靠近她，退後！他媽的，如果你還想活命就給我退後！」

「這位朋友，不要胡說，」葬儀社老闆說，他對於各種悲慘的情況早已司空見慣了。「別胡說！」

「我告訴你，」男子緊握拳頭，憤怒地跺腳說道：「我告訴你，我絕對不會把她下葬，她在墳墓裡不能安息。蟲子會來打擾她——不是吃她——她早就瘦得一點肉都沒有了！」

葬儀社老闆沒有回應這一番瘋話，只是從口袋裡拿出卷尺，跪在屍體旁量了一會兒。

「啊！」男子流著淚，跪在過世的婦人腳邊說：「跪吧，跪吧，你們全都在她身邊跪下吧，注意聽好啦！我說她是餓死的。一直到她發高燒，我才知道她的狀況有多差；後來她瘦得只剩皮包骨。屋子裡沒升火也沒點蠟燭，她是在黑暗中死去的——在黑暗中哪！雖然我們聽到她喘氣叫著孩子的名字，卻連讓她看孩子最後一眼都沒辦法。我為了她上街行乞，他們卻把我關進牢裡。等我出獄回家，她都已經奄奄一息了；我難過得心都要碎了，是他們把她活活餓死的。我敢向親眼目睹這一切的上帝發誓！是他們把她活活餓死的！」他兩手抓著頭髮，大吼一聲之後便倒在地上打滾：兩眼發直，口吐白沫。

孩子們嚇壞了，傷心地哭了起來；那位老婦人原本一直沉默不語，彷彿對這一切充耳不聞，此時卻開口威嚇那些孩子，叫他們閉嘴。她先把直挺挺倒在地上的那名男子的領結鬆開，然後步履蹣跚地走向葬儀社老闆。

「她是我女兒，」老婦人朝遺體的方向點點頭，呆滯地斜著眼說道；在這個地方，她的表情比死亡本身更加駭人。「天啊，天啊！真是奇怪啊，我生下她的時候已經不年輕，但是我到現在都還活著，而且活得好好的，可是她卻已經躺在那兒，全身冰冷僵硬了！天哪，天哪！——你想想，這簡直就像一齣戲——簡直就像一齣戲啊！」

就在這名可憐的老婦人喃喃說著話，發揮她可怕的幽默感咯咯地笑著時，葬儀社老闆已經要轉身走人。

「等等，等等！」老婦人大聲地喃喃說道：「她是明天下葬還是後天或今晚？我已經幫她準備好了，我也得去，你知道的。送件大斗篷來給我，要保暖的那種，外頭冷得要命。我們在出發前也應該吃點蛋糕、喝點小酒！算了，送點麵包來好了——只要一條麵包和一杯水就好。能給我們一點麵包吧？」她急切地說道，看到葬儀社老闆再度走向門口，便一把拉住他的大衣。

「好，好，」葬儀社老闆說：「妳要什麼都行！」他鬆開老婦人緊抓的雙手，急忙拉著奧利佛離開。

隔天（這家人已經領到半條四磅重的麵包和一塊乳酪等救濟品，是由本伯先生親自送來）奧利佛和他的老闆重回喪家；本伯先生已經先到了，還從濟貧院帶了四名男子過來，由他們負責抬棺。老婦人及那名男子都在襤褸的衣衫外披上黑色舊斗篷；毫無裝飾的素面棺材已經拴緊，由四名柩夫扛在肩頭，抬往街上。

「老太太，現在請您務必盡量走快點！」索爾伯利先生在老婦人的耳邊低語；「我們已經遲到很久了；讓牧師等就不好了。走快點，各位——盡量快吧！」

柩夫肩上的負擔原本就不重，聽到他這麼吩咐便小跑步起來；兩名送葬的親屬也盡可能跟上。本伯先生與索爾伯利先生輕鬆地大步走在前頭；奧利佛的雙腿不像他老闆的那麼長，只能跟在旁邊跑。

但情況與索爾伯利先生的預期有所出入，他們大可不必這麼趕，因為在他們抵達教堂墓園長滿蕁麻的僻靜角落，也就是教區墓地的所在之處時，牧師根本還沒到；坐在法衣室火爐邊的教堂職員似乎認為，牧師至少還要再過一小時才會來。於是他們將棺架放在墓穴邊；兩名送葬親屬站在溼泥上耐心等候，寒冷細雨不停落下，幾個衣衫襤褸的男孩被這幅景象吸引而來到墓園，在墓碑間吵吵鬧鬧地玩起躲貓貓，後來又玩起在棺材上跳來跳去的遊戲。索爾伯利先生與本伯先生和教堂職員原本就是舊識，因此和他一起坐在火爐邊看報。

過了一個多小時，終於看到本伯先生、索爾伯利先生和教堂職員一起朝墓地跑來。不一會兒牧師也跟著現身，邊走邊穿他的白色法衣。本伯先生打跑了一、兩個男孩以維持肅靜，而這位牧師則是盡力壓縮葬禮時間，在四分鐘內便完成儀式，將法衣交給教堂職員後又離開了。

「好了，比爾！」索爾伯利先生對挖墓者說：「填土吧！」

填土並非難事，因為這片墓地已經葬滿了往生者，最上層的棺木離地面只有幾尺的距離。挖墓者鏟土填滿墓穴，用腳隨便踩了幾下便扛著鏟子離開了；那群孩子跟在他身後，大聲地喃喃抱怨遊戲時間結束得太快。

「走吧，好朋友！」本伯先生拍了拍這名鰥夫的背說：「他們要關閉墓園了。」

這名男子一直站在墓旁沒有移動半步，此時突然回過神，抬起頭看著和他說話的人，向前走了幾步，接著便倒地昏了過去。那名瘋癲的老婦人只顧著為失去斗蓬而傷心（被葬儀社老闆收回去），根本沒有注意他；因此他們朝他潑了一罐冷水，等他醒了過來，看他平安走出教堂墓園，便鎖上大門各自散去。

「怎麼樣啊，奧利佛，」在回家途中，索爾伯利說：「你喜歡這一行嗎？」

「很好，謝謝您，」奧利佛十分猶豫地回答：「並不是很喜歡，先生。」

「啊，久了你就習慣了，奧利佛，」索爾伯利先生說：「等你**真的**習慣了，就不覺得怎麼樣了，孩子。」

奧利佛心裡好奇，索爾伯利先生是否花了很長的時間才習慣這一行。但他覺得還是別問的好，在走回店鋪的途中，心裡不斷想著剛才的所見所聞。

第六章
奧利佛被諾亞的嘲諷激得憤而反抗，諾亞大吃一驚

一個月的試用期結束，奧利佛正式升為學徒。此時正是疾病流行的好時節，套一句業界的行話，棺材的行情看俏；短短幾星期，奧利佛便累積了許多經驗。索爾伯利先生的妙招不但發揮功用，效果還超乎他最樂觀的預期。就連當地最年長的居民，也不記得麻疹有哪段時期如此流行，如此嚴重威脅嬰幼兒的生命；小奧利佛多次帶領送葬隊伍，頭上的服喪黑帽帶長及膝蓋，勾起鎮上許多母親難以言喻的欣賞和感動。奧利佛也跟著老闆參加大多數的成人送葬行列，以便培養出完美殯葬人員所必須具備的冷靜舉止和應變能力，他有許多機會觀察到某些意志堅強的人，在面對考驗及喪親之痛時展現過人的堅忍與剛毅。

例如，索爾伯利曾替某些富裕的老夫人或老先生辦喪事，往生者的身邊圍繞著許多姪子姪女，這些晚輩在死者生前臥病在床時便悲慟不已，甚至在大多數的公共場合也無法完全壓抑哀戚之情，但他們私下卻顯得無比歡樂——十分愉快而滿足——興高采烈、無拘無束地談天說笑，彷彿從未發生過任何煩心事。丈夫也以最勇敢冷靜的態度面對喪妻之痛，妻子也為亡夫披麻帶孝，但他們身穿喪服似乎不是為了表達哀慟，而是下定決心要讓自己在這身衣服下盡可能展現風采與魅力。還有一點也值得觀察，就是這些先生女士在葬禮上表現得哀慟欲絕，但一回到家心情便立即平復，一杯茶都還沒喝完就已經變得十分冷靜。這一切都極為有趣，也很值得觀摩；奧利佛十分讚嘆地看著這一切。

在這些善人以身作則的示範下，奧利佛．崔斯特是否變得認命屈從，筆者雖然身為奧利佛的傳記作者，卻沒把握給各位肯定的答案；不過有一點筆者十分確定，就是這幾個月來，奧利佛一直對諾亞．克

雷波爾的欺凌和虐待逆來順受。諾亞對奧利佛的態度比以前惡劣得多，主要是因為他看到這個新來的小子居然被提拔成執黑杖、戴黑帽帶的人，而身為前輩的自己卻仍戴著寬頂無邊帽、穿著皮短褲，因而心生嫉妒。夏洛蒂也因為諾亞的關係，從不給奧利佛好臉色看；而由於索爾伯利先生決心要與奧利佛為友，因此索爾伯利太太便決意與奧利佛為敵。因此，奧利佛被夾在這三個敵人與一場接一場的葬禮之間，日子過得並不完全像是被意外關進釀酒廠穀倉裡的餓豬那樣舒適。

現在，筆者即將寫到奧利佛十分重要的人生階段；這件事或許看似微不足道、無關緊要，卻間接導致奧利佛未來的人生與遭遇有了重大的改變，因此筆者必須加以記錄。

這一天，奧利佛和諾亞照常在用餐時間下樓到廚房，一起分食一小塊羊肉——是一塊一磅半重的劣質頸肉——此時夏洛蒂被叫出去，而飢腸轆轆又惡毒的諾亞．克雷波爾則認為在接下來的一小段時間裡，最值得做的事就是激怒和折磨小奧利佛．崔斯特。

諾亞決心要展開這個無傷大雅的娛樂活動，於是將雙腳擱到桌巾上，扯著奧利佛的頭髮、擰著他的耳朵，發表自己對他的高見，說他是個「抓扒子」，後來更進一步宣稱奧利佛將來一定會被吊死，不論這件令人期待的事情何時發生，他都一定會前去觀看；接著他開始像個惡毒、病態的慈善學校學生，以各種低俗的髒話辱罵奧利佛。為了惹哭奧利佛，諾亞決定開更大的玩笑；為達此目的，他做出至今許多人想開玩笑時仍會做的事，就是展開人身攻擊。

「濟貧院小子，」諾亞說：「你媽怎麼了？」

「她死了，」奧利佛回答：「不要在我面前提她！」

奧利佛說這句話時臉色逐漸漲紅，呼吸也變得急促，口唇和鼻翼奇特地翕動，克雷波爾先生認定這是奧利佛即將嚎啕大哭的預兆，因此繼續發動攻擊。

「她怎麼死的，濟貧院小子？」諾亞說。

「我們院裡的幾個老護士告訴我，她是心碎而死的，」奧利佛回答。與其說是回答諾亞，更像是自言自語。「我想我知道心碎而死是什麼感覺！」

「托得囉囉囉，是這樣嗎，濟貧院小子，」諾亞看到一滴眼淚順著奧利佛的臉頰滑落，便說：「你哭什麼？」

「反正不是為了**你**哭，」奧利佛生氣地回答。「好了，夠了。不要再跟我提她了，你最好別再提了！」

「最好別再提！」諾亞大聲嚷嚷。「好啊！不提啊！濟貧院小子，你少不要臉了。**你**媽也是！她可是個美女啊。噢，天哪！」說到這裡，諾亞意味深長地點點頭，並竭盡所能地皺起他的小紅鼻。

「你知道嗎，濟貧院小子，」諾亞見奧利佛不發一語，得寸進尺地接著說下去；他以假裝同情的嘲諷語氣說話，這種語調最讓人惱火。「你知道嗎，濟貧院小子，現在已經幫不上忙了，當然你那時也幫不上忙；我實在是覺得很遺憾；我敢說我們都覺得很遺憾，也都很同情你。可是你得知道，濟貧院小子，你媽可是個徹底的壞胚子。」

「你說什麼？」奧利佛迅速抬起眼問道。

「一個徹徹底底的壞胚子，濟貧院小子，」諾亞冷靜地回答。「她死了還比較好咧，濟貧院小子，不然她一定還在感化院裡做苦工，或是被流放或被吊死；我看做苦工的機率還是比流放或吊死來得高，你說對吧？」

奧利佛氣得滿臉通紅，猛然一躍撞翻了桌椅，一把掐住諾亞的脖子；他在盛怒之下拚命搖晃諾亞，直到對方的牙齒咯咯打顫，並盡全力朝諾亞重重揮了一拳，將他打倒在地。

這個男孩在一分鐘前還是個文靜溫順的孩子，因飽受虐待而灰心喪志。現在他終於打起精神；這些對他死去母親的殘酷羞辱讓他熱血沸騰。他的胸膛起伏，姿態堅毅，雙眼炯炯有神，整個人都變了，直挺挺地站在原地，瞪著如今蜷伏在他腳邊的懦弱施虐者，以前所未有的活力反抗這個人。

「他要殺了我啦！」諾亞哭喊著：「夏洛蒂！老闆娘！這個新來的小子要殺了我啦！救命啊！救命！奧利佛發瘋了！夏──洛蒂！」

諾亞的呼救聲引來夏洛蒂的一聲尖叫，接著是索爾伯利太太更高聲的叫嚷；夏洛蒂從側門衝進廚房，索爾伯利太太則是站在樓梯上，直到她十分肯定沒有生命危險才繼續走下樓。

「噢，你這個小壞蛋！」夏洛蒂大吼一聲，使出吃奶的力氣抓住奧利佛，力道相當於一個體格頗為強壯又受過格外良好訓練的男子。「噢，你這個忘、恩、負、義、狼、心、狗、肺、的、殺、人、壞、胚、子！」她每說一個字，就用盡全力給奧利佛一拳，同時為了讓在場人士覺得過癮，每一拳還配上一聲尖叫。

夏洛蒂拳頭的力道絕對不輕，但索爾伯利太太擔心這還不能有效平息奧利佛的怒氣，因此也衝進廚房，一手幫忙拉住奧利佛，另一手不停地抓他的臉。諾亞見情勢對自己有利，便從地上爬起來，從後方揮拳猛打奧利佛。

這麼激烈的活動無法持續太久。等到三個人都累了，再也拉不動、打不動，他們便將不斷掙扎、喊叫卻毫不退縮的奧利佛拖進地窖關起來。接著索爾伯利太太癱坐在椅子上大哭起來。

「上帝保佑，她又發作了！」夏洛蒂說。「諾亞，親愛的，倒杯水過來，快點！」

「噢！夏洛蒂，」索爾伯利太太勉強開口說話；諾亞在她的頭上和肩上倒了些水，她只覺得空氣不足，冷水又太多了些。「噢，夏洛蒂，幸好我們沒有全被殺死在床上！」

「啊！真的是萬幸啊，夫人，」夏洛蒂回答。「我只希望這件事能讓主人學到教訓，不要再收留那些可怕的人了，他們天生就是殺人犯和強盜。可憐的諾亞！我進來的時候，他差點就沒命了，夫人。」

「可憐的孩子！」索爾伯利太太同情地看著慈善學校學生說道。

諾亞比奧利佛高出一大截，奧利佛的頭頂只勉強和諾亞背心上的第一顆釦子齊平，但此時諾亞聽到眾人對他的同情，卻開始以手腕內側揉著眼睛，抽抽答答地哭了起來。

「這下該怎辦！」索爾伯利太太大聲嚷嚷。「你們老闆不在，家裡又沒個男人，他不到十分鐘就會把門踢開了。」奧利佛激烈地撞著她所說的那扇門，使得這件事發生的可能性大幅提高。

「天哪，天哪！我不知道，夫人，」夏洛蒂說：「不然我們派人去叫警察來。」

「或是叫金人[9]來，」克雷波爾先生建議。

「不，不，」索爾伯利太太想起奧利佛的老朋友。「諾亞，你去找本伯先生，叫他直接過來，一分鐘都別耽擱；別管帽子了！快點去！你可以邊跑邊拿把刀貼在黑青的眼睛上，這樣可以消腫。」

諾亞二話不說，立刻全力快跑；路人看到一個慈善學校的學生在街上慌張地拔腿狂奔，頭上沒戴帽子，眼睛上還貼著一把折疊刀，一定會大吃一驚。

第七章
奧利佛繼續反抗

諾亞・克雷波爾以最快的速度在街上狂奔，一口氣衝到濟貧院的大門口。他在門前休息了一、兩分鐘便大哭起來，像是上演一齣大戲般面露恐懼、哭得一把鼻涕一把眼淚，大聲敲著旁邊的小門，並對著前來開門的一位老貧民擺出可憐兮兮的表情；這位貧民即使在人生的黃金時期，也只看過一張張可憐的面孔，但如今見到諾亞的表情，仍是驚訝地倒退。

「怎麼了，這孩子發生了什麼事！」老貧民說道。

「本伯先生！本伯先生！」諾亞佯裝驚恐地大喊，聲音又大又激動，不僅傳到正好就在附近的本伯先生耳朵裡，還把他嚇得連三角帽都沒戴就衝進院子裡——這是十分奇特異常的情況：顯示即使身為教區執事，在突如其來的強大刺激下，仍可能一時驚慌失措，將個人尊嚴拋諸腦後。

「噢，本伯先生！」諾亞說：「奧利佛，先生——奧利佛他——」

「怎麼了？怎麼了？」本伯先生打斷他，如金屬般發亮的雙眼閃過一絲歡樂。「不是逃跑了吧；他不是逃跑了吧，是嗎，諾亞？」

「不是，先生，不是。他沒逃跑，可是他花瘋[10]了，」諾亞回答。「他想殺我，先生；然後又想殺了夏

9 他誤將「軍人」（military）說成「金人」（millingtary）。

洛蒂；還想殺老闆娘。噢！實在是好痛啊！真的好痛啊，先生！」說到這兒，諾亞開始像鰻魚一樣全身不停扭動，藉此讓本伯先生明白，奧利佛．崔斯特凶狠殘暴的攻擊已經對他造成嚴重的內傷和傷害，此時此刻他正忍受著最劇烈的痛苦折磨。

諾亞眼見本伯先生被他傳達的消息完全嚇傻了，便開始加油添醋，用比原本高出十倍的音量大聲哀號他的傷勢有多嚴重；看到穿白色背心的男士從院子經過，又比剛才更激動地哀嘆自己悲慘的遭遇，心想自己極有可能吸引這位男士的注意，並激起他的憤怒。

這位男士果然很快就注意到諾亞；因為他還走不到三步，便氣沖沖地轉身質問那位小無賴在鬼叫什麼，本伯先生為何不給他點苦頭，讓這一連串的哀號弄假成真？

「先生，這位是慈善學校的可憐學生，」本伯先生回答：「他剛才差點就被小崔斯特殺了，真的是千鈞一髮，先生。」

「天哪！」穿白色背心的男士驚叫，立即停下腳步。「我就知道！打從一開始我就有種奇特的預感，那個厚顏無恥的小野人一定會被吊死！」

「他還想殺掉女佣，」本伯先生面色慘白地說。

「還有老闆娘，」克雷波爾先生插嘴說道。

「還有老闆，我記得你是這樣說的，對吧，諾亞？」本伯先生補了一句。

「沒有！老闆出去了，不然他一定會連他也殺了，」諾亞回答。「他曾經說過他想殺老闆。」

「啊！他說他想殺老闆是吧，孩子？」穿白色背心的男士問道。

「是的，先生，」諾亞回答。「求求您，先生，老闆娘想知道本伯先生能不能馬上抽空過去一趟，好好教訓那小子一頓——因為老闆出去了。」

「當然可以，孩子，當然可以，」穿白色背心的男士親切地笑著說，拍了拍諾亞的頭；這孩子的個子還比他高了大約十公分。「你是個乖孩子——很乖的孩子。這一便士給你。本伯，帶著你的手杖直接去索爾伯利家吧，想辦法做最好的處置。千萬別饒了他，本伯。」

「我絕不會饒他的，先生，」教區執事回答。此時本伯先生已戴上三角帽、拿好手杖，然後才與諾亞．克雷波爾一起全速趕往葬儀社。

店鋪裡的情況並未好轉。索爾伯利先生還沒回來，奧利佛仍持續踢著地窖門，力道絲毫沒有減弱。鑒於索爾伯利太太和夏洛蒂將奧利佛的殘暴行為描述得十分可怕，本伯先生認為最好先和奧利佛談談再開門。他先在門外朝門板踢了一腳當作序曲，再將嘴湊到鑰匙孔上，以低沉而威嚴的語調說：

「奧利佛！」

「喂，放我出去！」奧利佛在門內回答。

「你認得我的聲音嗎，奧利佛？」本伯先生說。

「認得，」奧利佛回答。

「你不怕我嗎？聽到我說話難道沒發抖嗎？」本伯先生說。

「不怕！」奧利佛勇敢地回答。

這個答案與本伯先生預期聽到、習慣聽到的答案差太多，讓他踉蹌了一下。他從鑰匙孔向後退，站直了身子，目瞪口呆地與在場的三名旁觀者面面相覷。

「噢，本伯先生，這下您知道了吧，他一定是瘋了，」索爾伯利太太說：「只要還有半點理智，沒有一個孩子敢這樣跟您說話。」

10 諾亞誤將「發瘋」（vicious）說成「花瘋」（wicious）。

「老闆娘，他不是發瘋，」本伯先生思忖了一會兒之後回答：「是吃肉的關係。」

「什麼？」索爾伯利太太驚叫。

「是肉，老闆娘，吃肉的關係，」本伯刻意強調。「妳讓他吃太飽了，老闆娘。是妳養成他虛假的靈魂和氣魄，和他的身分地位根本不搭。索爾伯利太太，那些委員都是講求實際的哲學家，他們會跟妳解釋清楚的。貧民要靈魂或氣魄幹嘛呢？光是讓他們的肉體活著就已經很足夠了。老闆娘，如果妳當初只給這孩子吃薄粥，就不會發生這種事了。」

「天哪，天哪！」索爾伯利太太突然大喊，假惺惺地抬頭看著廚房天花板說：「真是好心沒好報啊！」

索爾伯利太太對奧利佛的好心，就是慷慨供應他各種沒人要吃的餿水殘羹；因此在本伯先生的嚴厲指控下，她只能擺出溫順與奉獻的姿態。其實平心而論，她不論是想法、說法或做法都完全是無辜的，不應接受這種指控。

「啊！」等她再度將視線拉回來，本伯先生才說：「依我看，為今之計就是讓他在地窖裡關一、兩天，等他餓到沒力了再放他出來，然後在他當學徒期間都只給他吃薄粥。索爾伯利太太，這孩子的出身不好，天性就很暴躁！護士和醫生都說，他母親是吃盡了苦頭、受盡磨難才到了濟貧院，換成是其他正經女人，早就沒命了。」

奧利佛聽本伯先生說到這裡，知道有些話在暗諷他母親，又開始拚命踢門，把其他聲音都蓋過去。就在此時，索爾伯利終於到家。兩位女士便將奧利佛的惡行惡狀告訴他，並加油添醋一番，以便激起他的怒意，索爾伯利先生立即打開地窖門，揪著奧利佛的衣領，將這個造反的學徒拖了出來。

奧利佛的衣服在剛才一陣拳打腳踢中早已被撕破，臉上滿是瘀青和抓傷，頭髮亂七八糟地散落在額前。但是他依舊氣得滿臉通紅，一被拖出地窖便大膽地瞪著諾亞，絲毫沒有恐懼之色。

「好啊，你很厲害嘛，是不是？」索爾伯利先生說完搖晃了奧利佛一下，賞了他一耳光。

「他罵我媽媽，」奧利佛回答。

「哼，就算他罵了又怎樣，你這個忘恩負義的小王八蛋？」索爾伯利太太說：「她活該被罵，我還嫌罵得不夠呢。」

「她才不是，」奧利佛說。

「她就是，」索爾伯利太太說。

「妳騙人！」奧利佛說。

索爾伯利太太放聲大哭，淚如泉湧。

這種情況讓索爾伯利先生沒有選擇的餘地。如果他在這一刻還有所遲疑，沒有給奧利佛最嚴厲的懲罰，根據所有夫妻吵架的先例，凡是有經驗的讀者都會認定，他一定是人面獸心的傢伙、不近人情的丈夫、無禮的粗人、假男人，凡此種種，礙於本章篇幅有限，不勝枚舉。平心而論，就他權力所及（範圍實在有限），他對這個孩子其實不錯；或許是因為這麼做對自己有利，也或許是因為他的妻子討厭這個孩子。然而，如今他妻子如泉湧般的淚水讓他別無選擇，只能立即揍奧利佛一頓，就連索爾伯利太太也因此感到滿意，本伯先生也省去動用教區手杖的麻煩。接下來的一整天，奧利佛都被關在廚房的儲藏室裡，只有一具幫浦和一片麵包和他做伴；到了晚上，索爾伯利太太先在門外說了一番話（絕對不是在誇讚他的母親），還有諾亞與夏洛蒂在一旁奚落和指指點點，接著她往房裡看了一眼，命奧立佛上樓回到自己陰鬱的床上。

直到他獨自一人回到葬儀社老闆陰沉的店鋪裡，身處於一片安靜死寂中，他才將這一整天的遭遇可能在一個小孩子心裡喚醒的情緒宣洩出來。他一直以輕蔑的表情聽著大家的嘲諷，一聲不吭地忍受大家的毒打，因為他感覺到自尊心正在內心增長，就算他們將他活生生地放在火上烤，他也能一聲不吭地堅持到最後。但如今四下無人，沒有人會看到他或聽到他，他跪在地上兩手摀著臉哭了起來，哭雖然是上帝賜給人類的天性，卻少有人在這麼小的年紀就有理由在上帝面前灑淚！

奧利佛就這樣文風不動地跪了許久。等他站起身時，燭台上的蠟燭都快燒完了。他謹慎地環顧四周，仔細留意動靜，然後輕手輕腳地打開門鎖，朝門外看出去。

夜裡寒冷幽暗。在他看來，就連星星似乎也比以往離地球更遙遠，今夜一點風都沒有；地上陰暗的樹影一動也不動，看起來陰森森又死氣沉沉。他悄悄又把門關上。在即將熄滅的燭火照明下，將自己的幾件衣物用一條手帕包好，坐在一張板凳上等待天亮。

等到第一道晨光從活動遮板的縫隙照進來，奧利佛便再次起身開門。他先膽怯地看了看四周——猶豫了一下——接著便將身後的門關上，走到大街上。

他左顧右盼一番，不確定該往哪個方向逃跑。

他記得以前和老闆一起出門時，曾看到馬車吃力地駛上山丘，因此決定走同一條路；接著他來到一條穿越田野的小徑，知道再走一段路，這條小徑就會再度通往大馬路，於是順著小路快步前進。

奧利佛記得很清楚，他曾經在這條小路上跟在本伯先生身邊小跑步，那是他第一次被人從寄養院帶往濟貧院的情景。這條路直通寄養院門前。想到這點他的心跳開始加速，差點就決定調頭往回走。但他已經走了這麼遠，如果折返會浪費不少時間。此外，現在時間這麼早，他被人發現的機率也很低，因此他仍繼續前行。

他走到寄養院門前。一大清早，院內的寄養兒童似乎都還沒開始活動。奧利佛停下腳步，朝院子裡偷看。有個小孩正在院子裡其中一塊小花壇裡除草；就在奧利佛停下腳步時，這孩子正好抬起蒼白的臉孔，從五官看來，他是以前的同伴之一，奧利佛很高興能在離開前見到他；這孩子的年紀雖然比他小，卻是他的小友伴和玩伴。他們以前常常一起挨打、挨餓、被關。

男孩朝大門跑來，從欄杆間伸出細瘦的臂膀向奧利佛打招呼。「噓，迪克！」奧利佛說道：「有人起床了嗎？」

「只有我而已，」孩子回答。

「迪克，千萬別說你見過我，」奧利佛說：「我要逃跑。迪克，他們打我、虐待我，我要去很遠的地方闖一闖。我還不知道要去哪裡。你的臉色好蒼白喔！」

「我聽到醫生跟他們說我快死了，」這孩子帶著一抹淺笑回答。「很高興見到你，親愛的朋友，千萬別停下來，別停啊！」

「好，好，我不會停的，那就再見囉，」奧利佛回答。「迪克，我會再來看你的，我一定會！你一定會好起來，過得快快樂樂的！」

「希望如此，」孩子回答。「不過要等我死了以後，不是在死之前。奧利佛，我知道醫生說的一定沒錯，因為我常常夢到天堂、天使，還有我醒著的時候從來沒看過的慈祥面孔。親我一下吧，」孩子說完便爬上低矮的大門，張開他的小手摟住奧利佛的脖子。「再見了，親愛的朋友！願上帝保佑你！」

這句祝福雖然是從一個小孩子的嘴裡說出，卻是奧利佛生平第一次聽到；他在往後的人生裡雖然飽受磨難痛苦，遭遇麻煩和變化，卻從未忘記過這句祝福。

第八章

奧利佛徒步走到倫敦，途中遇到一位奇怪的年輕人

奧利佛走到小路盡頭的梯階，再度回到大馬路上。此時已經是上午八點鐘。雖然他離城鎮已將近八公里遠，但仍時而跑步、時而躲在籬笆後，深怕有人追趕上來。他就這樣一直走到中午才坐在路旁的里程碑上休息，第一次開始思考自己要到哪裡謀生比較好。

他身旁的石碑上刻了幾個大字，標明此地離倫敦只有一百一十二公里。這個地名在這孩子的腦中重新喚起了一連串的想法。

倫敦！——那個大城市！——沒有人——就連本伯先生也是——能在那裡找到他！他也常聽濟貧院裡的老人說，有志氣的小伙子在倫敦什麼都不缺；在那個大城市裡，有些謀生方法是鄉下長大的人根本想像不到的。對一個無家可歸、如果沒人幫忙一定會死在街頭的男孩而言，倫敦是最好的去處。這些念頭從奧利佛腦中掠過，他於是跳下石碑，再度踏上旅程。

他朝著倫敦又前進了整整六公里半，才想到他得走多少路才能抵達目的地。想到這點他把腳步放慢了一點，開始思索要如何前往倫敦。他的包袱裡有一塊硬麵包、一件粗布衫、兩雙長襪，口袋裡有一便士——是索爾伯利先生在某次葬禮結束後給他的獎勵，因為那次他表現得比平常還好。「一件乾淨的襯衫，」奧利佛心想：「穿起來很舒服；那兩雙補過的長襪也是；一便士也不錯；不過要在冬天走一百零五公里半的路，這些東西的幫助實在有限。」但奧利佛的想法就和多數人一樣，雖然很清楚自己的難處，卻完全想不到可行的解決辦法；因此他左思右想也得不出明確的結論，只好將小包袱換肩背，繼續他的長途

跋涉之旅。

當天奧利佛走了三十二公里的路；一整天只吃了那塊乾硬的麵包，喝了幾口向路旁人家討來的清水。到了晚上他轉進一座牧場，悄悄爬到一座露天乾草堆下，決定就在這裡過夜。起初他覺得害怕，聽著蕭蕭風聲鬱鬱地吹過空曠的原野，又感到飢寒交迫，比以往更覺得孤寂。但由於他走累了，因此很快便進入夢鄉，將煩惱全都忘卻。

隔天早上他醒來時已經凍僵，又覺得飢餓難耐，於是只好在他經過的第一個村子裡用那一便士買了一小條麵包。這一天他還走不到十九公里，天就又黑了。他的雙腳疼痛不堪，兩腿發軟直打顫。他在陰冷潮溼的原野露天席地又過了一夜，情況變得更糟；隔天早上他再度踏上旅程，只能緩慢前行。

他在陡坡下等到一輛公共馬車過來，向坐在車外的乘客乞討，但沒幾個人理會他；甚至還有人要他等馬車爬到山坡頂，再讓他們看看他可以為了半便士跑多遠。可憐的奧利佛努力跟在馬車後頭跑了一小段路，卻因為疲勞和雙腳疼痛而追不上了。坐在車外的乘客見狀，又把半便士收回口袋裡，直說奧利佛是隻小懶狗，不配領到獎賞；馬車噠噠地走遠，只留下一陣煙塵。

有幾個村子裡豎起了大型油漆告示牌，警告所有人凡是在該區行乞者，一律予以監禁。奧利佛十分害怕，因此很樂意盡快離開那些村莊。而在其他村莊，他則會站在旅館的院子裡，可憐兮兮地看著路上的行人，但旅館的老闆娘通常會請四處閒逛的驛車左馬御者將這個陌生男孩趕走，因為她認定奧利佛是來偷東西的。如果他去農家乞討，他們十之八九會威脅要放狗咬他；如果他出現在店鋪裡，店家就會提起教區執事，嚇得他心臟差點從嘴裡跳出來——果真如此，這會是好幾個小時以來唯一進入他嘴裡的東西。

老實說，如果不是一位好心的關卡收稅員和一位慈祥的老太太，奧利佛很可能已經步上他母親的後塵，提前結束人生的種種困擾；換句話說，他很可能已經死在主要幹道上。那位收稅員請奧利佛吃了一餐麵包和乳酪，而那位老太太則是有個孫子因船難而流落異鄉，因此她十分同情這個可憐的孤兒，不但將自已能給的東西都送給他，還對他說了許多親切仁慈的話，甚至流下同情憐憫的淚水，這一切比奧利佛之前所受的種種痛苦更教他印象深刻。

在離開故鄉第七天的清晨，奧利佛跛著腳緩緩走進巴內特小鎮。鎮上人家門窗緊閉，街上空無一人，還沒有人起床從事當天的活動。朝陽初升，光采奪目，但陽光只是讓奧利佛看清楚自己的孤寂和淒涼，他坐在門階上，雙腳流著鮮血、沾滿塵土。

漸漸地，有些人家拿下窗前的遮板、拉開窗簾，路上開始有行人往來。有幾個人停下腳步看了奧利佛一、兩眼，有的人則是在匆匆經過時轉頭看他一眼；但完全沒有人安慰他，或上前詢問他怎麼來到這裡。他沒有心思乞討，只是坐著不動。

他蜷縮在階梯上好一會兒，納悶這個鎮上怎麼會有這麼多旅店（巴內特鎮上每隔一間房子就是一家旅店，規模有大有小），無精打采地看著經過的馬車，心想他憑著超乎自己年齡的勇氣和決心，走了整整一星期的路程，這些馬車在短短幾小時內就能輕而易舉走完，實在很奇怪。就在此時，他發現有個男孩正在看他；這個男孩幾分鐘前漫不經心地從他身邊走過，但又折返回來，現在正在對街以專注的眼神打量著他。奧利佛起初毫不在意，但那個男孩盯著他看了許久，讓奧利佛忍不住抬起頭回敬對方的凝視。男孩見狀便過了馬路，走近奧利佛說：

「哈囉，朋友！你還好嗎？」

向這位小徒步旅人問好的這個男孩年紀與他相當，卻是奧利佛見過長相最怪的男孩之一。他有著獅子鼻、扁平額頭，長相十分粗鄙，是個難得一見的骯髒少年，但卻有著成年人的氣質和姿態。以他的年紀而言，他的身高算矮，有一雙膝蓋明顯外翻的腿，以及一對銳利而難看的小眼睛。他的帽子隨意扣在頭頂，隨時都可能掉下來——如果不是戴的人習慣不時甩一下頭，讓帽子回到原位，想必這頂帽子一定常常掉下來。他穿著一件大人的大衣，衣襬快垂到腳跟，袖口捲到手臂的一半，以便讓雙手伸出來：這麼做顯然是為了將手插進燈芯絨褲的口袋，因為那裡就是他放手的地方。總之，他是一個愛擺架子、裝模作樣的年輕人，身高只有大約一百四十公分（可能還不到），腳下踩著一雙半統皮靴。

「哈囉，朋友！你還好嗎？」這個陌生年輕人向奧利佛問道。

「我好餓又好累，」奧利佛回答，說話時眼淚已經在眼眶打轉。「我走了很遠的路，已經走了七天了。」

「走了七天！」年輕人說：「噢，我懂了。是鳥嘴的命令吧？不過，」他看到奧利佛訝異的表情，又說道：「我想你不知道鳥嘴是什麼意思吧，我的好、伙、伴。」

奧利佛溫順地回答，他常聽到有人用這個詞來指鳥的嘴巴。

「唉喲，你還真嫩啊！」年輕人驚呼。「鳥嘴就是指地方治安官；如果鳥嘴下令要你走，並不是要你直直往前，而是要你往上，再也不要下來。你從來沒踩過磨嗎？」

「什麼磨？」奧利佛問道。

「什麼磨！唉，就是**那個**磨啊——就是那個占不了多大空間的石磨，可以在石牢裡運轉；景氣不好的時候踩的人就多，景氣好的時候就找不到人手。總之，來吧，」年輕人說：「你想吃東西，包在我身上。雖然我手頭有點緊——只有一先令和半便士；不過就湊合著用吧，我會想辦法的。站起來吧。起來！走吧，快啊！」

這個年輕人將奧利佛拉起來，帶他到鄰近的雜貨店買了許多現成熟火腿和半條四磅重麵包（也就是他所說的「四便士麥麩！」），他很聰明地掏出麵包中央的一部分，挖了一個洞，再將火腿塞進洞裡，以保持乾淨，避免沾上灰塵。這個年輕人將麵包夾在腋下，轉身走進一家小旅店，帶頭走向店後方的一間酒吧。接著這位神祕的青年點了一杯啤酒，而奧利佛則在新朋友的邀請下，好好吃了一頓豐盛的大餐，整個過程裡，這位怪男孩不時以專注的眼神看著奧利佛。

「你要去倫敦嗎？」等到奧利佛終於吃完之後，怪男孩問道。

「對。」

「有地方住嗎？」

「沒有。」

「身上有錢嗎？」

「沒有。」

怪男孩吹了一聲口哨，吃力地將雙手從大衣的衣袖伸出來，插在口袋裡。

「你住在倫敦嗎？」奧利佛問。

「是啊，我在家的時候就住在倫敦，」男孩回答：「我想你今晚需要有個地方睡覺，對吧？」

「是啊，沒錯，」奧利佛回答：「我從離開故鄉之後，就再也沒有在室內睡過覺了。」

「這有什麼好難過的，」年輕人說：「我今晚得去倫敦；我知道有個人很好的老先生也住在那裡，他會讓你免費住宿，絕對不收一毛錢——不過要有他認識的人介紹才行。那他認不認識我？噢，不認識！一點都不熟！完全不認識！當然不認識！」

年輕人笑了笑，似乎暗示最後那幾句話是在開玩笑，故意說反話而已；他一面說話一面將啤酒喝光。這個突如其來的住宿邀約實在太過誘人，讓奧利佛難以拒絕；尤其緊接著年輕人又向他保證，那位老先生一定會馬上為奧利佛提供一個舒適的住所。接下來他們的談話內容更為熱絡而深入，奧利佛從中得知這位朋友名叫傑克．道金斯，是先前提到的那位老先生的得意門生。

從道金斯先生的外表看不太出來他的恩人有多照顧那些受他保護的人。不過他的說話方式倒是十分輕浮放蕩，他也進一步承認自己在好友圈裡有個更響亮的名號，就是「狡猾的機靈鬼」。奧利佛因此推論道金斯生性放蕩不羈，早已將他恩人的道德訓誡拋到九霄雲外。有了這個想法後，他暗自決心要盡快在那位老先生心裡留下好印象；如果機靈鬼真的如他所料是個無可救藥的傢伙，自己便要婉拒與他進一步深交的殊榮。

由於傑克·道金斯不願意在天黑前進入倫敦，因此他們抵達伊斯林頓的收稅關卡時已將近十一點鐘。他們穿越天使路來到聖約翰路，轉進一條小路（盡頭是沙德樂泉戲院），穿過艾克矛斯街與科皮斯路，走進濟貧院旁的小巷；經過一處舊名為哈克利洞的古蹟，再進入小番紅花山，然後來到大番紅花山。機靈鬼順著山路快步前行，叮囑奧利佛緊跟在他身後。

雖然奧利佛全心留意帶路人的身影，但也忍不住在經過時匆匆朝道路兩旁瞄了幾眼。他從來沒看過這麼骯髒惡劣的環境。這條街道十分狹窄而泥濘不堪，空氣中瀰漫著各種惡臭。

街上有許多小店鋪，但唯一販賣的商品似乎是成群的孩子，即使已近深夜，這些孩子依舊在門邊爬進爬出，或在屋裡哇哇大叫。在這一片破敗之中，唯一繁榮興盛的地方就是酒館；酒館裡，一群群身分極低微的愛爾蘭人吵得不可開交。從主要道路分出了幾條隱蔽的小路和庭院，通往幾棟房舍，喝醉酒的男女真的在骯髒的環境裡打滾；幾個長相凶惡的傢伙小心翼翼地走出門外，顯然打算去做一些見不得人或傷天害理的勾當。

奧利佛正想著是否應該逃跑，卻已經來到山腳下。他的嚮導抓住他的手臂，走到菲爾德巷附近的一間房子推開大門，拉著奧利佛走進通道，順手把門關上。

機靈鬼吹了一聲口哨，下方有人大聲回應：「好，說！」

「大滿貫！」機靈鬼回答。

這似乎是表示一切正常的口令或暗號，因為通道遠端盡頭的牆上出現微弱的燭光，一名男子從老舊廚房階梯的欄杆缺口探出頭來。

「有兩個人啊，」那人說道，將蠟燭拿遠一些，用手替眼睛擋光。「另一個是誰？」

「新同伴，」傑克・道金斯將奧利佛拉向前說道。

「他是打哪兒來的？」

「陌生的地方。費金在樓上嗎？」

「對，他在整理手帕。你們上去吧！」燭光向後退去，那張臉也跟著消失。

奧利佛一手摸索著，另一手被他的同伴緊緊抓住，艱難地爬上昏暗、殘破的階梯，但他的嚮導卻爬得輕鬆而敏捷，顯示他對這裡十分熟悉。

他推開一間內室的房門，拉著奧利佛走進去。

房裡四面牆壁與天花板都已被陳年老垢染黑。壁爐前有一張松木桌子，桌上一個薑汁啤酒瓶裡插著一根蠟燭，還有兩、三個白鑞壺、一條麵包和奶油，和一只盤子。平底鍋以一根繩子固定在壁爐架上，鍋裡正煎著幾根香腸，一個極為年老的乾癟猶太老頭手裡拿著烤肉叉站在鍋旁，一頭蓬亂糾結的紅髮遮住了他凶惡可憎的面容。老頭身穿泛油光的法蘭絨長袍，露出脖子，似乎要一面顧著鍋子，一面留意掛滿絲質手帕的衣架。幾張以舊麻袋製成的簡陋床鋪一張接著一張在地上一字排開。桌邊圍坐著四、五個男孩，年紀都比機靈鬼還小，卻以中年男子的姿態抽著陶製菸斗、喝著烈酒。機靈鬼向猶太老頭悄悄說了幾句話，其他孩子全都圍到這位伙伴身邊，然後再一起轉頭對著奧利佛咧嘴笑著。猶太老頭也拿著烤肉叉對奧利佛露出笑容。

「費金，就是他，」傑克・道金斯說：「我的朋友，奧利佛・崔斯特。」

猶太老頭咧嘴笑著，對奧利佛深深一鞠躬，再牽起他的手說希望自己有幸和他成為知交。此時，那群抽菸斗的小孩也圍了上來，熱烈地握住奧利佛的雙手，拚命和他握手——特別是他拿著小包袱的那隻手。其中一名小孩急著替奧利佛掛帽子；另一個小孩熱情地將雙手伸進奧利佛的口袋裡，為十分疲累的他省去睡前掏空口袋的麻煩。如果不是猶太老頭用烤肉叉盡情敲這些熱情孩子的頭頂與肩膀，這一番殷勤寒暄可能還會進一步延伸擴大。

「很高興能認識你，奧利佛，真的很高興，」猶太老頭說道：「機靈鬼，把香腸從鍋裡拿出來，拉個桶子到火爐邊給奧利佛坐。啊，親愛的，你在看那些手帕吧。這些手帕可真多，對吧？我們才剛挑揀好，準備拿去洗；就是這樣而已，奧利佛，就是這樣而已。哈！哈！哈！」

這位愉快老先生的最後這幾句話，引來這幫前途光明的門生一陣喝采。他們一面叫嚷一面吃起晚餐。

奧利佛也吃了自己那一分晚餐，猶太老頭接著替他調了一杯琴酒加熱水，要他快點喝完，因為其他孩子還等著用那個酒杯。奧利佛照著他說的話做了。不一會兒，他感覺到有人將自己輕輕抱到其中一張麻袋床上；然後他便沉沉睡去。

第九章
有關愉快老先生及其得意門生的其他細節

第二天早上，奧利佛從沉睡中醒來時，時間已經不早了。屋裡不見其他人，只有那位猶太老頭正用平底深鍋煮咖啡當早餐，一面用鐵湯匙不停攪動咖啡，一面輕聲吹口哨。只要樓下有一丁點聲音，他就會停下來仔細聽，等確定沒問題，才會繼續吹口哨、攪動咖啡。

奧利佛雖然已經醒了，卻沒有完全清醒。在睡眠與清醒之間有一種昏沉狀態，此時對周遭發生的事情一知半覺，在五分鐘裡半睜著眼所做的夢，比雙眼緊閉、睡到完全人事不知的五個晚上所做的夢還要多。在這種時候，人對自己心靈正好有足夠的了解，隱約知道心靈超脫肉體的侷限，具有強大的力量，能跳脫塵世，不受時間與空間限制。

奧利佛正處於這種狀態。他半閉的雙眼看到了猶太老頭，聽到他輕聲吹口哨，聽得出湯匙刮過鍋邊的聲音，而在此同時，這些感官也與他認識的所有人產生密切的連結。

等到咖啡煮好，猶太老頭將平底深鍋放到壁爐擱架上，站在原地猶豫了幾分鐘，彷彿不知道該做什麼，接著他轉過身看著奧利佛，叫了他幾聲。奧利佛沒有回答，看起來依舊熟睡未醒。

猶太老頭放心之後，輕手輕腳走到門邊將門鎖上。然後奧利佛似乎感覺到，老頭從地板的某個暗處拿出一個小盒子，小心翼翼地將盒子放在桌上。老頭掀開盒蓋往裡頭一看，眼睛為之一亮。他拉了一把舊椅子到桌旁坐了下來，從盒子裡拿出一只華麗的金表，上頭鑲著閃閃發亮的珠寶。

「啊哈！」猶太老頭聳起肩膀，露出醜陋的笑容，整張臉扭曲成一團。「聰明的兔崽子！聰明的兔崽子！真的堅持到底！沒有告訴那個老牧師東西藏在哪兒。沒有把老費金供出來！他們為什麼要說？說了也不能逃過絞刑或晚一點行刑。不、不、不！好傢伙！好傢伙！」

猶太老頭說完這番話，又喃喃說了其他類似的話，才將手表放回原處，然後又從同一個盒子裡分別拿出至少六樣東西，以同樣愉快的心情仔細賞玩；除了戒指、胸針、手鐲，還有其他幾樣材質貴重、做工精緻的珠寶，奧利佛連這些東西的名稱都不知道。

猶太老頭將這些小首飾放回原位之後，又拿出另一樣東西：這樣東西小得可以放在他的掌心，上頭似乎還刻了極小的文字，猶太老頭將那東西平放在桌上，用一手擋住光線，認真端詳上頭刻的文字許久。最後他似乎放棄了，將東西放下，然後往後朝椅背一靠，喃喃地說：

「死刑真是件好事！死人絕不會懊悔，也絕不會把尷尬事公諸於世。啊，這就是幹這一行的優點！五個人一起吊死，沒有留下活口當抓扒子，或嚇得屁滾尿流！」

猶太老頭說這些話時，明亮的黑色雙眼茫然地直視前方，視線落在奧利佛臉上，而這個男孩也好奇地默默睜大雙眼看著老頭，雖然兩人的視線只有短暫交會（是想像得到最短暫的瞬間），卻已足以讓這位老人明白有人在看自己。

他「啪」地一聲蓋上盒蓋，拿起桌上的麵包刀，憤怒地跳了起來。不過老頭抖得很厲害，奧利佛雖然害怕，卻也看得出來刀子在空中不停顫抖。

「怎樣？」猶太老頭說：「你看著我幹嘛？你為什麼醒來？你看到了什麼？快點回答，小鬼！快說——快說！想活命的話就快說。」

「先生，我再也睡不著了，」奧利佛溫順地回答：「如果我打擾到您，真的非常抱歉。」

「你在一個小時前是醒著的嗎？」猶太老頭惡狠狠地瞪著奧利佛說。

「沒有，沒有，是真的！」奧利佛回答。

「真的嗎？」猶太老頭的表情變得更凶狠，語帶威脅地大聲質問。

「是真的，我還沒醒，先生，」奧利佛誠懇地回答：「我真的沒醒，先生。」

「嘖，嘖，乖孩子！」猶太老頭突然恢復原本的態度，將那把刀在手裡把玩了一會兒才放下，似乎想表示他只是一時興起，拿刀來玩玩而已。「乖孩子，這我當然知道，我只是想嚇嚇你而已。你真是個勇敢的孩子。哈！哈！你真勇敢哪，奧利佛。」猶太老頭搓著手呵呵笑著，但目光仍不自在地瞥向那個盒子。

「乖孩子，你看到這些漂亮的東西了嗎？」猶太老頭頓了一下，將手放在盒上問道。

「看到了，先生，」奧利佛回答。

「啊！」猶太老頭臉色慘白地說：「那些——那些是我的，奧利佛，我的一點財產。我這把年紀了，只能靠這些東西養老。大家都叫我守財奴，孩子。我不過就是個守財奴，就只是這樣而已。」

奧利佛心想這位老先生一定是個徹頭徹尾的守財奴，才會有這麼多只手表還住在這麼骯髒的地方；不過他轉念一想，或許老先生對機靈鬼和其他男孩的疼愛得花不少錢，因此只是恭敬地看著猶太老頭，問他自己能否起床。

「當然啦，乖孩子，當然，」老先生回答：「等等，門邊的角落有一壺水。你把它拿過來，我替你找個臉盆讓你梳洗，孩子。」

奧利佛起身，走到房間另一頭彎了一下腰，拿起那個水壺。等他回過頭時，那個盒子已經不見蹤影。他梳洗完，照著猶太老頭的指示將洗臉水往窗外潑，才剛把東西收拾好，機靈鬼便回來了，還帶著一位非常活潑的小朋友，奧利佛昨晚曾看過他抽菸斗，現在經過正式介紹，才知道那個孩子名叫查理．貝茲。他們四個人坐下來吃早餐，喝咖啡配一些熱麵包卷和火腿，這些都是機靈鬼用帽子裝著帶回來的。

「好啦，」猶太老頭狡猾地看了奧利佛一眼，對機靈鬼說：「希望你們今天早上有工作，乖孩子？」

「工作得可認真了，」機靈鬼回答。

「拚了命在工作，」查理，貝茲補了一句。

「好孩子，好孩子！」猶太老頭說：「那你賺到了什麼，機靈鬼？」

「兩個皮夾，」這位年輕人回答。

「有襯裡嗎？」猶太老頭趕緊問道。

「還不錯，」機靈鬼回答，拿出兩個皮夾，一個綠色、一個紅色。

「應該要更重才對，」猶太老頭仔細看了皮夾裡的東西後說：「不過做得很精巧細膩。奧利佛，他是個很靈巧的工人，你說是吧？」

「確實是這樣，先生，」奧利佛一說完，查理．貝茲先生立刻大笑起來，奧利佛十分詫異，不懂剛才有什麼事這麼好笑。

「那你又賺到了什麼，孩子？」費金對查理．貝茲說。

「手帕，」貝茲少爺回答，同時拿出四條手帕。

「很好，」猶太老頭仔細檢視這些手帕說：「都是些好東西，很不錯。不過做記號的地方你沒處理好，查理；這些記號應該用針挑掉，我們來教奧利佛怎麼處理。你說好不好啊，奧利佛？哈！哈！哈！」

「那就麻煩您了，」奧利佛說。

「你也想像查理．貝茲一樣輕鬆賺到手帕對吧，孩子？」猶太老頭說。

「真的很想，只要您願意教我，先生，」奧利佛回答。

貝茲少爺似乎認為這番回答有什麼地方特別好笑，又大笑了起來；但他在笑的同時正在喝咖啡，因此咖啡嗆到了氣管裡，差一點沒把他嗆死。

「他實在是有夠菜的，笑死我了！」查理喘過氣之後說道，當作是為自己無禮的行為向在場各位道歉。

機靈鬼沒多說什麼，只是將遮在奧利佛眼前的頭髮順了順，說他以後就會明白了。此時那位老先生發覺奧利佛紅了臉，於是改變話題，問起早上去看行刑的人多不多？兩個男孩都回答他們已經去看過了，這自然讓奧利佛愈來愈好奇，他們怎麼會有時間做這麼多事。

吃過早餐後，那位愉快的老先生和兩個男孩玩了一個非常古怪特殊的遊戲，玩法如下：愉快的老先生將鼻菸盒放在其中一個褲子口袋裡，另一個口袋裡放皮夾，背心口袋裡放了一只懷表，表鍊掛在他的脖子上，襯衫上別了一只假鑽石別針，再把大衣釦子全數扣好，將眼鏡盒及手帕放在口袋裡，拿著手杖在房裡走來走去，模仿老先生平日逛街的樣子。他有時停在壁爐前，有時在門邊駐足，假裝專心地看著商店櫥窗。此時，他會不停左顧右盼以提防扒手，並依序將身上的每個口袋拍一拍，確認沒有丟了東西，老先生模仿的樣子實在非常好笑又自然，奧利佛笑得眼淚都流出來了。在這段期間，兩個男孩一直緊跟在後，每次老先生轉身，他們都會機靈地躲起來，讓他察覺不到他們的舉動。最後，機靈鬼踩了老先生一腳，或不小心碰到他的靴子，而查理．貝茲則是從後方撞上老先生；就在這一瞬間，他們以迅雷不及掩耳的速度偷走他身上的東西，包括鼻菸盒、皮夾、懷表、表鍊、別針、手帕，甚至連眼鏡也不放過。如果老先生感覺到有手伸進口袋，便會大聲喊出那隻手伸進了哪個口袋，然後整場遊戲便得從頭玩過。

這個遊戲玩了許多遍之後，有兩名年輕女子來訪，要找那兩位年輕人；其中一名女子名叫蓓特，另一位叫南西。她們都有著濃密的秀髮，隨意地挽在腦後，鞋襪也不是很乾淨。這兩個女孩不算漂亮，但臉上濃妝豔抹，看起來十分豐滿健康。她們的態度極為大方且令人愉快，奧利佛認為她們確實是很好的女孩子，這一點無庸置疑。

這兩名訪客待了好一段時間。其中一個女孩抱怨覺得冷，便有人端出烈酒；聊天的氣氛因而變得十分歡樂而熱絡。最後，查理．貝茲說是時候該去「蹓躂蹓躂」。奧利佛心想，那一定是法語「出去逛逛」的意思；因為不一會兒，機靈鬼、查理和那兩個女孩便一起出門了，親切的猶太老人還好心給他們零用錢。

「你看，孩子，」費金說：「這樣的生活可真愉快，是不是？他們要出去玩一整天呢。」

「他們的工作做完了嗎，先生？」奧利佛問道。

「是啊，」猶太老頭說：「除非他們在外頭又偶然遇到好機會，如果是這樣，他們絕對不會放過的，孩子，相信我。好好跟他們學學吧，孩子。好好跟他們學學。」他邊說邊用加煤鏟敲壁爐以加強語氣：「照他們的吩咐做，每件事都要聽他們的——特別是機靈鬼的話，孩子。他將來一定會成大器，如果你以他為榜樣，將來也會像他一樣成大器——我的手帕是不是掛在口袋外面，孩子？」猶太老頭突然停下來問道。

「是的，先生，」奧利佛說。

「你試試看能不能在我沒發現的情況下把手帕拿走，就照他們今天早上玩遊戲時做的那樣。」

奧利佛學機靈鬼的手法，一手拎起口袋底部，另一手輕輕地抽出手帕。

「拿走了嗎？」猶太老頭大聲問道。

「在這裡，先生，」奧利佛亮出手帕說道。

「親愛的，你真是個聰明的孩子，」這位愛開玩笑的老先生說道，讚許地拍了拍奧利佛的頭。「我從來沒見過比你更聰明的小伙子。這一先令給妳。如果你能繼續這樣下去，將來一定會變成當代最偉大的人物。現在過來這裡，我教你怎麼去掉手帕上的記號。」

奧利佛納悶，玩遊戲扒老先生的口袋，和他將來成為偉人有什麼關係。不過他轉念一想，既然這位猶太老人年紀這麼大，想必一定見多識廣，他默默地跟著老人走到桌邊，很快便全心投入在學習新技巧上了。

第十章
奧利佛進一步了解新伙伴的品行，付出慘痛的代價學到教訓

本章雖短，卻是本傳記十分重要的一章。

許多天來，奧利佛一直待在猶太老頭的房裡，幫忙挑去手帕上的記號（他們每天都帶許多手帕回家），偶爾也參與前述的遊戲——這是兩個男孩和猶太老頭每天早上的例行公事。最後，他開始渴望呼吸新鮮空氣，多次向老先生誠懇請求，讓他跟著其他兩名伙伴一起出去工作。

奧利佛了解老先生嚴格的道德觀之後，更急著想努力工作。每當機靈鬼或查理・貝茲晚上空著手回來，老先生就會憤慨地闡述遊手好閒和偷懶的不幸，讓他們餓著肚子睡覺，以便灌輸他們勤勉生活的必要。有一次，他甚至誇張地將他們打得滾下樓梯，但這不過是他過度執行道德訓誡而已。

這天早上，奧利佛終於獲得他渴望已久的許可。這兩、三天已經沒有手帕要處理，三餐也吃得十分貧乏。或許正因如此老先生才會首肯；但不論原因是否真是如此，他已經答應讓奧利佛出外工作，並交代查理・貝茲和他的朋友機靈鬼一同照看奧利佛。

這三個男孩一起出發：機靈鬼一如往常捲起大衣袖子、斜戴著帽子；貝茲少爺則是兩手插在口袋裡悠哉地漫步；奧利佛走在他們兩人中間，心想他們究竟要去哪裡，自己首先要做的是什麼工作。

他們以十分懶散又難看的步伐閒逛，奧利佛很快便認定，他的伙伴根本沒打算要工作，只是在欺騙老先生而已。機靈鬼還有個壞習慣，喜歡隨手抓起其他小男孩的帽子亂扔；而查理・貝茲則是沒什麼所有權的觀念，從貧民區街道兩旁的小攤子上偷拿蘋果和洋蔥塞進口袋裡，這些口袋的容量出奇地大，似乎他全

身衣服的下方都暗藏著口袋。這些舉動實在太糟糕，奧利佛正打算以最婉轉的方式告訴他們他想自己先回去了，但此時機靈鬼的舉止出現了極神祕的變化，讓奧利佛的思緒突然轉向。

他們正從克勒肯維爾廣場（怪的是這個地方的名稱一再改變，如今也有人稱這裡為「綠地」）附近的一條窄巷走出來，此時機靈鬼突然停下腳步，指頭抵在唇上，極為謹慎而小心地拉著他的伙伴向後退。

「怎麼了？」奧利佛問道。

「噓！」機靈鬼回答：「看到書報攤前的那個老頭了嗎？」

「對街那位老先生嗎？」奧利佛說：「有啊，我看到了。」

「他可以，」機靈鬼說。

「正好合適，」查理．貝茲少爺說。

奧利佛十分驚訝地來回看著兩人，但已無法再多問，因為這兩個男孩已躡手躡腳地過了馬路，悄悄來到奧利佛剛才看到的那位老先生身後。奧利佛跟著他們走了幾步，不知道該繼續前進還是後退，只好驚訝地默默站在原地看著。

這位老先生的模樣十分體面，頭上擦了髮粉，戴著金邊眼鏡，深綠色大衣裡可見黑色天鵝絨衣領和白長褲，腋下夾著一根時髦的竹手杖。他從攤子上拿起一本書，站在原地讀了起來，認真的姿態彷彿是坐在自家書房的扶手椅上。他本人很可能也是抱著這種想法，因為從他出神的模樣看來，他眼裡顯然已經看不到書攤、街道或這些男孩；簡單來說，除了手上這本書，他什麼都看不到。現在他正一字一句地讀著這本書，看到一頁的最末行又翻到下一頁從第一行看起，就這樣規律地翻頁，興致勃勃而認真地閱讀著。

奧利佛站在幾步之外，又驚又懼地睜大了雙眼，看著機靈鬼將手伸進老先生的口袋，摸出一條手帕！然後他將這件東西交給查理．貝茲，最後兩人一溜煙轉過街角逃跑了！

在這當下，有關那些手帕、手表、珠寶和猶太老頭的整個謎團，頓時浮現在奧利佛的腦海中。

他在原地站了一會兒，恐懼讓他全身血脈賁張，彷彿置身於熊熊烈火之中；然後他在慌亂驚懼之下，抬起腿逃跑了；他自己也不知道是怎麼回事，只是盡全力拔腿狂奔。

這些事全都是在短短一分鐘之內發生。就在奧利佛逃跑的瞬間，老先生將手伸進口袋，發現手帕不見了，立即轉過身來。他看到有個男孩飛快逃跑，自然以為他便是小偷，於是盡全力大喊「抓小偷！」，然後拿著書追了上去。

但這位老先生並不是唯一高喊抓賊的人。機靈鬼和貝茲少爺不想在大街上奔跑引起眾人注意，因此轉過街角便立即躲入第一道門裡。不久後他們聽到叫喊聲，看到奧利佛逃跑，馬上猜到事情的經過，於是立刻衝出來跟著大喊「抓小偷！」，像好公民似的加入了抓賊的行列。

奧利佛雖然是由一群哲學家養大的，但並不如理論上所推論，了解自我保護乃第一自然法則的這項美妙原理。如果他了解這個道理，或許就會對這種事有所準備。然而，他在毫無準備之下更為驚慌失措，因此跑得飛快，而老先生與那兩名男孩則在他後頭大吼大叫。

「抓小偷！抓小偷！」這個叫聲帶有一股魔力，讓商人離了櫃台、車夫丟下馬車、屠夫扔下托盤、麵包師傅拋下麵包籃、送牛奶的放下提桶、跑腿小弟撂下包裹、學童顧不得打彈珠、鋪路工人丟下十字鎬、小朋友拋下球板。大伙一起追上來，一路上紛亂倉皇、莽撞輕率，大家相互推擠、叫喊、尖叫，轉彎時撞倒了路人，鬧得雞飛狗跳，大街小巷、廣場庭院都迴盪著這個叫聲。

「抓小偷！抓小偷！」上百人齊聲叫嚷，每轉一個彎，人數就增加一些。他們一路飛奔，濺起了泥巴，在人行道上噠噠向前跑，有人推開窗戶，有人跑了出來，激憤的群眾不斷向前跑，木偶戲演到正精采處，觀眾卻拋下主角潘趣[11]，加入了奔跑的群眾，跟著一起喊「抓小偷！抓小偷！」，為這個叫聲注入新活力。

「抓小偷！抓小偷！」人類心中一直深植著一種「獵捕」的欲望。這個可憐的孩子已經跑得筋疲力盡，上氣不接下氣，臉上帶著恐懼，眼中流露出痛苦，豆大的汗珠不斷順著他的臉龐流下，緊繃著每根神經不讓自己被人追上；但緊追在後的群眾步步逼近，看到他漸漸疲乏，開心地歡呼起來。「抓小偷！」是啊，看在上帝的分上叫他停下來吧，即使只是出於憐憫也罷！

最後終於抓到他了！巧妙的一擊。奧利佛倒在人行道上，群眾急忙圍上去，每個新來的人為了看一眼，都拚命推擠其他人。「讓開！」「給他一點空氣！」「胡說！他根本不配！」「那位先生在哪裡？」「他在這裡，正要過來。」「讓個位置給那位先生！」「是這個男孩嗎，先生！」「是。」

老先生終於被最前面的人連拖帶拉地推進圈子裡時，奧利佛已經倒在地上，全身沾滿泥巴與灰塵，嘴裡流出鮮血，慌亂地看著圍在他身邊的眾多面孔。

「是的，」這位先生說道：「恐怕就是這個孩子。」

「恐怕！」群眾喃喃說道：「說得好啊！」

「可憐的孩子！」這位先生說：「他受傷了。」

「是**我**幹的，先生，」一名笨拙的壯漢走上前來說：「我一拳打在他嘴上，指關節都破皮了。是我抓到他的，先生。」

這傢伙碰了碰帽子，咧嘴笑了笑，期望他的辛勞能獲得一些回報，但這位老先生只是以厭惡的表情看了他一眼，不安地環顧四周，似乎想離開。如果不是此時有位警官穿過群眾走來（在這種情況，警官通常都是最後才到），揪住奧利佛的衣領，這位老先生可能已經離開，並因此掀起另一場追逐戰。

11《潘趣和茱蒂》（*Punch and Judy*）是英國著名的木偶戲；潘趣是丈夫，茱蒂是妻子。整齣戲是由許多片段組成，沒有固定情節，演出者會根據觀眾的反應將演出片段加長，以營造最佳效果和氣氛。

「好了，起來，」警官粗暴地說。

「真的不是我，長官。真的，是真的，是其他兩個男孩，」奧利佛激動地雙手合十，環顧四周說：「他們就在這附近。」

「噢，才怪，他們根本不在，」警官說。他原本是想說反話，卻說中了事實。機靈鬼和查理・貝茲已經就近從他們看到的第一條小巷溜走了。

「好了，起來！」

「別傷了他，」老先生同情地說。

「噢，不會的，我不會傷他，」警官回答，差點沒把奧利佛的大衣從他背上扯下來以茲證明。「好啦，我知道你的把戲，沒用的。你到底要不要自己站起來，你這個小惡魔？」

奧利佛勉強站了起來，卻差點站不住，他馬上被人揪著大衣衣領沿街拖著快步向前走。老先生走在警官身旁，群眾裡許多人搶先走到他們前面，不時回頭看奧利佛。男孩們勝利地歡呼，跟著向前走。

第十一章
地方法官范先生之二三事，及其執法方式的小實例

這個案子發生在赫赫有名的大都會警察局轄區內，而且案發地點就在警局附近。群眾陪奧利佛遊街的滿足感，也僅維持兩、三條街的距離，接著奧利佛經過一個名為羊肉丘的地方，被押進一條低矮的拱廊，走進一處骯髒的庭院，從後門進入簡明審判法庭。他們來到一座石砌小院，遇到一名胖子，這個人臉上留著幾撮鬍子，手裡拿著一串鑰匙。

「這又是怎麼啦？」這個人漫不經心地說。

「偷手帕的小賊，」押解奧利佛的那人回答。

「你就是被偷的當事人嗎，先生？」拿鑰匙的那個人問道。

「是的，我就是，」老先生回答；「不過我不確定這個男孩是不是真的偷了手帕。我——我不想提告了。」

「這得由地方法官決定了，先生，」對方回答：「長官馬上就忙完了。過來，你這個該被吊死的小鬼！」

他一面說話一面打開牢門，這句話就是要奧利佛走入那道門，進入一間石牢。他在牢房內替奧利佛搜身，但什麼都沒找到，接著便鎖上門。

這間牢房的形狀和大小都類似地窖，只是沒那麼亮。牢房裡汙穢不堪；現在是星期一早晨，打從週六晚上起，這間牢房就已經關過六名醉鬼，如今這六人都已經送往別處監禁。不過這都是小事。在派出

所裡，每天晚上都有許多男女因為一些微乎其微的小罪（這點值得一提）而被關進地牢；相較之下，罪大惡極的重犯經審判確定有罪，被判決死刑之後所住的新門監獄牢房，簡直可說是皇宮了。如果對此有所懷疑，大可以親自去比較兩者的差異。

鑰匙喀答一聲將門鎖上時，老先生看起來幾乎和奧利佛一樣難過。他嘆了口氣看著手裡的書，也就是造成這一切騷動的單純肇因。

「這孩子長得好面熟，」老先生緩緩走開，喃喃自語地說著，用書皮輕敲著下巴，陷入沉思。「某種觸動我、讓我感興趣的特質。他**會不會**是無辜的？他長得好像——就是那個，」老先生驟然停下腳步，直盯著天空，然後大聲說道：「唉喲，天哪！——我到底是在哪兒見過類似的長相？」

他沉思了好一會兒，帶著深思的表情走進小院後方一間接待室，然後退到房內一角，在腦中回想許多面孔，但這些面容多年來一直隱藏在一層朦朧的簾幕後。「不對，」老先生搖搖頭說：「一定是我想太多了。」

他再次回想這些面孔，努力記起他們的長相，但要拉開那層遮擋多年的簾幕並不容易。這些面孔之中有的是朋友，有的是敵人，還有許多幾乎完全陌生的面孔也趕來湊熱鬧。有些面孔的主人當年是年華正盛的少女，如今已是垂垂老矣的婦人；也有些面孔的主人已長眠於墓中，面容已經改變，封在棺材裡，但心靈的力量超越死亡的影響。在他腦海中，這些人的面孔依舊清新美麗如昔，眼中流露出當年的神采，笑容爽朗依舊，靈魂的光芒穿透黃土的阻隔，低聲說著墓中人的美麗雖然不復以往，卻昇華成另一種形式，已然超脫塵世，成為一盞明燈，在天堂之路上投射一道柔和的光芒。

但這位老先生還是沒想起哪個人的容貌與奧利佛相像。最後他對著自己喚醒的回憶嘆了口氣，慶幸自己只是一時心不在焉，再度將這些回憶埋藏在這本陳舊書籍的頁面中。

有人拍了他的肩膀一下讓他回過神來，帶鑰匙的那位先生要老先生跟著他進法庭。他急忙闔上書，馬上被帶到威風凜凜、赫赫有名的范先生面前。

法庭是一間前廳，牆上鑲有格狀壁板裝飾。范先生坐在前方的欄杆後，可憐的小奧利佛已經被關在門邊的木柵欄裡，被眼前的嚴肅場景嚇得全身發抖。

范先生是個身材精瘦、上半身長、個性高傲頑固、體型中等的男人，他的髮量不多，只剩後腦勺和頭兩側還有頭髮。他的表情嚴肅，臉色十分紅潤。如果他真的沒有飲酒過度的習慣，大可以控告自己的長相犯了毀謗罪，並因此獲得一大筆賠償金。

老先生畢恭畢敬地鞠躬，走到這位地方法官的辦公桌前，遞上名片說：「這是我的姓名和住址，長官。」然後他向後退了一、兩步，再彬彬有禮地點個頭，等候法官提問。

此刻范先生正好在看當天早上報紙的一篇社論，文中提到他最近所做的判決，並第三百五十次請內政部大臣特別注意他。范先生怒不可遏，氣沖沖地抬起頭來。

「你是誰？」范先生說。

老先生訝異地指著他的名片。

「警官！」范先生輕蔑地用報紙將那張名片撥開，說道：「這傢伙是誰？」

「長官，我的姓名，」老先生拿出紳士風度說道：「長官，我姓布朗洛。請容我問一聲，這位仗著法官身分，無緣無故羞辱正派人士的地方法官姓名為何。」布朗洛先生說完便環顧法庭，似乎在尋找能回答他問題的人。

「警官！」范先生將報紙扔到一旁說：「這傢伙犯了什麼罪？」

「法官大人，他根本沒犯罪，」警官回答：「他是來告這孩子的，法官大人。」

法官大人明知故問，但這是惹惱別人又不會出事的好方法。

「要告這個孩子是嗎？」范先生以鄙夷的態度將布朗洛先生從頭到腳打量一番。「叫他起誓！」

「在我起誓之前，有句話我一定得說，」布朗洛先生說：「如果不是親身經歷，我真的從來沒想過——」

「你閉嘴！」范先生蠻橫地說。

「長官，我非說不可，」老先生回答。

「馬上給我住嘴，不然我就要把你趕出法庭！」范先生說：「你這個傲慢無禮的傢伙，居然敢威脅地方法官！」

「什麼！」老先生漲紅了臉大聲說道。

「叫這個人起誓！」范先生對書記說：「我不要再聽廢話。叫他起誓。」

布朗洛先生怒不可遏，但或許是想到大發脾氣只會害到這個孩子，因此壓下怒火，馬上開始起誓。

「好啦，」范先生說：「你要告這孩子什麼？有什麼要說的，先生？」

「我正站在書攤前——」布朗洛先生開始說起事情經過。

「等等，先生，」范先生說：「警官！警官在哪？好，叫這個警官起誓。現在你說說到底是怎麼一回事，警官？」

這名警官十分謙卑地說明事情的原委，包括他如何抓到被告，如何替奧利佛搜身結果一無所獲，他只知道這些而已。

「有證人嗎？」范先生問。

「沒有，法官大人，」警官回答。

范先生坐著沉默了數分鐘，然後轉過頭聲色俱厲地對原告說：

「你到底要不要對這個孩子提告？你已經發過誓了。如果你都已經上了法庭還不願意提出證據，我就要罰你藐視法庭；我會——」

究竟這位法官會做什麼或對誰怎麼樣，沒有人知道，因為就在此時，書記和獄官同時大聲咳嗽起來，而且書記還將一本厚厚的書掉在地上，轟然巨響蓋過了法官說的後半句話——當然，這都是無心之過。

雖然一再被打斷並反覆受辱，布朗洛先生仍設法將案情陳述一遍；他表示當時因為意外，又看到這個孩子逃跑，才會追了上去；他還說，雖然這孩子並非元凶，但如果法官認為他與其他竊賊有關聯，還希望能在法律容許範圍內從輕發落。

「他已經受傷了，」老先生總結說：「而且我擔心，」他看向柵欄，激動地補了一句：「我真的擔心他生病了。」

「哼！是喔，最好是啦！」范先生冷笑了一聲說：「好了，別在這裡耍花招了，你這個小流氓，沒用的。你叫什麼名字？」

奧利佛努力想回答，但舌頭卻不聽使喚。他的臉色慘白，只覺得天旋地轉。

「你叫什麼名字，你這個無藥可救的壞蛋？」范先生質問：「警官，他叫什麼名字？」

這句話是對著站在柵欄邊一名身穿條紋背心的率直老傢伙說的。老頭彎下腰靠近奧利佛又問了一遍，但發現奧利佛真的無法理解這個問題，也知道如果他不回答，只會讓法官更生氣，進而加重他的刑責，因此放大膽子瞎掰。

「他說他叫湯姆．懷特，法官大人，」這位好心腸的抓賊警官說。

「哼，他不肯大聲說出來，是吧？」范先生說：「很好，很好。那他住在哪裡？」

「他居無定所，法官大人，」警官再次假裝聽到奧利佛的回答。

「他有父母嗎？」范先生問道。

「他說他們在他很小的時候就死了，法官大人，」警官大膽以常見的答案回覆。

問到這裡，奧利佛抬起頭以哀求的眼神看著四周，虛弱地懇求給他一點水喝。

「胡說八道！」范先生說：「別想騙我。」

「我想他是真的病了，法官大人，」警官勸了一句。

「我比你清楚，」范先生說。

「扶住他呀，警官，」老先生不自覺伸出手說：「他要昏倒了。」

「你給我站開，警官，」范先生大吼：「要倒就讓他倒。」

奧利佛獲得了法官恩准，便昏倒在地上。法庭裡眾人面面相覷，卻沒人敢動。

「我知道他是裝的，」范先生說，彷彿這是不容置疑的事實。「讓他躺在那兒吧，他很快就會裝膩了。」

「大人，這案子您要如何裁奪？」書記低聲問道。

「即刻裁決，」范先生回答：「監禁三個月——當然苦役是免不了的。休庭。」

法官宣判後法庭門立即開啟，兩名男子走進來準備將這名不省人事的男孩帶到牢房。就在此時，一名看起來正派卻貧苦的老人，穿著黑色舊西裝匆匆闖進法庭，直接衝向法官席。

「等一下，等一下！不要帶他走！看在老天爺的分上，先等一下吧！」這位剛趕到的老人氣喘吁吁地大喊。

雖然掌管這類法庭的守護神，時常對女王陛下子民（特別是較貧困階級）的自由、名聲、品格，甚至是生命，做出草率而獨斷的決定；雖然在這四道牆內，每天都上演各種驚人的詭計，足以讓天使哭瞎了雙眼，但這些事除非經由每天的報紙媒體報導，否則都是祕而不宣。（註：或大部分如此。）因此范先生看到有不速之客如此無禮地闖進法庭，十分震怒。

「幹什麼？你是誰？把這個人趕出去。閒雜人等都出去！」范先生大吼。

「我有話要說，」那個人大喊：「別想把我趕出去。事情的經過我都看到了。我是書攤的老闆。我要起誓。別想叫我閉嘴。范先生，你一定要聽我說。這件事由不得你拒絕，先生。」

這個人理直氣壯，態度十分堅決；事態變得非常嚴重，不容掩蓋。

「讓這個人起誓，」范先生非常失態地咆哮。「好啦，你要說什麼？講吧。」

「是這樣的，」那人說道：「這位先生在看書時，我看到有三個男孩，就是這名被告和其他兩個男孩在對街閒晃。偷東西的是另一個男孩。我看到犯案的經過，也看到這個孩子完全被嚇傻了。」這位值得尊敬的書攤老闆說到這裡，呼吸已經變得平順一些，接著他以較有條理的方式將整件竊盜案的始末陳述了一遍。

「你為什麼不早點來？」范先生停頓了一下，說道。

「我找不到人替我看店，」那人回答：「所有能幫我看店的人都跑去追小偷了。我一直到五分鐘前才找到人幫忙看店，然後就一路跑過來了。」

「原告在看書，是嗎？」范先生又停頓了一下，問道。

「是的，」那人回答：「就是他手裡拿的那本書。」

「噢，那本書是嗎？」范先生說：「他付錢了嗎？」

「沒有，還沒付錢，」那人笑著回答。

「唉呀，我居然完全忘了！」這位心不在焉的老先生無辜地大喊。

「好一個正派人士啊，居然還想對一個可憐的孩子提告！」范先生努力裝出仁慈的表情，卻顯得滑稽。「我想，先生，你已經在非常可疑而不名譽的情況下，將那本書據為己有了；你可以說是非常幸運，因為該財產的所有人不打算提告。希望你能就此學到教訓，朋友，否則總有一天你會受到法律制裁。這個孩子當庭釋放。休庭！」

「可惡透頂！」老先生大吼，壓抑許久的怒氣終於爆發。「可惡透頂！我要——」

「休庭！」地方法官說：「警官，聽到了沒？休庭！」

這個命令終於執行；氣沖沖的布朗洛先生被帶出法庭，一手拿著那本書，另一手拿著竹手杖：法官的輕視讓他怒不可遏。但他走到院子裡，怒氣立刻消散。小奧利佛．崔斯特躺在地上，襯衫釦子解開，太陽穴沾了水，臉色慘白，全身不停地打冷顫抽搐。

「可憐的孩子，可憐的孩子！」布朗洛先生邊說邊彎下腰來看他。「麻煩誰去叫輛馬車來好嗎，快點！」

馬車到了之後，他們將奧利佛小心翼翼地抱到座位上，老先生上了車，坐在對面的椅子上。

「我可以跟您一起去嗎？」書攤老闆探頭進來說道。

「唉呀，當然，這位朋友，」布朗洛先生立即回答：「我都把你給忘了。真是的，真是的！我還拿著這本倒楣的書呢！快上來吧。可憐的傢伙！不能再耽擱了。」

等書攤老闆上了車，馬車便開走了。

第十二章

奧利佛受到前所未有的呵護。回頭談到那位愉快的老先生和他的那群年輕朋友

馬車喀噠喀噠地行進，經過的路線與奧利佛在機靈鬼陪伴下第一次來倫敦時所走的路幾乎相同。但來到伊斯林頓的天使路口時，便轉往另一條路，最後在靠近本頓維爾的一條寧靜林蔭街道上，停在一棟簡單高雅的房子前。屋裡馬上有人備妥了床，布朗洛先生親自看著他的小被告被細心舒適地安置在床上。奧利佛就在這裡接受無比溫柔、關懷備至的照顧。

但經過了許多天，奧利佛依舊昏迷不醒，對這些新朋友的悉心照顧渾然不覺。日出、日落，日子一天天過去，這個孩子依舊因病重癱軟在床上，在高燒不退的折磨下日漸消瘦。這種活活遭受文火慢烤身體的痛苦，更勝於死後遭到蛆蟲侵蝕的折磨。

最後，虛弱、削瘦、面無血色的奧利佛終於醒了過來，彷彿做了一場漫長而紛亂的惡夢。他有氣無力地從床上起身，頭倚著不停顫抖的手臂，不安地看著四周。

「這是什麼房間？我被帶到哪裡了？」奧利佛說：「這不是我睡覺的地方。」

他有氣無力地說了這番話，聲音十分微弱，但還是立刻有人聽到了。床頭的簾子馬上被拉開，一名衣著整潔的慈祥老婦人一面拉簾子，一面從床邊的扶手椅起身，她原本正坐在這張椅子上做針線活兒。

「噓，乖孩子，」老婦人溫柔地說：「先別說話，不然又要生病了；你這陣子一直病著——別說病得有多重了。還是先躺下來吧，乖孩子！」老婦人說完便非常輕柔地扶著奧利佛的頭讓他躺回枕頭上，再將

他額前的頭髮撥開，用極為慈祥關愛的眼神看著他的臉，讓他忍不住伸出枯瘦的小手，拉著老婦人的手來抱住自己的脖子。

「唉喲！」老婦人含淚說：「真是個懂得感恩的小傢伙。可愛的孩子！如果他母親能像我現在一樣坐在他身邊看著他，不知道會有什麼感受！」

「也許她真的在看著我，」奧利佛十指交握低聲說：「也許她一直坐在我身邊。我幾乎可以感覺到她。」

「那是因為你在發燒，乖孩子，」老婦人溫柔地說。

「大概是吧，」奧利佛回答：「因為天堂很遙遠，他們在那裡過得太開心了，不會想下凡來坐在一個可憐小孩的身邊。可是如果她知道我生病了，就算在天堂也一定也會可憐我，因為她在死前也病得很重。不過，她不可能知道我的情形，」奧利佛沉默了一會兒又說：「如果她看到我受傷，一定會很難過。每次我夢到她，她的表情看起來總是那麼甜美愉快。」

老婦人聽完之後默不作聲，只是先擦了擦眼角，然後又擦了放在床單上的眼鏡，彷彿眼鏡也是五官的一部分。接著她端來冷飲給奧利佛喝，然後輕輕拍了拍他的臉頰，要他安靜躺著，不然又會再生病。

於是奧利佛便靜靜地躺著；一方面是因為他急於聽從這位慈祥老婦人所說的每句話，另一方面也因為，老實說，他說完剛才那一番話後已經筋疲力盡了。他很快便睡著，後來有人拿著蠟燭靠近床邊，他被燭光吵醒，看到有一位紳士手裡拿著一只滴答響的大金表，這位紳士替他量了脈搏，說他已經好多了。

「你**覺得**好多了，對不對，孩子？」紳士說。

「是的，謝謝您，先生，」奧利佛回答。

「沒錯，我就知道，」紳士說：「你也覺得餓了，對不對？」

「我還不餓，先生，」奧利佛回答。

「嗯！」紳士說：「沒錯，我知道你不餓。他還不餓，貝德溫太太，」這位看起來十分聰明的先生說道。

老婦人恭敬地點點頭，似乎表示她也認為這位醫生十分聰明。醫生自己似乎也頗有同感。

「你還覺得睏，是不是，孩子？」醫生說。

「我不睏，先生，」奧利佛回答。

「這樣啊，」醫生以十分精明而滿意的表情說：「你不睏，也不覺得口渴，是不是？」

「不是，先生，我口很渴，」奧利佛回答。

「正如我所料，貝德溫太太，」醫生說：「他會覺得口渴再自然不過了。妳可以給他喝點茶，再加一些乾土司，但不要抹奶油。別讓他太暖，但也得注意別讓他著涼，妳懂我的意思吧？」

老婦人行了個屈膝禮。醫生嘗過涼茶後表示認可，便匆匆離去了。他下樓時靴子登登作響，達官貴人的架勢十足。

不久後奧利佛又睡著，等他醒來時，已經將近十二點。過了一會兒，老婦人溫柔地向他道晚安，將他交由一位胖女士照顧。這位胖女士才剛到，隨身帶了一個小包袱，裡頭裝了一小本祈禱書和一頂大睡帽。這位老太太戴上睡帽，將祈禱書放到桌上，告訴奧利佛她是他的夜間看護，然後便將椅子拉近壁爐，自顧自地打起瞌睡來，不時前仰後合，一會兒發出呼嚕聲，一會兒又發出豬叫似的鼾聲。不過這些打擾也只讓她用力地揉揉鼻子，然後又再入睡。

就這樣長夜漫漫。奧利佛醒著躺了好一會兒，數著昏黃燭光透過燈罩投射在天花板上的無數小光圈，或用疲累的雙眼看著牆上複雜的壁紙圖案。房內的昏暗與沉寂形成一種十分莊嚴的氣氛，讓這個小男孩想到，死神曾在這裡徘徊了多個白晝及夜晚，甚至可能在房內各處留下陰暗與恐懼，證明祂曾經來過。想到此，奧利佛轉頭趴在枕上，拚命向上天禱告。

漸漸地，他進入恬靜的夢鄉，這是大難不死才能享有的安適；這種安寧平和的酣眠讓人不願醒來。如果這就是死亡，誰還願意被喚醒面對生活中的各種掙扎和紛擾、所有的遠慮近憂，甚至是痛苦的往事呢！

次日奧利佛睜開眼睛時，已是日上三竿。他只覺得愉快又幸福，已安然度過大病的危機，再度回到人世。

三天來他只能坐在安樂椅上，以枕頭撐住身體。由於他還沒力氣走路，貝德溫太太因此請人將他抱到樓下女管家的小房間裡，也就是她的房間。這位善良的老太太將他安頓在壁爐邊，自己也坐了下來，看到奧利佛的健康狀況大有起色，顯得十分開心，但不一會兒又大哭起來。

「乖孩子，你別見怪，」老太太說：「我常常這樣。好了，沒事了，真舒服。」

「您對我真的是太好了，夫人，」奧利佛說。

「唉，你別在意，乖孩子，」老太太說：「這跟你的肉湯無關，好好地把湯喝下去吧。醫生說布朗洛先生今早可能會來看你，我們一定要拿出最好的樣子給他看，因為我們看起來愈好，他愈高興。」老太太說完便盛了滿滿一碗肉湯，倒進小平底深鍋裡加熱。奧利佛心想，好濃啊，要是按濟貧院規定的濃度加水稀釋，起碼可以讓三百五十個貧民飽餐一頓。

「你喜歡看畫是不是，孩子？」老太太看到奧利佛直盯他椅子正對面牆上的一幅肖像畫看，因而問道。

「我不太懂這個，夫人，」奧利佛目不轉睛地看著畫作說：「我看過的畫太少，幾乎什麼都不懂。畫裡的這位小姐好漂亮、好溫柔啊！」

「啊！」老太太說：「畫家總是把小姐們畫得比實際上美，不然他們就沒客人了，孩子。發明照相機的人可能早就知道這種東西根本流行不起來，因為相片太老實了，就是這樣。」老太太覺得自己這番話一針見血，開心地大笑起來。

「那——那這是肖像畫嗎，夫人？」奧利佛問。

「是啊，」老太太將視線暫時從肉湯移開，說道：「那是一幅肖像畫。」

「畫裡的人是誰，夫人？」奧利佛問。

「這個嘛，老實說，我也不知道，孩子，」老太太笑嘻嘻地回答：「我想，畫裡的人是你我都不認識的人。你好像很喜歡這幅畫，孩子。」

「好漂亮，」奧利佛回答。

「咦，你不會是被這幅畫嚇到了吧？」老太太說道，十分驚訝地發現奧利佛以畏懼的表情盯著這幅畫。

「噢，不是，不是，」奧利佛馬上回答：「只是她的眼神看起來好悲傷，從我坐的位置看過去，她好像一直在盯著我看，讓我心跳加速，」奧利佛又低聲補了一句：「感覺畫裡的人好像有生命，想和我說話，可是又說不出來。」

「上帝保佑！」老太太驚叫一聲：「別說這種話，孩子。你大病一場之後，身子太虛、太神經質了。我幫你把椅子轉向另一邊，這樣你就看不到了。好啦！」老太太邊說邊將奧利佛的椅子轉向：「現在你無論如何都看不到了吧。」

但奧利佛心裡還是可以清楚看到那幅畫，彷彿他的座位不曾挪動過；不過他心想還是別讓這位好心的老太太擔心，因此在老太太看他時，露出溫柔的笑容。貝德溫太太看到奧利佛感覺舒服多了才感到心滿意足。她在湯裡撒了鹽，再將烤過的麵包捏碎加進去，大費周章地進行隆重的準備工作。奧利佛以超乎尋常的速度喝完了湯，才剛嚥下最後一湯匙肉湯，便聽到有人輕聲敲門。「請進，」老太太說完，布朗洛先生便走了進來。

這位老先生腳步輕快地走了進來；但他將眼鏡推到額頭上，兩手伸到晨袍下襬後方，仔細端詳了奧利佛許久之後，表情便不停扭曲。大病初癒的奧利佛看起來十分憔悴而虛弱，雖然想站起來對恩人致敬，卻徒勞無功，最後又跌坐回椅子上。事實上，如果非得說實話，布朗洛先生寬大的心胸足以抵得過六位心地普通善良的老先生，他這顆仁心彷彿施展了某種水壓作用，將眼淚推進了奧利佛眼中，不過由於我們的哲理底子不夠深厚，因此無法解釋這個作用的原理。

「可憐的孩子，可憐的孩子！」布朗洛先生清了清喉嚨說：「貝德溫太太，我今天早上嗓子有點啞，恐怕是感冒了。」

「希望不是啊，老爺，」貝德溫太太說：「您所有的東西我都徹底曬乾了，老爺。」

「不知道啊，貝德溫，我不清楚，」布朗洛先生說：「我想應該是因為昨晚吃飯時用了潮溼的餐巾吧；不過別在意了。乖孩子，你覺得怎麼樣？」

「很快樂，先生，」奧利佛回答：「也真的非常感激您對我這麼好，先生。」

「好、好，」布朗洛先生堅定地說：「貝德溫，妳給他吃過東西了沒？有沒有準備流質的食物啊？」

「他才剛喝了一碗美味濃稠的肉湯，老爺，」貝德溫太太略起身回答，特別在最後的「肉湯」兩個字上加重語氣，表示流質食物根本不能和精心調製的肉湯相提並論。

「啊！」布朗洛先生略打了個顫說：「喝兩杯波特紅酒對他會更有益處。你說對不對，湯姆．懷特？」

「先生，我叫奧利佛，」小病人十分詫異地回答。

「奧利佛，」布朗洛先生說：「奧利佛什麼？奧利佛．懷特嗎？」

「不是，先生，是崔斯特，奧利佛．崔斯特。」

「好怪的名字！」老先生說：「那你為什麼跟法官說你姓懷特？」

「我沒有這樣跟他說啊，先生，」奧利佛訝異地回答。

這句話聽起來像謊話，老先生以略微嚴厲的目光看著奧利佛的臉。但這孩子實在教人無法懷疑，他削瘦清臞的面容上，處處都寫著誠實。

「大概是搞錯了，」布朗洛先生說。雖然他直盯著奧利佛的動機已經消失，但原先認為奧利佛長得像某位熟人的想法又強烈地湧上心頭，讓他無法停止注視。

「請您不要生我的氣好嗎，先生？」奧利佛仰起臉以懇求的眼神說。

「不是，不是，」老先生回答：「咦！那是什麼？貝德溫，妳看那裡！」

他一面說一面著急地用手指著奧利佛頭上的那幅畫，然後又看了看這孩子的長相。實在是太像了。那雙眼睛、那個頭型和那張嘴，每個五官特徵都一模一樣。這一瞬間的神情簡直如出一轍，就連最細微的線條似乎都是以驚人的準確筆觸描摹而成！

奧利佛不明白老先生為何突然驚叫，他的身體承受不住這種驚嚇，因而昏了過去。多虧了他身體虛弱，才讓筆者有機會為讀者解惑，回頭說起那位愉快老先生的兩位小徒弟的故事，話說——

前文已經提及，機靈鬼和他技巧純熟的朋友貝茲少爺盜取布朗洛先生的私人財物，導致奧利佛遭人追捕，兩人也跟著眾人一起高喊抓賊，而他們之所以有此舉動，是因為這樣的作為非常值得讚許而且合理。由於主體自主與個人自由是忠實的英國人最引以為傲之處，因此就算不多說讀者也會知道，這種行為將大幅提升他們在民眾及愛國人士心中的評價，正如同他們只求自保的這項鐵證，足以讓一部小小的法典獲得認可與確立。這部法典是由某些學識淵博、判斷力健全的哲學家所訂立，成為所有出於天性的行為與舉動的主要依據；這些哲學家極其睿智地將出於天性的行為歸納為格言和理論，並巧妙地大讚人類天性的高超智慧和理解力，完全忽略良心的考量或高尚的衝動與情感。因為眾所周知，這些都完全無法與人類天性相提並論，人類天性遠比各種小缺點和弱點來得重要。

若要筆者提出更多證據，證明這兩位年輕人在十分棘手的困境中，展現出極富哲理的本能行為，筆者可以立即指出（本書前文亦曾提及）：這兩人趁著群眾的注意力都集中在奧利佛身上時退出了追捕行動，並立即就近抄捷徑返家。雖然筆者並非主張，知名而博學的賢哲在提出偉大結論時通常會長話短說（但其實他們一路上反而因為各種迂迴曲折、東拉西扯、跌跌撞撞而延長了路程，就像滿腦子有太多想法的醉漢，往往一開口就停不下來），不過，筆者想說說、而且想明確指出的是，許多偉大哲人在實踐他們的理論時都採取不變的做法，根據自己的深思熟慮與先見之明，事先排除所有可能影響自己的偶發情況。因此為了大事可不拘小過，為達目的可不擇手段，至於是非對錯或兩者間的差異，則完全交由相關的哲學家，讓他根據自己的情況做出明智、全面、公正的決斷。這兩位少年疾速逃跑，穿過錯綜複雜的狹路與小巷，最後才冒險停在一條低矮陰暗的拱廊下。他們在那裡靜靜待了一會兒，貝茲少爺才剛喘過氣來，終於可以說話，便發出一聲愉快的叫聲，然後忍不住哈哈大笑起來，倒在一座門階上，笑得直打滾。

「你幹嘛啊？」機靈鬼問。

「哈！哈！哈！」查理．貝茲大笑。

「小聲點，」機靈鬼警告他，小心翼翼地四處張望。「你想被人逮到嗎，笨蛋？」

「我忍不住嘛，」查理說：「我忍不住啊！你看他那樣死命逃跑，轉過街角，撞到柱子又爬起來繼續跑，好像他跟柱子一樣都是鐵做的，而我口袋裡裝著偷來的手帕，大喊大叫在後面追他——噢，天哪！」貝茲少爺生動的想像力，將這一幕太過栩栩如生地呈現在他眼前。他說到這裡，又在門階上打起滾來，笑得比先前更大聲。

「費金會怎麼說？」機靈鬼趁著他朋友喘氣時提出問題。

「怎麼說？」查理．貝茲重複道。

「對啊，怎麼說？」機靈鬼說。

「唉，他能說什麼？」查理看到機靈鬼一臉嚴肅，驟然停止笑聲問道。「他能說什麼？」道金斯先生吹了幾分鐘的口哨，然後脫下帽子抓了抓頭，再點了三次頭。

「什麼意思？」查理說。

「嘟嚕嚕嚕，胡說瞎說，哇哇叫直跳腳吧，」機靈鬼回道，充滿智慧的面容上掛著一抹淡淡的冷笑。

他雖然做了解釋，但讓人不甚滿意。貝茲少爺也有同感，於是又問：「你到底是什麼意思？」

機靈鬼沒回答，只是戴上帽子，將他的長尾大衣下襬夾在腋下，用舌頭頂了頂臉頰，以一種熟悉而意味深長的姿態摸了鼻梁五、六下，然後轉身走進一條小巷。貝茲少爺若有所思地跟了上去。

就在這段對話發生幾分鐘後，咯吱作響的樓梯上傳來腳步聲，驚動了那位愉快的老先生，此時他正坐在火爐邊，左手拿著乾臘腸及一小塊麵包，右手拿著小刀，面前有個白鑞鍋放在三腳爐架上。他轉過身來，蒼白的臉上帶著卑鄙的笑容，紅色濃眉下露出銳利的目光，將耳朵貼在門上仔細聽著。

「咦，怎麼回事？」猶太老頭表情一變，喃喃說道：「只有兩個人？第三個去哪兒了？他們不會遇上麻煩了吧，聽啊！」

腳步聲愈來愈近，來到了門前。門緩緩打開，機靈鬼和查理．貝茲走進來，再將門關上。

第十三章
向聰明讀者介紹幾個新角色，以及他們與本傳記有關的各種趣事

「奧利佛呢？」猶太老頭面帶威脅起身質問道：「那孩子去哪兒了？」

兩個小賊看著師傅，似乎被他的怒氣嚇到了，然後不安地對看了一眼，依舊沒有回答。

「那孩子怎麼了？」猶太老頭緊緊揪住機靈鬼的衣領，以駭人的咒罵威脅道：「給我老實說，不然我就掐死你！」

費金先生看起來十分認真，查理．貝茲一向認為不論情況如何都要小心為上，心想接下來很可能就輪到他被掐死，於是跪倒在地，不斷大聲地哀號著——這聲音像是狂牛叫，也像傳聲筒的嗚響。

「你說是不說？」猶太老頭大吼一聲，用力搖晃機靈鬼；在這種情況下，他身上的大衣居然沒被晃掉，簡直就是奇蹟。

「唉喲，他被逮了啦，就是這樣，」機靈鬼乖戾地說：「好了啦，可以放手了吧！」他身子一晃，扭了一下便從大衣脫身，猶太老頭手裡只剩那件大衣，然後抓起烤麵包叉，朝愉快老先生的背心刺下去，如果這一下真的刺中目標，一定會讓猶太老頭少了不少歡樂，絕不是輕易就能恢復的。

猶太老頭在這千鈞一髮之際向後一退，沒想到他這把年紀，動作居然還出奇地敏捷。他拿起白鑞鍋，準備朝攻擊他的人頭上猛力一擲。但就在此時，查理．貝茲發出一聲慘叫，引起了老頭的注意，於是老頭突然改變攻擊目標，將鍋子全力砸向那位年輕人。

「喂，這是在搞什麼鬼啊！」有人低沉咆哮道：「是誰把啤酒潑在我身上的？幸好砸過來的是啤酒不

是鍋子，否則我一定給他好看。我早料到了，除了那個脾氣差、為非作歹的有錢猶太老賊，還有誰有這種能耐拿飲料亂潑，頂多就是潑潑水而已——那也得每一季都瞞得過水公司才行。到底是怎麼搞的，費金？他媽的，如果我領巾上沾的不是啤酒，就要你好看！進來啊，你這個鬼鬼祟祟的畜牲，待在外面幹嘛，是覺得我這個主人讓你丟臉嗎！快點進來！」

這一番咆哮出自一名年約三十五歲、身材壯碩的男子，他身穿黑色天鵝絨大衣、髒兮兮的黃褐色馬褲和繫帶半統靴，灰色棉襪包著一雙粗腿，小腿肌肉高高凸起——這一雙腿加上那一身裝扮，總覺得應該再配上一副腳鐐裝飾才算完整。他頭戴棕色帽子，脖子上圍著骯髒的白點藍底領巾，領巾的兩端都有大段磨損的痕跡，此時他一面說話一面抓起領巾一角擦去臉上的啤酒。他擦完臉後露出一張粗獷寬闊的面孔，腮上蓄著三天沒刮的鬍子，還有一雙陰沉的眼睛，其中一隻眼睛五顏六色，看來是最近挨了一拳。

「進來啊，聽到沒？」這位引人注目的惡棍大吼。

一隻白色長毛狗偷偷摸摸地走進房內，臉上大約有二十多個抓傷和撕裂傷。

「剛剛幹嘛不進來？」男子說：「你也太驕傲了吧，不想在大家面前認我這個主人是不是？躺下！」

這一聲命令伴隨著一腳，將這隻狗踹到房間的另一頭。不過牠看來似乎習已為常，一聲不吭地默默蜷曲在角落，那雙醜陋的眼睛一分鐘眨了二十下，似乎忙著觀察這間公寓。

「你在幹嘛？忙著虐待這些孩子嗎，你這個貪心不足，貪、得、無、厭的老賊？」男子不慌不忙地坐下來。「我真覺得奇怪，他們為什麼不把你做掉！如果我是他們，一定會這樣做。如果我是你徒弟，老早就動手了，而且——不對，宰了你之後也賣不了錢，因為你一無是處，只能當成醜陋的珍禽異獸裝在玻璃瓶裡，我想應該沒有人做這麼大的玻璃瓶吧。」

「噓！噓！賽克斯先生，」猶太老頭全身發抖地說：「別那麼大聲嚷嚷！」

「少給我來先生那一套，」這個惡棍回答：「每次你這樣叫我都沒好事。你知道我名字，給我叫出來！等時候到了，我不會辱沒這個名字的。」

「好，好——比爾．賽克斯，」猶太老頭卑微地說：「你看來心情不太好，比爾。」

「或許是吧，」賽克斯回答：「我看你好像也不怎麼高興，除非你覺得亂扔白鑞鍋只是小事，就像你洩漏——」

「你瘋了嗎？」猶太老頭扯了扯那個人的衣袖，朝那兩個男孩指了指。

賽克斯先生在左耳下比了一個打結的動作，然後將頭一歪靠在右肩上，這一齣默劇猶太老頭似乎完全理解。接著他用黑話要了一杯酒，他說話時常常使用黑話，但如果照實記錄，恐怕沒人看得懂。

「你可別在裡頭下毒啊，」賽克斯先生將帽子放在桌上說道。

這句雖然是玩笑話，但說話的人如果看到猶太老頭咬著蒼白嘴唇轉身走向櫥櫃時流露出的邪惡眼神，或許會覺得這句警告並非完全多餘，或認為這位愉快的老先生心裡，並非全然沒有無論如何也想改善釀酒師精妙配方的念頭。

賽克斯先生喝了兩、三杯烈酒後，終於大發慈悲地理會那兩個年輕人，也讓他們說起奧利佛被捕的詳細原因和經過，不過機靈鬼認為，視目前情況將事實做一番增刪潤飾確實有其必要。

「我怕，」猶太老頭說：「他可能會說些害我們惹上麻煩的話。」

「很有可能，」賽克斯帶著獰笑回答：「這下你完了，費金。」

「你聽我說，我是擔心，」猶太老頭彷彿沒聽到賽克斯插話，兩眼直盯著對方接著說：「我是擔心如果事情敗露，可能會牽扯出更多事來，到時候你受的影響會比我更大，朋友。」

男子吃了一驚，轉身看著猶太老頭。但這位老先生把頭一縮，耳朵都快碰到肩膀，兩眼茫然地盯著正對面的牆壁。

大伙兒沉默了好一會兒。這群可敬的人各自陷入沉思，就連那隻狗也不例外，牠有點不懷好意地舔著嘴唇，似乎在盤算到了外頭，要朝牠遇到的第一位先生或女士的腿上咬一口。

「得有人到警局探探情況，」賽克斯先生說話的聲音比進門時低了許多。

猶太老頭點頭贊同。

「如果他還沒招供就被關起來了，那在他出來之前都不必擔心，」賽克斯說：「等他出來之後就得注意了。你一定得想辦法抓到他。」

猶太老頭又點點頭。

這個行動方案確實縝密，只可惜執行起來卻有一個極大的障礙。那就是機靈鬼、查理．貝茲、費金和比爾．賽克斯先生正好都對接近警局有強烈、根深柢固的反感，無論如何都不想去。

我們不知道他們就這樣坐了多久，懷著忐忑不安的心情面面相覷，這想必不是最愉快的情景。不過也不必對此多加揣測，因為此時奧利佛先前見過的那兩位年輕小姐突然走了進來，大家於是又聊了起來。

「來得正好！」猶太老頭說：「就讓蓓特去吧，好不好，親愛的？」

「去哪裡？」這位年輕小姐問道。

「只是到警局一趟而已，親愛的，」猶太老頭半哄半騙地說。

在此應該為這位年輕小姐說句公道話，她並未明說自己不想去，只是強烈表示相較之下，她寧願「下地獄」；用這種禮貌而微妙的託辭婉拒了這個請求，顯示這位年輕小姐的教養良好，不忍心讓同胞承受遭人當面拒絕的痛苦。

猶太老頭的臉沉了下來，將視線從這位身穿紅袍綠靴，頭戴黃色捲髮紙，衣著華麗，甚至可說雍容華貴的年輕小姐身上移開，轉向在場的另一名女性。

「南西，親愛的，」猶太老頭以哄騙的語氣說：「那妳的意思呢？」

「行不通的，費金，就算試了也沒用，」南西回答。

「妳這麼說是什麼意思？」賽克斯先生不悅地抬起頭問她。

「就是我說的意思啊，比爾，」這位小姐冷靜地回答。

「為什麼，妳是最適合的人選了，」賽克斯先生開始勸她：「這附近的人都不知道妳的底細。」

「我也不想讓他們知道，」南西依舊冷靜地回答：「我是反對多過贊成，比爾。」

「她會去的，費金，」賽克斯說。

「不會，我不會去，費金，」南西說。

「會，她會去，費金，」賽克斯說。

賽克斯先生說得沒錯。在威脅利誘、承諾保證的壓力下，這位小姐最後還是屈服，接下了這個任務。她的確和她的好友不同，不會因為某些因素而卻步；因為她最近才從遙遠但高尚的郊區拉特克利夫搬來菲爾德巷，並不擔心會有許多熟人認出她來。

於是，南西小姐在長外衣上罩了一件乾淨的白圍裙，再用一頂草帽遮住她的捲髮紙（這兩件衣物都是從猶太老頭源源不絕的存貨中找出來的）準備出門辦事了。

「等一下，親愛的，」猶太老頭拿出一只有蓋子的小籃子。「一手拎著這個，看起來更像正經女孩，親愛的。」

「給她一把大門鑰匙掛在另一隻手上，費金，」賽克斯說：「這樣看起來更像真的。」

「沒錯，沒錯，親愛的，說得沒錯，」猶太老頭將一把大門鑰匙掛在這位年輕小姐的右手食指上。

「好了，非常好！真的非常好，親愛的！」猶太老頭搓著手說。

「噢，弟弟啊！我可憐、親愛、天真又無辜的小弟啊！」南西放聲大哭，極度悲傷地絞著小籃子和大門鑰匙。「不知道他怎麼了！他們把他帶到哪裡去了！噢，求求你可憐我吧，告訴我那個親愛的孩子怎麼了，先生，求你了，先生，請你告訴我，先生！」

南西小姐的語氣極為悲痛而傷心，但在場的聽眾全都樂不可支，她說完這番話後停頓了一下，向同伴眨了眨眼，笑著向眾人一一點頭，接著便出門去了。

「啊，各位，她真是個聰明的女孩啊，」猶太老頭轉身對著他的年輕朋友說，然後嚴肅地搖搖頭，彷彿在默默勸告他們要效法剛才看到的這位聰明楷模。

「算得上是女人裡拔尖的了，」賽克斯先生說完在杯子裡倒滿酒，碩大的拳頭重重地往桌上一捶。「祝她身體健康，也希望人人都能像她一樣！」

就在大伙兒給予南西這些祝福及其他許多讚美的同時，這位年輕小姐已火速趕往警局；雖然在無人保護的情況下孤身穿過街道，難免會有點膽怯，但她不久後便安然抵達目的地。

她從後門走進去，用鑰匙輕敲其中一間牢門，仔細留意動靜。裡頭一點聲響都沒有，她又咳了一聲，再留意動靜，還是沒人回應，她只好開口說話。

「諾利，親愛的？」南西低聲輕喚：「諾利？」

牢房裡只有一位沒穿鞋的可憐犯人，因為吹笛子而入獄，罪名是擾亂社會安寧，已經罪證確鑿，由范先生做出極為適當的判決，將他送到感化院拘禁一個月。范先生以中肯而詼諧的口吻表示，既然這個人精力過盛，用在踏車上比浪費在樂器上來得有益。這個人沒有答話，心裡正忙著為了失去笛子而哀痛不已；那把笛子已經被沒收，歸郡政府所有。南西走到下一間牢房，敲了敲牢門。

「幹嘛！」有個微弱的聲音有氣無力地回答。

「這裡有沒有關了一個小男孩？」南西問道，先是一聲嗚咽。

「沒有，」那人回答：「但願不會。」

這間牢房裡關的是一位六十五歲的流浪漢，因為不吹笛子而入獄；換句話說，就是因為無所事事、沒有沿街乞討而被捕。下一間牢房裡關了另一個人，因無照販賣錫鍋而入獄，因此他的罪名是為了生活而違抗印花局規定。

但這些犯人都對奧利佛這個名字沒反應，也對他一無所知，南西只好直接找上那位穿條紋背心的率直警官。她發出最可憐的哭號和悲歎，請警官將她親愛的弟弟還給她，大門鑰匙及小籃子發揮了立竿見影的加乘效果，讓她更顯得楚楚可憐。

「我沒抓他啊，親愛的，」老先生說。

「那他在哪裡？」南西心煩意亂地喊著。

「那位先生把他帶走了，」警官回答。

「什麼先生！噢，老天哪！什麼先生？」南西大聲嚷嚷。

老先生回答這一連串沒有條理的質問，告訴這位裝得唯妙唯肖的姊姊，奧利佛被抓進警局時就已經病了，後來有一名證人指證這起竊盜案是由另一個男孩所犯，奧利佛因此獲得釋放，並未拘禁在牢裡。而原告則將昏迷不醒的奧利佛帶回自己的住處，至於該住處的所在地點，這名警官只知道是在本頓維爾的某處，他聽到原告跟馬車車夫交代方向時提到這個地方。

這位悲傷不已的年輕小姐滿心疑惑與懷疑，步履蹣跚地走出大門，然後從腳步踉蹌變為敏捷奔跑，順著她所能想到最迂迴而複雜的路線，回到猶太老頭的住處。

比爾．賽克斯先生一聽完南西報告打探的結果，便急忙叫醒那隻白狗，戴上帽子匆匆出門了，連禮貌性向大家道早安的時間都省略了。

「各位，我們一定得查出來他在哪裡。一定得找到他，」猶太老頭激動萬分地說：「查理，從現在開始你只要到處閒晃就好，打聽到他的消息就來回報！南西，親愛的，我一定得找到他。我很信任妳，親愛的——我信任妳和機靈鬼做的所有事！等等，等等，」猶太老頭抖著手打開一個抽屜的鎖，接著說：「拿點錢去，各位。今晚店鋪不營業了。你們知道在哪裡可以找到我！別再拖拖拉拉的了。一刻也別浪費，各位！」

他說完這些話，便將眾人推出房間，等他們出去之後，他仔細地將門上了兩道鎖又加上門閂，才從藏匿處取出先前不小心被奧利佛看到的盒子，急忙將手表、珠寶等物塞進自己的衣服下。

一聲敲門聲讓正忙著藏財物的老頭嚇了一跳。「是誰？」他尖聲叫道。

「是我！」機靈鬼透過鑰匙孔回答。

「幹嘛？」猶太老頭不耐煩地喊道。

「南西在問，是不是要把他綁架到另一個巢穴？」機靈鬼問。

「對，」猶太老頭回答：「不管她是在哪裡找到他。總之，一定要找到他，把他找出來。接下來我會知道該怎麼做的，別擔心。」

這男孩低聲回答知道了，便急忙下樓追趕同伴。

「目前他還沒招供，」猶太老頭繼續收拾珠寶。「如果他打算把我們的事告訴他的新朋友，就得在他張口前堵住他的嘴。」

第十四章
奧利佛住在布朗洛先生家的後續情況，以及他出外辦事時，格濚維各先生說出有關他的非凡預言

布朗洛先生突如其來的驚叫，將奧利佛嚇得昏了過去，不久後他醒過來，老先生和貝德溫太太在後來的談話中，都小心翼翼地避免提及畫中人物，也不談奧利佛的過去或將來，只說一些可能讓他開心又不刺激他的話題。奧利佛依舊很虛弱，無法下床吃早餐，但隔天他到樓下女管家的房內時，隨即急切地看向那面牆，希望能再看到畫中美女的臉孔。但他的希望落空，因為那幅畫已經不見蹤影。

「啊！」女管家注意到奧利佛眼睛看的方向，說：「那幅畫已經拿下來了，你看。」

「我也注意到了，夫人，」奧利佛回答：「為什麼要把畫拿下來呢？」

「孩子，那幅畫之所以拿下來，是因為布朗洛先生說，你看到那幅畫好像會難過，這樣可能會妨礙你康復，你懂吧，」老太太回答。

「噢，不會的，真的。那幅畫不會讓我難過，夫人，」奧利佛說：「我很喜歡看那幅畫，真的非常喜歡。」

「好，好！」老太太好脾氣地說：「乖孩子，你盡快把身體養好，那幅畫就會再掛回來了。乖喔！我跟你保證！好啦，我們聊點別的吧。」

眼下關於那幅畫，奧利佛只能打聽到這些消息。由於老太太在他病中對他呵護備至，因此他努力不再去想這件事，只專心地聽她說了許多事；她說她有個親切美麗的女兒，嫁給了一位和善英俊的男人，兩

人住在鄉下；她還有個兒子在西印度群島一位商人的手下做事。她兒子也是個優秀孝順的青年，一年會寫四封家書給她，提起這些事讓她熱淚盈眶。老太太細數她兒女的優點，以及她溫柔善良丈夫的長處，他在二十六年前就過世了，真可憐啊！說了老半天，喝茶的時間到了。用畢，她開始教奧利佛玩克里比奇紙牌：奧利佛一點就通，他們興致高昂地玩著這個遊戲，直到是時候讓這位病人喝點加了水的熱葡萄酒及一片乾麵包才停手，接著奧利佛便舒舒服服地上床睡覺了。

奧利佛在養病期間過得十分幸福。一切都這麼寧靜、整潔、有條有理，每個人也都如此親切溫柔。他過去一直生活在嘈雜紛亂的環境裡，如今這裡簡直就像天堂。等到他的體力恢復到足以好好穿衣服的程度，布朗洛先生便替他置辦了一整套新衣、新帽和一雙新鞋。奧利佛得知自己可以隨意處置舊衣後，便將這些衣物交給一位對他十分親切的女僕，請對方替他將舊衣賣給猶太人並留下賣衣所得。她很快便將此事辦妥，因為奧利佛從客廳窗戶望出去，看到那位猶太人將那套舊衣收進自己的袋子後離開了。奧利佛想到那套衣服已妥善處置，自己以後再也穿不到那套舊衣，心裡十分高興。老實說，那套衣服早已破舊不堪，而奧利佛也從來沒穿過新衣。

某天晚上，大約就在畫像事件發生一週後，奧利佛正坐著與貝德溫太太聊天，此時布朗洛先生派人送口信來說，如果奧利佛．崔斯特感覺好多了，他想在書房見見他，和他聊一會兒。

「唉呀，老天保佑！孩子，你把手洗乾淨，我來替你把頭髮梳整齊，」貝德溫太太說：「真是的！早知道他要見你，我們就會給你戴上乾淨的領子，把你打扮得整整齊齊的！」

奧利佛照著老太太的吩咐做，雖然她不停抱怨，甚至沒時間將他襯衫領口的小荷葉邊整理出波紋，儘管少了這項重要的優勢，他看起來依舊十分高雅俊秀，因此她心滿意足地將他從頭到腳打量一番後，說她即使早早接到通知，也沒辦法把他打扮得比現在更好看了。

奧利佛受到這番鼓勵後，前去輕敲了書房門。布朗洛先生請他進去，他發現這是屋後的一間小房間，裡頭擺滿了書籍，有一扇窗可以看到宜人的小花園。窗前擺了一張桌子，布朗洛先生正坐在桌邊看書。他看到奧利佛，便將面前的書推開，請奧利佛到桌邊坐下。奧利佛照做了，心裡驚嘆如此博覽群書的人要上哪兒找，這些書似乎是為了讓這個世上的人更聰明而寫。就連遠比奧利佛．崔斯特更有見識的人，往往也會對這件事感到驚奇。

「書很多是吧，孩子？」布朗洛先生看到奧利佛好奇地打量從地板一直延伸到天花板的書架，於是這麼說道。

「真的很多，先生，」奧利佛回答：「我從來沒見過這麼多書。」

「只要你當個乖孩子，就能讀這些書，」老先生親切地說：「你一定會喜歡讀書的，比光看書皮有趣多了——我是說，有些時候啦，因為有些書只有封面和封底精采。」

「我猜應該是那些很厚的書吧，先生，」奧利佛指著某些封皮上印有許多燙金字樣的四開本大書說道。

「不一定，」老先生笑著拍了拍奧利佛的頭說：「也有其他一樣厚的書，不過版面小得多。你想不想長大當個聰明人，也來寫書啊？」

「我想我寧願看書，先生，」奧利佛回答。

「怎麼！你不想當作家嗎？」老先生說。

奧利佛想了一會兒，最後說他覺得當個賣書的書商會更好，老先生聽他這麼說哈哈大笑起來，說他講得非常好。奧利佛覺得很高興，不過他根本不知道自己說的話哪裡好。

「好，好，」老先生冷靜下來說：「別怕！我們不逼你當作家就是了，還有其他正當行業可以學，也可以改學製磚。」

「謝謝您，先生，」奧利佛說。老先生看到他一本正經地回答，又笑了起來，還提到他具有某種奇特的天性，奧利佛聽不懂，因此也不太在意。

「好了，」布朗洛先生以更溫和的語氣說話，但他臉上同時也掛著自奧利佛認識他以來所見過最嚴肅的表情。「孩子，我要你仔細聽我接下來要說的話。我會毫無保留地和你談一談，因為我相信你一定能聽懂我的話，就像許多年齡比你還大的人一樣。」

「噢，別告訴我您要把我送走了，先生，求求您！」奧利佛警覺到老先生開口時的嚴肅語氣，驚叫道！「別把我趕出去，讓我再次流落街頭。請讓我留在這裡當僕人。不要把我送回原本那個可怕的地方。求求您同情我這個可憐的孩子吧，先生！」

「乖孩子，」奧利佛突如其來的懇求讓老先生大為感動：「你不必擔心我會遺棄你，除非你給了我遺棄你的理由。」

「我絕對、絕對不會的，先生，」奧利佛急忙說。

「希望不會，」老先生接著說：「我想你不會這樣的。我以前曾經被我努力幫助的人欺騙，儘管如此，我還是非常相信你。我自己也說不清楚為什麼我會這麼關心你。我摯愛的人都已經長眠於九泉之下了，不過雖然我人生的幸福與歡樂也跟著埋葬，但我並未就此封閉內心，再也不表露任何情感。深刻的痛苦只會讓這些情感變得更強烈，並進一步昇華。」

老先生以低沉的嗓音說了這番話，與其說是對奧利佛說，不如說是講給自己聽，之後他沉默了一會兒，奧利佛也靜靜坐著。

「好了，好了！」最後老先生終於以較為歡樂的口吻說：「我之所以說這番話，只是因為你還年輕。如果你知道我曾經受過這麼大的創傷和悲痛，也許就會更謹慎，不會讓我再次受到傷害。你說你是個孤兒，在這世上沒有半個朋友。我四處打探的結果也證實了這點。告訴我你的身世吧，你是從哪裡來，誰把你養大，又是怎麼認識我初見你時和你在一起的那些人。只要你乖乖說實話，有我在世的一天，你就不會無親無故。」

奧利佛哭了起來，好一會兒說不出話來。就在他正要開始訴說自己如何在寄養院長大，如何被本伯先生帶到濟貧院時，大門外傳來兩聲格外急切的敲門聲，接著僕人便跑上樓通知格凜維各先生來了。

「他要上來嗎？」布朗洛先生問。

「是的，老爺，」僕人回答。「他問家裡有沒有鬆糕，我告訴他有，他就說他要來喝茶。」

布朗洛先生笑了笑，轉頭對奧利佛說格凜維各先生是他的老朋友，人雖然有點粗魯，但其實是個好人，而且他這麼說是有根據的，請奧利佛不要介意。

「我要不要下樓呢，先生？」奧利佛問。

「不用，」布朗洛先生回答：「我比較希望你留在這裡。」

就在此時，一位身材肥胖的老先生略跛著一腳，拄著一根粗拐杖走進書房裡。這位老先生身穿藍色大衣、條紋背心、南京棉布馬褲和綁腿，戴著一頂白色寬邊帽，綠底帽緣向上翻起。小碎褶子的襯衫荷葉邊從他的背心露出來；背心下襬鬆垂著一條極長的鋼製表鍊，表鍊末端只掛著一把鑰匙；白色領巾的兩端各綁成橘子般大小的圓球，五官扭曲成各種言語無法形容的表情。他說話時習慣將頭歪向一邊，同時用眼角看人，讓人忍不住聯想到鸚鵡的模樣。格凜維各先生一走進書房便擺出這副姿態，拿著一小片橘子皮伸長了手臂，以十分不滿的語氣咆哮：

「你看！看到這個了嗎！不管我去誰家，都會在樓梯上發現這個東西，它簡直就是外科醫生的朋友，是不有夠奇怪？我已經因為橘子皮瘸了一腳，我想我遲早會被橘子皮害死，不然我就吞掉自己的頭，先生！」

格凜維各先生每次提出主張，幾乎都會以這句大話來加強語氣和背書。但他的情況較為特殊，因為即使為了讓這個說法成立，承認科學已進步到足以讓人在有意願的情況下吃掉自己的頭，但格凜維各先生的頭大得出奇，即便是世界上最有把握的人，也不敢期望自己能一次吃掉他的頭——更何況他頭上還抹了厚厚一層髮粉，讓這個任務更難達成。「我一定吃掉自己的頭，先生，」格濤維各先生再次強調，用拐杖敲了敲地板。「哈囉！這是誰啊！」他看著奧利佛，退後了一、兩步。

「這位是小奧利佛・崔斯特，就是我們先前聊到的那個孩子，」布朗洛先生說。

奧利佛鞠了個躬。

「你不會是要告訴我，他就是那個發燒的小孩吧？」格濤維各先生又後退了一點。「等一下！別說話！噓——」突然間格濤維各先生得意洋洋地有了新發現，頓時把對發燒的恐懼拋諸腦後，接著說：「就是這孩子吃了橘子吧！先生，如果不是他吃了橘子，還把這塊橘子皮丟在樓梯上，我就把自己的頭吃掉，連他的頭也一起吃了。」

「不、不，他沒吃橘子，」布朗洛先生笑著說：「進來吧！脫下帽子，和我這位年輕朋友聊一聊。」

「我對這件事非常有感，先生，」這位暴躁的老先生邊脫手套邊說：「我們這條街上總是或多或少有橘子皮，我**知道**那一定是轉角那家外科醫生的兒子扔的。昨晚有個年輕女人踩到一塊橘子皮跌倒，撞到了我的花園欄杆。我看到她一爬起來，就看向醫生門口那盞可惡的紅燈，那燈光簡直就像聖誕節音樂劇一樣招搖。『別去他那兒，』我對著窗外喊：『他是個殺手！專門害人！』他就是這種人。如果他不是——」這位暴躁的老先生說到這裡，用拐杖在地上重重敲了一下，他的朋友都明白，每次他沒說出口時，這個動作就代表那句老話。接著他拿著拐杖坐下，戴上以黑色寬絲帶掛在脖子上的眼鏡，看了看奧利佛；奧利佛看到他在檢視自己，忍不住紅了臉，又鞠了個躬。

「就是這孩子，是嗎？」格濤維各先生終於說道。

「就是這孩子，」布朗洛先生回答。

「你好嗎，孩子？」格濤維各先生說。

「好多了，謝謝您，先生，」奧利佛回答。

布朗洛先生似乎知道他這位怪朋友即將說一些惹人不悅的話，便請奧利佛下樓通知貝德溫太太，他們準備要喝茶了。奧利佛絲毫不喜歡這位客人的態度，因此十分歡喜地下樓了。

「這孩子長得很俊秀，對吧？」布朗洛先生問道。

「我不知道，」格凜維各先生沒好氣地回答。

「不知道？」

「對，不知道。我一向看不出來小孩子有什麼不同。我只知道有兩種小孩，就是臉色蒼白和臉色紅潤這兩種。」

「那奧利佛是哪一種？」

「蒼白的那種。我有個朋友，他兒子就是臉色紅潤的小孩；他們都說他是個好孩子，頭圓圓的，兩頰紅通通，眼睛亮晶晶的；那孩子真糟糕，身體和四肢都快把他那身藍衣服的縫線撐破了，嗓門大得像舵手，食慾好得跟野狼一樣。我認識他！那個壞蛋！」

「好了啦，」布朗洛先生說：「小奧利佛．崔斯特又沒有這些特徵，你不必生氣吧。」

「他的確沒有，」格凜維各先生回答：「但說不定更糟糕。」

布朗洛先生聽他這麼說，不耐煩地咳了一聲，卻讓格凜維各先生樂不可支。

「我說啊，他可能更糟糕，」格凜維各先生又說了一遍。「他是打哪兒來的！是什麼人？做什麼的？他還發燒過。這又是怎麼回事？不是只有好人才會發燒，對吧？壞人有時候也會發燒，不是嗎？我認識一個人，因為謀殺自己的老闆，結果在牙買加被吊死。他就發燒過六次，但也沒有因此得到寬恕。哼！全是胡說八道！」

其實，格凜維各先生打從心底很想承認奧利佛的相貌和舉止都格外討人喜歡。但他天生就愛唱反調，加上撿到那塊橘子皮，更進一步激發了他愛唱反調的天性。他暗自下定決心，沒有人能逼他承認某個孩子長得好看或不好看，他打從一開始就決定要和他的朋友唱反調。布朗洛先生坦承，格凜維各先生提出的問題，目前他都無法給予滿意的答案。他已經暫停調查奧利佛的身世，打算等到這孩子的身體夠強壯，能禁得起質問再說。格凜維各先生不懷好意地呵呵笑，帶著輕蔑的笑容問道，女管家有沒有在晚上數盤子的習慣。如果她在哪個風和日麗的早晨沒發現少了一、兩根湯匙，那他就會……諸如此類的話。

雖然布朗洛先生本身的個性也有點急躁，但他知道這位朋友的怪脾氣，因此仍帶著十分愉快的心情，耐心地聽完這一席話。喝茶時，格凜維各先生極為滿意地對鬆糕讚不絕口，氣氛變得十分融洽。奧利佛也在場，他在這位暴躁的老先生面前開始覺得比原本自在多了。

「你打算什麼時候聽奧利佛．崔斯特完整、真實、詳細的生平故事和冒險經歷啊？」餐畢，格凜維各又重提這個話題，斜眼看著奧利佛問布朗洛先生。

「明天早上，」布朗洛先生回答：「這一次我希望只有我和他兩個人獨處。孩子，明天早上十點來見我。」

「是，先生，」奧利佛回答。格凜維各先生緊迫盯人的目光讓他渾身不自在，因此答得有些遲疑。

「我告訴你，」這位先生低聲對布朗洛先生說：「他明天早上不會來找你的，我看到他遲疑了。我的好朋友，你被他騙了。」

「我發誓他沒騙我，」布朗洛先生親切地回答。

「如果他沒騙人，」格凜維各先生說：「我就——」他又用拐杖敲地板。

「我敢用我的性命擔保，那孩子很誠實！」布朗洛先生敲敲桌子說。

「我敢用我的腦袋擔保，他一定會撒謊！」格凜維各先生也敲敲桌子回答。

「那我們就等著瞧吧，」布朗洛先生忍著怒意說。

「等著瞧吧，」格凜維各先生帶著挑釁的笑容說：「等著瞧吧。」

彷彿是命運安排，就在此時，貝德溫太太正好送了一小包書進來，是布朗洛先生當天早上向前文提及的那家書攤老闆購買，她將包裹放在桌上便準備離開。

「貝德溫太太，請那個孩子等一下！」布朗洛先生說：「有東西要請他帶回去。」

「他已經走了，老爺，」貝德溫太太回答。

「叫他回來，」布朗洛先生說：「情況特殊。那位老闆並不富有，這些書又還沒付錢，還有一些書也要送還給他。」

大門打開。奧利佛和女僕分頭追出去，貝德溫太太則站在階梯上大聲叫喚送書的孩子，但那孩子已經不見人影。奧利佛及女僕氣喘吁吁地回來，報告說沒找到那個人。

「唉呀，真是遺憾啊，」布朗洛先生感嘆道：「我真的很希望今晚能把那些書送回去。」

「叫奧利佛送過去嘛，」格濂維各先生帶著嘲諷的笑容說：「你知道的，他一定會把東西確實送到。」

「是啊，如果您願意，請讓我去送吧，先生，」奧利佛說：「我會一路跑過去，先生。」

老先生正打算說奧利佛無論如何都不應該出門，但此時格濂維各先生卻不懷好意地咳了一聲，讓他決定要由奧利佛去送書。等這孩子迅速辦好這件事，就能向格濂維各先生證明他的種種懷疑並不公平；至少可以立即證明這點。

「那你**就**去吧，孩子，」老先生說：「那些書就在我桌旁的椅子上。去拿過來。」

奧利佛很高興自己能幫上忙，急忙將那些書夾在腋下拿過來，手裡抓著帽子等著布朗洛先生交代口信。

「你就說，」布朗洛先生堅定地看著格濂維各說：「你就說你是來還這些書的，再把我欠他的四英鎊十先令還給他。這是五英鎊鈔票，所以你要帶十先令零錢回來給我。」

「不用十分鐘我就回來，先生，」奧利佛急切地說。他將那張鈔票放進大衣口袋，扣上鈕釦，再小心翼翼地將那些書夾在腋下，畢恭畢敬地鞠個躬，便走出書房。貝德溫太太送他到大門口，仔細交代了最近的路線以及書攤老闆的姓名及所在街道，奧利佛說他全都記清楚了。接著老太太又叮囑了許多事，要他注意不要感冒，才終於讓他出發。

「老天爺保佑他吧！」老太太看著奧利佛的背影說：「不知怎麼的，我就是不想讓他離開我的視線。」

此時奧利佛開心地回頭向老太太點頭致意，然後轉過街角。老太太笑著回應他的問候，接著關上大門，回到自己的房間。

「依我看，他頂多二十分鐘就會回來，」布朗洛先生拿出懷表放在桌上。「到那時候天都黑了。」

「噢！你真的以為他會回來，是嗎？」格瀠維各先生問。

「你覺得不會嗎？」布朗洛先生笑著問。

此時，格瀠維各先生原已十分強烈的唱反調天性，在他朋友自信滿滿的笑容刺激下，變得更為強烈。

「沒錯，」他朝桌子重重捶了一拳說：「我覺得不會。那孩子穿著一身新衣服，腋下夾著一疊價值不菲的書，口袋裡還有一張五英鎊鈔票。他一定會跑回去找他那些老朋友和小偷，然後嘲笑你。如果那孩子回到這屋裡，先生，我就把自己的頭吃掉。」

他說完這些話便將椅子拉近桌子。兩個人就這樣隔著那只懷表靜靜坐著，各自有所期待。

為了說明我們對自我判斷的重視，以及提出最輕率魯莽的結論時有多麼自負，有一點值得一提，那就是雖然格瀠維各先生的心腸並不壞，看到自己敬重的朋友受騙也會由衷覺得難過，但此時他卻滿心強烈希望奧利佛．崔斯特不要回來。

天色愈來愈暗，表面上的數字都幾乎看不清了；但這兩位老先生依舊隔著那只懷表，默默地坐著。

第十五章
敘說愉快的猶太老頭與南西小姐有多麼喜歡奧利佛・崔斯特

在小番紅花山最髒亂的地區有一家三流酒館，陰暗的店裡冬季整天都點著一盞煤氣燈，即使是夏天也沒有一絲陽光照進來；此時昏暗的店內坐著一名渾身酒味的男子，對著面前的白鑞小酒壺及小玻璃杯沉思，男子身穿天鵝絨大衣、黃褐色馬褲、半統靴及襪子，即使在昏暗燈光下，經驗豐富的警探也能毫不遲疑地認出那個人就是比爾・賽克斯。他腳邊趴著一隻紅眼白毛狗，正忙著一會兒對主人眨著一雙眼，一會兒又舔舔嘴邊一條長長的新傷口，顯然是最近打架造成的。

「安靜點，你這隻畜牲！安靜！」賽克斯先生突然打破沉默。究竟是這隻狗眨眼打擾了他專注的沉思，還是他的思緒勾起太多情緒，必須踹這隻無辜的動物一腳才能有所發洩，讓心情回歸平靜，關於這點仍有待討論及商榷。總之，不論原因為何，結果就是這隻狗同時挨了一腳和一聲咒罵。

狗對主人的打罵通常不會予以報復，但賽克斯先生養的狗，個性就和主人一樣凶暴，或許牠此刻覺得受到莫大的傷害，因此毫不猶豫地咬住主人的半統靴，狠狠地甩了幾下，才低吼著退到一張長板凳下，正好躲開賽克斯先生朝牠頭頂砸過來的白鑞酒壺。

「你敢咬我，你敢咬我？」賽克斯一手拿起撥火棒，另一手從口袋掏出一把大折疊刀，從容不迫地打開來。「來啊，你這天生的壞胚子！來啊，聽到了沒？」

那隻狗想必是聽到了，因為賽克斯先生用極為粗啞的嗓音以刺耳至極的語調說這句話。但牠顯然對於喉嚨挨一刀莫名地反感，因此仍待在原地不動，只是叫得比先前更凶，同時咬住撥火棒一端，像頭猛獸般死命地啃咬。

這種反抗的舉動只是讓賽克斯先生更為光火，他跪了下來，開始對這隻動物發動凶狠無比的攻勢。這隻狗左躲右閃，又咬、又吼、又叫，而這名男子則是揮刀猛刺，不停咒罵。就在這場鬥爭進行到緊要關頭，突然有人開了門，這隻狗便一溜煙衝了出去，只留下比爾．賽克斯拿著撥火棒與折疊刀待在原地。

俗話說，一個巴掌拍不響，吵架一定得有兩個人。賽克斯先生眼見那隻狗不肯奉陪，失望之餘立即將吵架的目標轉向剛走進屋裡的那個人。

「你幹嘛插手管我和那隻畜牲的事情？」賽克斯惡狠狠地說。

「老兄，我根本什麼都不知道啊，我哪知道啊，」費金低聲下氣地回答，原來猶太老頭就是剛進屋的那個人。

「最好是不知道啦，你這個沒膽的老賊！」賽克斯咆哮。「你難到沒聽見吵鬧聲嗎？」

「比爾，我又不是死人，我真的什麼都沒聽到，」猶太老頭回答。

「噢，是喔！你什麼都沒聽到，沒聽見是吧，」賽克斯惡狠狠地冷笑著回答：「偷偷摸摸地進出，這樣就沒人聽到你怎麼進來、怎麼出去了！費金，我真希望半分鐘前你就是那隻狗。」

「為什麼？」猶太老頭強顏歡笑地問。

「你的膽子還沒野狗的一半大，政府雖然在乎你這種人的性命，卻不在乎人要怎麼殺狗，」賽克斯一面回答，一面意味深長地收起刀子：「這就是為什麼。」

猶太老頭搓著雙手，在桌邊坐下來，對朋友的這番打趣假笑了起來。不過，他顯然十分憂心。

「到一邊笑去，」賽克斯將撥火棒放回原處，以凶狠輕蔑的眼神看著猶太老頭說：「到一邊笑去。你永遠沒資格笑我，除非是在夢裡。我比你占上風，費金，而且我他媽的永遠都會保有這個優勢。告訴你！如果我完蛋了，你也逃不掉，所以你最好給我小心點。」

「是，是，朋友，」猶太老頭說：「這我都知道，我們——我們——是互利關係嘛，比爾——互利關係。」

「哼，」賽克斯似乎覺得猶太老頭得到的利益比他還多。「好啦，你要跟我說什麼？」

「為了保險起見，全都用熔爐處理過了，」費金回答：「這是你的那一分。比原本應得的還多呢，朋友。不過我知道你下次一定會回報我的，而且——」

「不要再碎碎唸了，」這名盜賊不耐煩地打斷他的話。「東西在哪裡？拿過來！」

「是，是，比爾，等我一下，等我一下，」猶太老頭以安撫的語氣回答。「在這裡！安全得很！」他一面說，一面從懷裡掏出一條舊棉手帕，解開一角的大結，拿出一個小牛皮紙包。賽克斯把東西從老頭手裡一把搶了過來，急忙打開紙包，數著裡頭包的金幣。

「只有這樣而已嗎？」賽克斯問。

「全在這裡了，」猶太老頭回答。

「你在來的路上，沒有偷偷打開包裹，私吞一、兩枚金幣吧？」賽克斯懷疑地問。「少給我裝出一副委屈的樣子，這種事你做了好幾次了。扯個鈴。」

這句話簡單來說，就是命令猶太老頭拉鈴叫人。鈴聲喚來了另一位猶太人，雖然比費金年輕，但長相幾乎同樣卑鄙惹人厭。

比爾・賽克斯只是指了指空酒壺，那位猶太人便完全了解他的意思，拿著酒壺出去盛酒。但他出去之前和費金交換了一個值得注意的眼神，費金抬起頭看了一眼，似乎正等著對方使眼色，然後搖搖頭示意，這個動作極輕，即使是觀察力敏銳的第三者也幾乎不會察覺。賽克斯完全沒發覺這點，他此刻正彎下腰綁著被那隻狗扯鬆的鞋帶。如果他看到這兩人迅速交換的暗號，也許就會認為情況對他不利。

「這裡有其他人嗎，巴尼？」費金問道。現在賽克斯已經抬起頭來，因此費金低頭看著地板說話。

「一個冷也沒有，」巴尼回答。不論他的話是否發自內心，全都帶著濃厚的鼻音。

「沒人？」費金驚訝地問，或許是在暗示巴尼，要他說實話。

「除了達基小姐，沒有其他冷了，」巴尼回答。

「南西！」賽克斯驚叫。「在哪？如果我沒好好獎勵這個天生聰明又能幹的女孩，就把我戳瞎吧。」

「她在吧台點了一盤水煮牛肉，」巴尼回答。

「叫她過來，」賽克斯倒了一杯酒說：「叫她過來。」

巴尼怯生生地看著費金，彷彿在徵求他同意。但猶太老頭不發一語，連頭都沒抬一下，巴尼見狀只好走了出去，不一會兒便帶著南西回來。南西依舊戴著帽子、穿著圍裙、手上掛著籃子和大門鑰匙，整副行頭一樣不缺。

「妳打聽到消息了吧，南西？」賽克斯端上酒問道。

「對，我打聽到了，比爾，」這位年輕小姐喝完杯中的酒，回答：「也打聽得夠累的了。那小子病得下不了床啦，還有——」

「啊，南西，親愛的！」費金抬起頭說。

此時，猶太老頭的紅色眉毛不尋常地皺了一下，凹陷的雙眼半閉了起來，究竟是哪個表情警告了南西小姐透露太多消息，在這裡並不值得深究。我們只需知道一項事實，那就是她突然住口，朝賽克斯先生露出殷勤的笑容，將話鋒一轉，聊起別的事。大約十分鐘後，費金咳嗽幾聲，南西見狀便將披肩圍在肩上，說她該走了。賽克斯先生想起自己有一小段路和她同路，便說要陪她一起走，於是兩人一同離去。那隻狗一見主人離了視線，便從後院溜出去，隔著一小段距離跟在他們後頭。

賽克斯離開後，猶太老頭把頭伸出房門看著他走上那條暗路，緊握拳頭揮了幾下，喃喃低聲咒罵了一句，然後露出駭人的獰笑，重回桌邊坐下。不久後，他的注意力完全集中在通緝令引人注意的頁面上。

同一時間，奧利佛．崔斯特正往書攤走去，根本沒想到他會離那位愉快的老先生這麼近。他走進克勒肯維爾時，不小心走偏了原路，轉進一條後街，走到半路才發覺走錯，但知道方向沒錯，因此認為不必折返，依舊將書夾在腋下快步前進。

他邊走邊想，如果能和可憐的小迪克見上一面，會有多開心、多滿足啊，要他付出多大的代價都行。迪克還在挨打受餓，此刻可能正傷心地哭著呢。就在此時，一名年輕女子突然大叫「噢，我親愛的弟弟！」，把奧利佛嚇了一跳。他還來不及抬頭看清楚情況，便被一雙手臂緊緊摟住脖子，迫使他停下腳步。

「不要，」奧利佛掙扎著大喊。「放開我，是誰啊？幹嘛把我攔下來？」

抱著他的這名年輕女子手裡拿著一只小籃子和一把大門鑰匙，只用一連串的大聲哭喊來回答他。

「噢，天哪！」年輕女子說：「我找到他啦！噢！奧利佛！奧利佛！噢，你這個頑皮的孩子，害我為了你吃了這麼多苦！親愛的，回家吧，來吧。噢，我找到他啦。感謝老天爺，我找到他啦！」年輕女子說完這一連串莫名其妙的話之後又大哭起來，歇斯底里的模樣十分嚇人，連此時路過的兩名婦女都忍不住問同樣在一旁觀看的屠夫伙計，他覺得該不該去請醫生來一趟。這名伙計的頭髮用板油抹得油亮，就算不是遊手好閒之輩，也似乎是個懶散的傢伙，他回答說沒這個必要。

「噢，不用、不用，別麻煩了，」這名年輕女子抓著奧利佛的手說：「我現在好多了。你這個沒良心的孩子，馬上給我回家去！走吧！」

「噢，夫人，」這名年輕女子回答：「大約一個月前，這孩子逃家了。他的父母都是工作勤奮、堂堂正正的人；這孩子跑去跟一幫小偷壞蛋廝混，差點害媽媽傷心死了。」

「小壞蛋！」其中一名婦女說。

「回家去吧，你這個小畜牲，」另一人說。

「我沒有，」奧利佛恐懼萬分地回答。「我不認識她。我根本沒有姊姊，也沒有父母。我是個孤兒，住在本頓維爾。」

「妳們聽聽，他還跟我強辯！」這名年輕女子大喊。

「唉呀，原來是南西！」奧利佛驚叫。此時他才終於看到她的臉，忍不住嚇得倒退。

「妳們看，他認得我！」南西大喊，向旁觀者求助。「他自己也說不過去了。哪個好心人來勸他回家吧，不然他要害死他親愛的父母，也要害我心碎了！」

「這是在鬧什麼？」一名男子從啤酒鋪衝出來，腳邊跟著一隻白狗。「小奧利佛！回你可憐的母親身邊吧，你這小兔崽子！快點回家！」

「我不是他們的家人，我不認識他們。救命啊！救命！」奧利佛被男子緊緊抓住，掙扎著大喊。

「救命！」男子跟著說：「沒錯，我會救你，你這個小流氓！這些是什麼書？是你偷來的，對不對？給我拿來。」男子說完便將這些書從奧利佛手中搶過來，又在他頭上敲了一記。

「這就對啦！」一名旁觀者從閣樓窗戶大喊。「只有這樣才能讓他恢復理智！」

「沒錯！」一名睡眼惺忪的木匠大喊，朝閣樓窗戶裡的人投以讚許的眼光。

「這樣才是為他好！」那兩名婦女說。

「他是罪有應得！」男子回答，又朝奧利佛的頭上敲了一記，然後揪住他的衣領。「走吧，你這個小壞蛋！過來，紅心，給我看住他，好狗狗！看住他！」

這個可憐的孩子大病初癒身體還很虛弱，頭上挨了幾記又遭受突如其來的攻擊，已經嚇傻了，加上那隻狗凶猛的叫聲及男子粗暴的舉動讓他驚恐萬分，而旁觀者也認定他正如那位年輕女子所言，是個沒良心的小壞蛋，讓他百口莫辯，在這種種情況下，他還能怎麼辦！天已經黑了，這裡又是治安不好的街區，附近沒有人可以幫忙，反抗也毫無作用。不一會兒，他被拉進錯綜複雜的暗巷裡，被迫跟著前進，速度之快，就連他大膽發出的幾聲叫喊也變得模糊不清。但其實聽不聽得清楚已不重要，因為即使有人聽到他的叫喊也不會在意。

※　※　※

煤氣燈已經點亮，貝德溫太太焦急地站在敞開的大門口等候，僕人在街上來回跑了二十幾趟尋找奧利佛的蹤影。兩名老先生依舊堅定地隔著那只懷表，坐在一片漆黑的客廳裡。

第十六章
奧利佛・崔斯特被南西帶走之後的遭遇

狹窄的街道和巷弄終於到了盡頭，來到一處寬闊的地方，畜欄隨處可見，除此之外從其他跡象也可看出這裡是個牛市場。賽克斯到這裡才放慢腳步，先前一路疾行，已經讓女孩支撐不住了。賽克斯轉頭面對奧利佛，凶巴巴地命令他牽著南西的手。

「聽到沒？」賽克斯見奧利佛有所遲疑、四處張望，便對他咆哮。

他們來到一個漆黑的角落，幾乎看不到行人的蹤影。

奧利佛心知肚明，反抗根本沒有用，只好伸出手，讓南西緊握住他的手。

「另一手給我，」賽克斯說完抓住奧利佛空著的那手。「紅心，過來！」

那隻狗抬起頭叫了幾聲。

「看到這裡了嗎，好狗兒！」賽克斯用另一手比著奧利佛的喉嚨說：「如果他敢吭一聲就咬他！懂嗎！」

那隻狗又叫了幾聲，舔了舔嘴唇，直盯著奧利佛，彷彿迫不急待想咬住他的氣管。

「牠就像基督徒一樣聽話，不然就讓我瞎了眼吧！」賽克斯說完，對那隻狗露出親切的獰笑和凶狠的讚許。「現在你知道自己會有什麼下場了吧，小少爺，想叫就儘管叫，這隻狗會馬上幫你了結。走吧，小鬼！」

紅心搖搖尾巴，對這番異常親切的讚許表示感激，接著又叫了幾聲，當作是對奧利佛的忠告，然後才帶頭走在前面。

就奧利佛所知，他們經過的地方是史密斯菲爾德[12]，不過也可能是格羅夫納廣場。夜色昏暗，霧氣瀰漫，商家的燈光幾乎無法穿透濃厚的濃霧。霧氣愈來愈濃，將街道與房舍包圍在陰鬱之中，也讓這個陌生地方在奧利佛眼中變得更陌生，他不安的心情變得更沉重沮喪。

他們急忙向前走了幾步，便聽到一聲低沉的教堂報時鐘聲。鐘響第一聲時，兩位帶路人都停下腳步，轉頭朝鐘聲的方向看去。

「八點了，比爾！」鐘聲停止後，南西說。

「幹嘛跟我說，我也聽得到鐘聲，不是嗎！」賽克斯回答。

「不知道**他們**有沒有聽到，」南西說。

「那是當然的啦，」賽克斯回答。「我是在巴托買節[13]的時候進去的，連市集上賣一便士的便宜小喇叭，我都能聽到那叭叭響的聲音。晚上被關在那裡，外頭的吵鬧聲讓那棟老監獄顯得更安靜，我差點用頭去撞門上的鐵片，撞到腦袋開花。」

「可憐的傢伙！」南西說話時依舊面對著傳來鐘聲的方向。「噢，比爾，他們都是很好的小伙子啊！」

「是啊，妳們女人就只會想到這些，」賽克斯回答。「很好的小伙子！哼，他們已經和死人沒兩樣，也沒什麼差別了。」

賽克斯先生似乎想用這一番話壓抑油然而生的醋勁，他更使勁抓住奧利佛的手腕，要他繼續往前走。

「等一下！」女孩說：「比爾，下一次八點鐘響的時候，如果是你要被當眾吊死，我不會急著走開。我會在這裡一直繞圈子，走到我倒下為止，就算地上積著雪，我身上連件披肩都沒有也沒關係。」

「那又有什麼用？」賽克斯先生無情地問道。「除非妳能給我弄來一把銼刀和二十公尺長的結實粗繩，否則不管妳是走八十公里路還是一步路也不走，對我來說都沒差。走吧，別站在那裡說教了。」

女孩笑了起來，將披肩拉緊圍住自己，三人再度往前走。但奧利佛感覺到她的手在發抖，經過一盞煤氣燈時他抬頭看她的臉，發現她的臉色變得十分慘白。

他們沿著冷清骯髒的街道繼續走了整整半小時，一路上只遇到幾個人，從他們的模樣看來，這些人的社會地位都和賽克斯先生差不多。最後他們轉進一條骯髒至極的狹窄街道，路上幾乎都是舊衣店。那隻狗跑在前頭，彷彿知道自己不必再負責警衛的工作，最後停在一家店門前。這家店大門深鎖，顯然無人租用。屋子殘破不堪，門上釘了一塊招租的告示牌，看起來似乎已經掛了許多年。

「到了，」賽克斯大喊一聲，謹慎地四處張望一番。

南西鑽到活動遮板下，奧利佛聽到一聲鈴聲。他們走到對街，在燈下站了一會兒。接著傳來一個聲音，似乎是窗戶緩緩向上推開的聲音；不久店門便悄悄打開。賽克斯先生毫不客氣地從衣領揪住驚恐不已的奧利佛，三人立刻進屋。

屋內的通道漆黑一片。他們等著放他們進屋的人將門上鎖門緊。

「有人嗎？」賽克斯問。

「沒有，」那人回答，奧利佛覺得他聽過那個聲音。

「老頭在嗎？」這名盜賊問。

「在，」那個聲音回答：「他難過得要命。看到你還不高興嗎？噢，才怪！」

這種回答方式以及說話的聲音，奧利佛都覺得十分耳熟，但在黑暗中就連對方的身形都看不清楚。

12 Smithfield為倫敦的肉類批發市場。

13 倫敦人所說的Bartlemy Fair，也就是Bartholemew Fair，這個節慶只在倫敦的史密斯菲爾德舉行，從每年的九月三日開始，為期三天。

「把這兒弄亮點吧，」賽克斯說：「免得我們摔斷脖子或是踩到那隻狗。如果你踩到那隻狗，可得小心自己的腳了！」

「站在那兒等我一下，我去點蠟燭，」那聲音回答。接著傳來對方離去的腳步聲，不一會兒，傑克．道金斯先生，也就是機靈鬼，現身了，右手拿著一根分叉木棍，木棒末端插著一根牛油蠟燭。

這位年輕人並未和奧利佛打招呼，只是對他咧嘴一笑，露出滑稽的笑容，然後便轉身示意來訪的客人跟他下樓。他們穿過空蕩蕩的廚房，推開房門進入一間充滿泥土味的低矮房間，似乎是建在小後院裡，接著便聽到一陣笑聲。

「噢，天哪，天哪！」查理．貝茲少爺大喊，原來那正是他的笑聲。「他來了！噢，天啊，他來了！噢，費金，你看他！費金，你快看他！我受不了了，實在是太好笑了，我受不了了。哪個人拉我一把，讓我笑個夠。」

貝茲少爺發出一連串不可遏抑的笑聲，整個人躺在地上狂笑了五分鐘，兩腳抽搐地踢著。接著他跳起來，從機靈鬼手裡奪過那根分叉木棍走向奧利佛，繞著他不停打量。猶太老頭則是摘下睡帽，對不知所措的奧利佛連連深深鞠躬。此時機靈鬼一絲不苟地將奧利佛的口袋搜了一遍，他生性陰沉，鮮少會為了找樂子而妨礙到正事。

「費金，你看他這身衣服！」查理拿蠟燭貼近奧利佛的新大衣，差點把衣服給燒了。「看他這身衣服！料子超好，剪裁超讚！噢，天哪，太棒啦！他還有書耶！完全是一副紳士的派頭，費金！」

「乖孩子，看到你這麼體面真高興哪，」猶太老頭故作謙卑地鞠躬。「機靈鬼會給你另一套衣服，孩子，免得你把這套星期天穿的好衣服弄髒了。孩子，你怎麼不寫封信跟我們說你要來呢？我們好熱一些東西當晚餐啊。」

貝茲少爺聽到這番話又大笑了起來，笑聲之大讓費金放鬆了心情，就連機靈鬼也露出笑容。但此時機靈鬼也掏到了那張五英鎊鈔票，因此很難說逗他發笑的究竟是這番玩笑話還是這個新發現。

「喂，那是什麼？」賽克斯見猶太老頭一把搶過那張鈔票，上前問道。「那是我的，費金。」

「不、不，朋友，」猶太老頭說：「是我的，比爾，是我的。那些書給你。」

「如果不是我的！」比爾．賽克斯態度堅決地戴上帽子說：「不是我和南西的，那我就把這孩子送回去。」

猶太老頭嚇了一跳，就連奧利佛也大吃一驚，不過兩人驚訝的原因大不相同；奧利佛希望這場爭端到最後真的能讓他被送回去。

「好啦，交出來吧，交不交？」賽克斯說。

「這樣不公平啊，比爾，一點都不公平，妳說對不對，南西？」猶太老頭問。

「什麼公不公平，」賽克斯反駁：「交出來，我告訴你！你以為南西和我沒別的事可做，只能把寶貴的時間用來四處打聽消息，幫你把溜掉的小孩抓回來嗎？給我拿來，你這個貪得無厭的老骨頭，給我拿來！」

賽克斯先生說完這一席溫柔的勸戒後，便將那張鈔票從猶太老頭的拇指與食指間抽走，冷冷地看著老頭的表情，將鈔票折小，塞在自己的領巾裡。

「這是我們辦事的報酬，」賽克斯說：「連一半都還不夠。如果你愛看書，就把那些書留下吧。如果不喜歡就賣掉。」

「這些書真棒，」查理．貝茲做出許多怪表情，假裝在讀其中一本書：「寫得真好，你說是吧，奧利佛？」貝茲少爺天生就對可笑的事情特別有感，此時看到奧利佛沮喪地看著這些施虐者，又狂笑了起來，笑得比先前更誇張。

「那些書是那位老先生的，」奧利佛絞著手說：「是那位好心又善良的老先生的，他在我發燒差點死掉的時候帶我回他家，還照顧我。噢，求求你把這些東西還給他吧，把書和錢還給他吧。把我關在這裡一輩子也沒關係，只求您，求您把東西還給他。他會以為我把東西偷走了；還有那位老太太，他們都對我這麼好，他們會以為我把東西偷走了。噢，求求你們可憐我，把東西還回去吧！」

奧利佛悲慟萬分地說完這席話，便跪倒在猶太老腳邊，雙手合十拚命哀求。

「這孩子說得沒錯，」費金悄悄地環顧四周，兩道濃眉緊緊糾結在一起。「你說得沒錯，奧利佛，說得沒錯。他們**一定**會以為你把東西偷走了。哈！哈！」猶太老頭搓著手咯咯笑道：「就算是我們刻意挑時間，也沒有這麼巧！」

「當然啊，」賽克斯說：「我一看到他腋下夾著那些書走過克勒肯維爾就知道了。真是太好了。他們都是仁慈心腸、唱讚美詩的好人，否則就不會收留他了。他們也不會追查他的下落，免得還得去報案，害他被關起來。他現在安全了。」

他們說這些話時，奧利佛來回看著他們，似乎一頭霧水，完全聽不懂他們在說什麼。但等到比爾·賽克斯說完，他便突然跳起來，發狂似地衝出門外，同時大聲呼救，求救聲迴盪至這間空蕩蕩的老房子屋頂。

「把狗叫回來，比爾！」猶太老頭和他的兩個徒弟則衝出去追人，南西衝到門前大叫，趕緊將門關上。「把狗叫回來，牠會把那孩子撕成碎片的。」

「那是他活該！」賽克斯大吼，努力掙脫女孩的手。「給我閃開，不然我就把妳的頭拿去撞牆撞個稀巴爛。」

「我不在乎，比爾，我不在乎，」女孩發狠似地一面大叫一面和男子扭打起來：「除非你先殺了我，否則我絕不讓那孩子被狗咬死。」

「就是要放狗咬他！」賽克斯咬牙切齒地說：「妳再不閃開我就要這樣做囉。」

這名強占空屋的盜賊將女孩甩到房間的另一頭，就在此時，猶太老頭和那兩名少年拖著奧利佛回來了。

「這是怎麼回事！」費金看了看四周說。

「我說那女人瘋了，」賽克斯惡狠狠地回答。

「沒有，我沒瘋，」南西在一陣扭打後，臉色蒼白，氣喘吁吁：「沒有，我沒瘋，費金，別聽他的。」

「那就安靜點好嗎？」猶太老頭以脅迫的眼神說。

「不好，我偏不要，」南西放聲回答。「來啊！你們想怎樣？」

費金先生十分清楚南西這種人的性格和習慣，因此很確定眼下再和她繼續說下去十分不妥。為了轉移同伴的注意力，他轉頭對奧利佛說：

「你還想逃跑是吧，孩子？」猶太老頭說著便拿起放在壁爐角落一根粗糙多節的棍子。「嗯？」

奧利佛不發一語，只是看著猶太老頭的動作，呼吸十分急促。

「想找人幫你，叫警察來是吧？」猶太老頭冷笑一聲，抓住奧利佛的手臂。「我們就來治好你這個毛病吧，我的小少爺。」

猶太老頭用棍子在奧利佛肩上狠狠打了一下，就在他舉起棍子要打第二下時，女孩突然衝上前，將他手中的棍子奪下扔進火裡，強大的力道將好幾塊火紅的煤炭激得飛濺出來，在房裡打轉。

「我不會袖手旁觀的，費金，」女孩大吼。「你已經把這個孩子抓回來了，還想要怎樣？——放開他——放開他——否則我就在你們身上留下那個印記，讓自己提早上絞架。」

女孩一面威脅一面死命跺腳。她抿著雙唇、握著拳頭，視線一一掃過猶太老頭及其他盜匪；怒火中燒的她，臉上已全無血色。

「唉呀，南西！」猶太老頭愣了一下，不知所措地和賽克斯先生互看了一眼，然後以安撫的語氣說：

「妳——妳從來沒像今晚這麼聰明。哈！哈！親愛的，妳的演技實在太棒了。」

「是嗎！」女孩說：「小心，別讓我演過頭了。如果我演過頭，你就完了，費金。所以我警告你，別來惹我。」

發飆的女人有種特質，如果她蓄積了所有強烈的情緒，就會產生不顧一切與絕望的強烈衝動，很少有男人會想挑起這種反應。猶太老頭眼見無法再假裝誤解南西小姐發怒的事實，只好不情願地退後幾步，半乞求半膽怯地看了賽克斯一眼，彷彿在暗示，他才是繼續這場對話的最佳人選。

賽克斯先生面對這個無聲的請求，或許是覺得能否讓南西小姐立即恢復理智攸關他個人的名譽及影響力，因此連珠炮似地咒罵了四十多句，速度之快足見他具有豐富的創意。但由於這番咒罵並未對攻擊目標產生明顯的作用，因此他訴諸於更具體的方法。

「妳這是什麼意思？」賽克斯問這句話時，順便講了一句常聽到的詛咒，與人體五官中最美的部分有關[14]：如果這個詛咒在人間每說五萬次便有一次上達天聽，瞎眼就會變成像麻疹一樣常見的疾病了。「妳這是什麼意思？要死了！妳知道自己是誰，是什麼東西嗎？」

「噢，知道，我都知道，」女孩說完歇斯底里地大笑起來，不停地搖頭，勉強裝出不在乎的樣子。

「那就好，給我閉嘴，」賽克斯以平常對狗說話的語氣咆哮：「否則我就讓妳安靜很長一段時間。」

女孩再次大笑，比先前更為激動。她匆匆看了賽克斯一眼便將頭撇向一邊，把嘴唇咬得都流血了。

「妳是好人，」賽克斯用不屑的眼神看著她說：「想大發慈悲做善人！妳說這孩子長得漂亮是吧，那就去跟他做朋友啊！」

「全能的上帝保佑，我會的！」女孩激動地大喊：「真希望我在街頭被人打死，或是和今晚我們從他們附近經過的那些人交換身分，這樣我就不必幫忙把他帶來這裡了。從今天晚上起，他就是小偷、騙子、惡魔，只能當個壞胚子了。難道那個老壞蛋還不知足，非得打他才行嗎？」

「好了，好了，賽克斯，」猶太老頭以勸告的語氣提醒塞克斯，指了指一旁的男孩，他們正興味盎然地旁觀眼前發生的一切。「大家說話客氣點，客氣點，比爾。」

「客氣點！」女孩大喊，模樣激動得嚇人。「客氣點，你這個壞蛋！沒錯，你活該被我罵。我年紀還沒他一半大時，就開始替你偷東西了！」她指著奧利佛。「這一行、這種事我已經做了十二年了。你知不知道？說啊！知不知道？」

「好啦，好啦，」猶太老頭回答，試圖安撫她：「就算這樣，也是為了生活嘛！」

「是啊，沒錯！」女孩回答，但她已經不像在說話，而是以不斷的激動怒吼來宣洩這些話。「我為了生活，把又冷又溼又髒的街道當成家，你這個惡棍老早就把我趕到街上去，逼我待在街頭，日復一日、夜復一夜，直到我死為止！」

「我要給妳好看！」這番斥責逼得猶太老頭打斷她：「妳再多嘴我就給妳好看，讓妳更知道我的厲害！」

女孩沒再多說，只是激動地扯著自己的頭髮和衣服，朝猶太老頭一頭撞去，如果不是賽克斯及時拉住她的手腕，她很可能已經在老頭身上留下明顯的復仇印記。南西被抓住後掙扎了幾下卻無法掙脫，最後昏了過去。

「她現在沒事了，」賽克斯將她放在角落說道：「她發起脾氣來，手臂力量倒是大得出奇。」

猶太老頭抹了抹額頭露出笑容，似乎因為這場騷動結束而鬆了一口氣。但不論是他、賽克斯、那隻狗或那兩個男孩，好像都認為這不過是一件習以為常的小事。

14 賽克斯常以眼睛詛咒。

「跟女人打交道最麻煩了，」猶太老頭將棍子放回原處說：「不過她們很聰明，幹我們這一行，沒有她們可不行。查理，帶奧利佛去睡覺。」

「我想他明天還是別穿他那套最好的衣服吧，費金？」查理・貝茲問道。

「當然，」猶太老頭說完咧嘴一笑，露出和查理提問時相同的笑容。

貝茲少爺顯然很樂意接下這個任務，拿起那根分叉的木棍，帶著奧利佛走進隔壁的廚房，廚房裡放著兩、三張奧利佛以前睡過的那種床。查理在這裡不可遏抑地大笑，拿出奧利佛在布朗洛先生家萬分慶幸自己終於擺脫的那套舊衣服。買走這套衣服的猶太人碰巧將衣服拿給費金看過，費金因此得到有關奧利佛下落的第一條線索。

「把那套好衣服脫下來，」查理說：「我拿去給費金保管。真好笑！」

可憐的奧利佛心不甘情不願地照做了。貝茲少爺將那套新衣服捲起來夾在腋下，便走出廚房將門鎖上，留下奧利佛獨自待在黑暗中。

此時蓓特小姐正好來訪，可以在她朋友的臉上潑些水，做些其他只適合女人來做的事情，好讓南西甦醒過來。查理的笑聲及蓓特小姐的說話聲或許會讓處境比奧利佛好的許多人夜不成眠，但由於奧利佛又病又累，不久後便沉沉睡去。

第十七章
奧利佛惡運連連，引來一位大人物到倫敦破壞他的名聲

凡是精采的謀殺情節音樂劇，舞台上通常都是悲喜場景交錯，就像一塊側邊看上去肥瘦相間的五花肉。主角因腳鐐羈絆及惡運纏身而倒臥在稻草床上，下一幕他忠心耿耿但毫不知情的侍從卻以趣味十足的歌曲娛樂觀眾。觀眾懷著緊張的心情看著女主角落入驕傲殘酷的男爵手中，貞操與生命岌岌可危，於是拔出匕首打算犧牲性命以保全貞操。就在觀眾的情緒隨劇情升至最高點時，突然一聲哨音響起，場景直接換到城堡大廳，一位白髮蒼蒼的管家與一群看起來更可笑的家僕合唱滑稽的歌曲，這些家僕從教堂穹頂、皇宮大殿等各個地方竄出來，成群結隊四處遊走，不停歡唱。

這種變化看似荒謬，但其實並不像乍看之下這麼不合情理。在現實生活中，從滿桌佳餚到臨終床前、從披麻戴孝到盛裝打扮，這些轉折的驚人程度絲毫不比戲劇劇情遜色。只不過現實生活與戲劇最大的差別，就在於我們是實際參與的演員而非被動的觀眾。在劇場裡模擬人生的演員，對於激情或感情的劇烈轉變及驟然衝擊已經麻木，但這些劇情呈現在單純的觀眾眼前，便立即被譴責是毫無道理、荒謬可笑。

自古以來書中就常運用場景驟變、時空迅速轉換的技巧，也被許多人認為是作者的巧思；這些評論者主要根據作者在各章結尾時為角色設計的困境來評斷該作者的創作技巧。或許有讀者認為這段簡介乃多此一舉，若真是如此，請將這段話當成作者微妙的暗示，表示故事場景即將回到奧利佛．崔斯特誕生的那座城鎮。請讀者相信這趟旅程確實有充分而重要的理由，否則作者不會有此安排。

本伯先生一大清早便走出濟貧院的大門，踩著莊嚴而威風凜凜的步伐走在大街上。他看起來志得意

滿，以教區執事的身分自豪，三角帽及大衣在晨光下顯得耀眼，神采奕奕地緊握著手杖。本伯先生一向把頭抬得老高，今早更是抬得比平常更高。他的眼神有點心不在焉，情緒也有些激動，觀察力敏銳的陌生人從他這副模樣或許可預先得知，此時這位教區執事腦中浮現的念頭，想必具有難以言喻的重要性。

本伯先生經過幾家小店，店內的老闆和其他人畢恭畢敬地和他說話、打招呼，但他並未停下腳步和他們聊天，只是揮揮手回禮，繼續踩著莊嚴的步伐走到寄養院，也就是曼恩太太秉持著教區的關懷照顧貧民幼兒的地方。

「那個討厭的教區執事！」曼恩太太一聽到庭院大門傳來熟悉的撞門聲便說：「一大清早的，這時候除了他還會有誰！喲，本伯先生，我就想說是你！哇，真是**太**高興了，真的！快到客廳來吧，先生，快請進。」

第一句話是對蘇珊說的，後面那番恭維驚嘆則是這位女主人打開庭院大門、殷勤而恭敬地歡迎本伯先生進屋時對他說的。

「曼恩太太，」本伯先生不像一般自大無禮的人一屁股坐下，或整個人陷進椅子裡，而是緩慢而從容地坐在椅子上。「曼恩太太，早安啊，夫人。」

「喲，您也早安啊，先生，」曼恩太太帶著過於燦爛的笑容回答：「您也一切安好吧，先生！」

「馬馬虎虎啦，曼恩太太，」教區執事回答。「教區的工作可不簡單，曼恩太太。」

「啊，確實如此，本伯先生，」這位女士回答。如果寄養院裡的貧童聽到這句話，想必也會彬彬有禮地異口同聲說出同樣的回答。

「做教區的工作啊，夫人，」本伯先生用手杖敲著桌子接著說：「不但操勞、煩心，還得要有勇氣。我敢說，所有的公家人員都免不了要上法庭。」

曼恩太太並不是很明白教區執事的意思，但仍舉起雙手露出同情的眼神，嘆了口氣。

「啊，確實該嘆氣，曼恩太太，」教區執事說。

曼恩太太知道自己做對了，於是又嘆了口氣，顯然是想討好這位公家人員，而他則是嚴肅地盯著自己的三角帽以壓抑滿足的笑容，說道：「曼恩太太，我要去倫敦一趟。」

「哇，本伯先生！」曼恩太太大叫一聲，驚訝地後退。

「去倫敦，夫人，」教區執事堅定地接著說：「搭馬車去。我還會帶兩位貧民一起去，曼恩太太！有一件居住權的案子要打官司，委員會指派我——是我喔，曼恩太太——在克勒肯維爾的季審法庭開庭前處理這件事。我非常懷疑，」本伯先生挺起胸膛補了一句：「如果沒有我去說明，克勒肯維爾法庭恐怕不明白他們犯的錯誤。」

「噢！您可別對他們太嚴厲，先生，」曼恩太太勸道。

「是克勒肯維爾法庭自找的，夫人，」本伯先生回答：「如果克勒肯維爾法庭發現結果遠不如預期，他們也只能怪自己。」

本伯先生語帶威脅地說完這番話，展現出堅強的決心與意志，似乎讓曼恩太太十分敬畏。最後她說：

「您要搭馬車去是吧，先生？我以為貧民通常是坐貨車。」

「曼恩太太，那是在他們生病的時候才這樣，」教區執事說：「下雨天我們會把生病的貧民安置在寬敞的貨車裡，免得他們著涼。」

「噢！」曼恩太太說。

「驛馬車答應以低價載那兩個貧民，」本伯先生說：「他們的狀況都很糟，我們發現把他們挪到別處——也就是說，如果能把他們丟到另一個教區，我相信我們辦得到——會比埋葬他們還要便宜兩英鎊，不過前提是他們沒在半路斷氣，打亂我們的計畫。哈！哈！哈！」

本伯先生笑了一會兒，目光再度落在三角帽上，表情也變得嚴肅。

「我們都把正事給忘了，夫人，」教區執事說：「這是妳這個月的教區薪水。」

本伯先生從皮夾掏出用紙包著的銀幣，要曼恩太太寫張收據給他，曼恩太太也照做了。

「沾到了不少墨漬，先生，」這位貧童寄養人說：「不過我敢說已經夠正式了。謝謝您，本伯先生，真的非常感謝您，真的。」

本伯先生親切地點點頭，回應曼恩太太的屈膝禮，接著問起那些孩子的近況。

「上帝保佑這些可愛的小寶貝！」曼恩太太激動地說：「那些小可愛，他們好得不得了呢！當然，上週走了的那兩個和小迪克除外。」

「那孩子沒有好一點嗎？」本伯先生問。

曼恩太太搖搖頭。

「這個病懨懨、壞心眼又心術不正的教區孩子，」本伯先生氣沖沖地說：「他在哪兒？」

「我馬上帶他過來見您，先生，」曼恩太太回答。「喂，迪克，過來！」

曼恩太太叫了好一會兒才找到迪克。她先帶他到幫浦下洗了臉，用長外衣把他的臉擦乾之後，才帶他來見可怕的教區執事本伯先生。

這孩子蒼白而瘦弱、兩頰凹陷、一雙眼睛大而明亮。布料減省的教區衣服，也就是他貧民身分的象徵，鬆垮垮地罩著他虛弱的身體，稚嫩的四肢已經像老人一般骨瘦如柴。

這樣一個小傢伙低著頭站在本伯先生面前，被他盯得全身發抖、不敢抬眼，甚至連聽到這位教區執事的聲音都害怕。

「你這個不受教的孩子，不敢抬起頭看這位先生嗎？」曼恩太太說。

這孩子溫順地抬起眼，迎向本伯先生的目光。

「你怎麼啦，教區收養的迪克？」本伯先生適時地發揮幽默，以風趣的語氣問道。

「沒什麼，先生，」孩子怯懦地回答。

「我想也是，」曼恩太太當然要對本伯先生的幽默大笑一陣。「我相信你什麼也不缺。」

「我想——」那孩子遲疑地說。

「唉喲！」曼恩太太打斷他：「難不成你要說你**真的**缺了什麼嗎？唉，你這個小壞蛋——」

「等等，曼恩太太，等等！」教區執事舉起一手展現權威，說道：「你想要什麼啊，先生？」

「我想，」孩子怯生生地說：「能不能找個會寫字的人，幫我在紙上寫幾句話然後折起來封好，等我躺到地底下之後替我保管好。」

「喲，這孩子到底在說什麼？」本伯先生叫道，雖然他早已對這類事情司空見慣，但這孩子真摯的表情和蒼白的面容仍在他心裡留下些許印象。「你到底在說什麼，先生？」

「我想，」孩子說：「把我的愛留給可憐的奧利佛．崔斯特，讓他知道我常常自己一個人坐著，一想到他在漆黑的夜晚一個人四處流浪，沒有人可以幫他，就難過得哭了。我也想告訴他，」這孩子雙手合十，十分激動地說：「我很高興在這麼小的時候就死了，因為如果我長大成人、變老了之後才死，我在天堂的妹妹說不定會忘了我，或是變得不像我了。如果我們兩個都是小孩子，一起待在天堂一定會快樂得多。」

本伯先生驚訝得難以言喻，將這個小孩從頭到腳仔細打量了一番，轉頭對他的朋友說：「曼恩太太，他們全都是一個樣。那個膽大妄為的奧利佛把他們全都帶壞了！」

「我也是不敢置信啊，先生，」曼恩太太舉起雙手，惡狠狠地看著迪克說：「從來沒見過這麼沒良心的小壞蛋！」

「把他帶走，夫人，」本伯先生傲慢地說：「這件事一定要向委員會報告，曼恩太太。」

「希望那些先生能理解，這件事不是我的錯，您說是吧，先生？」曼恩太太可憐兮兮地嗚咽說道。

「他們會理解的，夫人。他們會了解整件事的真相，」本伯先生說：「好了，帶他走吧，我不想再看到他了。」

迪克馬上被帶走，關進煤窖裡。本伯先生不久後也告辭，為接下來的旅程做準備。

隔天早上六點，本伯先生將三角帽換成圓禮帽，穿著一件附有披肩的藍色大衣，坐在馬車外的座位上，帶著那兩名居住權有爭議的收容人，在預計的時間抵達倫敦。旅途中除了那兩個貧民有些故意作對的舉止外，他並未遇到其他麻煩；根據本伯先生的說法，這兩個人不停發抖、抱怨天冷，就連穿著大衣的他也被他們害得跟著牙齒打顫，渾身不舒服。

本伯先生安排好這兩個壞蛋晚上的住處後，便坐在馬車停靠的那棟房子裡，簡單吃了蠔油配牛排和黑啤酒當晚餐。接著他將一杯兌了水的熱琴酒放在壁爐架上，把椅子拉近爐火，發出許多道德省思，感慨愈來愈多人不知滿足，只曉得滿口抱怨，然後才冷靜下來看起報紙。

本伯先生打開報紙看到的第一段文字，便是以下的告示：

懸賞五基尼金幣

今有一男童，名奧利佛．崔斯特，於上週四傍晚自本頓維爾家中走失或遭誘拐，至今音訊全無。凡提供資訊協助尋獲該奧利佛．崔斯特者，或能說明該男孩之身世者，可得上述酬金。刊啟者基於諸多理由，對其身世甚為關切。

接著是對奧利佛的衣著、身材、長相及失蹤經過的詳細說明，最後附上布朗洛先生的全名及詳細地址。

本伯先生睜大了眼睛，緩緩仔細地將這篇尋人啟示看了好幾遍，大約五分多鐘後，他已經在前往本頓維爾的路上，興奮得連那杯兌水熱琴酒都忘了喝。

「布朗洛先生在家嗎？」本伯先生詢問應門的女僕。

女僕對於這個問題，只給了奇怪而含糊的回答：「不知道，您是從哪兒來的？」

本伯先生打算說明來意，才剛說出奧利佛的名字，一直在客廳門邊聽他們說話的貝德溫太太便氣喘吁吁地急忙走進門廊。

「請進、請進，」這位老太太說：「我就知道我們會打聽到他的消息。可憐的孩子！我就知道我們會打聽到！我很確定。老天保佑這孩子！我一直這樣講。」

這位可敬的老太太說完又急忙回到客廳，坐在沙發上哭了起來。女僕不像老太太這麼容易感動，在這段時間已經上樓通報，現在又回來請本伯先生立即隨她上樓，本伯先生也照做了。

他走進後面的小書房，布朗洛和他的朋友格瀶維各先生坐在書房裡，兩人面前都擺著醒酒器與玻璃杯。格瀶維各先生一見到他馬上大喊：「他是執事，是教區執事，不然我就把自己的頭吃掉。」

「拜託，現在先別打岔，」布朗洛先生說：「您先坐下吧？」

本伯先生就座，格瀶維各先生怪異的舉動讓他非常不知所措。布朗洛先生調整了燈的位置，以便看清楚教區執事的面容，然後有點焦急地說：「先生，您是看到尋人啟示才來的吧？」

「是的，先生，」本伯先生說。

「那你**確實是**教區執事，對不對？」格瀶維各先生問。

「我的確是教區執事，先生，」本伯先生得意地回答。

「當然，」格瀶維各先生對他的朋友說：「我就知道他是。整個人一看就知道是教區執事！」

布朗洛先生輕輕搖頭請他朋友安靜，然後繼續說道：「您知道那可憐的孩子現在人在哪裡嗎？」

「我知道的不比別人多，」本伯先生回答。

「喔，那您**究竟**知道他哪些事呢？」這位老先生問：「這位朋友，如果您知道些什麼，請告訴我吧。您**究竟**知道他哪些事呢？」

「你不會正好知道他的什麼好事吧？」格凜維各先生仔細打量本伯先生的外表後，語帶諷刺地說。

本伯先生很快便聽懂言下之意，嚴肅地搖搖頭，給人不祥的預感。

「你看吧？」格凜維各先生以勝利者的姿態看了布朗洛先生一眼。

布朗洛先生憂心忡忡地看著本伯先生板起的面孔，請他盡可能簡單說出他所知道的奧利佛。

本伯先生摘下帽子，解開大衣釦子，兩手交叉抱胸，低下頭擺出回想的神態，思索了半晌才開始說起他的故事。

這位教區執事大約講了二十多分鐘，若在此如實記錄，未免過於冗長，總之故事的大意是：奧利佛是個棄嬰，父母的出身低賤、品行惡劣。他打從出生就展現出個性叛逆、忘恩負義、心腸歹毒等人格特質。在出生地因殘暴而卑劣地攻擊無辜的小廝，並趁夜從老闆家逃跑，導致他短暫的職業生涯因而結束。本伯先生為了證明自己的身分，還將他隨身攜帶的文件攤在桌上。接著他又兩手交叉抱胸，等著布朗洛先生檢視。

「看來你說的都是實話，」老先生看完文件後難過地說：「以你提供的資料來說，五基尼金幣並不算多，但如果你提供的是對那孩子有利的資料，我很樂意付你三倍的報酬。」

如果本伯先生在本次造訪時早點得知這項消息，很可能會以完全不同的角度講述奧利佛簡短的過往。但如今為時已晚，因此他沉重地搖搖頭，將那五枚基尼金幣放入口袋後便離去。

布朗洛先生在書房裡來回踱步，走了好一陣子。顯然教區執事說的故事讓他心煩意亂，就連格凜維各先生也都按捺自己，避免進一步惹惱他。

最後他終於停下腳步，暴躁地搖了鈴。

「貝德溫太太，」女管家現身後，布朗洛先生說：「那個叫奧利佛的孩子是個騙子。」

「不可能的，老爺。不可能，」老太太激動地說。

「我說他就是，」老先生反駁。「妳說不可能是什麼意思？我們剛剛才聽了他出生至今的完整經歷。他根本就是徹徹底底的小壞蛋。」

「我絕對不相信，老爺，」老太太堅定地回答：「絕對不信！」

「妳們這些老太太誰的話都不信，只相信那些江湖庸醫和滿嘴謊話的說書人，」格瀼維各先生咆哮。「我早就知道了。你為什麼一開始不聽我的勸？我想如果他沒發高燒，你就會聽我的話，對吧？他很有意思是吧？有意思！哼！」格瀼維各先生誇張地撥了撥爐火。

「他是個乖巧、懂事又溫順的孩子，先生，」貝德溫太太憤憤不平地反駁。「我了解小孩的個性，先生，我有四十年帶孩子的經驗。如果經驗沒我老道，就不要隨便批評孩子。這就是我的想法！」

這番話對單身的格瀼維各先生而言是一大打擊，他除了微微一笑，也無法多說什麼，老太太見狀把頭一撇，順了順圍裙準備再度發言，卻被布朗洛先生制止。

「好了，安靜！」老先生裝出十分不悅的樣子說：「別再讓我聽到那孩子的名字。我搖鈴叫妳來就是要說這件事。記住，從今以後，不論什麼理由都絕對不准提起他！妳可以退下了，貝德溫太太。記住！我是說真的。」

當晚，布朗洛先生家有好幾個人傷心。

奧利佛想到那些親切的朋友，頓時覺得心情沉重。幸好他不知道他們已經聽說的故事，否則他可能會徹底心碎。

第十八章
奧利佛如何跟著那群上進又可敬的朋友度日

隔天大約正午時分，機靈鬼和貝茲少爺照常出門做他們的老行當，費金先生趁機對奧利佛長篇大論說教，指責他忘恩負義的滔天大罪。他明白指出奧利佛所犯的罪行非同小可，不但任性地拋下這群焦急掛念他的朋友，在他們歷盡千辛萬苦，花了大把鈔票把他找回來之後，他居然還拚命想逃跑。費金先生不斷強調他收留奧利佛並悉心照顧他的事實，如果不是他及時伸出援手，奧利佛很可能早就餓死了。接著他說起一名年輕小伙子令人傷心的悲慘遭遇；當時費金大發善心，在類似的情況下接濟了這名年輕人，但他卻辜負了費金的信任，想向警方通風報信，最後很不幸地某天早上在「老城牆」[15]被吊死。費金先生並未隱瞞他與這樁悲劇的關聯，只是含淚感嘆這名年輕人執迷不悟，做出背信忘義的舉動，因此只好讓他為某些罪證扛起責任；這些罪證雖然並非完全屬實，但為了保護他（費金先生）及幾位朋友的安全，這也是勢在必行。費金先生最後描述了駭人的場景，說明絞刑的種種痛苦之處，接著又以極為友善而禮貌的態度表示，他由衷希望永遠不要發生這種情況，讓他必須將奧利佛．崔斯特送去接受這種痛苦的刑罰。

小奧利佛聽完猶太老頭這一番話，或多或少明白了他話中狠毒的威脅意味，不禁覺得背脊發涼。他已經領教過，無辜百姓與有罪之人意外混雜在一起時，就連司法本身也難以明辨孰是孰非。猶太老頭已經不只一次確實設計和執行深謀遠慮的計畫，除掉那些知道太多或藏不住話的人，奧利佛心想這也不無可能，他想起這位老先生與賽克斯先生爭吵的內容，似乎就和以前執行過的類似陰謀有關。奧利佛膽怯地抬起頭來，正好迎向猶太老頭銳利的目光，他感覺這位小心謹慎的老先生完全將他蒼白的臉孔和顫抖的四肢看在眼裡。

猶太老頭露出醜惡的笑容，拍了拍奧利佛的頭對他說，只要他安靜地乖乖做事，他們還是可以成為好朋友。說完他便戴上帽子、穿上一件老舊的補丁大衣，走出門外並隨手將房門反鎖。

奧利佛就這樣被關了一整天，接下來的許多天大多也是從清晨關到半夜，見不到任何人。在這漫長的時間裡，只有他內心的思緒與他相伴。他總是忍不住想起那些親切的朋友，想到他們一定早把他當成壞人，心裡難過極了。

大約過了一週，猶太老頭終於不再將房門反鎖，讓奧利佛在屋內自由走動。

這間房子十分骯髒。樓上的房間裡有高大的木造壁爐架和大門，牆上鑲有壁板，天花板上也有簷口裝飾，雖然這些裝飾品因疏於照管，累積了許多灰塵而變黑，但仍看得出來非常華麗。奧利佛根據種種跡象推斷，許久以前，甚至在猶太老頭出生前，這棟屋子原本屬於比較好的人家，即使如今看來陰沉晦暗，但以前或許曾經富麗堂皇。

蜘蛛在牆壁與天花板交界處結網，有時奧利佛悄悄走進房裡，還會看到老鼠嚇得在地上竄逃，跑回老鼠洞裡。除此之外，他完全看不見也聽不到任何生物的動靜。等到天色變暗，他在這些房間逛累了之後，通常就會縮在大門邊的通道角落，以便盡可能接近人群，並一直待在那裡仔細留意外頭的動靜，慢慢數著時間，直到猶太老頭或其他男孩回來。

發霉的活動窗板密封住所有房間窗戶，螺絲將窗板的木條緊緊鎖在木框上，從窗板頂端圓孔透進來

15「老城牆」（Old Bailey）是位於英國倫敦的中央刑事法院，通常以所在的街道 Bailey 街為名，主要處理英格蘭及威爾斯地區的重大刑事案件，也是中世紀新門監獄的所在地。這條街原本是倫敦城牆的一部分，後拆除改建為街道。

的亮光，是室內僅有的光線，卻只是讓房裡顯得更陰暗、更鬼影幢幢。不過裡間閣樓有一扇窗不受窗板遮蔽，窗外只有生鏽的鐵欄杆，奧利佛時常在這扇窗前憂鬱地凝視窗外好幾小時，但除了一大片雜亂擁擠的屋頂、燻黑的煙囪和山牆尖頂外，什麼都看不見。有時他確實會看到一顆花白的腦袋從遠處某間屋子的矮牆伸出來向外望，但很快又縮回去。由於奧利佛向外眺望的這扇窗戶封死了，窗玻璃又因為經年累月受到雨淋煙燻變得模糊不清，因此他頂多只能辨別窗外不同物體的形狀，無法讓人看到或聽到他——他彷彿住在聖保羅大教堂的圓頂裡，被人發現的機率幾近於零。

某天下午，機靈鬼和貝茲少爺正在為當天晚上出門幹活做準備，機靈鬼突然心血來潮，想把自己打扮一番（說句公道話，他平常並沒有這個弱點），基於這個目的，他特地賞臉，命奧利佛立刻幫他打扮一番。

奧利佛很高興自己能派上用場，也欣喜終於能看到幾張臉孔（儘管不怎麼好看）。他急欲透過正當手段博得大家的好感，因此對這項提議毫無異議，立刻表示他十分樂意。奧利佛跪在地上，機靈鬼則是坐在桌上以便把腳踩在奧利佛腿上，讓他展開道金斯先生所謂的「替腳套子上光」的過程。以白話來說，就是替他擦靴子。

也許是因為他坐在桌上一派輕鬆地抽著菸斗，一腳自在地前後擺動，讓人幫他擦靴子，省去了以往脫鞋的麻煩，也免去了等會兒穿鞋的痛苦，思緒因而不受打擾。在這種況下，凡是有理性的動物都會感到自由自在；又或許是因為菸草發揮效用，平撫了機靈鬼的情緒，或溫和的啤酒緩和了他的思緒，總之他顯然暫時萌生了一絲浪漫與熱情，與他平時的性格大相逕庭。他以若有所思的表情低頭看了奧利佛一會兒，然後抬起頭，輕輕嘆口氣，有些心不在焉地對貝茲少爺說：「真可惜他不當三隻手！」

「啊！」查理．貝茲少爺說：「他不知道什麼對自己最好。」

機靈鬼又嘆口氣，重新抽起菸斗，查理．貝茲也跟著抽。兩個人一起吸菸，沉默了好一會兒。

「你大概不知道三隻手是什麼吧？」機靈鬼哀傷地說。

「我知道，」奧利佛抬起頭回答：「就是扒——你就是，對不對？」奧利佛問完便打住不說。

「我是啊，」機靈鬼回答。「其他行業我還看不上眼呢。」道金斯先生表達意見後，使勁將帽子往旁邊一推，看著貝茲少爺，似乎表示歡迎他唱反調。

「我是啊，」機靈鬼又說了一遍。「查理是，費金是，賽克斯是，南西是，蓓特也是。我們全都是，就連那隻狗也是。牠還是我們之中最精明的！」

「也是口風最緊的，」查理．貝茲補了一句。

「就算牠上了證人席也不敢叫一聲，因為牠怕會被關起來。就算你把牠綁著關起來，兩個星期都不給牠東西吃，牠也不會叫一聲，」機靈鬼說。

「一聲不吭，」查理說。

「牠是隻怪狗。遇到陌生小伙子大笑或唱歌，也不會露出凶狠的表情！」機靈鬼接著說：「聽到別人拉小提琴也不會跟著吠叫！遇到跟牠不同種的狗也不發狠！完全不會！」

「牠是不折不扣的基督徒啊，」查理說。

貝茲少爺這麼說只是要讚美那隻動物的能耐，但他並不知道，這句話就另一個層面而言也十分中肯。因為許多先生女士都宣稱自己是不折不扣的基督徒，而他們與賽克斯先生的狗正有著極為強烈而特殊的相似之處。

「好啦，好啦，」機靈鬼把扯開的話題又拉回來，小心翼翼的職業習慣已經影響了他的一言一行。「這和這個菜鳥又沒有關係。」

「是沒關係，」查理說：「你為什麼不肯跟著費金，奧利佛？」

「不想馬上發財？」機靈鬼咧嘴笑著補了一句。

「發了財就能退休，變成上流人士。我就打算在下一個不是四年一次的閏年，還有在第四十二個星期二的聖三一主日退休，」[16] 查理．貝茲說。

「我不喜歡做這種事，」奧利佛膽怯地回答：「我希望他們能放我走。我——我——真的很想走。」

「費金才**不想**讓你走咧！」查理回答。

這一點奧利佛心知肚明，不過他心想更明白表達自己的想法可能有危險，因此只是嘆口氣，繼續擦鞋子。

「想走！」機靈鬼大聲嚷嚷。「怎麼，你的志氣到哪去了？你難道一點自尊都沒有嗎？還想去投靠你那些朋友？」

「噢，去你的！」貝茲少爺從口袋裡抽出兩、三條絲巾扔進櫃子裡，說道：「這也太卑鄙了吧，真是的。」

「這種事**我**做不出來，」機靈鬼擺出高傲鄙夷的樣子說。

「可是你卻能拋下朋友，」奧利佛似笑非笑地說：「讓他們替你背黑鍋。」

「那個啊，」機靈鬼揮了揮菸斗說：「那都是考慮到費金，因為條子知道我們是一伙的，如果我們不逃跑，他很可能會有麻煩，就是這樣，對吧，查理？」

貝茲少爺點頭表示同意，原本想開口說話，腦中卻突然浮現奧利佛逃跑的畫面，吸進嘴裡的那口菸便與笑聲交纏，向上直衝腦門，向下猛灌入喉嚨，讓他在接下來的五分鐘裡拚命咳嗽跺腳。

「你看這個！」機靈鬼掏出一把一先令和半便士的硬幣。「這才叫快活！你管它是哪裡來的？給你，拿去，那些人有的是錢。你要不要，不要嗎？噢，你這十足的傻子！」

「真壞啊，對不對，奧利佛？」查理．貝茲問。「他會被勒脖子的，對不對？」

「我不懂那是什麼意思，」奧利佛回答。

「就是像這樣，老朋友，」查理少爺一面說，一面抓住圍巾的一端朝上一拉，頭往肩頭一垂，嘴裡發出一聲怪聲，用生動的默劇表演來表示勒脖子和吊死是同一件事。

「就是這個意思，」查理說：「你看他眼睛瞪得多大，傑克！我從來沒見過像他這樣的好伙伴。他快把我笑死了，我知道他一定會害我笑死。」查理・貝茲少爺又開心地大笑起來，兩眼含淚地又抽起菸斗。

「你沒學好，」機靈鬼一面說一面滿意地檢視自己的靴子，奧利佛已經把這雙鞋擦得光亮。「不過費金會好好教你，否則你就會成為他手下第一個賠錢貨。你最好馬上開始，因為你很可能還沒會意過來就已經入行了。奧利佛，你只是在浪費時間而已。」

貝茲少爺也提出自己的各種道德忠告來支持這項提議，等他說完，他和他的朋友道金斯先生又口沫橫飛地說起他們這種生活附帶的許多樂趣，其間穿插著各種暗示，要奧利佛最好別再拖延，應該盡快以他們用過的方式贏得費金的歡心。

「一定要記住這句話，諾利，」機靈鬼聽到猶太老頭在樓上開門的聲音：「就算你不拿巾子和滴答——」

「你幹嘛用黑話啊？」貝茲少爺插嘴說：「他又聽不懂是什麼意思。」

「就算你不拿那些手帕和手表，」機靈鬼為了讓奧利佛能聽懂而改口說：「也有其他人會拿。這樣那些丟東西的傢伙下場只會更糟，你也會更慘，除了撿到便宜的那些人之外，沒人會得到半點好處——你跟那些人一樣，都有權得到那些東西。」

16 查理・貝茲在胡說八道，因為不可能有非四年一次的閏年，聖三一主日一定是在星期日，不可能在星期二，言下之意，就是說他永遠不會發大財而退休。

「沒錯，沒錯！」猶太老頭說道；奧利佛根本沒發現他已經走進來了。「乖孩子，道理其實很簡單。總而言之，聽機靈鬼的話就對了。哈！哈！哈！他很了解這一行的道理。」

這位老人一面附和機靈鬼的推論，一面欣喜地搓著手，看到自己的徒弟這麼成器，開心地呵呵笑。

但這次他們沒有繼續聊下去，因為跟猶太老頭一同回來的有蓓特小姐及一位奧利佛從未見過的男子。機靈鬼稱呼那人為湯姆．奇特林，那人方才為了對蓓特小姐獻殷勤而在樓梯上逗留了片刻，因此現在才現身。

奇特林先生比機靈鬼年長，或許已經年滿十八歲，但他對這位年輕人卻有著某種程度的尊敬，似乎表示他自認在天分與專業造詣上都略遜一籌。他有一雙閃爍的小眼睛，滿臉痘疤，頭戴毛皮帽，身穿深色燈芯絨大衣、沾滿油汙的粗紡絨布褲和一條圍裙。老實說，他的衣服根本就破爛不堪，但他向在場的各位致歉，表示自己一小時前才「出來」，由於過去六週都穿制服，因此無法在便服上花太多心思。接著奇特林先生極為惱火地補充說，那裡燻蒸消毒衣服的新方法根本是徹底違憲，因為那不僅把衣服燒出許多破洞，也沒辦法向郡政府求償。他對理髮的規定也有同樣的看法，認為那規定絕對不合法。奇特林先生最後總結說，他在這四十二天做苦工的漫長日子裡，一滴東西都沒碰，又說他「如果沒乾得像個石灰簍子，他甘願被逮。」

「奧利佛，你覺得這位先生是從哪裡出來的啊？」猶太老頭咧嘴笑著問道，此時另外兩個男孩正拿出一瓶烈酒放到桌上。

「我——我——不知道，先生，」奧利佛回答。

「他是誰啊？」湯姆．奇特林問道，輕蔑地看了奧利佛一眼。

「是我的一位年輕朋友，」猶太老頭回答。

「那他走運了，」這位年輕人意味深長地看著費金說：「年輕人，別管我從哪裡來的，你很快也會進去的，我賭一克朗[17]！」

兩個男孩聽到這句玩笑話都笑了起來。接著他們又開了幾個類似的玩笑，然後和費金竊竊私語一番之後便出去了。

新來的那人與費金單獨說了幾句話，兩人便將椅子拉近火爐。猶太老頭叫奧利佛過去坐在他身邊，開始講起他認為最能引起聽眾興趣的話題，包括這一行的最大優點、機靈鬼的精明幹練、查理·貝茲的可愛親切，以及猶太老頭本人的慷慨大方。最後，針對這些話題該說的話似乎都講完了，奇特林先生也顯得疲累不堪，因為在感化院待一、兩個星期，會榨乾人的精力。蓓特小姐見狀便走了出去，讓大家好好休息。

從這天起，奧利佛很少獨自一人，大多時候都與兩個男孩在一起。那兩人每天都和猶太老頭玩著以前玩過的老把戲，究竟是為了精進自己的技藝還是為了奧利佛，只有費金先生知道。至於其他時候，這位老人則會把自己年輕時偷東西的故事講給他們聽，中間穿插許多好笑古怪的事情，就連奧利佛也忍不住開懷大笑，顯示他雖然良心未泯，卻還是會給這些故事逗樂。

總而言之，這個狡猾的猶太老頭已經讓這個孩子落入他的圈套。利用孤獨和憂鬱來影響這孩子的心靈，讓他在這個沉悶陰鬱的地方寧願有人相伴，也不願獨自陷入哀傷思緒。他現在正將毒藥慢慢注入奧利佛的靈魂，企圖將他的心染黑，從此改變它的本色。

17 英國錢幣舊制，相當於五先令。

第十九章
經過討論，一個值得注意的計畫就此成立

在某個寒冷、潮溼、起風的夜裡，猶太老頭扣起大衣的釦子，緊緊包住自己枯瘦的身軀，把領子豎起來蓋住耳朵，遮去下半張臉，從他的巢穴走了出來。他在門階上略作停留，等身後的門落了鎖、上了鍊子，仔細聽著那些男孩把一切安排妥當，直到再也聽不到他們退去的腳步聲，才快步走上街去。

奧利佛被關在白教堂附近的一間屋子裡。猶太老頭在街角停了一下，疑神疑鬼地四處張望一番才過馬路，朝斯皮塔佛德的方向走去。

石子路上積了厚厚一層泥，黑霧籠罩著街道，雨絲緩緩飄落，每樣東西都摸來冰冷溼滑。這種夜晚似乎正適合猶太老頭這種人外出。這個醜惡的老人偷偷摸摸地前行，在牆壁、門戶的掩護下悄悄往前走，像極了惹人厭的爬蟲類生物，趁著夜色在黏液和黑暗中爬行，尋找肥美的內臟飽餐一頓。

他不斷向前走，穿過許多蜿蜒曲折的小路，最後來到貝思納爾格林區，然後突然向左轉，立刻進入由鄙陋骯髒街道組成的迷宮，這種迷宮在這個地狹人稠的地區隨處可見。

猶太老頭顯然對這一帶瞭若指掌，並未因為夜色昏暗或道路錯綜複雜而有一絲疑惑。他急忙穿過數條小巷及街道，最後終於轉進一條路，整條路上只有遠處盡頭的一盞路燈提供照明。他在這條街上的一棟屋子前停下，敲了敲門，與應門的人低聲交談了幾句便走上樓去。

他才剛碰到房門的門把，便有一隻狗狂吠了起來，接著是一名男子問道來者何人。

「是我，比爾，是我啊，老兄，」猶太老頭探頭到屋內說。

「還不快給我滾進來，」賽克斯說：「躺下，你這隻蠢畜牲！這老壞蛋穿上大衣你就認不出來了嗎？」這隻狗顯然被費金先生的大衣給騙了，因為猶太老頭一脫下大衣掛在椅背上，牠便退回原先蹲踞的角落，還邊走邊搖尾巴表示牠很滿意了，而且這也是牠天性使然。

「很好！」賽克斯說。

「很好，朋友，」猶太老頭回答。「啊！南西。」

末了這一句招呼，語氣有些尷尬，顯示說話者不確定對方是否會接受，因為打從南西替奧利佛出頭之後，費金先生就沒再和這位年輕朋友打過照面了。不過年輕小姐接下來的舉動，立刻消弭了費金心中對這件事的所有疑慮。她對先前的事絕口不提，只是把腳從壁爐欄杆上移開，把自己的椅子向後推，讓費金將椅子拉近火爐，因為今晚確實十分寒冷。

「好冷啊，親愛的南西，」猶太老頭一面在爐火前暖他枯瘦的雙手一面說道。「冷風好像會穿過身體一樣，」老人摸著身側，又補了一句。

「只有鑽子才能刺穿你的心，」賽克斯說：「拿點東西給他喝吧，南西。要死了，快點！光是看他那一把乾瘦的老骨頭抖成那樣，像是剛從墳墓爬出來的惡鬼，就讓人覺得噁心。」

南西馬上從櫃子裡拿出一瓶酒；從櫃子裡擺滿的各色酒瓶來看，這裡收藏了好幾種酒。賽克斯倒了一杯白蘭地，要猶太老頭一口喝乾。

「很夠了，夠了，謝啦，比爾，」猶太老頭回答，嘴唇才碰了碰杯緣便把杯子放下。

「幹嘛！你怕我們害你，是不是？」賽克斯兩眼盯著猶太老頭問道。「啊！」

賽克斯先生輕蔑地粗著嗓子哼了一聲，拿起杯子將裡頭的酒潑在煤灰上，做為替自己再倒一杯酒的預備儀式，然後馬上替自己倒了杯酒。

猶太老頭趁著同伴倒第二杯酒時環顧房內四周，但此舉並非出於好奇，因為他以前就常來這裡，而是出於他不安又多疑的天性。這間公寓的擺設十分簡陋，只有從櫃子裡的東西可以看出，房客並不是做苦工的人。除了立在角落的兩、三根粗重大頭短棒，以及掛在壁爐架上的「救命棍」之外，也看不到其他可疑物品。

「好了，」賽克斯咂嘴說：「我準備好了。」

「要談生意了嗎？」猶太老頭問。

「來談生意吧，」賽克斯回答：「有話快說。」

「是徹特西的那個地方嗎，比爾？」猶太老頭邊說邊將椅子向前拉，把音量壓得極低。

「嗯。怎麼樣？」賽克斯問。

「啊！你懂我的意思吧，朋友，」猶太老頭說：「他知道我的意思吧，南西，對不對？」

「不對，他不知道，」賽克斯先生冷笑。「或是應該說他不會知道，反正是同一回事。快說吧，有話就明講，不要坐在那裡跟我擠眉弄眼打啞謎，好像你不是最先想到要幹這一票的人。你到底想怎樣？」

「噓，比爾，噓！」猶太老頭想壓下賽克斯的怒火，卻只是白費功夫。「會被人聽到的，老兄。小心被人聽見。」

「聽見就聽見！」賽克斯說：「我才不在乎。」不過賽克斯先生其實很在意，他考慮了一下，再說話時音量已經壓低，態度也冷靜得多。

「好了，好了，」猶太老頭以安撫的口吻說：「我只是提醒你一下，沒有別的意思。現在來談談徹特西那個地方吧，朋友。你打算哪時動手，比爾？要哪時候動手？那裡真是座金礦山啊，朋友，是座金礦山！」猶太老頭欣喜地搓著手，期待地挑起眉毛。

「不行，」賽克斯冷冷地回答。

「完全不行嗎！」猶太老頭往椅背一靠，跟著說道。

「嗯，完全不行，」賽克斯回答：「至少不是我們預期要設的那種騙局。」

「那就是做得不夠好，」猶太老頭氣得臉色發白。「別這樣跟我說！」

「我就是要這樣講，」賽克斯回嘴。「你算老幾，敢叫我不要跟你說？我告訴你，托比．克拉基特已經在那裡晃了兩星期了，連一個僕人都沒搭上。」

「比爾，所以你是要跟我說，」猶太老頭見對方發火，態度軟化下來。「那屋子裡的兩個人都拉攏不來嗎？」

「沒錯，我就是要跟你說這個，」賽克斯回答：「他們已經幫老太太工作了二十年。就算給他們五百英鎊，他們也不肯。」

「老兄，你的意思是說，」猶太老頭抗議：「連那些女人也拉攏不來嗎？」

「完全沒辦法，」賽克斯回答。

「連小白臉托比．克拉基特也沒辦法？」猶太老頭懷疑地說：「比爾，你想想女人是什麼樣子吧。」

「對，就是連小白臉托比．克拉基特也沒辦法，」賽克斯回答：「他說他在那裡閒晃的時候一直戴著假八字鬍，穿著淺黃色的背心，可是還是一點用都沒有。」

「他應該試試小鬍子配軍服褲子的，朋友，」猶太老頭說。

「他試過了，」賽克斯回答：「跟其他方法一樣，也沒什麼效果。」

猶太老頭聽到消息後兩眼發直。他把下巴靠在胸口沉吟了好一會兒之後，抬起頭深深嘆口氣說，如果小白臉托比．克拉基特的回報正確無誤，這筆生意恐怕泡湯了。

「不過，」老人把雙手放在膝上說：「我們在這件事上頭花了這麼多心思，結果全都白費了，還真慘啊，朋友。」

「是啊，」賽克斯先生說：「真倒楣！」

接著他們沉默了好長一段時間，猶太老頭陷入沉思，整張臉扭曲，露出惡魔般的邪惡表情。賽克斯不時偷看他。南西顯然怕激怒這個闖空門的盜賊，只是坐在一旁盯著爐火，彷彿完全沒聽到剛才的對話。

「費金，」賽克斯突然打破沉默說：「如果再加五十塊，從外頭下手，你覺得怎麼樣？」

「好啊，」猶太老頭突然回神說道。

「這樣划算嗎？」賽克斯問。

「划算啊，老兄，當然划算，」猶太老頭回答；這個問題激起了他的興奮之情，讓他兩眼發亮，臉上的每條肌肉也動了起來。

「那麼，」賽克斯有些嫌惡地推開猶太老頭的手說：「你想什麼時候動手就什麼時候動手吧。前天晚上托比和我曾經翻過花園圍牆，檢查了門窗上的嵌板。那個地方到了晚上就門窗緊閉，密封得監牢一樣，不過有個地方我們可以安全地輕鬆撬開。」

「哪個地方，比爾？」猶太老頭焦急地問。

「就是呢，」賽克斯低聲說：「穿過草坪——」

「然後呢？」猶太老頭邊說邊將頭往前靠，眼珠子都快掉出來了。

「嗯哼！」賽克斯大喊一聲，突然停住不說，而原本動也不動的女孩突然回頭看了一眼，立刻直接衝著猶太老頭說：「你管它在哪裡，反正我知道這件事少了我就不成。不過和你打交道，還是小心為妙。」

「隨妳高興，親愛的，隨妳高興，」猶太老頭回答：「除了你和托比，還需不需要人手幫忙？」

「不用，」賽克斯說：「不過我需要中心鑽頭和一個小孩。第一樣東西你我都有，第二樣你得幫我們弄來。」

「小孩！」猶太老頭驚叫。「噢！是嵌板對吧？」

「你管它是什麼！」賽克斯回答。「我需要一個小孩，個子不能太高。天啊！」賽克斯一面思索一面說：「如果能把煙囪打掃工人奈德手下的那個小孩弄到手就好了！他故意不讓那個小孩長大，好讓他做這一行。不過那孩子的父親被關起來，後來青少年犯罪教化局介入，讓那個孩子離開原本能賺錢的煙囪打掃工作，教他讀書寫字，打算把他訓練成學徒。他們就是這樣，」賽克斯先生想到自己所受到的不公平待遇，心中燃起怒火。「他們就是這樣。如果他們的錢夠多（幸好老天保佑，他們的錢不夠），再過一、兩年，幹我們這一行的小孩就連半打都不到了。」

「確實是半打都不到，」猶太老頭附和，他在賽克斯說話時一直在想別的事，因此只聽到最後一句。

「比爾！」

「幹嘛？」賽克斯問。

猶太老頭依舊盯著爐火的南西點了點頭，用動作示意賽克斯要她迴避。賽克斯不耐煩地聳聳肩，似乎認為費金過於小心，不過還是順從他的意思，請南西小姐去幫他拿罐啤酒。

「你才不是要啤酒，」南西兩手交叉抱胸，十分鎮定地坐著不動。

「我跟妳說了我要！」賽克斯回答。

「胡說，」女孩冷冷地回答：「繼續說啊，費金。我早知道他要說什麼，比爾，他根本不必在意我。」

猶太老頭還在遲疑。賽克斯有些訝異地來回看著兩人。

「唉，別管那個老小姐了，行不行，費金？」最後他開口問道：「你認識她這麼久了，應該可以信任她了吧，要不然就是你心裡有鬼。她不會多嘴的。對不對啊，南西？」

「我想應該不會！」年輕小姐回答，將椅子拉到桌邊，手肘撐在桌上。

「不、不，親愛的，我知道妳不會，」猶太老頭說：「只是——」老頭又不說下去了。

「只是什麼？」賽克斯問。

「我不知道她會不會又心情不好，你知道的，朋友，就像她前幾天晚上那樣，」猶太老頭回答。

南西小姐聽完這番表白後大笑起來，接著喝了一杯白蘭地，輕蔑地搖搖頭，開始不停大聲嚷嚷，說些「繼續玩啊！」、「別放棄啊！」之類的話。這個舉動似乎讓兩位男士放寬心，猶太老頭滿意地點頭，與賽克斯先生一起坐回位子上。

「好啦，費金，」南西笑著說：「馬上告訴比爾關於奧利佛的事吧！」

「哈！親愛的，妳真是個聰明人，是我見過最聰明的女孩！」猶太老頭拍拍她的脖子說：「我**的確**是要說奧利佛的事，沒錯。哈！哈！哈！」

「他怎樣？」賽克斯問道。

「朋友，這孩子正好能派上用場，」猶太老頭以粗啞的嗓音低聲說道，用手指摸著鼻翼，咧嘴露出可怕的笑容。

「你說要用他！」賽克斯驚叫。

「你就用他吧，比爾！」南西說：「如果我是你就會用他。他或許不像其他人那麼行，不過反正你也不需要厲害的小孩，只要他能替你開門就行了。相信我，他很合適，比爾。」

「我知道他可以，」費金說：「他這幾個星期已經好好受過訓練了，現在該讓他出去討生活。而且，其他孩子的個頭都太大了。」

「嗯，他的個子正好符合我的要求，」賽克斯先生沉吟道。

「而且你叫他做什麼他都會做，比爾，」猶太老頭插嘴說：「他不得不聽話。我是說，如果你好好嚇嚇他的話。」

「嚇他！」賽克斯重複道：「告訴你，我可不會只是做做樣子。一旦我們真的動手，他如果敢作怪，我就一不做，二不休。你別想看到他活著回來，費金。你先想清楚再把他交給我。記住我說的話！」這名盜賊說完，便拿著從床架下抽出的鐵撬。

「我已經想清楚了，」猶太老頭幹勁十足地說：「我——我已經很仔細——很仔細觀察過他了，朋友。只要讓他覺得自己跟我們是一伙的，讓他相信自己已經是個賊，他就是我們的人了！一輩子都是我們的人。噢！真是再好不過了！」老人兩手交叉抱胸，腦袋和肩膀縮成一團，真的開心得抱住了自己[18]。

「我們的人！」賽克斯說：「你是要說，他是你的人吧。」

「也許是吧，朋友，」猶太老頭發出刺耳的咯咯笑聲說：「你高興這樣說，那他就算是我的人吧，比爾。」

「怎麼，」賽克斯惡狠狠地瞪著這位表示贊同的朋友說：「你明知道每天晚上公園裡都有五十多個打盹兒的小鬼可以隨你挑，幹嘛在那個臉色慘白的小鬼身上花這麼多心力？」

「因為那些小鬼對我來說都派不上用場，朋友，」猶太老頭有點慌亂地回答：「收留他們也沒用。如果他們惹上麻煩，光看長相就會被認定有罪了，到時候我還落得一場空。但這個孩子只要好好調教，朋友，可以抵得過二十個小鬼。而且，」猶太老頭恢復了鎮靜，說道：「如果他再逃跑，我們全都會完蛋，所以他一定得跟我們待在同一條船上。別管要怎麼讓他跟我們站在同一陣線，總之我有的是辦法讓他跟我們一起幹一票，這就是我的打算。這遠比不得已除掉那個可憐的小鬼好得多——那樣做不但危險，我們也吃虧。」

「什麼時候動手？」南西的提問阻止了賽克斯先生繼續大吼大叫，他正在對費金大發慈悲表示噁心。

「啊，先確定比較好，」猶太老頭說：「比爾，什麼時候動手？」

「我跟托比商量好了，後天晚上動手，」賽克斯沒好氣地回答：「除非我通知他改時間。」

18 英文 to hug onself（沾沾自喜）字面意思即為抱住自己。

「很好，」猶太老頭說：「那天晚上沒有月光。」

「對，」賽克斯說。

「把贓物弄出來的事情都安排好了，是不是？」猶太老頭問。

賽克斯點頭。

「還有——」

「嗯，對，都安排妥當了，」賽克斯打斷他。「別管那些小事了。你最好明天晚上把那小鬼帶來這裡。天亮一小時之後我就上路。你只要乖乖閉嘴，把熔爐準備好就對了。」

三人積極地討論一番，最後決定由南西在隔天入夜後到猶太老頭的住處接走奧利佛。費金又狡詐地說，如果奧利佛對這項任務有任何反抗，他比誰都樂意陪著不久前才替奧利佛出頭的南西走一趟。此外，為了這次悉心計畫的任務，他們也鄭重安排將可憐的奧利佛交由比爾・賽克斯先生全權照管。賽克斯先生可以用自認合宜的方式處置奧利佛，猶太老頭不得不將這孩子可能必須遭遇的不幸或厄運歸咎於賽克斯。為使該協議具約束力，雙方議定，賽克斯先生回來後的任何陳述，凡重要細節都必須經過小白臉托比・克拉基特證實確認。

這些預備事項談妥後，賽克斯先生繼續猛灌白蘭地，以駭人之姿揮舞鐵撬，高聲唱著極不成調的歌曲片段時，中間還夾雜著粗鄙的髒話。最後，他突然展現出對自己職業的熱愛，堅持拿出他闖空門的工具箱，不一會兒便腳步蹣跚地拿著箱子走來，打開箱子說明箱內各種工具的功用與特性，以及結構上特有的美感，接著便趴在地上的工具箱上睡著了。

「晚安，南西，」猶太老頭說完，像先前一樣用雙手環抱住自己。

「晚安。」

兩人四目相交，猶太老頭仔細打量她一番，這女孩絲毫沒有退縮。在面對這件事上，她和托比・克拉基特可說同等真誠認真。

猶太老頭再次向南西道晚安，趁著她轉身時偷偷踢了倒在地上的賽克斯先生一腳，然後摸索著下樓去了。

「老是這樣！」猶太老頭在回家的路上喃喃自語地說：「這些女人最大的缺點就是，一點小事就會勾起她們早已遺忘的情感，但她們最大的優點則是那些情感絕不會持久。哈！哈！男人為了一袋金子得對付孩子！」

費金先生以這些愉快的想法打發時間，穿過泥水汙泥一路前行，回到自己陰暗的住所。機靈鬼依舊醒著，正不耐煩地等著猶太老頭回來。

「奧利佛睡了嗎？我有話跟他說，」他們走下樓梯時，費金劈頭便這麼問。

「早就睡了，」機靈鬼回答，將門推開說：「他在這裡！」

奧利佛躺在地上簡陋的床上沉沉睡著。焦慮、悲傷和這座密閉的監牢讓他面無血色，看來彷彿死了一般，但並不是穿著壽衣躺在棺材裡的那種死亡模樣，而是生命剛逝去時的形象。幼小溫柔的靈魂在一瞬間離開肉體，飛往天堂，逐漸冰冷的遺體尚未受到世俗的汙濁之氣沾染。

「以後再說好了，」猶太老頭輕輕轉身走開。「明天再說，明天再說。」

第二十章

奧利佛被交到比爾・賽克斯先生手中

早上奧利佛醒來時發現他床邊擺了一雙鞋底厚實的新鞋，舊鞋已經不知去向，讓他大吃一驚。起初他很高興，心裡希望這表示他們打算放他走，但他一坐下來與猶太老頭吃早餐，便立刻斷了這個念頭。猶太老頭告訴他，當天晚上要將他送往比爾・賽克斯的住處，他說話的語氣和神情讓奧利佛更加驚恐。

「要——要住在那裡嗎，先生？」奧利佛焦急地問。

「不、不，乖孩子，不是住在那裡，」猶太老頭回答：「我們怎麼捨得拋下你呢。別怕，奧利佛，你還是會回來我們這裡的。哈！哈！哈！我們才不會狠心把你送走，乖孩子，不會的，不會的！」

這位老人彎著腰在火爐前烤麵包，邊說這話逗弄奧利邊回頭看了他一眼，咯咯地笑了起來，彷彿在告訴奧利佛，他知道奧利佛只要可以，還是會二話不說逃走。

「我猜，」猶太老頭盯著奧利佛說：「你想知道自己去比爾那裡要幹什麼對吧，孩子？」

奧利佛發現自己被這個老賊看穿了想法，忍不住紅了臉，但依舊大膽回答：沒錯，他的確想知道。

「你覺得是去幹什麼呢？」費金反問，藉此迴避奧利佛的問題。

「我真的不知道，先生，」奧利佛回答。

「哼！」猶太老頭仔細打量奧利佛的表情後，一臉失望地轉過頭去。「那就等比爾來告訴你吧。」

猶太老頭見奧利佛沒有表現出更濃厚的好奇心，似乎十分惱火。但實情是，奧利佛心裡雖然十分焦急，但他卻因為費金狡詐萬分的神情以及自己的種種猜測而感到心慌意亂，因此才沒有進一步追問。但他也沒機會再問了，因為猶太老頭一整天都板著臉一聲不吭，忙著準備出門的事情，一直忙到天黑。

「你可以點根蠟燭，」猶太老頭把蠟燭放在桌上。「這本書給你看，在這裡等他們來接你。晚安！」

「晚安！」奧利佛低聲回答。

猶太老頭走向門口，邊走邊回頭看這個孩子，然後突然停下腳步，叫了奧利佛的名字。

奧利佛抬起頭，猶太老頭指著蠟燭，示意要他點燃。奧利佛照做了，就在他將蠟燭放到桌上時，看到猶太老頭站在房間幽暗的一頭，眉頭深鎖、目不轉睛地盯著他。

「要小心啊，奧利佛！要小心！」老人在面前揮了揮右手，以警告的口吻說：「他這人生性粗暴，一發起火來就只想傷人。不管發生什麼事都不要多嘴，照他說的做就好。記住！」他特別強調最後一句，臉上的表情逐漸轉為一抹駭人的獰笑，接著點個頭便出門了。

老人出門後，奧利佛用手拄著頭思索剛才聽到的話，感到惴惴不安。他愈思量猶太老頭的警告，愈不明白其中真正的目的和意義。

他想不出將他送到賽克斯手裡究竟是為了何種邪惡的勾當，而且還是留在費金身邊無法達成的勾當。他思索了許久，最後得出的結論是，他被選上去當那名闖空門盜賊的打雜僕役，直到他們找到另一個更勝任的小孩為止。他早就習慣吃苦，在這裡也嘗過許多苦頭，因此面對多變的將來，已無力過度沉浸於悲慟之中。他沉思了一會兒之後，重重地嘆了口氣，然後剪了燭花，拿起猶太老頭留給他的書看了起來。

他翻著書頁；一開始漫不經心，但後來有一段文字吸引了他的注意，便開始專心閱讀。書中講述多位大惡人的生平事跡與受審經過，頁面已被翻得破爛髒汙。他在書裡讀到許多讓人背脊發涼的駭人罪行，包括在偏僻路旁暗地裡犯下的謀殺罪，為了掩人耳目而將屍體藏在深窖或井底，儘管藏得再深，卻難以就此隱瞞，事隔多年後依舊東窗事發，恐怖的景象逼得凶手發狂，在驚懼之餘坦白認罪，大喊著要上絞架以了結痛苦。他也在書中看到有些人在夜深人靜時躺在床上，被自己的邪念所惑（這是他們的說法），犯下駭人聽聞的血案，讓人一想到就全身汗毛直豎、四肢發軟。這些恐怖的敘述寫實而逼真，就連泛黃的書頁似乎也被鮮血染紅，上頭的文字迴盪在他耳邊，彷彿死者亡魂空洞的喃喃低語。

奧利佛突然感到恐懼，將書闔上拋到一旁。接著他跪地祈求上天，別讓他犯下這種惡行。他寧可即刻死去，也不願活著犯下如此駭人的滔天大罪。他漸漸恢復平靜後，以破碎的嗓音低聲乞求上天，讓他逃離眼前的危險。一個從沒享受過友情或親情溫暖的可憐孤兒，如今他悲傷絕望、無依無靠，獨自面對著邪惡與犯罪，如果這樣的他真能得到援助，現在就讓他如願吧。

他說完禱告詞後依舊用雙手摀著臉，此時一陣窸窣聲驚動了他。

「什麼聲音！」他嚇得跳起來大喊，看到門邊站著一個人影。「誰在那裡？」

「是我，不然還有誰，」一個顫抖的聲音回答。

奧利佛將蠟燭高舉過頭，朝門邊看去，原來那個人是南西。

「把蠟燭放低點，」女孩撇開頭說：「照得我眼睛都痛了。」

奧利佛發現她臉色十分蒼白，輕聲問她是否病了。女孩癱坐在椅子上，背對著他絞著自己的雙手，沒有回答。

「上帝寬恕我吧！」過了一會兒她哭著說：「我從來沒想過會這樣。」

「發生什麼事了？」奧利佛問：「我能幫上忙嗎？如果我幫得上忙，我一定會幫妳，真的。」

她前後搖晃著身子，掐著自己的喉嚨發出咯咯聲響，拚命喘息。

「南西！」奧利佛大喊：「怎麼了？」

女孩用雙手捶打自己的膝蓋，不停跺腳，又突然停下，拉住披肩緊緊包住自己，冷得直發抖。

奧利佛撥了撥爐火。她把椅子拉近火爐，在爐邊坐了一會兒，始終不發一語。最後她抬起頭，看了看四周。

「有時候連我都不知道自己是怎麼回事，」她一面說一面假裝忙著整理身上的衣服：「我猜大概是被這間又溼又髒的房間影響的吧。好啦，諾利，準備好了沒？」

「我要跟妳一起走嗎？」奧利佛問。

「對。我從比爾家來的，」女孩回答：「你跟我一起過去。」

「去幹嘛？」奧利佛說完向後一退。

「去幹嘛？」女孩複述了一遍，翻了個白眼，朝那孩子的臉上看了一眼馬上別開視線。「噢！反正不是壞事。」

「我不信，」奧利佛說，仔細觀察她的反應。

「信不信由你，」女孩假笑說道：「不過也不是好事就對了。」

奧利佛看得出來，他多少能誘發出女孩的善意，因此馬上想到以自己無助的處境來博取同情。但後來他腦中又閃過一個念頭：現在還不到十一點，街上還有許多人，總會有人相信他說的話。想到這點，他便走上前去，有些心急地說他準備好了。

但不論是他短暫的思考過程或是他的意圖，都沒能逃過他同伴的一雙眼睛。她在他說話時仔細地打量他，然後機伶地看了他一眼，眼神清楚顯示她已經猜到他的心思。

「噓！」女孩謹慎地看了看四周，彎下腰指著門對他說：「你幫不了自己。我已經很努力想幫你了，可是都沒有用。你被他們牢牢看住，就算想從這裡逃跑，現在也還不是時候。」

她熱切的模樣讓奧利佛大感意外，他吃驚地抬起頭看著她的臉。她說的似乎是實話，此刻她的臉色蒼白、神情激動，因情感真摯而全身發抖。

「我之前救了你一次，讓你免受一頓好打，我之後還會再救你，現在就是，」女孩接著大聲說：「如果不是我來接你，其他來接你的人一定會比我凶得多。我向他們保證你會乖乖安靜、不吵不鬧，如果你不乖，不但會害了自己，連我也會遭殃，說不定還會害我沒命。你看！我已經為了你受了這些傷，老天有眼，我說的全是真話。」

她急忙指著自己脖子和手臂上一些青紫色的瘀傷，然後連珠炮似地接著說：「記住這點！現在別再讓我為了你吃苦頭。如果我能幫你，我就會幫，但我現在還沒辦法。他們不會傷害你，不論他們要做什麼，都不是你的錯。噓！你說的每一句話，都等於是在打我。把手給我，快點！把手伸出來！」

她抓住奧利佛憑本能伸出的手，吹熄蠟燭，牽著他走上樓。黑暗中有人馬上開了門，等他們走出門外又立即將門關上。一輛單馬雙輪出租馬車已經等在外頭，女孩以和奧利佛說話時所展現的激動情緒，拉著他一起上了馬車，並拉上車窗上的窗簾。車夫並未問他們地址，只是立即揮動馬鞭，全速前進。

女孩仍緊握著奧利佛的手，不斷在他耳邊說著她已經講過的警告和保證。一切都發生得太快太急，他還沒時間回想自己身在何方或如何來到這裡，馬車就已經在猶太老頭前一晚去過的那間屋子前停下。

奧利佛在這短暫的一瞬間匆匆看了空蕩蕩的街道一眼，求救的呼喊已經到了嘴邊，耳中卻聽到南西以極端痛苦的語氣懇求他為她想想，讓他不忍心喊出聲。就這麼一遲疑便錯失了良機，他已經走進屋裡，門也關上了。

「這邊，」女孩說完終於放開奧利佛的手。「比爾！」

「哈囉！」賽克斯拿著蠟燭在上方樓梯口現身回答：「噢！來得正好，上來吧！」

以賽克斯先生這種人的個性而言，這句話已經是十分強烈的讚許，也是極為熱烈的歡迎。南西顯然十分高興，熱情地和他打招呼。

「紅心已經跟著湯姆回家了，」賽克斯用蠟燭照亮樓梯，方便他們上樓。「牠在這裡會礙事。」

「沒錯，」南西回答。

「所以妳接到那小鬼了，」等他們都進了屋裡，賽克斯關上門說。

「嗯，他在這裡，」南西回答。

「他在路上有沒有吵鬧？」賽克斯問。

「乖得跟頭小羊似的，」南西回答。

「很好，」賽克斯板著臉看著奧利佛說：「看在他這麼瘦小的分上饒了他，不然他可有苦頭吃的了。小鬼，過來，我來給你上一堂課，這件事最好馬上解決。」賽克斯先生以這種方式和他的新徒弟打完招呼後，將奧利佛頭上的帽子一把扯下來扔到角落，再抓著奧利佛的肩膀，自己在桌邊坐下，要這個孩子站在他面前。

「好，首先，你知道這是什麼嗎？」賽克斯拿起放在桌上的一把手槍問道。

奧利佛回答說知道。

「很好，接下來，看這裡，」賽克斯接著說：「這是火藥，這是子彈，這是塞火藥用的一小塊帽子破布。」

奧利佛喃喃說著他所知手槍各部位的功能，賽克斯先生接著將手槍裝上彈藥，動作十分精確熟練。

「現在手槍已經上膛，」賽克斯先生裝好彈藥後說。

「是的，我看到了，先生，」奧利佛回答。

「很好，」這名盜賊說完便一把抓住奧利佛的手腕，用槍口抵住他的太陽穴，這個舉動讓奧利佛不禁嚇了一大跳。「你跟我出去的時候，如果我沒跟你說話你還敢多說一個字，槍裡的子彈馬上就會進了你的腦袋。所以，如果你**真的**決定要擅自開口，那就先做死前禱告吧。」

賽克斯先生瞪了他警告的對象一眼，以增強效果，然後才接著說：「就我所知，就算你**真的**被解決掉，也不會有人特地來找你。所以，如果不是為了你好，我根本不必費這麼大的勁兒跟你解釋這些。聽到了沒？」

「你就乾脆挑明了說吧，」南西以十分強調的語氣說道，對奧利佛稍稍皺起眉頭，似乎要他多留意她接下來所說的話：「就是說，如果他搞砸了你手上的工作，為了避免他之後亂講話，你就算可能因此受到重罰也會一槍射穿他的腦袋，反正你這輩子幹的這檔事也不只這一樁。」

「說得沒錯！」賽克斯先生贊同地說：「女人總是能簡單幾句話就把事情講清楚——不過發脾氣的時候除外，這時候她們反而會短話長說。現在他已經完全懂了，我們來吃晚餐吧，先打個盹兒再出發。」

南西遵從他的吩咐，立刻鋪上桌巾，離開幾分鐘後，端著一壺黑啤酒和一盤羊頭肉回來。賽克斯先生發現「羊頭肉」[19]正好是他們常用的行話，意指幹他這一行的人所用的一種精巧工具，因此趁機講了好幾句好笑的俏皮話。事實上，這位傑出人士或許是因為想到即將可以大顯身手，因此精神大振、心情大好。相關佐證記述如下：他愉快地將所有啤酒一飲而盡，粗略估計，整頓飯期間他咒罵的次數也不超過八十次。

吃過晚飯後（奧利佛的胃口想必不太好），賽克斯先生又喝了兩杯兌水烈酒，接著便倒在床上，並囑咐南西在五點整叫醒他，話中摻雜了許多咒罵，以免南西忘了他的吩咐。奧利佛也遵從這位威權人士的命令，和衣躺在地上的一張床墊上。南西則是坐在壁爐前顧著爐火，準備在指定的時間叫醒他們。

奧利佛躺在床墊上久久不能成眠，心想南西也許會趁這個機會給他進一步的指示。但她只是若有所思地坐在爐火邊，除了偶爾剪剪燭花，幾乎動也不動。他焦急地等了許久，終於累得睡著了。

等他醒來時，桌上已經擺滿了茶具，賽克斯正將各種物品塞進掛在椅背上的大衣口袋裡。南西則是忙著準備早餐。此時天色未明，屋裡仍點著蠟燭，外頭漆黑一片。暴雨打在窗上，天空烏雲密布，看起來十分陰沉。

「欸，欸！」就在奧利佛起身時，賽克斯咆哮：「五點半了！動作快點，不然你就不准吃早餐；都已經這麼晚了。」

奧利佛快快做了梳洗，吃了點早餐，在賽克斯板著臉問他時，回答說他已經準備好了。

南西幾乎沒有正眼看奧利佛，只是扔了一條圍巾給他綁在脖子上。賽克斯給他一件粗布大斗篷，要他披在肩上扣好釦子。他穿戴好之後朝這名盜賊伸出手，對方只稍微頓了一下，以恐嚇的姿態示意那把槍就放在他大衣的側邊口袋裡，接著便抓緊奧利佛的手，和南西互道再見，然後牽著他出發。

他們走到門邊時，奧利佛回頭看了一眼，希望南西會給他使個眼色。但她只是回到壁爐前的老位子，動也不動地坐著。

19 Jemmy除了指羊頭肉，也指盜賊用的鐵撬。

第二十一章

遠征

他們來到街上；早晨的氣氛極為陰鬱，風強雨驟，陰沉的烏雲不停翻騰。入夜就下起了大雨，路上積了一灘灘的大水窪，水溝也都滿了。天空出現微光，顯示白晝即將來臨，但在微弱的日光下，街景的陰鬱感非但沒有減弱反而更為加重：暗淡的光線只是讓路燈的燈光顯得更為慘白，並沒有為溼漉漉的屋頂和沉悶的街道增添更溫暖或明亮的色彩。鎮上這一帶似乎還沒有人起床活動，家家戶戶全都門窗緊閉，他們經過的街道也都寂靜無聲、空無一人。

等他們轉進貝思納爾格林路，天色才開始轉亮。許多路燈已經熄滅，幾輛鄉下運貨馬車緩緩朝倫敦駛去。偶爾有沾滿泥巴的公共馬車噠噠急馳而過，經過這些運貨馬車時，駕駛會給那些開錯車道的笨拙車夫一鞭以示警告，因為他們可能會害他比預定時間晚二十五秒到站。酒館裡點著煤氣燈，已經開門營業，其他店鋪也陸續開門做生意，路上也有零星的行人。接著工人三三兩兩、成群結隊準備上工，然後是頭頂著魚籃的男男女女、載著蔬菜的驢車、滿載牲口或全隻屠體肉的輕便馬車、拿著提桶的牛奶女工，川流不息的人群帶著各式補給品邁向城市東郊。隨著他們逐漸接近市中心，噪音與人車也愈來愈多。等他們走到肖爾迪奇與史密斯菲爾德肉市場之間的街道時，街上已是人聲鼎沸、熙來攘往。此時天色已大亮，與平時白晝一般，可能會一直持續到黑夜再度降臨為止，而倫敦半數市民也已展開忙碌的早晨。

賽克斯先生帶著奧利佛走過太陽街與皇冠街，穿過芬斯伯里廣場，從奇思維爾街進入巴比肯屋村，再走進長巷，最後來到史密斯菲爾德肉市場。市場裡喧囂擾攘，讓奧利佛．崔斯特大感驚訝。

當天正好有早市。地上滿是穢物與汙泥，幾乎要淹到足踝。宰好的牛隻不斷散發出濃厚腥臭的熱氣，與彷彿停留在煙囪頂的霧氣混合，沉沉地籠罩在市場上空。在一大片空地的中央，所有畜欄以及所有能擠進這片空地的臨時畜欄，全都關滿了羊隻。水溝邊的柱子上拴了三、四排的牲口和公牛。鄉下人、屠夫、趕牲口入市的人、叫賣小販、男童、小偷、遊手好閒的人，以及來自各個社會底層的流浪漢，全都混雜在人群中。趕牲口的人吹著口哨、狗兒狂吠、公牛哞叫與猛衝、羊群咩咩叫、豬隻發出呼嚕聲與尖叫，小販沿街叫賣，叫聲、咒罵聲和吵架聲從四面八方湧來。每家酒館都傳出鈴聲及呼喊聲；大家又擠又推、又追又打、又叫又喊，市場裡到處充斥著粗鄙刺耳的模糊叫聲。蓬頭垢面、骯髒汙穢的人不斷來回奔跑，在人群衝進衝出，形成一副驚人又混亂的場景，讓人暈頭轉向。

賽克斯先生拉著奧利佛，用手肘頂開旁人穿過擁擠的人潮，對於讓奧利佛驚異不已的各種景象和聲音幾乎毫不在意。途中他曾兩、三次向遇到的熟人點頭打招呼，但婉拒了許多早上喝一杯的邀約，只是踩著堅定的步伐向前走，直到他們完全脫離這場混亂，經由霍西爾巷來到霍爾本。

「好了，小鬼！」賽克斯抬起頭看著聖安德魯教堂的時鐘說：「快七點了！你得走快點。走啊，不要老是走在後頭，懶鬼！」

賽克斯先生說完便狠狠拽了一下小同伴的手腕。奧利佛加快腳步，半快走半跑步地盡力跟上這名盜賊又急又大的步伐。

他們一路上始終維持這種速度，直到經過海德公園轉角朝肯辛頓前進時，賽克斯才放慢腳步，等著後方不遠處的一輛空馬車趕上來。他看到車身上寫的「豪士羅」，便極為客氣地詢問車夫，能否順道載他們到艾爾沃思。

「上車吧，」車夫說：「這是你兒子嗎？」

「對，他是我兒子，」賽克斯回答時直盯著奧利佛，漫不經心地將一手伸進放著手槍的口袋。

「你父親走得太快了對不對，孩子？」車夫看到奧利佛氣喘吁吁問道。

「不會啦，」賽克斯插嘴說：「他已經習慣了。來，奈德，抓住我的手，上車吧！」

他用這個假名稱呼奧利佛，拉他上了車。車夫指著一堆麻袋，要奧利佛躺在上頭稍事休息。

他們經過了許多里程碑，奧利佛愈來愈好奇，不知道他的同伴要帶他到哪去。他們沿途經過肯辛頓、漢默史密斯、奇斯維克、克佑橋、布倫特福德等地，但仍像是才剛展開旅程一般繼續向前行。最後，他們來到一間名為「馬車與馬匹」的酒館，再往前一點便接上另一條馬路。馬車就在這裡停下。

賽克斯倉促地下了車，過程中仍緊抓著奧利佛的手不放，最後直接將奧利佛從車上抱下來，惡狠狠地瞪了他一眼，意味深長地用拳頭敲了敲側邊的口袋。

「再見，孩子，」車夫說。

「他在鬧脾氣，」賽克斯搖了搖奧利佛回答：「他在鬧脾氣。這個兔崽子！別理他。」

「不會啦！」對方上了馬車回道：「總之，天氣還真好。」說完車夫便駕車離開了。

賽克斯等到對方走遠，才告訴奧利佛他可以隨意看看四周，然後又帶著他繼續趕路。

他們過了那家酒館後不久便向左轉，然後再沿著右邊那條路走了許久，沿途經過道路兩側許多的大花園及豪宅，途中只停下來喝了一點啤酒，最後來到一座城鎮。奧利佛看到鎮上一棟房子的牆上寫著「漢普頓」幾個漂亮的大字。他們在野外徘徊了數小時，最後又回到鎮上，走進一家招牌斑駁難辨的老酒館，坐在廚房爐火邊點了晚餐。

廚房是一間低矮的老房子，一根粗大的橫梁貫穿屋頂中央，爐火邊擺著高椅背凳子，幾名穿長罩衫的粗漢就坐在凳子上喝酒抽菸。他們壓根沒注意到奧利佛，也幾乎不理賽克斯。賽克斯也不太理會他們，自顧自地和他的小同伴坐在角落，那些人也不太搭理他們。

他們點了一些冷肉當晚餐，飯後又坐了許久，賽克斯先生抽了三、四管菸斗，奧利佛開始認定他們不會再趕路了。由於大清早便起床，又趕了一天的路，他實在是累壞了，一開始只是打瞌睡，後來禁不住疲勞及菸草煙燻的輪番轟炸，便沉沉睡去。

等他被賽克斯搖醒時，已經夜幕低垂。他清醒之後坐起來看了看四周，發現這位高尚人士正與一名工人共飲一品脫啤酒，兩人相談甚歡。

「所以，你要去哈利佛德，是不是？」賽克斯問。

「對啊，沒錯，」那人回答，看來似乎帶點醉意——就他的情況而言，或許是件好事。「而且不會走得太慢。我的馬回程沒載貨，不像早上來的時候有運東西。牠恐怕撐不久了。這一杯祝牠好運。喔哦！牠是匹好馬！」

「那你能順道載我和我兒子一程嗎？」賽克斯將啤酒推向新朋友，問道。

「如果你要馬上走就可以，」對方隔著啤酒壺看著他回答：「你們要去哈利佛德嗎？」

「我們要去謝伯頓，」賽克斯回答。

「那我就任憑差遣啦，盡我所能，」對方回答：「都結帳了嗎，蓓姬？」

「對，另一位先生付了，」女孩回答。

「唉呀！」男子步履蹣跚、搖搖晃晃地說：「這可不行。」

「為什麼不行？」賽克斯說：「你幫我們的忙，卻不准我請你喝一品脫酒當作報答？」

這位陌生人一臉嚴肅地細想了這個論點，然後握住賽克斯的手，說他真是個好人。賽克斯先生回答說對方是在開玩笑，如果對方清醒，一定能找到明確的理由證明他在開玩笑。

雙方又互相讚美幾句後便向其他客人道晚安，接著走出店外。女侍過來收拾了酒壺和玻璃杯後，兩手捧著許多東西走到門口，目送他們離去。

站在門外的那匹馬，牠的主人已經私下為牠的健康敬過酒，現在這匹馬已經套在馬車上，準備出發。

奧利佛與賽克斯不再客套，直接上了馬車。馬匹的主人則是逗留了一、兩分鐘「替馬兒打氣」，又向馬夫及所有人示威，說他們找不到和牠一樣好的馬，然後才上了車，吩咐馬夫鬆開韁繩。韁繩一鬆，這匹馬便趁機做了件討人厭的事：牠十分傲慢地把韁繩甩到空中，把頭探進對面店家的窗戶裡。做完這些事之後，牠又站了一會兒才拔腿疾馳，喀噠喀噠豪爽地出了城。

夜深了。潮溼的霧氣從河面及四周的沼澤地升起，擴散至陰鬱的原野上。寒意刺骨，一切都顯得陰沉而幽暗。車上沒有人說話；車夫已經滿眼睡意，賽克斯也無心和他聊天。奧利佛瑟縮在馬車的角落裡，恐懼和憂慮讓他心神不寧，總覺得枯樹間有怪物，樹枝陰森森地搖來晃去，彷彿對這淒涼的景象感到格外歡喜。

他們經過森伯里教堂時，鐘聲正好敲了七下。對面渡口房子的窗戶透出燈光，光線穿過馬路，反而讓一株黑紫杉及樹下的墳墓都籠罩在更幽暗的陰影中。不遠處傳來緩緩的流水聲，老樹的枝葉在晚風中輕輕搖曳，彷彿往生者安息時的安詳樂聲。

他們經過森伯里，又回到孤寂的馬路。馬車前進了三、四公里後便停下來。賽克斯下了車，拉著奧利佛的手再次展開徒步之旅。

他們並沒有像這個疲憊的小男孩所預期，在謝伯頓留宿，而是繼續踩著泥巴在夜色中前行，穿過幽暗的巷弄及寒冷遼闊的荒原，最後終於在不遠處看到城鎮的燈火。奧利佛仔細看了前方，發現下方就是河流，他們正朝著橋墩走去。

賽克斯繼續向前直走，直到接近橋邊才突然左轉走下河岸。

「前面是河！」奧利佛心想，嚇得不知所措。「他把我帶到這個不見人影的地方才要動手殺我！」

就在他準備撲倒在地上，為自己幼小的生命掙扎一番時，他發現他們來到一棟獨自兀立的屋子前。這棟房子看來極為殘破。搖搖欲墜的大門兩側各有一扇窗，上面還有一層樓，但完全沒有燈光。屋裡一片漆黑，空空如也，怎麼看都不像有人住。

賽克斯依舊抓著奧利佛的手，躡手躡腳地走近低矮的門廊，拉起門閂推開大門，兩個人一起走了進去。

第二十二章
夜盜

「哈囉！」他們才剛走進通道，就有個粗啞的嗓音大聲說道。

「別那麼大聲，」賽克斯將門上閂說道：「托比，弄點光來吧。」

「啊哈！我的好朋友！」那個聲音叫道：「弄點光吧，巴尼，弄點光！帶這位先生進來，巴尼，如果方便的話，你先醒一醒吧。」

說話者似乎朝他說話的對象扔了一只鞋拔或某樣東西，好讓對方從沉睡中清醒。只聽到某件木製器具重重落地的聲音，接著是一名男子在半夢半醒時發出的含糊咕噥聲。

「聽到沒？」那個聲音大喊：「比爾．賽克斯就在門口，居然沒人接待他。你還睡在那裡，好像三餐配鴉片酊吃下肚一樣，沒什麼比它更有效了。現在清醒一點了沒，還是你想讓鐵燭台敲個幾下，讓自己徹底清醒一下？」

對方聽到這一番質問，便踩著鞋、拖著雙腳急忙走過房內光禿禿的地板。接著右邊一道門透出微弱的燭光，接著出現一個人影，這個人前文已經提過，就是講話老帶著鼻音點、在番紅花山的酒館當侍者的那個人。

「賽克斯先森！」巴尼大喊，這股開心勁兒也不知是真是假。「快進南，快進南。」

「好啦！你先進去，」賽克斯說完將奧利佛推向前。「走快點！不然我要踩你腳跟了。」

賽克斯見奧利佛慢吞吞的樣子，喃喃地咒罵了一句，將他推到自己前面，兩人一起走進低矮昏暗的房間，房裡的爐火煙霧瀰漫，此外還有兩、三張破椅子、一張桌子和一張十分老舊的沙發。沙發上有一名男子，一雙腿翹得比頭還要高，正直挺挺地躺著抽陶製長菸斗。他穿著一件剪裁俐落的黃褐色大衣，上頭裝飾著大銅釦，脖子上繫了條橘色領巾，配上一件顯眼的粗布披肩花樣背心和一條黃褐色馬褲。克拉基特先生（原來是他）頭上及臉上的毛髮都不算茂密，不過他僅有的毛髮都染成略帶紅色，並努力捲成像開瓶器一樣的長鬈髮，還不時用他戴滿庸俗大戒指的骯髒手指梳理。他比一般人高一些，但雙腳顯然比人短得多，但這點並不影響他欣賞自己腳上那雙長統靴。此時他正心滿意足地凝視著那雙抬得高高的靴子。

「比爾，我的好兄弟！」那人轉頭看向房門說：「見到你真高興。我還在擔心你是不是放棄了呢。如果是這樣，我就得自己去冒險了。唉喲！」

托比．克拉基特先生看到奧利佛，訝異萬分地驚呼了一聲，馬上坐了起來，問說這孩子是誰。

「就是那個孩子啊，不然還有誰！」賽克斯回答，將一張椅子拉到爐火旁。

「搭是費金先森的徒弟，」巴尼咧嘴笑著大聲說道。

「費金的人，是吧！」托比看著奧利佛大聲說：「真是個稀奇的寶貝哪，派他去小星期堂扒老太太的口袋正好！光靠他那張臉就行了。」

「好啦——說夠了沒，」賽克斯不耐煩地打斷他，彎下腰在這位斜倚著的朋友耳邊低聲說了幾句話，克拉基特先生聽完哈哈大笑，驚訝地看著奧利佛許久。

「好了，」賽克斯坐回椅子上說：「趁我們在等的時候，拿點東西給我們吃喝吧，就當作是為我們，或是說是為我盡盡心。小鬼，過來爐火邊坐著休息一下，今晚你還得再跟我們出去一趟，不過路程不遠就是了。」

奧利佛又驚又怕地默默看著賽克斯，拉了張凳子到爐火邊坐下，兩手托著隱隱作痛的腦袋，對所在之處幾乎一無所知，也不明白周遭發生了什麼事。

「來，」那名猶太青年在桌上擺了一些殘羹剩菜及一瓶酒後，托比說：「祝我們馬到成功！」他站起來要敬酒，小心翼翼地將空菸斗放在一旁，走向桌邊在杯裡倒滿烈酒，一口喝乾。賽克斯先生也跟著喝了一杯。

「讓這孩子也喝一口，」托比在酒杯裡倒了半杯酒說：「可憐蟲，乾了它。」

「真的，」奧利佛抬起頭可憐兮兮地看著托比說：「真的，我——」

「乾了它！」托比又說了一遍。「你覺得我不知道什麼對你有好處嗎？叫他喝了這杯，比爾。」

「他最好給我喝！」賽克斯用手拍了拍口袋說：「他媽的，他比一群機靈鬼還麻煩。給我喝，你這個頑固的小鬼，給我喝下去！」

奧利佛被這兩名男子凶狠的模樣嚇壞了，急忙將杯裡的酒一飲而盡，隨即一陣猛咳，托比．克拉基特和巴尼都被他逗樂了，就連沉著臉的賽克斯先生也露出一抹笑容。

喝了酒之後，賽克斯開始大吃大喝、飽餐一頓（奧利佛根本沒胃口，但還是在其他人逼迫下吃了一小片硬麵包），接著他和克拉基特便躺在椅子上小睡片刻。奧利佛仍坐在爐火邊的凳子上，巴尼則是裹著毯子躺在地上，緊挨著壁爐欄杆。

他們睡了（或看似睡了）好一會兒，除了巴尼起身一、兩次在爐火裡加煤炭外，其他人動也不動。奧利佛也陷入昏睡，覺得自己彷彿在暗巷裡迷了路，也像是在黑漆漆的教堂墓園裡遊蕩，又像是回憶起過去的某些情景，後來托比．克拉基特一躍而起，宣布已經一點半了，奧利佛也被他吵醒。

另外兩人也馬上站起來，所有人立即開始忙著做準備。賽克斯和同伴用黑色大披肩裹住自己的脖子和下巴，然後穿上大衣。巴尼則是打開櫥櫃，拿出幾樣東西急忙塞進口袋裡。

「巴尼，把噴子拿給我，」托比．克拉基特說。

「拿去，」巴尼拿出兩把手槍，回說：「你自己裝的彈藥。」

側的套環上。

「很好！」托比把槍藏好，說道：「工具呢？」

「在我這裡，」賽克斯回答。

「黑紗、鑰匙、打洞鑽、黑燈——沒漏了什麼吧？」托比一面問，一面將一把小鐵撬繫在大衣下襬內

「放心，」他的同伴回答：「巴尼，帶幾根木棍去。時候到了。」

他說完便從巴尼手中接過一根粗木棍，巴尼也遞了一根給托比，他現在正忙著繫好奧利佛的斗篷。

「走吧！」賽克斯伸出手。

眾人不尋常的舉動、周遭的氣氛和被迫喝下的那杯酒，讓奧利佛完全驚呆了，他愣愣地伸出手讓賽克斯握住；賽克斯伸手就是為了這個目的。

「托比，牽著他另一隻手，」賽克斯說：「巴尼，你去外頭探一探。」

巴尼走到門邊，回來報告說一點動靜也沒有。兩名盜賊聞聲便將奧利佛夾在中間，一塊出門了。巴尼關好門之後，照常裹著毯子，很快又睡著了。

現在外頭漆黑一片。霧氣比上半夜更重，雖然沒下雨，空氣卻十分潮溼，奧利佛出門沒多久，頭髮和眉毛便被空氣中半凝結的水氣弄得溼黏。他們過了橋，繼續朝著他先前看到的那片燈火走去。路程並不太遠，他們的腳程又快，不一會兒便來到徹特西。

「穿過鎮上，」賽克斯低聲說：「這麼晚了路上不會有人看到我們。」

托比表示贊同，一行人急忙穿過小鎮大街，夜深人靜，路上一個人影也沒有。偶爾可以看到幾戶人家的臥房窗戶透出微弱燈光，或是幾聲粗啞的犬吠聲劃破夜晚的寧靜。但街上杳無人跡。他們穿過城鎮，此時教堂傳來兩下鐘聲。

他們加快腳步，轉進左邊那條路，大約走了四百公尺後，停在一棟四面有圍牆的獨棟房屋前。托比．

克拉基特顧不得喘口氣，一眨眼便翻上圍牆。

「接著叫那小鬼上來，」托比說：「把他抱上來，我會抓住他。」

奧利佛還來不及看清楚四周，便被賽克斯托住腋下一把抱起。三、四秒後，他和托比已經躺在圍牆另一邊的草皮上。賽克斯馬上跟著翻牆過來，一行人躡手躡腳地朝房子走去。

奧利佛此時終於明白，此行的目的不是殺人，就是闖空門和搶劫，悲傷與恐懼幾乎要將他逼瘋。他雙手合十，嚇得忍不住低聲驚叫，只覺得眼前一黑，慘白的臉上滿是冷汗，四肢發軟無力，整個人跪倒在地。

「起來！」賽克斯氣得發抖，從口袋裡掏出手槍低聲說：「起來，不然我就讓你的腦漿噴得滿草皮都是。」

「噢！看在老天爺的分上，求求你放了我吧！」奧利佛哭著說：「讓我逃走，死在荒郊野外。我絕對不會再靠近倫敦，絕對、絕對不會！噢！求求你可憐我，別逼我去偷東西。求你念在天堂所有光明天使的愛的分上，可憐我吧！」

奧利佛哀求的對象狠狠咒罵了一句，扣下扳機。托比打掉他手中的槍，用手摀住奧利佛的嘴，拉著他走向屋子。

「噓！」托比叫道：「你這招在這裡不管用。再多說一個字，我就親自動手打爆你的頭。這樣不會發出一點聲響，效果一樣，還更文雅。好了，比爾，把窗板撬開。我保證他現在膽子比較大了。我看過像他這種年紀的老手在寒冷的夜裡也會這樣鬧個一、兩分鐘。」

賽克斯一面狠狠咒罵費金指派奧利佛來做這件事，一面使勁扳動鐵撬，卻沒發出任何聲響。忙了一會兒，加上托比的協助，他們終於撬開窗板。

這扇小格子窗，離地約一百六十公分，位於房子後方，是走道盡頭洗滌室或釀酒房的窗戶。窗子的開口很小，因此住戶可能認為無需加強防盜，但這個開口已足以讓奧利佛這種體型的男孩通過。賽克斯先生三兩下便撬開緊閉的格子窗，立刻將窗子整個打開。

「小鬼，給我聽好，」賽克斯先生從口袋掏出一盞黑燈，直接照著奧利佛的臉低聲說：「我要你從這裡鑽進去。你拿著這盞燈悄悄走上正前方的樓梯，穿過小門廳後走到臨街的大門，把門打開讓我們進去。」

「門的上方有一道門閂，你搆不著，」托比插嘴說：「搬一張門廳的椅子來墊腳。那裡有三把椅子，比爾，上面有藍色大獨角獸和金色三叉戟的圖案，是這位老太太的家徽。」

「安靜點，行不行？」賽克斯狠狠瞪了他一眼說：「房間門是開著的吧？」

「門大開著呢，」托比為了保險起見，往窗戶裡偷看了一下才回答。「妙就妙在他們老是把門開著，只靠門釦鉤住，那隻狗在房裡有個窩，這樣才能讓牠在睡不著的時候能到走道上走動。哈！哈！巴尼今晚已經把那隻狗引開了。幹得好！」

雖然克拉基特先生的說話聲輕得幾不可聞，也沒笑出聲來，但賽克斯仍專橫地要他閉上嘴好好做事。托比聽從賽克斯的命令，先拿出他的燈放在地上，接著站穩腳步，用頭頂著窗戶下方的牆壁，兩手撐在膝蓋上，把自己的背當成踏板。托比一擺好姿勢，賽克斯便爬到他身上，抱起奧利佛讓他兩腳先伸進窗裡，輕輕將他抱進窗內，最後再穩穩將他放在屋內地上，但仍緊抓著他的衣領。

「拿著這盞燈，」賽克斯看著房內說：「有沒有看到前面的樓梯？」

奧利佛嚇得半死，喘著氣說：「有。」賽克斯用槍管指了指臨街大門，簡單地提醒奧利佛注意他一直在射程範圍內，如果他敢臨陣脫逃，馬上就會沒命。

「馬上就搞定，」賽克斯依舊低聲說：「我一放手，你就乖乖去做事。你聽！」

「怎麼了？」另一人低聲問。

他們仔細聽了一會兒。

「沒事，」賽克斯鬆開奧利佛的衣領說：「去吧！」

奧利佛在這短暫的時間內恢復了理智，下定決心即使犧牲性命也要奮力一搏，從門廳衝上樓去警告這家人。主意已定，他立刻躡手躡腳地向前進。

「回來！」賽克斯突然大喊。「回來！回來！」

突如其來的叫聲打破了四周的一片死寂，接著有人大喊一聲，奧利佛嚇得連手裡的燈都掉了，不知該繼續前進還是逃跑。

叫聲不斷響起，接著出現燈光——他只覺得眼前一片混亂，看到兩名衣衫不整的男子驚恐地出現在上方樓梯口，接著一道閃光、一聲巨響、一陣煙霧，某處傳來了爆烈聲，但他不知道是哪裡，然後便腳步踉蹌地後退。

賽克斯先是不見人影，但馬上又來到窗前，趁著煙霧還沒散去時一把揪住奧利佛的衣領。他朝著那兩人開槍，但他們已經後退，他趕緊將男孩拉上去。

「把手臂收攏一點，」賽克斯一面說一面將奧利佛從窗口向外拉：「給我一件披肩。他們打中他了。快點！這孩子流了很多血！」

接著傳來響亮的鐘聲，並混雜著槍響及男子的叫喊聲，奧利佛感覺有人抱著自己在崎嶇不平的路上快步跑著。遠處的吵鬧聲愈來愈模糊，一陣寒意爬上這孩子的心頭，然後他便什麼也看不見、聽不到了。

第二十三章

本伯先生與某位女士的愉快對話，顯示即使教區執事也可能動情

夜裡格外嚴寒。地上積了一層雪，凍結成厚實堅硬的冰層，只有飄落在小路和角落的雪堆才會被呼嘯的狂風吹動；寒風彷彿將日益增長的怒氣全發洩在這些獵物身上，凶猛地將雪片捲上雲端，形成上千個迷濛的漩渦，在空中撒滿白雪。在這個蕭瑟漆黑、寒風刺骨的夜裡，住豪宅、吃大餐的人會圍在熊熊的爐火邊，感謝上蒼自己有家可待。至於無家可歸、飢腸轆轆的可憐人，只能倒在路邊等死。許多飢寒交迫的流浪漢在這種時候會在空蕩蕩的街頭閉上眼睛，不論他們是否罪有應得，恐怕都難以再睜眼看這個更悲慘的世界了。

這便是戶外的情景，此時濟貧院（也就是前文向讀者提及奧利佛．崔斯特的出生地）的女舍監柯尼太太正坐在自己小房間裡的旺盛爐火前，十分自滿地看著小圓桌，桌上有個大小與圓桌相稱的托盤，上頭擺著女舍監愉快享用一餐所需的各種物品。事實上，柯尼太太正想泡杯茶來犒賞自己。她的視線從圓桌移向壁爐，爐火上有個小得不能再小的茶壺，壺嘴正輕聲地唱著小曲，她內心的滿足感顯然大幅提升——的確，柯尼太太真的露出了笑容。

「嗯！」女舍監將手肘靠在桌上，若有所思地看著爐火說：「我相信我們有很多事情都值得感激！真的很多，要是我們了解這點就好了。唉！」

柯尼太太難過地搖搖頭，彷彿在哀嘆那些不明白這個道理的貧民有多麼無知。接著她將一根銀湯匙（私人財產）伸進兩盎司裝的錫茶葉罐最深處，準備開始泡茶。

一件微不足道的小事就能打亂我們脆弱心靈的平靜啊！這只黑色茶壺的容量極小，很容易就會滿溢，在柯尼太太思索道德問題時，壺裡的熱水溢了出來，稍稍燙到她的手。

「這該死的茶壺！」這位可敬的女舍監說完急忙將茶壺放回壁爐架上。「愚蠢的小東西，只能泡兩杯茶而已！不管是誰都會覺得沒用！除了……」柯尼太太略作停頓才說：「除了像我這樣孤單的可憐人。唉！」

女舍監說完這番話便坐回椅子上，再度用手肘靠著桌子，想著自己命中注定孤單一人。這只小茶壺和一只孤伶伶的茶杯都喚起她對柯尼先生的悲傷回憶（柯尼先生早在二十五年前就已經過世），讓她無法承受。

「再也找不到了！」柯尼太太鬧脾氣地說：「再也找不到像他那樣的人了。」

這句話究竟是指丈夫還是茶壺，我們不得而知。或許是指後者，因為柯尼太太說話時眼睛看著茶壺，說完後又端起茶壺。她才剛喝了第一杯茶，房門就傳來輕柔的敲門聲。

「唉，進來吧！」柯尼太太沒好氣地說：「一定又是哪個老女人要斷氣了。她們老是選在我吃飯的時候死。別光站在那裡啊，冷空氣都跑進來了。到底又有什麼事嘛，啊？」

「沒事，夫人，沒事，」一名男子的聲音回答。

「唉呀！」女舍監驚叫，語氣頓時變得柔和許多。「是本伯先生嗎？」

「任憑差遣，夫人，」本伯先生在門外說道，先將鞋底擦乾淨，把大衣上的雪片抖下，然後才走進房裡，一手拿著三角帽，另一手拎著一個包袱。「門要不要關上，夫人？」

這位女士略有遲疑，沒有立刻回答，擔心關門會見本伯先生有點不得體。本伯先生實在凍壞了，趁她猶豫時擅自作主將門關上。

「天氣真糟啊，本伯先生，」女舍監說。

「是啊，的確很糟，夫人，」教區執事回答：「這天氣簡直是跟教區過不去啊，夫人。柯尼太太，光是這一個該死的下午，我們就已經送出二十條四磅重的麵包和一塊半的乳酪，那些貧民居然還不滿足。」

「當然啦，他們哪時候滿足過了，本伯先生？」女舍監一面啜飲熱茶一面說。

「說得好，夫人，就是這樣！」本伯先生回答：「有個男的，我們想說他有妻子和一大家子，所以給他一條四磅重的麵包和整整一磅的乳酪，分量十足，但他有感謝我們嗎，夫人？他有感謝我們嗎？真是連個銅板也不值！夫人，他居然還跟我們要煤炭，說只要滿滿一手帕就好！煤炭耶！他要煤炭幹嘛？用來烤乳酪，然後再回頭跟我們要更多。這些人就是這副德行，夫人，今天給他們滿滿一圍裙的煤炭，明天又會再來要一圍裙，臉皮簡直跟大理石板一樣厚。」

女舍監表示完全贊同這個明確的比喻。教區執事又接著說下去。

「我從來沒見過這種情形，」本伯先生說：「前天有個男人——您是結過婚的，夫人，所以可以跟您說這件事——這個男人幾乎衣不蔽體（柯尼太太聽到這裡，低頭看著地板），跑到我們監督委員家門口，當時委員還請了客人到家裡吃飯，那個人對委員說他真的需要救濟，柯尼太太。因為那個人死賴著不走，客人又大受驚嚇，我們的監督委員只好給他一磅馬鈴薯和半品脫的燕麥。結果那個不知感恩的惡棍居然說：『唉喲！你給我**這些東西**有什麼用？乾脆給我一副鐵眼鏡算了！』監督委員把東西收回來說：『很好，那就什麼都不給你了。』那個無賴說：『那我就死在街上給你看！』我們的監督委員說：『哼，你才不敢。』」

「哈！哈！說得真好！真有格蘭涅特先生的風格，您說對吧？」女舍監插嘴說：「本伯先生，然後呢？」

「喔，夫人，」教區執事回答：「然後他就走了，也**真的**死在大街上。真是個執拗的貧民！」

「真是教人不敢相信，」女舍監以強調的口吻說：「您不覺得街頭救濟怎麼看都是件很糟糕的事嗎，本伯先生？您是個見多識廣的先生，想必很清楚。您覺得呢？」

「柯尼太太，」教區執事露出男人覺得自己見識高人一等時所展現的笑容說：「街頭救濟要安排得當啊，夫人，只要安排得當，就能保護教區。街頭救濟最大的原則就是給那些貧民他們不需要的東西，這樣他們就懶得再來了。」

「唉喲！」柯尼太太嚷著：「那也是個好辦法哩！」

「是啊。偷偷告訴您，夫人，」本伯先生回答：「這就是最大的原則，也是最主要的理由，如果妳看過那些很敢講的報紙上登的案例，就會知道給病人家庭的救濟品就是幾片乳酪。這就是如今全國奉行的規定，柯尼太太。不過呢，」教區執事說到這裡，停下來解開他帶來的包袱說：「這可是官方機密，夫人，不能對外透露，容我說一句，只有像我們這樣在教區當差的人才知道。這是波特酒，夫人，委員會替醫務室訂購的。真正新釀的純正波特酒，今天上午才剛出桶，十分純淨，完全沒有沉澱的雜質！」

本伯先生將第一瓶酒拿到燈下，著實搖了幾下證明裡頭的酒純淨無雜質，然後將兩瓶酒一起放到五斗櫃上，再折好包酒瓶的帕巾，仔細收進口袋裡，拿起帽子似乎打算告辭。

「本伯先生，您這一路回去可冷著呢，」女舍監說。

「風大得很呀，夫人，」本伯先生翻起大衣領子說：「足以把人的耳朵割掉囉。」

女舍監的目光從小茶壺移到教區執事身上，見他朝門口走去、咳了一聲準備向她道晚安，便害羞地問：難道——難道他連茶也不喝一杯？

本伯先生聞言立即翻下衣領，將帽子和手杖放在椅子上，並將另一把椅子拉到桌邊，一面緩緩坐下，一面看著這位女士。她兩眼直盯著小茶壺。本伯先生又咳了一聲，露出一抹微笑。

柯尼太太起身，從櫃子裡取出另一組茶杯與碟子。她坐下時，目光與教區執事殷切的眼神再度相遇，頓時紅了臉，趕忙去替他泡茶。本伯先生又咳了一聲——這一次比先前的咳嗽聲更響。

「要糖嗎？本伯先生？」女舍監拿起糖罐問道。

「多加點糖，真的，夫人，」本伯先生回答，說話時直盯著柯尼太太。如果教區執事也有柔情的時刻，那麼此時的本伯先生就是如此。

柯尼太太已經泡好茶，默默遞給了他。本伯先生先將手帕鋪在膝上，以免麵包屑弄髒身上華麗的緊身褲，然後才吃喝起來，為了提供更多不同的樂趣，還不時發出深深的嘆息。不過這並不減損他的食慾，似乎反而讓茶和土司變得更順口。

「夫人，我看您養了一隻貓，」本伯先生看到一窩貓，中間那隻貓在爐火前取暖。「還有這些小貓也是吧，我猜！」

「本伯先生，你不知道我有多喜歡牠們，」女舍監回答：「牠們實在是**很**快樂、**很**調皮好玩又**很**讓人開心，可以說是我的好同伴呢。」

「夫人，貓的確是很可愛的動物，」本伯先生贊同道：「也非常溫馴。」

「噢，就是啊！」女舍監熱情地說：「牠們這麼愛家，我敢說這就是養貓的一大樂趣。」

「柯尼太太，夫人，」本伯先生緩緩說道，用湯匙替自己計時。「夫人，我要說的是，不管是大貓還是小貓，能和夫人您住在一起還**不愛**家的，一定是混蛋哪，夫人。」

「噢，本伯先生！」柯尼太太抗議。

「夫人，事實是不容掩蓋的，」本伯先生以多情而莊重的態度緩緩攪動湯匙，給人加倍深刻的印象。「我會很樂意親手淹死這種貓。」

「您可真殘忍，」女舍監伸手接過教區執事的茶杯，愉快地說：「還是個鐵石心腸的男人。」

「鐵石心腸嗎，夫人？」本伯先生說：「鐵石心腸嗎？」他沒再多說，只是將茶杯遞過去，在柯尼太太接過杯子時順手捏了捏她的小指，接著張開手掌在自己的鑲邊背心上拍了兩下，重重嘆了口氣，將自己的椅子從壁爐邊稍微移開了一點。

柯尼太太與本伯先生原本隔著一張圓桌相對而坐，兩人之間的距離沒多遠，前方又有壁爐。可以想見，本伯先生從壁爐邊向後退，又仍挨著桌子坐，一定會拉開自己與柯尼太太的距離。有些謹言慎行的讀者想必會讚許這個舉動，認為本伯先生展現出十足的君子風度。但他受到此時此地和眼前的機會所誘惑，打算說些毫無意義的甜言蜜語，這些唐突話如果是由那些說話欠考慮的輕浮之徒說出口還不打緊，但如果出自法官、議員、大臣、市長及其他達官顯要之口，則十分不得體，尤其更有損教區執事的威嚴與莊重，因為眾所周知，教區執事是前述所有人之中最嚴肅而不苟言笑的。

然而，不論本伯先生的意圖為何（想必都是最好的想法），不幸的是，正如前文二度提及，這張桌子是圓桌，因此本伯先生一點一點地移動椅子，便會開始縮短自己與女舍監的距離。他繼續沿著桌子外緣移動椅子，最後便緊靠著女舍監所坐的椅子。

的確，兩張椅子緊靠在一起了，此時本伯先生才停下來。

此時，如果女舍監將椅子向右移動，就會被爐火烤焦，如果向左移動，又一定會跌進本伯先生懷裡（身為思慮周全的女舍監，她一眼就看出這兩種結果），因此她坐在原位不動，將又一杯茶遞給本伯先生。

「鐵石心腸是吧，柯尼太太？」本伯先生一面攪著茶，一面抬頭看著女舍監說：「那**您**是不是鐵石心腸啊，柯尼太太？」

「唉喲！」女舍監驚叫了一聲說：「你一個單身漢居然問這種怪問題。本伯先生，你問這幹嘛？」

教區執事將茶一飲而盡，吃了一片土司，拍掉膝蓋上的麵包屑，擦了擦嘴，然後從容地吻了女舍監。

「本伯先生！」這位謹慎的女士大吃一驚，嚇得幾乎說不出話來，只能低聲喊道：「本伯先生，我要叫囉！」但本伯先生沒有答話，只是態度從容而威嚴地伸出手摟住女舍監的腰。

就在這位女士表示她打算叫喊時（對於這種格外放肆的舉動，她當然要喊），一陣急促的敲門聲讓這個念頭變得多餘。本伯先生一聽到敲門聲，便十分敏捷地衝到酒瓶前拚命撢灰塵，女舍監則是厲聲問來人是誰。

值得一提的是，此時她的說話聲已經完全恢復成原本粗魯的語調，由這個奇妙的實例可知，突如其來的意外事件，可以抵消極度恐懼所造成的影響。

「夫人，麻煩您一下，」一名枯瘦年老、樣貌醜陋的女貧民從門口探頭進來說：「老莎莉快不行了。」

「唉，關我什麼事？」女舍監氣沖沖地問：「我又救不活她，不是嗎？」

「不是的，不是的，夫人，」老婦回答：「沒人救得了她，她根本已經無藥可救了。我看過很多人死去，包括小娃兒和身強體壯的大男人，我很清楚他們什麼時候會斷氣。可是她心裡還有事放不下，在她暈過去之前——這很難得，因為她已經奄奄一息了——她說有話要說，您得去聽聽。如果您不去，她會死不瞑目的，夫人。」

可敬的柯尼太太聽到消息後，低聲咒罵了那些老女人一頓，她們非得故意打擾上司一番才肯斷氣。然後她匆匆拿了一條厚披肩圍上，簡短說明要本伯先生待在這裡等她回來，以免有什麼特殊情形發生。接著她命報信的老婦走快點，別浪費整晚的時間慢慢爬樓梯。女舍監鐵著一張臉跟著老婦走出房間，一路上不停咒罵。

本伯先生獨自一人在房裡做出了極為莫名其妙的舉動。他打開櫃子點了湯匙的數目，掂了掂糖夾的重量，拿起銀牛奶壺仔細確認是否為純銀打造，透過這些舉動滿足好奇心之後，他將三角帽斜戴在頭上，一本正經地跳起舞來，繞著圓桌跳了四圈。

做完這些極為奇特的舉動後，他又脫下帽子，背對著壁爐癱坐在椅子上，似乎正在腦中詳細盤點著這家中的所有家當。

第二十四章
記述一件微不足道的小事

本章雖短，卻可能是本傳記重要的一章。

這名老婦人已經打壞女舍監房裡的靜謐氣氛。由她來報死訊再適合不過。這名老嫗因為上了年紀而彎腰駝背，四肢也因為中風而抖個不停，臉部扭曲、眼歪嘴斜，說話口齒不清，這副模樣與其說是出自上帝之手，更像鉛筆隨意畫出的怪物。

嗚呼哀哉！上帝所造的美麗面容鮮少能留存下來，供我們恣意欣賞！塵世間的憂慮、悲傷、渴求不但改變人的心境，也改變了他們的容貌。唯有激情平息，不再掌控人們之後，翻騰的雲朵才會消散，露出晴朗的天空。往生者容顏即使已經固定僵化，往往仍會化作早已被人遺忘的嬰兒熟睡表情，恢復成初生時的模樣。他們的表情變得如此平靜安詳，足以讓在無憂的童年時期便相識的友人充滿驚嘆地跪在棺木旁，彷彿看到天使下凡。

這名乾癟老嫗腳步蹣跚地穿過走道、爬上樓梯，嘴裡咕噥，含糊不清地回應女舍監的責罵，最後她撐不住了，只得停下來喘口氣，將燈交給女舍監，努力跟上她的腳步。而這位行動較敏捷的上司則逕自走向病婦所躺的房間。

這間閣樓房間的陳設十分簡陋，房間底端點了一盞昏暗的燈。另一名老婦人守在床邊，教區藥師的學徒站在爐火旁，正將一根羽毛管削成牙籤。

「今晚可真冷，柯尼太太，」女舍監走進房裡，年輕人向她說道。

「的確很冷，先生，」女舍監以最有禮的語氣回答，一面說話一面行屈膝禮。

「妳應該跟供應商要好一點的煤，」藥師學徒邊說邊用生鏽的火鉗將火爐最上方的一塊煤敲碎：「這麼冷的夜裡，這種東西根本沒用。」

「這些煤都是委員會挑的，先生，」女舍監回答：「我們這地方已經夠糟的了，他們至少應該讓我們好好暖和地過活。」

病婦呻吟了一聲，打斷了談話。

「噢！」年輕人轉頭看向病床，似乎先前已完全忘記這名病患的存在。「柯尼太太，已經沒希望了。」

「是嗎，先生？」女舍監問。

「她要是能拖過兩個小時，我才真的會嚇一跳，」藥師學徒專心地削著那根牙籤。「全身的機能都完蛋啦。老太太，她是不是睡著了？」

看護在床邊彎下腰確認了一下，肯定地點點頭。

「只要妳們不嚷嚷，說不定她會就這樣走了，」年輕人說：「把燈放到地上，這樣才不會照到她。」

看護照吩咐做了，同時搖搖頭，表示那名婦人不會這麼輕易斷氣。做完學徒交辦的事後，她回到另一名看護身旁的座位，此時那名看護已經返回。女舍監一臉不耐煩，拉緊披肩，在床尾坐下。

藥師學徒已經削好牙籤，在火爐前站定，花了大約十多分鐘剔牙。他顯然愈來愈覺得無聊，於是向柯尼太太說聲祝她工作愉快，便躡手躡腳地走出去了。

她們默默地坐了好一會兒，兩名老婦從床邊起身，蹲在火爐前伸出枯瘦的雙手取暖。慘白的火光照在她們皺縮的臉上，讓她們醜陋的模樣更顯駭人。兩名老婦就維持這個姿勢，開始低聲交談起來。

「親愛的安妮，我不在的時候，她有再說什麼嗎？」報信的那名老婦問。

「一個字也沒說，」對方回答：「她對自己的手臂又扯又拉了好一會兒，不過我抓住她的雙手，沒多久她就睡著了。她已經沒什麼力氣，所以我輕輕鬆鬆就制住她了。我雖然吃的是教區配給的糧食，但還不至於虛弱到連一個老婦人也制不住。不會的，不會的！」

「醫生說要給她喝熱葡萄酒，她喝了沒？」先說話的那名老婦人問。

「我試著要讓她喝下去，」另一名老婦回答：「可是她緊咬著牙不肯鬆口，又死命抓著馬克杯不放，我只好把杯子拿回來。我把酒喝掉了，還真好喝！」

這兩個醜八怪謹慎地回頭看了一眼，確定沒人聽到她們說話，又更靠向爐火，開心地咯咯笑。

「我知道，」先說話的那名婦人說：「她一定也會這樣做，事後開開玩笑就算了。」

「沒錯，她會這麼做，」另一人說：「她挺會找樂子的。她過去處理過好多漂亮的往生者，每個都整理得像蠟像一樣乾淨整齊。我這雙老眼親眼看過的——這雙老手也親手碰過，因為我幫她的忙不下幾十次了吧。」

老太婆說著，伸出顫抖的手指，開心地在面前晃了晃，又摸索著口袋，掏出一個褪色的老舊錫製鼻菸盒，從盒內倒出幾粒鼻菸放在同伴伸過來的手掌中，又倒了幾粒給自己。就在兩人享受鼻菸之際，一直不耐煩地等著這名垂死婦人從昏迷中醒來的女舍監，也來到火爐前和她們一起取暖，厲聲問道她還得等多久？

「不會太久的，夫人，」第二名老婦抬起頭看著女舍監回答：「我們都不用等太久就會遇到死神的。別急，別急！祂很快就來這裡接我們了。」

「妳這個老番癲，給我閉嘴！」女舍監厲聲說：「瑪莎，妳告訴我，她之前也是這樣嗎？」

「她常常這樣啊，」第一位老婦人回答。

「以後不會了，」第二位老婦人補充說：「我是說，她只會再醒來一次——夫人，您得留意，她清醒的時間不會太長！」

「我管它長還短！」女舍監暴躁地說：「反正她就算醒來了我也不在這裡。妳們兩個給我小心點，別再沒事跑來煩我。我的工作又不是替濟貧院裡的所有老女人送終，我才不會——算了，不說了。妳們這兩個醜老太婆，給我小心點。如果妳們敢再耍我，我保證一定會立刻收拾妳們！」

她正打算離開，那兩名老婦人回頭看向病床，齊聲發出驚叫，女舍監立即回過頭。那名病患已經起身坐得直挺挺的，朝她們伸出手。

「是誰？」她以空洞的聲音喊道。

「噓，噓！」一名老婦人彎下腰對她說：「躺下吧，躺下！」

「只要我還有一口氣在，絕對不要再躺著了！」病婦掙扎著說：「我**要**告訴她！過來！靠近一點！我要在妳耳邊小聲說。」

她抓住女舍監的手臂，強迫她坐在床邊的椅子上，正要開口說話，又看了看四周，見那兩名老婦人也躬身向前，急切地想聽她要說什麼。

「叫她們出去，」病婦昏沉說道：「快點！快點！」

兩名乾癟老嫗開始可憐兮兮地齊聲不停哀嘆，說這個可憐的好人居然病得連自己最要好的朋友都不認得了，並提出種種聲明，表示自己絕不會離開。最後她們的上司將她們推了出去，關上房門後才回到床邊。兩位老婦人被趕出去後說話語氣一變，透過鑰匙孔哭喊著說老莎莉喝醉了。這確實不無可能，因為除了藥師開立劑量適中的鴉片酊外，那兩位可敬的老婦人也出於好心，偷偷餵她喝了最後一杯兌水琴酒，如今藥劑加上酒精正在她體內發揮效力。

「聽我說，」這名垂死的婦人大聲說，彷彿在極力恢復潛藏的些許氣力。「就在這間房裡——在這張床上——我曾經照顧過一個年輕漂亮的可人兒。她被送到濟貧院的時候，兩腳因為走路弄得都是傷口和瘀青，沾滿了泥土和血跡。她生下一個男嬰就死了。讓我想想——是哪一年的事！」

「別管哪一年了，」這位聽眾不耐煩地說：「她怎麼了？」

「對，」病婦喃喃說道，再度陷入之前昏沉的狀態。「她怎麼了？——怎麼了——我想起來了！」她大喊一聲，激動地跳起來，滿臉漲紅、雙眼暴凸。「我偷了她的東西，是我偷的！她身子都還沒冷——我告訴妳，她身子都還沒冷，我就偷了她的東西！」

「天哪，妳偷了什麼？」女舍監叫道，看起來似乎想求救。

「**這個**！」病婦用手摀住對方的嘴答道：「她僅有的一樣東西。她沒有衣服可以保暖，沒有食物填飽肚子，卻把這樣東西保管得妥妥當當，就藏在她胸口。我告訴妳，那可是金子啊！值錢的金子，可以救她一命的東西！」

「金子！」女舍監應聲說道。婦人向後一倒，女舍監也急忙俯身靠向她。「然後呢，然後呢——嗯——那東西怎麼了？那個母親是誰？是什麼時候的事了？」

「她囑咐我把東西收好，」婦人呻吟了一聲，回答：「她託付給我，是因為她身邊只有我這個女人。但她一把掛在脖子上的東西拿給我看，我心裡就打定主意要偷它了。那孩子說不定也死了，都要怪我！如果他們知道這一切，一定會對他好一點！」

「知道什麼？」對方回答：「快說呀！」

「那個男嬰長得跟他母親很像，」病婦沒理會對方提問，自顧自地說下去：「我一看到他的臉，就再也忘不了了。可憐的女孩！可憐的女孩！她也還那麼年輕！像頭溫馴的小羊！等等，我還沒說完。我還沒把所有事情告訴妳，對不對？」

「對、對，」女舍監回答。垂死婦人說話的聲音愈來愈微弱，女舍監連忙把頭靠過去，想聽清楚她說的每句話。「快說，不然就來不急了！」

「那位母親，」病婦說起話來比先前更吃力了。「那位母親一感覺到死亡的痛苦，就在我耳邊低聲說，如果她的寶寶能平安出生、長大成人，總有一天他聽到自己可憐年輕母親的名字時，不會覺得這麼丟臉。『喔，慈愛的天父啊！』她合起纖瘦的手掌說：『不論我生的是男是女，求您在這紛亂的世界裡替這孩子安排幾個朋友，可憐這個無依無靠的孩子，別扔下這孩子不管！』」

「那男嬰叫什麼名字？」女舍監問。

「他們**叫他**奧利佛，」病婦氣息奄奄地回答：「我偷的金子是——」

「對、對——是什麼？」對方大聲問。

她急切地俯身靠向病婦，想聽清楚她的回答，但看到病婦再度起身，她又本能地向後縮。這名病婦緩慢而僵硬地坐起身，兩手抓住床罩，含糊不清地咕噥了幾聲，便了無生氣地倒回床上。

「完全斷氣了！」門一打開，兩名老婦人急忙走進房裡，其中一人說。

「而且終究是什麼都沒說。」女舍監說完便漫不經心地走出去。

這兩名乾癟老嫗顯然正忙著準備執行可怕的職責，因此沒有回答。房裡只剩她們兩人在遺體旁走來走去。

第二十五章
回頭說起費金先生及其同伙

就在鄉下濟貧院發生這些事的同時，費金先生坐在他的老巢穴裡——也就是南西帶奧利佛出去的地方——盯著即將熄滅、不停冒煙的爐火想事情。他膝上放著一對風箱，顯然想用這個工具把爐火催旺一點。但他陷入了沉思，曲手抱著風箱，兩根大拇指撐著下巴，雙眼出神地看著生鏽的壁爐柵欄。

機靈鬼、查理．貝茲少爺和奇特林先生坐在他身後的桌子旁，全都聚精會神地在玩惠特斯牌[20]。機靈鬼身為明手[21]，對上貝茲少爺與奇特林先生。最先提到的那位先生總是顯得特別慧黠，此時他一臉興味盎然，正密切留意牌局情勢，也仔細觀察奇特林先生的手，只要逮到機會，通常就會巧妙地偷看對方的牌，再根據對鄰人一手牌的觀察結果，機靈地調整出牌策略。在這寒冷的夜裡，機靈鬼戴著帽子；的確，他常常習慣在室內戴著帽子。此外，他嘴裡還咬著一根陶製菸斗，只有在他想喝幾口酒醒醒腦時，才會拿下菸斗。桌上放了一個一夸脫容量的酒壺，為了招待這群人，酒壺裡已經裝滿兌水琴酒。

貝茲少爺也很專心打牌，但他天生就比他技藝純熟的朋友容易激動，因此喝兌水琴酒的次數顯然比較多，此外他也老愛開玩笑和說些無關緊要的話，這些舉動都讓他極不適合成為講究高明技巧的牌局玩家。的確，機靈鬼念在兩人交情深厚，曾不止一次鄭重提醒他的朋友這些舉動極不得體。貝茲少爺對這些勸諫一笑置之，只是叫他朋友「少囉嗦」、乾脆把頭伸進麻袋裡，或是以其他類似的巧妙俏皮話來回應，奇特林先生聽到這些妙答，不由得佩服不已。值得一提的是，奇特林先生和他的搭擋老是輸牌，但貝茲少爺非但不生氣，似乎還覺得十分有趣，每打完一局就大笑一場，說他這輩子從沒看過這麼有趣的遊戲。

「雙倍下注，一局定勝負，」奇特林先生拉長了臉說道，從背心口袋掏出半克朗。「我從來沒見過像你這樣穩贏不輸的傢伙，傑克。就算查理和我拿了一手好牌也沒用。」

他慘兮兮地說完這句話，不知是說話者還是這句話逗樂了查理．貝茲，總之他開始狂笑不已，笑聲讓猶太老頭回過神來，詢問發生了什麼事。

「什麼事，費金！」查理叫道：「真希望你看到剛剛的牌局。湯米．奇特林一分都沒贏到，我和他搭擋對身為明手的機靈鬼。」

「對、對！」猶太老頭咧嘴笑著說，顯示他明白箇中緣故。「再玩幾盤，再玩幾盤。」

「我不玩了，謝啦，費金，」奇特林先生回答：「我受夠了。機靈鬼實在太走運，沒人玩得贏他。」

「哈！哈！好兄弟，」猶太老頭回答：「你得早早起床才能贏得過機靈鬼。」

「起個大早！」查理．貝茲說：「如果你想贏他，得穿著靴子睡覺，兩隻眼睛各裝上一座望遠鏡，兩邊肩膀再各加一副雙筒望遠鏡才行。」

道金斯先生十分鎮靜地接受這些大方的讚美，邀請在場人士和他玩一把，誰先抽到人頭牌就算贏，每次下注一先令。但沒人接受這個挑戰，此時他的菸又已經抽完，因此他便一面吹口哨，一面以原本代替籌碼的一截粉筆在桌上畫起新門監獄的平面圖自娛，口哨聲顯得格外尖銳。

「你還真無趣啊，湯米！」一陣冗長的沉默後，機靈鬼突然開口對奇特林先生說話。「費金，你猜他在想什麼？」

20 類似橋牌的一種撲克牌遊戲。
21 橋牌等撲克牌遊戲中將牌攤開的人。

「我哪知道啊，朋友？」猶太老頭一面鼓動風箱一面回頭答道：「大概在想他輸掉的錢吧，或是他剛離開的那間鄉下小房子，對吧？哈！哈！是不是啊，朋友？」

「才不是咧，」奇特林先生正要回答，機靈鬼搶先說道：「查理，**你**覺得呢？」

「**我**說啊，」貝茲少爺咧嘴一笑，答道：「他一定是在想那格外甜美的蓓特。你看他臉紅了！噢，天哪！太有趣了！湯米．奇特林戀愛了！噢，費金，費金！實在太好笑啦！」

貝茲少爺想到奇特林先生成為愛情的犧牲者，只覺得樂不可支，坐在椅子上猛然向後仰，便失去平衡摔在地上。這個意外絲毫不減他的樂趣，只見他整個人躺在地上，笑到過癮了才重新坐好，又繼續笑了起來。

「別理他，朋友，」猶太老頭對道金斯先生眨眨眼，又用風箱的噴嘴打了貝茲少爺一下以示責備。「蓓特是個好女孩。湯姆，你儘管去追，儘管去追。」

「費金，我要說的是，」奇特林先生漲紅了臉說：「這件事和你們任何人都無關。」

「的確是，」猶太老頭回答：「查理就愛亂講話，別理他，朋友，別理他。蓓特是個好女孩。湯姆，你只要乖乖聽她的話，一定會發財。」

「我**就是**乖乖聽她的話，」奇特林先生回答：「如果不是聽她的話，我怎麼會被關進去。不過這樣對你也好，對不對，費金！關六個星期算得了什麼？該來的總會來，還不如趁著冬天不想在外面遊蕩的時候被關，你說是吧，費金？」

「啊，就是說啊，朋友，」猶太老頭回答。

機靈鬼對查理和猶太老頭眨眨眼，問道：「只要蓓特沒事，就算要你再被關一次也沒關係，對不對，湯姆？」

「我就是要說我不在乎啊，」湯姆生氣地說：「夠了，夠了。哼！你們誰敢說這種話，我倒想聽聽，你說啊，費金？」

「沒人敢說，朋友，」猶太老頭回答：「沒半個人敢說，湯姆。除了你，沒人有膽做這種事，他們誰也不敢啊，朋友。」

「我當初只要把她供出來，說不定就能平安脫身，不是嗎，費金？」這個遭人玩弄的可憐蠢蛋氣沖沖地接著說：「我只要說一句話就成了，不是嗎，費金？」

「確實是這樣，朋友，」猶太老頭回答。

「可是我沒多嘴，不是嗎，費金？」湯姆滔滔不絕地接連發問。

「是啊，是啊，一點也沒錯，」猶太老頭回答：「你實在是太有種了，太有種了，朋友！」

「也許是吧，」湯姆環顧眾人說：「就算是這樣，那又有什麼好笑的，嗯，費金？」

猶太老頭察覺奇特林先生十分火大，急忙向他保證沒人在笑他。為了證明在場所有人都很嚴肅，還要罪魁禍首貝茲少爺一起向他保證。但不幸的是，查理才剛開口說他這輩子從來沒這麼嚴肅過，就忍不住大笑起來，受辱的奇特林先生因此毫無預警地衝過去，一拳揮向這名無禮之徒。查理原本就擅於躲避追打，馬上抓準時機閃了過去，結果這一拳打在那位愉快的老先生胸口，害他一個踉蹌退到牆邊，站在那裡直喘氣，奇特林先生則是驚慌失措地看著他。

「你聽！」此時機靈鬼大喊：「我聽到鈴聲。」說完便拿著燈悄悄上樓去。

這群人頓時陷入黑暗中，此時對方又不耐煩地拉了一次鈴。過了一會兒，機靈鬼回到房裡，神祕兮兮地在費金耳邊說話。

「什麼！」猶太老頭大叫：「一個人？」

機靈鬼點頭表示肯定，然後用手擋著燭火，悄悄給查理・貝茲打個暗號，要他現在最好別再開玩笑。盡到做朋友的責任之後，他便緊盯著猶太老頭的臉，等他指示。

老頭啃著自己蠟黃的手指，沉吟了幾秒鐘，臉上的表情十分激動，似乎在擔心什麼，也害怕聽到最壞的消息。最後他抬起頭。

「他在哪？」他問。

機靈鬼指了指樓上，比了個離開房間的手勢。

「好，」猶太老頭回答了這個無聲的提問。「帶他下來。噓！安靜點，查理！小心點，湯姆！先出去，先出去！」

查理．貝茲和他的新仇聽到簡短指示，馬上乖乖照做。等到機靈鬼拿著燈走下樓時，已經沒有任何洩漏兩人下落的聲響，他身後跟著一名穿粗布罩袍的男子。那人先匆匆朝房內四周看了一眼，才拉下遮住下半張臉的一大塊蒙臉布，露出小白臉托比．克拉基特憔悴不堪、蓬頭垢面的一張臉。

「你好嗎，費機？」這名可敬的男子朝猶太老頭點頭說道。「機靈鬼，把這條圍巾塞進我帽子裡，這樣我剪頭髮的時候才知道上哪找。總有一天，你會成為一個年輕有為的盜賊，比眼前這個老頭子還要厲害。」

他說完這番話便撩起罩袍，纏在自己腰間，拉了一把椅子到火爐邊，把雙腿翹在壁爐擱架上。

「你看，費機，」他淒涼地指著自己的靴面說：「從你知道什麼時候開始，這雙鞋就連一滴戴伊馬丁鞋油也沒沾過了，一滴黑鞋油也沒抹過，我發誓！喂，你可別這樣看我。別急，等我吃飽喝足，就會跟你談正事了。所以拿點吃的來吧，讓我們先吃完這三天來頭一次能安靜享用的一頓飯吧！」

猶太老頭打個手勢，要機靈鬼把能吃的東西都端上桌，然後坐在這名闖空門盜賊的正對面，等著他開口。

從外表看來，托比完全不急著開口說話。起初猶太老頭還耐心地觀察他的神色，想從他的表情得到一些線索，以了解他究竟帶來什麼消息，卻徒勞無功。

他看起來雖然筋疲力盡，臉上仍是一派怡然自得，從他滿臉的汙垢及雜亂的鬍鬚中，仍可看出小白臉托比・克拉基特自滿的笑容。接著猶太老頭開始耐不住性子，一面看著他小口地將食物送進嘴裡，一面激動難忍地在房裡來回踱步。但這招一點用也沒有。托比仍繼續以極為漠不關心的姿態吃著東西，直到他再也吃不下了，才吩咐機靈鬼出去，然後關上房門，調了一杯兌水烈酒，靜下心來準備說話。

「首先，費機，」托比說。

「是、是！」猶太老頭連忙說道，將椅子拉近。

克拉基特先生停下來喝了一口兌水烈酒，直誇這琴酒實在棒極了，然後又將雙腳擱在矮壁爐架上，讓自己能平視靴子，才平靜地接著說下去。

「首先呢，費機，」這名闖空門的盜賊說：「比爾怎麼樣啦？」

「等等！」猶太老頭從椅子上跳起來大叫。

「怎麼了，你不會是要跟我說——」托比頓時臉色發白。

「說個頭！」猶太老頭氣得跺腳大吼：「他們人呢？賽克斯和那孩子！他們人呢？去哪裡了？躲在哪裡？為什麼沒回來這裡？」

「事情搞砸了，」托比怯怯地說。

「我知道，」猶太老頭回答，從口袋裡拿出一張報紙指著報紙說：「還有呢？」

「他們開槍打中那孩子。我們兩個就像烏鴉飛一樣，架著他直接穿過後面的田野，又翻過籬笆、跨過水溝。他們在後頭緊追不捨。他媽的！全村的人都醒了，還放狗來追我們。」

「講那孩子的事！」

「比爾背著他，跑得像風一樣快。我們停下來要把他架在中間，但他的頭已經垂下來，身體也發涼了。那些人實在追得太緊，每個人都想顧好自己，沒人想上絞架！我們只好分頭跑，把那個小子扔在陰溝裡，也不知道他是死是活，我只知道這些了。」

猶太老頭沒聽他說完，只是大吼一聲，兩手抓著頭髮衝出房間，跑到大街上。

第二十六章
神祕人物登場；許多與本傳記密不可分的事情發生

老頭一直跑到街角，才終於平復托比．克拉基特的消息造成的打擊。但他並未放慢異於平時的腳步，繼續踩著瘋狂混亂的步伐向前疾行，此時一輛馬車突然疾馳而過，路上行人見他差點命喪輪下，忍不住驚叫起來，他才趕緊回到人行道上。他盡量避開熱鬧的大街，偷偷摸摸地走小路暗巷，最後來到雪丘。到了這裡他更加快腳步，絲毫不敢拖延，直到他再度轉進一條小巷。此時他彷彿意識到他已經來到自己熟悉的地盤，才恢復原本慢吞吞的步伐，呼吸似乎也比較平順了。

在雪丘與霍爾本山的交會處，就是從倫敦市出來的右手邊，有一條狹窄陰暗的巷子通往番紅花山。巷內骯髒的店鋪裡展示許多二手絲質手帕，尺寸花樣一應俱全，因為向扒手收購手帕的商人就住在這裡。幾百條手帕掛在窗外的釘子上或門柱上迎風招展，店內的貨架上也堆滿了手帕。這裡雖然和菲爾德巷一樣狹窄，卻有理髮店、咖啡廳、啤酒鋪和炸魚坊。這裡自成一個商圈，是小偷扒手銷贓的市場。清晨及黃昏時都有沉默的商人來到這裡，在陰暗的後廳裡非法交易，離去時也和來時一樣無聲無息。這裡的舊衣商、補鞋匠和收破爛商人都會將商品展示出來，對小偷們而言就如同招牌一般。商家囤積的舊鐵器與骨製品，還有成堆散發霉味的羊毛織品和麻布，全都在骯髒的地窖裡生鏽、腐爛。

猶太老頭便是轉進這個地方。巷內面黃肌瘦的居民都認識他，他經過時，在店門口做買賣的人都親切地向他點頭致意。他也向他們點頭回禮，但沒有進一步交談。他一直走到巷子遠端的盡頭才停下腳步，和一名身材矮小的店家說話，這人勉強擠進一張兒童座椅裡，在店門口抽菸斗。

「喲，費金先生，見到你，就連眼睛發炎都能好！」這名可敬的老闆說道，也感謝猶太老頭關心他的健康。

「這一區也太熱了點，萊夫里，」費金揚起眉毛，兩手交叉搭在肩上說道。

「嗯，這種抱怨我已經聽過了一、兩次了，」老闆人回答：「不過很快就又涼下來的，你沒發現嗎？」

費金點頭表示同意，指著番紅花山的方向，問對方今晚是否有人上山。

「你是說跛子酒館？」那人問。

猶太老頭點頭。

「我想想，」老闆想了一會兒說：「有，據我所知，大約有六個人進去。不過你朋友好像不在那裡。」

「賽克斯不在那裡嗎？」猶太老頭一臉失望地問。

「就像律師說的，縮在地不明[22]，」矮子搖頭晃腦地回答，看來格外狡詐。「你今晚有什麼貨要賣給我嗎？」

「今晚沒有，」猶太老頭說完便轉身離開。

「費金，你要去跛子酒館嗎？」矮子在他身後叫道：「等等！我不介意和你一起喝一杯！」

但費金只是回過頭揮揮手，表示他想一個人去。此外，這個矮子要從那張椅子站起來也不容易，看來跛子酒館這次沒有榮幸讓萊夫里先生光顧。等到他終於站起來，猶太老頭早已不見蹤影。萊夫里先生踮起腳尖，希望能看到猶太老頭，只可惜未能如願，於是他又擠回那張小椅子裡，和對面店家的一名女士彼此搖頭示意，其中顯然夾雜著懷疑與不信任，然後又鄭重其事地抽起菸斗來。

「三跛子酒館」是一間店名，熟客都習慣稱它為「跛子酒館」，賽克斯先生和他的狗都曾經來過這裡。費金只向吧台裡的一個人打個手勢便逕自上樓，打開一扇房門悄悄溜了進去，一手在眼前擋光，焦急地四處張望，似乎在找誰。

房裡有兩盞煤氣燈照明，窗戶已被窗板封死，褪色的紅色窗簾緊閉，因此從外頭看不到一點燈光。天花板漆成黑色，掩飾被燈火燻黑的慘狀。房裡瀰漫著菸草的煙霧，剛進去時幾乎什麼都看不清。不過等煙霧漸漸從敞開的房門略微散去後，可以看到如同耳中聽到的許多嘈雜聲一樣，亂糟糟的一群人。等到眼睛慢慢適應這個場景後，這名旁觀者開始看清，在場有許多男男女女，全擠在一張長桌邊，坐在上首的人就像主席，手裡拿著一把議事槌。遠處角落則有一名鼻子泛青、因牙痛而包著臉的專業人士，正叮叮咚咚地彈奏著鋼琴。

費金悄悄溜進房裡時，那名專業人士的雙手正在琴鍵上彈奏序曲，引起現場眾人大聲點歌。等到喧鬧聲平息後，一名年輕女士獻唱一曲民謠娛樂眾人，這首歌有四段歌詞，每唱完一段，伴奏者便使盡渾身解數將曲子從頭大聲彈奏一遍。等到演唱結束主席發表了感想，接著再由坐在主席兩側的人自告奮勇表演二重唱，贏得眾人鼓掌喝采。

最妙的還是觀察這群人裡幾張格外醒目的面孔。首先是主席本人（也就是這間酒館的老闆），他是個個性粗暴、體型魁梧的傢伙，在其他人演唱時，一雙眼睛東瞄西瞧，似乎陶醉在歡樂的氣氛裡，一面盯著店內發生的大小事，一面聆聽大家說的每句話——不論眼力或聽力都十分敏銳。坐在他身邊的歌手，帶著專業的冷漠態度接受眾人的讚美，輪流將那些愛起鬨的歌迷送來的十幾杯兌水烈酒一飲而盡。這些人臉上流露出的邪惡程度不一，但這種可憎的神情反而讓人忍不住留意。他們狡詐、凶殘的本性和各式醉態，全都在臉上表露無遺。至於在場的女性，有些還保有最後殘存的一絲青春氣息，看得出來隨時都可能消逝；有些則已完全喪失女性的所有特色與特徵，只剩徒留放蕩與罪惡的可憎空殼。有些女子還只是少女，有些

22 原文為Non isrwentus，是拉丁文法律用語non est inventus的誤用，意指「所在地不明」。

則已是少婦，雖然都年華正盛，卻是這幅可怕場景中最黑暗悲哀的一景。

費金不受這些陰鬱的情緒影響，只是在前述活動進行時，焦急一一檢視每張臉孔，但顯然沒看到他想找的人。最後，坐在主席位子上的那個人終於看到他，他便向對方輕輕招手，和來時一樣靜悄悄地走出房間。

「費金先生，有什麼我能效勞的地方嗎？」那人跟著費金走到樓梯間問道：「你不和我們一起玩嗎？他們一定個個都很開心。」

猶太老頭不耐煩地搖搖頭，低聲說：「**他**在嗎？」

「不在，」那人回答。

「巴尼也沒消息？」費金問。

「沒有，」那人回答，他正是跛子酒館的老闆。「在沒確定真正安全之前，他絕不會輕舉妄動。我敢說，那邊已經快查到了，如果他出現，馬上會搞砸這件事。他不會有事的，巴尼也是，否則我一定會聽到風聲。相信我，巴尼會安排妥當的。讓他自己一個人去辦吧。」

「**他**今晚會來嗎？」猶太老頭問道，像先前一樣特別強調那個「他」字。

「你是說孟克斯嗎？」老闆遲疑地問。

「噓！」猶太老頭說：「對。」

「當然，」那人回答，從表袋裡掏出一只金表：「我先前以為他來了。你只要等十分鐘，他就會——」

「不、不，」猶太老頭連忙說道。看來他雖然急著想見此人，又慶幸對方不在。「你跟他說我來這裡找過他，叫他今晚一定要來找我。等等，跟他說明天好了。既然他不在這裡，約明天時間比較充裕。」

「好！」那人說：「還有什麼要交代的嗎？」

「目前沒有，」猶太老頭說完便下樓。

「對了，」對方從欄杆探出頭，以沙啞的嗓音低聲說：「現在正是做買賣的時候！菲爾．巴克在我這兒，已經醉得不省人事，連小孩都能收拾他！」

「啊！可是現在不是收拾菲爾．巴克的時候，」猶太老頭抬起頭說：「菲爾還有其他事要辦，之後我們才能跟他分道揚鑣。朋友，你先回去招呼客人吧，叫他們**趁著還有命的時候**，玩得開心點。哈！哈！哈！」

老闆跟著老頭笑了一回，便回去招呼客人。猶太老頭一見四下無人，立刻恢復先前憂心著急的神情。他思索了一會兒，叫了一輛出租輕便馬車，吩咐車夫駕車前往貝思納爾格林區。他在距離賽克斯家大約四百公尺處下了車，徒步走完剩下的一小段路。

「哼，」猶太老頭一面敲門一面喃喃說道：「就算你們私底下玩什麼把戲，我也要從妳這裡問個清楚，管妳有多狡猾。」

應門的女子說，她在自己的房裡。費金悄悄上樓，一聲不吭便進了房間。女孩獨自一人趴在桌上，頭髮披散在桌面。

「她一直在喝酒，」猶太老頭冷酷地思索：「或許她只是心裡難過。」

老頭一面思忖一面轉身將門關上，發出的聲音驚醒了女孩。她仔細打量老頭奸詐的表情，要他再講一次托比．克拉基特所說的事。等他說完，她不發一語，又恢復先前的模樣，不耐煩地推開蠟燭，煩躁地變換了一、兩次姿勢，兩腳在地上來回磨蹭，但也僅此而已。

老頭在這段沉默期間不安地四處張望，似乎要確認房裡確實沒有賽克斯偷溜回來的跡象。他顯然十分滿意調查的結果，咳了兩、三聲，又千方百計想打開話題，但女孩似乎把他當成石像，始終對他不理不睬。最後他又試了一次，搓著手以最安撫人心的語氣說：

「親愛的，妳想比爾現在人在哪裡？」

女孩呻吟了幾句含糊的回答，說她也不知道。從她不小心發出的一些哽咽聲聽來，她似乎在哭。

「還有那孩子，」猶太老頭極力睜大眼睛，想瞥見她的表情。「那可憐的小孩！被扔在陰溝裡，南西，妳想想啊！」

「那孩子，」女孩突然抬起頭說：「在陰溝裡也比跟著我們好。只要不牽連到比爾，我希望那孩子就這樣死在陰溝裡，那副小身軀就在那裡爛掉吧。」

「什麼！」猶太老頭吃驚地叫道。

「沒錯，就是這樣，」女孩直視他的眼睛說：「知道從此不必再看到他，還有最壞的情況已經過去了，我高興得很。我再也受不了他在身邊。一看到他就讓我討厭自己，也討厭你們所有人。」

「呸！」猶太老頭輕蔑地說：「妳喝醉了。」

「是嗎？」女孩痛苦地大聲說：「只可惜我沒醉，這不是你的錯。如果能如你所願，你巴不得我醉一輩子，只除了現在——你看不慣我這脾氣，是不是？」

「是！」猶太老頭氣沖沖地回答：「我是看不慣。」

「那你就改啊！」女孩笑了一聲說道。

「改！」猶太老頭被同伴出乎意料的頑固以及今晚的種種不順遂激怒，忍無可忍地大吼：「我會改的！聽好了，妳這個婊子，給我聽好，我只要隨便說幾句話，就能弄死賽克斯，他這頭牛的性命，現在已經掌握在我手上。如果他扔下那孩子自己跑回來，不管那孩子是死是活，如果他成功逃掉了卻沒把那孩子還給我，妳不想看他落到行刑劊子手手裡，最好親手殺了他，而且要在他一踏進這間房裡就動手，否則我警告妳，一定會來不及！」

「你在胡說些什麼？」女孩不自覺大聲問。

「說什麼？」費金氣得失去理智，繼續說：「那孩子對我來說價值好幾百英鎊，我難道要為了一群隨便吹個口哨就能取他們性命的醉鬼一時興起的怪念頭，平白放棄這個能安穩發大財的天賜良機嗎！再說我已經和一個天生的惡魔談好條件，這個人一點感情都沒有，卻有能力做、做——」

老頭喘著氣，因為一句話卡住而結巴起來。突然間，他壓下熊熊的怒火，態度整個改變。前一刻他還緊握雙拳、張牙舞爪、雙眼圓睜、氣得臉色鐵青，現在卻整個人縮在椅子上，發現自己洩露了內心隱藏的一些邪念後，嚇得全身發抖。他沉默了一會兒，大膽回頭看他的同伴。見她仍像剛才被他吵醒時一樣無精打采，才多少有點放心。

「南西，親愛的！」猶太老頭用平時的語氣沙啞地說：「妳不會怪我吧，親愛的？」

「現在別來煩我，費金！」女孩無精打采地抬起頭說：「如果比爾這一票沒成功，他一定還會再幹一票。他已經替你幹了不少事，只要他做得到，一定還會再幹好幾票，做到他不行為止。所以現在別再多說了。」

「那個孩子呢，親愛的？」猶太老頭緊張地搓著掌心。

「那孩子只能跟別人碰碰運氣了，」南西連忙打斷他：「我再說一次，我希望他死了算了，這樣就不會再受到傷害，也能脫離你們的魔掌——前提是，比爾不能因此受到牽連。如果托比平安脫身，比爾想來也會沒事，因為一個比爾抵得過兩個托比。」

「親愛的，我說的事怎麼辦？」猶太老頭眼神發亮地直盯著她說。

「你如果有什麼事要交代我辦，恐怕得再說一次，」南西說：「而且最好等到明天再說。剛才被你一亂精神雖然來了，但現在我又迷迷糊糊的了。」

費金又問了好幾個問題，全都是為了確認這女孩是否已經聽懂他剛才脫口而出的暗示。但她回答得極為簡單，又對他銳利的目光完全無動於衷，這證實了他原本的想法，就是她已經喝醉了。的確，南西和猶太老頭的其他女徒弟一樣都有個缺點，但她們年幼時，這個缺點非但沒有受到壓抑，反而受得鼓勵。她慌亂的神情以及滿屋子濃厚的杜松子酒味，再再都證實了猶太老頭的推測。她在如前文所述大發一頓脾氣後，先是陷入鬱鬱寡歡的情緒中，然後又百感交集，一會兒流淚、一會兒又不停嚷著「千萬別死！」之類的話，接著又做出種種推測，說只希望女士或先生幸福快樂。費金先生這輩子對這類事情已有豐富經驗，看到她醉得神智不清，感到十分滿意。

看到這個情景，他終於可以放心。他此行有兩個目的，一是將他當晚聽到的事情轉告南西，另一個目的則是要親眼確認賽克斯還沒回來，目的達成後，費金先生轉身準備回家，獨留他這位年輕朋友趴在桌上睡著。

此時已是午夜時分。夜色深沉、寒意逼人，他沒有閒情逸致在外遊蕩。凜冽的寒風吹過街道，似乎把行人當成塵土泥巴一樣清光，連在外頭的少數幾個人顯然也都急著趕回家。不過對猶太老頭而言這陣風吹得正好，他順著風勢一面發抖一面向前走，颳來的每陣風都粗暴地將他向前推一把。

他走到自己住的那條街的轉角，正摸索著口袋要掏出大門鑰匙，此時一個黑影從籠罩在漆黑陰影中的一個出入口中鑽出，無聲無息地穿過馬路來到他身邊。

「費金！」有個聲音靠在他耳邊低聲說。

「啊！」猶太老頭立刻回過頭說：「是你——」

「對！」陌生人打斷他。「我已經在這裡晃兩小時了。你到底跑哪去了？」

「朋友，去辦你交代的事情啊，」猶太老頭不安地看了這個朋友一眼，說話時已放慢腳步。「一整晚都在辦你交代的事情。」

「哼，那是當然的啦！」陌生人冷笑一聲說：「結果如何？」

「不太好，」猶太老頭說。

「也不太壞吧？」陌生人突然停下腳步，吃驚地看著他的朋友。

猶太老頭搖搖頭，正打算要回答，此時他們已經走到老頭家門口，陌生人打斷他，指了指老頭家，意思是有話最好進屋再說，因為他站在外頭吹了那麼久的冷風，連血液都凍僵了。

費金看起來似乎想找藉口推辭，不想在這種不合宜的時候帶訪客回家。果不其然，他喃喃說著家裡沒升火，但這位朋友又蠻橫地重申自己的要求。費金只好打開門，請對方進屋後輕輕關門，他則是去點燈。

「這裡黑得跟墳墓一樣，」那人摸索著向前走了幾步說：「你快點！」

「把門關上，」費金在走道盡頭低聲說。話還沒說完，門已經砰地一聲關上。

「不關我的事，」那人一面摸索方向一面說：「不是風吹的，就是門自己關上的。你快把燈點亮，不然我會在這該死的地洞裡撞得腦袋開花。」

費金躡手躡腳走下廚房樓梯，去了一會兒便拿著一根點亮的蠟燭回來，順便告訴對方托比．克拉基特已經在樓下後面的房間睡著了，兩個男孩則是睡在前面的房間，說完便帶路上樓，要那人跟在他後頭。

「朋友，我們可以在這裡說幾句想說的話，」猶太老頭推開二樓的一扇門說：「因為窗板上有洞，我們從來不讓鄰居看到燈光，所以這蠟燭就放在樓梯口吧。好了！」

猶太老頭說完這番話，便彎下腰將蠟燭放在上層階梯上，正對著房門口，放好後便帶頭走進房裡。房裡除了一張破扶手椅和門後一張沒有椅套的舊躺椅或沙發外，沒有其他可搬動的家具。陌生人坐在沙發上，看來疲累不堪。猶太老頭將扶手椅拉到沙發對面，和那人相對而坐。由於門虛掩著，門外又有蠟燭將一道微光投射到對面牆上，因此屋裡不算太暗。

他們低聲談了一會兒。除了偶爾聽到幾個毫不相關的字眼外，整段對話內容幾乎都聽不清楚，不過仍不難聽出費金似乎正為了陌生人說的某些話替自己辯駁。這位陌生人顯得十分煩躁。他們就這樣談了大約一刻多鐘，此時孟克斯——猶太老頭在談話中數度以這個名字稱呼那位陌生人——略微提高音量說道：

「我再告訴你一遍，這個計畫糟透了。為什麼不讓他和其他人一起待在這裡，把他訓練成一個鬼鬼祟祟、哭哭啼啼的扒手就好？」

「你說得簡單！」猶太老頭聳聳肩喊道。

「所以你的意思是，就算你選了這個方法也辦不到是不是？」孟克斯厲聲質問。「這個方法你不是已經成功用在好幾十個男孩身上了嗎？只要有耐心，頂多花個一年，難道還不能讓他被判刑，穩穩當當地被流放到國外，甚至再也回不來嗎？」

「朋友，這件事對誰有好處？」猶太老頭低聲下氣地問。

「我啊，」孟克斯回答。

「可是對我沒好處啊，」猶太老頭溫順地說：「原本他對我還有用。在雙方交易的時候，只有兼顧兩邊的利益才算合理，你說是吧，我的好朋友？」

「你想怎樣？」孟克斯問。

「我發現要訓練他幹我們這一行並不容易，」猶太老頭回答：「他不像其他處境相同的小鬼。」

「去他的，的確不同！」那人喃喃地說：「不然他早該變成小偷了。」

「我沒辦法控制他、讓他變壞，」猶太老頭不安地看著朋友的表情接著說：「他還沒下手過，我抓不到把柄威脅他。我們一開始一定要抓到一些把柄，不然一切都是白費。我能怎麼辦？叫他跟著機靈鬼和查理一起出去嗎？這個方法一開始就讓我們吃足苦頭，朋友，我真是替我們所有人擔心啊。」

「**這**關我什麼事，」孟克斯說。

「當然，當然，朋友！」猶太老頭又說：「我現在不跟你吵這個，因為如果沒發生這件事，你說不定根本不會注意到那孩子，也不會發現他就是你在找的人。這下好啦！我透過那丫頭把他找回來了，**她**卻開始偏袒起那孩子來了。」

「那丫頭真該死！」孟克斯不耐煩地說。

「唉，我們現在還不能弄死她，朋友，」猶太老頭笑著說：「而且，我們也不幹這種事。不過說不定哪一天，我會很高興請人代勞。我很清楚那些丫頭是什麼德行，孟克斯。只要那孩子開始變壞，她對他的關心就不會比對一塊木頭多了。你想讓他變成小偷，只要他活著，我以後一定能讓他幹這一行。不過——不過——」猶太老頭貼近對方說：「雖然不太可能——不過如果最糟的情況發生，他死了——」

「又不是我把他害死的！」對方一臉驚恐地插嘴道，兩手顫抖著緊抓住猶太老頭的手臂。「費金，你給我聽好！這件事跟我無關。我一開始就告訴你了，不要害死他，我不想見血。這種事遲早會曝光，也會讓人永世不得安寧。就算他們開槍把他射死了，也不是我害的，你聽到沒？放把火燒掉這鬼地方吧！那是什麼？」

「什麼！」猶太老頭跟著叫道，將那個嚇得跳起來的膽小鬼攔腰抱住。「在哪裡？」

「那邊！」那人盯著對面的牆壁回說：「有個人影！我看到一個女人的身影，穿著斗篷戴著軟帽，貼著牆壁護板一溜煙走過去了。」

猶太老頭鬆開手，兩個人急忙衝出門外。那根蠟燭依舊立在原地，但在過堂風的吹拂下燒得只剩下一點。透過燭光照明，他們只看到空無一人的樓梯和自己蒼白的臉孔。兩人仔細聽了一會兒，整間屋子靜悄悄地一點聲音也沒有。

「是你的幻覺吧，」猶太老頭拿起蠟燭轉頭向他的朋友說。

「我發誓我真的看到了！」孟克斯渾身發抖地說：「一開始看到的時候，那個人影弓著身子，我一開口她就溜了。」

猶太老頭輕蔑地看了他同伴蒼白的面孔一眼，對他說如果他願意可以跟著來，然後便走上樓。他們檢看了所有房間，每間房都是清冷、空蕩，一個人影也沒有。他們下樓來到走道，然後進入地下室。低矮的牆上有潮溼的青苔，燭光下可見蝸牛與蛞蝓爬過留下的發亮痕跡，但依舊是一片死寂。

「現在你覺得呢？」等他們回到走道上，猶太老頭說：「除了我們、托比和兩個男孩，這屋裡根本沒有其他人。他們都睡得很沉，你看！」

為了證明他所言屬實，猶太老頭從口袋裡掏出兩把鑰匙，向對方解釋他剛才一上樓就已經鎖上房門，以免有人打擾他們談話。

這項新證據確實動搖了孟克斯先生的想法。他們繼續搜索卻一無所獲，孟克斯也漸漸不那麼堅決地聲明了。最後他猙獰地笑了幾聲，坦承自己可能是太過激動才出現幻覺。不過當晚他已不願再談下去。接著他突然發覺現在已經半夜一點鐘，於是這對親密的朋友便互道再見。

第二十七章
為前一章唐突拋下某女士的無禮舉動賠罪

區區一個作家，居然讓教區執事這樣的大人物背對著壁爐，將大衣下襬撩起來夾在腋下等候，直到作者高興，願意回頭寫他為止，此舉實在太過失禮。此外，作者也怠慢了曾接受這位教區執事眉目傳情、耳鬢廝磨、甜言蜜語的對象，此舉更是有失身分，欠缺紳士風度；教區執事的這番甜言蜜語，足以讓各階層的未婚小姐或已婚女士心神蕩漾。記錄這番話的作者——相信他很清楚自己的身分，也對世上位高權重者懷有合理的尊敬之心——急於向前述兩人表現出符合他們身分地位的尊重，並以他們高貴身分與（隨之而生的）崇高德行所應得的各種恭敬禮儀來對待他們。的確，為達到上述目的，作者原想在此長篇大論，說明教區執事的神聖職權，並闡明教區執事絕不會犯錯的立場，想必正直的讀者一定會覺得這番論述既有趣又有收穫。只可惜作者礙於時間及篇幅，只好等日後時機更為方便恰當時，再來討論一名經過正式任命的執事，也就是隸屬教區濟貧院並參與該區教會事務的教區執事，因其職位而具有人類所有的優點和傑出特質。但區區公司執事、法院執事或甚至偏遠地區的小教堂執事（最後一種執事因地位極為卑賤，故名列其中）具有上述優點的可能性，則是微乎其微。

本伯先生將湯匙數量又點了一遍，重新掂了掂糖夾的重量，進一步檢視牛奶壺，仔細確認家具的實際狀況，甚至連椅子的馬鬃坐墊都沒漏掉，每個步驟他都重複做了六、七次後，才想到柯尼太太也該回來了。他心裡的想法一個接著一個浮現。由於遲遲不見柯尼太太回來，本伯先生又想到，偷看一下柯尼太太五斗櫃裡的東西，進一步滿足自己的好奇心，應該是無傷大雅又不失德的消遣方式。

本伯先生先湊近鑰匙孔仔細聽了一會兒，確認沒人靠近房間後，便從櫃子的最下層開始查看三個大抽屜裡的東西。這些抽屜裡擺滿了各種衣物，樣式和質料都很講究，夾在兩層舊報紙之間仔細保存，還撒上薰衣草乾燥花，他看了似乎十分滿意。接下來他打開右邊角落的抽屜（鑰匙就放在裡頭），看到抽屜裡放著一個上鎖的小盒子，他搖了搖盒子，聽到一陣令人愉快的聲響，似乎是錢幣的叮噹聲。本伯先生踩著穩重的步伐回到壁爐前，恢復他原本的態度，嚴肅而堅決地說：「就這麼辦！」發表了這項重大宣言後，他又滑稽地搖頭搖了十分鐘，似乎在告誡自己要當一隻討人喜歡的狗。然後他側過身，似乎極為歡喜又興味盎然地看著自己的雙腳。

就在他心滿意足地檢視自己的雙腳時，柯尼太太匆匆走進屋裡，氣喘吁吁地一屁股坐在壁爐邊的椅子上，一手遮著眼、一手摀著心口，不斷地喘氣。

「柯尼太太，」本伯先生俯身靠近女舍監說：「怎麼了，夫人？發生什麼事了嗎，夫人？拜託您回答我，我實在是如──如──」本伯先生在驚慌之際，一下子想不起「如坐針氈」這個詞，於是便說「如坐破瓶子」。

「噢，本伯先生！」這位女士叫道：「剛才真是氣死我了！」

「氣死妳了，夫人！」本伯先生驚叫：「誰那麼大膽──？我知道了！」本伯先生突然打住，接著拿天生的威嚴說：「一定是那些可惡的貧民！」

「光想到就覺得討厭！」女舍監打了個顫說道。

「那就**別再**想了，夫人，」本伯先生說。

「不想也難，」女舍監發牢騷道。

「那就喝點東西吧，夫人，」本伯先生安撫道：「喝點葡萄酒？」

「那怎麼成！」柯尼太太回答。「我不能──噢！在右邊角落的最上層──噢！」女舍監心煩意亂地邊說邊指向櫥櫃，一時激動地抽搐了一下。本伯先生衝到櫥櫃前，照著她胡亂的指示從架上拿下一個一品脫容量的綠色玻璃瓶，倒了滿滿一茶杯遞到女舍監唇邊。

「我現在好多了，」柯尼太太喝了半杯之後，身子往後一靠說道。

本伯先生做作地抬頭看著天花板感謝上帝，然後又低下頭看著杯緣，將茶杯端到鼻子前。

「是薄荷，」柯尼太太對教區執事露出溫柔的笑容，虛弱地說：「喝喝看！裡頭還放了——放了一點別的東西。」

本伯先生狐疑地嘗了這種藥水，咂了咂嘴，又嘗了嘗，最後才放下空杯。

「喝完之後很舒服，」柯尼太太說。

「的確是這樣，夫人，」教區執事邊說邊將椅子拉到女舍監身旁，溫柔地問究竟發生什麼事惹她生氣。

「沒什麼，」柯尼太太回答：「我是個愚蠢、容易激動又脆弱的女人。」

「您並不脆弱啊，夫人，」本伯先生反駁，將椅子又拉近了一點。「您是個脆弱的女人嗎，柯尼太太？」

「我們都很脆弱啊，」柯尼太太提出了一道通則。

「那就算是吧，」教區執事說。

接下來的一、兩分鐘，兩人都不發一語。接著本伯先生表明立場，將原本擱在柯尼太太椅背上的左手臂移到她的圍裙繫帶上，再漸漸環抱住她的腰。

「我們都很脆弱，」本伯先生說。

柯尼太太嘆了口氣。

「別嘆氣哪，柯尼太太，」本伯先生說。

「我忍不住啊，」柯尼太太說完又嘆了口氣。

「這間房間真舒適，夫人，」本伯先生環顧四周說道：「如果再多一間房就更完美了，夫人。」

「那樣一個人住太大了，」女舍監低聲說。

「兩個人住就不嫌大啦，夫人，」本伯先生溫柔地說：「嗯，柯尼太太？」

柯尼太太聽教區執事這麼說，不由得低下頭，執事也跟著低下頭看柯尼太太的表情。柯尼太太謹守禮節地把頭撇向一邊，伸手去拿她的手帕，然後悄悄地把手放進本伯先生的手裡。

「委員會有發煤炭給妳，對不對，柯尼太太？」教區執事親密地輕捏她的手問道。

「還有蠟燭，」柯尼太太回答，也跟著輕輕回應他手上的力道。

「煤炭、蠟燭，還免付房租，」本伯先生說：「噢，柯尼太太，妳真是個天使！」

女舍監再也抵擋不住這股奔放的熱情，投入本伯先生的懷抱，而這位紳士也在激動之下，在她端莊的鼻子上烙下一個熱吻。

「這真是教區的天作之合！」本伯先生興高采烈地說：「妳知道史勞特先生今晚病得更重了吧，我的美人兒？」

「知道，」柯尼太太害羞地說。

「醫生說他活不過一個星期了，」本伯先生接著說：「他是這所濟貧院的院長。他一死，院長的位子就空出來了，這職缺一定要有人補上。噢，柯尼太太，想想未來有多麼光明燦爛啊！這正是結合兩顆心和兩個家族的天賜良機！」

柯尼太太兀自啜泣。

「就只差那簡單的一個字了？」本伯先生俯身靠向那位害羞的美人。「那簡單的、簡單的、簡單的一個字，我親愛的柯尼？」

「ㄏ——ㄏ——好！」女舍監終於吐出那個字。

「再說一次，」教區執事繼續追問：「先讓妳的熱情冷卻一下，再說一次，什麼時候要辦？」

柯尼太太試了兩次都說不出口，最後才鼓起勇氣摟住本伯先生的脖子說這件事就由他全權作主，誰叫他是「教人無法抗拒的心肝寶貝」。

事情就這樣平和圓滿地安排妥當，兩人又喝了滿滿一杯薄荷混合液以表正式締約。由於女舍監心跳加速、情緒激動，因此這杯飲料更顯得必要。待此事議定後，她向本伯先生說起那位老婦人病死的消息。

「很好，」這位紳士啜飲著薄荷藥水說：「我回家的時候順道去找索爾伯利先生，叫他明天早上送來。親愛的，妳就是被這件事嚇到嗎？」

「也不是什麼特別的事，親愛的，」女舍監避重就輕地說。

「一定有事，親愛的，」本伯先生追問：「妳難道不肯告訴妳親愛的阿本嗎？」

「還不到時候，」女舍監回答：「遲早有一天會告訴你。等我們結婚之後，親愛的。」

「等我們結婚之後！」本伯先生叫道：「難道是哪個厚臉皮的男貧民——」

「不是啦，不是啦，親愛的！」女舍監連忙打斷他。

「只要被我知道，」本伯先生接著說：「只要被我知道他們哪個人膽敢用下流的眼神看這張美麗的容顏——」

「他們才不敢呢，親愛的，」女舍監回答。

「他們最好不敢！」本伯先生握起拳頭說：「不管是在教區裡還是教區外，只要被我看到有哪個男人膽敢做這種事，我一定讓他知道下不為例！」

這番話如果沒有伴隨著暴力的肢體語言，也許算不上是對這位女士魅力的高度讚美。但本伯先生在語出威脅之時還輔以許多恫嚇的手勢，她因此對他深情的證明極為感動，也十分傾心地說他的確是可愛的心肝寶貝。

這位心肝寶貝翻起大衣衣領、戴上三角帽，和未婚妻深情擁抱了許久之後，再次無畏地冒著寒冷夜風踏上歸途。他在男貧民的宿舍短暫停留了幾分鐘，罵了他們幾句，藉此得到滿足，證明他的確具有遞補院長職缺所必需的尖酸刻薄。本伯先生確認了他的資格後便走出濟貧院，一路上滿懷著愉快的心情和燦爛的升職願景，來到葬儀社老闆的店鋪。

此時索爾伯利夫婦正好外出喝茶用餐。而諾亞．克雷波爾只樂於將體力用在吃、喝這兩件事上，不論何時都不肯耗費更多力氣。雖然已經過了平常打烊的時間，但店鋪仍未關門。本伯先生用手杖敲了櫃台好幾下，仍然沒人出來招呼，只見店鋪後方小客廳的玻璃窗透出燈光，他大膽從窗戶偷看，想一探究竟，等見到裡頭的情況後，不禁大吃一驚。

桌上鋪了晚餐桌巾，擺了滿桌的麵包、奶油、杯盤器皿、一壺黑啤酒和一瓶葡萄酒。諾亞．克雷波爾先生懶洋洋地隨意坐在一張安樂椅上，兩腳跨在其中一邊的扶手上，一手拿著打開的折疊刀，另一手拿著一大塊塗了奶油的麵包。夏洛蒂緊挨著他站在一旁，從桶子裡拿出一顆牡蠣替他剖開，克雷波爾先生以驚人的好胃口，大發慈悲地將牡蠣吞下肚。這位年輕人的鼻子四周比平常更紅，右眼不停眨著，顯示他已經帶著幾分醉意。而他津津有味吃著牡蠣的模樣也證實了這點，因為他深知牡蠣對於體內上火有清涼降火的作用，別的東西都不足以發揮這個效果。

「親愛的諾亞，這顆又肥又大，一定很好吃！」夏洛蒂說：「你一定要吃吃看，這顆就好。」

「牡蠣還真是好吃！」克雷波爾先生吞下那顆牡蠣後說道：「只可惜沒吃幾顆就會覺得不舒服了，對不對，夏洛蒂？」

「真是殘酷，」夏洛蒂說。

「可不是嗎？」克雷波爾先生深表贊同。「妳不愛吃牡蠣嗎？」

「不怎麼喜歡，」夏洛蒂回答。「親愛的諾亞，我喜歡看你吃，比我自己吃還覺得香呢。」

「喲！」諾亞若有所思地說：「真怪！」

「再吃一顆吧，」夏洛蒂說：「你看這一顆的鰓多嫩多漂亮啊！」

「我吃不下了，」諾亞說：「真抱歉。過來這裡，夏洛蒂，讓我親親妳。」

「你說什麼！」本伯先生衝進房裡說：「再給我說一次。」

夏洛蒂尖叫一聲，把臉埋進圍裙裡。克雷波爾先生只是把腳放下來，姿勢沒有其他變化，睜著一雙醉眼害怕地看著教區執事。

「再給我說一遍，你這個膽大包天的壞傢伙！」本伯先生說：「居然敢提這種事？還有妳這個不要臉的輕浮女人，居然敢鼓勵他？你親啊！」本伯先生怒氣沖沖地喝道：「呸！」

「我才不想親她！」諾亞哭訴道：「她老是親我，也不管我喜不喜歡。」

「噢，諾亞，」夏洛蒂責備似地大喊道。

「妳就是，妳自己也知道！」諾亞反駁說：「本伯先生，她老是這樣，又摸我的下巴，又做出各種親熱的舉動，是真的，先生！」

「閉嘴！」本伯先生厲聲喝道：「丫頭，給我下樓去。諾亞，你去關店門。在你老闆回來之前敢再囉嗦一句，你就完了。等他回來，告訴他本伯先生要他明天吃過早餐後，送一副老女人的棺材過去。聽到沒？還想親咧！」本伯先生舉起雙手喊道。「這個教區低下階層的罪惡和邪惡真是可怕啊！如果國會再不當心這些人的惡劣行徑，這個國家就要毀了，農民的品性也從此完蛋了！」教區執事說完這些話便邁開大步，神色傲慢而憂慮地走出葬儀社老闆的鋪子。

如今我們已陪著教區執事踏上歸途、走了一大段路，那名老婦人喪事也做好一切必要準備，現在就讓我們打聽一下小奧利佛．崔斯特的情況，弄清楚托比．克拉基特丟下他後，他是否仍躺在陰溝裡。

第二十八章
尋找奧利佛並了解他的遭遇

「最好有狼群來咬斷你們的喉嚨！」賽克斯咬著牙低聲說道：「總有一天你們會落在我手上，到時候讓你們把嗓子叫得更啞。」

賽克斯大聲咒罵，那股不顧一切的狠勁顯示出他不顧一切的個性。他將這個受傷的男孩橫放在自己的膝頭上，立刻回頭察看後方的追兵。

在濃霧及暗夜中，幾乎什麼都看不到，只聽到空中迴盪著喧噪的叫喊聲，還有附近的狗群被警鐘聲驚動後此起彼落的叫聲。

「站住，你這個卑鄙的膽小鬼！」這名盜賊見托比．克拉基特充分運用自己的一雙長腿跑在前頭，氣得在他身後大喊：「站住！」

托比聽到第二聲叫喊，驟然停下腳步。因為他知道自己並未完全跑到手槍射程之外，而賽克斯也沒心情被人耍著玩。

「還不幫忙抬這小子，」賽克斯氣沖沖地朝同伙招手，叫道：「回來！」

托比緩緩地移動雙腳，雖然表現得像是要往回走，卻壓低嗓門、上氣不接下氣地大膽表示自己十分不情願回頭。

「快一點！」賽克斯將那孩子放在腳邊乾涸的水溝裡，從口袋掏出手槍喝道：「別跟我耍花招。」

此時後頭的叫聲愈來愈響。賽克斯又回頭看了一眼，已經可以看到那些追兵爬上他所在這片田野的柵門，還有兩隻狗跑在那些人前面。

「全完了，比爾，」托比叫道：「別管這孩子了，快點溜吧。」克拉基特先生寧願冒著被朋友開槍射中的危險，也不願賭那百分之百落入敵人手中的機率。他說完這句臨別忠告便正大光明地開溜了，用盡全力拔腿就跑。

賽克斯咬著牙，回頭看了一眼，將他方才匆匆拿來包住奧利佛的斗篷朝倒臥在地上的那孩子一扔，便順著圍籬逃跑了，似乎想將後方追兵引開那孩子倒臥的地方。他在與這道圍籬直角相交的另一道圍籬前停了一下，將手槍高舉在空中轉了一圈，接著跳過圍籬逃走了。

「喂、喂，在那裡！」後方一個顫抖的聲音叫道：「鑷子！海神！過來，過來！」

這兩隻夠和牠們的主人一樣，對於自己參與的這場追逐活動似乎不怎麼熱中，立即服從了命令。此時，在這片田野裡已經跑了一段路的三名男子停下腳步，聚在一起商量了起來。

「我的建議，或者應該說，我的**命令**是，」三人之中最胖的那人說：「我們趕快回家。」

「只要蓋爾斯先生同意，我就同意，」一名身材較矮小但絕不瘦弱的男子說道。他的臉色非常蒼白，但說話彬彬有禮：男人受到驚嚇時通常就是這副模樣。

「各位，我不想失禮，」把狗叫回來的第三人說：「應該由蓋爾斯先生決定。」

「當然，」矮個子回答：「不論蓋爾斯先生說什麼，我們都沒立場反對。不、不，我知道自己的情逛！[23] 感謝老天，我知道自己的情逛。」老實說，這個矮個子看起來的確知道自己的情況，也很清楚這不是令人嚮往的情況，因為他邊說話牙齒邊不停打顫。

23 布里斯托邊發抖邊說話，所以口齒不清。

「你怕啦，布里托斯，」蓋爾斯先生說。

「才沒有，」布里托斯說。

「你有，」蓋爾斯說。

「你胡說，蓋爾斯先生，」布里托斯說。

「你才撒謊，布里托斯，」蓋爾斯先生說。

蓋爾斯先生的嘲弄引來這四句針鋒相對的爭吵。他之所以語出嘲諷是由於氣惱對方假讚美之名，行卸責之實，將決定回家與否的責任推到他頭上。不過第三人以十分有哲理的方式結束了這場爭執。

「兩位，我告訴你們實情吧，」他說：「那就是我們都很害怕。」

「先生，怕的人是你吧，」三人之中臉色最蒼白的蓋爾斯先生說。

「是沒錯，」那人回答。「在這種情況下，恐懼是自然正常的反應。所以我的確是害怕。」

「我也是，」布里托斯說：「只是沒必要說大話，指責別人害怕。」

這一番坦率的自白讓蓋爾斯先生態度軟化，馬上承認自己確實害怕。接著三人一起調頭，步調一致地往回跑，但蓋爾斯先生（他被手中的乾草叉拖累，因此三人之中他最中氣不足）十分大氣地堅持要停一停，為自己出言莽撞向大家道歉。

「不過實在很不可思議，」蓋爾斯先生道完歉後說：「人一氣起來，什麼事都做得出來。如果我們逮到那些壞蛋，不管對方是誰我可能都會殺了他——我知道我一定會。」

其他兩人也有同感。不過他們和蓋爾斯先生一樣，火氣都已經消退，接著便開始推測他們情緒驟變的原因。

「我知道原因了，」蓋爾斯先生說：「是因為那道柵門。」

「如果真是這樣，我也不覺得奇怪，」布里托斯大聲說道，十分贊同這個說法。

「你們大可相信，」蓋爾斯說：「是那道柵門擱住了激動的情緒。我在爬那道柵門的時候，突然覺得火氣全消。」

巧的是其他兩人也在同一時間出現這種不快的感受。因此很明顯的，原因就出在那道柵門上。尤其考量到改變發生的時間，更是不容置疑，因為三個人都記得，改變就發生在他們看到盜匪的那一瞬間。

談話的三人之中包括嚇跑盜賊的兩個人及一名流動銲鍋匠。這位銲鍋匠原本在外屋睡覺，被吵醒後便帶著他養的兩隻雜種狗加入追捕盜賊的行列。蓋爾斯先生身兼二職，是老夫人豪宅裡的總管兼管家。布里托斯則是打雜小廝，從小就替老太太工作，如今雖然已經年過三十，依舊被視為是沒前途的小伙子。

三人說著類似的話替彼此打氣，不過仍緊挨在一起，只要有風吹過聽到枝葉沙沙作響，他們就會擔心地回頭看。三人急忙走回一棵樹旁；先前他們就是將提燈留在這裡，以免燈光讓盜賊知道該往哪個方向射擊。他們取回提燈後便以小跑步盡速趕回家，即使模糊的身影早已無法辨認，仍可見到燈光在遠處閃爍搖曳，像是潮溼沉悶的空氣所噴出的火光，靈巧地飄浮在空中。

隨著天色逐漸轉亮，四周的氣溫變得更低。霧氣宛如一陣濃煙貼地席捲而來。草地溽溼，小徑與低地則是一片泥濘和積水。一陣風夾帶著溼氣有氣無力地吹來，發出空洞的蕭蕭聲。奧利佛依舊昏迷不醒，動也不動地躺在賽克斯拋下他的地方。

很快便到了早晨。空氣變得更凜冽刺骨，天空微微透出第一道模糊的晨光，與其說代表白晝誕生，更像是夜晚逝去。原本在黑暗中顯得朦朧可怕的物體，如今輪廓變得愈來愈清晰，逐漸恢復熟悉的形狀。雨來得又快又急，淅瀝瀝地打在光禿的樹叢裡。雨水落在奧利佛身上，他卻感覺不到，仍然癱軟地倒在泥床上，無助且不省人事。

最後，一聲痛苦而微弱的叫聲打破了四周的靜謐。奧利佛叫了一聲，醒了過來。他的左臂用一條披肩草草包住，沉重無力地垂在身側，披肩已被鮮血浸溼。奧利佛十分虛弱，幾乎沒力氣坐起來。等他終於坐起身後，虛弱地回過頭想求救，痛得呻吟起來，只覺得又冷又累，全身每個關節都在發抖。他努力想站起來，卻從頭到腳抖個不停，又疲憊地癱在地上。

奧利佛昏迷了許久，在他甦醒後不久，便漸漸感到恐懼，似乎在警告自己，如果繼續躺在這裡一定會沒命。於是他站了起來，試著邁開腳步，但只覺得頭暈目眩，像個醉漢般搖搖晃晃地來回走了幾步。不過他仍勉力撐住，有氣無力地垂著頭，腳步蹣跚地向前走，卻不知道自己要去哪裡。

現在，許多混亂紛雜的記憶都湧上心頭。他彷彿還被賽克斯和克拉基特架著走，這兩人氣沖沖地吵了起來——他們說的一字一句都迴盪在他耳邊。他腳下一個踉蹌，全靠自己努力支持住才沒倒下，此時他回神過來，發現自己正在跟他們說話。接著他又像是單獨和賽克斯在一起，像前一天一樣辛苦地趕路，許多模糊的人影從他們身邊經過，他感覺到那名盜賊抓著自己的手腕。突然間，他被槍聲嚇得倒退，接著聽到許多人大喊大叫，燈光在他眼前閃動。四周全是喧鬧與騷動，此時彷彿有隻看不見的手拉著他急忙離開。除了這些匆匆掠過腦海的景象，他還感覺到一種模糊、不安的疼痛，正不停地折磨他、消耗他的體力。

他就這樣搖搖晃晃地前進，幾乎是無意識地從擋住他去路的柵門欄杆間或籬笆縫隙爬過去，最後來到馬路上。此時雨勢開始變大，讓他清醒過來。

他看了看四周，發現不遠處有一棟房子，自己或許還走得到。也許屋主看到他可憐的處境會同情他，就算不可憐他，他心想死的時候身邊有人，總好過孤伶伶地死在荒郊野外。他用盡全身力氣面對這最後的考驗，腳步蹣跚地朝那棟房子走去。

他走近那棟房子，突然覺得這裡似曾相識，雖然什麼細節都想不起來，卻覺得彷彿在哪裡見過這棟建築物的形式和外觀。

是那道花園圍牆！昨晚他曾經跪在圍牆內的草皮上，求那兩個人大發慈悲。這裡就是他們原本打算要搶的那戶人家。

奧利佛認出這個地方後覺得十分恐懼，瞬間忘了傷口的疼痛，只想趕快逃跑！逃！他連站都站不穩了，就算他瘦小年幼的身體精力充沛，他又能逃到哪去？奧利佛推了推花園大門，門應聲而開，原來並未上鎖。他穿過草坪、爬上階梯，虛弱地敲了敲門，此時他已用盡全身力氣，便靠著小門廊的一根柱子倒了下去。

剛好這個時候，蓋爾斯先生、布里托斯和銲鍋匠歷經前一晚的勞累與驚嚇後，正在廚房裡喝茶和享用各種吃食，以便恢復精神。蓋爾斯先生平時不會和地位比他低的僕人太過親近，習慣以高尚友善的態度對待下人，如此一方面不得罪他們，一方面又能提醒對方他的社會地位較高。然而，死亡、火災和搶劫等事件卻能讓人人平等，因此現在蓋爾斯先生伸長了腿坐在廚房的壁爐護欄前，左手靠著桌子，右手不停比畫，講述這次搶劫案的經過與細節，一干聽眾全都屏氣凝神專注聆聽，尤其是廚子和女僕更是興味盎然。

「當時大約是凌晨兩點半，」蓋爾斯先生說：「也可能是更接近三點鐘的時候，我醒了過來，在床上翻個身，就像這樣（蓋爾斯先生說到這裡，坐在椅子上轉過身，拉著桌巾的一角蓋在身上當被單），覺得好像聽到聲音。」

廚子聽到這裡嚇得臉色發白，請女僕去關門，女僕請布里托斯去，而布里托斯又叫銲鍋匠去，銲鍋匠則裝作沒聽到。

「——聽到聲音，」蓋爾斯先生接著說：「我一開始還覺得『那是幻覺』，正準備要靜下心再入睡的時候，又聽到了聲音，這一次聽得很清楚。」

「是什麼聲音？」廚子問。

「一種東西破裂的聲音，」蓋爾斯先生看了看四周答道。

「更像是用磨肉荳蔻的工具磨鐵棍的聲音，」布里托斯提出自己的看法。

「先生，**你**聽到的時候才是那個聲音，」蓋爾斯說：「可是我聽到的時候，還是東西破裂的聲音。我掀開被單，」蓋爾斯掀開桌巾接著說：「在床上坐了起來，豎起耳朵聽。」

廚子和女僕同時喊了一聲「唉喲！」，將椅子拉得更近。

「這次我聽得很清楚了，」蓋爾斯先生又說：「我心想：『有人撬開門或窗戶，怎麼辦？我得叫醒布里托斯這個可憐的傢伙，免得他在床上被人殺了或割斷喉嚨，』我心想：『或是被人從右耳到左耳割了一條大口子也不知道。』」

此時所有人都轉頭看著布里托斯，而布里托斯則是目瞪口呆地看著說話者，露出萬分驚恐的表情。

「我把被子掀到一旁，」蓋爾斯甩開桌巾，定定地看著廚子和女僕說：「悄悄地下了床，穿上——」

「蓋爾斯先生，有女士在場呢，」銲鍋匠低聲說。

「——**鞋子**，先生，」蓋爾斯轉頭對他說，特別強調這個詞：「拿起已經裝好彈藥的手槍，我每天一定會把槍和餐具籃一起拿上樓，然後踮起腳尖走到他房間。『布里托斯，』我叫醒他之後說：『別怕！』」

「你確實是這樣講的，」布里托斯低聲說。

「『布里托斯，我覺得我們死定了，』我說，」蓋爾斯接著說：「『不過別怕。』」

「那**他**怕不怕？」廚子問。

「一點也不怕，」蓋爾斯先生回答。「他很堅強——啊！幾乎就像我一樣堅強。」

「如果是我，一定當場嚇死，」女僕說。

「妳是女人嘛，」布里托斯略微挺起胸膛，反駁道。

「布里托斯說得沒錯，」蓋爾斯先生點頭表示贊同：「對女人沒什麼好期待的。我們是男人，所以拿起放在布里托斯壁爐擱架上的一盞遮光燈，摸黑下了樓——就像這樣。」

蓋爾斯先生站起來，閉著眼睛往前走了兩步，為自己的敘述配上相稱的動作，就在此時，他和在座的其他人都嚇了一大跳，急忙坐回位子上。廚子和女僕尖叫了起來。

「有人敲門，」蓋爾斯先生故作鎮定地說：「誰去開個門吧。」

但沒人敢動。

「一大清早這個時候來敲門，還真奇怪，」蓋爾斯先生說完，看著身邊一張張臉色發白的面孔，他自己也是臉色慘白。「不過還是得有人去應門。聽到了沒，誰去開個門？」

蓋爾斯先生邊說邊看著布里托斯，但這名年輕人生性謙恭，可能覺得自己是個無名小卒，因此認為這個問題和他無關，無論如何都不打算回應。蓋爾斯先生轉而向鋅鍋匠求助，但鋅鍋匠卻突然睡著了。其餘那些女子更是沒有指望。

「如果布里托斯非得有人陪才肯去開門，」蓋爾斯先生沉默了一會兒說：「那就我陪他去吧。」

「我也去。」鋅鍋匠醒來說道，和他睡著時一樣突然。

布里托斯只好屈服在這些條件下。一行人拿下窗板後發現天已大亮，也多少放心了一點，於是讓狗跑在前面，自己也上了樓。有兩名女僕不敢待在樓下，也走在最後頭跟著上樓。他們聽從蓋爾斯先生的建議故意大聲說話，如果門外的人心懷不軌，可藉此警告對方他們人多勢眾。接著這位足智多謀的先生又靈機一動想出一條妙計，在門廳用力拽了那兩隻狗的尾巴一下，讓牠們狠狠叫了起來。

做好這些預防措施後，蓋爾斯先生緊抓著鋅鍋匠的手臂（他得意地說是為了防止他逃跑），下令開門。布里托斯聽命開了門，一行人膽怯地躲在彼此身後從肩頭向外看，發現門外根本沒什麼可怕的東西，只有可憐的小奧利佛．崔斯特，他已經累得說不出話來，只能抬起沉重的雙眼，默默乞求他們憐憫。

「是個小男孩！」蓋爾斯將鋅鍋匠推到後頭，勇敢地大聲說：「發生什麼——咦？——奇怪——布里托斯——你看這裡——看出來了嗎？」

布里托斯一開門就躲到門後去了，他一看到奧利佛便大叫一聲。蓋爾斯先生抓住這孩子的一條腿和一隻手臂（幸好不是受傷的那隻），將他直接拖進門廳甩在地上。

「抓到了！」蓋爾斯十分興奮地對著樓梯上方大喊：「夫人，抓到其中一個小偷了！他在這裡，小姐！他受傷了，小姐！是我射中的，小姐，布里托斯幫忙拿的燈。」

「——是提燈，小姐，」布里托斯大喊，一手放在嘴邊，好讓聲音傳得更遠。

兩名女僕跑上樓通報蓋爾斯先生抓到一名盜賊的消息，銲鍋匠則是忙著護理奧利佛的傷勢，以免他還沒上刑台就先喪命。在這陣喧鬧紛擾中，傳來一位女性甜美的聲音，眾人頓時安靜下來。

「蓋爾斯！」那聲音在樓梯口輕聲說。

「在，小姐，」蓋爾斯先生回答：「小姐，您別怕，我沒怎麼受傷。他沒有拚命反抗，小姐！我比他壯多了。」

「噓！」這位年輕小姐回答：「姑媽已經被那些小偷嚇了一大跳，你不要又來嚇她。這可憐的孩子傷得重嗎？」

「小姐，他的傷勢很危急，」蓋爾斯回答，臉上得意的神情不可名狀。

「他好像快不行了，小姐，」布里托斯依舊如先前一般大喊。「您要不要過來瞧他一眼，小姐，免得他真的走了？」

「拜託別大聲嚷嚷。這才像個男子漢！」小姐回答：「你們先安靜等我一下，我去告訴姑媽。」

說話者的腳步聲就像她的嗓音一樣輕柔，踩著輕快的步伐轉身離開。不一會兒她回來，吩咐將傷者小心搬運到樓上蓋爾斯先生房裡，並交代布里托斯去替小馬裝上馬鞍，立刻趕往徹特西，在當地盡快請一名警官和醫生過來。

「小姐，您不先過來看看他嗎？」蓋爾斯得意地問道，彷彿奧利佛是他發揮技巧捕到的某種珍奇鳥類。「不看一眼嗎，小姐？」

「要也不是現在，」年輕小姐回答：「可憐的孩子！噢！蓋爾斯，看在我的面子上，你要好好待他！」

這名老管家抬頭看著說話者轉身離去，像是在看自己的親生女兒一樣，眼神中充滿驕傲與讚賞。接著他在奧利佛身邊彎下腰，以宛如女性般的細心和愛護將他抱上樓。

第二十九章
介紹奧利佛求助的這家人

在一間別緻的房裡（房內陳設呈現老派舒適的風格，而非現代優雅），兩位女士坐在早餐桌旁，桌上擺滿了豐盛餐點。蓋爾斯先生一絲不苟地穿著全套黑西裝，在一旁侍候她們。他站在餐具櫃與早餐桌之間，昂首挺胸、站得筆直，身子微側向一邊，左腳在前，右手插在背心裡，左手拿著一只托盤緊貼在身側，看起來十分認同自己的優點及重要性。

其中一位女士已經上了年紀，但仍挺直背脊，絲毫不遜於她身下這張橡木高背椅的椅背。她的穿著極為講究精緻，巧妙地融合了舊式衣著與對時尚品味的一絲讓步，不但無損個人風格，更凸顯出古雅的氣質。她端莊地坐著，兩手交疊放在面前的桌上，一雙眼睛並未因歲月的洗禮而失去光采，正專注地看著同桌那位年輕小姐。

這位小姐年華正盛、青春洋溢。如果天使承蒙上帝美意下凡投胎，想必就是像她這樣青春美麗，而這分臆度絕不會有絲毫褻瀆神明之虞。

她還未滿十七歲。身材十分纖細標緻，氣質溫柔嫻靜，純潔美麗，似非塵世中人，凡夫俗子根本不配與她為伴。在她高貴的臉龐，一雙深邃的湛藍眼眸顯露出她這個年紀甚或塵世間少有的聰慧。她臉上展現出各種甜美與愉悅神情，像是有上千道光芒照耀著這張臉，看不到一絲陰影。特別是她的笑容，那歡欣愉悅的笑容，更是為這個家帶來了平和與幸福。

她正忙著料理餐桌上的瑣事，偶爾抬起眼，見老夫人正盯著自己，便嫣然一笑，隨意將額前簡單編成辮子的頭髮向後一撥，如此深情又純真可愛的神情，就連神靈看到她可能也會展露笑顏。

「布里托斯已經出門一個多小時了，對不對？」過了一會兒，老夫人問道。

「一小時又十二分鐘，夫人，」蓋爾斯先生拉出一條黑絲帶，朝銀懷表看了一眼說道。

「他老是慢吞吞的，」老夫人說。

「布里托斯向來就是個慢吞吞的小子，夫人，」管家回答。順帶一提，既然布里托斯三十多年來一直是個行動遲緩的小子，將來變利索的可能性似乎也不高。

「我覺得他不但沒進步，反而還退步了，」老太太說。

「如果他半途停下來和其他小孩玩，那才是不可原諒呢，」年輕小姐笑著說。

蓋爾斯先生顯然正在考慮自己恭敬一笑是否得體，此時一輛二輪馬車停在花園大門外，車上跳下一名肥胖的紳士逕自來到大門口，又以某種不可思議的方式迅速進了屋、衝進房裡，差點將蓋爾斯先生與早餐餐桌一起撞倒。

「這種事真是前所未聞！」胖紳士驚呼。「親愛的梅里夫人——老天保佑——又是在夜深人靜的時候——真是**前所未聞**啊！」

胖紳士說完這一席安慰話後，和兩位女士握了手，拉了一把椅子過來問她們覺得如何。

「您可能會沒命的，很可能會被嚇死，」胖紳士說：「為什麼不派人來叫我呢？老天保佑，我的人一分鐘就能趕到，我也一樣。我的助手一定很樂意幫忙。相信遇到這種情況，任何人都很樂意伸出援手。唉，唉！真是太意外了！又是發生在夜深人靜的時候！」

這位醫生似乎對於搶案發生的意外又是在夜半作案，而覺得格外煩惱，彷彿認為闖空門應該在大白天進行，並且要提前一、兩天以書面告知屋主，預約時間，這是紳士間已知的慣例。

「還有妳，蘿絲小姐，」醫生轉頭對那位年輕小姐說：「我——」

「噢！你說得一點都沒錯，確實如此，」蘿絲打斷他說：「不過現在樓上還有個可憐人，姑媽希望你能去看看他。」

「啊！當然，」醫生回答：「就是這件事。據我所知，那是你的傑作吧，蓋爾斯。」

蓋爾斯先生正緊張地將茶杯擺好，聽到醫生這麼說不由得漲紅了臉，說自己確實有這分榮幸。

「榮幸是吧？」醫生說：「哼，我可不知道。或許開槍打中後廚房裡的小偷，就像在十二步之外射中你的對手一樣榮幸吧。想想他是朝空中開槍，而你卻像是參加決鬥一樣，蓋爾斯。」

蓋爾斯先生認為醫生對這件事如此輕描淡寫意圖不良，似乎有意貶損自己的榮譽，因此恭敬地回答，雖然他不便妄加論斷，但他確實認為來者不善。

「嗯，所言甚是！」醫生說：「他在哪裡？帶我過去吧。梅里夫人，等我下樓再來替您做檢查。他就是從那扇小窗子鑽進來的是嗎？唉，真是難以置信！」

他跟著蓋爾斯先生上樓，一路上說個不停。趁他上樓的這段時間，筆者應該向讀者說明，這位洛斯本先生是附近的一位外科醫生，也是方圓十里著名的「醫生」，而他日漸發福的身材與其說是拜生活優渥所賜，不如說是性格開朗使然。他善良、熱心，又是個脾氣古怪的老單身漢，當今世上無論是哪一位探險家，恐怕都得在比這裡大五倍的空間裡才能找到這種人。

醫生待在樓上的時間，遠比他自己或兩位女士預想得還要久。他派人從馬車取來一個扁平的大箱子，臥房的拉鈴響個不停，僕人不斷在樓梯奔上奔下，從這種種跡象可以合理判斷，樓上一定發生了重要的大事。最後他終於下樓，兩位女士急忙詢問病人的情況。他在回答問題時模樣十分神祕，還小心翼翼地關上門。

「梅里夫人，這件事實在很離奇，」醫生說話時背著門站著，似乎想防止有人開門。

「他不會有生命危險吧？」老夫人說。

「唉，就眼前的情況來說，這**算不上**是離奇的事，」醫生回答：「不過我想他的確沒有生命危險。妳們見過這個小偷嗎？」

「沒有，」老夫人回答。

「也沒聽說過他？」

「沒有。」

「不好意思，夫人，」蓋爾斯先生插嘴說：「洛斯本醫生進來的時候，我正要告訴您他的事。」

其實，蓋爾斯先生起初無法公開承認自己只射中一個小男孩。他的勇敢贏得了這麼多讚美，讓他實在忍不住想拖延幾分鐘再做解釋。在這美妙的幾分鐘裡，他臨危不亂的英勇盛名短暫登上了巔峰。

「蘿絲想見那個人，」梅里夫人說：「可是我不許。」

「嗯！」醫生說：「他的樣子並不是太可怕。您不反對我陪妳們去看他吧？」

「如果有這個必要，」老夫人回答：「我當然不反對。」

「我認為有必要，」醫生說：「無論如何，我相信如果妳們遲遲不去看他，將來一定會因此深感後悔。他現在很平靜舒適。請容我這麼說——蘿絲小姐，可以嗎？您一點也不必害怕，我用我的名譽向您保證！」

第三十章
新訪客對奧利佛的印象

醫生囉嗦地提出許多保證，說她們看到這名罪犯一定會大吃一驚，然後才挽著蘿絲小姐的手，另一手伸向梅里夫人，十分有禮而穩重地帶她們上樓。

「現在，」醫生輕輕轉動臥房門把低聲說：「不妨聽聽妳們對他的印象。他雖然好一陣子沒理髮，不過看起來一點也不凶惡。等一下！讓我先去瞧瞧他適不適合接受探視。」

他向前走了幾步，朝房內看了看，然後示意她們前進，等她們進房後他關上門，輕輕拉開床簾。她們原先以為床上躺的會是一個冥頑不靈、長相凶惡的歹徒，沒想到卻只是個孩子，他在飽受疼痛與疲勞折磨後已沉沉睡去。受傷的手臂已經包紮好用夾板固定，橫放在胸口。他把頭靠在另一隻手臂上，一頭長髮披散在枕頭上，遮去了半張臉。

這位好心的先生一手拉著床簾，默默地看了大約一分鐘。蘿絲小姐趁他專注地盯著病人時，悄悄繞過他，坐在床邊一張椅子上，撥開奧利佛臉上的頭髮。她俯身靠近奧利佛時，幾滴眼淚落在他的額頭上。

這孩子動了一下，在睡夢中露出笑容，彷彿這些同情與憐憫的表示，喚起了某個愉快的夢境，夢中有他從未感受過的關愛與溫情。有時，一段輕柔的音樂、某個靜謐處的潺潺水聲、某種花香或某個熟悉的字眼，都會突然喚醒一些模糊的記憶，讓人想起今生從未見過的景象，但這些畫面就像風一樣稍縱即逝。有時喚醒的是一些早已遺忘的短暫歡樂回憶，是平時即使努力回想也無從想起的記憶。

「這是怎麼回事？」老夫人驚叫：「這個可憐的孩子絕不可能是盜賊的手下！」

「罪惡，」醫生放下床簾說：「都可能藏匿在許多聖殿裡了，誰能說美麗的外表下不可能包藏禍心呢？」

「可是他還這麼小！」蘿斯極力主張。

「我親愛的小姐，」醫生難過地搖搖頭說：「罪惡就像死亡，並不是只有年老體衰的人才會遇到。極年輕漂亮的人往往也是罪惡選中的目標。」

「可是，難道——噢！難道你真的相信，這個纖弱的孩子是自願與那些社會敗類為伍嗎？」蘿絲說。

醫生搖搖頭，意思是事實恐怕就是如此。他對這兩位女士說她們可能會打擾病人休息，然後便帶頭走進隔壁的房間。

「可是就算他真的做過壞事，」蘿絲接著說：「你想想他還那麼小，可能從來沒有感受過母愛或是家庭的溫暖，想想他受過多少虐待、毒打，餓過多少次肚子，這些都可能迫使他與那些逼他犯罪的人為伍。姑媽，親愛的姑媽，在您讓他們把這個生病的孩子關進監獄之前，求您大發慈悲想想這點吧。一旦真的把他關進牢裡，他就再也沒機會改過自新了。噢！您這麼疼愛我，也知道我在您的仁慈與關愛下，從來不覺得自己無父無母，但我也很可能會犯下這種罪行，也可能像這個可憐的孩子一樣無助、無人保護，求求您可憐他吧，免得一切都太遲了！」

「我親愛的孩子，」老夫人將淚眼汪汪的女孩抱進懷裡說：「妳以為我會傷害他半分嗎？」

「噢，不會的！」蘿絲急切地回答。

「當然不會啊，」老太太說：「我已經來日無多了，憐憫他人就等於將來慈悲待己！先生，我該怎麼做才能救他呢？」

「讓我想想，夫人，」醫生說：「讓我想想。」

洛斯本先生兩手插在口袋裡，在房裡來回踱步，不時停下來踮起腳尖保持平衡，苦惱地皺著眉頭。他前前後後叫了好幾聲「有辦法了」、「不對，還不行」，又多次重新開始踱步和皺眉，最後他終於真的停下腳步，說了以下這一番話：「我想如果您能無條件全權委託我去脅迫蓋爾斯和那個小子布里托斯，這件事也許辦得成。我知道蓋爾斯忠心耿耿又是家裡的老僕，不過您有上千種方法可以補償他，此外也可以嘉獎他射擊功夫了得。您不反對我這麼做吧？」

「除非還有其他方法能保全那孩子，」梅里夫人回答。

「沒別的方法了，」醫生說：「相信我，除此之外，別無他法。」

「那這件事姑媽就全權委託你了，」蘿絲破涕為笑：「不過非必要，請不要對這兩個可憐人太凶。」

「妳似乎認為，」醫生反駁：「蘿絲小姐，今天在場的除了妳本人之外，每個人都是鐵石心腸。為了所有成長中的男性著想，我只希望第一個配得上妳的年輕人求妳憐憫他時，妳也能像現在這樣脆弱而心軟。只可惜我不是年輕人，不然一定會當場抓住這個有利的機會。」

「您和可憐的布里托斯一樣，都是大孩子，」蘿絲紅著臉說。

「好啦，」醫生開心地笑了起來。「這不是什麼特別困難的事。我們還是回頭談那孩子吧，這個協議的重點都還沒講到呢。我相信他再過一個小時左右就會醒來。雖然我告訴樓下那個笨警官病人不能搬動或說話，否則就會有生命危險，但我想我們和這孩子說話應該無礙。現在我的條件是——我會當著妳們的面盤問他，如果我們可以根據他說的話做出判斷，而且我能讓妳們冷靜理智地看清楚，他的確是個不折不扣的壞蛋（這個可能性極大），那他就只能聽天由命，無論如何，我都不會再干涉了。」

「噢，不行啦，姑媽！」蘿絲懇求道。

「噢，可以的，姑媽！」醫生說：「就這樣說定囉？」

「他不可能是徹底的壞蛋，」蘿絲說：「不可能。」

「很好，」醫生反駁：「那妳就更有理由接受我的提議了。」

最後他們達成協議。雙方於是坐下來，焦急等待奧利佛醒來。兩位女士經歷的耐心考驗，注定要比洛斯本先生向她們預言的還要漫長。時間一小時又一小時地過去，奧利佛始終沉睡不醒。直到黃昏時分，這位好心的醫生才通知她們，奧利佛終於清醒，可以和他說話了。醫生說這孩子的狀況還是很糟，因為失血過多而變得虛弱，原本醫生堅持讓他靜養到隔天早上，但由於他心裡很亂，急著想吐露些什麼，因此最好給他這個機會。

他們和奧利佛談了很久。奧利佛將自己簡短的身世一五一十告訴他們，不時因為疼痛和缺乏體力而被迫停下。在逐漸變暗的房間裡，聽著一個生病的孩子用微弱的聲音講述那些狠心人帶給他的種種可怕不幸與痛苦，實在令人陰鬱。噢！人類在壓迫與折磨自己的同類時，何不想想自己作惡的潛藏罪據就像厚重的雲層，移動速度雖慢，但遲早能上達天聽，總有一天會惡報臨頭。假如能想像自己可以聽到死者深沉的證詞，哪怕只有一刻也好，可以聽到任何力量都無法扼抑、任何傲慢都無法阻絕的證詞，又何來日常生活中的種種傷害、不公、苦難、不幸、殘酷和錯誤！

當天晚上，有好幾雙手溫柔地撫平奧利佛的枕頭。他在睡夢中受到美與善的守護，覺得平靜又幸福，即便就這樣死去也毫無怨尤。

等到這場重要的會談一結束，奧利佛也放心地繼續休息後，醫生便抹了抹眼睛，咒罵這雙眼睛居然同時出毛病，然後下樓去開導蓋爾斯先生。客廳裡一個人影也沒有，此時他想到，在廚房裡執行他的計畫效果可能更好，便走進廚房。

在這個家庭議會的下議院裡，聚集了女僕、布里托斯先生、蓋爾斯先生、銲鍋匠（由於他幫了不少忙，因此特地邀請他當天留下來接受款待）和那名警官。這名警官配了一根大警棍，頂著一顆大頭，長相粗獷，穿著厚重的半統靴，看起來似乎喝了不少麥酒——事實上也是如此。

他們還在談論前一晚的冒險經歷。醫生走進廚房時，蓋爾斯先生正在細說他當時如何氣定神閒。布里托斯先生手裡端著一馬克杯的麥酒，不等上司把話說完，便擔保他說的話句句屬實。

「坐下吧！」醫生揮揮手說道。

「謝謝您，」蓋爾斯先生說：「先生，夫人和小姐吩咐大家喝點麥酒，我不想待在自己的小房間裡，有意陪陪大家，所以就到這裡來了。」

布里托斯帶頭低聲咕噥了幾句，在場的女士和先生也紛紛對蓋爾斯先生大駕光臨表示感激。蓋爾斯先生施恩似地看了所有人一眼，似乎在說只要他們表現良好，他絕不會拋下他們。

「病人今晚的情況如何？」蓋爾斯問。

「馬馬虎虎，」醫生回答：「你恐怕惹上麻煩了，蓋爾斯先生。」

「先生，您的意思該不會是，」蓋爾斯先生顫抖著說：「他快死了吧。只要想到這件事，我就再也高興不起來。我沒想過要一個孩子的命，不，就算是布里托斯也不會這樣做，即使把全郡的金銀餐具都給我，我也不做，先生。」

「這不是重點，」醫生故弄玄虛地說：「蓋爾斯先生，你是新教徒嗎？」

「是的，先生，我想是的，」蓋爾斯先生臉色慘白，結結巴巴地說。

「那你呢，**孩子**？」醫生突然轉頭問布里托斯。

「願主保佑我，先生！」布里托斯嚇了一大跳，回答：「我和蓋爾斯先生一樣，先生。」

「那麼請告訴我，」醫生說：「你們兩個，就是你們兩位！你們敢不敢發誓，樓上那個孩子就是昨晚被人從小窗戶抱進來的那一個？快說啊！說！我們都在等你們回答呢！」

這位醫生是大家公認世上脾氣最好的人之一，如今以如此嚇人的憤怒語氣質問，而蓋爾斯與布里托斯又因為喝了麥酒和情緒激動，整個人糊里糊塗的，因此兩人驚慌失措地面面相覷。

「警官，麻煩你注意聽他們回答，好嗎？」醫生十分嚴肅地晃了晃食指，輕敲自己的鼻梁，要求這位大人物發揮最敏銳的觀察力。「這件事很快就會水落石出了。」

警官盡量露出精明的模樣，拿起了閒置在煙囪角落的警棍。

「你也看得出來，這不過是個簡單的指認問題，」醫生說。

「沒錯，先生，」警官回答。他急著把麥酒喝完，結果不小心嗆到，猛烈地咳了起來。

「有人闖入這間屋子，」醫生說：「這兩個人瞥見一個孩子的身影，當時硝煙瀰漫，他們又驚慌失措，而且現場一片漆黑。隔天早上有個男孩來到同一棟屋子前，因為他的手臂正好也包紮起來，這兩個人便對他施以暴行——此舉讓他性命垂危——還信誓旦旦地說他就是那個賊。現在的問題是，根據事實，這兩個人的行為是否恰當，如果不恰當，他們又會有什麼下場？」

警官重重地點頭說，如果這問題不算合情合理，他倒想見識一下什麼才算。

「我再問一遍，」醫生怒喝：「你們鄭重發誓，究竟能不能指認出那個小孩？」

布里托斯疑惑地看著蓋爾斯先生，蓋爾斯先生也疑惑地看著布里托斯，警官把手擺到耳邊想聽清楚回答。兩名女僕和銲鍋匠也傾身向前，豎起耳朵等他們回答。醫生用銳利的目光掃視眾人，就在此時大門的鈴聲響起，同時傳來車輪的聲音。

「巡捕來了！」布里托斯叫道，顯然大大鬆了一口氣。

「你說誰？」醫生吃驚地問，這下輪到他目瞪口呆了。

「堡街巡捕，先生，」布里托斯拿起蠟燭回答：「我和蓋爾斯先生今天早上派人去請的。」

「什麼？」醫生大叫。

「是啊，」布里托斯回答：「我派車夫送信過去，原本還奇怪他們怎麼還沒到，先生。」

「你們請來的，是嗎？你們這些該死的……馬車，這麼慢才來，算了，就這樣吧。」醫生說完轉身就走。

第三十一章
情況緊急

「是誰？」布里托斯就著門鍊將門打開一條小縫，用手擋著燭光向外窺探問道。

「開門，」門外來人回答：「我是堡街巡捕，今天接到你們報案。」

布里托斯聽到這項保證放心不少，將門整個打開，迎面見到一名身穿大衣的肥胖男子。那人不發一語地走進屋內，在門墊上抹了抹鞋底，彷彿走進自家大門一般神色自若。

「年輕人，派個人去和我的同伴換手好嗎？」巡捕說：「他在馬車上顧馬。你們這兒有沒有馬車房，可以把馬趕進去停個五分鐘或十分鐘？」

布里托斯給了正面的答覆後，指著房子外頭，胖男人回到花園大門口幫他的同伴停放馬車。布里托斯替他們照明，看來對這兩人十分欽佩。馬車停妥後，他們回到屋裡，跟著僕人來到客廳，脫下大衣及帽子，露出真正的模樣。

敲門那人身高中等、體型肥胖，年約五十歲上下，烏黑閃亮的頭髮剪得很短，留著小鬍子，有一張圓臉和一雙銳利的眼睛。另一人則是紅頭髮，身材瘦削，穿著高筒靴，長得其貌不揚，還有個朝天鼻，看來十分陰險。

「去通知你的主人，布拉瑟斯和達夫來訪，知道嗎？」較肥胖的那人說完伸手順了順自己的頭髮，將一副手銬放在桌上。「噢！晚安，先生。如果您不介意，可否私下一談？」

這句話是對著剛露面的洛斯本先生說的。洛斯本先生向布里托斯打了個手勢要他離開，帶著兩位女士走進客廳，把門關上。

「這位夫人便是屋主，」洛斯本先生朝梅里夫人比了比說道。布拉瑟斯先生向她鞠躬問好，聽到主人請他坐下，便將帽子放在地上，在椅子上坐下，並示意達夫照做。達夫似乎不太習慣上流社會的禮儀，或是在這種場合覺得十分不自在，一陣手忙腳亂之後，將手杖杖頭含在嘴裡，才尷尬地坐了下來。

「現在，關於這起搶案，先生，」布拉瑟斯說：「究竟是什麼情形？」

洛斯本先生顯然想爭取時間，將事發經過長篇大論地仔細描述了一遍，中間還穿插了許多迂迴的措辭。布拉瑟斯先生與達夫先生看起來很了解情況，偶爾互相點個頭。

「當然，在案子查清楚之前，我也說不出個所以然來，」布拉瑟斯說：「不過現在我的看法是——我不介意把話說到這裡——這不是鄉巴佬做的，對不對，達夫？」

「當然不是，」達夫回答。

「對了，為兩位女士解釋一下鄉巴佬這個詞的意思，我想您的意思是說，這件事並不是鄉下人做的？」洛斯本先生笑著說。

「沒錯，先生，」布拉瑟斯回答。「案發經過就是您說的這些了嗎？」

「就這些了，」醫生回答。

「對了，僕人都說這裡有個孩子，是怎麼回事？」布拉瑟斯說。

「沒什麼啦，」醫生回答：「只不過是有個僕人被嚇壞了，開始胡思亂想，以為這次的闖空門事件那孩子也有分兒，不過這都是胡說八道，荒謬至極。」

「如果是這樣，那好辦，」達夫說。

「他說得很對，」布拉瑟斯點頭讚許道，漫不經心地將手銬當成一對響板來玩。「那孩子是誰？他說了哪些有關自己的事？他從哪兒來？總不會是從天上掉下來的吧，先生？」

「當然不是，」醫生回答，緊張地看了兩位女士一眼。「我知道他所有的經歷，這件事可以等一下再說。我想您應該想先看看那些小偷試圖闖入的地方吧？」

「當然，」布拉瑟斯回答。「我們最好先勘驗現場，再盤問僕人。這是我們辦案的一貫做法。」

他們把燈點亮之後，布萊瑟斯與達夫在當地警官、布里托斯、蓋爾斯和其餘所有人的陪同下，走進通道盡頭的小房間，從那扇窗向外望。接著他們又穿過草坪來到那扇窗外，隔著窗戶向內看，然後舉起蠟燭，檢查那扇窗的窗板，再提著燈追查腳印，接著用乾草叉朝灌木叢亂戳一陣。做完這些勘查後，所有旁觀者屏氣凝神，看著他們回到屋裡。蓋爾斯先生和布里托斯奉命，誇張地重演他們在前一晚的驚險事件中所扮演的角色。這兩人模擬了不下六次；第一次模擬自相矛盾的重大情節不超過一處，到了最後一次，矛盾之處則不超過十多處。模擬完畢後，布拉瑟斯與達夫請大家離開房間，私下討論了許久，相較於他們的保密與嚴肅程度，許多名醫對於棘手病情的會診，簡直就如同兒戲。

同一時間，醫生在隔壁房裡極度不安地來回踱步。梅里夫人與蘿絲則是一臉焦急地看著他。

「真是的，」他在房裡快步繞了好幾圈之後，停下腳步說：「我不知道該怎麼辦才好了。」

「想來，」蘿絲說：「只要把那可憐孩子的事一五一十告訴那些人，就足以證明他無罪了吧。」

「親愛的小姐，這點我很懷疑，」醫生搖頭說：「我不認為把事情告訴他們或更高階的執法人員，就能證明他無罪。終歸一句，他們一定會問，他是什麼人？一個逃家的孩子。單從世俗考量及可能性來判斷，他的故事就非常可疑。」

「但你一定相信他吧？」蘿絲打斷他。

「他的故事雖然奇怪，但**我**的確相信。或許我是個老傻瓜才會這樣，」醫生回答：「不過我覺得，把這個故事講給那些講求實際的警官聽，可能不妥。」

「為什麼？」蘿絲問。

「我可愛的盤問者，因為，」醫生回答：「因為在他們看來，這個故事裡牽涉到諸多犯罪活動，只能證明對那孩子不利的地方，對他毫無幫助。那些該死的傢伙，**一定會**追問原因、理由，而且什麼都不信。妳想想，根據他自己的說法，他曾經有一段時間和小偷為伍，又因為涉嫌扒竊老先生的東西而被送進警局。他還被人從那位老先生家強行帶走，到一個他說不出、認不出的地方，就連是什麼情況都一無所知。那些人似乎很中意他，不顧他的意願將他帶到徹特西，硬將他塞進窗子裡，打算搶劫那家人。然後，就在他打算向住戶示警，只要做了這件事就能讓他改邪歸正的時候，突然一個沒教養的管家莽莽撞撞地衝進來，還開槍打中他！好像是故意不讓他做好事一樣！妳還看不明白嗎？」

「我當然明白，」蘿絲看到醫生焦急的模樣，不禁笑著回答：「可是我還是看不出有哪一點會讓這個可憐的孩子被定罪。」

「是啊，」醫生回答：「當然看不出來！願上帝保佑妳們女人永保明亮的雙眼！妳們的眼睛永遠只能看到問題的一面，而且不論好壞，總是只看第一眼看到的那一面。」

醫生說完經驗之談後，又將雙手插在口袋裡繼續在房內來回踱步，速度甚至比先前更快。

「我愈想這件事，」醫生說：「愈覺得如果我們把這孩子的真實經歷告訴這些人，一定會惹出許多麻煩和問題。我敢說這個故事一定沒人相信。即使最後他們不能對他怎麼樣，但把這故事公諸於世，又牽扯出所有可能的疑點，一定會嚴重妨礙妳們拯救他脫離苦海的慈善計畫。」

「噢！那該怎麼辦？」蘿絲叫道：「天哪，天哪！他們為什麼要請這些人來啊？」

「是啊，為什麼！」梅里夫人嘆道：「我根本就不希望他們來。」

「我只知道，」洛斯本先生終於冷靜坐下，孤注一擲地說道：「我們一定要厚著臉皮努力堅持下去。這個目標的立意良善，這就是我們的理由。幸好那個孩子現在發著高燒，不適合再說話。我們一定要充分利用這點，如果結果還是失敗，那也不是我們的錯了。請進！」

「好的，先生，」布拉瑟斯和同事一前一後走進房裡，他先將門關好才開口說：「這並非預謀犯案。」

「預謀犯案究竟是什麼意思？」醫生不耐煩地問。

「女士們，我們所謂的預謀犯案，」布拉瑟斯轉頭向兩位女士說明，似乎是在同情她們的無知，但對醫生的愚昧則表示輕蔑：「就是有家僕參與其中的搶案。」

「這個案子，沒人覺得他們有嫌疑，」梅里夫人說。

「夫人，他們的嫌疑確實不大，」布拉瑟斯回答：「不過正因為這樣，他們反而可能涉案。」

「因為這樣，所以更有可能，」達夫說。

「我們認為這是倫敦人犯的案，」布拉瑟斯繼續報告：「因為作案手法一流。」

「確實做得非常漂亮，」達夫低聲說。

「犯人有兩個，」布拉瑟斯接著說：「從窗戶的大小就能明顯看出，他們還帶了一個小孩。目前只知道這些。如果可以，我們想立刻見見妳們樓上收留的那個孩子。」

「要不要先請他們喝點什麼，梅里夫人？」醫生的表情十分開朗，似乎想到了新點子。

「噢！這是當然的！」蘿絲急著說：「如果兩位願意，飲料馬上送來。」

「呃，謝謝妳，小姐！」布拉瑟斯用大衣袖子擦了擦嘴說：「做我們這行總是讓人覺得口渴。小姐，只要方便就好，別為了我們大費周章。」

「喝什麼好呢？」醫生一面問，一面跟著這位年輕小姐走向餐具櫃。

「如果不麻煩的話，就喝點烈酒好了，先生，」布拉瑟斯回答。「從倫敦來這裡的路上還真冷啊，夫人。我一向認為烈酒能讓人心裡暖和起來。」

這番有趣的論點是講給梅里夫人聽的，她十分親切地聽著。醫生趁著布拉瑟斯和夫人說話，溜出了房間。

「啊！」布拉瑟斯並不是握住酒杯的高腳，而是用左手拇指和食指抓住杯底，將酒杯靠在自己的胸口說：「兩位女士，我在這一行已經看過太多類似的案子。」

「布拉瑟斯，埃德蒙頓的小巷裡發生的那起搶案就是啊，」達夫先生提醒同事。

「那個案子的手法跟這次很像，對不對？」布拉瑟斯先生說：「那是大鼻契科韋德幹的，一定是。」

「你老是賴到他頭上，」達夫說：「我告訴你，那是高手佩特幹的。這案子大鼻的嫌疑比我還小。」

「才怪！」布拉瑟斯先生反駁：「我比你懂。不過你還記得那次大鼻被搶錢的事嗎？真是驚人啊！比我看過的任何小說都還要精采！」

「是什麼情況？」蘿絲問道，急著討好這兩位不受歡迎的訪客。

「那是一起搶案，小姐，幾乎沒人搞得清楚，」布拉瑟斯說：「這位大鼻契科韋德——」

「叫他大鼻是因為他的鼻子大，小姐，」達夫插嘴。

「這位小姐當然知道，對不對？」布拉瑟斯先生問。「老兄，你老是愛打岔！這位大鼻契科韋德啊，小姐，在作戰橋那裡開了一家酒館，好多年輕公子哥兒都喜歡去他酒館的地下室裡看鬥雞、捕獾什麼的。安排這些活動很花心思，我見得多了。當時他還沒加入什麼幫派，有天晚上，他裝在一只帆布袋裡的三百二十七基尼金幣被偷了；一個戴黑眼罩的高個子躲在床底下，趁著夜深人靜把錢從他的臥室偷走。那人得手之後就啪地一聲從窗戶跳出去，那扇窗離地只有一層樓高。小偷的身手很俐落，不過大鼻也不是省油的燈，拿起大口徑短槍就朝小偷射，槍聲驚醒了左鄰右舍。大家馬上起來喊抓賊，四處察看了一番之後，發現大鼻打中了那個賊，血跡一直延伸到大老遠的籬笆那裡才不見。總之，小偷還是拿著錢逃跑了，結果這位有執照的酒館老闆契科韋德先生的名字上了《憲報》，和其他破產人的名字一起刊登。然後各種救濟金、捐款，一堆我搞不清楚的款項都給了這個可憐人。他自從遭小偷之後就一直鬱鬱寡歡，接下來的

三、四天都在街上遊蕩，拚命扯自己的頭髮，許多人看到他絕望的樣子，都擔心他會尋短。有一天他匆匆忙忙跑來警局和治安官私下談了好一會兒，然後治安官拉了鈴，把傑姆．史拜爾斯叫了進去（傑姆是個勤奮的警官），命他協助契科韋德先生逮捕到他家行竊的犯人。『我看到他了，史拜爾斯，』契科韋德說：『他昨天早上從我家門前經過。』『那你為什麼不追上去把他抓住！』史拜爾斯說。『我整個人都慌了，你光用一根牙籤都能打破我的頭，』這個可憐人說：『不過我們一定可以逮到他。他晚上十點到十一點之間會再經過。』史拜爾斯聽他這麼說，馬上拿了乾淨的換洗衣物和一把梳子放進口袋，以免得在外頭待一、兩天，接著便出發了。他躲在酒館一扇窗旁的紅色小窗簾後，連帽子都沒脫，準備一收到通知就馬上衝出去。到了深夜，他在那裡抽菸斗，突然間契科韋德大喊：『他在那裡！抓小偷！凶手！』傑姆．史拜爾斯衝出去，看到契科韋德一路大喊拚命往前衝，史拜爾斯趕緊追了上去。契科韋德一直往前跑，大家也圍了上去，每個人都跟著大喊：『抓小偷！』契科韋德像發瘋似地，一路上不停大喊。史拜爾斯轉過街角後沒看到他的人影，又轉了個彎，看到一小群人，便鑽了進去。『哪一個是賊？』『他媽的！』契科韋德說：『又讓他給跑了！』這件事真離奇，到處都找不到那個賊，於他們只好又回那家酒館。隔天早上，史拜爾斯又坐在老位子，躲在窗簾後面向外看，尋找一個戴黑眼罩的高個子，一直看到兩眼發疼。最後他忍不住閉上眼睛放鬆一下，就在這時候，他聽到契科韋德大喊：『他在那裡！』於是他又衝出去，契科韋德已經跑在他前頭，兩人相隔了半條街。他們跑了比昨天遠一倍的路程後，那個賊又不見了！這種情形後來又發生了一、兩次，最後有一半的街坊鄰居都認為是魔鬼偷了契科韋德先生的錢，而且這個魔鬼還不斷回來整他。另一半的街坊鄰居則認為，可憐的契科韋德先生已經因為悲傷過度而發瘋了。」

「那傑姆．史拜爾斯怎麼說？」醫生問。他在巡捕開始說故事沒多久便已回到房裡。

「傑姆．史拜爾斯，」警官接著說：「好長一段時間什麼都沒說，一直悄悄留意各種動靜，不讓人發覺，從這點就知道他很了解這一行。不過，有一天早上他走進酒吧，拿出鼻菸盒說：『契科韋德，我查到這起搶案的犯人了。』『是嗎？』契科韋德說：『噢，親愛的史拜爾斯，只要能讓我報仇，就算死我也心滿意足了！噢，親愛的史拜爾斯，那個壞蛋在哪兒！』『得了！』史拜爾斯問對方要不要來點鼻菸，然後說：『別再裝了！犯人就是你。』他的確就是犯人，還靠這一招撈了不少錢。如果不是他太心急，把戲演得太誇張，根本沒人會發現！」布拉瑟斯先生說完放下酒杯，將手銬弄得叮噹響。」

「的確是很妙，」醫生說。「好了，如果兩位方便，現在可以上樓了。」

「只要您方便就好，先生，」布拉瑟斯回答。兩名警官緊跟著洛斯本先生上樓，來到奧利佛的房間。蓋爾斯先生拿著蠟燭走在眾人前面。

奧利佛一直在昏睡，看來病情更加惡化，也燒得比剛來的時候更厲害。他在醫生的協助下勉強在床上坐起來一、兩分鐘。奧利佛看著眼前的陌生人，完全不清楚接下來會發生什麼事——事實上，他似乎連自己身在何處，先前發生過什麼事都想不起來。

「這個孩子，」洛斯本先生以輕柔卻激憤的語氣說：「這個孩子因為頑皮，闖進那個叫什麼的先生家院子，就在後面那邊，結果意外被彈簧槍射中，今天早上跑來向這家人求助，卻馬上被那位手裡拿蠟燭的精明先生抓住，狠狠虐待了一番，導致這孩子性命垂危，這點我可以憑我的專業提出保證。」

布拉瑟斯先生與達夫先生聽到醫生如此說明，一起轉頭看著蓋爾斯先生。這位管家一頭霧水，先是看著兩位警官，又看奧利佛，再看向洛斯本先生，臉上又驚又疑的表情十分滑稽。

「我想你應該不會否認這點吧？」醫生說完，輕輕讓奧利佛躺回去。

「我這麼做都是——都是出於好意啊，先生，」蓋爾斯回答：「我真的以為他就是那個孩子，不然我絕不會為難他。我並不是殘忍的人，先生。」

「你以為他是哪個孩子？」這名資深警官問。

「就是那個盜賊帶來的孩子啊，先生！」蓋爾斯回答。「他們——他們一定帶了個孩子。」

「是嗎？那你現在還這麼認為嗎？」布拉瑟斯問。

「認為什麼，現在？」蓋爾斯茫然地看著發問者說。

「認為他就是那個孩子啊，蠢蛋？」布拉瑟斯不耐煩地說。

「我不知道，我真的不知道，」蓋爾斯一臉悔恨地說：「我不敢肯定就是他。」

「你到底是怎麼想的？」布拉瑟斯問。

「我不知道該怎麼想了，」可憐的蓋爾斯回答：「我想應該不是這個孩子。沒錯，我幾乎可以肯定不是他。您也知道，這怎麼可能。」

「這個人是喝醉了是不是，先生？」布拉瑟斯轉頭問醫生。

「你還真是個難得一見的糊塗蟲啊！」達夫十分輕蔑地對蓋爾斯先生說。

洛斯本先生在這段簡短的對話過程中一直在替病人量脈搏。現在他從床邊的椅子站起來說，如果兩位警官對這個案子還有疑問，不妨到隔壁房間去，把布里托斯叫來問清楚。

他們聽從建議，轉移陣地到隔壁房間。布里托斯先生被叫到房裡，和他尊敬的上司一起陷入這個不可思議的謎團中，面對種種矛盾與不可能，完全摸不著頭緒，只知道自己確實極度困惑不解。不過他的確表示，就算現在真正的小偷在他面前，他也認不出來。他之所以認為奧利佛就是那個小偷，只是因為蓋爾斯先生說他就是。而蓋爾斯先生在五分鐘前也在廚房裡承認，他開始非常擔心自己可能太魯莽了點。

在許多絕妙的猜測之中，有人提出了一個問題，就是蓋爾斯先生是否真的擊中任何人。他們檢查了他昨晚擊發槍枝的配對手槍，發現槍管裡除了火藥和牛皮紙外，並未填裝更具殺傷力的東西。大家都對這個發現大感意外，只有醫生除外，因為他在十分鐘前才將手槍裡的彈丸取出。眾人之中又以蓋爾斯先生最為吃驚。他已經擔心了好幾小時，深怕自己造成某位同胞致命的傷害，因此急切地採納這個新說法，並且對此深信不疑。最後，這兩位警官沒再多問奧利佛的事，只留下徹特西當地的警官在這裡，自己回倫敦過夜，說好隔天早上再來。

隔天早上傳來一個消息，有兩名男子和一個孩子前晚因行跡可疑被捕，已關入金斯頓的監獄。布拉瑟斯和達夫兩位警官於是前往金斯頓。然而根據調查，所謂的行跡可疑，事實上也不過就是他們被人發現睡在乾草堆下。這雖然是一大罪行，卻僅處以監禁之刑，且本著英國法律慈悲的觀點及對國王全體人民的博愛精神，在沒有合理罪證，並缺乏其他各項證據的情況下，無法證明這三名睡覺者有暴力打劫之舉，因此不應判處死刑。布拉瑟斯與達夫兩人就算再精明，也只能空手而回。

總之，經過一番調查又談了許久之後，地方治安官終於欣然答應梅里夫人與洛斯本先生聯合保釋奧利佛，不過他必須隨傳隨到。布拉瑟斯與達夫領了兩基尼金幣的賞金後便返回倫敦，但他們對此行主犯的看法依舊分歧。達夫警官對所有情況深思熟慮了一番之後，傾向於認為這起竊盜未遂案是由高手佩特所為，但布拉瑟斯警官則同樣深信，所有的事情全都是由偉大的大鼻契科韋德先生所為。

而這段期間，奧利佛在梅里夫人、蘿絲和好心腸的洛斯本先生的齊心照顧下，逐漸恢復健康和體力。如果滿懷感激、發自內心的真誠祈禱能夠上達天聽——如果這種祈禱不能上達天聽，還有什麼祈禱能！——那麼這個孤兒為他們祈求的祝福想必已經滲入他們的靈魂，為他們帶來和平與幸福。

第三十二章
奧利佛與善心朋友一起展開幸福生活

奧利佛的病況既嚴重又複雜。除了手臂骨折的疼痛和延遲治療外，曝露在溼氣與寒氣下也讓他發燒又發冷，導致他數星期纏綿病榻、形銷骨立。所幸最後他終於開始慢慢好轉，有時也能含淚表達自己已深深感受到兩位親切女士的善心，並由衷希望等他身體康復強健後，能做些什麼來聊表感激。他只想做點什麼事，讓她們知道他內心充滿了愛與敬意；不論是多麼微不足道的小事，只要能向她們證明，她們的溫柔慈善沒有白費就好。她們本著慈善之心，拯救了這個可憐的孩子脫離苦海，甚至逃過死劫，如今這孩子也渴望全心全意地報答她們。

某天，奧利佛虛弱而費力地將到他蒼白唇邊的感激話語說出口，蘿絲聽完後說：「可憐的孩子！等你好了之後，有的是機會報答我們。我們要到鄉下去，我姑媽打算帶你一起去。清幽的環境、新鮮的空氣和春天的種種娛樂及美景，一定能讓你在幾天內就恢復元氣。等你承受得住勞煩的時候，還有得你忙呢。」

「勞煩！」奧利佛叫道：「噢！親愛的小姐，如果能替您效勞，只要能讓您開心，不管是要我澆花、照顧小鳥，或是整天跑來跑去逗您高興，我什麼都願意做！」

「你什麼都不用做，」梅里小姐笑著說：「就像我剛才告訴你的，我們有的是事情讓你忙。就算你只做到現在承諾的一半來討好我們，也已經讓我很開心了。」

「開心，小姐，」奧利佛叫道：「您這麼說真是好心！」

「我無法向你形容你讓我有多開心呢，」年輕小姐回答：「只要想到我親愛的姑媽能夠助人脫離你所說的苦海，我就開心得難以言喻。又知道她發揮愛心同情的對象也真心感激、感念在心，我高興的程度是你所無法想像的。你懂我的意思嗎？」她看著奧利佛若有所思的表情問道。

「噢，我懂，小姐，我懂！」奧利佛急忙回答：「可是我在想，我現在真是忘恩負義。」

「對誰？」這位年輕小姐問道。

「對那位好心的老先生，還有那位親切的老看護，他們先前真的很照顧我，」奧利佛說：「我相信，如果他們知道我現在有多幸福，一定會很高興的。」

「我想他們一定會高興的，」奧利佛的女恩人說：「洛斯本先生已經好心答應，等你的身體好起來，可以出門的時候，他就會帶你去見他們。」

「真的嗎，小姐？」奧利佛高興地露出開朗的笑容，大聲說：「等我再看到他們親切的面容，不知道會有多高興！」

不久，奧利佛的體力已恢復得差不多，足以承受這趟旅行的勞累。於是，某天早上，他和洛斯本先生便乘著梅里夫人的小馬車出發。他們來到徹特西橋的時候，奧利佛突然臉色發白，驚叫了一聲。

「這孩子是怎麼了？」醫生一如往常，慌亂叫道：「你看到什麼——聽到什麼——感覺到什麼了嗎，啊？」

「那裡，先生，」奧利佛指著馬車窗外叫道：「那棟房子！」

「對，怎麼了，那房子怎麼了？停車，在這裡停一下，」醫生叫道。「孩子，那房子怎麼了，嗯？」

「那些小偷——他們就是把我帶到那裡！」奧利佛低聲說。

「見鬼了！」醫生叫道：「啊哈，在那裡！讓我下車！」

但車夫還沒來得及從他的座位上跳下來，醫生已經自行設法滾下馬車。接著他直接衝向那棟廢棄的屋子，發瘋似地開始踹門。

「喂喂？」一個醜陋的駝背矮子突然開門說道，醫生最後一腳的力道過猛，差點讓他向前摔進屋內走道。「發生了什麼事？」

「什麼事！」醫生大吼一聲，不假思索地抓住對方的衣領。「多著呢，搶劫就是一事。」

駝子冷冷回說：「如果你不放手，還會有殺人的事呢。聽到了沒？」

「聽到了，」醫生說完狠狠地晃了對方一下。「在哪裡——那該死的傢伙叫什麼名字——對了，叫賽克斯。賽克斯在哪裡，你這個賊人？」

駝子瞪大眼睛，似乎極為驚訝和憤怒，接著他身子一扭，靈巧地掙脫醫生的手，嘴裡大聲咒罵一連串不堪入耳的髒話，退回屋子裡。但他還來不及關門，醫生已經二話不說闖進客廳裡。

他焦急地看了四周，沒有一件家具、沒有一樣東西（不管是有生命還是無生命的），甚至連櫥櫃的位置都和奧利佛描述的不同！

「喂！」駝子一直緊盯著醫生說：「你這麼凶巴巴地闖進我家要幹嘛？是想搶我還是想殺我？到底是想怎樣？」

「你有看過哪個人坐雙駕馬車出來殺人搶劫嗎，你這個可笑的老吸血鬼？」個性急躁的醫生說。

「那你到底想怎樣？」駝子質問。「再不滾出去，別怪我不客氣了，去你的！」

「我想出去的時候自然會出去，」洛斯本先生邊說邊察看另一間房，那間也和第一間一樣，沒一個地方和奧利佛說的相符。「總有一天會抓到你的把柄，老兄。」

「你行嗎？」醜陋的駝子冷笑一聲說：「想找我，我就在這兒啊。我一個人在這裡住了二十五年了也沒瘋，還怕你嗎？你給我走著瞧，給我走著瞧。」這個矮小的醜八怪說完之後大吼一聲，不停地跳腳，似乎是氣瘋了。

「真是有夠蠢的，」醫生喃喃說道：「那孩子一定是記錯了。拿去！收到口袋裡，把自己再關起來吧。」醫生說完扔了一張鈔票給駝子，回到馬車上。

那人尾隨醫生來到馬車門前，一路上破口大罵，說著不堪入耳的髒話與咒罵。而就在洛斯本先生轉頭跟車夫說話時，那人探頭朝馬車裡看，瞪了奧利佛一眼，眼神極為銳利凶狠，同時又十分憤怒而充滿惡意，讓奧利佛在往後數個月裡，不論醒著還是睡著，始終忘不了那一眼。一直到車夫爬上座位，那駝子仍不停口出惡言。等馬車再度上路後，他們還看到那駝子在相隔一段距離的後方跺腳扯髮，表達他不知是真是假的憤怒。

「我真蠢！」醫生沉默了許久後說：「你知道嗎，奧利佛？」

「不知道，先生。」

「那下一次可別忘了。」

「真蠢，」醫生沉默了幾分鐘，又說：「就算找對了地方，那些傢伙就在屋裡，我一個人又能怎樣？即使我有幫手，這麼做也沒好處，只會牽扯出我自己的事來，還勢必會讓大家知道我有所隱瞞。不過我也是活該，老是一時衝動就讓自己陷入窘境。這件事讓我受點教訓也好。」

其實，這位傑出的醫生一輩子都是憑衝動做事，但在此說一句不帶惡意的恭維話，那些掌控他行動的衝動到目前為止並未給他帶來任何麻煩或不幸，而且所有認識他的人都打從心底尊敬和重視他。如果非得說實話，他在這一、兩分鐘裡，確實因為失望而有點生氣，氣自己未能把握第一次的機會，取得確切的證據來證實奧利佛所說的故事。不過他很快就釋懷了，也發現奧利佛依舊老老實實、前後一致地回答他的問題，態度顯然和先前一樣真誠坦率，因此他下定決心從今以後要完全相信奧利佛的話。

由於奧利佛知道布朗洛先生家所在的街名，因此他們可以直接將馬車開到那裡。馬車轉進那條街時，奧利佛的心突然噗通狂跳，差點讓他喘不過氣。

「好啦，孩子，是哪棟房子？」洛斯本先生問。

「那棟！那棟！」奧利佛著急地指著窗外說：「那棟白色的房子。噢！快點！求求您快一點！我覺得自己好像快死了，全身都在發抖。」

「乖，乖！」這位好心的醫生拍拍奧利佛的肩膀說：「你馬上就能見到他們了，他們看到你平安無事，一定也很高興。」

「噢！希望如此！」奧利佛大聲說：「他們都對我那麼好，真的對我非常、非常好。」

馬車繼續前行，最後才停了下來。不對，不是這間屋子，是隔壁那棟才對。馬車又前進了一點，再次停下來。奧利佛抬起頭看著窗戶，滿心期待地流下歡喜的眼淚。

只可惜，白色屋子裡空無一人，窗戶上貼著一張告示：「吉屋出租。」

「去問問隔壁那家人吧，」洛斯本先生挽著奧利佛的手臂大聲說。「請問您知道原先住在隔壁的那位布朗洛先生怎麼了嗎？」

應門的女僕並不清楚，不過願意去問問看。不久後她回來說，布朗洛先生在六週前已經變賣所有財產，搬到西印度群島了。奧利佛雙手交握，虛弱地向後一倒。

「他的女管家也跟著去了嗎？」洛斯本先生停頓了一下，問道。

「是的，先生，」女僕回答：「那位老先生、女管家和布朗洛先生的一位朋友全都一起去了。」

「那我們回去吧，」洛斯本先生向車夫說：「中途別停下來餵馬，等出了這該死的倫敦再說！」

「先生，我們可以去找那位書攤老闆嗎？」奧利佛問。「我知道路。我們去找他吧，求求您，先生！讓我見見他吧！」

「我可憐的孩子，今天已經夠讓人失望的了，」醫生說：「我們倆都受夠了。如果我們去找那個書攤老闆，一定會發現他已經死了，或是把自己的鋪子給燒了，或是已經逃跑了。不了，直接回家吧！」於是他們便遵照醫生的衝動，回家去了。

雖然奧利佛現在過著幸福快樂的日子，但這一次的痛苦失望依舊讓他悲傷難過。因為他在生病期間，曾多次開心地想到布朗洛先生和貝德溫太太會對他說什麼，以及他會有多開心地告訴他們，自己在許多漫長的白晝和夜晚，都在回想他們對他的好，並為了彼此遭人殘忍拆散而痛哭。他也希望自己總有一天能向他們解釋清楚，說明他被人強行帶走的經過，這個希望不僅給他鼓勵，也支持他度過近來的許多考驗。但如今他們已經遠走他鄉，還認定他是個騙子和小偷——這個誤會也許他到死都無法澄清——只要想到這點就讓他幾乎無法承受。

不過這個情況並未改變這些恩人對他的態度。又過了兩週，天氣開始回暖放晴，花草樹木也長出嫩葉和鮮豔的花朵，他們準備離開徹特西的這間屋子數個月。

他們將費金覬覦的餐具送到銀行保管，留下蓋爾斯與另一名女僕看房子，帶著奧利佛出發到遠方鄉下的別墅去了。

有誰能形容這個虛弱的孩子來到內地鄉村，在青翠的群山與茂密的樹林間呼吸芬芳的空氣，會有多麼歡樂、喜悅、平和與寧靜！又有誰說得出，這些平和與寧靜的景致如何映入擁擠嘈雜市區的居民受盡折磨的腦海中，又是如何將活力深深注入他們疲憊不堪的心靈！住在擁擠、狹窄街道上的人們過著辛勞的生活，從未想過要換個地方。習慣已成為他們的第二天性，他們幾乎愛上了自己每天行走的狹隘街道上的一磚一石。但即使是他們，在臨死之際也會渴望最後再看一眼大自然的容顏。一旦遠離過去喜怒哀樂的場景，似乎立刻就進入了新的生命境界。他們日復一日，慢慢來到某個陽光普照的綠地，看到天空、山丘、平原和閃耀湖泊，這些景色喚醒了他們內心的記憶，天堂的預覽風景減輕了他們肉體急速衰敗的痛苦。幾小時前，他們還獨自在臥房窗前欣賞夕陽西沉，以模糊而微弱的視力看著餘暉消逝，如今他們也如夕陽一般平靜地沉入自己的墓中！寧靜的鄉間景致喚醒的並非這一世的記憶，也不是這一世的意念和希望。這些記憶的溫和力量或許能教會我們如何編織新鮮的花冠，放在我們所愛之人的墓前，或許能淨化我們的思想，消除往日的敵意與怨恨。但除此之外，即使是最不懂得省思的人，內心仍模糊而隱約地意識到自己在許久以前便已懷有這些情感，並因此懷著肅穆的心情思考遙遠的未來，進而壓下了驕傲與世故之心。

他們去的地方景色十分優美。奧利佛過去一直與骯髒的人群為伍，生活在嘈雜喧鬧之中，如今在這裡彷彿重獲新生。這棟別墅牆上攀附著玫瑰與忍冬，常春藤爬滿樹幹，花園裡滿是芬芳花香。附近有一座教堂小墓園，園裡並未立滿高大醜陋的墓碑，全是低調的墳塚，上頭覆著嫩綠的草皮與青苔，村中長者便是長眠於此。奧利佛時常在這裡漫步，有時想到他母親躺在破敗的墳塚裡，會不由得坐下來偷偷哭泣。但是當他抬頭仰望遼闊的天空，便不再想像她長眠於地底，雖然依舊為她傷心哭泣，卻不再覺得痛苦。

他們在這裡過著幸福的日子，白天祥和安靜，夜晚也不覺得恐懼或憂慮，沒有慘遭囚禁的委頓，也不必與惡人打交道，只有愉快歡樂的念頭。他每天早上都去拜訪住在小教堂附近的一位白髮老先生，老先生教導他讀書寫字，說話十分和藹可親，又極為盡心教導，奧利佛只覺得再怎麼討好他都嫌不足。然後他會與梅里夫人及蘿絲一同散步，聽她們討論書籍內容，或與她們一同坐在蔭涼處，聽這位年輕小姐唸書，直到天色轉暗，看不清文字為止。接著他會準備隔天的功課，在一間可看到花園的小房間裡用功，直到黃昏將至，兩位女士再度出外散步，他才又跟著她們一起出門，開心地聽她們談天說地。只要聽到她們想摘花，或是忘了拿東西，他都會欣然替她們爬上去採花，或是跑回家拿東西，巴不得自己的手腳能夠更快。等到夜幕低垂，他們便回到家裡。蘿絲小姐會坐在鋼琴前彈奏輕快的樂曲，或以輕柔的嗓音低聲吟唱她姑媽愛聽的老歌。這種時候不需要點蠟燭。奧利佛會坐在窗邊，陶醉地聆聽美妙的音樂。

到了週日，他們度過週日的方式也與奧利佛以往的經驗大不相同！在這段幸福至極的日子裡，週日也像其他日子一樣歡欣！清晨，小教堂窗外綠葉沙沙作響，外頭傳來鳥囀吟唱，芬芳的氣息悄悄穿過低矮的門廊，讓這棟簡樸的建築物充滿芳香。窮人打扮得整齊乾淨，十分虔誠地跪著祈禱，似乎將上教堂當成樂事而非煩人的義務。他們的唱詩歌聲雖然粗鄙卻十分真誠，至少在奧利佛聽來，比他先前在教堂裡聽過的歌聲都來得悅耳。接著他們和平時一樣散步，拜訪許多勞工整潔的住所。到了晚上，奧利佛會朗讀《聖經》中的一、兩個章節，這是他一整個星期的學習成果。他在履行這項義務時，感覺比自己當上神職人員還要來得自豪與滿足。

奧利佛早上六點起床到田野間漫步，沿著遠方綿延的籬笆採集一束束野花，然後滿載而歸。他會花費許多心思仔細把花插好，盡可能將早餐餐桌裝點到最為雅致。此外他也為梅里小姐的鳥採集新鮮的狗舌草，以最雅致的品味裝飾鳥籠，他在這方面一直接受村裡書記的高明指導。等到所有的鳥兒都打理得漂亮整潔，他通常會接受村民委託做一些小善事，或有時在草地上打場難得的板球，再不然，他也總是能在花園裡找到事做，幫忙照顧花木（奧利佛在這方面也接受了同一位師傅的指導，對方可是專業的園丁），並全心投入工作，直到蘿絲小姐出現，對他所做的事讚不絕口。

三個月就這樣過去了。對於最得天獨厚的人而言，這三個月可能是單純的快樂生活，對奧利佛而言更是幸福至極的日子。他們其中一方是最單純而親切大方地付出，另一方則是報以最真誠、最衷心、發自內心的感激。難怪在這短暫期間結束後，奧利佛．崔斯特與這位老夫人和她的姪女已經完全如同一家人；在他幼小而敏感的心裡已經產生強烈的依戀，而她們也同樣以他為榮，對他產生感情。

第三十三章
奧利佛及其友人的幸福遭遇突如其來的考驗

時光飛逝，轉眼便從春天來到夏季。如果初來乍到時已覺得村中景色宜人，如今更能欣賞到村中華美的風貌與盛況。前幾個月看來萎頓光裸的大樹，如今變得生意盎然而健壯，伸展蒼翠的枝幹遮蔽乾渴的大地，將開闊而毫無掩蔽的地點變成理想的幽靜處所，可以讓人在濃密舒適的林蔭下遠眺豔陽下一望無際的遼闊景致。大地披上翠綠的外衣，散發濃郁的香氣。此時是一年之中最有活力的頂盛時期，萬物欣欣向榮，處處充滿歡樂。

小別墅裡的生活依舊恬靜，裡頭的居民也仍然過著愉快安寧的日子。奧利佛早已長成強壯健康的男孩。但不論他健康與否，都不影響他對身邊許多人的真摯情感。他仍然與當初被痛苦與折磨耗盡體力、需要人細心照料及看護時一樣，是個溫和、充滿愛心又親切的孩子。

在一個美麗的夜晚，他們散步時走得比平常還遠，因為當天白晝特別熱，晚上月色皎潔、清風徐徐，讓人感覺格外舒爽，蘿絲也顯得神采奕奕。他們一面走一面談天說笑，早已遠遠超出平時散步的範圍，直到梅里太太覺得累了，一行人才以更慢的速度緩緩走回家。蘿絲小姐將她樣式簡單的軟帽一扔，便和往常一樣在鋼琴前坐下。她心不在焉地彈奏了幾分鐘後，開始彈起沉重又極為嚴肅的曲子，就在她彈奏的同時，大家聽到了一個聲音，似乎是她在哭泣。

「蘿絲，親愛的！」老夫人說。

蘿絲沒有回答，只是加快彈奏的速度，這句話似乎將她從某種痛苦的思緒中喚醒。

「蘿絲，我的寶貝！」梅里夫人連忙起身叫道，俯身對她說：「怎麼了？妳在哭啊！我親愛的孩子，什麼事讓妳這麼難過？」

「沒什麼，姑媽，沒什麼，」年輕小姐回道：「我不知道是怎麼回事，我說不上來，可是我覺得——」

「妳不會是病了吧，我的寶貝？」梅里夫人打斷她。

「不、不！噢，我沒生病！」蘿絲說完打了個冷顫，彷彿在她說話時有一股寒意在她全身流竄。「我很快就會沒事的。拜託，把窗戶關上吧！」

奧利佛急忙遵照她的要求關窗。這位年輕小姐努力想恢復往常的歡樂，勉強彈了一首較輕快的曲子，但彈奏琴鍵的手指卻顯得軟弱無力。她雙手摀著臉倒在沙發上，再也無法壓抑奪眶而出的淚水。

「我的孩子！」老夫人抱著她說：「我從來沒看過妳這樣。」

「我能不驚動您，就盡量不驚動您，」蘿斯說：「我很努力忍，可是真的忍不住了。我恐怕是生病了，姑媽。」

她的確病了。其他人取來蠟燭後，看到她在返家後沒多久，臉色已變得有如大理石般蒼白。雖然美麗的容顏依舊，但表情已經不同。溫和的臉龐滿是前所未有的焦急、憔悴。但下一分鐘她又滿臉通紅，溫柔的藍色眼眸流露出極為狂亂的眼神。這股潮紅一下子便消失，宛如浮雲掠過的陰影，讓她的臉色變回慘白的模樣。

奧利佛焦急地看著老夫人，發現她被蘿絲的情況嚇到了，他自己其實也嚇了一跳，但看到老夫人假裝若無其事，也跟著這麼做，目前他們都還能故作鎮定。蘿絲接受她姑媽的勸告去休息，此時她的精神好了一些，身體狀況似乎也好轉，還向他們保證，她隔天早上一定就會沒事了。

等梅里夫人回來後，奧利佛說：「她應該沒事吧？她今晚看起來不太好，不過——」

老夫人示意他別再說下去，自己坐在房裡陰暗的角落，沉默了好一會兒，最後才開口以顫抖的聲音說：「奧利佛，我希望她沒事。這些年有她陪著，我一直過得很幸福，或許太幸福了。也許現在該是時候讓我遇到一些不幸，但我希望不是這件事。」

「什麼事？」奧利佛問。

「失去這個好女孩的重大打擊，」老夫人說：「她一直是我的安慰和幸福。」

「噢！老天爺不會這樣的！」奧利佛急忙叫道。

「求上帝保佑吧，孩子！」老夫人緊握雙手說道。

「不會發生這麼可怕的事吧？」奧利佛說：「兩小時前她還好好的。」

「她現在病得很重，」梅里夫人回答：「我相信還會變得更糟。我親愛的蘿絲啊！噢，如果沒有她，我該怎麼辦！」

她再也壓抑不住強烈的悲傷，奧利佛克制自己的情緒努力相勸，誠摯地求她為了這位親愛的小姐著想，一定要更鎮靜。

「夫人，您想想，」奧利佛強忍住淚水，但依舊熱淚盈眶地說：「噢！想想她還這麼年輕，又這麼善良，為身邊所有人帶來多少快樂和安慰。我相信——我肯定——非常肯定——為了您，您是這麼善良，為了她自己，也為了她造福的所有人，她一定不會死。上天絕不會讓她這麼年輕就死的。」

「噓！」梅里夫人摸著奧利佛的頭說：「可憐的孩子，你的想法真天真。不過你提醒了我應盡的責任，剛才我一下子忘了，奧利佛。不過我這是情有可原，因為我年紀大了，也見多了病痛與死亡，知道與自己所愛的人分離有多痛苦。我的見識也夠廣，知道並不一定最年輕、最善良的人就不會讓愛她的人傷心，不過這點反而能在我們悲傷的時候帶來安慰，因為上天是公平的。這讓我們深刻了解，還有一個更光明的世界，而且通往那個世界的道路並不長。上帝自有安排！我愛她，上帝也知道我有多愛她！」

奧利佛驚訝地看到，梅里夫人說這番話時，似乎一下子就忍住了悲傷，並在說話的同時振作起來，變得冷靜而堅強。他更驚訝地發現，梅里夫人一直保持這種堅強的態度，雖然後續照顧與看護病人的工作全落在她頭上，但她始終沉著以對、泰然處之，鎮定地完成所有工作，從外表看來，甚至還顯得十分愉快。但奧利佛年紀還太小，不知道在困難的環境中，堅強的意志具有多強大的力量。這也難怪，就連意志堅強的人自己也不知道吧？

焦慮不安的夜晚過去。隔天早上，梅里夫人的預言果然成真，蘿絲目前處於某種危險高燒熱病的第一階段。

「我們一定得採取行動，奧利佛，光是難過也於事無補，」梅里夫人用手指抵著嘴唇，堅定地看著奧利說：「這封信無論如何一定要送到洛斯本先生手裡。必須先送到市集鎮上，如果抄小徑穿過田野，路程不會超過六公里半，到了鎮上再請人快馬加鞭把這封信直接送到徹特西。旅館的人會幫忙辦這件事，我知道我可以信任你，把這件事交給你辦。」

奧利佛說不出話來，但看起來迫不及待想馬上出發。

「這裡還有一封信，」梅里夫人想了一下又說：「不過我真的不知道該現在就送，還是等我觀察蘿絲的情況如何之後再送。除非已經是最糟的情況，不然我不會把這封信發出去。」

「這封信也是要送到徹特西的嗎，夫人？」奧利佛問道。他已經迫不及待想執行任務，伸出顫抖的手要拿信。

「不是，」老夫人回答，不自覺地把信遞給他。奧利佛看了一眼，發現那封信是要給鄉下某某貴族宅邸的一位哈利．梅里先生，但他不知道那個地點在哪裡。

「那要寄出去嗎，夫人？」奧利佛急切地抬起頭問。

「我想還不要寄好了，」梅里夫人回答，把信拿了回來。「等明天再說。」

她說完這番話便將錢包遞給奧利佛，奧利佛立刻出發，全速朝目的地前進。

奧利佛迅速穿過田野，順著時而橫亙田野的小路向前跑。這些小路有時幾乎被兩旁高大的玉米遮住，有時又出現在空曠的田地上，田裡農民正忙著收割及堆乾草。奧利佛一刻也沒有停下來，只有偶爾歇息幾秒鐘喘口氣，最後他跑得滿身大汗、一身塵土，來到市集鎮上的這座小市集。

他在這裡停了一下，環顧四周尋找那家旅館。鎮上有間白色的銀行、一座紅色的釀酒廠和一棟黃色的鎮公所。街角則有一間大房子，所有的木板都漆成綠色，房子前有個招牌寫著「喬治」。奧利佛一看到那間房子便急忙跑過去。

旅館門口有一名郵差正在打瞌睡，奧利佛向郵差說明來意後，對方請他去找馬夫，他又向馬夫重新說明來意，結果對方又請他去找老闆。旅館老闆是一位高大的先生，繫著藍色領巾、戴白帽、穿褐色馬褲和同色系的靴子，正靠著馬廄門邊的幫浦，用一根銀牙籤剔牙。

這位先生十分從容地走進酒吧，花了很多時間寫好帳單，奧利佛付了錢，等他們將馬裝上馬鞍，信差著裝完畢，又整整花了十多分鐘。奧利佛在這段期間一直心急如焚，恨不得自己能跳上馬背飛奔向下一個驛站。最後一切終於準備妥當，那封信也遞了過去，奧利佛再三吩咐及懇求郵差盡快將信送達，對方將馬刺朝馬腹一踢，在市集崎嶇不平的路上奔馳，不一會兒便出了小鎮，上了公路。

奧利佛看到求救信已經送出，沒有浪費時間，才終於放下心，懷著較輕鬆的心情急忙穿過旅館前院。就在他走出大門口時，不小心撞上一名身穿斗篷的高大男子，對方當時正從旅館門走出來。

「啊！」對方大叫一聲，定睛看了奧利佛一眼，突然向後退。「搞什麼鬼？」

「對不起，先生，」奧利佛說：「我急著趕回家，沒看到您走出來。」

「該死的！」那人喃喃自語地說，瞪大了黑色的雙眼直盯著這個男孩。「真想不到啊！就算把他化成灰，他也會從石棺裡跳出來擋我的路！」

「對不起，」奧利佛被這名陌生男子瘋狂的眼神嚇到，結結巴巴地說：「希望沒有撞疼您！」

「混蛋！」男子暴怒地咬著牙，咕噥道：「如果我敢說出那個字，一個晚上就能把你解決掉。你這該死的傢伙，最好讓黑死病鑽進心臟裡，你這混蛋！跑到這裡來幹嘛？」

那人揮舞著拳頭，語無倫次地說著這番話。他走向奧利佛，似乎想朝他揮拳，卻重重倒在地上，開始全身痙攣、口吐白沫。

奧利佛目瞪口呆地看著那個瘋子（他認定對方是個瘋子）掙扎了好一會兒，才衝進旅館裡求救。看到那人被平安抬進旅館後才轉身回家，一路上拚命向前跑，以彌補耽擱的時間，並以十分驚訝又帶點恐懼的心情，回想剛才那人古怪的行徑。

不過這件事並沒有盤據在他心裡太久，等他回到別墅，又有其他事情占據他的心思，讓他把所有關於自己的事全數拋諸腦後。

蘿絲·梅里的病情急速惡化，到了將近午夜時她已經神智不清。住在當地的一名醫生一直守在她身旁。但他一開始見到病患時便將梅里夫人請到一旁，告訴她蘿絲的病情十分危急。「老實說，」他說：「她要恢復只能靠奇蹟了。」

那一晚奧利佛不時跳下床，躡手躡腳地偷溜出房間走到樓梯口，偷聽病人房間傳來的任何一點動靜！只要有腳步聲突然響起，他就會嚇得全身發抖、冷汗涔涔，深怕有什麼他不敢想的可怕事情發生！他也激動地為這位性命垂危的溫柔小姐向上天苦苦哀求，求老天爺保佑她性命及健康無虞，態度之懇切遠勝於以往的任何一次祈禱！

噢！深愛之人性命岌岌可危，自己卻束手無策，這種牽掛是多麼可怕又強烈啊！噢！此時滿腦子都是折磨人的想法，在腦海裡呈現一幕幕畫面，讓人膽戰心驚、呼吸急促，急著想不顧一切地做點什麼，替對方減輕我們無力消除的病痛和危險。只要難過地想到自己無能為力，心情便沉重起來。有什麼折磨能和此情此景相比，又有什麼想法或作為能在這個心急難耐時刻平息這種痛苦！

早晨來臨，小別墅裡一片寂靜。每個人都壓低嗓門說話，一張張焦急的臉孔不時出現在大門口，女人和孩子們含著眼淚走開。在整個漫長的白晝及入夜後的數小時裡，奧利佛一直在花園裡輕輕地來回踱步，每隔一會兒便抬起頭看向病人的房間，看到房間窗戶漆黑一片，彷彿死神正盤據房內，便忍不住打個冷顫。到了深夜，洛斯本先生終於抵達。「情況不妙，」這位好心的醫生轉過頭說：「還這麼年輕，又這麼多人愛她，可是希望卻如此渺茫。」

又一個早晨來臨。陽光如此燦爛，耀眼地照著大地，彷彿人間沒有苦難或憂愁。園裡枝葉茂盛、繁花盛開，一切都顯得生意盎然、活力充沛，所見所聞都是喜樂的景象，但這位年輕美麗的小姐卻躺在床上，健康狀況急速惡化。奧利佛悄悄來到那片古老的墓園，坐在其中一座長滿青草的墳塚上，默默地為她垂淚祈禱。

這裡的風景如此寧靜美麗，陽光普照的大地呈現出明亮與歡樂的氣氛。夏天的鳥兒愉快地唱著歌，白嘴鴉自由自在地飛翔，在頭頂上急速飛掠而過。萬物生氣盎然、充滿喜樂。奧利佛眼神哀痛地抬眼看著四周，心裡直覺地浮現一個念頭：現在不是死亡的季節。就連這些卑微的生物都如此歡欣愉悅，想來蘿絲一定不會死。墳墓只適合寒冷、毫無歡樂的冬天，不適合陽光與芬芳。他幾乎認定，壽衣是給老朽乾枯的人穿的，年輕美麗的形體絕不會包裹在壽衣可怕的懷抱中。

從教堂傳來的喪鐘聲殘酷地打碎了奧利佛這些幼稚的想法。一聲又一聲的鐘響，宣告喪禮即將開始。一群平凡的送葬者走進墓園大門，身上繫著白色緞帶，因為死者還很年輕。這群人脫帽站在一座墳前，哭泣的送葬行列中有死者的母親——失去孩子的母親。而陽光燦爛依舊，鳥兒也歌唱如常。

奧利佛轉身回家，想到自己曾受到這位年輕小姐的許多照顧，希望能再有機會，向她表示自己對她的感激與感情。他其實沒有理由責怪自己有許多疏忽或思考不周的地方，因為他一直全心全意為她效勞。但他還是想到許多小事，認為自己當時應該可以更熱心積極，也遺憾自己沒有做到這點。我們都應該留意自己如何對待周遭的人，因為每一次的死亡都會讓在世的某些少數人想到自己疏忽了許多事，所做的事又極有限——想到自己遺忘了許多事，又有許多事已難以挽回！沒有比後悔莫及更讓人自責了；如果我們想避免受到這種折磨，就應該盡早記住這一點。

奧利佛回到家時，梅里夫人正坐在小客廳裡。奧利佛一見到她，心便沉了下去，因為她先前幾乎是寸步不離地守在姪女床邊。奧利佛恐懼地思索，究竟是什麼變化讓她離開了床邊。梅里夫人告訴他，蘿絲已經陷入昏迷，等她再醒來時，如果不是痊癒復元，就是要向他們訣別。

他們靜靜坐著留意動靜，一連好幾個小時都不敢開口說話。飯菜一口也沒動便撤了下去。兩個人都心不在焉地看著太陽逐漸西沉，最後在天空及大地撒滿絢麗的色彩以宣告它的離去。接著他們靈敏的耳朵聽到有腳步聲走近，一見洛斯本先生走進房裡，便不由自主地衝到門口。

「蘿絲怎麼樣了？」老夫人大聲問：「快跟我說！不管怎樣我都能承受，就是別再讓我這樣惦念了！噢，看在老天爺的分上，快告訴我吧！」

「妳一定要冷靜，」醫生扶著她說：「我親愛的夫人，請妳冷靜一點。」

「天哪，讓我代替她死吧！我的寶貝孩子！她死了！她要死了！」

「不是啦！」醫生激動地大聲說：「老天爺仁慈又寬容，所以她還有許多年好活，要為我們帶來幸福。」

老夫人跪了下來，努力想將雙手合十，但這段期間一直支撐她的那股力氣，已經隨著她的第一聲感謝一起送上天際。接著她便倒在朋友懷裡，被對方伸出的雙臂接個正著。

第三十四章

詳細介紹一位現在才出場的年輕人；以及奧利佛遭遇的新冒險

這分喜悅幾乎教人難以承受。奧利佛聽到這個意外的消息後整個人愣住，既哭不出來、說不出話也靜不下心。他幾乎無法理解發生了什麼事，直到他在寧靜的傍晚漫步了許久，又大哭了一場後，才似乎突然醒悟過來，完全理解這個令人欣喜的變化，胸中那股幾乎難以承受的痛苦也就此消散。

夜晚很快降臨，奧利佛走在回家的路上，懷裡抱著自己精心挑選的鮮花，打算用來裝飾病人房間。他沿著道路輕快地向前走，突然聽到身後有馬車疾馳而來的聲音。他回頭看到一輛驛馬車疾速奔駛，馬匹拉著車飛奔，由於道路狹窄，他只好貼著一道門站，讓馬車先過。

就在馬車經過時，奧利佛瞥見車上有名男子戴著白色睡帽，雖然只是匆匆一瞥，無法看清對方的長相，但總覺得那張臉很面熟。過了一會兒，戴睡帽的那人把頭探出馬車窗外，有個洪亮的聲音大聲喝令車夫停車。車夫聞言立即勒馬停車。接著戴睡帽的男子又探出頭，用那洪亮的聲音叫著奧利佛的名字。

「喂！」那人大喊：「奧利佛，情況怎麼樣？我是說蘿絲小姐！奧、利、佛少爺！」

「蓋爾斯，是你嗎？」奧利佛大喊，急忙跑向馬車車門。

蓋爾斯又把戴著睡帽的頭探出窗外，正準備要回答，卻突然被坐在馬車另一邊的一名年輕人拉回去，那人急著問現在情況如何。

「簡單告訴我！」那位年輕人大聲說：「是好轉還是變壞？」

「好轉了——好多了！」奧利佛急忙回答。

「感謝老天！」那位先生大喊一聲。「你確定？」

「很確定，先生，」奧利佛回答：「就在幾個小時前好轉的。洛斯本先生說已經過了危險期。」

那位先生沒再多說什麼，只是打開車門跳下車，匆匆抓著奧利佛的手將他拉到一旁。

「你很確定嗎？孩子，你沒搞錯吧？」那位先生以顫抖的聲音問。「別騙我，害我空歡喜一場。」

「我絕對沒有騙您，先生，」奧利佛回答。「您大可以相信我。洛斯本先生說她還會活好多年，為我們帶來幸福。我聽到他這樣說。」

奧利佛想起那個為大家帶來無限歡欣的場面，又忍不住眼眶泛淚。那位先生轉過頭去，默不作聲好一會兒。奧利佛覺得他好像不只一次聽到對方的啜泣聲，但又不敢開口打擾他——因為他可以很清楚猜到對方現在的感受——於是他只好站在一旁，假裝忙著整理花束。

這段期間，蓋爾斯先生一直戴著那頂白色睡帽坐在馬車的踏板上，手肘支在膝上，用一條藍底白點的棉手帕擦眼淚。這名老實人並不是在假裝感動，從他一雙紅通通的眼睛便可充分看出這點。在那名年輕人轉頭去叫他時，他便是用這一雙眼睛看著對方。

「蓋爾斯，你先坐馬車到我母親家好了，」年輕人說：「我想慢慢走過去，這樣可以在見她之前爭取一點時間。你可以告訴她我來了。」

「不好意思，哈利先生，」蓋爾斯用手帕將他滿是皺紋的臉孔擦乾淨，說道：「如果您能派信差去傳話，我會很感激您的。讓女僕看到我這副德行實在不妥，少爺。如果真的被她們看到，我以後就再也沒有威嚴了。」

「好吧，」哈利．梅里笑著回答：「隨你高興吧。如果你想這樣，就讓他跟著行李先過去吧，你就跟著我們一起走。不過，你先把睡帽拿下來，換頂適合的帽子吧，不然別人會以為我們瘋了。」

蓋爾斯先生經他提醒，才想起自己的服裝不得體，急忙摘下睡帽塞進口袋，從馬車取出一頂樣式莊重樸素的帽子戴上。等他換好帽子，信差便駕著馬車離去。蓋爾斯、梅里先生和奧利佛跟在後頭好整以暇地前進。

他們一路向前走，奧利佛不時興味盎然又好奇地打量這個新來的人。對方年約二十五歲，中等身材，相貌真誠英俊，舉止大方又有魅力。雖然一老一少有年齡的差距，但他長得和老夫人十分相像，即使他沒有先提到老夫人是他母親，奧利佛也不難猜到他們的關係。

等他走到別墅時，梅里夫人正焦急地等著她的兒子。雙方一見面都很激動。

「母親！」年輕人低聲說：「您怎麼不寫信通知我？」

「我寫了，」梅里夫人回答：「只不過後來我又想想，決定先聽聽洛斯本先生怎麼說，所以把信抽回來了。」

「可是為什麼，」年輕人說：「為什麼要拿這種差點就發生的事來冒險呢？萬一蘿絲——那個字我說不出口——萬一她的病情是另一種結局，您要怎麼原諒自己！我又怎麼能再找到幸福！」

「如果**真的**發生這種事，哈利，」梅里夫人說：「恐怕你的幸福也徹底毀了，這樣不論你早一天到還是晚一天到，都已經完全不重要了。」

「母親，誰又能料到這種事會不會發生呢？」年輕人回答：「我為什麼要說**萬一**——這是——這是——您知道的，母親——您一定很清楚！」

「我知道她值得別人對她獻出最完美、純真的愛情和真心，」梅里夫人說：「我知道她天性情感真摯絕不是一般人能夠回報，而是要深情又長情的人才匹配得上。如果我不是因為感覺到這點，又知道她所愛的人只要態度有所改變就會害她傷心，我在擔起這個嚴苛的責任時，就不會覺得自己的工作這麼困難，心裡也不會有這麼多掙扎了。」

「您這麼說太無情了，母親，」哈利說：「難道您還認為我是個摸不清自己想法的小伙子，還不懂我內心深處的衝動嗎？」

「我的乖兒子，」梅里夫人將手搭在他肩上說：「我認為年輕時有許多遠大的衝動都無法長久，其中有些一旦獲得滿足，只會變得更短暫。最重要的是，」老夫人直盯著兒子的臉說：「我認為一個熱情、熱切又懷有遠大抱負的男子，如果娶了一個名聲有汙點的女子，即使這個汙點並不是她本身的過錯造成，還是可能引來一群人以冷酷卑鄙的態度對待她，甚至是他的孩子。這個男子在社會上的成就愈高，遭受的誹謗也愈多，愈容易成為他人嘲笑的對象。不論他的本性多麼寬厚仁慈，遲早有一天他會後悔當初和這名女子成親。而女子知道丈夫後悔娶她，也會痛苦萬分。」

「母親，」年輕人焦急地說：「像這樣的人，根本就是自私的畜牲，不配當個男人，也配不上您所說的那名女子。」

「哈利，你現在是這樣想，」他母親回答。

「我會永遠這樣想！」年輕人說：「過去兩天我內心所受的煎熬，讓我不得不向您坦承自己的感情，相信您很清楚，這分感情並不是昨天才萌芽，也不是輕率的決定。我愛蘿絲，那個甜美善良的女孩！我心意已決，就像男人愛上女人那樣堅定。如果失去她，我的人生就失去想法、前途和希望。要是您在這件大事上反對我，就等於是把我的安寧和幸福抓在您的手裡隨風拋撒。母親，請您多想想這點，也為我想一想，不要漠視這分您似乎鮮少去想到的幸福。」

「哈利，」梅里夫人說：「正因為我時常為了溫暖敏感的心著想，才不忍心看他們受傷。不過我們對這件事已經說得夠多了，先到此為止吧。」

「好吧，那就讓蘿絲來決定吧，」哈利接著說：「您不會強迫她接納您的這些想法，為我的感情路增加阻礙吧？」

「不會的，」梅里夫人回答：「不過我希望你能考慮——」

「我**已經**考慮過了！」對方連忙回答：「母親，我已經考慮很多年了。打從我可以認真思考，我就開始考慮這件事了。我的感情始終不變，將來也不會改變。為什麼我要一再忍受這種延遲表達情意的痛苦，這樣又有什麼好處？不！在我離開之前，一定要讓蘿絲聽到我的心意。」

「她會的，」梅里夫人說。

「母親，您的態度幾乎已經暗示，她會用冷漠的態度聽我說話，」年輕人說。

「不是冷漠，」老夫人回答：「絕對不是。」

「那會是什麼態度？」年輕人追問。「難道她已經心有所屬？」

「沒有，是真的，」他母親回答：「或許是我搞錯了，但我想你已經牢牢抓住了她的心。我要說的，」老夫人見兒子要開口，連忙阻止他，接著說：「就是這點。我的乖孩子，在你孤注一擲，拿一切賭上這次的機會之前，在你的希望膨脹到最高點之前，請再考慮一下蘿絲的身世，想想她要是知道自己的出身可疑，會對她的決定有什麼影響。她不論大事或小事，始終秉持著高貴的心性和完全自我奉獻的精神，對我們全心全意地付出，她的個性一向如此。」

「您的意思是？」

「這點我就讓你自己去思索吧，」梅里夫人回答：「我得回到她身邊去了。願上帝保佑你！」

「我今晚還能再見您嗎？」年輕人著急地問。

「再過一會兒，」老夫人回答：「等我離開蘿絲身邊的時候。」

「您會告訴她我來了嗎？」哈利說。

「當然會啊，」梅里夫人回答。

「也請您告訴她我有多焦急、多痛苦、多想見她。您不會拒絕這個請求吧，母親？」

「不會，」老夫人說：「我會如實告訴她。」她慈愛地輕輕捏了捏兒子的手，便急忙走出房間。

這對母子匆匆交談期間，洛斯本先生及奧利佛一直待在房內的另一頭。現在洛斯本先生朝哈利・梅里伸出手，兩人熱情地打了招呼。接著醫生開始回答這位年輕朋友提出的各種問題，並詳細說明病人的狀況。他的說明和奧利佛的陳述一樣充滿希望，讓人覺得十分安慰。而蓋爾斯先生則是假裝忙著整理行李，伸長了耳朵仔細聽著醫生所說的每一句話。

「蓋爾斯，你最近還有沒有開槍打中什麼東西啊？」醫生說完問道。

「沒有啦，先生，」蓋爾斯先生滿臉通紅地回答。

「也沒抓到小偷或是認出闖空門的盜賊嗎？」醫生說。

「完全沒有，先生，」蓋爾斯先生鄭重回答。

「唉，」醫生說：「真是遺憾啊，你在這方面可是功夫一流的啊。對了，布里托斯還好嗎？」

「那孩子很好，先生，」蓋爾斯先生恢復平時威嚴的語氣說：「他要我代他向您致意，先生。」

「很好，」醫生說：「看到你在這兒我才想起來，蓋爾斯先生，在我被匆匆叫到這裡來的前一天，我才接受你好心女主人的委託，辦了一件對你有好處的小事。麻煩你跟我到旁邊去一下好嗎？」

蓋爾斯先生十分莊重又略帶好奇地走到角落，很榮幸地與醫生私下交談了一會兒，談話結束後他頻頻鞠躬，然後踩著格外穩重的步伐退了下去。這次談話的內容沒有在客廳裡透露，但很快便傳到了廚房。因為蓋爾斯先生直接走進廚房要了一杯麥酒，以讓人印象十分深刻的威嚴態度宣布，有鑒於他在前次竊盜未遂案中表現英勇，女主人十分滿意，因此在當地儲蓄銀行存入總計二十五英鎊的獎金，供他個人使用。兩名女僕一聽到這個消息，一起舉起雙手抬起眼，猜想蓋爾斯先生現在一定覺得十分自豪，但蓋爾斯先生只是拉拉襯衫的褶邊答道：「沒有、沒有。」還說如果她們發現他對下屬態度傲慢，一定要告訴他，他會很感激她們。接著他東拉西扯說了許多話，不外乎是舉例說明自己有多麼謙遜，這一番話同樣獲得大家的讚許與喝采，並稱讚他說話十分有創意又切中要領，就像一些大人物平時發表的言論。

而在樓上，當晚剩下的時光也在愉快的氣氛中度過。醫生興致高昂，哈利．梅里雖然一開始看起來疲倦又心事重重，卻也抵擋不了這位可敬的醫生以各種俏皮話、行醫的往事及許多小笑話，來展現他豐富的幽默感。奧利佛認為這是他聽過最好笑的事情，開懷地哈哈大笑。醫生顯然對這個反應十分滿意，跟著不可自抑地大笑起來，哈利受到他們的笑聲感染，也幾乎和他們一起開懷大笑。於是，這群人在目前的情況下盡可能地開心，直到深夜才帶著輕鬆與感激的心情各自去休息。在經歷了先前的疑慮與掛心後，他們確實需要好好休息。

隔天早上奧利佛起床時心情好多了，他懷著多日未見的希望與喜悅，做起平日的例行工作。鳥籠再度掛了出來，鳥兒也在牠們的老位置唱起歌來。他再次竭盡所能地四處找來最甜美的野花，想用美麗的鮮花討蘿絲開心。過去幾天，這個心急的孩子一雙悲傷的眼睛，不論看到什麼美麗的東西都顯得憂鬱，如今這股憂愁已經神奇地消失。綠葉上的露水似乎顯得更加晶瑩，微風吹過枝葉傳來的沙沙聲變得更為悅耳，就連天空本身也更加蔚藍明亮。這便是心理的影響力，這股力量甚至可以影響外在事物的表象。有些人看著大自然及自己的同胞，覺得一切都顯得陰沉灰暗，他們並沒有說錯，但這些陰暗的色彩反映的是他們懷有偏見的雙眼及心靈。實際的色彩其實很美妙，需要一雙澄澈的眼睛才能看到。

值得一提的是，奧利佛發現，他的清晨遠足已不再是自己一人獨行。哈利．梅里來這裡的第一天早上看到奧利佛抱著一大束野花回家，從此便對鮮花產生濃厚的興趣，並展現出絕佳的插花品味，將他的小同伴遠遠拋在後頭。雖然奧利佛在這方面居於下風，但他知道哪裡可以採到最美的野花，每天早上他們一起搜遍這片鄉間，把開得最嬌豔的鮮花帶回家。蘿絲小姐的房間窗戶如今已經打開，她喜歡感受夏季馥郁的空氣流進房內，讓清新的空氣幫助她恢復精神。但每天早上那扇格子窗邊都有一小束鮮花經過細心打理，插在水瓶裡。奧利佛發現，雖然小花瓶裡的花束會定期更換，但凋謝的花朵一直沒有扔掉。他也觀察到，每次醫生走進花園，都會不自覺地看向那個特別的角落，然後極為意味深長地點點頭，再繼續他的晨間散步。日子就在這些觀察中飛逝，蘿絲的身體也迅速復元。

雖然這位年輕小姐還不能出房門，無法在晚間出外散步，只能偶爾在梅里夫人的陪伴下走一小段路，但奧利佛並不覺得日子難熬。他自己加倍努力接受那位白髮老先生的指導，由於他奮發用功，進步之快連他自己都覺得吃驚。就在他埋頭苦讀之際，發生了一件他萬萬沒想到的事，讓他大吃一驚，十分苦惱。

他平時都在別墅一樓後方的小房間裡用功讀書。那是一間典型的別墅房間，有一扇格子窗，窗邊種滿了茉莉花和忍冬，花藤爬滿了窗框，讓房裡充滿濃郁的花香。這扇窗正對著花園，園裡有一道小門通往一座小牧場，更過去便是美麗的草原和樹林。那個方向沒有其他住家，景色十分開闊。

某個美麗的傍晚，就在第一道晚霞撒落大地時，奧利佛坐在窗前專心地看書。他已經用功了好一會兒，這天格外悶熱，他又已經耗費了不少心力，雖然不論書的作者是誰，他都沒有存著絲毫不敬之心，但終究還是忍不住緩緩進入夢鄉。

有時我們會悄悄陷入一種睡眠狀態，就是身體雖然受到睡意的禁錮，但意識卻未與周遭的事物斷絕，心靈仍可隨意遊走。因此如果在感覺身體難以承受地沉重、精疲力盡、完全無法控制自己的思緒或活動力時，可以將這種狀態稱之為睡眠，那麼這就是睡眠了。不過，我們仍然會意識到周遭發生的事情，如果在此時開始做夢，實際說出的話語或當下真實存在的聲音，便會意外迅速地進入夢境中，直到現實和想像奇妙地融合，到最後幾乎無法區分兩者的差異。但這還不是這種狀態最驚人的現象。無庸置疑的是，雖然我們的觸覺與視覺暫時失靈，但某些外在事物即使只是靜靜地存在，都會對我們睡夢中的思想及呈現在眼前的夢境造成影響，而且是重大的影響。在我們閉上眼睛時，這些事物或許並不在我們身邊，而我們清醒時也未意識到它們就在附近。

奧利佛知道，而且是很清楚地意識到自己就在他的小房間裡，他的書就放在面前桌上，窗外芳香的氣息在爬藤植物間鼓動。他確實睡著了。但突然間場景一變，空氣變得沉悶窒塞，他心頭一驚，以為自己又回到猶太老頭家中。那個醜陋的老頭子就坐在平常習慣待著的角落，指著奧利佛和另一名男子竊竊私語，那人側著臉坐在猶太老頭身邊。

「噓，老兄！」他彷彿聽到猶太老頭說：「就是他，我很肯定。我們走吧。」

「真的是他！」另一人似乎回答：「你想我還會認錯人嗎？即使有一群鬼變身成他的樣子讓他混在其中，我還是有辦法認出他來。就算你把他埋在十五公尺深的地下，帶我經過他的墳墓，即使他的墳上什麼標記都沒有，我想我還是會知道他就葬在那裡。」

那個人說這番話時似乎滿懷著深仇大恨，奧利佛被嚇醒，整個跳了起來。

天哪！究竟是什麼原因讓他的血液急湧入心臟，害他說不出話來也動彈不得！那裡——那裡——那扇窗——就在他面前——近在眼前的地方，猶太老頭就站在那裡！在奧利佛嚇得向後躍之前，他幾乎就要碰到自己。老頭的一雙眼睛不斷向房內窺探，正好和奧利佛的目光相遇。而在老頭身邊，有個人板著臉，不知是因為憤怒還是恐懼（也或許兩者都有）而臉色發白，他就是奧利佛在旅館前院撞到的那個人。

這個畫面在他眼前一閃而過，雖然只是一瞬間、轉眼便消失，但他們確實認出他來，而他也認出他們。他們的模樣牢牢地烙印在他心裡，彷彿深深刻印在石上，從他一出生就擺在他面前。他先是愣在原地，過了一會兒才從窗戶跳進花園裡，大聲呼救。

第三十五章
奧利佛的冒險不了了之；哈利．梅里與蘿絲展開一場重要的對話

別墅裡的人聽到奧利佛叫喊，急忙趕到現場，他們看到奧利佛臉色蒼白、焦急不已地指著屋後草原的方向，幾乎說不出話來，只勉強說出：「猶太老頭！猶太老頭！」

蓋爾斯完全聽不懂奧利佛在嚷什麼，但哈利．梅里的腦筋動得比較快，又從他母親那裡聽過奧利佛的經歷，因此馬上明白他的意思。

「他往哪裡走了？」他拿起放在屋角的一根粗棍問道。

「那裡，」奧利佛指著那人逃走的路線說：「我一眨眼他們就不見了。」

「那他們一定是躲在水溝裡！」哈利說：「跟我來！盡量緊跟著我。」他說完便躍過籬笆，迅速向前衝，速度之快讓其他人差點追不上。

蓋爾斯盡力緊追在後，奧利佛也跟了上去，過了一、兩分鐘，出門散步的洛斯本先生正巧回來，也跟著他們翻過籬笆，以異於平常的敏捷身手動身，用不容小覷的速度沿著同一條路線趕上眾人，一路上以驚人的音量大喊，追問發生了什麼事。

他們一路往前衝，完全沒有停下來喘口氣，最後帶頭的那人衝到奧利佛所指的那片田野一隅，開始仔細搜索溝渠和臨近的籬笆，其他人也把握時間追上來，奧利佛趁機把他們全力搜索的原因告訴洛斯本先生。

但這場搜索一無所獲，就連新近留下的腳印也沒看見。這群人站在一座小山丘頂上，在這裡可以俯瞰

方圓四到六公里的開闊田野。在左側的窪地有一座村莊，但如果要去那座村莊，那些人在走過奧利佛所指那條路後，必須要在開闊的原野上繞一圈，在這麼短的時間內根本不可能辦到。草原另一邊的邊界有一片茂密的樹林，但基於同樣的理由，那些人也不可能藏身在那片樹林裡。

「奧利佛，你一定是做夢了，」哈利．梅里說。

「噢，不，是真的，先生，」奧利佛回答。想到那個老壞蛋的臉，他忍不住打了個冷顫。「我真的很清楚看到他了，兩個人我都看得清清楚楚的，就像我現在看著您一樣。」

「另一個人是誰？」哈利和洛斯本先生齊聲問。

「就是我跟您說過，在旅館裡突然撞上我的那個人，」奧利佛說：「我們兩個人當時都牢牢地看了對方一眼，我可以發誓就是他。」

「他們是走這條路嗎？」哈利問：「你確定？」

「我很確定，他們就站在窗前，」奧利佛一面說一面指著分隔別墅花園與草原的那道籬笆。「那個高個子就從那裡跳過籬笆，猶太老頭則是往右邊跑了幾步，從那個缺口爬出去。」

兩位先生在奧利佛說話時一直看著他誠懇的表情，然後又對看了一眼，似乎確信他說的是實話。但是到處都沒發現有人倉皇逃離的跡象。這片草原十分茂盛，除了他們自己的腳印外，沒有其他人踐踏過的痕跡。水溝的兩側及邊緣是潮溼的泥土，但也同樣沒看到那兩人的鞋印，或是任何一點跡象顯示幾小時前曾有人走過這片土地。

「這可真奇怪！」哈利說。

「怪？」醫生回應說：「就算是布拉瑟斯和達夫親自出馬，恐怕也找不到什麼線索。」

雖然這場搜索顯然一無所獲，但他們並未就此放棄，一直到天色變暗，再也無法搜索下去才罷休，而且是心不甘情不願地停手。蓋爾斯奉命前往村裡的幾家啤酒館，根據奧利佛對那兩名陌生人的穿著長相所能提供的最詳盡描述來找人。兩人之中，猶太老頭尤其讓人一見難忘，如果曾有人看過他在這裡喝酒或遊蕩，絕對不會想不起來。但蓋爾斯卻沒打聽到任何消息，因此無法解開這個謎團或多少驅散一些疑雲。

隔天他們又重新搜索，並四處打聽了一遍，還是一無所獲。再隔天，奧利佛與梅里先生到市集鎮上，希望能看到或打聽到那些人的消息，不過依舊無功而返。過了幾天，這件事漸漸被大家遺忘，就像多數的事件一樣，如果沒有新消息繼續引起大家關注，自然而然便會被人淡忘。

在此同時，蘿絲迅速恢復健康，已經可以走出房門，也能到戶外去，再次與家人共處，把歡樂帶進大家內心。

不過，雖然這個快樂的改變為這個小圈子帶來明顯的影響，別墅裡又再度響起愉快的聲音與歡樂的笑聲，但有時有些人卻表現得異常拘謹，就連蘿絲本身也這樣，讓奧利佛不得不注意到。梅里夫人和她兒子常常私下長談，蘿絲也不止一次臉上帶著淚痕。在洛斯本先生確定返回徹特西的日子後，這種情況更是有增無減。顯然發生了什麼事，影響了這名少女和其他幾人內心的平靜。

終於，某天早上，蘿絲一個人在早餐起居室裡時，哈利．梅里走了進去，遲疑了一會兒後，請求蘿絲同意自己和她聊一聊。

「幾句話——只要短短幾句話就好，蘿絲，」年輕人說完將椅子拉向她。「我想說的話，妳其實心裡早已明白。妳已經知道我內心最珍視的希望，只不過還沒聽我親口說出來而已。」

蘿絲一見他走進來便臉色發白，不過這也可能是因為她大病初癒的緣故。她只是略微欠身，便俯身去把弄一旁的植物，不發一語地等著他說下去。

「我——我早就該離開了，」哈利說。

「你確實是該離開了，」蘿絲回答：「很抱歉對你說這種話，但我真的希望你離開。」

「我聽到一個十分可怕又讓人痛苦的消息才來這裡，」年輕人說：「我害怕失去心愛的人，我所有的希望和期望都寄託在那個人身上。妳當時已經性命垂危、命懸一線。我們都知道，年輕、美麗、善良的人生病時，他們純潔的心靈會不知不覺便朝向他們光明、永恆的歸宿前進。這點我們都很清楚，老天保佑！最善良美麗的人，往往會英年早逝。」

這位溫柔的女孩聽到這番話，眼中蓄滿了淚水。其中一滴淚落在她彎腰面對的一朵花上，在花冠上顯得晶瑩剔透，為這朵花增添姿色，彷彿是從她純潔年輕的心中萌生的花朵，自然要與大自然中最美麗的花朵爭豔。

「一個人，」年輕人激動地接著說：「一個像上帝身邊的天使一樣美麗純真的人，在生死邊緣掙扎。噢！她所親近的那個遙遠世界已經在她面前半開大門，此時誰又能期望她會願意回到這個充滿悲傷與不幸的世界呢！蘿絲啊，蘿絲，知道妳就像上天的光芒投射在凡間的柔和陰影一樣即將消逝，已經不期望上天能為了還在人世間的人而讓妳留下，更不知道有什麼理由值得讓妳留下，感覺妳已經屬於那個光明的世界，許多最美麗善良的人早就展開雙翼飛向那裡。雖然有種種獲得慰藉的方法，卻還是忍不住祈禱上蒼，讓妳回到那些愛妳的人身邊——這些混亂的思緒簡直教人難以承受。我腦中日日夜夜反覆思量這些事情，也因此萌生強烈的恐懼、擔憂和自私的悔恨，惟恐妳真的死去，永遠不知道我是多麼衷心地愛著妳，這個念頭幾乎讓我失去意識和理智。幸好妳康復了。妳的健康日復一日、幾乎是在每個小時一點一滴地恢復，有如涓滴之水注入妳體內已經耗竭而微弱的生命溪流，這條溪流原本已經幾乎停滯，如今又再度高漲而充滿活力。我看著妳由瀕死到重生的經過，焦急的心情和深厚的感情幾乎讓我瞎了雙眼。別對我說妳希望我拋下這分感情，因為這分感情已經軟化了我對全人類的心意。」

「我沒有這個意思，」蘿絲淚眼汪汪地說：「我只希望你能離開這裡，這樣也許你會轉而追求更高尚、高貴的目標，更值得你追求的目標。」

「對我來說，任何目標，即使是最崇高的目標，也比不上贏得妳的芳心，」年輕人握住她的手說：

「蘿絲，我親愛的蘿絲！這麼多年——這麼多年來，我一直深愛著妳，希望能功成名就、榮歸故里，然後告訴妳我追求的一切都只是為了與妳共享。我曾在白日夢裡幻想著在那個快樂的時刻，我要提醒妳回想我曾經給妳的許多東西，每一件都默默代表了一個男孩的愛慕，然後我要執子之手，實現我們之間早就默默許下的誓約！如今那個時刻雖然還沒來臨，我尚未成就功名，也還沒實現年輕時的憧憬，但我要把早就屬於妳的這顆心獻給妳，並賭上我的一切，希望換得妳應許我的這個請求。」

「你的品行一直是那麼善良高貴，」蘿斯強壓下激動的情緒說：「既然你認為我並不是麻木不仁或忘恩負義，那就請你聽我的回答吧。」

「妳要回答的是，我可以努力讓自己配得上妳嗎，是不是，親愛的蘿絲？」

「我的回答是，」蘿絲答道：「你一定要努力忘記我。我並不是要你忘了我是你的知心老友，如果真是這樣，我反而會十分傷心。但是，我希望你不要再把我當成愛慕的對象。請你好好看看這個世界，想想這世上有多少顆芳心值得你驕傲地追求。等你愛上了別人，如果你願意，不妨向我吐露心聲。我會當你最真誠、最溫暖、最忠心的朋友。」

蘿絲說到這裡停頓了一下，一手摀著臉任憑自己淚如泉湧，另一手仍被哈利握著。

「蘿絲，妳的理由呢，」最後他才低聲說：「妳做出這個決定的理由是什麼？」

「你的確有權知道理由，」蘿絲回答：「不管你說什麼都不會改變我的決心。這是我必須履行的義務。為了別人，也為了我自己，我必須這麼做。」

「為了妳自己？」

「是的，哈利。為了我自己，只能這樣做。我是個無依無靠又沒有遺產嫁妝的女子，名聲上還有汙點，不應該讓你的朋友有理由懷疑我是基於卑鄙的理由才接受你的初戀。我不能成為你的絆腳石，阻礙你追求所有的希望與目標。為了你和你的親人，我必須阻止你為了自己寬宏本性所散發的熱情，替自己的前程設下這麼一個大障礙。」

「如果妳的心意和妳的責任感一致——」哈利開口說。

「並不一致，」蘿絲滿臉通紅地回答。

「這麼說妳也愛我囉？」哈利說：「我只想聽妳說這句話，親愛的蘿絲，只要有妳這句話，就能消除這個失望的打擊所造成的痛苦！」

「如果我能這麼做，又不會讓我所愛的人蒙受重大傷害，」蘿絲回答：「我就會——」

「妳就會以完全不同的態度接受我的這番心意？」哈利說：「蘿絲，至少別對我隱瞞這點。」

「是的，」蘿絲說：「等等！」她把手抽回來接著說：「我們為什麼要繼續這場痛苦的談話？這次的談話讓我極為痛苦，卻也帶給我永恆的幸福。因為我知道了自己在你心裡曾經占了這樣崇高的地位，今後你人生中的每一項成就，都能讓我變得更果敢、堅毅，這就是幸福了。再見了，哈利！我們今後見面，再也不會像今日這樣。不過我們可以保持其他關係，而不是這場談話會讓我們成為的那種關係，我們可以長久快樂地相處。有一顆真誠而誠摯的心將為你祈禱，但願所有真心誠意的源頭所賜與的每一分祝福，都能為你帶來歡樂與成就！」

「蘿絲，我再說一句就好，」哈利說：「請妳用自己的話說清楚妳的理由。讓我聽妳親口說出來！」

「你的前程似錦，」蘿絲堅定地說：「憑著卓越才智及有權有勢的親戚，可以在社會上獲得各種榮耀。但那些親戚都很高傲，我既不願和那些可能鄙視我生母的人打交道，也不想為代替我母親細心養育我的人的兒子帶來恥辱或失敗。總之，」這名少女轉過頭去，短暫的堅強已經開始瓦解。「我的名聲有汙點，世人總愛以此懲罰無辜的人。這個罪我會獨自承擔，所有的責難都由我一個人承受。」

「蘿絲，我再說一句。親愛的蘿絲！再說一句就好！」哈利衝到她面前大聲說。「如果我不是——不是像世人所說的這麼幸運——如果我注定過著沒沒無聞的平淡生活——如果我貧窮、病弱、無依無靠——

妳還會拒絕我嗎？是因為我將來可能享受榮華富貴，妳才有這層顧慮嗎？」

「別逼我回答，」蘿絲說：「這個問題並不存在，永遠也不可能發生。你這樣逼問我實在不公平，幾乎可說是殘忍了。」

「如果妳的答案和我幾乎可以大膽期望的答案一樣，」哈利反駁：「就能在我孤單的路上投下一道幸福的光芒，照亮我前方的道路。雖然對妳而言只是簡單的幾個字，但對於一個愛妳勝過一切的人而言卻是意義重大。噢，蘿絲，看在我熱烈又長久的愛戀分上，看在我為妳所受、以及妳注定要讓我承受的各種痛苦分上，請妳回答我這個問題吧！」

「好吧，如果你的命運和現在不同，」蘿絲回答：「如果你的地位只比我高一些，而不是像現在這樣有天壤之別，如果在寧靜而與世無爭的簡樸環境裡，我能為你提供幫助及安慰，而不是在一群懷著雄心壯志的傑出人士中成為你的汙點和阻礙，我就不必面對這個磨難。我現在就有理由覺得幸福、非常幸福。可是哈利，我承認我原本應該會更幸福。」

蘿絲吐露心聲時，許久以前她還是小女孩時便珍藏在心底的夙願紛紛湧上心頭，就如同回顧凋零的願望總是讓人不免流淚，這些記憶也牽動了她的淚水，同時也為她帶來安慰。

「我克制不了這個弱點，不過這個弱點讓我的決心更堅定，」蘿斯伸出手說：「我現在得離開你了，真的。」

「請妳答應我一件事，」哈利說：「再一次，只要再一次就好——也許不到一年，或許會更快——讓我和妳再談一次這件事，就當作是最後一次。」

「別逼我改變正確的決定，」蘿絲露出哀傷的笑容說：「沒用的。」

「不，」哈利說：「如果妳願意，我要聽妳再說一次——最後一次！不論我將來獲得什麼地位和財富，我都會堆在妳腳下。到時候如果妳仍然堅持現在的決定，我絕不會用言語或行動改變妳的想法。」

「那就這樣吧，」蘿絲回答：「不過是多痛苦一次。也許到那時候我更能承受得住。」

她再次伸出手，但年輕人將她擁入懷裡，在她美麗的額頭上烙下一吻後便匆匆離去。

第三十六章

本章雖短，單看或許不重要，卻是前一章的續篇，以及時候到了自然會看到的後續章節伏筆，因此仍是必讀的一章

「所以你今早決定要當我的旅伴了嗎？」在哈利．梅里來到餐桌旁，和醫生及奧利佛一起用餐時，醫生說道。「你的想法或意圖怎麼隨時都在變！」

「總有一天你也會有改變想法的時候，」哈利莫名地紅了臉說道。

「希望是有充分理由讓我這麼做，」洛斯本先生回答：「不過老實說，我不認為我會這樣。昨天早上你才匆匆決定要留下，當個孝順的兒子陪你母親到海邊去。不到中午，你又宣布要給我面子，在去倫敦的路上當我的旅伴。到了晚上，你又神祕兮兮地催促我應該在女士們起床前就動身。結果害得小奧利佛到現在還在這裡吃早餐，他原本應該在草原上搜集各種花草的。真是太糟糕了，對不對，奧利佛？」

「如果您和梅里先生出發的時候我不在家，我一定會覺得非常遺憾，先生，」奧利佛回答。

「真是個好孩子，」醫生說：「等你回來之後記得要來找我。不過，說真的，哈利，你突然急著要走，是不是那些大人物有什麼消息？」

「你說的大人物，」哈利回答：「我想應該也包括我最體面的舅舅吧，從我來這裡之後，他們就沒再和我聯絡過。在這個時節，也不太可能發生什麼事，要我必須立刻趕回他們身邊。」

「嗯，」醫生說：「你真是個怪人。不過既然他們打算在聖誕節前的選舉讓你進國會，你這種善變的態度對政治生涯倒是不錯的準備。這其中一定有訣竅。不論是要角逐議員席位、爭取冠軍或贏取賭金，都

需要經過一番良好的訓練。」

哈利．梅里原本只要用一、兩句話就能讓醫生啞口無言，但他似乎無心延續這段簡短的對話，因此只簡單說了一句「等著瞧吧」，便不再繼續這個話題。不一會兒，驛馬車來到門口，蓋爾斯進來提行李，好心的醫生急忙出去查看行李是否擺好。

「奧利佛，」哈利．梅里低聲說：「我有話想跟你說。」

奧利佛聽從梅里先生的叫喚來到窗邊的隱蔽處，驚訝地發現梅里先生整個人流露出既悲傷又激動的神態。

「你現在會寫字了嗎？」哈利將手搭在奧利佛的手臂上說。

「應該會，先生，」奧利佛回答。

「我會離開家一段時間，希望你能寫信給我——大約兩星期一次，隔週的星期一寫好寄出，寄到倫敦的郵政總局。好嗎？」

「噢，當然好啊，先生。我很榮幸有這個機會，」奧利佛欣然接下這個任務。

「我想知道——知道我母親和梅里小姐過得怎麼樣，」年輕人說：「你可以在信上盡量寫，告訴我你們散步的情況、聊天的內容，還有她——我是說她們——開不開心，身體健不健康。懂我的意思嗎？」

「噢！我懂，先生，我懂，」奧利佛回答。

「這件事你不要告訴她們，」哈利急忙接著說：「因為我母親可能會急著更常寫信給我，這對她來說是件麻煩和操心的事。這件事就當作是我們兩個人之間的祕密，你記得要把所有的事情告訴我！全靠你了。」

奧利佛感覺到自己的重要性，覺得十分得意又光榮，便誠心誠意地向他承諾自己一定會保守祕密，並在信中知無不言。梅里先生向他道別，並一再保證會關心他及保護他。

醫生已經上了馬車，蓋爾斯（已經安排好讓他留下來）在一旁幫忙拉開車門，女僕都在花園裡目送他們。哈利又朝那扇格子窗看了一眼，然後跳上馬車。

「出發！」他叫：「加油，快點，全力衝刺！今天只有跑得飛快才能合我的意。」

「胡說！」醫生大叫，急忙拉下前窗玻璃，對著驛馬車夫大喊：「別跑得飛快才合我的意。聽到了沒？」

鈴聲叮噹、馬蹄噠噠，馬車愈走愈遠，最後再也聽不到這些聲音，只看見馬車飛馳，沿著蜿蜒的道路前進，幾乎隱沒在揚起的煙塵中，有時視線受到阻擋，有時則因道路太過曲折複雜，因此車身時而消失、時而出現。直到最後連煙塵也看不到了，這群目送者才散去。

馬車早已走到好幾公里之外，卻還有一位目送者繼續盯著馬車消失的地方。哈利抬頭看向那扇窗時，蘿絲就坐在白色的窗簾後，將自己隱藏起來。

「他看起來精神抖擻又開心，」最後她說：「我原先還擔心他會無精打采，原來是我誤會了。我真的非常、非常高興。」

眼淚可以代表喜悅，也能代表悲傷。蘿絲坐在窗前沉思，眼睛仍盯著同個方向，但此時順著她臉龐流下的淚水，似乎是悲多於喜。

第三十七章
讀者在本章可以看到婚前婚後兩樣情的常見情況

本伯先生坐在濟貧院的會客室裡，悶悶不樂地盯著陰鬱的壁爐柵欄，由於現在正值夏天，因此除了壁爐冰冷光亮的表面反射的一絲微弱日光外，完全看不到更明亮的火光。天花板上吊著一只紙做的捕蠅籠，他偶爾鬱悶地抬起眼，看到幾隻不慎誤入的小蟲在那個讓人眼花繚亂的網子裡打轉。本伯先生重重地嘆了口氣，臉上的表情變得更為沉重。他正在沉思，或許是那些小蟲勾起了他過往的一些痛苦回憶。

但喚起旁人心中快意傷感的並不只是本伯先生憂鬱的表情，還有其他外在特徵，這些特徵都與他個人緊密相關，顯示他的情況出現了重大變化。那件鑲邊大衣和三角帽怎麼不見蹤影了？他依舊穿著及膝馬褲，腳上也套著黑色長統棉襪，但那件褲子已經不是原先的緊身馬褲。身上的大衣雖然寬下襬設計和原先的大衣相似，但還是有天壤之別！而那頂威風的三角帽也換成一頂簡樸的圓帽。本伯先生已不再是教區執事了。

生活中有些晉升，撇開升職帶來的更大實質報酬不談，其特殊的價值和威嚴來自於與該職位相關的大衣及背心。陸軍元帥有軍服、主教有絲質法衣、律師有絲綢律師袍、教區執事有三角帽。如果主教沒了法衣，或教區執事沒了三角帽和鑲邊大衣，他們會成為什麼人？一般人，就只是普通人而已。有時大衣和背心比某些人所想的，更能影響一個人的威嚴，甚至是神聖的氣質。

本伯先生已經與柯尼太太成親，當上了濟貧院院長。另一位教區執事也已經走馬上任。他的三角帽、金邊大衣和手杖等三大法寶都已經移交給繼任者。

「明天就滿兩個月了！」本伯先生嘆了口氣說：「感覺上好像已經是一輩子了。」

本伯先生的意思也許是，他已經把一生的幸福濃縮在這短短的八週裡。但那一聲嘆息——這聲嘆息包含了千言萬語。

「我把自己給賣了，」本伯先生延續先前的想法說：「就為了六根湯匙、一把糖夾、一個牛奶壺、幾件二手家具和二十英鎊現金。這個價錢實在不高。便宜，太便宜了！」

「便宜！」一個尖銳的叫聲傳入本伯先生耳裡。「不管是用什麼價錢買你都算貴。我為你付出的代價夠高了。老天爺清楚得很！」

本伯先生轉過頭，正好看到他有趣妻子的表情，她無意間聽到他抱怨，還沒完全理解那幾句話的意思，便劈頭將他臭罵了一頓。

「本伯太太，夫人，」本伯先生也火大以嚴厲的語氣說。

「怎樣！」那位女士大叫。

「妳好好地看著我！」本伯先生狠狠瞪著她說。（「如果她連這種眼神都不怕，」本伯先生心想：「那她就是天不怕地不怕了。沒有一個貧民不怕我這個眼神。如果不能嚇倒她，那我就威嚴掃地了。」）

究竟這區區一瞪是否足以鎮壓飢腸轆轆、狀況不佳的貧民，還是這位前柯尼太太特別禁得起嚴厲的目光，還有待讀者自行判斷。但事實就是，這位女舍監不但絲毫不畏懼本伯先生的瞪視，反而露出十分不屑的神情，甚至還放聲大笑，聽起來似乎是真心覺得好笑。

本伯先生聽到這完全出乎意料的笑聲，先是難以置信，然後是驚訝不已，最後才恢復原先的神態，直到他妻子的聲音再度喚起他的注意，他才回神過來。

「你打算一整天坐在那裡打鼾嗎？」本伯太太問。

「我就是要坐在這裡，坐到我覺得滿意為止，夫人，」本伯先生回答：「雖然我剛才**沒有**打鼾，但不管我想打鼾、打呵欠、打噴嚏、大笑或大哭，都隨我高興，這就是我的特權。」

「**你的**特權！」本伯太太冷笑一聲，露出無以名狀的輕蔑神色。

「沒錯，夫人，」本伯先生說：「男人的特權就是發號施令。」

「看在老天爺的分上，那女人的特權又是什麼？」柯尼先生的遺孀大聲問道。

「是服從，夫人，」本伯先生大吼。「妳那個倒楣的前夫應該要教會妳這點，這樣說不定他現在還活著。我真希望他還活著，可憐的傢伙！」

本伯太太立刻看出，決定性的一刻已經來臨，不論是哪一方想取得控制權，都必須施以最後的決定性一擊，因此她一聽到對方提起亡夫，便跌坐在椅子上嚎啕大哭，大聲咒罵本伯先生是個鐵石心腸的禽獸。

但眼淚並不能打動本伯先生的心，他的心早就已經防水。就像可以水洗的河狸皮帽，淋過雨之後反而變得更耐用，他的神經也被眼淚鍛鍊得更堅強、更有活力，而眼淚是軟弱的象徵，目前為止也是對他個人權力的默認，因此本伯先生覺得既滿意又開心。他心滿意足地看著他的好太太，以鼓勵的語氣叫她盡量哭，因為從體能的角度來看，這個活動對健康可是大有益處。

「可以增加肺活量、清洗面孔、鍛鍊眼睛，還能讓脾氣變溫和，」本伯先生說：「所以盡量哭吧。」

本伯先生說完這番風涼話之後，從木釘上拿起帽子，十分俏皮地斜戴在頭上，就像一個覺得自己以適當方式維護了個人優越地位的男人一樣，將雙手插在口袋裡，從容地走向門口，完全一副輕鬆自在、流裡流氣的樣子。

柯尼太太之所以先用眼淚試探，是因為這個方法不像實際動手打人那麼麻煩，但她已經完全做好準備要嘗試後者，本伯先生不久後就會發現這點。

他體驗到這個事實的第一項證明，就是一聲空洞的聲響，緊接著他的帽子便突然飛到房間的另一頭。精於此道的本伯太太經由這個準備動作讓本伯先生的腦袋露出來，接著她一手緊緊掐住他的喉嚨，另一手拳如雨下地朝他的腦門兒猛打（力道和熟練度都十分驚人）。然後她又換了一招，改抓起他的臉和扯他的頭髮，等到她認為對他的冒犯已經施以必要懲罰之後，便將他一把推倒（幸好當時他身後正好有張椅子接住他），問他以後還敢不敢再提起他的特權。

「起來！」本伯太太命令說：「你如果不想要我跟你拚命，就給我滾出去。」

本伯先生哭喪著臉爬起來，心裡好奇她所謂的拚命究竟是什麼情況。他撿起帽子，朝門口看了一眼。

「你到底要不要出去？」本伯太太質問。

「當然，親愛的，當然，」本伯先生飛快地朝門口比了一下說：「我不是故意要——我走了，親愛的！妳實在是太激動了，真的是讓我——」

就在此時，本伯太太急忙走上前，想把在打鬥中被踢皺的地毯鋪平。本伯先生顧不得把話說完便立即衝出門外，讓這位前柯尼太太完全占領戰場。

本伯先生扎扎實實吃了一驚，也扎扎實實挨了一頓打。他顯然有欺負弱小的癖好，並從這些小惡行中獲得莫大的樂趣，但也因此成為一名懦夫（這點已無庸置疑）。這絕不是在貶低他的人格，因為許多名聲與威望崇高的官員也有類似的缺點。這個說法的確沒有貶意，而是在誇讚他，希望藉此讓讀者確實明白，本伯先生的確有資格擔任公職。

不過本伯先生丟臉的事情並非到此為止。他在濟貧院裡繞了一圈，生平第一次認為濟貧法對人民實在太過嚴苛。有些男人從老婆身邊逃離，將她們丟給教區照顧，這些男人根本不該受到法律制裁，而應該把他們視為受苦受難的有功人士給予獎賞。本伯先生走向一間房，這裡平時就有幾位女貧民負責教區分派的洗衣工作，此時房裡正傳來聊天的聲音。

「哼！」本伯先生又端出天生的威嚴架子。「至少這些女人應該繼續尊重特權。喂！喂！妳們這些賤人，吵吵鬧鬧的在幹什麼？」

他一面說話一面怒氣沖沖、盛氣凌人地開門進去，卻意外在房裡看到他妻子的身影，態度立刻變得十分卑微懦弱。

「親愛的，」本伯先生說：「我不知道妳在這裡。」

「不知道我在這裡！」本伯太太把他的話重複了一遍。「**你**來這裡幹嘛？」

「我以為她們顧著聊天，沒有好好在做事，親愛的，」本伯先生回答，心煩地看了洗衣盆邊兩名老婦人一眼。她們看到這位濟貧院院長受辱，正開心地私下議論著。

「**你**覺得她們話太多？」本伯太太說：「這關你什麼事？」

「呃，親愛的——」本伯先生低聲下氣地勸說。

「關你什麼事？」本伯太太又質問了一遍。

「的確沒錯，妳才是這裡的女舍監，親愛的，」本伯先生謙卑地說：「不過我剛才以為妳不在這裡。」

「我告訴你，本伯先生，」他的妻子回答：「我們不需要你多管閒事。你實在太愛插手管一些跟你無關的事了，所以才會搞得一轉身就惹得全院上下都在笑話你，你一天到晚都讓自己看起來像個蠢蛋。快滾吧你！」

本伯先生看到那兩位老貧民喜不自勝地吃吃竊笑，覺得痛苦萬分，不禁猶豫了一下。但本伯太太可沒那麼好的耐性，立刻端起一碗肥皂水，示意要他出去，又命令他即刻滾開，否則就要把碗裡的肥皂水朝他肥胖的身軀潑去。

本伯先生還能怎麼辦？他沮喪地看了看四周便溜走了。等他走到門邊，貧民的竊笑已經轉為不可遏抑的咯咯笑聲，聽起來十分刺耳。這下子，他在她們眼前丟臉，當著那些窮光蛋的面，身分地位盡失。他已經從高高在上的教區執事，跌進了最讓人瞧不起的妻管嚴深淵。

「不過才兩個月！」本伯先生滿心鬱悶地說：「兩個月啊！不到兩個月前，我不但替自己當家，還替教區濟貧院裡的每個人作主，可是現在——」

實在是太過分了。本伯先生邊走邊想來到大門邊，他打了開門的男孩一巴掌，然後心煩意亂地走到街上。

他走過一條又一條街，直到先前的悲憤情緒平息，接下來又因為情緒驟變而覺得口渴。他經過許多家酒館，最後停在一條偏僻小路上的一家酒館前。本伯先生隔著窗簾向店內匆匆一瞥，發現店裡空蕩蕩的，只有一名客人。就在此時下起了大雨，本伯先生因此下定決心踏入店內。他經過吧台時點了飲料，接著走進自己在街上看到的那間小包廂。

坐在包廂裡的那個人又高又黑，穿著一件大斗篷。他看起來很陌生，從他略帶憔悴的面容以及沾著塵土的衣服看來，這人似乎是遠道而來。本伯先生走進包廂時向那人打了招呼，但對方只是斜眼瞄了他一眼，不屑地點了點頭。

本伯先生的傲慢程度原本就足以抵過兩個人，即使那個陌生人和他更熟識，他也未必會搭理對方。因此他默默地喝著自己的兌水琴酒，擺出高高在上的姿態看起報紙。

不過巧的是，在這種情況下人們往往會結為朋友，本伯先生感覺到一股無可抗拒的強烈衝動，讓他不時偷瞄那個陌生人。但每次他偷看對方時，都會發現對方也正好在同一時刻偷看他，只好尷尬地收回目光。而對方特別的眼神更讓本伯先生覺得尷尬。那人的目光銳利而明亮，但因為不信任和猜疑而顯得陰沉，本伯先生從來沒見過這種眼神，讓人看了就覺得討厭。

他們這樣互看了數次之後，陌生人用粗啞低沉的嗓音打破了沉默。

「你從窗外往裡頭偷看的時候，是在找我嗎？」他說。

「我沒有存這個心，除非先生你是——」本伯先生說到這裡突然停下。他想知道這位陌生人的名字，心想對方可能會等不及自己報上名來。

「我想你也沒有存那個心，」陌生人說，語調中透著一絲嘲諷：「否則你就會知道我的名字。你不知道我的名字，我勸你別問的好。」

「年輕人，我沒有惡意，」本伯先生威嚴地說。

「你也沒做惡事。」陌生人說。

在這段簡短的對話之後又是一陣沉默，然後又是陌生人先開口。

「我以前好像見過你？」他說：「你那時的穿著和現在不同，我只在街上和你擦身而過，不過還是認得出你來。你當過這裡的教區執事，對不對？」

「是的，」本伯先生有些驚訝地說：「我當過教區執事。」

「果然，」對方點點頭說：「我看到你的時候，你還是教區執事。你現在的工作是？」

「濟貧院院長，」本伯先生緩慢而莊重地回答，以免這名陌生人表現出過於熟稔的態度。「濟貧院院長，年輕人！」

「你是不是還像以前一樣只注重自己的利益？」陌生人接著說，銳利的目光直視著本伯先生的雙眼；本伯先生聽到這個問題驚訝地抬起頭。

「老兄，你儘管放心回答，我對你了解得很，你懂吧。」

本伯先生顯然十分困惑，用手擋著光將這名陌生人從頭到腳仔細打量了一番，然後回答：「我想，已婚男人和單身男人一樣，並不反對把握機會正當賺幾個錢。教區職員的薪水不高，所以有機會賺點小外快，只要來源正當合理，何樂而不為。」

陌生人笑了笑，又點點頭，似乎在說他果然沒看錯人，接著拉了鈴。

「再來一杯，」他將本伯先生的空酒杯遞給店主。「來杯又烈又燙的。我想你應該喜歡喝這種的吧？」

「別太烈，」本伯先生輕咳一聲說道。

「老闆，你懂他的意思吧！」陌生人諷刺地說。

店主笑了笑便離開，不一會兒端上一大杯冒著熱氣的酒來。本伯先生喝下一大口，嗆得眼淚在眼眶裡打轉。

「現在聽我說，」陌生人關上門窗後說：「我今天來這裡，就是為了找你。有時候還真是鬼使神差，我正想著你，你就走進我坐的這間包廂。我想向你打聽一些事，雖然報酬不多，但總不會讓你做白工。這一點小意思，你先收起來。」

他邊說邊謹慎地將兩枚金幣推到坐在桌子對面的朋友面前，似乎不想讓人聽到錢幣撞擊的叮噹聲。本伯先生仔細地檢查錢幣，確定是真的金幣後才十分滿意地放進自己的背心口袋。陌生人接著說：

「現在請你回想——讓我想想——十二年前的那個冬天。」

「這麼久以前啊，」本伯先生說：「好，我回想了。」

「場景就在濟貧院。」

「好！」

「時間是晚上。」

「嗯。」

「至於地點，反正就是一個髒亂的破地方，管它在哪兒，那些卑鄙的賤貨連自己的性命和健康都顧不了——生下一些哭哭啼啼的小鬼丟給教區撫養，把自己的醜事一起帶進墳裡腐爛！」

「我想你說的應該是產房吧？」本伯先生說道，不太明白陌生人為何描述得如此激動。

「對，」陌生人說：「有個男孩在那裡出生。」

「在那裡出生的男孩可多著呢，」本伯先生喪氣地搖著頭說。

「那些該死的小鬼！」陌生人大聲說：「我說的是一個可憐兮兮、臉色蒼白的小鬼，曾經在這裡的棺材店當過學徒——要是那個老闆替那小鬼做好棺材，把他鎖在裡頭就好了——聽說後來他又逃跑去倫敦了。」

「喔，你說的是奧利佛！小崔斯特！」本伯先生說：「我當然記得他。沒見過那麼頑固的小混球——」

「我要打聽的不是他的消息。他的事我已經聽夠了，」本伯先生正要開始數落可憐奧利佛的罪行，就被這名陌生人打斷了。「我要打聽的是一個女人，當年照顧奧利佛母親的那個醜老太婆。她現在人在哪裡？」

「她在哪裡？」兌水琴酒讓本伯先生變得風趣起來。「這就難說了。她去的那個地方沒有助產士，所以我想她應該失業了吧。」

「什麼意思？」陌生人厲聲質問。

「她去年冬天死了，」本伯先生回答。

那人聽到這個消息，一雙眼直盯著本伯先生，雖然過了一會兒他依舊沒別開目光，但眼神逐漸變得茫然而出神，似乎陷入了沉思。有好一會兒，他似乎不知道聽到這個消息該覺得放心還是失望，不過最後他的神情總算放鬆下來，別開目光，說那也不算什麼大事。接著便起身，似乎準備離去。

但本伯先生老奸巨猾，馬上看出眼前有利可圖，可以利用他妻子掌握的某些祕密大撈一筆。老莎莉過世的那晚他記得清清楚楚，那天發生的事讓他有充分理由牢牢記住，因為他就是在那一天向柯尼太太求婚。雖然他妻子從未向他透露她是當晚唯一的在場證人，但從他聽到的消息便足以推斷，一定和那個老女人（也就是濟貧院護士）照顧奧利佛．崔斯特的年輕生母時發生的事情有關。他急忙回想那件事，神祕兮兮地對那名陌生人說，在那個醜老太婆臨死前，有個女人曾經和她關起門密談。他有充分的理由相信，那個女人能針對他想打聽的事透露一些消息。

「我要怎麼找到她？」陌生人說。他已經放下戒心，明白表示這個消息勾起了他所有的恐懼（不論他懼怕的是什麼）。

「只能透過我，」本伯先生說。

「什麼時候？」陌生人連忙大聲問道。

「明天，」本伯回答。

「晚上九點，」陌生人掏出一張紙片，寫下一個河邊的偏僻住址，從字跡可以看出他十分激動。「晚上九點，帶她到這裡來找我。我不必囑咐你要保密了吧，這對你可是有好處的。」

他說完便走向門口，途中停下來付了酒錢，然後只說了句兩個人不順路，又再次強調明晚約定的時間，便不再客套，轉身就走。

這位教區官員看了住址一眼，發現上頭沒寫名字。陌生人還沒走遠，因此他追上去問。

「你想幹嘛？」本伯先生一拍那人的手臂，對方馬上轉身大聲問。「在跟蹤我嗎？」

「我只想問你一個問題，」本伯指著那張紙片說：「到時候我要找誰？」

「孟克斯！」那人說完便匆匆大步離去。

第三十八章
本伯夫婦和孟克斯先生夜晚晤談時的遭遇

這是個悶熱而昏暗的夏夜。一整天揮之不去的烏雲散開，形成厚重的水蒸氣團，緩慢移動，降下一顆顆碩大的雨滴，預告狂暴的大雷雨即將來襲。此時本伯夫婦繞過城鎮大街，走向一些零星散布的破敗屋舍。這些屋舍離城鎮大約兩公里半，建在低窪骯髒的沼澤上，緊鄰著河畔。

他們倆都穿著破舊的外衣，或許一方面可以避雨，一方面也不會引人注目。本伯先生提著一盞燈，但卻沒有光透出來。這條路很髒，本伯先生走在前面幾步，步履艱難，似乎是為了方便本伯太太踩在他深陷土裡的腳印上。他們一路走著，不發一語。本伯先生偶爾會放慢腳步，轉頭察看，彷彿要確認他的幫手是否跟了上來。發現她緊跟著他的腳步之後，本伯先生就會修正走路的速度，再接著往前進，速度大幅加快，邁向目的地。

這個地方特色鮮明。長久以來，眾所周知，這就是一些地痞流氓的居住地。這些流氓宣稱靠自己的雙手打拚，但他們主要是靠偷拐搶騙這些勾當維生。這裡的屋子都很狹小，有些是草率建成，只是幾片磚頭黏在一塊。有些建材是蛀蟲啃蝕後的老舊造船木材，胡亂組合在一起，完全沒有要整齊排列的意思。大多數的小屋都建在離河邊幾碼的地方。幾艘破船拉上了岸陷在泥濘之中，拴在周圍的矮牆上。到處散落著船槳和一圈圈的繩子。乍看之下，這似乎代表這些破敗小屋的居民有意靠河討生活，但看看那些陳列物品損壞、無一可用的狀況，路過的人自然而然會推測這些屋子荒棄在這裡只是為了保存外貌，而不是真要拿來使用。

一棟位在河邊的大型建築矗立在這些小屋的中心，最上面的幾層樓懸在河上。這棟建築之前是某種工廠，當年可能為臨近居民提供了工作機會，但已荒廢多時。老鼠、蛀蟲還有溼氣破壞了建築的地基。建築絕大部分也早已沉入水中，剩餘的部搖搖欲墜，倒在暗黑的河流中，似乎在等待適當的時機追隨它的老伙伴，步上相同後塵。

這對令人敬重的夫婦在這已成廢墟的建築前停了下來，遠方的第一聲雷響迴盪在空氣中，雨開始驟然落下。

本伯先生查看了他拿在手上的紙張後說：「這地方應該在附近。」

「嘿呦這裡！」上面傳來叫聲。

本伯先生順著聲音抬起頭，發現二樓一個男人正從一扇門探出上半身。

「別動，等一下，」那聲音喊道。「我馬上下來。」人頭隨即消失，然後那扇門關了起來。

「就是那男人嗎？」本伯先生的賢妻問。

本伯先生點頭表示肯定。

本伯太太說：「那要注意我說的話，盡可能小心別多說什麼，不然你等於馬上就把我們出賣了。」

本伯先生滿臉悔恨地看著那棟建築，他顯然想馬上表達意見，說他懷疑這件事是否應該繼續進行，但孟克斯先生現身打斷了他。孟克斯先生打開了一扇小門，本伯夫婦就站在那扇門邊，他招呼他們進門。

「進來！」他跺著腳不耐煩地說：「別讓我等！」

本伯太太一開始遲疑了一下，然後不等進一步的邀請就大膽走了進去。本伯先生不知是不甘落後或害怕落後，也跟著走進去。他顯然非常不自在，一向常表現於外的大方神氣此時幾乎蕩然無存。

「搞什麼鬼，你們怎麼站在這裡淋雨？」孟克斯先生說。他拴上身後的門，回頭跟本伯先生說話。

「我——我們只是想消消暑，」本伯先生結結巴巴地說，畏縮地觀察四周。

「消暑！」孟克斯先生回了他的話。「從過去以來就不是所有降下的雨水都能夠澆熄地獄之火，或人心中的火，未來也不會。要消暑沒那麼容易，別傻了！」

孟克斯先生發表完這讓人心曠神怡的言論後，突然轉向本伯太太，定定地看著她，逼得向來不容易害怕的本伯太太也不得不撇開視線看著地面。

「這就是那女人是吧？」孟克斯先生問道。

「嗯！就是那女人。」本伯先生回答，心裡還記著他太太的告誡。

「我猜你認為女人絕對無法保守祕密？」本伯太太插話說道。她說話時也回敬了孟克斯先生打量的眼神。

「我知道女人絕對會保守一個祕密，直到有人發現為止，」孟克斯先生說。

「什麼祕密？」本伯太太問。

「失去好名聲這件事，」孟克斯先生回答：「正因如此，要是一個女人藏著祕密，而這個祕密可能會讓她被送上絞刑台或流放外地，我就不怕她把祕密洩露出去。我可不怕，了解嗎，這位太太？」

「不了解，」本伯太太再接話，臉有點紅。

「妳當然不了解！」孟克斯先生說：「妳怎麼可能了解？」

孟克斯先生對他的兩個同伴露出像是在笑又像在皺眉的表情，然後再度叫他們跟著他。他很快穿過房間，這房間相當大，但屋頂低矮。他準備上一層很陡的樓梯，或者說是梯子，這梯子會通到倉庫上層。此時一道閃亮的閃電光芒從裂縫中穿了下來，接著雷聲大作，把這座不像房子的房子震得東倒西歪。

「你們聽！」孟克斯先生大叫，身子縮了起來。「你們聽！這聲音隆隆作響，不斷迴盪，像是在一千個山洞中產生的回音，魔鬼就躲在這些山洞裡好逃避這個聲音。我恨這聲音！」他沉默了好一會兒，然後突然把雙手從臉上拿開，露出極度扭曲、毫無血色的臉孔，本伯先生看了心裡有說不出的煩亂。

「這些症狀三天兩頭會找上我，」孟克斯先生觀察到本伯先生一臉驚慌，於是這樣說。「雷聲有時候會引起這些症狀。別管我了，現在沒事了。」

說完之後，他帶頭上了梯子，很快關上通往房間的窗板，把一座滑輪繩索式昇降燈拉低。這座燈掛在天花板一根厚實的橫梁上，微弱的燈光灑在正下方的一張舊桌子和三張椅子上。

三個人都坐定之後，孟克斯先生說：「那……愈快談正事對我們愈好。這女人知道我們要談什麼吧？」

這問題是要問本伯先生的，但他的妻子搶著回答，暗示自己非常清楚。

「他說得沒錯，那醜八婆死的晚上妳和她在一起，而且她跟妳說了一些事——」

「這些事和妳提到的那男孩母親有關，」她打斷他回答：「沒錯。」

「第一個問題是，她透露了什麼消息？」孟克斯說。

「那是第二個問題。」這女人謹慎地觀察著。「第一個問題是，這消息值多少？」

「還不知道是什麼樣的消息之前，鬼才講得出來吧？」孟克斯問道。

「我相信沒有人比你更清楚了，」本伯太太回答。她氣魄十足，這點她的丈夫可以充分證明。

「哼！」孟克斯意味深長地回答，看起來急於想知道答案。「應該挺值錢的是吧？」

「有可能，」本伯太太回答得很鎮定。

「從她身邊被偷走的東西，」孟克斯說：「她戴的東西。她——」

「你最好出個價，」本伯太太打斷他。「我已經探聽清楚了，我確定你就是我要找的人。」

本伯先生還沒獲得另一半批准，無法進一步了解這個祕密。他伸長脖子、眼睛睜得老大聽著兩人對話，一下看向他妻子，一下看向孟克斯，驚訝之情完全不加掩飾。而在孟克斯厲聲要求知道祕密揭露需要付出多少代價時，他的詫異絕對是有增無減。

「這對你值多少？」女舍監問，和先前一樣鎮定。

「可能不值錢，也可能值二十英鎊，」孟克斯回答：「說出來，讓我知道數目。」

「你說的數目再加五鎊。給我二十五英鎊。」女舍監說：「那我就告訴你我知道的一切。沒錢免談。」

「二十五英鎊！」孟克斯大叫，身子縮了回去。

「我盡可能講得清楚明白了，」本伯太太回應：「這也不是一筆大數目。」

「一個微不足道的祕密，說出來可能就不值錢了，還不算大數目！」孟克斯急切地喊著。「而且這祕密已經埋藏十二年以上了！」

「這種東西如果保存得好，就像好酒一樣，隨著時間過去價值常會加倍，」本伯太太回答。她還是維持一貫的堅決與冷漠。「說到埋藏，有些東西藏在地底下一萬兩千年或一千兩百萬年，你我都知道，終究還是會吐露出一些古怪的事情！」

「要是我錢給了，結果一場空呢？」孟克斯猶疑地問。

「你隨隨便便就能把錢拿回去，」本伯太太回答：「我不過是個女人，一個人在這裡，沒人能保護我。」

「親愛的，妳可不是一個人，也不是沒人保護，」本伯先生說道。他的聲音顫抖，帶著恐懼。他繼續說，邊說話牙齒邊格格作響。「我就在這裡，親愛的。除此之外，孟克斯先生是個十足的先生，絕不會對教區人士施加暴力的。親愛的，孟克斯先生知道我不年輕了，也知道我體能有點退化了，這我自己承認。但他也聽說了，親愛的，我是說孟克斯先生想必聽說我是個很果斷的人，只要惹毛我，我的力量可是非常人可比，只要惹到我一點就夠了。就是這樣。」

本伯先生說話時裝得鬱鬱寡歡，全心全意緊抓著他的燈。從他滿臉驚慌的神色看來，這只顯示了他的確需要惹毛一下，而且一下還不夠，這樣才能擺出好戰的姿態。當然，對付乞丐或其他為此目的訓練有素的人情況又不同了。

「你真是笨蛋，」本伯太太回應：「最好給我閉上嘴。」

「要是他不能小聲點講話，最好把舌頭割掉，」孟克斯冷酷無情地說：「就是這樣！他是妳丈夫，嗯？」

「他，我丈夫！」本伯太太竊笑著，不做正面回答。

「你們一進來我就這麼覺得了，」孟克斯回應。他注意到女舍監說話時朝她丈夫射去的憤怒眼神。「這樣更好。知道我只要應付一個人而不是兩個人，我就不會那麼遲疑。我是認真的，看這裡！」

他把手伸進側邊口袋，然後拿出一個帆布包，算了二十五鎊放在桌上，再把錢推向女舍監。

他說：「現在把錢收好，我感覺這該死的雷聲快把屋頂掀了，等雷聲一停，就來聽聽妳的故事。」

雷聲似乎的確近了許多，幾乎就在他們頭上炸響，然後逐漸消逝。孟克斯從桌子抬起頭，俯身往前聽女舍監要說什麼。兩個男人伏在小桌上急著想聽明白時，三個人的臉孔幾乎碰在一起，女舍監也把身體往前傾，讓他們聽到她的低語。吊燈黯淡的光線直接照著他們，凸顯出他們面容蒼白，表情焦慮。最深沉的陰鬱和黑暗籠罩著他們的臉孔，讓他們的臉看來極為恐怖。

女舍監開始說話：「這個我們管她叫老莎莉的女人死掉的時候，就只有我在她身邊。」

「沒有其他人在嗎？」孟克斯問道，他的低語聲也同樣空洞。「沒有其他生病的傢伙或白痴在別張床上？沒人聽到她說話，或甚至聽得一清二楚？」

「一個人都沒有，」女舍監回答：「就只有我們兩個。她死的時候，只有**我**一個人站在屍體旁邊。」

「很好，」孟克斯專注地看著她說：「講下去。」

「她提到一個年輕女人，」女舍監再接著說：「那女人幾年前生下一個小孩，不只是在同一個房間，還是在老莎莉等死的同一張床上。」

「啊？」孟克斯說。他的嘴唇顫抖，回頭看了一眼。「該死！怎麼會這樣！」

「那小孩就是你昨晚跟他提到的那個，」女舍監說，同時漫不經心地朝丈夫點了個頭。「這護士偷走了那位母親的東西。」

「在她還活著的時候？」孟克斯問。

「她死的時候，」女舍監回答，似乎還微微顫抖了一下。「那母親用最後一口氣求她替自己的小孩保管那東西，但她人屍骨未寒，她就把女人身上的東西偷走了。」

「她把東西賣掉了，」孟克斯焦急地大叫。「賣掉了嗎？在哪裡賣的？什麼時候賣的？賣給誰？多久以前的事了？」

「她費了好大力氣才告訴我她幹了這檔事，」女舍監說：「說完就倒下去死了。」

「沒再說其他的了？」孟克斯大叫，他盡可能壓低聲音，但似乎只是讓聲音聽起來更憤怒。「一派胡言！我可不是讓人耍大的。她還說了些別的話。哪怕得把你們碎屍萬段，我也要知道她說了什麼。」

「她一個字也沒多說，」女舍監說。她看起來似乎對這陌生男人的暴力無動於衷，但本伯先生可就完全相反了。「但她猛地用一隻半握的手抓住我的袍子。我看到她死了，就用力把她的手掰開，結果我發現她手裡握著一張骯髒的紙片。」

「上面寫著——」孟克斯身子前傾插話道。

「沒寫什麼，」女舍監回應：「是張當票。」

「當什麼東西的？」孟克斯質問。

「時候到了我自然會告訴你，」女舍監說：「我猜她把那玩意兒留了一段時間，希望賣的價錢好一些，最後還是把它當了。她每年東拼西湊些錢付當鋪利息，以免流當。這樣萬一出了什麼事，還能贖回來。結果什麼事也沒發生，我告訴過你，她死的時候手裡握著一張破爛的紙。再過兩天就過期了，我想有天可能會派上用場，所以就把東西贖了回來。」

「東西現在在哪裡？」孟克斯先生急忙詢問。

「這裡，」女舍監回答。她好像很開心鬆了一口氣，迅速把一個兒童用的小包丟在桌上，那小包差不多只能放一只法國手表。孟克斯一把抓住，用顫抖的雙手撕開。裡面放了一個小巧的金鎖盒項鍊，鎖盒裡是兩綹頭髮，還有一只純金婚戒。

「戒指內層刻了『愛格涅』這幾個字，」女舍監說。

「後頭還留了個空位是要刻姓氏的，後面再接了個日期。我後來發現，那時間是小孩出生前一年。」

「就這樣？」孟克斯先生仔細急切地檢視小包的內容物後問道。

「就這樣，」女舍監回應。

本伯先生深深吸了口氣，彷彿很高興得知這故事終於結束了，孟克斯沒再提到要拿回二十五鎊。現在他鼓起勇氣揩掉從鼻子上滴下來的汗水，方才兩人整段對話期間，他的汗水就流個不停。

「除了我的猜測之外，我對這事一無所知，」他太太在一陣短暫的靜默後，對孟克斯這樣說。「我也不想知道些什麼，這樣比較安全。但我可以問你兩個問題嗎？」

「可以，」孟克斯說，表情有些驚訝。「但我回不回答就是另一回事了。」

「這樣加起來就是三個問題了，」本伯先生評論道，試圖展現風趣。

「這是你打算從我身上拿到的東西嗎？」女舍監問道。

「沒錯，」孟克斯回答：「另一個問題是？」

「你要怎麼處理這東西？會拿來對付我嗎？」

「絕對不會，」孟克斯回答：「也不會用來找自己麻煩。看這裡！但別再動一步，不然妳的命就連一根草也不值了。」

說完這番話後，他突然把桌子推向一邊，然後拉住地板上的鐵環，掀開一道暗門，這道門就在本伯先生腳底附近打開。本伯先生不得不猛然後退了幾步。

「往下看！」孟克斯說，他把燈拿低放進洞裡。「不用怕，要是我真打算讓你們掉下去的話，你們坐在那裡的時候我就能不動聲色地使出這招。」

受到這番鼓勵，女舍監貼近了暗門門口。本伯先生也在好奇心驅使下，跟著太太這樣做。下方因大雨高漲的混濁水流疾速翻騰，水流潑濺在黏滑綠色木樁上所產生的噪音，掩蓋了其他所有聲響。底下本來是座水車，泛著泡沫的水流沖擊著僅存的幾根腐壞木樁及機械零件，在擺脫這些試圖阻擋它去路的障礙物後，彷彿獲得新的衝勁向前奔流。

「要是你把一具屍體往下丟，到了明天會到哪裡去了？」孟克斯說，他把燈放在幽暗的暗門中來回甩動。

「在河裡漂個二十公里吧，還會被切成碎片，」本伯回答，一想到這，不禁縮起身子。

孟克斯拿出他先前匆忙塞進懷裡的小包，將小包綁在地上一塊原本是滑車零件的鉛塊上，然後把小包丟進水裡。小包不偏不倚筆直落下，劃開水面，幾乎聽不見落水聲音，隨即消失。

這三個人看著彼此的臉，似乎全都鬆了一口氣。

「好啦！」孟克斯說。他重重關上暗門，暗門回到原先的位置。「就算大海會把死人沖上岸，就像書上說的那樣，它也會把金銀財寶留下來，連裡頭的垃圾也一併留下。我們沒什麼好再多說了，可以結束我們愉快的聚會了。」

「當然，」本伯先生欣然說道。

「你會守口如瓶吧？」孟克斯面帶威脅說：「你太太我倒不擔心。」

「年輕人，你可以信得過我的，」本伯先生回答。他弓著身子緩緩走向梯子，禮貌得有點過了頭。

「年輕人，為了大家好，也為了我自己好，你知道的，孟克斯先生。」

「聽到你這樣講，我很替你高興，」孟克斯回應：「點亮你的燈，盡快離開這裡。」

本伯先生已經弓著身子退到離梯子不到三十公分，幸好對話在這節骨眼結束，要不然他絕對會直接摔進樓下的房間。他點亮孟克斯從繩子解開的燈，拿在手上，沒再多說什麼，只是默默下了樓梯，他太太跟在後面。孟克斯停在梯子上，確定除了外面雨水拍打聲及水流聲外聽不到其他聲響，才跟在最後下來。

他們穿過底下的房間，步伐緩慢，而且小心翼翼。孟克斯緊盯著每道陰影，本伯先生拿著的燈則離地約三十公分高。就一個他這樣身材的男士而言，他走路不僅極為謹慎，步履也出奇地輕盈。他緊張地察看四周，找尋暗門所在。孟克斯輕輕拉開他們方才進入的那道門的門閂，把門打開。這對夫婦向這個神祕的新朋友點了個頭，隨即走向外面的夜雨及黑暗之中。

孟克斯似乎極度厭惡被單獨留下，他們剛走沒一會兒，他就把一個躲在底下某處的男孩叫過來。他吩咐男孩走在前頭拿著燈，回到他剛才離開的房間。

第三十九章
讀者已熟知的可敬人物再次登場，並說明孟克斯和猶太老頭兩顆精明腦袋如何湊在一塊

上一章提到的三位傑出人士如前述談妥他們的小小交易後，隔天晚上，比爾·賽克斯先生稍事小憩後起身，昏昏沉沉地大吼一聲，問道當下是晚上幾點。

賽克斯先生提問時所在的房間，並非他在前往徹特西之前所租用的屋子，不過還是在城內的同一塊區域，離他之前的住所也不遠。這房間的外觀並不如之前的住所來得理想，只是一間窮酸、裝潢簡陋的公寓，空間非常狹小，唯一能讓光線透進屋裡的只有棚架屋頂上的一扇小窗，還毗鄰一條狹小骯髒的巷弄。除此之外，還有其他地方也顯現出這位高尚的紳士最近十分潦倒：家具少得可憐，房間完全稱不上舒適，放眼望去也瞧不見換洗衣物、床單這樣的小物件，在在都說明他當下極為貧困。如果還需要進一步確認，賽克斯先生骨瘦如柴的身形就能證明這點。

這個專門打家劫舍的盜賊躺在床上，裹著白色的大衣入睡。死灰的病容、汙穢的睡帽，加上留了一個星期又黑又硬的鬍鬚，在在顯示他的處境極度窘迫。小狗坐在床邊，哀怨地看著主人，街上或樓下有什麼風吹草動吸引起牠的注意時，牠便豎起耳朵，低吠一聲。

一個女人坐在窗邊，忙著縫補一件舊背心，那件背心是那盜賊平時的行頭之一。她臉色慘白，形容枯槁，因為看顧病人加上生活困頓，很難認出她就是本書已經提過的南西小姐，只能憑她回答賽克斯先生問題時的聲音辨識了。

「剛過七點不久，」那女孩說：「比爾，你今天晚上感覺怎麼樣？」

「虛弱得像灘水一樣，」賽克斯先生回答，咒罵著自己的眼睛和四肢。「過來，扶我一下，我怎樣都要下這張該死的床。」

病痛並沒有讓賽克斯先生的脾氣變好。那女孩把他扶起來坐到椅子上，他又罵了她幾句，嫌她笨手笨腳，還打了她。

「還在哭哭啼啼的？」賽克斯說。「過來！別站在那裡一把鼻涕一把眼淚。要是妳只能做到這樣，那就都別做了。聽到沒？」

「聽到了，」女孩邊回答邊別開臉，勉強發出笑聲。「你在胡思亂想些什麼？」

「噢！妳想通了是吧？」賽克斯低吼道。他看到淚水在她眼眶裡打轉。「想通了對妳比較好。」

「唔，比爾，你不會說你今天晚上要凶我吧，」女孩把手搭在他肩上說。

「不會！」賽克斯先生大叫。「幹嘛不凶？」

「這麼多個夜晚，這麼多個夜晚我都對你很有耐心，看顧你、呵護你，把你當小孩看。這是我頭一次看你這樣。如果你想到這一點，就不會像剛才那樣對我了，是吧？過來，過來，說你不會這樣的，」女孩用女性溫柔的口吻說，連聲音語調也甜美了起來。

「嗯，那麼，」賽克斯先生回答：「我不會。唔，該死，這女人又在哭哭啼啼了！」

「這沒什麼的，」女孩說完倒在一張椅子上。「你不用管。很快會過去的。」

「什麼會過去？」賽克斯先生質問，聲音粗俗野蠻。「你又在幹什麼蠢事了？起來去忙去，別用妳那些娘們的玩意過來煩我了。」

要是在別的時候，這些罵人的話，還有其中罵人的語調，都會產生預期的效果。但那女孩既虛弱又筋疲力盡，賽克斯先生還來不及好好罵她一頓，她已經把頭倒在椅背上昏了過去。先前如果遇到類似的狀況，他的威脅往往還更誇張。但在這種非比尋常的緊急狀況下，他還真不知該如何是好。南西小姐的歇斯底里總是來得非常猛烈，病人得靠自己應付克服，別人幫不上什麼忙。賽克斯先生試著罵她幾句，但他發現這種治療方法完全不管用，所以找了人幫忙。

「朋友，怎麼了？」費金問。

「幫那女孩一下可以嗎？」賽克斯不耐地回答：「別在那裡講個不停、朝我傻笑。」

費金驚呼，然後匆忙跑去幫忙那女孩。而傑克·道金斯（或稱為狡猾的機靈鬼）就跟著他崇敬的朋友進到房間，快速把背在身上的包包放在地上，然後從緊跟在後進來的查理·貝茲少爺手裡搶下一個瓶子，一下就用牙齒咬開瓶塞。他先自己嘗了一下瓶子裡的東西避免出錯，然後往病人喉嚨倒了一些。

「查理，用風箱給她幾口新鮮空氣，」道金斯先生說：「費金，比爾解開她襯裙的時候，你就拍她的手。」

大家齊心協力進行急救，耗費了極大心力，特別是託付貝茲少爺的部分。貝茲少爺似乎認為他在過程中分擔的任務，賦予他前所未見的樂趣，而且沒耗費多少功夫就獲得預期效果。女孩逐漸恢復意識，搖搖晃晃走到床邊的椅子，把臉埋進枕頭。賽克斯先生只得獨自面對這些新來乍到的不速之客，表情帶著些許詫異。

「唔，什麼怪風把你們吹來這裡？」他問費金。

「朋友，什麼怪風也沒有。怪風只會吹得人生病。我帶了些好東西來，你看到一定會很開心。親愛的機靈鬼，打開包包，把我們今天早上花了全部積蓄買的小東西拿給比爾。」

機靈鬼應費金先生要求，解開包包。這個用舊桌布包成的包包體積龐大。他逐一把裡面的物品交給查理·貝茲。貝茲把東西放在桌上，大家紛紛讚美這些東西稀有出色。

「瞧，多好的兔肉派啊，比爾，」那年輕人大叫起來，要賽克斯看看那個巨大的肉餡餅。「肉質細緻，腿肉軟嫩，比爾，骨頭入口即化，完全不需要挑出來。半磅七先令六便士的綠茶，既珍貴又濃郁，泡在開水裡，肯定會把茶壺蓋頂開。一磅半受了潮的糖，還沒讓黑鬼碰過，品質絕佳——噢，不！兩個半磅的麥麩麵包、一磅上好的鮮肉、一塊雙倍格洛斯特乳酪，最後是你所喝過最濃郁的酒之一！」

貝茲少爺說完最後的讚美詞之後，從他的大口袋裡拿出一大瓶酒，瓶塞很小心地塞著。於此同時，道金斯先生從他拿的酒瓶裡倒出滿滿一杯純酒。那病人毫不猶豫就把酒灌下喉嚨。

「啊！」費金說話。他心滿意足地搓揉雙手。「你撐得過去的，比爾，現在你撐得過去的。」

「撐得過去！」賽克斯先生喊道。「我可能得累倒二十幾次，你才會出手幫我。你讓一個人這樣超過三星期，到底是什麼意思？你這個虛情假意的懶鬼？」

「你們聽聽他說的話！」費金聳聳肩說：「我們還拿這些好、東、西來這裡給他。」

「這些東西是都不錯。」賽克斯先生回答。他望向桌子時心裡舒坦了一點。「但你要怎麼替自己辯白？你怎麼會留我一個人在這？我又煩、又病、又窮，該有的問題都有了。這麼長的時間你連看都沒來看我，我連狗都不如——趕牠下去，查理！」

「我從沒看過那麼快活的狗呢，」貝茲少爺大叫，並照賽克斯先生的吩咐做。「聞到食物的模樣，就像上市場的老太太！那隻狗要是上台表演可是能賺上一筆的，還能復興戲劇呢！」

「別嚷嚷了，」賽克斯大叫，狗已經縮到床下，但仍憤怒地低吼著。「你要怎麼替自己辯白？你這個又老又病的賊，嗯？」

「兄弟，我離開倫敦一個多星期了，去辦件事，」猶太老頭回答。

「那其他兩星期呢？」賽克斯質問：「其他兩星期你把我丟在這裡躺著，像隻病老鼠一樣躺在窩裡。這你怎麼說？」

「比爾，我沒辦法呀。我不能在一群人面前長篇大論解釋，但我用名譽保證，我真的沒辦法。」

「用什麼保證？」賽克斯極度厭惡地低吼。「喂！你們哪個人切一塊派給我，去掉我嘴裡的味兒，不然我會嗆死。」

「兄弟，別氣啦，」費金順從地勸道。「比爾，我從沒忘記你，從來沒有。」

「沒忘記我！我猜你是沒有忘，」賽克斯回答，臉上帶著苦笑。「我在這裡躺著發抖、發燒的每一分鐘，你都在算計、策畫些什麼：比爾去做這個、比爾去做那個的，比爾只要一好起來，那些骯髒見不得人的勾當，就全交給比爾了。你真的是辦事不力。要不是有那女孩，我可能早就沒命了。」

「這就對了，比爾，」費金反駁，他急忙抓住賽克斯的話尾。「要不是有那女孩！也只有可憐的老費金能幫你找來那麼能幹的女孩吧？」

「他說得沒錯！」南西快步往前說道：「放過他吧，放過他吧。」

南西一出現，整段對話就有了新的發展。誠惶誠恐的猶太老頭對那些年輕人拋了一個狡猾的眼神，於是他們不斷向南西敬酒，但南西只淺嘗幾口。費金打起難得一見的精神，假裝把賽克斯的威脅當作好玩的玩笑話，逐漸讓賽克斯寬了心。此外，賽克斯幾杯黃湯下肚，放下身段說了一、兩個粗俗的笑話，費金也盡情大笑。

「一切都不錯，」賽克斯先生說：「但我今晚得跟你拿幾個錢。」

「我身上連零錢也沒有，」猶太老頭回答。

「那你家裡一定藏了很多，」賽克斯回嘴。「我一定可以拿一點的。」

「很多錢！」費金大叫，舉起雙手。「我沒有那麼多可以——」

「我是不知道你有多少錢，但我敢說你自己也不太清楚，真要數清楚可得花上你好長一段時間，」賽克斯說：「但我今晚一定得弄到一些錢。就這樣。」

「嗯，嗯，」費金嘆氣說：「我會派機靈鬼再送錢來。」

「你才不會，」賽克斯先生回答：「機靈鬼太狡猾了。你要是交代他，他要不是忘了來，就是迷了路，再不然就是惹上什麼麻煩來不了，總之就是有一堆藉口。南西可以去賊窩拿錢，這樣才萬無一失。她不在我可以躺下來小睡片刻。」

一陣討價還價、吵鬧爭執後，費金把對方要求的預付款從五英鎊壓到三英鎊四先令六便士。他信誓旦旦地說，如此一來他只剩下十八便士維持家用。賽克斯先生繃著臉說要是不能再多拿些錢，他只得跟費金回家了。機靈鬼和貝茲少爺把食物放進櫥櫃。然後猶太老頭向他親切的朋友告辭，由南西和兩個年輕人陪他回家。此時賽克斯先生倒在床上，安心入睡，等年輕女孩回來。

他們終於抵達費金的住處，發現托比・克拉基特和奇特林先生正專心進行第十五場的克理比奇牌局。態勢很明顯，奇特林先生輸了，而且輸掉第十五個、同時也是最後一個六便士硬幣。克拉基特先生顯然有點難為情，竟被發現他和一個身分地位、聰明才智都遠遜於他的先生在打發時間，這也讓他這群年輕朋友深覺有趣。克拉基特先生打了個呵欠，詢問賽克斯的近況後，便戴上帽子打算離去。

「托比，沒人來過嗎？」費金問。

「連個鬼影子都沒有，」克拉基特先生拉了領子回答。「和爛啤酒一樣乏善可陳。你應該拿點什麼好東西補償我幫你看房子那麼久。媽的，我就和陪審團成員一樣無聊，要不是我人好，陪這年輕人找點樂子，早就該上床睡覺了，就像在新門監獄裡一樣。無聊死了，要是騙你我就該死！」

托比・克拉基特先生重複說了類似的話，然後掃光他的戰利品，塞進背心口袋裡，神情得意，彷彿像他這樣的先生根本不把這麼少的銀幣放在眼裡。錢收好之後，他神氣活現、儀態優雅地走出房子。奇特林先生忍不住對他的雙腿和靴子投以無比欽羨的目光，直到再也看不見為止。他對這群人擔保，十五個六便士硬幣就能結識這樣的人非常划算，這些錢手指一彈就不見了，他根本不放在眼裡。

「湯姆，你真是個怪人！」貝茲少爺說。奇特林先生的聲明讓他樂不可支。

「才不是，」奇特林先生回答：「費金，我是怪人嗎？」

「朋友，你是個很聰明的傢伙，」費金拍拍他的肩膀說，然後對其他兩個徒弟眨眨眼。

「克拉基特先生可是重量級的人物，是吧，費金？」湯姆問。

「朋友，絕對是。」

「認識他值得拿來說嘴，是吧，費金？」湯姆進一步問。

「朋友，的確非常值得。湯姆，他們只是認識不到他吃味而已。」

「啊！」湯姆得意大叫。「就是這樣！我錢全輸給他了，但如果我想，可以再賺回來，不是嗎，費金？」

「你一定可以，而且愈快愈好，湯姆。一次就把輸的錢賺回來，而且別再輸了。機靈鬼！查理！該幹活了。過來！快十點了，什麼事都還沒做。」

兩個年輕人遵照暗示，向南西點了頭，戴上帽子，然後離開房間。機靈鬼和他那些活力充沛的朋友離開時講了很多俏皮話，全在拿奇特林先生尋開心。平心而論，奇特林先生的舉止並不特別引人注目或怪異奇特，城裡就有很多年輕人摩拳擦掌，願意付出比奇特林先生高得多的代價，只為了在上流社會爭得一席之地。還有很多教養良好的紳士（他們組成了之前提過的上流社會）建立名聲的基礎，就和托比．克拉基特極其類似。

「那麼，」離開房間後費金說：「南西，我會去拿錢給妳。親愛的，這只是小櫥櫃的鑰匙，我把年輕人拿來的雜物放在裡面。我絕對不會把錢鎖起來，因為我根本沒錢可以鎖，親愛的，哈哈哈，沒錢可以鎖。這行賺不了錢，南西，也沒人會感激你，但我樂於見到年輕人在我身邊打轉。但我什麼都得忍受，什麼都得忍受。噓！」他迅速把鑰匙藏在胸口說：「是誰？妳聽！」

女孩雙臂交叉坐在桌旁，似乎對來到這裡不感興趣。她也不在乎誰去誰來，直到一個男人低語的聲音傳到她耳裡。她聽到聲音的那一刻，立刻以迅雷不急掩耳的速度取下帽子和圍巾，塞到桌子底下。猶太老頭馬上轉過頭去，女孩開始抱怨天氣炎熱，她的語調疲倦，和方才匆忙猛烈的動作形成強烈對比。但費金並沒有注意到她的舉動，他當時背對著她。

「呸！」他輕聲叫道，彷彿對有人打斷他感到不悅。「這是我之前等的人，他要下樓來了。他在的時候錢的事一個字也別提，南西。他不會待太久。親愛的，不會待超過十分鐘。」

猶太老頭把乾癟的食指放在嘴唇上，然後拿著蠟燭靠近門，可以聽到門外樓梯傳來一名男子的腳步聲。他走到門邊，客人也同時走到門邊。客人很快走進房間，他走近南西，卻沒有看到她。

那人是孟克斯。

「是我一個年輕朋友，」費金說。他觀察到孟克斯因為看到陌生人而往後退。「南西別動。」

女孩靠近桌子，用輕率不在乎的態度看著孟克斯，然後別開目光。但孟克斯一轉身面向費金，她又偷看了一眼。她的眼神急切，上下打量著他，而且不懷好意。要是有旁觀者觀察到這變化，可能很難相信這兩種眼神來自同一個人。

「有什麼消息嗎？」費金詢問。

「大消息。」

「那——是好消息。」費金問。他遲疑了一下，似乎怕過於樂觀會惹惱對方。

「總之還不賴，」孟克斯微笑回應。「這次我手腳夠快了。我來跟你談談。」

女孩更靠向桌子，沒有要離開房間的意思，但她看到孟克斯朝她指了指。猶太老頭可能怕趕她出去，她會大聲嚷嚷錢的事，於是往上指了指，帶孟克斯離開房間。

「不是我們以前住的那個糟透的狗窩，」她可以聽到男人上樓時說話的聲音。費金笑了，還回了一些話，但她聽不到。從樓板的嘎吱聲響聽起來，費金似乎帶他的同伴到了二樓。

他們的腳步聲停止了，回音仍在屋內迴盪，女孩已經脫掉鞋子，將袍子撩到接近頭的位置，雙臂裹在袍子裡，站在門邊，饒富興味地屏息聆聽。嘈雜的聲音一停，她就溜出房間，爬上樓去，腳步輕盈安靜得不可思議，然後消失於樓上暗處。

房間至少有十五分鐘完全處於無人狀態。女孩用同樣鬼祟的步伐溜了回來，之後立刻聽到那兩個男人下樓的聲音。孟克斯馬上往街上去，猶太老頭則再度爬上樓拿錢。他回來時女孩正在整理帽子和圍巾，似乎準備離開。

「嘿，南西！」猶太老頭叫出聲，放下蠟燭時開始往後退。「妳臉色真蒼白！」

「蒼白！」女孩回應道。她雙手遮在眼睛上方，好像要把他看個清楚似的。

「真可怕。妳對自己做了什麼？」

「就我所知沒什麼，除了坐在這個悶熱的地方不知道多久以外，」女孩漫不經心地回答：「好啦！讓我回去，這才對。」

費金邊數錢邊交到她手裡，每數一次嘆一聲。他們只向彼此道了一聲「晚安」，沒有多說話便各自離去。

女孩走到開闊的大街，在一處門階上坐下，有好幾分鐘的時間，看起來完全不知所措，不知何去何從。突然間她站起來，快步朝賽克斯先生等著她回去的反方向走。她加快步伐，最後已經是慌張地奔跑。完全筋疲力竭之後，她停下來喘了口氣，好像突然想起什麼已經忘記的事，自責無力完成下定決心要做的事，於是緊擰著雙手，放聲大哭。

或許是眼淚釋放了她內心的苦楚，或許是她對自己的處境全然絕望，總之她往回走了，而且用幾乎同樣快的速度往反方向走。這麼做一部分是為了彌補浪費的時間，一部分是為了和內心波濤洶湧的思緒步調一致。她很快抵達她獨自留下那盜賊的住所。

她出現在賽克斯先生面前時，就算有顯露出任何侷促不安的神情，他也沒有察覺。他只問了一聲錢到手了沒，獲得肯定的答案後便滿意地咕噥一聲，又倒回枕頭上，繼續因南西回來而中斷的睡眠。

她運氣很好，拿到的錢不僅能讓他隔天忙著吃喝，還有助於安撫他粗暴的脾氣，使他既無暇也無意過於苛求她的行為舉止。她因為馬上要做些大膽危險的事，而出神發呆、神情緊張；她可是經過一番掙扎才下定決心。她的舉止肯定難逃費金銳利的法眼，很可能立刻讓他有所警覺。但賽克斯先生可沒有這樣細膩的辨別能力，不會因為細微的憂慮就感到苦惱。他只要遇上煩心的事，就會對所有人極為粗暴。再者，如之前提到的，他難得好心情，因此並未察覺她的舉動有什麼不尋常之處，而他確實也不怎麼把她放在心上。就算她比平常明顯不安許多，也不太可能讓他萌生疑心。

白日將盡，女孩愈發情緒激動。夜幕低垂之際，她坐在一旁，等待那盜賊喝到不省人事。她的臉頰異常蒼白，眼裡則燃燒著火焰，連賽克斯都吃驚地注意到了。

因發過燒而身體虛弱的賽克斯先生，躺在床上喝兌過熱水才不致過烈的琴酒。他把杯子推到南西面前三番兩次要她重新斟滿，才注意到這些跡象。

「唉喲，要死啦！」男人說話。他用手撐起身體，直盯著女孩的眼瞧。「妳看起來像死而復生的屍體一樣。怎麼回事？」

「怎麼回事！」女孩回答。「什麼也沒有。你那麼仔細看我幹嘛？」

「妳在說什麼蠢話？」賽克斯質問。他抓住她的手臂，粗暴地搖晃她。「怎麼了？妳是什麼意思？妳在想什麼？」

「想很多事，比爾。」女孩全身發抖地回答，同時把雙手按在眼睛上。「但老天啊！這有什麼好奇怪的？」

從她最後講的幾個字可聽出她故作愉快，這似乎比她之前古怪倔強的模樣更讓他印象深刻。

「我來告訴妳是怎麼回事，」賽克斯說：「妳要不是染上熱病快發作了，就是有什麼事不對勁了，而且還是危險的事。妳不會要——不，該死！妳不會那麼做吧！」

「做什麼？」女孩問。

「沒事，」賽克斯說。他直盯著她看，喃喃自語地說：「沒有人比這女孩更死心塌地了，不然我三個月前早就割斷她喉嚨了。她熱病要發作了，就是這樣。」

賽克斯抱持著這分信心振作起來。他拿起杯子，一飲而盡，然後咕噥罵了幾句，叫她拿藥來。女孩動作敏捷地跳起身，很快把藥倒出來，但背對著他。她把杯子拿到他唇邊，他則把杯子裡的東西喝光。

「好，」強盜說：「過來坐我旁邊，拿出妳平常的樣子來。不然小心我會讓妳變張臉，讓妳想認也認不出來。」

女孩遵從了他的指示。賽克斯和她十指交扣，倒在枕頭上。他把視線投向她的臉。他的眼睛張張合合，開開閉閉。他煩躁地變換姿勢，睡睡醒醒，才睡著兩、三分鐘，往往又面帶驚恐突然醒來，茫然地看著四周。最後，在他看似快清醒過來時，卻又突然沉沉睡去。他緊握的雙手鬆開了，高舉的手臂癱軟無力地垂在身旁；他躺在床上，進入深沉的睡眠狀態。

「鴉片酊終於生效了，」女孩從床邊起身時喃喃道：「就算現在出發，我可能還是遲了。」她匆忙戴上帽子，披上圍巾，穿戴整齊。雖然有安眠藥的輔助，她仍時不時惶恐地四處張望，隨時都能感受到賽克斯的手壓在她肩上的沉重力道。她在床邊輕輕彎下腰，吻了強盜的雙唇，接著一聲不響地打開房門又關上，匆匆出門了。

暗巷裡一個守門人喊著九點半了，她必須穿過這暗巷才能到主要的大街。

「過九點半很久了嗎？」女孩詢問。

「再過十五分鐘我就會敲整點鐘囉，」那人提起燈照著她的臉說。

「我沒辦法在一小時內趕到那裡，」南西低聲說。她迅速經過他身邊，快步跑到街上。

她從史畢塔菲往倫敦西區走，一路上經過的許多小巷弄商店都已經準備打烊。鐘敲了十下，她也益發著急。她在狹小的道路上橫衝直撞，手肘不停撞到兩旁的路人，還幾次差點撞上馬頭，一路狂奔穿過了擁擠的馬路。路邊有許多人也在著急地等待機會過馬路。

「那女人瘋了！」她急奔過去後，大家轉頭過去看，紛紛這麼說。

她抵達了城裡比較富裕的區域，這裡街道上的人相對較稀少。她一路猛衝，經過稀稀落落的行人時引發了更多的好奇。有些人在後面加快步伐，似乎想看看她衝得如此飛快所為何事。少數幾個則跑到前方回頭看，對她未曾稍減的速度感到訝異。但他們一個個都落在她後頭。等她接近目的地時，只剩她一個人了。

她的目的地是一家家庭式旅館，位於臨近海德公園一條安靜但富麗堂皇的街道。旅館門前亮著的耀眼燈光引導她來到此地。此時鐘敲了十一點。她在那裡徘徊了好一會兒，似乎舉棋不定，最後終於下定決心往前走。鐘聲讓她下定決心，於是她走進大廳。門房的座位上空無一人。她四下張望，看起來還有些猶豫，接著走向階梯。

「喂，年輕小姐！」一個穿著入時的女性從南西身後的門探出頭來說：「你要找誰？」

「一個住在這裡的小姐，」女孩回答。

「小姐！」就是她的回答，伴隨的是輕蔑的神情。「什麼小姐？」

「梅里小姐，」南西說。

那年輕女人此時才注意到她的外表，只自以為清高地露出鄙視的神情回應，然後喚來一個男人招呼她。南西對他重複了她剛提出的問題。

「請問是誰要找她？」男服務生回答。

「說誰的名字都沒差，」南西回答。

「也不用說是什麼事？」男人說。

「不用，這也不用，」女孩回答：「我一定得見見那小姐。」

「得了！」男人說話，並把她推到門邊。「別再胡說。妳走吧。」

「要我走除非抬我出去！」女孩激動地說：「我大可以把事情鬧大，你們兩個不會喜歡這樣的。這裡沒有人可以幫我這樣的可憐蟲帶個口信嗎？」她環顧四周。

這個請求對面貌和善的男廚師起了作用，其他服務生也紛紛觀望著。男廚師走上前來調解糾紛。

「喬，上樓幫她傳個口信，可以嗎？」此人說道。

「有什麼好處？」男人回答：「你不會認為樓上的年輕小姐會願意見她這種人吧？」

這指的是南西人品可疑。四個女僕心裡正義的怒火熊熊燃起，她們憤憤不平地說這女孩是女性之恥，而且極力主張應該狠下心把她扔到水溝裡。

「你們想怎樣就怎樣，」女孩再度轉向那群人說道：「但先照我的要求做，看在老天分上，我只是要你們傳個口信而已。」

心軟的廚師又幫她求情，結果最先出現的男人擔下傳遞口信的任務。

「要跟她說什麼？」男人說。他一腳已經踏在樓梯上。

「說有個年輕小姐急著想跟梅里小姐私下談話，」南西說：「還有，只要聽到這位年輕小姐講的頭幾個字，她就知道是該聽她說下去，還是要把她當騙子攆出去。」

「我說啊，」男人說：「妳還真是拚了老命！」

「你告訴她就是了，」女孩堅定地說：「讓我知道答案。」

男人跑上樓去。南西一動也不動，臉色蒼白，幾乎無法呼吸，嘴唇顫抖，聽著那幾個正派的女僕清晰可辨的輕蔑言論。她們擅長此道，就此大作文章。男人回來時，她們更是變本加厲。男人說要年輕小姐上樓去。

「這個世界真是人善被人欺，」第一個女僕說道。

「破銅爛鐵比經得住火煉的真金更值錢，」第二個女僕說。

第三個女僕只沉浸在自己的思緒裡，想著「正經的女士是怎樣的」。第四個則率先在四重奏裡發難，說了句「真不要臉！」。然後這幾位貞潔烈女也附和她，跟著罵了起來。

儘管發生這些事，但南西心中藏著更重要的事。南西四肢發抖地跟著男人走進一個小接待室。天花板上的燈照亮了整個接待室。男人把她留在這裡，自己先行離去。

第四十章

奇特的晤談，上一章的後續發展

這女孩流落街頭多年，住在倫敦最汙穢不堪的地方，但身上仍保留了女性部分的原始特質。她聽到輕巧的腳步聲逐漸靠近與她進來的門相對的另一扇門，並想到再過不久這個小房間裡就會產生一個鮮明的對比，此時她心頭一沉，深深覺得無地自容，於是縮起身子，彷彿難以承受她冀望晤談的對象現身。

但與這樣較為誠實的感覺相抗衡的是驕傲，這是最低下、最劣等的人會有的毛病，而且症狀不會比那些地位崇高、自信十足的人來得輕微。她是小偷、流氓的同伙，是被放逐的人，淪落底層，與在監獄、破船裡討生活的社會敗類為伍，這些人可是時時籠罩在被送上絞刑台的陰影中。即使是這個墮落的人也覺得自傲，不流露一絲一毫她認為是軟弱表現的女性情感。但光是這樣的情感就讓她有了人性，從小開始，她荒唐的生活就抹滅了許許多多人性的痕跡。

她抬起眼睛，高度足以看到一個人影出現，那是一個纖細美麗的女孩。然後，她垂下眼睛望向地面，甩了甩頭，刻意裝作毫不在意的樣子說：「小姐，要見妳真是困難啊。要是我像多數人一樣一被人欺負就走了，妳有天一定會後悔，而且很有理由後悔。」

「要是有人對妳太不客氣，那我很抱歉，」蘿絲回答：「別那樣想。告訴我妳想見我的原因。我就是妳要見的人。」

女子答話時語調親切、聲音甜美、態度和氣，絲毫沒有流露出高傲或不悅的神情，這完全出乎女孩意料，於是她哭了起來。

「噢！小姐，小姐！」她說，激動地將雙手交握在面前。「要是有更多人像妳一樣就好了，那就會少一點我這樣的人，會少一點，會少一點！」

「坐下來吧，」蘿絲殷切地說：「要是妳沒有錢或生了病，只要有能力，我很樂意幫忙的。真的。坐下來吧。」

「小姐，讓我站著吧，」女孩說，仍哭泣著。「不了解我為人之前可別對我那麼好。天色愈來愈晚。那——那——那扇門關了嗎？」

「關了，」蘿絲回道，並往後退了幾步，好似一旦有需要，就能更快獲得協助一樣。「怎麼了？」

「因為，」女孩說：「我要把我自己和其他人的性命交到妳手上。奧利佛從本頓維爾那棟房子出來的那晚，就是我把他拖回老費金家的。」

「是妳！」蘿絲．梅里說。

「就是我，小姐！」女孩回答：「我就是妳聽說的那個惡名昭彰的人。我和盜賊一起生活，而且打從我睜開眼、有記憶以來，我就不曾過過更好的生活，也不曾從他們以外的人那兒聽過更仁慈的話。所以上帝幫幫我！小姐，我不介意妳直接了當地避開我。妳看我，我比你想得還要年輕，但我很習慣了。我走在擁擠的街道上時，連最貧窮的女人都會退避三舍。」

「你說的遭遇真嚇人啊！」蘿絲說，不自覺地為這位陌生朋友感到難過。

「跪下來感謝上帝吧，親愛的小姐，」女孩喊道：「感謝妳童年時就有友伴照顧妳、守護你，感謝妳從來不需要忍受飢寒交迫、騷亂和酒醉的景況，還有、還有更糟的呢。這些我從在搖籃裡就見識過了。我用搖籃這個詞，是因為小巷和排水溝就是我的搖籃，將來那兒也會是我臨終的地方。」

「妳的遭遇太令人同情了！」蘿絲哽咽地說：「聽到妳這麼說，我的心都糾在一塊了！」

「老天保佑妳的善良！」女孩回答：「妳要是知道我三不五時會幹些什麼好事，準會同情我的。但我已經偷溜出來了，要是那些人知道我來這裡，告訴妳我偷聽到的事，肯定會殺了我的。你認識一個叫孟克斯的男人嗎？」

「不認識，」蘿絲說。

「他認識妳，」女孩回答：「還知道妳之前在這裡，我就是聽他提到這個地方才找到妳的。」

「我從來沒聽過那個名字，」蘿絲說。

「那麼他在跟我們這群人見面時肯定用的是化名，」女孩回答：「我之前也這麼懷疑過。一陣子之前，就在奧利佛被放到妳家行竊後不久，我因為懷疑這個人，所以曾在暗處聽他和費金說話。根據我聽到的，我發現孟克斯，也就是我問妳的那個男人，妳知道——」

「是的，」蘿絲說：「我了解。」

「——孟克斯，」女孩繼續說：「無意間看到奧利佛和我們其中兩個年輕人在一起，就在我們頭一次弄丟他的那天，他馬上認出奧利佛就是他在等的那個小孩，但是我也搞不清楚原因。他和費金做了樁買賣：要是奧利佛回去，費金就能拿到一筆錢；要是他能把奧利佛訓練成賊，還可以多拿一些。這個孟克斯要奧利佛當賊是有目的的。」

「什麼目的？」蘿絲問。

「我去偷聽就是希望知道原因，但這時他從牆上看到我的影子，」女孩說：「除了我以外，沒什麼人能及時逃出他們的手掌心。但我成功了，直到昨晚我才看到他。」

「當時發生什麼事？」

「小姐，我會告訴妳的。昨晚他又來了。他們又上了樓。我把自己藏得很好，所以他們看不到我的影子。我又在門邊偷聽，聽到孟克斯說的頭幾句話是：『所以關於那男孩身分的唯一證明已經沉入河底，而那個從他母親身上拿到證明的老八婆，已經躺在棺材裡發爛了。』他們大笑了起來，還提到他是怎麼成功辦到的。孟克斯繼續談著那男孩，而且愈來愈生氣，他說雖然他現在已經妥妥當當拿到那小鬼的錢，但他希望是用其他方法拿到手。要是讓那小鬼待遍了城裡的監獄，等到費金在他身上撈上一筆，然後拖他去犯個什麼死罪，讓他父親遺囑裡的牛皮吹破，那才有意思。」

「怎麼會這樣！」蘿絲說。

「小姐，這全都是事實，只不過是從我嘴裡說出來而已，」女孩回答：「接著他又開口，罵人的話我早就聽習慣了，但對妳來說會很陌生。要是他能了結那男孩的性命一解恨意，又不會惹來殺身之禍，他是會這麼做的。但既然沒辦法做到，他只好嚴密注意奧利佛人生中的每個重大轉折。如果能利用奧利佛的出身和經歷，他就能好好對付他。他說：『總之，費金，就算你是猶太老頭，也沒辦法設下我為我弟弟奧利佛精心安排的天羅地網。』」

「他弟弟！」蘿絲叫出聲來。

「他就是那麼說的，」南西說。她不安地環顧四周，其實她開始講述以來就不時這麼做，彷彿賽克斯的陰影始終如影隨行跟著她。「還有其他的事。他提到妳和另一位女士，還說奧利佛竟然會落到妳們手裡，似乎是天注定或惡魔安排好要對付他的。他大笑還說這樣倒也不錯，為了知道妳們那兩條腿的馬屁精是何方神聖，只要妳們有錢，就算是幾千幾萬英鎊，妳們也肯付。」

「妳該不會是要告訴我，」蘿絲說，臉色突然變得慘白。「他說這番話是認真的。」

「他說得斬釘截鐵，咬牙切齒，非常認真，」女孩搖搖頭回答：「一旦他生了恨意，就會變得很認真。我認識很多行為更卑劣的人，但我寧可聽他們說十幾遍這樣的話，也不想聽孟克斯說上一次。天色晚了，我得趕緊回去免得他懷疑我為這事出來這趟。我得趕快回去。」

「但我能怎麼做？」蘿絲說：「要是沒有妳，我能用這消息幫上什麼忙呢？回來吧！妳把妳的同伴講得像毒蛇猛獸一樣，怎麼會想回到他們身邊？我可以立刻從隔壁房間請一位先生過來，只要妳再把這消息跟他說一遍，不用半小時就能把妳送到安全的地方。」

「我想回去，」女孩說：「我得回去，原因是——我該怎麼把這種事告訴像妳一樣天真無邪的小姐呢？原因是我離不開其中一個我跟妳提過的人，也就是其中最敢鋌而走險的人。就算離開他就能逃離我現在的生活，我還是離不開他。」

「妳出面救過這個可愛的男孩，」蘿絲說：「妳冒了這麼大的風險來這裡，把妳聽到的事告訴我。妳的一舉一動都讓我相信妳說的是真話。很顯然，妳懊惱不已，感到羞恥，這再再讓我相信妳還有機會走回正途。噢！」這個熱誠的女孩臉上垂著兩行淚，緊握雙手說：「同樣身為女性，別對我的請求充耳不聞。我相信我是第一個——第一個懷著同情與憐憫請求妳的人。聽我的話，讓我救妳脫離苦海。」

「小姐，」女孩大叫，跪了下來。「親愛美好、天使般的小姐，妳的確是第一個用這樣的話祝福我的人。要是我早幾年聽到這番話，可能就改邪歸正、遠離痛苦了，但現在為時已晚，真的太遲了！」

「永遠不會太遲，」蘿絲說：「懺悔和贖罪永遠不嫌晚。」

「太遲了，」女孩哭叫著，內心糾結掙扎。「我現在不能離開他！我不能讓他因我而死。」

「怎麼會呢？」蘿絲問。

「他無藥可救了，」女孩哭喊著：「如果我把跟妳說的事告訴別人，害他們全都被抓，他絕對沒有生路。他膽子最大，而且是那麼殘忍！」

「怎麼可能？」蘿絲大喊。「妳怎麼會為了這樣的人，犧牲未來的每一分希望，犧牲眼前必然獲救的機會呢？這一定是瘋了。」

「我不知道這是什麼，」女孩回答：「我只知道事情就是這樣，而且不光是我，成千上百個其他和我一樣卑鄙無恥的人也一樣。我得回去。我不知道這是不是上帝因為我犯的過錯而發怒，但我得回他身邊忍受所有的磨難和虐待。而且我相信，就算我知道我最後會死在他手裡，我還是會回去。」

「我該怎麼辦才好？」蘿絲說：「這樣我更不該讓妳離開我。」

「小姐，妳得讓我走，我也知道妳會讓我走，」女孩起身回答：「我相信妳的善良，妳不會阻止我離開，我也不會勉強妳做出承諾，雖然我大可以這麼做。」

「那麼，妳帶來的消息有什麼用處？」蘿絲說：「這祕密必須好好調查，否則妳向我講的事，要怎麼對你急於幫助的奧利佛有所助益呢？」

「你身邊一定有某個好心的先生，能在聽過這件事後幫忙保密，還會告訴妳該怎麼做，」女孩回答。

「但如果有必要，我該去哪裡找妳？」蘿絲問：「我並不是要知道這些可怕的傢伙住在哪裡，但往後妳會固定在哪個時間去哪裡散步或經過哪裡呢？」

「妳可以答應我妳會嚴格保守祕密，而且自己一個人來，或只跟另一個除了妳之外唯一知道這件事的人來，而且不會監視我或跟蹤我嗎？」女孩問。

「我鄭重答應你，」蘿絲回答。

「每週日晚上，十一點到十二點，」女孩毫不遲疑地說：「要是我還沒死，就會在倫敦橋上散步。」

「再等等，」蘿絲插話說，這時女孩正迅速走向門去。「再想想妳的處境，還有妳仍有機會逃跑。妳可以向我提出要求，不只因為妳自願提供這項情報，也因為妳是誤入歧途的女子，幾乎走投無路了。明明只要一句話就能夠解救妳，妳卻還要回那群強盜、那個人身邊？妳是著了什麼魔還要回去，還不離開罪惡、不幸的淵藪？噢！我沒辦法讓妳有一絲感動嗎？難道沒有其他辦法可以讓我感化妳，消除這可怕的魔力嘛！」

「像妳這樣年輕、善良又美麗的小姐，」女孩鎮定地回答：「一旦把自己的心給了人，這分愛就會帶妳到天涯海角去——就算像妳一樣有家庭、有朋友、有其他愛慕者而且擁有一切的人也不例外。像我，居無定所，只有棺材蓋一個，生病或臨死時沒有朋友陪伴，只有醫院護士照顧，一旦把腐爛的心交給一個男人，讓他填滿我們破敗生命中一直空白的地方，誰還能指望我們走回正途呢？小姐，可憐可憐我們——可憐我們只剩下女人的這點感情。這樣的感情因為遭受沉重的批判，從令人感到寬慰、驕傲，變成另一種暴力和折磨。」

蘿絲說：「妳願意接受我給的一點錢嗎？這筆錢可以讓妳正正經經生活下去——無論如何都要好好活下去，直到我們再見面為止好嗎？」

「我一毛錢也不拿，」女孩揮揮手回答。

「別封閉妳的心，拒絕我所有的幫助，」蘿絲溫柔走向前說：「我真心想幫妳。」

女孩緊握著雙手回答：「小姐，妳最能幫我的，就是立刻取走我的性命。比起以往，今晚我想到我的所作所為更加悲傷。我一直生活在地獄裡，如果以後不會死在地獄裡，就很了不起了。老天保佑妳，親愛的小姐，希望祂賜與妳的幸福就和我給自己帶來的恥辱一樣多！」

這個不幸的人說了這番話便抽答起來，轉身離去。這次晤談與其說是真實事件，反倒像一閃即過的夢境。蘿絲．梅里難以承受這樣特別的晤談，倒在椅子上，想辦法整理紛亂的思緒。

第四十一章

包含全新的發現，並說明正如禍不單行，意外之事也會接踵而來

蘿絲遭逢的確實不是普通的試煉，也並非一般的困境。儘管她焦急渴望想揭開奧利佛的身世之謎，但她也不得不懷著虔敬之心來看待剛才和她交談的可憐女人對她的信任。那女人把她當作年輕無邪的女孩看待。南西的話語和舉止觸動了蘿絲．梅里的心。與蘿絲對她所保護的年幼孩子的愛交織在一起的，還有一種真誠與熱切的程度不亞於此的感情，那就是讓這個無家可歸的人重新悔改、走回正道的深切願望。

她們只打算在倫敦待三天，之後便會前往遙遠的海濱區幾週。現在是第一天的午夜。她該決定採取哪些能夠在未來四十八小時內執行的行動呢？或者說，她如何能延後旅程又不致啟人疑竇呢？

洛斯本先生和她們在一起，接下來兩天也是。就算她要替那女孩說話，也沒有其他有經驗的人支持；她深知這個優秀的紳士性格魯莽，可以清楚預見他的憤怒程度，也知道非得瞞著他這個祕密不可。要是他知道了，馬上會因為對方打算再擄走奧利佛的詭計大發雷霆，義憤填膺。這也是跟梅里夫人報告此事說話要特別小心、態度要特別慎重的原因。梅里夫人必定會立刻去找這可敬的醫生商議一番。至於找任何法律顧問，就算她知道怎麼進行，基於相同的理由，也難以列入考慮。她一度想到向哈利求助，但這想法喚起了她對他們上一次分別的回憶，她似乎不配叫他回來，他很可能現在已經學著要遺忘她，學著不在她身邊時快樂一點。過去種種歷歷在目，她的眼眶也漸漸泛淚。

這些不同的想法擾亂了她的心思。她一下子想走這條路，下一會兒又想走另一條，然後又全盤推翻，每個接續而來的想法都浮現在她心裡。蘿絲因此度過一個焦慮而不能成眠的夜晚。隔天，經過反覆思量，

無奈之餘，還是決定找哈利商量。

她想：「要是他覺得回來這裡很痛苦，那對我來說又會多難以承受！但或許他不會回來。他可能會寫信來，或者親自前來，卻刻意避著我——他上次離開的時候就是這樣。我本來沒想到他會那樣，但這對我們彼此反而比較好。」此時蘿絲放下筆，別開臉，彷彿她用來寫信的信紙不應該目睹她流淚。

她拿起同一枝筆，然後放下，反反覆覆數十次，不斷考慮再考慮怎麼寫下第一行字，但她連第一個字都沒下筆，在蓋爾斯先生保護下去街上散步的奧利佛就匆匆走進房間，上氣不接下氣，情緒極為激動，看起來似乎有什麼值得注意的事發生了。

「你看起來很慌張，怎麼了？」蘿絲走上前去問他。

「我簡直不知道該怎麼說好，我覺得自己好像快窒息了，」男孩回答：「噢！老天！想想我終於能見到他了，你也終於能相信我說的都是真話！」

「我從來不認為你說的是假話，」蘿絲安慰他說：「——但你說的究竟是誰？」

「我看到那位先生了，」奧利佛回答，幾乎沒辦法把話好好說清楚。「那個以前對我很好的先生——布朗洛先生，就是我常跟你們提到那位。」

「在哪裡？」蘿絲問。

「他下了一輛馬車，」奧利佛回答，落下歡欣的淚水。「進了一間屋子。我沒有和他說話——沒辦法，他沒看見我，而且我渾身發抖，沒辦法上前找他。但蓋爾斯替我問了他是不是住在那裡，他們說是。你看，」奧利佛打開一張紙條說：「就是這裡，這是他住的地方——我要直接去那裡！噢！老天，老天！我去見他，再次聽到他說話的時候，應該要怎麼辦哩！」

這些話和其他前言不對後語的歡呼聲，大大轉移了蘿絲的注意力。蘿絲看了地址，是在河濱區的克拉文街。她迅速決定要好好利用這個發現。

「快！」她說：「叫他們叫一輛出租馬車，準備好和我一起去。我會直接帶你去那裡，一分鐘也不浪費。我只會告訴姑媽我們會出去一小時，盡快準備好吧。」

奧利佛也用不著人催促，五分多鐘後他們就出門前往克拉文街了。一抵達那裡，蘿絲就藉口要讓老先生準備接待他，把奧利佛留在馬車上。她讓僕人把卡片送上去，說有急事要見布朗洛先生。僕人很快回來，請她上樓。梅里小姐跟著他進了樓上的一個房間，見到一個身著深綠色大衣、慈祥和藹的老先生。還有另一個老先生坐在離這個老先生不遠的地方，他穿著淡黃色馬褲，戴著護腿，看起來不是特別和善，雙手交叉放在一根粗拐杖上頭，下巴則靠在手上。

「天啊，」穿深綠色大衣的先生急忙起身恭敬萬分地說：「不好意思，年輕小姐——我本來以為是哪個討厭的傢伙，請妳見諒。請坐。」

「您是布朗洛先生吧？」蘿絲說。她的目光從另一位先生移到正在說話的這位。

「我就是，」老先生說：「這是我的朋友格凜維各先生。格凜維各，你可以迴避個幾分鐘嗎？」

「我相信，」梅里小姐插話：「我們談話時，無需勞煩這位先生離開。要是我的消息沒錯，對於我希望跟您談的事，他心裡也有數。」

布朗洛先生低下頭。格凜維各先生僵硬地鞠了個躬，從椅子上起身，又僵硬地鞠了另一個躬，再一屁股坐下來。

「我相信，我一定讓您嚇了一大跳，」顯然為自己唐突來訪感到尷尬的蘿絲說：「但您曾經對一個我摯愛的年輕朋友付出極大的關愛和善意。我相信您會有興趣再聽到他的消息。」

「沒錯！」布朗洛先生說。

「您知道他叫奧利佛．崔斯特，」蘿絲回答。

這些話一說出口，格凜維各先生原本假裝正在閱讀桌上的厚重書籍，突然翻倒書發出巨大聲響，接著人往後倒坐回椅子上。他臉上表情頓時一空，只露出難以掩飾的驚訝之情，眼神空洞地瞪大眼睛好一會兒。他彷彿羞於流露出那麼多情緒，於是幾乎是猛地抽搐了一下，又恢復了原先的神態，直直看著前方，吹了聲又長又低沉的口哨。最後，這聲口哨似乎不是飄散於空氣中，而是漸漸消失在他胃裡最深處。

布朗洛先生驚訝的程度不相上下，但他的訝異並沒有表現在那樣古怪的態度上。他把椅子拉近梅里小姐一些，並說：

「幫個忙，親愛的小姐，別再提妳說的那些善良、慈祥什麼的，這些事別人可不知道。如果妳有能力提出任何證據，扭轉我不得不對那可憐孩子有的負面印象，看在老天分上，拿來給我看吧。」

「壞胚子！他不是壞胚子我就把自己的頭吃下去，」格凜維各先生低吼道。他彷彿會腹語術似的，臉上的肌肉動也沒動。

「他是個秉性高尚、心地善良的孩子，」蘿絲羞紅著臉說：「上天要給予他超齡的試煉，而且已經在他的胸膛種下愛意和感情。而這些特質也能給許多年紀至少長他六倍的人帶來榮耀。」

「我才六十一歲，」格凜維各先生說，依舊板著一張撲克臉。「還有，這個奧利佛少說十二歲了，要不就見鬼了。我不覺得你說的話有什麼道理。」

「別理我朋友，梅里小姐，」布朗洛先生說：「他不是這個意思。」

「不，我就是這個意思，」格凜維各先生低吼道。

「不，他不是這個意思，」布朗洛先生說，顯然怒火上升。

「如果不是這意思我就把頭吃下去，」格凜維各先生吼道。

「要是真的是這樣，應該把頭敲下來，」布朗洛先生說。

「我會很樂意看有誰會這樣做，」格凜維各先生用拐杖敲著地板回應。

吵到這種程度，兩位老先生各自吸了幾口菸，之後又循慣例握手言和。

「那麼，梅里小姐，」布朗洛先生說：「回到妳出於人道立場感興趣的話題。妳可以讓我知道關於這個可憐的孩子，妳有什麼樣的消息嗎？容我先向妳保證，我已經盡了一切力量找他。我原先以為他欺騙了我，他是在他友伴的教唆下想從我這裡獲得好處，但這印象自我出國以後就大大動搖了。」

蘿絲有了時間整理思緒，於是不加修飾，寥寥幾句就道盡了奧利佛離開布朗洛先生家後發生的事。她保留了南西的訊息，打算私下告訴那位先生，最後並保證奧利佛幾個月來唯一感到沉痛的事，就是不能見到之前的恩人和朋友。

「感謝老天！」老先生說：「這對我真是天大的喜訊，天大的喜訊啊。但妳還沒告訴我他的下落，梅里小姐。妳必須原諒我找妳麻煩——但妳為何不帶他來？」

「他在門外的一輛馬車上等著，」蘿絲回答。

「就在這扇門外！」老先生叫出聲來，二話不說隨即衝出門外，下了樓梯，踩上馬車踏板，上了馬車。

房門一在布朗洛先生身後關上，格凜維各先生就抬起頭，把椅子其中一隻後腳當作支點，藉助拐杖和椅子之力，從頭到尾都坐在椅子上轉了整整三圈。表演完這套動作後，他起身並盡可能快速一拐一拐地在房間來回走動十幾次，然後突然在蘿絲面前停下，毫無預警地吻了她。

「噓！」他說。年輕小姐被這不尋常的舉動嚇了一跳，站了起來。「別怕！我年紀大得可以當妳祖父了。妳是個可愛的女孩，我喜歡妳。他們來了！」

果然，他一個動作敏捷地坐回原來椅子之際，布朗洛先生回來了，旁邊跟著奧利佛，格凜維各先生極其殷切地招呼他。倘若那一刻鐘的滿足喜悅是蘿絲．梅里為奧利佛擔心受怕唯一的補償，她也心滿意足了。

「對了，我們可不能忘了另外一個人，」布朗洛先生搖了搖鈴說：「麻煩你請貝德溫太太過來。」

老管家迅速應要求而來，並在門邊行了屈膝禮，等候指示。

「怎麼了，貝德溫，妳的眼力一天比一天差啦，」布朗洛先生頗為惱怒地說。

「嗯，的確，先生，」老婦人回答：「我這把年紀的人，眼力是不會愈老愈好的，先生。」

「我早就告訴過妳了，」布朗洛先生回答：「戴上妳的眼鏡，看看妳知不知道我要妳來這做什麼，好嗎？」

老婦人開始在口袋裡找眼鏡。但奧利佛的耐心已經承受不了這項新的考驗了，一衝動之下，就奔向老婦人的懷裡。

「老天待我不薄啊！」老婦人抱著他大叫。「這不是我無辜的孩子嗎！」

「我親愛的老保母！」奧利佛叫出來。

「他會回來——我就知道他會回來，」老婦人把他擁在懷裡這樣說：「他看起來多稱頭，打扮起來又像是紳士的兒子了！這麼長的日子，你到哪裡去了？啊！臉還是那麼可愛，但沒那麼蒼白了。眼神還是那麼溫柔，但沒那麼哀傷了。我從沒忘記這張臉，或者是那溫和的笑容，反而天天看見。我的孩子在我還是個快活的女孩時就進了墳墓。回想我那些親愛的孩子的時候，他的模樣也會浮現。」她喋喋不休地說著，一會兒把奧利佛推遠一些看他長高多少，一會兒緊抱住他，充滿愛意地撥弄他的頭髮，這個好心的婦人就這樣靠著他脖子又哭又笑。

布朗洛先生留下她和奧利佛好好敘舊，帶著蘿絲進了另一個房間。他在那房間聽蘿絲完整述說她和南西晤談的經過，感到極度驚訝與困惑。蘿絲也向他解釋一開始沒有向她的朋友洛斯本先生透露的原因。老先生認定她做事很謹慎，他也準備好和那位值得尊敬的醫生鄭重見面會談。為了讓布朗洛先生早日實行計畫，已經安排好他當天晚上八點造訪旅館，此時也應該小心告知梅里夫人事情一切經過。這些準備工作就緒，蘿絲和奧利佛便回去了。

優秀的醫生一旦發怒會到什麼地步，蘿絲絕對沒低估。一跟他透露南西的經歷，威脅和咒罵的話語就從他嘴裡傾巢而出。他威脅要足智多謀的布拉瑟斯先生和達夫先生聯手，讓南西成為他們合作之下首次抓拿到的犯人。事實上，他已戴上了帽子，準備動身尋求這些可敬之人的協助。毋庸置疑，他脾氣剛爆發時，的確會將想法付諸實行，完全沒有顧及後果。還好有人把他攔了下來。這有部分原因是布朗洛先生本身也是剛烈之人，攔阻的力道足以跟他匹敵。另外有部分原因是這些言論和陳述似乎言之成理，足以打消他魯莽行事的意圖。

「那究竟該怎麼做？」他們與這兩位女士重聚時，這名性格衝動的醫生說道：「難道我們要通過決議，向那些男女惡徒致謝，請求他們每人接受約一百英鎊的賞金，聊表我們的敬意，順便感謝一下他們善待奧利佛？」

「不完全是這樣，」布朗洛先生大笑回答：「但我們必須相當小心謹慎地進行。」

「小心謹慎，」醫生叫出聲。「我會把他們一個個都送到——」

「別管哪裡了，」布朗洛先生插話道：「但你要想想，送他們到任何地方有沒有可能達到我們預期的目標。」

「什麼目標？」醫生問。

「很簡單，就是查出奧利佛的身世，替他拿回遺產。要是這故事不假，那他的遺產已經被用詐欺手段奪走了。」

「啊！」洛斯本先生說。他拿出口袋裡的手帕擦汗涼快一下。「我差點忘了。」

「你看，」布朗洛先生繼續說：「先不討論這可憐的女孩。假設有可能將這些惡徒繩之以法又不危及她的安全，我們會有什麼好處？」

「很有可能至少可以吊死其中幾個，」醫生提議：「其他的就流放。」

「很好，」布朗洛先生微笑回答：「他們自作自受，最後的下場一定是這樣。但要是我們插手搶先他們一步，對我來說，其實就是在做一件非常不切實際的事，完全違背我們自己的利益——或至少是奧利佛的利益，而這其實是同一件事。」

「怎麼說？」醫生問。

「就是這樣。很明顯，我們很難將這樁祕密探究到底，除非我們可以迫使這個叫孟克斯的人就範。這得經過算計才有辦法，也得等他單獨行動。原因是，就算他被捕了，我們也沒有證據對付他。他甚至（就我們所知，或者就事實看來）沒有涉及那伙人任何一次搶劫行動。就算他沒有獲釋，他最多就是被當作惡棍、流氓坐牢，不太可能受到進一步處罰。當然，之後他的嘴巴鐵定會閉得緊緊的，像白痴一樣又聾又啞又瞎，我們也問不出個所以然。」

「那麼，」醫生衝動地說：「我再問你，你認不認為信守對那女孩的承諾是明智之舉？因為這個承諾是基於最美好、最良善的立意，但說真的——」

「請別對這一點提出爭論，我親愛的小姐，」布朗洛先生說；蘿絲準備發言時，他就打斷了她。「承諾必須遵守。我認為這一點都不會影響我們的行動，但在我們決定任何具體的行動之前，有必要先見見那女孩。要先搞清楚，她會不會指認這個孟克斯。但要先讓她了解對付他的是我們，不是法律。還有，萬一她不願意或不能那麼做，就套問她他出沒的地方或他的長相，以便我們指認。她要到下週日晚上才能現身。今天是星期二。我建議現在先按兵不動，把這些事當作祕密，甚至也別讓奧利佛知道。」

這個提議要拖上整整五天，雖然洛斯本先生聽到時表情不斷扭曲，但還是不得不承認他此刻也想不到更好的辦法。加上蘿絲和梅里夫人也極力支持布朗洛先生，因此這位先生的提議獲得一致通過。

他說：「我希望尋求友人格凜維各的協助。他人是怪了點，但很精明能幹，而且可能對我們會有實質的幫助。應該說，他是學法律的，但最後氣憤地離開法界，原因是二十年內，他只收到一分案情摘要和一分請求書。我不確定我這番介紹算不算推薦，你們得自己決定。」

「要是我也能找一位幫手，我不反對你找朋友幫忙，」醫生說。

「那我們必須把這人列入表決名單，」布朗洛先生回答：「是哪一位？」

「那女士的兒子，也就是這位年輕小姐很熟悉的舊識，」醫生說，並指了指梅里夫人，最後滿懷深意地看著她的姪女。

蘿絲羞紅了臉，但她並未發言反對這項動議（可能她認為自己是少數，無力扭轉局勢）。因此，哈利・梅里和格瀛維各先生也成為這調查委員會一員。

梅里夫人說：「只要有一丁點希望可以順利進行調查，我們當然就留在城裡。為了這件我們大家都很關心的事，我不嫌麻煩，也不怕花錢。我很樂意留在這裡，就算得花上一年也無所謂，只要你們向我保證還有一絲希望。」

「很好，」布朗洛先生回答：「我看到在場各位的表情，就知道你們都想問在奧利佛需要我證明他的說法時為什麼人不在，而且突然離開英國。容我先聲明，等適當的時候到了，不用你們問，我就會告訴大家我的狀況。在此之前，有任何問題請先打住。相信我，我的不情之請是有充分理由的，否則我可能又會燃起一些希望，只是這些希望注定是要落空的，不過平添原就不少的困難與失望。好了。準備吃晚餐了，小奧利佛還獨自一人在隔壁房間，到了這時候他會開始覺得我們已經厭煩有他做陪，計畫了什麼黑暗的陰謀，準備把他丟回街上。」

這些話一說，老先生就向梅里夫人伸出手，護送她到用餐室。洛斯本先生帶著蘿絲尾隨在後。這個會議暫時告一段落。

第四十二章
奧利佛的舊識展現突出的天才特徵，在首都成為公眾人物

南西哄騙賽克斯先生入睡那晚，為了達成她加諸自己身上的任務，匆匆跑去會見蘿絲．梅里。同一天晚上，有兩個人沿著北方大道前往倫敦，本故事應該記上他們一筆才是。

來人是一男一女，更恰當的說法是一位男性、一位女性，男的四肢頎長，膝蓋外翻，走路搖搖晃晃，瘦得只剩皮包骨。很難說清楚他到底多大歲數——看起來，他還是孩子的時候，像還未完全發育的男人，等到幾乎成人了，又像過度發育的男孩。那女人還年輕，但身材厚實強壯，必須負責背綁在背上的沉重包袱。她的同伴沒帶太多行李，只在肩上放了根棍子，掛著一個用日常手帕包好的小包，看起來很輕巧。基於上述情況，加上他修長得出奇的雙腿，讓他很輕鬆自在就能領先同伴大約六步左右。他偶爾會不耐煩地扭扭頭，轉身察看他的同伴，彷彿在責難她行動緩慢，催促她再快一些。

就這樣，他們沿著塵埃漫布的路艱苦地走著，除了站到一旁讓出比較寬敞的通道，方便從城裡疾駛而出的郵車通過之外，他們沒太注意眼前的任何事物，直到通過高門拱道為止。在前頭的旅人不耐煩地停下來，朝著同伴喊：

「快啊，妳不能加快腳步嗎？夏洛蒂，妳真是個懶骨頭。」

「我可以告訴你，這包袱很重，」那名女性走上前說，疲憊得幾乎喘不過氣來。

「重！妳在說什麼啊？妳生來做什麼的？」男性旅人說。他一邊說話一邊把小包換到另一邊肩膀。

「噢！妳看，又在偷懶了！呦，要是這還不算是耗完別人耐心，我不知道什麼才算！」

「還很遠嗎？」女人靠在邊坡上這樣問。她抬起頭，汗水從臉上不停滑落。

「還很遠？就在那裡了！」長腿的流浪漢說，並指了指前方：「看那裡！那是倫敦的燈火。」

「那至少還得走三公里路程，」女人沮喪地說。

「別管是三公里還是三十公里了，」諾亞．克雷波爾說。對他來說的確如此。「站起來繼續走就是了，不然我可要踢妳一腳了，我可先警告妳。」

諾亞的紅鼻子愈生氣就愈紅，一邊說話一邊過馬路，似乎已經預備好將他的威脅付諸行動，此時女人不再多發一言起身，辛苦地跟在他旁邊往前走。

「諾亞，你想在哪過夜？」走了幾百公尺後她問。

「我怎麼知道？」諾亞回答，他因為趕路，脾氣變得暴躁許多。

「我希望就在附近，」夏洛蒂回答。

「不，不在附近，」克雷波爾先生回答：「就這樣！不在附近，想都別想。」

「幹嘛不住附近？」

「我告訴妳我不想做一件事，這就夠了，沒為什麼或因為的，」克雷波爾先生回答，一副高高在上的姿態。

「嗯，你犯不著脾氣這麼壞，」他的同伴說。

「我們走，在城外第一家小旅館就住下來，這還真棒啊？這樣一來，萬一索爾伯利來追我們，只要把他那上了年紀的鼻子伸進來聞一聞，就能把我們上手銬抓上囚車，」克雷波爾先生嘲弄道：「不！我要盡可能走最狹窄的街道，直到走到城外我能看到最偏僻的房子為止。老天，妳要感激自己命好，我還長了腦袋。要是一開始我們沒故意走錯路，繞回來穿過鄉間，妳一個星期前老早就被關進大牢裡了，我的小姐。妳那麼笨，就算這樣也是活該。」

「我知道我鬼點子沒你那麼多，」夏洛蒂回答：「但別全怪我，說我應該被關起來。反正要是我被關，你也逃不了。」

「錢是你從抽屜拿的，這你很清楚，」克雷波爾先生說。

「我是為了你才拿的，諾亞，親愛的，」夏洛蒂回答。

「那我留著了嗎？」克雷波爾先生問。

「沒有，你交給我了，我帶著錢像帶什麼寶貝一樣，你對我來說也是個寶，」女人說。她撫弄著他的下巴，並挽著他。

事情的確如此，但克雷波爾先生鮮少盲目、愚蠢地相信任何人。是應該為這位先生講句公道話的，他託付夏洛蒂拿錢其實另有目的：萬一他們被捕，錢會在她身上搜到，那他就有機會聲稱自己無辜，沒偷任何東西，躲過牢獄之災的機率也就大大增加。當然，既然已經到了這個地步，他的動機就不必解釋了，於是他們恩恩愛愛地繼續走著。

克雷波爾先生依照他縝密的計畫繼續前進，一步也沒停，直到抵達伊斯林頓的天使路為止。根據他睿智的判斷，從行人稠密程度和車輛數量來看，倫敦就快到了。他稍停下來觀察哪些街道看起來最擁擠，因而也最該避開，接著一轉轉進聖約翰路，然後迅速消失在錯綜複雜且髒亂的小路上。這些小路位於格雷旅店巷跟史密斯菲爾德之間，使這一帶成為倫敦市中心改建後所剩最惡劣糟糕的區域之一。

諾亞．克雷波爾穿越這些街道走著，拖著夏洛蒂走在後頭。他一腳踩進水溝，打量某家小酒吧外觀，然後繼續往前慢跑。他認為這酒吧人太多，會壞了他的計畫，但這不過是他胡思亂想。終於，他停在一家酒吧前面，酒吧外觀是他見過最寒傖、最骯髒的，他過到對街，從對面的人行道仔細探查，然後優雅地宣布他決定在那過夜。

「把包包給我，」諾亞說。他從女人肩上解開包包，掛到自己肩上。「別說話，除非有人問妳。那家店叫什麼？三──三──三什麼的？」

「跛子，」夏洛蒂說。

「三跛子酒館，」諾亞重複道：「招牌挺不錯的！跟緊我的腳步繼續走。」下了這些指示後，他用肩膀頂了頂嘎吱作響的門，走進店裡，他的同伴則跟在後頭。

除了一個年輕的猶太人外，酒館裡沒其他人了。年輕猶太人兩隻手肘撐在櫃台上，看著一分髒兮兮的報紙。他猛盯著諾亞看，諾亞也回敬他同樣的眼神。

要是諾亞穿著孤兒院的制服，那這個猶太人瞪大眼睛看就還有些道理，但他把大衣和校徽都丟了，皮短褲上罩著一件短罩衫，他的外表似乎沒有特別理由在酒吧引起那麼多的關注。

「這裡是三跛子嗎？」諾亞問。

「這就是我們店的名字。」猶太人回答。

「我們從鄉下來，路上遇到一個先生，他推薦我們這地方，」諾亞說。他用手肘推了推夏洛蒂，或許是要讓她注意到這個贏得尊敬的絕佳妙計，也或許是警告她不要露出驚訝的表情。「我們今晚想睡在這。」

「這我不敢打包票，」服務生巴尼說：「但我會問問。」

「你先帶我們去飯堂，給我們一些冷肉和啤酒，然後去幫我們問一下好嗎？」諾亞說。

巴尼同意了，他領著他倆進了裡面的一個小房間，在他們面前擺上了他們要求的食物。做好這些事之後，他告訴那兩個旅人他們當晚可以留宿，並自行離去，留下那對和藹可親的夫妻享用美食。

這間裡屋就位在酒吧櫃台後往下走幾個階梯的地方，所以任何與這家店有關的人，只要掀起小簾子，便可以往下看到裡面房間的每個客人，不用擔心被發現。小簾子後方藏著固定在上述房間牆上的一片玻璃，玻璃離地約一百五十公分（玻璃藏在牆上的暗角，偷看的人必須從暗角和一根直立的大柱子間探出頭才能看到）。不僅如此，他還可以把耳朵貼近隔板，還算清楚地聽到他們談話的主題。店老闆視線離開這個偵查的地點還不到五分鐘，巴尼傳達完上述幾句話後也已離去，正在處理晚上的事的費金便走進酒吧，探詢他幾個小徒弟的消息。

「噓！」巴尼說：「隔壁房間有陌生人！」

「陌生人！」老人低聲重複道。

「啊！也是怪人，」巴尼補充道：「從鄉下來的，但跟你是同一路的，不然就是我搞錯了。」

費金對這消息似乎很感興趣。

他登上一個凳子，謹慎盯著那片玻璃，從這個祕密的位置，他可以看到克雷波爾先生吃著盤裡的冷牛肉，喝著酒壺裡的黑啤酒，分給夏洛蒂的分量有如做順勢療法時所用的藥物劑量[24]。夏洛蒂在旁邊安靜坐著，看他的臉色吃喝。

「啊哈！」他回頭看著巴尼低語道。「我喜歡那傢伙的長相，他對我們會有用的。他已經知道怎麼馴服那女孩了。親愛的，別像隻老鼠一樣吵，讓我聽他們講話——讓我聽看看。」

他又盯著玻璃看，耳朵則湊在隔板上仔細聽；他像個老妖精一樣，臉上露出微妙而急切的神情。

「所以，我想當個紳士，」克雷波爾先生說。他踢了踢腿繼續對話。費金動作太慢，沒聽到開頭。「夏洛蒂，那些老棺材都跟我沒關係了，我只過紳士的生活，要是你願意，你也可以當個淑女。」

「親愛的，我很希望這樣，」夏洛蒂回答：「可是不是每天都能掃光別人的錢櫃，也不是永遠都能在錢到手後甩掉那些人。」

「去他媽的錢櫃！」克雷波爾先生說：「該偷光的不只有錢櫃而已。」

「你這話什麼意思？」他同伴問。

「錢包啦，女人的提袋啦，房子啦，郵車啦，還有銀行！」克雷波爾先生拿起黑啤酒說。

「但你不可能全做到，親愛的，」夏洛蒂說。

「我要找一些能幹的人合伙，」諾亞回答：「他們肯定能讓我們派上用場。哎呀，你一個就抵得上五十個女人了。只要我放手讓你做，可找不到第二個跟你有同樣機靈狡猾的騙人功夫了。」

「天啊，能聽到你這麼說真好！」夏洛蒂大叫道，在他的醜臉上吻了一下。

「哎呀，這樣就好，別太親熱，免得我對妳發脾氣，」諾亞用力掙脫說道：「我應該當一伙人的頭頭，而且是一大票人，跟著他們四處跑，到連他們都不知道的地方。要是有油水撈，就太適合我了；要是我們能結識幾個這樣的紳士，我敢說就算花掉你拿到的二十英鎊票子也很划算——特別是該怎麼用我們都還沒啥頭緒。」

說完自己的意見後，克雷波爾先生擺出一副絕頂聰明的高人模樣，看了看黑啤酒壺裡面。他把酒壺裡的東西好好搖了一下，對夏洛蒂點個頭，態度頗為高傲。他喝了一口酒後，整個人神清氣爽許多。還在思考要不要再喝一杯的時候，門突然開了，一個陌生人出現打斷了他的動作。

那個陌生人就是費金先生。他看起來非常和藹可親，還深深鞠了個躬。他往前走，坐到最近的桌子邊，向咧嘴笑的巴尼點了東西喝。

「多美好的夜晚，先生，但就一年的這個時候來說冷了點，」費金揉揉手說：「我想你是鄉下來的吧，先生？」

「你怎麼看出來的？」諾亞・克雷波爾問。

24 Homeopathy是一種自然療法，以物質稀釋後的超微劑量來治癒疾病。在此比喻克雷波爾給夏洛蒂的食物分量極少。

「倫敦的灰塵沒那麼多，」費金回答。他從諾亞的鞋子指到他同伴的鞋子，又從鞋子指到他們的包包。

「你眼睛真利，」諾亞說：「哈！哈！你聽看看，夏洛蒂！」

「唉呀，在這城市生活得精明點，朋友，」猶太老頭回答，他聲音放低，講著只有彼此能聽到的悄悄話。「這可是事實。」

說話這番話後，費金用左手食指敲敲鼻翼——諾亞想模仿這動作，但不算成功，因為他的鼻子沒有大到能做這動作。但費金先生似乎把這樣的努力解讀成諾亞亟欲表達兩人意見完全一致，客客氣氣地把巴尼端來的酒拿來敬諾亞。

「這是好東西啊，」克雷波爾先生咂著嘴說。

「朋友，」費金說：「一個男人要是想常喝酒，就一定得把錢櫃啦，錢包啦，女人的提袋啦，或房子啦，郵車啦，或銀行偷光。」

一聽到這些從自己說過的話裡截取出的片段，克雷波爾先生馬上倒在椅子上，原本看著猶太老頭，又轉而看夏洛蒂，臉色鐵灰，而且極度恐懼。

「別放在心上，朋友，」費金把椅子拉近說：「哈！哈！幸好只有我不小心聽到。真的是萬幸。」

「我可沒拿，」諾亞結巴說道。他不再像個獨立自主的紳士一樣伸長雙腿，而是把腿放在椅子下盡量縮著。「都是她幹的好事。錢在妳身上，夏洛蒂，妳知道錢在妳身上。」

「誰有錢或誰拿錢都不重要，朋友，」費金回答，但他還是用老鷹一樣的眼神盯著那女孩和那兩袋包包。「我自己也是幹這事兒的，我欣賞你們這一點。」

「什麼事兒？」克雷波爾先生稍微恢復鎮定後說。

「正事，」費金回答：「這間店裡的人也一樣。你們真是來對了地方，這地方再安全不過了。這城市裡沒有地方比跛子更安全的了。我的意思是，這都看我想不想這樣。我喜歡你和這位年輕小姐，所以我才會說那些話，你大可不必擔心。」

諾亞．克雷波爾的心裡或許因為費金的保證鬆了一口氣，但他身體的表現絕不是這樣。他來回踱步，身體不斷扭成各種不雅的姿勢：他看著他的新朋友，恐懼與懷疑交織心頭。

「我再多告訴你一點，」費金說。他剛友善地點頭，又嘀咕了幾句鼓勵的話，讓那女孩放下心。「我有個朋友，我想他應該可以滿足你們內心最渴望的心願，幫助你們走上正確的道路，你們可以先選那一行裡你們覺得最適合的部門，然後再學其他的。」

「你講得好像很認真一樣，」諾亞回答。

「不認真我會有什麼好處？」費金聳聳肩問。「過來！我到外邊跟你講幾句話。」

「沒必要那麼麻煩，還得換地方，」諾亞說。他把腿慢慢向外伸。「她會趁這時間把行李拿上樓。夏洛蒂，注意一下那些包包。」

克雷波爾先生霸氣十足地下了這道命令，夏洛蒂毫不猶豫便奉命行事。諾亞開門等她出去時，夏洛蒂就趕緊拎著行李離開。

「我把她管教得還不賴，是吧？」他回到座位時問道。他的語調就像馴服了某種野生動物的飼主一樣。

「太完美了，」費金拍拍他肩膀回答：「朋友，你是個天才。」

「哎呀，我想要是我笨一點，現在應該就不會在這兒了，」諾亞回答：「但我說啊，你不把握時間她可就回來了。」

「嗯，你覺得怎麼樣呢？」費金說：「要是你喜歡我朋友，除了加入他，還可以出更多力嗎？」

「他那行好不好，才重要！」諾亞眨巴著其中一隻小眼睛回應。

「他那行是最頂尖的。他請了好些個能幹的幫手，是這一行最厲害的一群。」

「土生土長的倫敦人？」克雷波爾先生問。

「裡頭沒一個鄉下人。要不是他現在缺助手，否則就算我推薦，我也不認為他就會用你，」費金回答。

「我是不是該送些什麼？」諾亞拍拍褲子口袋說。

「沒送恐怕不行，」費金態度堅定地回答。

「二十英鎊，但——這可是一大筆錢！」

「如果這是你用不掉的票子就不算多，」費金回嘴。「我猜號碼和日期都記下來了吧？銀行止付？啊！這對他沒什麼價值。得拿到國外去，他在市場上能賣的價錢也不高。」

「我什麼時候可以見他？」諾亞懷疑地問。

「明天早上。」

「在哪？」

「這裡。」

「嗯！」諾亞說：「工錢多少？」

「生活起居像個紳士一樣——食宿、菸酒一律免費——你賺的錢的一半，還有那年輕女士賺的錢的一半，」費金先生回答。

諾亞．克雷波爾的貪念頗深，要是他能隨心所欲地工作，那會不會接受這麼優渥的條件還大有疑問。但他想到萬一拒絕，他的新朋友可是有能力馬上把他送上法院（更不可能發生的事情也發生過），於是他態度逐漸軟化，並說他認為這工作適合他。

「但你知道的，」諾亞說：「她能做的事很多，所以我想找輕鬆一點的事做。」

「做一點小小的、有趣的工作？」費金提議。

「對！就那一類的事，」諾亞回答：「你覺得現在什麼適合我？不會太耗體力的事，不會太危險，你知道的。就那一類的事！」

「我聽你提到暗中監視別人什麼之類的事，朋友，」費金說：「我朋友希望有人可以把這事做好，做得非常好。」

「哎呀，我是提過，而且我不介意偶爾幹幹這檔事，」克雷波爾先生慢條斯理地回答：「但你知道的，這生不出錢來的。」

「那倒是真的！」猶太老頭回答。他正在思考事情，或假裝在思考。「對，這生不出錢來。」

「那你怎麼看？」諾亞急切地看著他說：「偷偷來就好，穩當的活兒，而且不會比待在家裡多上多少風險。」

「你看老太太怎樣？」費金說：「搶他們的提袋和包包，跑到轉角就可以了，可以搶到不少錢哩。」

「她們不是會大叫，有時候還會抓傷人？」諾亞搖頭問。「我覺得這不合我的意。還有其他活幹嗎？」

「等等！」費金把一隻手放在諾亞的膝蓋上說：「小孩錢。」

「那是什麼？」克雷波爾先生問。

「朋友，小孩子啊，」費金說：「就是母親們派去買東西的孩童啊，他們身上會有一些六便士硬幣或先令。我的意思就是把他們的錢拿走——他們準拿在手上——然後把他們推進水溝，慢慢走開，裝得好像不過是個小孩子掉下去傷到自己而已，沒什麼大不了的。哈！哈！哈！」

「哈！哈！」克雷波爾先生一陣狂笑，他開心得像瘋了一樣踢著腳。「老天，就是這個了！」

「當然就是這個，」費金回答。「坎登鎮、戰橋這樣的區域會分些好地方給你，那裡的小孩總在當跑腿，你想推多少小孩就推多少小孩，什麼時候都可以。哈！哈！哈！哈！」

費金說了這番話，又戳了克雷波爾先生身側，兩人突然一陣大笑，還持續了好一會兒。

「嗯，這行！」諾亞說。他冷靜下來，夏洛蒂也回來了。「那你說我們要約明天幾點呢？」

「十點可以嗎？」費金說。克雷波爾先生點頭表示同意，於是他又補充：「我該怎麼告訴我好朋友你尊姓大名？」

「波特先生，」諾亞回答。他老早就為了這樣的緊急狀況準備好說辭。「我是莫里斯．波特，這位是波特太太。」

「我竭誠為波特太太服務，」費金說。他鞠了個躬，禮貌到可笑的地步。「希望很快我就能跟她更熟絡。」

「夏洛蒂，你聽到這位先生的話了嗎？」克雷波爾先生說話聲如洪鐘。

「聽到了，諾亞，親愛的！」波特太太伸出一隻手回答。

「她都叫我諾亞，算是親暱的叫法。」莫里斯．波特先生，也就是前克雷波爾先生這樣說。他頭轉向費金說：「你明白吧？」

「喔沒錯，我明白——完全明白，」費金回答。這次他終於說了實話。「晚安！晚安！」

費金先生反覆說了很多次再見和祝福的話後離去。諾亞．克雷波爾要他的好太太注意聽他說話，然後向她仔細說明他的安排。他態度傲慢，一副高高在上的樣子，不但成了個有派頭的男性，更變成了紳士，體會到在倫敦和鄰近地區搶小孩錢是多有面子的特殊使命。

第四十三章
本章描述狡猾的機靈鬼惹上麻煩的過程

「這麼說來你就是你說的那位朋友，是吧？」根據兩人之間的協定，隔天克雷波爾先生，或稱波特，就搬到費金家，此時他這樣問道。「天啊，昨晚我也這樣想過！」

「每個人都是自己的朋友，年輕人，」他咧著嘴笑，一副巴結樣。「在任何地方都找不到比自己更好的朋友。」

「有些時候例外，」莫里斯·波特故意裝得很世故的樣子回答。「有些人不與他人為敵，只跟自己作對，你知道的。」

「別信這些話，」費金說：「跟自己作對只是因為跟自己這個朋友交情太深了，可不是因為他不顧自己，只顧別人。呸！呸！天底下沒這回事。」

「就算有也不應該這樣，」波特先生回答。

「這挺有道理。有些魔術師說三號是神奇數字，有些人說是七號。都不是，我的朋友。是一號。」

「哈！哈！」波特先生大笑。「永遠都是一號。」

「朋友，像我們這樣的小團體，」費金說，他覺得有必要把立場說清楚。「我們有個共同的一號，也就是說，你不能把自己當成一號而沒有考慮到我也是一號，還有其他所有年輕人也是。」

「喔！見鬼了！」波特先生大叫。

「你明白的，」費金繼續說，假裝不理會波特插話。「我們現在已經是一體了，利益也一致，這也是不得不這樣的。舉例來說，你的目標就是照顧好一號，也就是你自己。」

「沒錯，」波特先生回應：「你這話說得很對。」

「嗯！你不能只照顧你自己這個一號，沒照顧到我這另一個一號。」

「你意思是二號，」波特先生說，他的自私特質頗為濃厚。

「不，我不是這意思！」費金回嘴。「我對你一樣重要，就像你對你自己一樣。」

「我說啊，」波特先生打斷他：「你人很好，我也很喜歡你，但就算因為這樣，我們的交情還是沒那麼深啊。」

「什麼話，」費金聳聳肩說，他伸出雙手。「你怎麼這樣說。你幹了件好事，我也欣賞你這一點，但你同時也是拿領巾往自己的脖子上套，綁好容易，要鬆開卻很難——簡單來說，你套上的是絞索！」

波特先生伸手摸摸圍巾，彷彿圍巾勒得很緊，讓他不舒服。他低聲表示同意，但只是透過聲調，而非真的說了些什麼。

「絞刑台啊，」費金繼續說：「絞刑台，朋友，是醜惡的路標，很多膽大的傢伙都在它那急轉直下的指示箭頭下斷送了光明的前途。保持在平坦的道路，和絞刑台保持距離，就是你的一號目標。」

「那是當然，」波特先生回答：「你說這話是幹什麼？」

「只是想明白告訴你我的意思，」猶太老頭挑著眉說：「你得靠我才有辦法趨吉避凶。我也得靠你我的小生意才能一路妥妥貼貼。第一件事是你的一號，第二件事是我的一號。你把你的一號看得愈重，你就愈得對我的一號多費心。所以我們終於又回到我最早跟你說的事——看重一號，我們才能凝聚在一起，我們也非這樣不可，除非我們這伙人要各走各的路。」

「這倒是真的，」波特先生回答，若有所思。「喔！你真是個狡猾的老傢伙！」

費金先生頗為欣喜，他知道這番對他能力的讚賞不只是恭維而已，也知道他新招的幫手的確對他狡猾的天分心悅誠服，在他們初逢乍識的階段，這樣的看法的確至關重要。這種看法不但必要，而且派得上用場，為了加強效果，費金也透露了一些細節，讓對方了解他工作的規模和範圍。他的話有真有假，虛虛實實，為的都是達成自己的目的。他巧妙運用真實和虛假的部分，波特先生的敬意因此明顯提升，人也溫和了起來，同時還對他有幾分有益的畏懼，能喚起這層恐懼是再好不過了。

「我們彼此互信才能讓我在蒙受巨大損失時得到安慰，」費金說：「我才剛失去我最好的左右手，昨天早上的事而已。」

「你該不會說他死了吧，」波特先生大叫起來。

「不，不，」費金回應：「沒那麼糟，還沒那麼糟。」

「什麼，我還以為他——」

「被捕了，」費金插話說：「沒錯，他被捕了。」

「很嚴重的罪？」波特先生問。

「不是，」費金回答：「不算嚴重。他被控企圖扒東西，他們在他身上找到一個銀製的鼻菸盒——那是他自己的，朋友，他自己的，他自己會吸鼻菸，而且愛得不得了。他們今天要還押他，因為他們以為搞清楚這東西主人是誰了。啊！他可值五十個鼻菸盒哩，我願意出五十個鼻菸盒的錢讓他回來。你應該認識認識機靈鬼的，朋友，你應該認識一下機靈鬼的。」

「嗯，但我應該會見到他吧，希望如此。你不認為嗎？」波特先生說。

「我很懷疑，」費金嘆口氣回答：「要是他們沒找到新證據，就只會有即席判決了，那我們要六週左右才能等到他回來。但要是他們能找到，他就得出國了。他們知道這孩子有多聰明，他會拿到永久票。他們起碼會給機靈鬼一張永久票。」

「你說出國和永久票是什麼意思？」波特先生詢問。「你對我說這種話有什麼好處？你幹嘛不說些我聽得懂的話？」

費金打算把這些神祕的說法轉換成通俗的話。經過解釋，波特先生就會了解它們代表了一些詞的組合：「終身流放。」但此時貝茲少爺進門來，兩人對話也戛然而止。貝茲少爺手插在馬褲口袋裡，表情扭曲，看起來憂愁得幾乎讓人想發笑。

「都完了，費金，」查理和他的新同伴互相介紹後說。

「你這話是什麼意思？」

「他們已經找到擁有那盒子的紳士，還有兩、三個人要來指認他。機靈鬼得出國一趟了，」貝茲少爺回答：「我得準備整套的喪服，費金，還有帽帶，在他出國旅行前去裡頭看他一下。想想看傑克・道金斯——幸運的傑克——機靈鬼——狡猾的機靈鬼，只為了一個兩便士半的普通噴嚏盒，就得遠走他鄉！我一直以為他至少得偷個金表、鍊子、圖章之類的才會被迫出國。噢，他幹嘛不搶個有錢的老紳士，把他值錢的東西搶個精光，然後像個紳士一樣出門，而不是像個普通的小偷一樣，既不名譽又丟面子！」

貝茲少爺表達為他倒楣的朋友深感遺憾之後，隨即坐在最近的椅子上，內心懊惱，愁容滿面。

「你說他不名譽又丟面子要幹什麼！」費金叫出聲來，對他的徒弟投以憤怒的目光。「他不是一直都是你們之中的頭兒嘛！你們之中哪個追查線索的功夫能跟他相提並論的！嗯？」

「一個都沒有，」貝茲少爺回答，因懊悔而聲音嘶啞。「一個都沒有。」

「那你在講什麼？」費金惱怒地回應：「你在那邊哭什麼哭？」

「因為這事不會記錄下來的，是吧？」查理說。他滿腔怒氣，一肚子懊惱，於是公然頂撞他敬愛的友人。「因為這不會出現在起訴書裡，因為沒人會知道他大概是怎樣的人。他在《新門紀事錄》[25]會占什麼位置？可能根本不會出現在那裡。噢，天啊，天啊，這打擊太大了！」

「哈！哈！」費金大笑。他伸出右手，然後轉向波特先生咯咯亂笑，身體左搖右晃，好像中風一樣。

「你看他們對自己的職業多引以為傲，朋友。這不是很感人嗎？」

波特先生點頭同意，費金忖度著查理·貝茲的傷痛好幾秒，結果顯然令他滿意，於是他走向那年輕紳士，拍了他的肩膀。

「別擔心，查理，」費金安慰說：「會登出來的，一定會登出來的。他們都會知道他是聰明的傢伙。他會自己表現出來的，不會給他的老伙伴和師父丟臉。你也想一下他多年輕！多出色啊，查理，在他這個年紀就被捕了！」

「嗯，這的確很光榮！」查理稍感安慰地說。

「凡是他想要的，一樣也不會少，」猶太老頭繼續說：「他應該會關在石牢裡，查理，像個紳士一樣。像個紳士一樣！每天喝啤酒，萬一沒辦法花錢的話，口袋裡還有錢讓他玩擲硬幣遊戲。」

「真的嗎，他都能拿到？」查理·貝茲大叫。

「是啊，那當然，」費金回答：「而且我們會找個大人物，查理，找最能言善道的人幫他辯護，要是他想的話，他也可以為自己辯護。我們會在報紙上讀到這樣的報導：『狡猾的機靈鬼』——一陣大笑——撼動了法庭——嗯，查理，嗯？」

「哈！哈！」貝茲少爺大笑。「那可好笑了，不是嗎，費金？我說啊，機靈鬼應該能整到他們，是吧？」

「什麼應該！」費金大叫。「是他會——一定會！」

「啊，沒錯，他一定會，」查理揉揉雙手重複道。

25 *Newgate Calendar*為倫敦新門監獄用來記錄每月死刑的刊物。

「我現在好像看到他一樣，」猶太老頭叫出聲來，目光轉向他的徒弟。

「我也是，」查理．貝茲大叫。「哈！哈！哈！我也是。這一切好像在我面前發生一樣，我發誓是真的，費金。多有趣啊！簡直太有趣了！那些戴假髮的大人物裝得一副神聖不可侵犯的樣子，傑克．道金斯跟他們說話親熱自在的勁兒，好像他是法官親生兒子在晚餐後高談闊論一樣──哈！哈！哈！」

說實話，費金先生十分遷就他年輕朋友的古怪個性，所以貝茲少爺一開始雖然多少將獄中的機靈鬼視為受害者，如今卻認為他是一場戲的主角，戲中洋溢著最奇特、最細緻的幽默。他也滿心期待老友展現才能的良機到來。

「我們得找到一些簡便的辦法，打聽他今天過得怎樣，」費金說：「我想看看。」

「要不要我走一趟？」查理問。

「絕對不行，」費金回答：「親愛的，你瘋了嗎？全瘋了嗎？怎麼可以走進那地方──不行，查理，不行。一次失去一個人夠多了。」

「你該不會想自己去吧？」查理說。他斜著眼，表情逗趣。

「那不太妥當，」費金搖頭回答。

「那你幹嘛不派這位新伙伴去呢？」貝茲少爺問。他把手放在諾亞手臂上。「沒人認識他。」

「哎，要是他不介意的話──」費金回答。

「介什麼意！」查理插嘴道：「他幹嘛介意？」

「這事真的沒什麼，朋友，」費金轉向波特先生說：「真的沒什麼。」

「喔，這事兒容我說幾句話，你知道的，」諾亞邊說邊朝著門後退。他搖搖頭，冷靜且充滿戒心。「不，不──門都沒有。這不是我分內的事，這可不是。」

「他分到的工作是什麼，費金？」貝茲少爺問。他嫌惡地打量諾亞細長的身軀。「有福同享，有難自己逃，就是他的工作嗎？」

「你管不著，」波特先生反唇相譏。「你可別隨便以下犯上，小子，要不然你會發現自己跑錯了地方。」

聽到這麼嚴重的威脅，貝茲少爺忍不住狂笑起來，費金都還來不及插嘴。他向波特先生說明他去警察局一趟不可能會有危險。他牽涉到的那件小事都還未通報到首都，相貌的描述也沒有傳到這裡來，很有可能根本沒人懷疑他來到這裡避風頭。只要適當偽裝，到警察局走一趟就和到倫敦其他地方一樣安全，因為大家絕對想不到他會自願出現在那裡。

波特先生動搖了，但與其說是這些說法打動了他，更應該說是他臣服於對費金的畏懼。他最後還是勉為其難同意前去。經過費金指示，他立刻換裝，穿上馬車夫穿的袍子、天鵝絨馬褲還有皮綁腿。這些東西猶太老頭手邊就有了。他還準備了一頂毛帽，上頭插了好幾張過路票，另外，他也帶了條車夫的鞭子。如此裝扮之下，他就可以閒逛到警局，裝成像個從科芬園市場來的鄉巴佬，別人會以為他去那兒是要滿足自己的好奇心。他本來就笨手笨腳、瘦骨嶙峋，正好派得上用場，所以費金先生完全不擔心，他知道他的扮相正是恰如其分。

一切安排妥當後，波特先生獲悉了辨認機靈鬼的必要特徵，貝茲少爺送他穿過幽暗曲折的道路，到距離堡街咫尺之遙的地方。查理．貝茲清楚描述了警局的情況，詳盡告知他方向，該怎麼穿過走廊，進了警局側邊後，又該如何在進房間時脫下帽子，之後便要他趕緊隻身前去，並承諾會在他們分手的地方等他。

諾亞．克雷波爾，讀者喜歡的話也可以叫他莫里斯．波特，確實遵照指示（貝茲少爺對那地方是熟門熟路了），這些指示極為精確，所以他一路上沒問什麼問題，也沒遭遇什麼阻礙，就走到了法庭。

他在人群中推推撞撞，這群人大部分是女人，全都擠在一個骯髒發臭的房間。房間前方是一個高起的台子，用欄杆和其他部分隔開。左邊靠牆的是囚犯的被告席，中間是證人席，右邊則是地方法官的桌子。

最後提到的那個令人望而生畏的位置，用一個隔板擋住，尋常百姓看不到法官席，只能想像（要是有辦法的話）最高的司法權威坐在上頭。

被告席上只有幾個女人，她們各自向仰慕者點點頭，書記則對著幾個警員和一個趴在桌上穿著便服的男人宣讀宣誓作證的內容。一個獄卒靠著被告席欄杆站著，無精打采地用一支大鑰匙敲著自己的鼻子，只有那些遊手好閒的人交談聲音過大時，他才會停下動作，高喊肅靜，壓下聲音。司法的莊嚴有時會受到孱弱嬰兒細微的哭聲干擾，嬰兒的臉半埋在母親的圍巾中，此時獄卒會面色凝重地抬起頭，命令某個女人「把嬰兒帶出去」。這房間的空氣窒悶渾濁，牆壁一片髒汙，天花板也是黑的。壁爐架上有個燻黑的舊半身像，被告席上方則有一個滿布灰塵的時鐘——那是現場看來唯一正常運作的東西。每樣有生命的東西都帶有墮落、貧窮或兩者一起經年累月發酵所造成的痕跡，沒有生命的東西則為身上厚厚一層油垢而皺眉，兩者相比，令人不悅的程度幾乎不相上下。

諾亞眼睛急切地搜尋機靈鬼。雖然有幾個女人充當那麼出色的人物的母親或妹妹綽綽有餘，也有幾個男人看來極似他的父親，但看不到任何一個人，符合他獲知的道金斯先生相貌描述。他一直等，一顆心懸在半空，好似一切都是未定之數，直到受審的那些女人大搖大擺走出去為止。之後另一個犯人迅速出現，讓他鬆了口氣。他立刻感覺這人必定是他此行探訪的對象，不可能是其他人了。

那人的確是道金斯先生，他拖著腳走進法庭，寬大的大衣袖子一如既往捲起來，左手放口袋裡，右手則拿著帽子，走在獄卒之前。整體來說，他搖擺的姿態很難描述清楚，他坐到被告席上，用大家都聽得到的聲音詢問他犯了哪條罪，為什麼處境那麼難堪。

「閉嘴行嗎？」獄卒說。

「我是英國人，對吧？」機靈鬼回嘴。「我的權利到哪去了？」

「你很快就會得到你的權利，」獄卒反駁：「而且還多著呢。」

「萬一沒有，我們倒要聽聽內政大臣對這些地方治安官會說什麼，」道金斯回答。「行了！來這裡是要幹嘛啊？拜託法官們快點把這件小事做個了斷，別光顧著看報耽誤我的時間啊。我可是和城裡的一位先生有約，生意方面我是個守信用的人，也很準時。要是我沒準時到，他會走人的。到時候說不定連控告他們耽擱我造成損失的機會都沒有。喔不，肯定不會有的！」

此時機靈鬼上演了一場別出心裁的好戲，意思是之後要提出訴訟。他要求獄卒告訴他「坐在席上那兩個老奸巨猾的傢伙叫什麼名字」，惹得那些觀審的人哈哈大笑，即使貝茲少爺聽到他這樣問，笑起來的程度也不過如此。

「肅靜！」獄卒大喊。

「這怎麼回事？」其中一名法官問。

「一個扒竊案，大人。」

「那小子以前上過法院嗎？」

「照道理他應該上法院很多次了，」獄卒回答：「他在其他地方常上法院。我很清楚這個人，大人。」

「噢！你認識我，是嗎？」機靈鬼大叫起來，對這句話大作文章。「非常好。反正這是人格毀謗的案子。」

此時又是一陣笑聲，接著又是獄卒大喊肅靜。

「好了，證人在哪？」書記說。

「啊！這就對了，」機靈鬼補充說明：「他們在哪？我想見見他們。」

他的願望馬上就實現了。一個警員走向前，他看到被告企圖在人群中扒一個陌生紳士的口袋，而且確實拿到一條手帕，那條手帕很舊，他在自己的臉上試擦之後，刻意又把它放回去。就因為這樣，他一有機會接近機靈鬼，便逮捕了他。經過搜身，機靈鬼身上有個銀製的鼻菸盒，蓋子上還刻著失主的名字。搜尋過《名紳錄》[26]後，已經找到這位紳士的下落。這位紳士也出席現場，發誓鼻菸盒為其所有，但前一天就在他從前述的人群中擠出來時遺失了。他也提到人潮中一個年輕人特別賣力擠出去，那個年輕人就是眼前的被告。

「你有什麼想問這個證人的嗎，小子？」法官說。

「我可不要降低自己身分和他談話，」機靈鬼回答。

「你到底有沒有什麼話想說？」

「你聽到大人問你有沒有話說了嗎？」獄卒用手肘推推沉默不語的機靈鬼問道。

「請再說一次，」機靈鬼心不在焉地抬頭說：「你在跟我說話嗎，老兄？」

「我從沒見過這麼徹徹底底的小無賴，大人，」警員咧嘴笑著回答：「你想說什麼嗎，小騙子？」

「沒有，」機靈鬼回答：「我不會在這裡說，這裡可不是正義的殿堂。而且我的律師今天早上正和下議院副議長吃早餐。但我在其他地方會有話說，他也會，很多有身分地位的熟人也會，包管那些地方治安官後悔自己生下來，或怪自己今天早上出門對付我之前，沒要男僕把他們掛在自己的帽釘上。我會——」

「好了！說得跟真的一樣！」書記打斷他。「把他帶走。」

「走吧，」獄卒說。

「噢呦！我會走，」機靈鬼用手掌拂了拂帽子。「啊！（面對法官席）你們看來是嚇到了，但這可沒用。我可不會對你們手下留情，完全不會。你們會付出代價的，你們這些好傢伙。我可不會跟你們一樣！現在我不走了，就算你們跪下來求我也沒用。好了，把我送進牢裡！帶我走！」

說完最後這幾句話，機靈鬼就得忍著被拉著衣領走的罪。他一路口出威脅，直到進了院子為止。然後他又當著警員的面咧嘴忘情大笑，肯定自己的表現。

諾亞看他獨自一人關在一個小牢房裡，於是盡快趕回和貝茲少爺分開的地方。他在那裡等了一會兒，那名年輕人才與他會合。貝茲少爺剛才很謹慎地躲在一個隱密的藏身處。他小心翼翼地朝外察看，確定沒有任何不相干的人跟蹤他的新朋友才現身。

這兩人一起快馬加鞭回去，告訴費金先生這個振奮人心的消息：機靈鬼完全沒有辜負他的栽培，為自己建立了光榮的名聲。

26 *Court Guide* 為舊時英國有進宮受覲資格者的名錄。

第四十四章
到了履行對蘿絲・梅里承諾的時刻，南西卻失約了

雖然施展那些狡猾詭詐的伎倆她已經是箇中高手，南西這女孩卻無法完全掩飾她將之前行動的祕密藏諸於心對她的影響，心中澎湃激昂。她記得奸詐的猶太老頭和殘暴的賽克斯那些計畫從不對其他人透露，卻對她毫不隱瞞。他們完全相信她值得信賴，懷疑也懷疑不到她頭上。那些計畫極其惡毒，策動這些計畫的人完全不擇手段，她對猶太老頭也滿肚子怨氣，就因為他，她一步一步愈來愈深陷罪惡與不幸的淵藪，無路可逃。儘管如此，就算對他，她偶爾也會生出憐憫之心，擔心自己揭露的祕密會讓他飽受已經躲避多時的鐵拳，最終會栽在她手裡——但他絕對是罪有應得。

但這些都只是心思的游移，儘管她的心無法完全抽離那些老朋友和老伙伴，但還是可以專注於一件事，並且堅定不移，任何顧慮都無法動搖她。她對賽克斯的擔心害怕如此強烈，原本可能在最後一刻逼使她退卻。但她已經獲得承諾，知道她的祕密會被牢牢守住，也沒有落下任何線索，讓別人發現賽克斯的蹤跡。她甚至為了他，拒絕逃離包圍她的罪惡和不堪——她還能怎樣！她已經鐵了心了。

雖然她內心所有的掙扎都以此作結，但這些糾結的情緒還是一次又一次襲上她的心頭，留下痕跡。甚至僅僅在幾天的時間內，她臉色就愈形蒼白，身形也愈來愈消瘦。有時她會無視眼前發生的事，或者不參與談話，但過去她往往是交談過程中嗓門最大的一個。有時候就算不快樂，她也會大笑，而且大吵大鬧。不一會兒，她又安靜地坐下來，心情低落，手捧著頭沉思。她努力振作起來，但她的努力比這些症狀更讓她不自在，她內心想的事也和她同伴討論的事相差十萬八千里。

星期天晚上，最鄰近教堂的報時鐘聲響起。賽克斯和猶太老頭在談話，但他們停下來聽著鐘聲。南西蜷伏在一張矮椅子上，也抬起頭來聽。十一點了。

「還有一小時就午夜了，」賽克斯說。他拉起窗板往外看，然後回到座位。「天色又暗又深。正是適合幹活的晚上。」

「啊！」費金回答：「真可惜啊，比爾，朋友，現在恐怕還不是時候。」

「你說對了一次，」賽克斯板著臉回答：「這真可惜，因為我也那麼想。」

費金嘆氣，落寞地搖搖頭。

「我只知道，等事情都就緒後，我們得彌補失去的時間，」賽克斯說。

「你說得很對，朋友。」費金放膽拍了他的肩回答：「聽你這樣說我很高興。」

「你很高興，是吧！」賽克斯大喊。「嗯，那就這樣。」

「哈！哈！哈！」費金大笑，連這樣的妥協似乎都讓他鬆了口氣。「你今晚才像平常的你，比爾。才像平常的你。」

「你把你乾癟的老爪子放在我肩膀的時候，我可不覺得像我自己。手拿開。」賽克斯撥開猶太老頭的手說。

「這讓你緊張，比爾——讓你想到被人抓到的情景，對吧？」費金決定壓住怒氣說。

「讓我想到被惡魔抓到的情景，」賽克斯回話。「從來沒有人生得像你那張臉，除非那是你老子，我猜這時候**他**搞不好正在燒他那把花白的紅鬍子。或者你根本沒老子，直接從魔鬼那邊過來，要真是這樣我完全不會大驚小怪。」

費金並未回應這樣的恭維，但他拉住賽克斯的袖子，手指向南西。南西已經利用之前的談話時間戴上帽子，現在正準備離開房間。

「哈囉！」賽克斯大喊。「南西。這麼晚了妳一個女孩子要去哪裡？」

「附近而已。」

「這是什麼答案？」賽克斯反駁。「妳聽到我說的話了嗎？」

「我沒有要去哪裡，」女孩回答。

「那我知道，」賽克斯說。與其說他真要阻止女孩去她想去的地方，不如說是他固執的毛病作祟。

「什麼地方都別去。坐下。」

「我不舒服，之前就告訴你了，」女孩回答：「我想呼吸新鮮空氣。」

「頭伸出窗戶就好了，」賽克斯回答。

「那不夠，」女孩說：「我想呼吸街上的空氣。」

「那你呼吸不到了，」賽克斯回答。他說完這樣的保證後便起身鎖上門，拔下鑰匙，然後把她的帽子從頭上扯下來，丟到一個舊衣櫃最上頭去。「好了，」那蠻橫的傢伙說：「現在安安靜靜待在原地，可以嗎？」

「這種事又不是一頂帽子就可以留住我，」女孩說，臉色頓時蒼白。「你是什麼意思，比爾？你知道自己在做什麼嗎？」

「知道我在──噢！」賽克斯大喊。他轉向費金。「她瘋了，你知道的，要不然她不敢這樣對我說話的。」

「你會把我逼急的，」女孩把雙手放在胸前喃喃道，彷彿要用力壓抑即將狂烈爆發的情緒。「讓我去好嗎？就這一分、這一刻。」

「免談！」賽克斯說。

「告訴他讓我去，費金。他最好這麼做。這對他比較好。你聽到了嗎？」南西跺著腳大聲叫喊著。

「聽到！」賽克斯重複道。他從椅子轉過身來面向她。「好啊！要是我聽到妳再多說個半分鐘，那狗就會咬住妳的喉嚨，讓妳不能這樣鬼吼鬼叫。妳是著了什麼魔，妳這賤人！究竟怎麼回事？」

「讓我去，」女孩極為認真地說。然後她一屁股坐在門前地上說：「比爾，讓我去。你不知道自己在做什麼。你真的不知道。一小時就好——求你了——拜託。」

「要是我不覺得這女孩完全瘋了的話，就把我的手腳一隻一隻砍下來！」賽克斯大叫。他粗暴地抓住她的手臂。「起來。」

「你不讓我去我就不起來——你不讓我去我就不起來——絕不起來——絕不起來！」女孩尖聲叫著。賽克斯繼續看了一下子，看準機會，突然抓住她的手，拖著她進隔壁的小房間，南西一路掙扎，與他扭打。他自己坐在一張凳子上，把她推坐在一張椅子上，用力壓住她。她一會兒掙扎，一會兒哀求，直到十二點的鐘聲響起。此時她已精疲力竭，不再堅持外出。賽克斯警告她，外加咒罵了幾句，要她晚上別再想著要出門。他讓她自己慢慢平復下來，然後回到費金身邊。

「喲！」這盜賊拭掉臉上的汗水說：「這女孩真的很古怪！」

「你說得沒錯，比爾，」費金若有所思地回答：「你說得沒錯。」

「她腦袋在想什麼，竟然想在今天晚上外出，你覺得呢？」賽克斯問。「對了，你應該比我更了解她。這是怎麼回事？」

「固執，我想就是女人的固執，朋友。」

「嗯，我想也是這樣，」賽克斯低吼道：「我以為我已經把她調教得服服貼貼了，但她還是和以前一樣可惡。」

「更可惡了，」費金沉思說道：「我從來不知道她會這樣，就只為了這點小事。」

「我也是，」賽克斯說：「我猜熱病的病根在她血液裡流著，而且出不來了，對吧？」

「很有可能。」

「要是她再這樣，我會給她放點血，也不用麻煩醫生了，」賽克斯說。

費金點頭表示同意這種治療方法。

「我躺平在床上的時候，她白天晚上都守在我身邊，但你就像隻黑心狼一樣，躲得遠遠地。」賽克斯說：「我們也很窮，一直都很窮，我想她大概多多少少因為這樣擔心煩躁了起來。她關在這裡那麼久也讓她不耐煩了，對吧？」

「就是那樣，朋友，」猶太老頭低聲回答。「噓！」

他這麼說的時候，女孩又出現，回到之前的座位上。她的眼睛紅腫，身體左搖右晃，頭往後仰。沒過多久，她放聲大笑。

「哎呀，現在她又有新招了！」賽克斯驚叫，極度詫異地看著他的同伴。

費金向他點個頭，要他先別理會她。幾分鐘後，女孩平靜下來，行為舉止又和之前沒有兩樣。費金悄悄向賽克斯說不用擔心她再發作，然後拿起帽子，向他道了晚安。他走到房門時停了下來，環顧四周，詢問有沒有人能點個蠟燭，送他下漆黑的樓梯。

「點蠟燭送他下去，」賽克斯邊裝菸斗邊說。要是他自己跌斷了脖子，掃了那些圍觀的人的興，那就可惜了。替他照亮。」

南西手拿蠟燭跟著老人下樓。到走廊時，他把手指放在嘴唇上，靠近那女孩低聲說話。

「究竟怎麼回事，南西，親愛的？」

「什麼意思？」女孩以同樣的語調回答。

「做這些事的理由，」費金回答。他用瘦骨嶙峋的食指向樓上一指。「要是**他**對你那麼惡劣（他是畜牲，南西，畜牲般的野獸），你幹嘛不——」

「嗯？」費金停頓時女孩說。費金的嘴幾乎碰觸到她的耳朵，雙眼則直視著她的眼睛。

「現在先不提這事兒，我們之後再談。我是你的朋友，南西，而且是個可靠的朋友。我有現成的辦法，沒有其他人知道。要是你想報復那些把你當狗一樣對待的人——像狗一樣！甚至比對自己的狗還糟糕，他有時還會遷就狗哩！——就來找我。我說啊，就來找我。他只是你一時著迷的對象，但你可老早就認識我了，南西。」

「我很了解你，」女孩回答，表情木然。「晚安。」

費金想把手放在她手上，但她向後退，只語氣平穩地再次道了晚安。她點頭回應他離去時的眼神，表示明白他意思。接著她便關上兩人之間的門。

費金朝家的方向走去，全神貫注思索腦海裡的一些想法。他想到個點子——這個點子並非源自剛剛發生的事，那些事只是確認了他的猜測。它是逐漸慢慢成形的——南西已經難耐那盜賊的粗暴野蠻，因此想另覓新歡。她的態度改變，一再單獨離家，對大伙的利益冷淡以對。要在以前，她可是很熱中的。此外，她急著在晚上某個特定的時間離家，這些事都可以證實他的推測。至少對他來說，這件事八九不離十。南西的新歡並不在他手下，有像南西這樣的幫手，對方會是很有價值的資產，而且必須盡快納入麾下（費金這樣推論著），不容拖延。

還有另一個更陰險的目的得達成。賽克斯知道太多了，他無賴般的嘲弄對費金造成的傷害雖然看不見，但費金的恨意並未因此減輕。嗯，那女孩得知道就算她擺脫得了他，她也難逃他發作的怒火，而且必定會報復在她的新歡頭上，要嘛手斷腳斷，可能連命都丟了。

「稍微勸說一下，」費金想：「她應該會同意對他下毒吧？女人會做這種事，甚至更惡毒的事，為的都是相同的目的。那傢伙是個危險的惡人，我恨他，他會就此一命嗚呼，另外會有人取代他的位置。既然我知道這女孩犯的罪，她可就得任我擺布了。」

就在他方才獨自坐在那盜賊房間的短短時間裡，這些事情閃過費金心頭，其中最讓他在意的想法，他已經找機會在之後分別時，有意無意暗示她了。她並未面露驚訝的神色，也沒假裝聽不懂。那女孩顯然了然於心。她在分別時的眼神就透露出那一點。

她或許會從取賽克斯性命的計畫中退縮，但這可是最主要的目標之一。費金緩慢走回家的路途中想：「我要怎麼增加我對她的影響力呢？我還能有什麼新的本事？」

他真的詭計多端。要是不能逼她自己承認，就得安排人監視，找到她的新歡，而且威脅要向賽克斯全盤托出（她對他可是極端畏懼），除非她加入他的計畫，這樣他還不能逼她就範嗎？

「我可以的，」費金幾乎是很大聲地說出來。「到時她可拒絕不了我。這可不是為了她的命，可不是為了她的命！一切都在掌握之中。辦法都想好了，應該可以準備派上用場了。你逃不掉的！」

他轉頭對他方才離開那惡膽包天之徒的地方邪惡地瞪了一眼，並做了個威脅的手勢，然後繼續往前走。他放在他破爛外衣褶層的乾枯雙手沒停下來過，一直緊擰著那些褶層，彷彿在每一次手指動作之間，他憎恨的敵人都給他捏個粉碎。

第四十五章
費金利用諾亞・克雷波爾執行祕密任務

老人隔天很早就起床，不耐煩地等著他的新同伴出現。那人好像遲到了一輩子，最後終於現身，但馬上狼吞虎嚥吃起早餐。

「波特，」費金拉來一張椅子，坐在莫里斯・波特對面。

「嗯，我在這，」諾亞回話。「怎麼啦？你不是要我吃完東西再做事？這地方有個大問題，就是根本沒時間好好吃飯。」

「你可以邊說邊吃，不成嗎？」費金說。他打從心底咒罵他的年輕朋友貪得無厭。

「噢對，我可以講話。我講話可以吃得愉快一點，」諾亞說。他切了一片大得不得了的麵包。「夏洛蒂在哪？」

「在外面，」費金說：「今天早上我讓她出去和另一個年輕女人在一塊，我希望只有我們兩個單獨談話。」

「噢！」諾亞說：「我真希望你要她先做些奶油土司。嗯。繼續講。你不會妨礙到我的。」

的確，似乎不太需要擔心有任何事會妨礙到他，他坐下來時顯然已經下定決心要好好吃上一頓。

「你昨天表現很好，朋友，」費金說：「太棒了！第一天就弄到六先令九便士半！搶小孩錢會讓你發財的。」

「你還忘了加上三個一品脫的啤酒杯和一個牛奶罐，」波特先生說。

「沒忘，沒忘，朋友。啤酒杯真是神來一筆，但牛奶罐才是徹徹底底的傑作。」

「我想對一個新手來說算不錯了，」波特先生洋洋自得地說：「啤酒杯是我從曬衣竿上拿下來的，牛奶罐則是自己站在一家酒吧外頭。我怕它會因為下雨生鏽，或者感冒，你知道的。啊？哈！哈！哈！」

費金佯裝笑得很開心，波特先生笑完後，又連吃了好幾口。他第一大片奶油麵包就這樣吃完，然後又接著吃第二片。

「我要你替我辦件事，朋友，這件事得很小心謹慎，」費金伏在桌上說。

「我說啊，」波特回話：「你可別把我推到危險的地方，或再把我派到警局了。那不適合我，不適合我。這些話我得先說在前頭。」

「一點也不危險——連一點點危險都沒有，」猶太老頭說：「只是得暗中盯著一個女人。」

「老女人？」波特先生問。

「年輕女人，」費金回答。

「這事我幹得來，我知道的，」波特說：「念書的時候我就是個會告密的狡猾學生。我盯著她做什麼？不是要——」

「什麼事也不用做，只要告訴我她去了哪裡、見了誰，要是可能的話，還有她說了什麼話。還要記下哪條街、哪間屋子，你知道什麼消息，就帶回什麼消息。」

「那我有什麼好處？」諾亞問。他放下杯子，看著他老闆的臉。

「要是你辦得妥當，我會付你一英鎊，朋友。一英鎊，」費金說，希望能盡量引起他對這件事的興趣。「對於一分原本就沒什麼油水可撈的工作，我從沒給過那麼多哩。」

「要盯著誰？」諾亞問。

「我們其中一個同伴。」

「噢天啊！」諾亞鼻子一皺，大叫起來。「你懷疑她，是吧？」

「她交了些新朋友，我得知道那些人是誰，」費金回答。

「我明白了，」諾亞說：「要是他們值得尊敬，希望能有榮幸認識他們是嗎？哈！哈！哈！那我任您差遣囉。」

「我就知道你會答應，」提議成功，費金高興地大喊。

「當然，當然，」諾亞回答：「她在哪裡？我該在哪裡等她？我該去哪裡？」

「朋友，我會跟你講得一清二楚。適當的時候到了我會指出她來，」費金說：「你準備好就是了，其他的交給我。」

那天晚上、隔天晚上、再隔天晚上，這名密探身著車夫的服裝，穿上靴子，準備齊全，等費金一句話就準備行動。六個晚上過去了，六個惱人的漫漫長夜，每一個夜晚，費金都帶著一張失望的臉回家，簡短告知他還不是時候。第七個夜晚，他提早回來，喜不自勝，完全掩飾不住。星期天到了。

「她今晚外出，」費金說：「而且是辦同一件事，這我很肯定。她整天一個人在家，她害怕的那個男人天亮前不會回來。跟我來。動作快！」

諾亞一個字也沒說便起身。猶太老頭濃烈的興奮之情感染了他。他們鬼鬼祟祟離開家，快步穿過如迷宮般的街道，最後抵達一家酒吧前面。諾亞認出那就是他抵達倫敦那晚留宿的那家酒吧。

已經過十一點了，門還是緊閉著。費金輕吹一聲口哨，門於是慢慢打開。他們走了進去，沒發出半點聲音。接著門在他們身後關上。

費金和開門讓他們進去的年輕猶太人幾乎連低聲說話都不敢，只好比手畫腳，向諾亞指了那片玻璃，做手勢示意要他爬上去，觀察隔壁房間裡的人。

「就是那女人嗎？」他問，聲音比呼吸大不了多少。

費金點頭表示肯定。

「她的臉我看不太清楚，」諾亞低聲說：「她正往下看，而且蠟燭在她後面。」

「別動，」費金低聲說。他對巴尼比了個手勢，巴尼就先離去。不久，這小子進入隔壁的房間，假藉要滅掉燭火的名義，把蠟燭移到費金要求的位置。他還跟女孩講話，所以她不得不揚起頭。

「現在我看到她了，」這密探大叫。

「看得一清二楚了？」

「在一千人裡面我應該也認得出她來。」

房間門打開時，他急忙走下來，女孩走了出來。費金把他拉到一塊簾子擋住的小隔板後面躲著。女孩經過時，他們屏住呼吸。她離他們藏匿之處僅數步之遙，接著又從他們剛剛進來的門出去。

「噓！」頂住門的小伙子叫了出來。「就是現在。」

諾亞和費金交換了眼神，然後衝了出去。

「往左邊，」那小伙子低聲說：「往左邊，走馬路對面。」

諾亞照著對方的指示做。靠著燈光，他看到女孩逐漸走遠的身影，她已經在他之前一段距離。他盡量靠近她，但都在認為謹慎的距離之內，而且一直走在馬路對面，這樣比較好觀察她的動作。她緊張地四處張望兩、三次，還停下來讓兩個緊跟在後的男人通過。她愈往前走，似乎膽子就愈大，步伐也愈來愈穩健。這密探還是保持兩人之間同樣的距離，繼續跟著她，眼睛同時緊盯著她。

第四十六章
赴約

教堂鐘響，敲了十一點四十五分。此時倫敦橋上出現了兩個人影。其中一個快步往前走，是個女人的身影，她急切地看著四周，好像在尋找某個滿心期待的東西。另一個則是男人的身影。他偷偷摸摸地盡量走在最黑暗的陰影之中，並保持一段距離，根據女人的步伐調整自己的速度。她一停，他就停下來。她繼續往前走，他又鬼鬼祟祟跟著往前走。但就算他再熱中於跟蹤她，也絕不讓自己走在她前頭。因此，他們穿過了橋，從米德薩克斯來到薩里河岸。這時，女人顯然很失望，焦急地觀察來往的行人，然後轉身走回來。這動作來得突然，但監視她的人並沒有嚇到。他馬上躲進橋墩頂上的凹陷處，盡可能緊貼著矮牆躲好，靜待她穿過對面的人行道。等到她走到前方拉開和先前差不多的距離時，他才靜悄悄溜下來，繼續跟著她。到將近橋中心的地方，她停下腳步。那男人也停了下來。

夜色漆黑，當天整天天候不佳，那個時間地點更是罕有人跡。就算有人也是匆忙經過，很可能沒仔細看，而且絕對不會注意到那女人或是跟蹤她的人。幾個倫敦的窮人恰巧那天晚上經過橋上，想找個冰冷的拱道或連門都沒有的屋子棲身，這兩人的出現預估也不會吸引他們令人厭惡的目光。他們不發一語站在那裡，沒有和路過的人說話，也沒有人和他們說話。

河面霧氣籠罩，讓停泊在各碼頭的小船散發的紅色燈火顯得更加深沉，岸邊一棟棟陰鬱的建築也愈來愈幽暗，愈來愈難以辨認。河岸兩旁被灰煙燻得汙漬斑斑的老倉庫，陰鬱而呆板地矗立在一大片緊密相鄰的屋頂和山牆之上，陰沉沉地看著水面，但河水實在太黑，連倉庫笨重的影子都照不出來。長久以來，古老的救世主教堂塔樓以及聖馬格納斯教堂尖塔始終是這座歷史攸久的橋梁巨大的守護者，在一片朦朧中，還是可以看到它們的蹤跡。但橋下林立的船舶以及上方密集的教堂尖塔幾乎都看不見了。

女孩已經來來回回焦慮不安地走了好幾次——有人正躲在暗處嚴密監視著她——此時聖保羅教堂沉重的鐘聲響起，宣告又一個長日將盡。午夜已經降臨這座擁擠的城市，降臨到宮殿、地下酒館、監獄、瘋人院，降臨到出生和死亡、健康和疾病共同存在的房間，降臨到死屍僵硬的面孔和安眠的孩童身上。

鐘響不到兩分鐘，一個年輕女子由一位滿頭白髮的紳士陪同，在離橋不遠處從一輛出租馬車下來。他們遣走馬車，便往橋直直走去。他們才要踏上人行道，女孩便吃了一驚，立刻朝他們走來。

他們走上橋，帶著一種幾乎已經不抱期望、認為願望不可能實現的神情環顧四周，突然間這個新伙伴迎了上去。他們停下腳步，驚叫出聲，但馬上壓下聲音，因為就在那一刻，有個鄉下人打扮的男人朝他們接近，而且確確實實與他們擦身而過。

「這裡不行，」南西急忙說：「我不敢在這裡和你們交談。來吧——離開大馬路——到那邊的階梯！」她說道，並用手指出希望他們前去的方向，那鄉下人回了頭，粗魯地問他們為什麼占住整條人行道，便繼續前行。

女孩所指的那些階梯位在薩里河畔，和救世主教堂都在橋的同一邊，是上岸與下船的階梯。那鄉下人模樣的男人急忙趕往這個地點，完全沒人注意他。觀察那地方一陣子後，他開始往下走。

這些階梯共分成三段，屬於橋的一部分。就在第二段的尾端往下走，左側的石牆盡頭立著一根裝飾壁柱，面向泰晤士河。此處最底層的階梯向外開展，所以只要拐到牆壁那個角度，上層階梯上的人就絕對不會發現他，就算只隔一級階梯也一樣。抵達那地點時，鄉下人匆匆忙忙地四下張望。那裡似乎沒有更好的藏匿地點，而且潮水也已經退了，空間很寬敞，於是他溜到一旁，背對壁柱在那裡等著。他很確定他們不會再往下走了，而且就算聽不到他們的談話內容，他也可以再度祕密地尾隨他們。

在這麼寂寥的地方，時間過得極為緩慢，密探急著想探知這次會面的緣由，畢竟這和他原先預期的大不相同。他不只一次要放棄幹這事兒了，還說服自己要嘛他們在老遠的地方就停了下來，要嘛就換了完全不同的地點，進行他們神祕的對話。就在他準備離開藏身之處，回到上面的路上之際，他聽到腳步聲，接著馬上聽到說話聲，而且幾乎就貼近他的耳朵。

他挺直身子，貼在牆上，幾乎屏住呼吸地仔細偷聽。

「這裡夠遠了，」一個聲音說，顯然是那位紳士的聲音。「我不會再讓這位年輕小姐走更遠受苦了。有很多人根本不信任妳，不會走這麼遠，但妳明白我願意遷就妳。」

「遷就我！」一個聲音大叫，是他跟蹤的女孩。「你真夠體貼的啊，先生。遷就我！嗯，好，沒關係。」

「嗯，為什麼？」那紳士說，語調已經較為客氣。「你帶我們到這麼奇怪的地方究竟有什麼目的？為什麼不讓我在上面跟妳談話，那裡比較明亮，又有人來來去去，怎麼妳反而帶我們來這個陰暗荒涼的洞兒呢？」

「我已經說過了，」南西回答：「我不敢在那裡跟你們交談。我不知道原因，」女孩顫抖著說：「但我今晚就是那麼恐懼害怕，沒辦法好好站著。」

「怕什麼？」紳士問，似乎很同情她。

「我不知道，」女孩回答：「我真希望我知道。駭人的死亡畫面，沾滿血跡的裹屍布，還有讓我像是在火上燒的恐懼，一整天都糾纏著我。晚上我看書打發時間的時候，上頭也盡寫著那些事。」

「那些全是妳的想像，」紳士說話安撫她。

「不是想像，」女孩以嘶啞的聲音回答：「我發誓我看到書上每一頁都寫著『棺材』兩個字，而且還是用粗黑的字體——嗳，今晚在街上就有人抬著一副棺材經過我身邊。」

「這沒什麼好大驚小怪的，」紳士說：「我也經常看到有人把棺材抬過我身邊。」

「那是真的棺材，」女孩回答：「我看到的不是。」

她的神情舉止頗不尋常，躲起來偷聽的人聽到女孩說這些話時汗毛直豎，身體裡的血液也都涼了起來。聽到那年輕小姐甜美的聲音，他鬆了一口氣，這種突然放鬆的感覺前所未有。年輕小姐央求女孩冷靜，別讓自己沉溺在這樣可怕的幻想之中。

「客氣地跟她說話，」年輕小姐對同伴說：「可憐的女孩！她起來很需要安慰。」

「看見我今晚這模樣，你們這些高傲的教徒應該要頭抬得老高，大肆宣揚地獄之火和上帝的懲罰，」女孩大喊。「噢，親愛的小姐，為什麼那些自稱上帝子民的人，不能像妳一樣對我們這些可憐蟲和善客氣呢？妳年輕貌美，擁有我們所失去的一切，你大可以驕傲一點，為什麼偏偏這麼謙卑？」

「啊！」紳士說：「土耳其人把臉洗乾淨後，會面向東方禱告。這些好人在紅塵俗世的摩擦中把笑容磨掉之後，總是會投向天堂最黑暗的那一邊。如果要在回教異教徒和偽善者之間選擇，我寧願選擇前者！」

這些話似乎是說給年輕小姐聽的，或許也是要給南西時間平復心情。紳士不久後便對南西說：

「妳上個星期天晚上不在這裡，」他說。

「我沒辦法來，」南西回答：「有人硬把我留在家裡了。」

「誰？」

「就是之前我跟年輕小姐提過的人。」

「我希望，沒人懷疑妳是要來討論我們今晚之所以到這裡來的那件事吧？」

「沒有，」女孩搖頭回答。「除非他知道我為什麼要出門，不然我要離開他身邊可不容易。我上次來找這位小姐，也是先給他喝了摻鴉片酊的酒。」

「妳回去之前他就醒了嗎？」紳士詢問。

「沒有。他和其他人都沒懷疑我。」

「很好，」紳士說：「那聽我說。」

「我準備好了，」女孩稍停了一下，然後回答。

紳士開始說：「將近兩個星期前妳告訴這位年輕小姐一些事，她跟我和其他可以全然信賴的朋友提過。我承認，一開始我有疑慮，不確定妳是不是絕對可以信任，但現在我完全相信妳。」

「你可以相信我，」女孩認真地說。

「我再重複一次，我完全相信妳。為了證明我信任妳，我就毫無保留地告訴妳。不管這祕密是什麼，我們都計畫利用孟克斯這個人的恐懼逼他把事實供出來。但萬一——萬一——」紳士說：「我們逮不到他，或者逮到了卻沒辦法讓他照我們的意思行事，你就必須舉發那個猶太老頭。」

「費金！」女孩向後退驚呼道。

「那人必須由妳告發，」紳士說。

「我不做這事！我絕不會做！」女孩回答：「他是惡魔，而且對待我比惡魔更可惡，但就算這樣，我也絕對不會那麼做。」

「妳不願意？」紳士問，似乎已完全預料到會聽到這樣的回答。

「不願意！」女孩回答。

「能告訴我原因嗎？」

「第一個原因，」女孩堅定地回答：「小姐知道第一個原因，而且會支持我，我知道她會，她答應過我。還有另外一個原因，雖然他盡幹些齷齪事，但我自己也好不到哪去。我們很多人走的都是一樣的歪路，雖然他們各個都是壞胚子，但我不會出賣他們，因為他們都有機會出賣我，但卻沒有。」

「那麼，」紳士迅速說，彷彿這就是他想達成的目標。「就把孟克斯交到我手上，留給我對付。」

「萬一他供出其他人呢？」

「我答應妳，要是這樣，只要他招認事實，那事情就此打住。奧利佛過往短短的經歷必定有某些情況不便公諸於世。一旦真相大白，他們就可以全身而退了。」

「萬一無法得知呢？」女孩問。

「那麼，」紳士繼續說：「沒有妳的同意，這個叫費金的人不會被繩之以法。在那樣的情況下，我會向妳說明理由，我想最後妳會同意的。」

「我能不能得到小姐的保證？」女孩問。

「我保證，」蘿絲回答：「我真心誠意地向妳保證。」

「孟克斯絕不會知道你們是怎麼知道這些事的？」女孩稍微停了一下說。

「絕對不會，」紳士回答：「我們有辦法把事情攤在他面前，讓他根本沒機會猜到是妳。」

「我一直是個騙子，還是孩子的時候身邊就圍繞著騙子，」一陣沉默後女孩說：「但我相信你。」

他們兩人都向她保證她這樣做安全無虞後，她便繼續說下去。她的聲音極低，偷聽的人往往連內容都很難聽清楚。她描述了那晚她被跟蹤時那家酒館的名字和情景。從她偶爾停頓的模樣看來，那紳士似乎急著要把她說的資訊記下來。她詳細解釋那地方位於何處，監視那地方卻不引起注意的最佳位置，還有孟克斯最可能造訪的夜晚和時間。此時她似乎思考了好一會兒，想更清楚地回想起他的特徵和外貌。

「他個子很高，」女孩說：「體格強壯，但不算粗壯。他走起路來鬼鬼祟祟，常常回頭看，看看這邊，再看看另一邊。還有一點可別忘了。他的眼睛比任何人都深陷得多，光憑這一點你就可以認出他。他的臉孔黝黑，顏色就像他的頭髮、眼睛一樣。他最多不過二十六、二十八歲，但面容憔悴。他的嘴唇常常沒有血色，被牙齒咬得變形。一抽筋起來好像快沒命一樣，有時甚至還咬自己的手，所以手上都是傷——

你怎麼一臉驚嚇的樣子？」女孩突然停下來說。

紳士急急忙忙說他沒有意識到自己這樣，並請求她說下去。

「這些資訊，」女孩說：「有部分是我從我告訴過你住在那店裡的人聽來的。我只見過他兩次，每次他都穿著一件大斗篷。我想我可以提供你們認出他的資訊就這樣了。但先別走，」她補充道：「只要他轉頭，喉嚨上大概這麼高的地方，你可以看到領巾下方有一片——」

「像燒燙傷一樣的大塊紅色胎記？」紳士大喊。

「你怎麼知道？」女孩說：「你認識他！」

年輕小姐驚呼一聲，有好一下子的時間，他們文風不動，連偷聽的人都可以清楚聽到他們的呼吸聲。

「我想我認識他，」紳士打破沉默說：「從你的描述聽來，我應該認識他。我們再看看吧。很多人彼此像得出奇。也可能我們說的不是同一個人。」

他說這些話時故作漫不經心。他走了一、兩步，愈來愈接近躲起來的密探了，因此密探可以清楚聽到紳士的嘀咕聲：「一定是他！」

「好，」他說。從發出的聲音聽來，他又回到原來站的地方。「這位小姐，妳已經提供我們最寶貴的協助了，願妳順心。有什麼我幫得上忙的嗎？」

「這倒不用了，」南西回答。

「妳可別那樣堅持，」紳士回答。再怎麼堅硬、頑固的心，也會因為他的聲音和強調的語氣而融化。「妳先想想，再告訴我。」

「沒有，先生，」女孩流著淚回答：「你沒什麼可以幫我的。我真的已經無藥可救了。」

「是妳自己放棄希望的，」紳士說：「妳過去的時光白白浪費了，青春的活力沒用在正途，這樣無價的寶藏也揮霍掉了。上帝只會賜與這些東西一次，沒有第二次的機會。但妳還是可以寄望未來。我並不是說我們有能力給予妳心靈的平靜，妳必須自己尋求才會獲得。但我們可以在英國提供妳一個安靜的容身之處，要是妳害怕留在這裡，也可以遠走他鄉。我們有能力保護妳，讓妳無安全之虞更是我們最殷切的希望。在破曉之前，在這條河甦醒迎接第一道日光之前，我們就能安排妳遠離之前的同伴，完全不留一點痕跡，讓他們找不到妳，像是妳一下子就從人間蒸發了。來吧！我不會讓妳回去和妳的老伙伴再多說一個字，再多看以前的巢穴一眼，或者呼吸對妳有害甚至致命的空氣。全都放棄吧，現在還有時間和機會！」

「我們會說動她的，」年輕小姐大喊。「她遲疑了，我確定。」

「恐怕沒有，親愛的，」紳士說。

「沒有，先生，我沒有，」女孩天人交戰了一會兒後回答：「我過去的生活把我綑住了。我現在厭惡、憎恨這樣的生活，卻無法拋開。我一定是陷得太深，所以無法自拔了——但我不知道，假如你之前這樣問我，我恐怕也是一笑置之。不過，」她慌張地四處張望說：「這種恐懼又再度浮上我的心頭。我得回家了。」

「家！」年輕小姐重複道，還特別加重了語氣。

「回家，小姐，」女孩回答：「回到我一輩子工作自己撐起來的家。我們就此告別吧。我可能會被監視或看到。走吧！走吧！要是我幫了你們什麼忙，我唯一要求的就是你們別管我，讓我走自己的路。」

「沒有用的，」紳士嘆氣說：「我們留在這裡可能會危及她的安全。我們可能已經耽擱她太久，超過她預期的時間了。」

「沒錯，沒錯，」女孩催促道：「耽擱太久了。」

「這個可憐的女孩究竟命運會如何呢？」年輕小姐大喊。

「什麼命運！」女孩重複道：「小姐，看看眼前吧。看看黑暗的河水。你必定在報紙上看過很多同樣的故事，像我這樣的人跳入水裡，也不會有人關心或傷心掉眼淚。或許在幾年後，或許只有幾個月，但我終究得走上這條絕路。」

「求妳別這樣說，」年輕小姐啜泣著回答。「這消息絕對不會傳到妳耳裡的，親愛的小姐，老天保佑妳不會聽到這麼可怕的事！」女孩回應。「晚安，晚安！」

紳士別過臉去。

「這錢包，」年輕小姐大喊：「看在我的分上拿去吧，在需要或遇上麻煩的時候，妳可能多少會用得著的。」

「不！」女孩回答：「我這樣做不是為了錢。讓我永遠牢牢記住這一點吧。不過妳可以給我一件妳隨身帶的東西。我想要的東西是——不，不，不是戒指——像是妳的手套或手帕——任何我可以保存，屬於妳的東西，親愛的小姐。好了。祝妳幸福！願上帝保佑妳。晚安，晚安！」

女孩激動難抑，紳士似乎擔心萬一有人發現，會害她遭受凌虐及暴力，於是決定如她所願，讓她離去。

腳步聲逐漸遠去，但還可以聽到，說話聲則停止了。

年輕小姐和同伴的身影很快出現在橋上。他們停在階梯的最上頭。

「你聽！」年輕小姐邊聽邊大叫出聲。「是她在叫我們嗎？我好像聽到她的聲音了。」

「沒有，親愛的，」布朗洛先生回答，悲傷地回頭看了一下。「她一動也沒動，等我們走了她才會離開。」

蘿絲．梅里徘徊著不肯離去，但老先生挽住她的手臂，輕輕拉著她走。他們的身影消失後，女孩幾乎整個人倒在一階石階上，內心的愁苦化為淚水，傾瀉而出。

一段時間後，她起身踏著無力蹣跚的腳步往上走到街道。詫異至極的偷聽者之後還在原地不動好幾分鐘，他戒慎恐懼地頻頻張望四周，確定又只剩下他一人後，才慢慢從藏身之處爬出來，鬼鬼祟祟地走在牆壁的陰影中，就和他下來的方式一模一樣。

諾亞．克雷波爾到頂端時不只一次向外窺探，確定沒人看見他，才用最快的速度狂奔而去，將雙腿的力量發揮到極致，飛快跑到猶太老頭家。

第四十七章
致命的後果

離破曉還有近兩個小時，每年秋天這個時候可以名符其實地稱為死寂夜晚。此時街道寂靜，杳無人煙，甚至各種聲響似乎也沉沉睡著，就連放蕩與騷動也步履蹣跚地回家做夢去了。在這樣沒有一絲動靜的時刻，費金坐在自己的老巢裡盯著東西看，面目扭曲蒼白，雙眼通紅滿布血絲。他看起來不像人，反而像某種駭人的魅影，從墳墓裡爬出來，全身溼答答的，而且還受到惡魔的折磨。

他彎腰駝背坐在冰冷的壁爐前，身上裹著破舊的床罩，臉朝向放在他旁邊桌上即將燒盡的蠟燭。他陷入沉思之中，啃著舉到嘴邊的右手又黑又長的指甲，在幾乎無牙的牙齦之間露出幾顆應該只能在狗兒或老鼠嘴裡才能找到的尖牙。

諾亞·克雷波爾躺在地板的墊子上熟睡著。老頭偶爾望向他看一下子，然後又把視線移回蠟燭上。燃燒許久的燭芯垂了下來，幾乎拉長了一倍，滾燙的蠟油滴落下來，在桌上凝結成塊，這恰恰說明他的心思正在別的事情上頭。

的確如此。他為了自己的計畫失敗而懊惱，也恨那女孩竟然敢跟陌生人串通，更不相信她拒絕供出他來是出自真心誠意。失去向賽克斯報仇的機會，他感到痛苦失望。他害怕事跡敗露，前途盡毀，死期難逃。種種情緒加在一起，燃起了狂烈而致命的怒火。這些激烈的想法一個緊接一個，在費金腦袋裡快速翻轉，毫無停止下來的跡象，每個邪惡的念頭和最黑暗的意圖都在他心裡發酵。

他坐在那裡，姿勢完全沒變過，好像也沒注意到時間，直到他敏銳的耳朵似乎受到街上一陣腳步聲吸引為止。

「終於，」他擦擦又乾又燙的嘴巴嘀咕道：「終於！」

他說話之際門鈴輕輕響起。他躡手躡腳爬上樓，不久就回來了，身邊跟著一個以圍巾蓋住下巴的男人。男人腋下夾著一包東西，坐下來脫掉外衣後，露出賽克斯魁梧的體型。

「喂！」他把那包東西放在桌上說：「保管好那東西，能賣多少錢就賣多少錢。要拿到它真夠麻煩的，我本來以為三小時前我就能到這裡哩。」

費金一手拿起那包東西，把它鎖在壁櫥裡，然後一語不發坐下。但在整個行動過程中，他的視線沒離過開那個匪徒，連片刻也沒有。現在他們又面對面坐下，費金便直盯著賽克斯看，嘴唇顫抖得很厲害。費金受到自身的情緒掌控而面目扭曲，逼使那盜賊不由自主地把椅子往後拉，臉上的驚恐沒有一絲裝模作樣，就這樣仔細打量著他。

「現在是怎樣？」賽克斯大叫起來。「你這樣子看人做什麼？」

費金舉起右手，晃動顫抖的食指，但他情緒太過激動，暫時失去了說話能力。

「該死！」賽克斯說。他神色驚慌地摸摸胸膛。「他瘋了。我在這裡得小心點。」

「不、不，」費金回答，他找回了聲音。「不是——這跟你無關，比爾。我沒有——沒有要找你麻煩的意思。」

「噢，你沒要找麻煩是嗎？」賽克斯臉色嚴峻地看著他，然後刻意把一把手槍放到更方便拿取的口袋裡。「我們其中一個可走運了。哪一個走運，就不重要了。」

「我有件事要跟你說，比爾，」費金把椅子拉近說：「這件事會讓你比我更難受。」

「哎？」那匪徒回話，露出懷疑的神情。「說吧！快點，要不然南西會以為我出事了哩。」

「出事！」費金大叫。「她心裡早就已經打定那主意了。」

賽克斯看著猶太老頭的臉，滿肚子疑惑，從他臉上得不到這謎團的滿意解釋，於是用他的大手抓緊他的外衣衣領，結結實實地搖著他。

「說啊，你說啊！」他說：「要是你不說，可就沒辦法再喘氣了。張開你的嘴，用簡單的話把你要說的都說出來。把話都說出來，你這隻老得不像話的野狗，都說出來！」

「假如躺在那裡的小子——」費金開始說。

賽克斯轉頭看看正在睡覺的諾亞，好像他之前從沒仔細看過他一樣。「嗯！」他回復剛才的姿勢說。

「假設那小子要去告密，」費金繼續說：「把我們都抖出來。他先找到合適的人，然後在街上和他們碰面，告訴他們我們的外貌，描述可以認出我們的每個特徵，還有最容易抓到我們的地方。假設這些事他全做了，再把我們每個人多多少少都牽涉到的騙局都抖出來——假定這全是他的主意，沒有人逼他，沒有人設圈套害他，也不是牧師暗中唆使，或被人用食物飲水引誘——全都是他自己的主意，只為了滿足他自己。他晚上偷溜出去，找那些最想對付我們的人，向他們告密。聽到我說的了嗎？」猶太老頭大喊，眼中閃著怒火。「假設這些事他全做了，那要怎麼辦？」

「怎麼辦！」賽克斯狠狠咒罵一聲回答：「要是我來之前他還留著一條命的話，我會用靴子的鐵後跟把他的腦子踩得粉碎，他的頭髮有幾根，碎片就有幾片。」

「那要是這些事是我做的呢！」費金幾乎是用吼的叫出來。「我知道的事那麼多，除了我自己之外，還可以害那麼多人被吊死！」

「我不知道，」賽克斯回答。光聽到這樣的假設，他便咬緊了牙，臉色轉白。「可能我會在牢裡幹件什麼事，被銬上腳鐐手銬。要是和你一起受審，我會在公開法庭上撲到你身上，在人前用手銬把你的腦漿都打出來。這樣的力氣我應該還有，」匪徒展示他結實的手臂咕噥道：「可以敲碎你的腦袋，像被滿載貨物的馬車碾過去一樣。」

「你會這樣做？」

「我會！」那盜賊說：「你可以試看看。」

「那要是查理或機靈鬼，或蓓特，或——」

「我才不管是誰，」賽克斯不耐煩地回答：「不管是誰，我都會這麼對付他。」

費金緊緊盯著那盜賊看，然後示意要他安靜，在鋪在地板上的床旁邊彎下腰，搖醒正在睡覺的人。賽克斯坐在椅子上，身子往前傾，雙手放在膝蓋上觀望著，好像想不透他問這些話、打這些預防針會得到什麼樣的結果。

「波特，波特！可憐的小伙子！」費金說，抬起頭露出惡魔等著看好戲般的表情，接著他又慢慢說話，很明顯在某些部分加重了語氣。「他累了——監視她那麼久所以累了——監視那女孩，比爾。」

「你這話什麼意思？」賽克斯後退了一下問。

費金沒回答，只是再度彎腰拖著那個睡覺的人坐起身。費金重複叫了他的假名好幾次，諾亞才揉揉眼睛，深深打了一個哈欠，一臉睡意地看著四周。

「再跟我講一次。再一次，讓他也聽聽，」猶太老頭說話時指向賽克斯。

「跟你講什麼？」還昏昏沉沉的諾亞問。他不大高興地搖搖頭。

「跟我講——南西的事，」費金攫住賽克斯的手腕說，彷彿要阻止他在聽清楚事情原委之前就離開。

「你跟蹤她？」

「沒錯。」

「到倫敦橋？」

「沒錯。」

「她在那裡跟兩個人碰面。」

「的確是這樣。」

「跟一個先生和一個她先前自發去見的小姐碰面。他們要求她背叛她所有的同伴，首先是孟克斯，她照做了；他們要她描述他的特徵，她照做了；那小姐要她說我們會去哪間屋子碰頭，她說了；他們問她哪裡最方便做監視，她說了；他們要她說大家都在什麼時間去那裡，她說了。她全都照做了。她什麼都說了，沒人威脅她，她也沒一句抱怨的話。她都說了，是吧？」費金大喊，整個人快氣瘋了。

「沒錯，」諾亞搔搔頭回答：「就是那樣沒錯！」

「關於上星期天的事，他們怎麼說？」

「上星期天！」諾亞邊思考邊回答：「我告訴過你了啊。」

「再說一次。整件事再說一次！」費金說，他把賽克斯抓得更緊，還把另一隻手舉得老高，口沫橫飛。

「他們問她，」諾亞說。他愈來愈清醒，似乎也逐漸猜到賽克斯是何方神聖。「他們問她為什麼她上星期天沒去赴約，她說她當時沒辦法去。」

「為什麼——為什麼呢？告訴他原因。」

「因為比爾，也就是她之前向他們提過的男人，把她強留在家。」諾亞回答。

「還多說了他什麼事？」費金大叫。「還多說了她向他們提過的男人什麼事？告訴他，快告訴他。」

「好，她說除非他知道她要去哪，否則不會輕易讓她出門，」諾亞說：「所以她第一次去見那小姐的時候，她——哈！哈！哈！她說這件事的時候我大笑了起來，真的——她給他喝了摻鴉片酊的酒。」

「見鬼了！」賽克斯大叫。他使勁掙脫猶太老頭。「別攔我！」

他甩開猶太老頭，盛怒之下，從房間飛奔出去衝上樓。

「比爾，比爾！」費金急忙跟著他大喊。「一句話就好。我跟你說一句就好。」

話還來不及說，但那盜賊也沒辦法打開門。他對著門又罵又踢，但這只是白費功夫，此時猶太老頭氣喘吁吁地前來。

「讓我出去，」賽克斯說：「別跟我說話，不然就是找死。我說，讓我出去！」

「聽我說句話，」費金手放在門鎖上回答。「你不會是要——」

「嗯，」對方回答。

「你不會要——太——衝動吧，比爾？」

天色漸亮，光線明亮到足以讓他們看清彼此的臉。他們短暫交換了眼神，兩人的眼裡毫無疑問都燃燒著怒火。

「我的意思是，」費金說。他的態度顯示他認為現在已經沒必要偽裝。「為了安全起見，別太衝動。精明點，比爾，別太莽撞。」

賽克斯沒有回答，費金才剛把鎖轉開，賽克斯便拉開門，衝到寂靜無聲的街上。

他片刻也沒停下來，一秒鐘也沒思考。他既沒有左顧右盼，也沒有抬起眼睛看天空或低頭看地上，只是直視前方，下定殘酷的決心。他咬緊牙關，繃緊的下巴簡直要戳穿皮膚。盜賊直往前奔，沒有說一句話，也沒有放鬆一絲肌肉，直到抵達家門口為止。他輕輕用鑰匙打開門，輕輕地大步走上樓。接著他進了自己的房間，上好兩道鎖，並抬了一張笨重的桌子抵住門口，拉開遮簾。

那女孩衣衫不整躺在床上。他把她從睡夢中叫醒，她神色驚慌匆忙地起身。

「起來，」男人說。

「是你，比爾！」女孩說，看到他回家露出愉快的表情。

「是我，」這是他的回答。「起來。」

一根蠟燭正燃燒著，但男人很快把它從燭台拔起，扔到爐柵下方。女孩看到外面微弱的晨光，於是起身要拉開窗簾。

「這樣就好了，」賽克斯伸手擋在她前頭。「這樣夠亮了，可以做我得做的事了。」

「比爾，」女孩壓低聲音害怕地說：「你為什麼那樣看我？」

那盜賊坐著注視她好幾秒鐘，鼻孔張得老大，呼吸沉重，然後抓住她的頭和喉嚨，把她拖到房間中央，朝門口看了一眼，用手使勁摀住她的嘴巴。

「比爾，比爾！」女孩喘著氣喊道。她用盡瀕臨死亡帶來的力氣，使勁掙扎。「我——我不會大喊大叫——絕對不會——你聽我說——跟我說話——告訴我我是做了什麼！」

「妳知道的，妳這個死女人！」盜賊回道，努力不大聲喘氣。「妳今晚被盯上了，妳說的每個字都被聽得一清二楚。」

「看在上帝的分上饒我一命吧，就像我也救了你一樣，」女孩緊抓住他說：「比爾，親愛的比爾，你不會忍心殺我的。噢！就只今晚，想想我為你放棄的一切。你還有時間想想，別讓自己犯下這個罪。我不會鬆開手，你不能拋下我。比爾，比爾，看在親愛的上帝分上，看在你的分上，也看在我分上，在殺我之前住手吧！我用我有罪的靈魂發誓，我一直對你忠心耿耿！」

男人狂暴地掙扎著，想鬆開自己的手臂。但女孩的手臂緊緊鉤著他，他盡全力想甩開她，但怎麼甩也甩不掉。

「比爾，」女孩叫著，奮力把頭靠在他胸口。「那位先生和那位親愛的小姐今晚告訴我，國外有個地方可以讓我當作家，我可以在那裡孤獨、平靜地終老一生。讓我再去找他們，跪下來求他們，要他們對你一樣慈悲和善，讓我們兩個都能離開這個可怕的地方，彼此離得遠遠的，各自過比較好的生活，除非是在禱告時，不然就徹底忘掉我們過去的生活，而且到老死都不再碰面。他們告訴我，懺悔永遠不嫌晚——我現在也體會到了——但我們一定還有時間——還有一點時間！」

這盜賊終於掙脫一隻手，握住了他的手槍。即使盛怒之下，他腦海還是閃過一個念頭：他很肯定只要一開槍，事跡必定敗露。女孩仰起的臉幾乎碰到他的臉，於是他用盡力氣朝著她的臉，用槍狠狠敲了兩下。

她一個踉蹌倒了下來，額頭上又深又長的傷口流下來的血幾乎模糊了她的視線，但她還是勉強跪著挺起身子，從懷裡掏出一條白色手帕——蘿絲．梅里的手帕——握著手帕，用微弱的力量盡力朝天高舉起手，低聲說了一次祈禱詞，請求造物主原諒。

這個景象看上去很駭人。殺人凶手搖搖晃晃往後退到牆邊，用手擋住眼前景象，抓起一根沉重的棒子，一棒將她擊倒。

第四十八章
賽克斯逃亡

入夜後在黑暗的掩護下，於廣大倫敦內犯下的種種惡行中，這是最嚴重的一種。而與清晨的惡臭一起甦醒的可怕景象中，這也是最邪惡、最殘忍的一幕。

太陽——燦爛的陽光不僅帶回光明，也為世人帶來新生命、希望與朝氣——明亮、耀眼的光芒，照耀著這座擁擠的城市。不論是奢華的彩繪玻璃窗還是紙糊的破窗，教堂圓頂還是殘破的裂縫，陽光都一視同仁地照耀。它照亮了那慘遭殺害的女子所躺的房間，確實照亮了。他試著阻擋陽光，但光線依舊流洩進來。如果這景象在昏暗的早晨都顯得駭人，如今攤在亮晃晃的陽光下，又是什麼景況！

他一直沒有移動，不敢動彈。受害者先前還發出呻吟，手也動了一下，但他因為憤怒和恐懼，一次又一次重擊她。他扔了條毯子蓋在屍體上，但一想像那雙眼睛轉過來瞪著他，而不是盯著上方，彷彿在看天花板上血泊的倒影在日光中晃動，他又覺得更可怕，於是又把毯子扯掉。屍體就躺在那裡——不過是一堆血和肉——但這肉多麼可怕，這血又是這麼一大灘！

他點燃火柴生了火，把木棍扔進火裡。木棍末端黏著頭髮，頭髮著了火化為一層薄薄的灰燼，隨風飄進煙囪。雖然他平時膽大無畏，但如今就連這個景象也讓他覺得驚恐。他依舊緊抓著凶器，直到它燒斷才將剩餘的部分堆在煤炭上，讓它慢慢燒成灰。他洗了手，把衣服抹乾淨。衣服上有幾塊血跡沒辦法弄掉，於是他把這幾個地方剪下來一併燒掉。看看房裡四濺的血跡！就連狗的腳上也沾了血。

在這段期間，他始終沒有背對著屍體，一次也沒有。完成準備工作後，他拖著那隻狗退到門邊，以免牠的腳又重新沾上血跡，把新的罪證帶到街上。他輕輕關上門，把門鎖上，拔出鑰匙後便離開屋子。

他穿過馬路，抬頭望了窗戶一眼，確定從外面什麼也看不到。窗簾仍然緊閉，要是她還活著就會拉開窗簾，讓光線照進去，但她再也沒機會看到這樣的陽光了。屍體幾乎就躺在窗簾下面。他很清楚。老天，怎麼陽光剛好就照在那個地方！

那一瞥只是一瞬間的事。離開那房間讓他鬆了一口氣。他對著狗吹了一聲口哨，快步離去。

他經過伊斯林頓，登上高門的山丘，山丘上立著紀念惠廷頓的石碑。轉進高門山後，他拿不定主意，也不知該何去何從。就在他要走下山時，突然又往右轉，經由小徑穿越田野，繞過凱恩森林，來到漢普史泰德荒原。他穿過荒原的低谷，爬上了對面的河岸，越過連接漢普史泰德與高門兩地村落的道路，繼續沿著這片荒原往北端的田野走去，在其中一片田野的籬笆下躺了下來，睡著了。

不久後他又起身繼續向前走，但並不是前往遠方的鄉村，而是走大馬路往回著倫敦前進，然後又折回來，接著又走向他已經走過的這片區域的另一塊地方。他在田野裡來來回回漫無目的地走著，躺在水溝邊休息，再起身尋找其他地點休息，最後又是漫無目的的走著。

他可以去哪裡？那地方最好就在附近，而且人不多，可以吃些肉、喝些酒。亨頓。那是個好地方，不會太遠，而且又人煙稀少。他朝著那個方向走——有時跑步，有時又怪異地堅持像蝸牛一樣緩緩走著，或者乾脆停下來，無所事事地用棍子敲斷籬笆。但他一到那裡，沿途遇到的每一個人——就連在門邊的小孩也是——似乎都以懷疑的眼光看著他。於是他又轉身往回走，雖然已經好幾個小時沒有進食，但他提不起勇氣買吃喝的東西。他又再度在荒原上遊蕩，不確定該走向何處。

他遊蕩了好幾哩路，仍回到了老地方。早晨和中午已經過了，長日將盡，但他仍在同樣的地點來來回回，一圈又一圈地閒晃。最後他終於離開了，動身前往哈特菲爾德。

已經晚上九點鐘了，這名男子筋疲力竭，那隻狗也因為不習慣這樣長途旅行，走路一跛一跛的。他們從僻靜村莊教堂旁的山丘往下走，沿著狹小的街道拖著沉重的步伐前行，悄悄溜進一間小酒吧，酒館微弱的燈光將他們引來這裡。酒吧裡生了火，一些鄉下工人在爐火前喝酒。

他們讓出了空間給這個陌生人，但他坐在最遠的角落，獨自吃喝東西，應該說跟他的狗一起吃，因為他不時扔一些食物給牠。

聚在這裡的人聊了起來，談起附近的土地和農人，這些話題聊完後，又談起上個星期日下葬的老人，以及那老人的歲數。在場的年輕人認為他年事極高，老邁的男人則宣稱他相當年輕——一個滿頭白髮的祖父級人物說，那人不會比他老——要是照顧好自己，前提是要照顧好自己，至少還有十到十五年好活。

這種談話內容沒什麼好留意或引起恐慌的地方。那盜賊付完帳後，安安靜靜坐在角落，沒人注意到他。他幾乎要睡著了，此時門口來了新的客人，嘈雜的聲音讓他醒了一半。

來的是個滑稽的傢伙，專營買賣的江湖騙子，行遍全國推銷磨刀石、磨刀皮帶、剃刀、浴球、馬具漿糊、狗和馬用的藥、廉價香水、化妝品之類的物品，這些貨品都放在他背上揹的箱子裡。他一進門，就跟那些鄉下人如話家常般地說了幾個笑話。等到他吃飽了飯，這些說說笑笑才停了下來，他打開他的百寶箱推銷，巧妙地將生意結合娛樂。

「那是啥？好吃嗎，哈利？」咧著嘴笑的鄉下人問。他指了指其中一個角落一些蛋糕樣子的東西。

「這個。」那傢伙拿起一塊說。「這是絕對有效、物超所值的合成皂，可以清除所有絲綢、緞子、亞麻布、麻紗、縐絲、毛呢、地毯、毛紗、平紋細布、斜紋布、毛料織品上各式各樣的斑點、鏽蝕、髒汙、霉汙、汙點、汙跡。葡萄酒漬、水果漬、啤酒漬、水漬、油漆漬、瀝青漬，任何汙漬，只要用這絕對有效、物超所值的合成皂一刷，就清潔溜溜了。要是小姐的名聲沾上了汙點，只要吞下一塊，立刻見效——這可是毒藥呀。要是有紳士想證明自個兒名聲乾乾淨淨，只要吞下一塊，好名聲就毋庸置疑了——這就像手槍子彈一樣效果令人滿意，而且味道噁心許多，既然吞了下去當然值得更多讚賞。一塊一便士。這麼多好處，一塊只要一便士就好！」

馬上就有兩個人購買，更多觀眾很顯然還在猶豫。小販看到這一點，叫賣地更熱烈了。

「這東西一做好，立刻銷售一空，」那傢伙說：「十四部磨坊、兩部蒸汽機，還有一顆直流電電池二十四小時生產，製造出的量還是供應不及。製造工人勤奮工作，一旦因公殉職，他們的寡婦立刻拿到撫卹金，每個小孩一年二十鎊，雙胞胎五十鎊。一塊一便士！兩個半便士也可以，四個四分之一便士我也欣然接受。一塊一便士！葡萄酒漬、水果漬、啤酒漬、水漬、油漆漬、瀝青漬、泥漬、血漬，通通有效！在座有位紳士帽子上沾了汙漬，在他請我喝一品脫淡啤酒之前，我就清得乾乾淨淨了。」

「嘿！」賽克斯起身大叫：「快還我。」

「我會把它清得乾乾淨淨，」男子向觀眾眨了眨眼回答：「在你走到房間這一頭拿回帽子前我就已經把它清乾淨了。各位紳士，看看這位紳士帽子上的深色汙漬，大小不到一先令，但比半克朗硬幣來的厚。管它是葡萄酒漬、水果漬、啤酒漬、水漬、油漆漬、泥漬或血漬——」

那男人沒再繼續說。賽克斯惡狠狠咒罵了一句，一把掀翻了桌子，搶回帽子，衝出那間酒館。

同樣的反常情緒和遲疑，一整天牢牢攫住他，他已身不由己。這個殺人犯發現沒人跟蹤他，也認為他們很可能只把他當作發了一頓脾氣的醉漢而已，於是往回走到了城裡。他避開路上一輛馬車的燈光走過去，發現那是來自倫敦的郵車，停在那小郵局前面。他幾乎可以預見接下來的情況，但他還是走到馬路對面偷聽。

看守員站在車門口等著郵包。一名穿著像獵場看守人的男人此刻走上前，把安穩放在人行道上的一個籃子交給看守員。

「這是給你家人的，」看守員說：「喂，裡面的快點快點。該死的郵包，到前天晚上還沒處理好，這可不成，你知道的！」

「城裡有什麼新聞嗎，班？」獵場看守人說。他退到窗板邊，以便好好欣賞那些馬匹。

「沒有，就我所知沒有，」男人戴上手套回答：「小麥的價格漲了一點。我也聽到有人在討論一樁謀殺案，在斯皮塔佛達一帶，但我不太相信。」

「噢，那是真的，」車裡的紳士從車窗探出頭說：「真可怕的謀殺案。」

「真的嗎，先生？」看守員摸摸帽子回答：「請問是男是女，先生？」

「一個女人，」那紳士回答：「據猜測——」

「好了，班，」車夫不耐煩地說。

「該死的郵包，」看守員說：「你們在裡面睡著了嗎？」

「來了！」郵局守衛喊著跑出來。

「來了，」看守員低吼。「唉，就跟年輕的有錢小姐說會喜歡我一樣，不知要等到何年何月。喂，開車。好——了！」

車喇叭發出幾個愉悅的音調，然後馬車便開走了。

賽克斯依舊站在街上，對於剛才聽到的對話顯然不為所動，除了疑惑該去哪裡之外，沒有其他更強烈的感覺更讓他心煩。終於，他又往回走，踏上從哈特菲爾德通往聖阿爾班斯的路。

他執意往前走，但一把城鎮拋在後頭，走在孤獨、黑暗的路上，可怕、恐懼的感覺便襲上心頭，徹頭徹尾嚇到了他。眼前所有的事物，不管是實體的東西或影子、靜止的或移動的，全都像某種令人害怕的東西。但相較於那天早上開始糾纏他的那種感覺，這些恐懼根本算不上什麼。從那天早上起，一個恐怖的人影就緊跟著他不放。他可以在一片昏暗之中找到那個影子，並說出那個輪廓最細微的特徵，以及這影子大步往前走時有多僵硬、多陰沉。他可以聽到影子的衣服摩擦樹葉的聲音，也可以聽到每一陣風捎來的最後那聲低喊。他一停影子就跟著停，而他一向前跑，影子也會跟著他，但不是用跑的。如果那個影子會跑他還比較放心，但那影子就像一具僅具有身體構造的屍體，由一股不強不弱的陰風推著它緩緩前進。

有時候他會在絕望下打定主意轉過身來，就算那魅影一副死樣子盯著他，他也決心要擊退它。但他的頭髮直豎，血液凝結，因為魅影跟著他一起轉身，又在他後面了。那天早上他一直面對著它，但現在它在後頭了，一直都在。他背靠著河岸，感覺那影子就站在他上方，在寒冷的夜空下清晰可見。他躺在路上——背貼著馬路，那影子就站在他頭上，沉默不語，站的直挺挺的，動也不動，就像一塊活的墓碑，上頭用血寫著墓誌銘。

別再說殺人犯逃過法律的制裁是老天無眼了。在那樣漫長的一分鐘裡，恐懼的痛苦襲來，就像慘死了幾百回。

他經過的這片田野有間小屋，可以讓他過夜。小屋門前有三棵高大的白楊木，因此屋裡十分陰暗。風嗚咽著吹過那三棵樹，伴著一聲淒涼的哀鳴。在陽光再度降臨之前，他無法繼續前行。他在小屋裡挺著身子，緊貼著牆壁，忍受著新的折磨。

現在，他眼前出現一副景象，比他先前躲避的那個更揮之不去，也更駭人。黑暗之中，那雙眼睛睜得老大盯著人看，毫無光芒，也無神采，他寧可忍受看著這雙眼睛的恐嚇，也不願想起它們。這雙眼睛裡有光亮，卻沒有照亮任何事物。眼睛雖然只有兩隻，卻無所不在。如果他遮住視線，那房間的影像就會出現，裡頭全是他熟悉的東西——事實上，如果他憑記憶把所有東西檢視一遍，也許會發現自己忘了一些東西——每樣東西都在原位。屍體在原來的地方，眼睛和他逃跑時看到的沒兩樣。他起身衝到外面的田野，那影子又跟在他後方。他回到小屋，再次縮在角落。還沒躺下，那對眼睛又出現了。

他留在這裡，感受到的恐懼只有自己明瞭。他四肢都在顫抖，冷汗從每個毛細孔冒了出來。突然間，隨著夜風從遠方傳來呼叫的吵雜聲，各種喧鬧的聲音夾雜著驚慌與錯愕。在那個寂寥的地方，只要聽到人聲，就算是實際警告有危險發生，對他而言也意義重大。他意識到可能有危險，又恢復了力氣和精神，一躍而起衝到屋外。

廣闊的天空彷彿著了火。烈焰一道高過一道直竄天際，撒下如雨點般的火花。火焰照亮了方圓幾英里內的天空，並將陣陣濃煙朝他所站的方向推送。新的聲音加入，壯大了喧鬧聲，吼叫聲也愈來愈大，他可以聽到有人大喊「失火了！」，同時警鈴響起，沉重的物體倒下，火焰纏上新的障礙物時發出爆裂聲，並往上直竄，彷彿補充了食物一樣。在他觀望的同時，吵雜聲變得更響。現場聚集了人潮（有男有女）火光四照，人群鬧哄哄地東來西往。對他而言，這宛如新生。他往前飛奔而去（直往前進，頭也不回），急奔過荊棘、草叢，躍過柵欄和籬笆，和他的狗一樣瘋狂；那隻狗跑在他前頭橫衝直撞，高聲吠叫。

他來到現場。衣衫不整的群眾來回狂奔，有些人設法從馬廄裡把受驚的馬匹拖出來，有些人把牛隻從庭院和庫房裡趕出來，還有些人從成堆燃燒的物品搶救東西，火花如雨點落下，燒得火紅的梁柱坍塌傾倒。一小時前還存在的門窗，全開了縫隙，冒出團團烈火。牆壁晃動，倒在燃燒的水景中。鉛和鐵熔成白熱狀的液體流到地上。女人和小孩尖叫，男人則大聲地叫喊，為彼此加油打氣。幫浦噹啷作響，噴濺的水灑在熾烈的木頭上，發出嘶嘶聲，巨大的嘈雜聲因此更是有增無減。

他也跟著大吼，直喊喉嚨沙啞為止，掙脫了他的記憶和軀體，投身在最擁擠的人群中。那天晚上他四處幫忙，一會兒操作幫浦，一會兒衝過濃煙和烈焰，一直處在吵雜聲與人群最密集的地方。他上下樓梯、爬上屋頂，走過各層因他重量而搖晃作響的樓板，躲避落下的磚瓦石塊，這場大火到處可見他的身影。但他的生命被下了咒，身上一點擦傷淤血都沒有，不會疲累也沒有想法。等到早晨再度來臨時，只剩下煙霧和燻黑的廢墟。

瘋狂的亢奮消退後，他再度意識到自己犯下的可怕罪行，而且現在的感覺比之前還強烈十倍。他疑神疑鬼地四處張望，人群聚在一起談話，他怕自己成為他們討論的對象。他意味深長地勾了勾手指，那隻狗乖乖地走過來，和他一起偷偷離開現場。他經過一輛消防車，有幾個人坐在車上。他們叫住他一起吃茶點。他拿了一些麵包和肉，喝了一口酒，便聽到幾個倫敦來的消防員討論那件謀殺案。「他們說，那人跑去伯明罕了，」其中一人說：「但警探已經出動了，他們會抓到他的，到明天晚上，就會發布全國通緝令。」

他急忙離開，一直走到幾乎倒地不起為止。然後，他躺在一條小路，斷斷續續睡了一個長長的覺，但睡得並不安穩。他再度四處遊蕩，躊躇不定，害怕地煩惱著又得度過另一個孤寂的夜晚。

突然間他豁了出去，決定返回倫敦。

「不管怎樣，那裡總有人可以說說話，」他心想：「也是個藏身的好地方。我在鄉下留下這些線索。他們絕對想不到去那裡抓我。我何不避避風頭，躲個一星期左右，跟費金要筆錢到法國去？該死，我得冒這個險。」

他立刻順著這股衝動行事，選了人煙最稀少的道路，展開他回程的旅途，並打定主意在首都附近躲著，到了晚上再繞路進城，直接到他選定的目的地。

但還有那隻狗。萬一他的長相特徵已經公布出來，一定會提到狗也失蹤了，而且很可能是跟他一起離開。這或許會害他在街上走動時被抓。他決定把狗淹死，於是繼續往前走，四處尋找池塘。他拿起一塊大石頭，邊走邊把石頭綁在手帕上。

這些準備工作進行時，這隻畜生抬頭望著主人的臉。或許牠是出於本能察覺到主人的目的，也或許是因為那盜賊看牠的眼神比平常更嚴厲，總之牠比平時躲得更遠，一直走在後頭，一看到主人放慢速度，便畏縮不前。牠的主人在池子邊停下來回頭叫牠，但牠也乾脆停了下來。

「沒聽到我在叫你嗎？過來這裡！」賽克斯大叫。

這隻畜生在習性的強力驅使下走上前去。但賽克斯彎腰要把手帕綁在牠喉嚨時，牠低聲嗥叫了一下，往後跳開。

「回來！」盜賊說。

那隻狗搖搖尾巴，並沒有移動半步。賽克斯打了個活結，再度叫牠過來。

那隻狗前近又後退、停了一下，便以最快的速度逃跑。

男人口哨吹了又吹，坐下來等著，以為牠會回來。但狗再也沒出現，最後他只好再度踏上旅程。

第四十九章
孟克斯和布朗洛先生終於會面。本章提及他們的對話，以及打斷兩人談話的消息

天色漸暗，布朗洛先生從停在自家門口的出租馬車上下來，輕輕敲了敲門。一名健壯結實的男人打開門下了車，站在踏板的一邊。原先坐在駕駛座的另一名男子也下了車，站在踏板的另一邊。布朗洛先生打個手勢，他們拉著第三個人下車，一人一邊帶著他匆匆進屋。那個人就是孟克斯。

他們不發一語地以同樣的方式走上樓，由布朗洛先生帶頭走在前面，來到屋子後方的房間。孟克斯顯然很不情願上樓，在房門口停了下來。兩名男子看著老先生，似乎在等候指示。

「他知道不聽話的後果會怎樣，」布朗洛先生說：「如果他再猶豫，或是敢擅自動一根指頭，就把他拖到街上叫警察來幫忙，用我的名義告發他這個重刑犯。」

「你居然敢這樣叫我？」孟克斯問。

「你居然敢逼我這樣做，年輕人？」布朗洛先生回答，眼神堅定地看著他。「你真夠瘋的，竟然想離開這屋子？放開他。好了，先生。你可以走了，我們會跟著你。不過我警告你，我以最莊嚴神聖的態度發誓，只要你一走，我就讓你以詐欺、搶劫等罪名被逮捕。我已經下定決心，絕不改變。如果你的心意不變，那你就是自作自受！」

「這兩條狗有什麼權力把我從街上綁架，帶來這裡？」孟克斯看了看站在他左右的兩人問道。

「憑我的權力，」布朗洛先生回答：「他們的行為由我負責。要是你要抱怨有人剝奪你的自由，來的

路上大可以行使你的權力，把握機會重獲自由，但你還是認為保持沉默為妙。我再說一次，你可以要求法律保護你，我也會尋求法律途徑制裁你。一旦你太過分，無路可退，可別求我放你一馬，那時權力已經在別人手上，你可別說是我把你推進深淵，那是你自己衝進去的，只能怪你自己。」

孟克斯顯然除了恐懼之外，還不知所措。他遲疑了。

「你快點決定，」布朗洛先生十分堅定且鎮靜地說：「我可以公開指控你，將你交給公家機關處罰，處罰的程度我雖然可以預見，還是不免覺得可怕，要是你希望這樣，我也沒辦法。我再說一次，這個情況你心知肚明。要是你不想這樣，就求我寬恕你，向你深深傷害過的人乞求原諒，那你就在那張椅子上坐好，一句話也別說。那張椅子已經等你整整兩天了。」

孟克斯咕噥著幾句別人聽不懂的話，仍猶豫不決。

「快點，」布朗洛先生說：「我只要說一個字，你就再也沒得選擇了。」

那男人仍猶豫著。

「我可不是喜歡討價還價的人，」布朗洛先生說：「而且，我是在維護別人最切身的利益，也沒有權利討價還價。」

「有沒有——」孟克斯支支吾吾地問，「有沒有折衷的辦法？」

「沒有。」

孟克斯焦急地看著老先生，但老先生的表情只有嚴肅和堅定。孟克斯走進房間，聳聳肩，然後坐下。

「從外面鎖上門，」布朗洛先生向兩名隨從說：「我搖鈴的時候再過來。」

那兩個男人照著話做，於是只剩這兩人獨處。

「真是禮數周到的招待啊，先生，」孟克斯扔下他的帽子和斗篷說：「還是和我父親交情最久的朋友招待的。」

「就是因為我和你父親的交情最久，年輕人，」布朗洛先生回答：「就是因為年輕快樂歲月裡的希望和期盼都與他緊緊相繫，也和那個和他有血緣關係的美人相依相連，只是這位美人年紀輕輕就上了天堂，留我一個人在這裡孤單寂寞。因為那個早上，還只是個男孩的他，和我一起跪在他唯一姊姊臨終的床邊。上天另有安排，她姊姊沒來得及成為我的年輕妻子；因為從那時起，我早已麻木的心就一直放他身上，陪他度過犯錯、摸索的時期，直到他離開人世；因為過往的回憶和情誼湧上心頭，就連看到你也會讓我想起他；也正因為如此，我現在才對你那麼客氣——是的，愛德華．李佛，連現在也是這樣——還因為你配不上這姓氏而覺得羞愧。」

對方注視著激動的談話對象，沉吟了半晌，固執地表示自己摸不著頭緒。「姓氏跟這有什麼相干？對我有什麼意義？」

「沒有，」布朗洛先生回答：「對你沒有意義，但那是她的姓氏，甚至都過了這麼久了，我這樣一個老人，就算只是聽到陌生人提到這姓氏，還是會回想起我曾經感受到的喜悅和興奮。我很高興你換了姓氏，非常、非常高興。」

「這真是棒透了，」孟克斯（先保留他的化名）繃著臉輕蔑地搖晃身體，沉默了好一會兒，接著才說：「那你到底要我幹嘛？」布朗洛先生這段期間一直坐著，一手在面前遮光。

「你有個弟弟，」布朗洛先生起身說：「一個弟弟，如果我在街上從你身後對著你的耳朵低聲喊他的名字，光是這樣差不多就能讓你又驚又懼地跟著我到這兒了。」

「我沒有弟弟，」孟克斯回答：「你知道我是獨子。你幹嘛跟我提我有弟弟？這點你可和我一樣清楚。」

「注意聽我講那些我知道，但你可能不知道的事，」布朗洛先生說：「我會慢慢引起你的興趣。我知道那樁不幸的婚姻。你不快樂的父親當時只是個男孩，為了顧及整個家族的面子，加上最卑鄙、最狹隘的野心作祟，他被迫成親，而你就是這樁婚姻中唯一生下而且最邪惡的孩子。」

「我不在乎名聲不好，」孟克斯嘲弄般地笑起來，打斷他。「你知道事實，這對我來說就夠了。」

「但我也知道，」老先生繼續說：「那對冤家遭遇的不幸、長時間的折磨，以及無止無盡的苦難。我知道那一對怨偶雙方都疲憊不堪，拖著沉重的枷鎖過日子，身處在一個對他們來說有害的世界。我知道相敬如冰如何演變成公開的嘲弄，冷漠如何帶來厭惡，厭惡造成憎恨，憎恨導致詛咒，直到最後把那條噹啷作響的鎖鏈扭斷，勞燕分飛，各自帶著難堪的一段鎖鏈，唯有死亡能將之砍斷。他們強顏歡笑，將那段鎖鏈藏在新環境中。你母親成功了，她很快就將它拋諸腦後。但多年來，這段鎖鏈卻在你父親的心中腐鏽、發爛。」

「嗯，他們分開了，」孟克斯說：「那又怎樣？」

「他們分開一段時間，」布朗洛先生回答：「你的母親耽溺在歐洲大陸的聲色犬馬之中，完全忘了小她十歲的年輕丈夫。他前途黯淡，只能在家蹉跎時間，交了些新朋友。這樣的景況，至少你已經知道了。」

「我不知道，」孟克斯撇開視線，用腳敲著地板說道，就像一個決意要全盤否認的人一樣。「我不知道。」

「你的態度和你的舉動一樣，只會讓我更確定你從來沒有忘記，每次回想都痛苦萬分，」布朗洛先生回答：「我說的是十五年前，你那時頂多十一歲，你的父親則是三十一歲——我再重複一次，他奉父親之命結婚時還只是個男孩。我還需要重提往事，告訴你那些會讓你對父親記憶蒙上陰影的事嗎？還是我就略過不提，等你告訴我真相？」

「我沒有什麼好告訴你的，」孟克斯回答：「你想說就說吧。」

「那麼，這些新朋友中，」布朗洛先生說：「有一位海軍退役軍官，當時他的妻子大約半年前過世，留下兩個孩子——本來家中還有更多孩子，但幸好只有兩個活下來。兩個都是女兒，一個十九歲，美麗動人，另一個只是兩、三歲的孩子。」

「這跟我有什麼關係？」孟克斯問。

布朗洛先生似乎沒聽到他插話，繼續說：「他們住在鄉間，你父親在那段流浪期間時常去那裡，最後住了下來。他們先認識、親近，進而產生友誼，過程十分迅速。你的父親天賦異稟，少有人能相比。他擁有他姊姊的靈魂和外貌。老軍官與他愈來愈熟識後，也愈來愈喜愛他。要是事情就此打住就好了。結果他女兒也愛上他了。」

老先生停頓了一下。孟克斯咬著嘴唇，眼睛盯著地板。看到這一幕，他立刻接著說：「到了年底，他和那女孩立了婚約，而且還是很慎重的婚約。這是那個純潔的女孩第一次墜入情網，她的愛真切熾熱，而且是畢生唯一一次的愛情。

「你的故事真是沒完沒了，」孟克斯不耐煩地在椅子上動了動。

「這是一個充滿憂愁、試煉和悲傷的故事，年輕人，」布朗洛先生回答：「這種故事要是只有單純的快樂幸福，通常三言兩語就能帶過。之後，你家一個有錢的親戚過世了，當初就是為了鞏固你那親戚的利益和勢力，犧牲了你父親，這跟許多人的境遇大同小異，並不是什麼特別的例子。為了彌補自己造成的不幸，他留給你父親解決所有煩惱的萬靈丹——錢。你父親必須立刻趕到羅馬，那個人原先在羅馬養病，最後卻客死他鄉，導致他的事情一團亂。你父親去了羅馬，在那裡染上絕症。這消息一傳到巴黎，你母親就帶著你一起跟去。他在她抵達羅馬隔天就死了，連遺囑也沒留下——沒有遺囑——所以財產全由她和你繼承。」

這段故事講到這裡，孟克斯屏住了呼吸，表情極為專注地聽著，但他並沒有看向說話的人。布朗洛先生停了下來，換了換姿勢，似乎突然鬆了一大口氣，然後擦了擦發燙的臉和手。

「他出國前，曾經路過倫敦，」布朗洛先生緩慢地說，眼睛盯著對方的臉。「他來找我。」

「我沒聽說過這件事，」孟克斯插嘴。從語氣聽來，他本來是要表示懷疑，但反而透露出對這消息的錯愕。

「他來找我，而且還留給我一幅畫像——他自己畫的肖像畫——就是這可憐女孩的畫像——他不想把它留在家，但旅途匆忙，又不能隨身帶著。在焦慮和悔恨摧折之下，他瘦得幾乎像幽靈一樣，顛三倒四、心不在焉地說著他所造成的禍事和恥辱。他對我坦白說他想不計損失變賣財產，並將一部分新獲得的財產贈與他的妻子和你，然後遠走他鄉——我猜得沒錯，他不會單獨出國——再也不回來。我是他的老友舊識，我們的友誼已經深植於這片土地，因為我們最親愛的人就長眠於此——即便如此，他對我還是有所保留，只承諾會寫信告訴我一切，還會來見我一面，當作是在這世上最後一次見面。啊！但那次就是最後一次了。我沒收到信，也沒有再見到他。」

「我去了，」布朗洛先生停頓了一下說：「等一切事情結束後，我去了他——我會用大家常用的詞語，因為這個世界的殘酷或寬容，現在對他而言都沒兩樣了——去了他邂逅不容於世的愛情的地方。我下定決心，就算我恐懼的事情成真，也要讓那個誤入歧途的孩子找到可以保護她、收留她和同情她的家庭。那家人早在一個星期前就搬走了。他們慎重其事地請求清償一些小額的債務，並在晚上離開。沒人知道原因或他們的去向。」

孟克斯更放心地喘了口氣，環顧四周，帶著勝利的微笑。

「你弟弟，」布朗洛先生將椅子拉近對方說：「你弟弟是一個瘦弱、衣衫襤褸、疏於照顧的孩子，比命運更強大的力量將他帶到我面前，我把他從墮落醜惡的生活中解救出來——」

「什麼？」孟克斯大聲說。

「我救了他，」布朗洛先生說：「我告訴過你要不了多久就會引起你的興趣。我說我救了他——看來你那個狡猾的同伙隱瞞了我的名字，雖然他應該知道，你根本就沒聽說過我。我救了你弟弟之後，他在我家養病，他的長相和我之前提到的畫中人極為相似，讓我大吃一驚。雖然我第一次看到他的時候他一身骯髒，處境堪憐，但他的臉孔隱約流露出一種表情，對我來說，就像是在十分真實的夢境中突然瞧見一個老朋友。我想應該不必告訴你，在我查明他的身世之前，他就被人拐走了——」

「為什麼？」孟克斯著急地問。

「因為你心裡清楚得很！」

「我！」

「對我否認是沒用的，」布朗洛先生回答：「我會讓你明白我知道的不只這些。」

「你——你——你沒辦法提出什麼對我不利的證明，」孟克斯結結巴巴地說：「我量你也做不到！」

「我們走著瞧，」老先生以銳利的眼神看了他一眼說道：「我弄丟了那個男孩，用盡辦法都找不到他。你母親已經死了，我知道只有你可以解開這個謎團，我最後一次聽到你的消息，你還住在西印度群島的房子裡——你很清楚，你母親死後你逃到那裡，是為了逃避你在這裡犯下的種種惡行——我動身前往那裡，但你早在幾個月前就已經離開，而且應該待在倫敦，只是沒人知道確切的地點，所以我又回來英國。你的幾個代理人都不知道你住在哪裡。他們說你來來去去，作風和以前一樣古怪：有時候連續好幾天都在，有時候又好幾個月不見人影：只要出現，必定待在那個下流的賊窩，和同一批狐群狗黨混在一起。那些人從你還是個好勇鬥狠、難以管教的男孩時，就已經是你的同黨。我不停向他們打聽消息，直到他們都嫌煩了。我日日夜夜上街尋找，卻徒勞無功，始終沒見到你，直到兩小時前才有了成果。」

「那你現在看到我了，」孟克斯放肆地起身說：「那又怎樣？詐欺和搶劫聽起來很嚇人——你以為幻想一個小鬼和一個快死的人隨便畫的圖像，就可以說得通了。硬說他是我弟弟！你根本連這對苦命鴛鴦生過一個小孩都不知道。你根本不知道。」

「我當時**的確不知道**，」布朗洛先生也起身回答：「但過去兩個星期以來，我已經全都查清楚了。你有一個弟弟，你自己也很清楚，而且你還認識他。本來也有遺囑的，但你母親毀掉了，她快死的時候給你留下這個祕密還有那些財產。遺囑裡提到一個孩子，他的誕生很可能就是這段悲慘戀情的結果。偶然之間，你遇見了他。一開始，他和你父親的容貌相似引起了你的懷疑。你趕到他出生的地方，那裡有證據——隱藏很久的證據——和他的出生及父母的身分有關。你把那些證據都毀掉了，現在套用你對你那個同伙的猶太老頭說的話：『關於那男孩身分的唯一證明已經沉入河底，而那個從他母親身上拿到證明的老八婆，已經躺在棺材裡發爛了。』你是不孝子、懦夫、騙子，夜晚時分在暗室跟一群小偷和殺人犯策畫陰謀，結果害死了一個比你好上一百萬倍的女孩。你從小就害你父親傷心，帶給他痛苦，邪惡的執念、罪愆、放蕩全都在你心裡發酵，直到找到出口，成了可怕的疾病，甚至讓你的臉孔反映出你的內心——你，愛德華・李佛，你還敢不把我放在眼裡！」

「沒有、沒有、沒有！」那懦夫回答。一個接一個的指控讓他無力招架。

「每一句話！」紳士大聲說道：「你和那個可憎的惡棍之間的每一句話我都知道了。牆上的陰影已經聽到了你們的祕談，傳到我耳朵裡了。看到這個孩子所受的苦難，就連罪惡本身也會改變心意，產生勇氣和幾乎可稱為美德的個性。謀殺案已經發生，就算你實際上不是共犯，在道德上也難辭其咎。」

「不、不，」孟克斯否認。「我——我什麼都不知道。你抓住我的時候，我正要去打聽事情真相。我不知道事發的原因，還以為只是一般的吵架。」

「這只揭開了你一部分的祕密，」布朗洛先生回答。「你願意全盤托出嗎？」

「我願意。」

「你願意寫下聲明，陳述事實和真相，並且在證人面前重述一次嗎？」

「我也願意。」

「你乖乖待在這裡，等到這分文件寫好，然後跟我到我認為最適合的地方作證，如何？」

「如果你堅持，我也照做，」孟克斯回答。

「你要做的不只這樣，」布朗洛先生說：「你得彌補這個天真又無辜的孩子，因為他天性如此，雖然他是在一段罪過且極悲慘的愛情裡生下的孩子。你還沒忘了遺囑裡的各條條文。只要跟你弟弟有關的就要履行，然後你愛去哪裡就去哪裡。你們也不必再見面了。」

孟克斯來回踱步，神色陰險狡詐。他思索著這項提議，考慮有無規避的方法。他在恐懼與怨恨之間天人交戰，備受折磨。此時房門突然打開，一名紳士（洛斯本先生）十分激動地走進來。

「那個人要被抓了，」他大叫。「他今天晚上就會被抓！」

「那個殺人犯？」布朗洛先生問。

「沒錯，沒錯，」對方回答：「有人看見他的狗在他常出沒的巢穴附近徘徊，看來牠的主人應該在那裡，或之後趁夜色昏暗再到那兒去。密探正在四面八方埋伏。我跟負責追捕他的那些人談過，他們告訴我他逃不掉的。政府今天晚上已經公布會有一百英鎊的賞金。」

「我還會再多給五十英鎊，」布朗洛先生說：「而且只要趕得到，我會在當場親自宣布。梅里先生在哪裡？」

「哈利？他一看到你的朋友在這裡，安安穩穩和你在馬車上，就匆忙趕往他聽到消息的地方，」醫生回答：「他騎馬趕到他們約好的郊區某處，加入第一批人的行列。」

「那費金呢，」布朗洛先生說：「他怎麼樣？」

「根據我得到的最新消息，他還沒被抓，但遲早會抓到他，說不定現在已經抓到了。他們很確定這一點。」

「你決定好了嗎？」布朗洛先生低聲問孟克斯。

「決定好了，」他回答：「你——你——會替我保密？」

「我會。待在這裡等我回來。這是你全身而退的唯一希望。」

他們離開房間，門再度鎖上。

「你做了什麼？」醫生低聲問他。

「所有我之前期盼做到的事，甚至更多。那可憐女孩之前告訴我的消息，加上我們好朋友在現場的調查，已經讓他無路可逃。我還把他的惡行劣跡全都公諸於世，如此一來，情況完全明朗了。寫信告訴大家，約好後天晚上七點碰面。我們必須提前幾個小時趕到，而且也得稍事休息，特別是年輕小姐，她**可能**更需要堅強起來，這是你我現在難以預期的。但能為那個被殺害的可憐人報仇，我覺得全身熱血沸騰。他們走哪條路？」

「往前直行到警察局，你還來得及趕到，」洛斯本先生回答：「我會待在這裡。」

這兩位紳士匆匆道別，情緒都激動得難以抑制。

第五十章
追捕與逃脫

羅瑟希德教堂緊鄰泰晤士河，在教堂附近的區域，河岸邊的建築都極為骯髒，煤船的煙灰及緊密相連的矮房子冒出的黑煙，將河上的船隻燻得黑漆漆。這裡隱藏著全倫敦許多區域中最齷齪、怪異、不尋常的區域，許多倫敦居民對這個地區全然陌生，甚至連名字都沒聽過。

要到這地方，必須穿過如迷宮般的街道，這些緊鄰的街道極為狹窄，地上滿是泥濘，聚集的是最粗野、貧窮的水上人家，不難想見，他們幹的都是非法交易。商店裡堆滿了極其廉價而粗製濫造的食物。商家門口懸掛著最粗糙而平凡無奇的服飾，在住家女兒牆和窗邊迎風飄動。穿過擁擠的人群，到處都是社會底層的失業工人、搬壓艙貨的挑夫、卸煤工人、厚顏無恥的女人、衣衫襤褸的兒童，河裡還有垃圾廢物。萬般辛苦地往前走，狹窄的巷弄向左右分叉，變得更為狹窄，令人作嘔的景象映入眼簾，臭味撲鼻而來。笨重的馬車載著堆得老高的商品，從位於各角落的許多倉庫開出來，鏗鏘作響的聲音震耳欲聾。好不容易來到方才經過的街道偏僻、人群也較稀少的街上，凸出於人行道上方的騎樓搖搖欲墜，拆掉的牆似乎在賽克斯經過時便會塌下來，煙囪垮了一半，另一半要倒不倒的，生鏽的鐵條在時間和灰塵摧折下幾乎已腐蝕殆盡，但仍護衛著窗戶，你所想像得到的各種荒廢、破敗的景象盡在於此。

在這樣的社區中，往南沃克鎮的碼頭前方直走，就是約伯島，四周是一條泥濘的水溝，漲潮時可達兩、三公尺深，四到六公尺寬。這條水溝以前叫磨坊池，但在這個故事發生時，大家已經叫它傻瓜水溝。這條小溪或小灣源自泰晤士河，只要在滿潮時把利德磨坊的水閘打開，就能將它注滿，它的舊名就是起自利德磨坊。注水的時候，外人從磨坊巷橫跨水溝的其中一條木橋看過去，可以看到兩旁的住戶從房子後門和後窗把水桶、提桶和各種家用器皿放下去，打水上來。如果將目光從這些動作轉移到房子本身，想必會對眼前的景象大吃一驚。五、六間房子後頭共用一條奇特的木製走廊，從走廊上的洞可以看到底下的淤泥。窗戶破了又補，晾衣杆伸出窗戶，但從沒有任何衣物晾在上頭。每個房間都又小又髒，空間侷促，空氣汙濁到就連藏身在這裡的汙垢都嫌它髒。木房子就立在泥巴裡，隨時都有傾倒的危險——有些真的已經倒下去了。牆壁上滿是髒汙，地基逐漸腐蝕，令人反感的貧困面貌，令人憎惡的汙垢、腐敗和垃圾，這些全都是傻瓜水溝兩岸的裝飾。

約伯島上的倉庫都沒有屋頂，而且空無一物。牆壁一面面倒塌，窗戶也不再是窗戶。一扇扇的門倒在街上，煙囪黑漆漆一片，卻沒冒出煙來。三、四十年前，此地尚未受到不景氣和法律糾紛影響，當時這裡一片欣欣向榮，現在卻真的成為一座孤島。一間間屋子都沒有屋主，門戶洞開，有膽子的人住了進去，在那裡生活、死去。他們必然有強烈的動機才會找到這個祕密住所，也或者他們的確走投無路，才不得不來約伯島避難。

其中有一間獨棟房屋占地面積頗大，唯有門窗極為牢固，其他部分都崩壞瓦解，房子後方則像先前描述過的屋子一樣緊鄰水溝。這間屋子上層的房間裡聚集了三個人，他們看著彼此，時不時露出既疑惑又期待的表情。他們在那裡已經坐了一段時間，個個面色凝重、表情憂愁、不發一語。其中一位是托比．克拉基特，一位是奇特林先生，第三個人當了五十年的強盜，鼻子在一次打鬥中幾乎被揍扁，臉上有一道可怕的疤痕，疤痕的肇因或許可以追溯到同一樁事件。這個人是從國外回來的流放犯人，名叫凱格斯。

「我真希望，」托比轉頭對奇特林先生說：「就算另外兩個老窩快曝光了，你也能選擇其他地方躲，不必到這裡來，我的好同伴。」

「那你幹嘛不去別的地方，你這個笨蛋！」凱格斯說。

「唉喲，我以為你見到我會比現在高興點，」奇特林先生神情鬱悶地回答。

「哎呀，你瞧，年輕人，」托比說：「像我這樣的獨行俠，有個舒適的家，又沒人探聽消息，問東問西的，能有榮幸讓像你這樣處境的年輕人大駕光臨，實在讓人驚訝（方便的時候，您也可能是值得尊敬、令人愉快的牌搭子）。」

「特別是，這個獨行俠般的年輕人家裡有個朋友造訪，這朋友比預期的還早從國外回到英國，而且太過客氣，不願向法官報告他已經回國，」凱格斯先生補充道。

沉默了一會兒之後，托比．克拉基特似乎絕望地放棄繼續維持平日那副天不怕地不怕的吊兒郎當模樣，轉向奇特林說：「費金什麼時候被抓的？」

「就在用餐時間——今天下午兩點鐘。查理和我運氣好，爬上洗衣店煙囪，波特倒頭栽躲進空的大水桶裡，但他的腿太長了，伸出水桶口外，所以他也被抓了。」

「蓓特呢？」

「可憐的蓓特！她去看了那具屍體，想跟已經往生的她說說話，」奇特林回答。他的臉愈來愈垮。「可是她一到那裡就瘋了。又是尖叫又是胡言亂語，還拿頭去撞牆。所以他們給她穿上約束衣，把她帶到醫院——她就待在那裡了。」

「小貝茲又是怎樣呢？」凱格斯問。

「他還在外頭閒晃，天黑前不會過來這裡，不過他快到了，」奇特林回答：「他現在走投無路，跛子酒館裡的人都被拘留了，那個當作巢穴的酒館——我上去那裡親眼瞧見——現在都是陷阱。」

「真是徹底完蛋了，」托比咬著嘴唇回答：「被抓的可不只一個。」

「審判開始了，」凱格斯說：「要是他們結束了審訊，波特推翻費金的證詞，他們就可以證明費金是事前從犯。從他之前說的話聽來，他當然會這麼做。這樣一來，費金星期五就得受審，從今天算起，再六天他就會被處絞刑，被政——！」

「你真該聽聽那些人的怒吼，」奇特林說：「要不是有那些警官拚命阻擋，他們早就把他碎屍萬段了。他倒下來一次，但那些警官在他身邊圍了個圈，硬衝出去。你應該看看他四處張望的模樣。他滿身的泥巴和血跡，抓著那些警官不放，好像他們是最親密的朋友似的。我到現在彷彿還能看到他們在我眼前，那群人拚命推擠，他們根本沒辦法站直，但還是拖著他在人群中走。我可以看到人群跳上來，一個接著一個，張牙舞爪地攻擊他。我可以看到他頭髮和鬍子上的血，聽到女人努力擠進街角人群中心的叫聲，還聽到她們發誓要把他的心挖出來！」

他目睹了這個場景，飽受驚嚇，用手摀住耳朵，雙眼緊閉站起來，發狂地來回走動，像得了失心瘋一樣。

他全心全意做這些事，其他兩人則安靜地坐著，眼睛盯著地板，此時樓上出現啪嗒啪嗒的聲音，賽克斯的狗跳進屋裡。他們跑到窗邊，下了樓，上了街。狗是從一扇開啟的窗戶跳進來的，牠沒有跟上來，狗主人也不見蹤影。

「這是什麼意思？」他們回來時托比說：「他不可能來這裡的。我——我——希望不會。」

「萬一他來這裡，一定會帶著狗來，」凱格斯說。他彎下腰查看那隻狗，狗則躺在地板上喘氣。

「喂！給牠喝點水。牠已經跑得快昏過去了。」

「牠把水喝光了，一滴不剩，」奇特林默默觀察那隻狗一下子後說：「全身都是泥巴——腿瘸了——眼睛半瞎了——牠一定走了很遠。」

「牠是從哪兒來的！」托比大叫。「牠一定到過其他的窩，發現裡頭全是陌生人，所以才到這裡來。牠來過這裡很多次，而且算是常來。但一開始牠是打哪兒來的，為什麼只有牠自己來，牠主人到哪裡去了！」

「他——（沒有人提到兇手之前的名字）——他不會自我了斷了吧。你們覺得呢？」奇特林說。

托比搖搖頭。

「萬一他自殺，」凱格斯說：「狗會帶我們到他自殺的地方去。不。我認為他已經逃出國，把狗留了下來。他一定是偷溜走，不然那隻狗不會那麼輕易就離開。」

這個解釋似乎最能說得通，因此大家也就接受了這個說法。那隻狗爬到椅子下，縮成一團睡著了，沒有人再注意牠。

現在天色已暗，窗板已經關上，一根點燃的蠟燭放在桌上。前兩天一連串可怕的事件對他們三個都造成很大的影響，自身處境危險，一切狀況未明，更是加重了他們的憂慮。他們把椅子拉近，每個聲響都讓他們膽戰心驚。他們很少交談，就算有也都是低聲對話。三個人安安靜靜，戒慎恐懼，彷彿遭到殺害的女人屍體就躺在隔壁房間。

他們這樣坐著一段時間，突然之間，樓下響起一陣急促的敲門聲。

「是小貝茲，」凱格斯說。他憤怒地回頭看，壓抑住內心的恐懼。

敲門聲再度響起。不，不是他。他絕對不會那樣敲門。

克拉基特走到窗邊，全身發抖，探出頭去。沒有必要告訴他們那是誰，光那張蒼白的臉就足以說明一切。那隻狗立刻警覺起來，哀號著跑到門邊。

「我們得讓他進來，」他拿起蠟燭說。

「沒有別的辦法了嗎？」另一個人聲音嘶啞地說。

「沒了。他**得**進來。」

「別把我們丟在一片黑暗裡，」凱格斯說。他從壁爐架取下一根蠟燭，準備點燃。他雙手一直發抖，蠟燭點好之前，敲門聲又響了兩次。

克拉基特下樓，回來時跟著一個男人。男人的下半張臉都蓋在一條手帕底下，另一條手帕則包著帽子底下的頭。他慢條斯理地拿掉手帕。蒼白的臉孔、深陷的雙眼、凹下去的臉頰、三天沒刮的鬍子、枯瘦的身形、急促而沉重的呼吸：這就是瘦得像鬼一樣的賽克斯。

他一手伏著房間中央的一張椅子，正要坐下去時卻又打了個冷顫，似乎是要回頭看。他把椅子往後拉到牆邊——近得不能再近，讓椅子緊貼著牆——然後才坐下來。

屋子裡沒有人交談。他一句話也沒說，一一打量著其他人。即使有人偷偷抬起眼睛和他四目交會，也會馬上轉開視線。他空洞的聲音打破沉默，他們三人都嚇了一跳，彷彿從沒聽過他說話一樣。

「狗怎麼會在這裡？」他問。

「牠三小時前自己跑來的。」

「晚報上寫費金被抓了。是真的還假的？」

「真的。」

他們再度陷入沉默。

「你們都該死！」賽克斯用手抹了抹額頭說：「你們沒話要對我說嗎？」

他們三人不自在地動了一下，但沒有人說話。

「你是管這房子的人，」賽克斯臉轉向克拉基特說：「你是要出賣我，還是要讓我在這裡待到這次追捕行動結束？」

「要是你覺得安全，你可以留在這裡，」對方稍微猶豫了一下之後回答。

賽克斯慢慢抬起雙眼，看看身後的牆壁，似乎是想轉頭，卻有沒有真的轉過去。他接著說：「那——那——屍體——埋好了沒？」

他們搖搖頭。

「為什麼沒有！」他反問他們，還是像剛才一樣往後看。「他們把那麼難看的東西留在地上幹嘛？誰在敲門？」

克拉基特離開房間時手揮了揮，表示沒什麼好怕的，接著馬上便帶著查理．貝茲回來。賽克斯正對門坐著，因此那小子一進門就看到了他。

「托比，」賽克斯眼睛盯著他看，他邊往後退邊說：「你為什麼在樓下沒告訴我？」

那三人畏畏縮縮的態度，讓這個卑鄙無恥的人極度反感，因此他甚至連這小子都願意討好。在這種情況下，賽克斯點了頭，做出要和查理握手的樣子。

「讓我到其他房間，」那小子愈退愈遠，如此說道。

「查理！」賽克斯往前一步說：「你──你不認識我了？」

「別靠近我，」那小子回答，他仍繼續後退，盯著那殺人犯的臉看，眼睛裡充滿恐懼。「你這個惡魔！」

那男人半途停下，他們彼此相望，但賽克斯的眼睛逐漸垂到地面上。

「你們三個可以作證，」小子揮著緊握的拳頭大叫，而且愈說愈激動。「你們三個可以作證──我不怕他──萬一他們來這抓他，我會把他交出去。我一定會。我會立刻舉發你。要是他想，或是他敢，可以為此殺了我，但只要我在這裡，我就會把他交出去。就算他被活生生下鍋煮，我也會把他交出去。殺人啊！救命啊！你們三個要是誰有種就會幫我。殺人啊！救命啊！他去死吧！」

小子不斷大叫，還伴以激烈的手勢，最後真的單槍匹馬撲向那名壯漢，動作之迅速、力道之猛，讓男人重重摔在地上。

三個旁觀者似乎目瞪口呆。他們沒有介入，小子和那男人在地上扭打成一團。小子完全不管對方拳如雨下打在自己身上，只是揪著殺人犯的衣襟，愈抓愈緊，用盡全力不斷呼叫求助。

但這場對戰雙方實力懸殊，並沒有持續太久。賽克斯把他撂倒，膝蓋壓在他喉嚨上，此時克拉基特拉著賽克斯，表情驚慌，然後指了指窗戶。底下有燈光閃爍，可以聽到高聲且熱烈的交談聲，急促的腳步聲踩在地面——腳步聲一直不間斷，似乎有許多人——穿過最近的木橋。人群中似乎有男人騎在馬背上，因為高低不平的路上響起噠噠的馬蹄聲。閃爍的燈光愈來愈密集，腳步聲愈來愈頻繁，愈來愈大聲。接著門上響起沉重的敲門聲，從各種憤怒的人聲中，傳來一個沙啞的低語，就算最大膽的人也會退卻。

「救命！」那小子尖叫著，聲音足以穿透空氣。

「他在這裡！把門撞開！」

「以國王之名，」外面的聲音喊道。沙啞的叫聲再度響起，但更大聲了點。

「把門撞開！」小子尖聲叫著。「我告訴你，他們絕對不會把門打開。直接跑到有光的那間，把門撞開！」

他話一停，門上和樓下的窗板就響起密集而沉重的撞擊聲，人群高聲歡呼，聲音之大，讓人一聽就知道外頭的陣容有多龐大。

「快點找個地方讓我把這鬼吼鬼叫的小鬼關起來，」賽克斯厲聲叫道。他現在拖著那小子來回奔跑，輕鬆得彷彿像托著空麻袋一樣。「那道門，快點！」他把那小子丟進去，閂上門，轉動鑰匙。「樓下的門牢不牢靠？」

「鎖上兩層鎖，上了鏈條，」克拉基特回答，他和其他兩人仍然相當無助困惑。

「壁板——牢固嗎？」

「裡層蓋著鐵皮。」

「窗戶也是？」

「對，窗戶也是。」

「去你們的！」走投無路的歹徒大叫著，他把窗框拉上去，威脅那些群眾。「你們儘管來！我還是有辦法逃跑！」

在人類聽過的可怕叫聲中，沒有任何一種比得上盛怒群眾的喊叫聲。有些人對著最靠近房子的群眾咆哮，要他們放火燒了房子，有些則對著警察叫喊，要他們開槍把他打死。其中沒有一個人的怒火比馬背上的男子更盛的了。他躍下馬鞍，橫衝直撞穿越人群，彷彿要把水撥開一樣，他奔到窗戶下方喊叫著，聲音凌駕所有人。「誰拿梯子來我就給他二十基尼！」

最靠近他的一些人跟著一起喊，接著有成千上百個聲音回應。有些人喊著要梯子，有些人則要大錘子。有些人舉著火把跑來跑去，好像要把他們找出來，然後又回到原處，繼續大呼小叫。有些人把力氣花在一些無用的咒罵上，有些人勇往直前，好像發狂了一般，卻妨礙了下方那些人的工作進展。最膽大的一些人試圖攀著牆上的排水管和縫隙往上爬。底下一片黑暗之中萬頭鑽動，像是被狂風吹動的一整片玉米田一樣，時不時就有人加入大聲怒吼的行列。

「潮水，」殺人犯踉蹌地退回房裡大喊，把一張張臉關在外面。「我來的時候正在漲潮。給我一條繩子。他們全都在前面。我可以跳進傻瓜水溝，從那裡逃出去，不然我可以再殺三個人，然後自殺。」

驚慌失措的三人指著放這類東西的地方。殺人犯急忙選了最長、最牢靠的一條繩索，匆匆爬上屋頂。

房子後方所有的窗子很久以前就用磚頭堵死，只剩關那小子的房間裡有一扇小天窗，但那窗子太小，即使是這個孩子也鑽不過去。不過他仍透過這扇窗不停對外面的人大喊，要他們留意房子後頭。因此，等到殺人犯最後從屋頂的門來到屋頂上時，便有人大喊，通知那些在前頭的人注意，這些人立刻湧上來，一個推著一個，就像綿延不絕的河流一樣。

他用一塊板子牢牢頂住門，這塊板子是他之前為此特地帶上來的。板子固定得很牢，因此要從屋內開門極為困難。他爬過屋瓦，從低矮的女兒牆往下看。

潮水已退，水溝成了一片泥濘。

在這幾分鐘的時間裡，人群保持安靜，觀察他的動作，懷疑他的目的何在，但他們一發現他的目的，而且知道他沒有成功，立刻響起勝利的歡呼聲，咒罵著他，跟現在的聲音相比，之前只能算是低語。叫喊聲此起彼落。那些距離太遠聽不清楚意思的人也跟著喊了起來。聲音迴盪再迴盪，似乎整座城市的人都跑出來咒罵他。

房子前方的人持續逼進——愈來愈近，愈來愈近，愈來愈近，憤怒的臉孔匯成一條奔騰的河流，到處都是耀眼的火把照亮這些臉孔，替怒氣難抑、滿心激動的人群帶路。水溝對岸的房子已湧入一群人，窗戶都推了上去，或者全部砸爛。一張張臉孔在每一扇窗堆疊交錯，一群又一群的人堅守在每個屋頂。每一座小橋（目光所及就有三座）都因橋上人群的重量而彎曲了。人潮持續湧來，搜尋一些角落或漏洞宣洩自己的喊叫聲，或者看一眼那惡徒。

「逮到他了，」最近的一座橋上有個男人大喊：「萬歲！」

群眾紛紛摘下帽子，輕鬆了起來，而後喊叫聲再度響起。

「我懸賞五十英鎊，」站在同個區域的一位老先生大喊。「給活抓住他的人。我會待在這裡，直到領取賞金的人前來。」

又是一陣歡呼聲響起。此時消息已在人群中傳開，門也終於撞開，第一個要人家拿梯子來的人已經爬進房間。這消息在口耳相傳之下，頃刻間便讓人潮突然轉向。窗邊的那些人看到橋上的人如潮水般群起而退，也棄守駐地跑到街上，加入混亂的人群，急著回到一開始的地方。大家互相推擠著身邊的人，個個氣喘吁吁，迫不及待想靠近門口，以便在警察把犯人帶出來時可以瞧個明白。有些人被推擠得幾乎要窒息，有些人在混亂中被他人踩在腳下，發出極其駭人的驚呼聲和尖叫聲。狹窄的道路完全塞住了。有些人急著想衝到房子前面，占到位子，有些人想從人群中奮力擠出來，但徒勞無功。在這個時候，大伙兒都懷抱同樣的心情，急著想看殺人犯被捕，而且愈來愈心急，因此注意力反而從他身上轉移了。

那男人縮著身子。群眾來勢凶猛，要逃脫已無可能，他已完全受到壓制。但他動作敏捷，不亞於情勢變化的速度，一看到情況突然改變，便一躍而起，決定放手一搏跳進水溝，冒著溺水的風險設法趁亂摸黑溜走，逃之夭夭。

他重獲力量及精神，屋內的吵鬧聲代表的確已經有人進門了，在此刺激之下，他用一隻腳抵住煙囪，繩子的一端緊緊繫在腳上，另一端則藉助雙手和牙齒之力，一下子就打成結實的活套。他可以利用繩子放自己下去到離地不超過身高的地方，然後用手裡準備好的刀子割斷繩子，跳下去。

就在他把繩圈套在頭上，準備向下挪到自己的腋窩時，先前提到的老先生（他緊抓住橋的欄杆，以便抵抗人群的力量，留在原地不動）懇切地警告身邊的人那男人要下來了——就在此時，那殺人犯在屋頂上回頭一看，高舉雙手發出一聲淒厲的慘叫。

「又是那雙眼睛！」他尖叫著，聲音恐怖非凡。

他彷彿遭到雷擊一般搖搖晃晃，接著失去平衡，從女兒牆翻了下來。繩圈就套在他的脖子上，因他的重量而縮緊，緊繃得像弓弦一樣，速度快如飛箭。他往下掉了十公尺，然後猛然停住，手腳拚命掙扎。他就吊在那裡，逐漸僵硬的手緊握著打開的刀子。

老煙囪在這個衝擊之下晃了晃，依舊堅毅地挺立著。那殺人犯身體貼著牆壁盪來盪去，已經沒了生命跡象。這具屍體擋住了查理那小子的視線，他把懸掛著的屍體推到一邊，呼叫人們看在上帝的分上進屋來，帶他出去。

先前一直躲藏的那隻狗直到現在才現身，牠在女兒牆上來回奔跑，絕望地吠叫。鎮定下來之後，牠準備跳到死者的肩上，卻失了準頭掉進水溝裡，半空中身體整個翻轉，接著一頭撞上一塊石頭，頓時腦漿四濺。

第五十一章

本章解開多個謎團，並談成一樁隻字不提聘金嫁禮的婚事

上一章敘述的事件發生後兩天，下午三點鐘，奧利佛坐上一輛旅行馬車，飛奔到他出生的小鎮。梅里夫人和蘿絲、貝德溫太太及善良的醫生都與他同行。布朗洛先生搭一輛驛馬車尾隨在後。車上還有另一名同伴，他的名字還未在故事中提及。

一路上他們並未多談，奧利佛由於過於激動又沒把握，以致無法釐清思緒，甚至幾乎無法言語。他的同伴也受到影響，程度不亞於他。布朗洛先生逼著孟克斯坦白，而他也已經仔細小心地告訴奧利佛和其他兩位女士孟克斯的自白意義何在。雖然他們知道此行的目的是完成一項順利展開的工作，但整件事還是籠罩在一團迷霧中，因此他們必須忍受強烈的懸疑感。

在洛斯本先生的協助下，這位親切的朋友也小心封閉了所有消息來源。原本他們可以從這些來源得知最近發生的可怕事件。「的確，」他說：「他們過不了多久一定會知道這些事，但到時候的時機會比現在好，不會比現在糟。」因此，他們繼續旅行，不發一語。每個人都忙著思索此次聚會的目的，沒有人打算說出縈繞心頭的種種想法。

但如果奧利佛受到這些影響，在他們沿著這條陌生道路前往他的出生地時，途中一直保持沉默，那他們駛入他曾徒步走過的路時，泉湧的思緒如何回到過去？五味雜陳的情緒又如何在胸中甦醒？當時他只是一個無家可歸的可憐男孩，四處流浪，沒有朋友伸出援手，也沒有家園可以遮風避雨。

「看那裡，那裡！」奧利佛激動地緊抓著蘿絲的手，指著車窗外大喊：「那是我爬過的梯磴，我從那

些柵欄後面偷偷走過，怕有人追上我硬把我抓回去！再遠一點是穿過田野的小路，通到我小時候住的老房子！噢，迪克，迪克，我親愛的朋友，但願我現在就能見到你！」

「你很快就會見到他，」蘿絲溫柔地握住他緊握的雙手回答：「你得告訴他你現在有多快樂，變得多富有，而在所有的幸福之中，最幸福的莫過於你回來讓他也得到幸福。」

「沒錯，沒錯，」奧利佛說：「呃——我們帶他離開這裡，供他衣物，讓他接受教育，送到某個安靜的鄉下地方，讓他把身體養壯——好不好？」

蘿絲只點點頭，因為那男孩喜極而泣，讓她感動得說不出話來。

「妳一定會對他溫柔又體貼，因為你對每個人都是這樣，」奧利佛說：「我知道，妳聽到他說的話一定會哭，但沒關係，沒關係，這一切都會結束，只要想到他會有多大的改變，妳一定會重拾歡笑——這點我也很清楚，因為妳為我做過同樣的事。我逃跑的時候，他說：『上帝保佑你。』」男孩哭喊著，內心的感動瞬間迸發。「現在我也會說『上帝保佑你』，並且告訴他，憑這句話，我就深愛著他。」

他們終於來到鎮上，馬車駛過狹窄的街道，要讓奧利佛不興奮過度，成了一件艱難的任務。索爾伯利葬儀社和從前沒什麼兩樣，只是外表比他記憶中要來得小，也沒有那麼宏偉：他看到那些熟悉的商店和房子，幾乎在每一間房子裡頭他都發生過一些小事件；甘菲德的推車停在老酒館門口，就是他曾經擁有的那輛車；濟貧院是年少時囚禁他的可怕監牢，一扇扇憂愁的窗戶眉頭深鎖，朝著街上看；同一個瘦巴巴的門房站在門邊，一看到他，奧利佛不由自主往後縮，然後笑自己竟然那麼笨，接著又哭又笑；門邊及窗戶邊有許多他很熟悉的臉孔。一切幾乎都沒有改變，彷彿他昨天才離開，而最近的生活不過是美夢一場。

但這是單純、真實而且愉快的現實。他們一直前行，到了那家頂級旅館的門口（奧利佛曾敬畏地盯著它看，覺得那地方是座雄偉的官殿，但不知何故，現在它沒有那麼宏偉，規模也沒那麼驚人了）。格凜維各先生已經準備好迎接他，他們下車時，他親了親年輕小姐，還有年紀較長的女士，就好像他是所有人的爺爺一樣，滿臉笑容、親切和善，而且沒有提到要吃掉自己的頭——不，一次都沒提，就算他和一位年事已高的郵差爭論哪一條路離倫敦最近時也沒提，儘管他只走過那條路一次，而且經過時睡得很熟，他還是堅稱自己最清楚。晚餐準備好了，臥房也整理完畢，一切彷彿都用魔法安排得妥妥當當。

儘管如此，最初三十分鐘的忙亂一結束，又是一片安靜，大家都顯得很拘謹，就和旅途中的情況沒有兩樣。布朗洛先生並沒有加入他們晚餐的行列，而是待在另一個房間。其他兩位紳士匆忙地進進出出，臉上露出著急的表情。就連他們出現的短暫空檔，兩個人也在一旁交談。有一次，有人把梅里夫人叫出去，她離開了將近一小時才回來，雙眼都哭腫了。蘿絲和奧利佛對最近揭發的祕密毫不知情，兩人都不安了起來。他們坐著納悶，不發一語。就算彼此交談幾句，也是輕聲細語，彷彿害怕聽到自己的聲音。

好不容易到了九點，他們開始認為今晚應該不會再聽到新消息了，此時洛斯本先生和格凜維各先生走進房間，後面跟著布朗洛先生還有一名男子。奧利佛見到那人詫異地差點尖叫出聲。他們告訴他，那是他哥哥。奧利佛在市集鎮上見過他，也看到他和費金從他小房間的窗子往裡看。孟克斯嫌惡地看著那個吃驚的男孩。就算到這個時候，他還是掩飾不了自己的恨意。他坐在靠近門口的位置。布朗洛先生手裡拿著一些文件，走向蘿絲和奧利佛座位旁的桌子。

「這是一項艱苦的任務，」他說：「雖然這些聲明在倫敦已經在多位紳士見證下簽字了，但在此必須實際重述一遍。我無意讓你丟臉，但在我們分道揚鑣之前，必須聽你親口說出來，你自己知道原因。」

「說下去，」他說話的對象別過臉說：「快點。我能做的差不多就這樣，別耽誤我的時間。」

「這孩子，」布朗洛先生把奧利佛拉過來，一手放在他頭上說：「是你同父異母的弟弟，是你父親，也是我親愛的朋友愛德溫．李佛的私生子，由年輕的愛格涅．佛萊明所生。可憐的愛格涅，為了生他難產而死。」

「沒錯，」孟克斯不悅地瞪著不斷發抖的奧利佛，或許還能聽到奧利佛的心跳聲。「他就是那個雜種。」

「你的用詞，」布朗洛先生厲聲說：「侮辱的是那些早已超脫世俗薄弱譴責的人。除了說出這個詞的你之外，沒有任何活著的人因此受到羞辱。別提這件事了。他在這小鎮出生。」

「在本鎮的濟貧院出生，」孟克斯板著臉回答：「來龍去脈都寫在上頭了。」他邊說邊不耐煩地指著那些文件。

「我要當著大家的面確認一下。」布朗洛先生環顧聽眾說道。

「那你們就好好聽清楚吧！」孟克斯回答：「他的父親在羅馬病倒了，他和妻子，也就是我的母親當時已經分居很久了。她帶著我從巴黎到羅馬找他——去盯著他的財產。據我所知，她對他已經沒什麼感情，他對她也是一樣。他並不知道我們去找他，因為那時他已經失去意識、昏迷不醒，隔天就斷氣了。他桌上的那些文件有兩份是在他第一次發病的那個晚上寫的，受文的對象是你。」他對著布朗洛先生說。「還附上寫給你的幾句話，文件封面寫著得等他死後才能發出去。」

「信的內容是？」布朗洛先生問。

「信？——那只是一張紙，上面寫的東西一再畫掉重寫，有懺悔的告白，也有祈求上帝幫助她的禱告。他對那女孩編了一個故事，說自己有個祕密——終有一天他會解釋——所以當時沒辦法娶她。因此，她還是抱持著耐心信任著他，直到信任過頭了，失去了再也沒有人能還給她的東西。當時她還有幾個月就要分娩。他告訴她一切的打算，也告訴她只要他活著，就不會讓她丟臉。他還求她，萬一他死了，別在身後詛咒他，或認為他們的罪會報應在她或他們小孩的身上，因為該怪罪的都是他。他曾在某一天送她一個小鎖盒項鍊和一枚戒指，上面刻著她的名字，而且留著空白的地方，希望將來有一天能刻上他要讓她掛上的姓氏，他提醒她要記得那一天——他求她留著那枚戒指，掛在心口上，就像從前一樣——然後一次又一次，顛三倒四地重複同樣的話，好像發狂一樣。我相信他那時已經瘋了。」

「那分遺囑，」布朗洛先生說道，此時奧利佛眼淚已撲簌落下。

孟克斯沉默不語。

「那分遺囑和信的主旨一樣，」布朗洛先生替他發言：「他提到了妻子加諸在他身上的不幸，還提到了你，也就是他獨生子的叛逆個性、蛇蠍心腸、害人之心，還有過早出現的犯罪衝動。你從小就學會恨他。他留給你和你的母親每人各八百英鎊年金。他把大部分的財產分成兩等分——一分給愛格涅．佛萊明，另一分給他們的孩子，但前提是那孩子出生還活著，而且得長大成人。如果她生的是女孩，可以無條件繼承那筆錢。但如果是男孩，就有附帶條件：未成年時絕不可公開犯下不名譽、卑賤、懦弱或不合法的行為，玷汙了他的姓氏。他說，他這麼做是為了證明對孩子母親的信任，宣示自己的信念——隨著死亡接近，這種信念更形堅定。他相信自己的孩子會和她一樣，心地善良、道德高尚。萬一他的期待落空，那這筆錢就會歸你。因為只有在兩個孩子半斤八兩的時候，他才會承認你有優先繼承的權力。你從沒把任何人放在心上，反而從小就以冷漠和憎恨來忤逆他。」

「我的母親，」孟克斯提高音量說：「做了一個女人應該做的事。她燒了遺囑。那封信從來沒有寄到目的地，但她把信還有其他證據留著，以防他們用謊言粉飾太平。她把真相告訴那女孩的父親，並懷著狂烈的恨意加油添醋，直到現在，我還為此而愛著她。在這樣的羞辱刺激之下，他帶著孩子躲到威爾斯一個偏遠的角落，改名換姓，連朋友也不知道他隱居在哪裡。不久之後，他在當地被人發現死在床上。那女孩早在幾星期前就已經偷偷離家。他曾徒步去找過她，走遍附近的鄉鎮。回到家的那個晚上，他認定女兒為了保全他和自己的名聲已經自殺，所以老人的心整個碎了。」

靜默片刻後，布朗洛先生接著把故事說下去。

「這件事發生多年後，」他說：「這個人——愛德華．李佛——的母親來找我。他十八歲時就離開了她，還偷走所有的珠寶和錢財。他好賭、揮霍成性，還常偽造詐欺，然後逃到倫敦。短短兩年，就和最低賤的社會敗類成群結黨。她得了痛苦的不治之症，希望在死前能把他找回來。她請人探聽消息，仔細尋找，但始終一無所獲。不過最後她還是找到他了，接著他跟著她去了法國。」

「她的病拖了一段時間，」孟克斯說：「最後她在那裡過世。臨終時，她告訴我這些祕密，也把她對祕密相關人士難以抹滅的深仇大恨一起傳給了我。但她其實不必那樣做，因為我老早就繼承了這分恨意。她不相信那女孩已經自殺，也不相信她殺了那孩子，但她有印象，生下來的是個男孩，而且還活著。我對她發誓，只要那孩子出現在我面前，我一定會追到底，絕不讓他有好日子過。我會用最心狠手辣的手段對付他，絕不留情，把我深切感受到的怨恨都發洩在他身上。要是可以，我會把那孩子拖到絞刑台。對那分滿紙空談、誇大不實又瞧不起人的遺囑吐口水。她說得沒錯，他最後終於出現在我面前了。打從一開始，一切就很順利，要不是因為那個胡說八道的賤女人，事情早就辦好了！」

這壞蛋緊抱雙臂，嘀咕著幾聲話咒罵自己沒用，害人的計謀無法得逞。這時布朗洛先生轉頭向身旁驚恐的群眾解釋，只要能用計陷害奧利佛，身為孟克斯老伙伴兼密友的猶太老頭就會得到一大筆賞金。萬一有人救出奧利佛，賞金就得吐出一部分。他們為了這點起了爭執，所以兩人才會到鄉下的別墅確認奧利佛的身分。

「小鎖盒項鍊和戒指呢？」布朗洛先生轉向孟克斯說。

「我向一對夫婦買來的，我跟你提過他們了。他們是從護士手上偷走的，護士又是從屍體身上偷的。」孟克斯回答，連眼睛都沒抬一下。「這些東西後來的下落你也知情。」

布朗洛先生只是向格瀶維各先生點了個頭。格瀶維各先生極為機敏地走出房門，然後很快回來，一邊推著本伯太太，一邊拉著她老大不情願的丈夫跟在後頭。

「是我看錯了嗎！」本伯先生大叫，佯裝熱情的演技實在拙劣。「這不是小奧利佛嘛？噢，奧、利、佛，但願你知道我多替你傷心——」

「閉上你的嘴，笨蛋。」本伯太太嘀咕道。

「這很正常，很正常不是嗎，本伯太太？」濟貧院院長反駁：「**我**代表教區撫養他長大，現在看到他坐在這裡，身邊圍繞著最親切和藹的紳士淑女，難道我不應該感到高興！我一直很喜愛這孩子，把他當作我自己的──自己的──自己的少爺。」本伯先生頓了一下，想找個合適的比喻。「我親愛的奧利佛少爺，您可還記得那個穿著白色背心、好命的紳士嗎？啊！他上星期上天堂去了，棺材是橡木做的，還有鍍金的把手，奧利佛。」

「好了、好了，這位先生，」格濛維各先生刻薄地說：「管好你的感情吧。」

「我會盡力，先生，」本伯先生回答：「您好嗎，先生？希望您一切如意。」

這番問候是對布朗洛先生說的。布朗洛先生已經走上前，來到這對令人敬重的夫婦面前，指著孟克斯問：「認識那個人嗎？」

「不認識，」本伯太太斷然否認。

「**你**也不認識他嗎？」布朗洛先生對她丈夫說。

「我一輩子都沒見過他，」本伯先生回答。

「也沒賣任何東西給他？」

「沒有，」本伯太太回答。

「所以也從來沒擁有過某個純金小鎖盒項鍊和戒指？」布朗洛先生說。

「當然沒有，」女舍監回答：「為什麼把我們帶來這裡回答這些無聊的問題？」

布朗洛先生再度向格濛維各先生點點頭，那位紳士也再度一拐一拐地走出去，但動作出奇地敏捷。這一次，他回來時帶進來的不是一對身強體壯的夫婦，而是兩個顫抖的老婦人。她倆走進來時，渾身發抖，步履蹣跚。

「老莎莉死的那天晚上，妳關上門，」走在前頭的那個抬起皺巴巴的手說：「但妳可消不掉聲音，也擋不住門縫。」

「沒錯，沒錯，」另一個四處張望，動了動已經沒有牙齒的下巴說：「沒錯，沒錯，沒錯。」

「我們聽到她努力想把她做的事告訴妳，看到妳從她手上拿走一張紙，隔天還看到妳去了當鋪，」第一個老婦人說。

「沒錯，」第二個人附和說：「那是『一個小鎖盒項鍊和一只金戒指』。我們發現了，也看到妳拿了。我們就在旁邊。噢！我們就在旁邊。」

「我們知道的還不只這樣，」第一個接著說：「很久以前，她常跟我們說那年輕的母親告訴她，剛病倒的時候她覺得自己絕對熬不過那場病，她快死在那孩子父親的墳墓旁邊了。」

「妳想見見當鋪老闆本人嗎？」格澟維各先生說完作勢要走到門邊。

「不必了，」本伯太太回答：「我看他（她指著孟克斯）膽小成這樣子，八成什麼都認了。你們大概也把所有老太婆都問了一遍，才找到真正的證人，既然如此，我也沒什麼好說的了。我**的確**把那些東西賣掉，現在東西已經在你們永遠找不到的地方了。那又怎麼樣？」

「不怎麼樣，」布朗洛先生回答：「但我們會處理一下，確保你們兩個再也無法擔任管理的職位。你們可以走了。」

「我希望，」格澟維各先生帶著兩位老婦人離去，本伯先生則是懊悔不已地看著在場所有人說：「希望這樁不幸的小事件不會害我丟掉教區的職位？」

「一定會，」布朗洛先生說：「你只能接受這個事實，也要認清這樣已經算走運的了。」

「這都是本伯太太的錯，是她**要**這麼做的，」本伯先生先回頭看了一眼，確定他的另一半已經離開房間才這樣極力主張。

「那不是理由，」布朗洛先生回答：「毀掉那些小首飾的時候你人也在場，而且從法律的觀點來看，你的確是兩個人之中罪行比較重的那個。法律會假設你的妻子受你的指使行事。」

本伯先生兩手用力捏著帽子說：「要是法律這樣假設，法律就是個笨蛋，是白痴。如果這就是法律的看法，它一定是個單身漢。我希望法律淪落到最慘的下場，要等它親身體驗過了才會明白丈夫無法指使妻子——要親身體驗了才知道。」

本伯先生特別強調了最後一句話，重重地戴上帽子，然後雙手插口袋，跟著他太太下樓。

「年輕小姐，」布朗洛先生轉向蘿絲說：「給我妳的手。別發抖，不必害怕聽到我們最後要說的幾句話。」

「萬一這些話和我有關——我雖然覺得不太可能，但萬一真的是這樣，」蘿絲說：「請改天再告訴我。我現在沒有力氣，也沒有精神聽。」

「不，」老紳士挽著她的手臂回答：「我很確定妳的個性其實更堅強。你認識這位年輕小姐嗎，先生？」

「認識，」孟克斯回答。

「我以前從沒見過你，」蘿絲虛弱地回答。

「我常見到你，」孟克斯回答。

「愛格涅的父親有兩個女兒，一個是不幸的愛格涅，」布朗洛先生說：「另一個女兒的命運如何——那小女娃？」

「那孩子，」孟克斯回答：「她父親改名換姓死於異地時，沒有一封信、一本冊子或一張紙透露任何一點線索，因此沒人可以找到他的朋友或親戚——那孩子被生活困苦的農民收養，他們把她當作自己的孩子。」

「繼續說，」布朗洛先生說，並示意梅里夫人過來：「繼續說啊！」

「你找不到那地方的，那戶人家早就不住在那兒了，」孟克斯說：「但友誼派不上用場的地方，仇恨往往可以找到出路。經過一年的明察暗訪，我母親找到了他們——當然，也找到了那孩子。」

「她帶走了那孩子，是嗎？」

「沒有。那戶人家很窮，而且開始對自己的善良天性厭煩了，至少那男主人是這樣。我母親讓那孩子繼續跟他們住在一起，給了他們一點錢，但根本維持不了多久，不過她承諾會給更多，但其實她根本沒打算要給。但我母親不放心，不確定讓這些人心生不滿、生活困頓，就一定能讓那孩子過苦日子。所以她又把那孩子姊姊見不得人的往事告訴他們，而且隨意加油添醋，並吩咐他們得好好注意那孩子，因為她血液裡流的是壞因子。她還告訴他們她是私生女，將來必定會走上歪路。所有的情況都支持了她的說法，他們也就相信了。那孩子勉強過著悲慘的日子，連我們都感到滿意，直到當時住在卻斯特的一名寡婦偶然看到那女孩，心生同情才把她帶回家。我猜想，一定有某種該死的力量在跟我們作對。就算我們用盡心機，她還是在那裡快快樂樂地生活著。我有兩、三年的時間沒見到她了，直到幾個月前才又看到。」

「你現在看到她了嗎？」

「看到了，就靠在妳手臂上。」

「但她不僅是我的姪女，」梅里夫人叫喊著，把快要昏過去的女孩摟在懷裡。「更是我最親愛的孩子。就算現在把全世界的金銀財寶都給了我，我也不願意失去她。我可愛的伙伴，我親愛的女孩！」

「我唯一的朋友，」蘿絲緊抓住她大喊。「最仁慈、善良的朋友，我的心要裂開了。這一切都讓我無法承受。」

「妳承受過更多事情，妳是最善良、最溫婉的人，把幸福帶給每一個認識妳的人，」梅里夫人溫柔地抱著她說：「乖，乖，我親愛的，要記得誰還等著把妳擁在懷裡，可憐的孩子！看這裡——妳瞧，妳瞧，我親愛的！」

「不是阿姨，」奧利佛伸出雙手摟住她的脖子大叫：「我永遠不會叫她阿姨——姊姊，我親愛的姊姊，打從一開始，冥冥中就有一股力量讓我這麼深愛著她。蘿絲，親愛的，親愛的蘿絲！」

他們兩人淚水直流，兩個孤兒親密地擁抱了好一會兒，斷斷續續地交談著，就讓他們的淚水和言語獻給上帝吧。在那一瞬間，他們得到了父親、母親、姊姊，但隨即又失去他們。喜悅與痛苦交融，但其中並沒有悲傷的淚水，因為就連悲傷本身也和緩了，包覆在甜美、溫柔的回憶中，成了神聖的滿足，失去了所有苦痛的本質。

他們兩人獨處了很長一段時間。最後門上輕輕響起敲門聲，顯示門外有人。奧利佛打開門，溜了出去，讓出位子給哈利．梅里。

「我都知道了，」他在這可愛女孩旁邊坐下。「親愛的蘿絲，我都知道了。」

「我出現在這裡並非偶然，」在一陣長長的沉默後他補充道。「我也不是今晚才聽到這一切，我昨天就知道了——不過就是昨天的事。妳猜到我是來提醒妳一個承諾的嗎？」

「等等，」蘿絲說：「你**真的**全都知道了？」

「我都知道了。妳答應過我，一年內可以再重提我們上次談過的事。」

「沒錯。」

「我不是要逼妳改變心意，」年輕人繼續說：「如果妳願意，我只是想聽妳再說一次。我會把我擁有的地位或財富都放在妳腳下，但如果妳還是堅持先前的決定，我對自己發誓，絕不會用任何行動或言語改變妳的心意。」

「那時影響我的那些理由，現在還是會影響我，」蘿絲堅定地說：「因為你善良的母親，我才得以跳脫貧困、苦難的生活。如果我對她有強烈而不容忽視的責任，還有什麼時候能比今晚更讓我強烈地感受到這分責任？這件事雖然困難，」蘿絲說：「但我很高興能面對這個困難；雖然痛苦，但我願意承受。」

「今晚揭露的祕密——」哈利正要開口說。

「今晚揭露的祕密，」蘿絲輕聲回答：「沒有改變我對你的立場，我還是和以前一樣。」

「妳就是對我鐵了心了，蘿絲，」她的愛人激動地說。

「喔，哈利，哈利，」年輕小姐哭了起來：「我真希望可以對你鐵了心，不用讓自己承受這種痛苦。」

「那妳為何要折磨自己？」哈利牽起她的手說：「想想，親愛的蘿絲，想想妳今晚聽到的事。」

「我聽到什麼！我聽到了什麼！」蘿絲叫喊著。「我自己的父親羞愧到無地自容，躲著所有人——好了，我們說得夠多了，哈利，我們說得夠多了。」

「還不夠，還不夠，」年輕人說。她起身時，他留住了她。「我的希望、理想、未來、感情，甚至人生中的每個想法都改變了，唯有對妳的愛不變。現在我能給妳的，不是俗世中的虛名，也不是要妳與充滿邪惡與毀謗的世界為伍，在這樣的世界裡，正直的人會覺得羞愧，往往並不是因為自己真的做過什麼見不得人的醜事。我能給妳的，只是一個家——一顆心和一個家——沒錯，最親愛的蘿絲，我能給妳的就是這些，也只有這些。」

「你是什麼意思！」她結巴地說。

「我的意思不過是——我上次離開妳的時候，已經下定決心要把妳我之間所有想像出來的障礙一一剷平。我決定要是我的世界不能屬於妳，那我就讓妳的世界變成我的。我決定不讓自己的身分地位害妳受人嘲笑，因為我要拋棄這個身分。這點我已經做到了。那些因此避著我的人當初也避著妳，證明了妳是對的。那些有權有勢的人，那些有影響力、有地位的親戚當初對我笑容滿面，如今卻對我冷漠以對。但在英國最富庶的一個郡裡，還有笑臉盈盈的田野和隨風搖曳的樹木。在一座鄉村教堂旁邊——那是我的教堂，蘿絲，我自己的教堂！——矗立著一棟質樸的房子，有了妳，我會更為它感到驕傲，比我放棄的一切希望還讓我驕傲一千倍。我在此放棄了我現在所有的階級和地位！」

※　※　※

「等一對戀人共進晚餐真夠煩的，」格凜維各先生醒了過來，把蓋著頭的手帕拿開。

說實話，這頓晚餐的等候時間早已超出合理的範圍。但梅里夫人、哈利和蘿絲（三個人一起進來）都沒有說任何一句話為自己辯護。

「今晚我真的想把自己的頭吃掉，」格凜維各先生說：「因為我開始覺得我應該沒東西可吃了。要是你們同意，我就冒昧地向未來的新娘致意。」

格凜維各先生絲毫不浪費時間，將聲明化為行動，親了一下滿臉通紅的女孩。受到這個示範的感染，醫生和布朗洛先生也跟著如法炮製。有些人堅稱看見哈利．梅里在隔壁黑暗的房間裡早已開了先例，但最具權威的人士認為這純屬誹謗，因為哈利年紀尚輕，又是一名牧師。

「奧利佛，我的孩子，」梅里夫人說：「你去了哪裡？為什麼看起來那麼悲傷？你的眼淚現在一直從臉上偷偷流下來。怎麼回事？」

這是一個充滿失望的世界，我們最珍視的希望，以及最能發揮人性光輝的希望，往往結果都是不如人意。

可憐的迪克死了！

第五十二章
費金人生中的最後一夜

法院從地板到天花板砌滿了人的臉孔。好奇、殷切的眼睛從每一寸縫隙偷看。從被告席前面的柵欄，到旁聽席最小角落裡最狹窄的一隅，所有的目光都集中在一個人身上——費金。他的前後、上下、左右，彷彿天地之間全是一雙雙閃閃發亮的眼睛，包圍著他。

他站在那裡，在群眾充滿生命的光芒照射下，一手放在前方的木板上，另一手擺在耳旁，頭往前伸，以便更清楚聽到主審法官講的一字一句，而法官正向陪審團陳述對他的指控。有時他會將銳利的目光轉向陪審團，觀察陳述中有利於他但又最微不足道的小事對他們有何影響。而在主審法官極為清楚地陳述對他不利的論點時，他又轉向他的律師，他便轉頭看向律師，暗自求他就算到了這個時候，也要替他辯護幾句。除了這些動作表現出他焦慮的心情外，他的手腳一動也不動。開庭以來他幾乎沒有動過。等到法官陳述完畢，他還是維持同樣緊張的神情，全神貫注地凝視著法官，似乎還在聆聽。

法庭中出現了一些小騷動，讓他回過神來。他轉過頭，看到陪審員聚在一起討論他們的裁決。他的眼睛飄向旁聽席，可以看到群眾爭先恐後地站起來想看清楚他的長相。有些人連忙戴上眼鏡，有些人則和身旁的人竊竊私語，臉上露出嫌惡的表情。還有少數幾個人似乎沒在注意他，只是不耐煩地看著陪審團，心想他們怎麼拖這麼久。但他看不到有任何一張臉對他流露出一絲同情，就連在場的許多女性也不例外。他看到的只有一種感覺：大家都全神貫注，希望他受到法律制裁。

他疑惑的眼神將這一切盡看在眼裡，此時如死亡般的寂靜再度降臨，他回頭一看，陪審團已經轉頭面向法官。安靜！

他們只是請求退庭罷了。

他們走出去時，猶太老頭急切地一一仔細端詳他們的表情，似乎想看出大多數人的想法為何，但只是白費力氣。獄卒碰了碰他的肩膀，他自動跟著走到被告席的盡頭，坐在一張椅子上。要不是獄卒剛才指了椅子，他還看不到。

他再度抬頭看了旁聽席一眼。有些人在吃東西，有些人用手帕扇風。這個擁擠的地方實在太熱了。有個年輕人在一本小筆記本上畫他的素描像。他好奇那素描畫究竟像不像。畫家筆尖折斷了，於是用刀子又削了一枝鉛筆，過程中費金一直看著，就像其他沒事做的觀眾一樣。

他以同樣的眼神看向法官，又開始忙著思索別的事情，想著他的服裝款式，價格多少，還有他怎麼穿上去的。審判席上還坐著一位肥胖的老先生，他大約半小時之前曾經離席，如今又回來了。他猜想這人是不是去吃晚餐，吃了什麼，去哪裡吃。這一連串漫不經心的想法掠過他的心頭，直到新的事物吸引他的目光，他天馬行空的思緒又再度串起。

這段時間裡，他沒有一分一秒不感到墳墓在腳底下開挖，沉重的感覺壓得他喘不過氣來。這種感覺一直糾纏著他，但很模糊籠統，讓他無法集中精神思索。因此，即使他全身發抖，想到死亡即將來臨而覺得渾身滾燙，他還是開始數眼前的鐵欄杆有幾根，揣測其中一根的頭如何掉了下來，他們會修理還是置之不理。接著，他想到和絞台和絞刑架的種種可怕景象，又停下來仔細觀察一名男子灑水冷卻地板，接著又開始想東想西。

終於，有人喊了「肅靜」，所有人都屏息看向門口。陪審團回來了，從他面前經過。他從他們臉上看不出個所以然，這一張張的臉就像石頭做的一樣。接著便是一片安靜——沒有窸窣聲，就連呼吸聲也聽不見——只有一聲「有罪」。

這棟建築響起一陣又一陣響徹雲霄的呼叫聲，接著回應的是震耳的叫罵聲，就像憤怒的雷聲一樣，凝聚力量，愈來愈響。外頭的人群則是傳來一陣歡呼，迎接費金將在星期一處死的消息。

鼓噪聲逐漸安靜下來，有人問他，要不要說說為什麼自己不應該被處死刑。他又恢復仔細聆聽的姿態，專注地看著發問者提問。但問題重複了兩次，他似乎才聽到，接著他只嘀咕著他是個老人——一個老人。然後聲音愈來愈低，再次沉默了下來。

法官戴上黑色的帽子，囚犯仍保持同樣的態度與姿勢站著。這個可怕又莊嚴的景象，讓旁聽席的一名女子發出驚呼聲。猶太老頭急忙抬頭看，似乎對有人干擾感到生氣，然後更專注地向前傾。法官說話嚴肅、讓人印象深刻，但判決聽起來很可怕。儘管如此，他依舊文風不動地站在原地，就像一尊大理石像。他憔悴的臉仍然往前伸，張大了嘴直視著前方，此時獄卒把手搭他的手臂上，示意他準備離開。他麻木地看了看四周才照做。

他們帶著他穿過法庭下砌石板的房間，那裡的犯人有些等著受審，有些和朋友談天，在鐵格柵前圍成一群，鐵格柵之外就是戶外的院子。那裡沒有人和他說話，但他經過時，犯人個個都往後退，如此一來，擠在柵欄前的人更清楚看到他。他們用粗野的話罵他，還尖聲大叫，發出噓聲。他揮著拳頭，想賞他們兩巴掌。但帶路的人催促他往前走，通過一條燈光微弱的陰暗通道，進入監獄裡。

這裡有人搜他身，以防他帶著傢伙，在伏法之前就先了結自己的性命。完成這個儀式後，他們帶他到一間死囚的牢房，留他獨自一人關在那裡。

他坐在牢門正對面的一張石凳上，這張凳子既是椅子也是床架。他血紅的雙眼盯著地板，試著要整理思緒。過了一會兒，他開始想起剛才法官說話的一些片段，儘管當時他似乎一個字也聽不到。這些片段慢慢回到應有的位置，而且一點一滴，逐漸呈現出更多意義。不一會兒，他已經拼湊出全貌，幾乎就像當場宣判一樣。他會被絞死——這就是結局。他會被絞死。

牢房裡很黑，他開始想到認識的所有人之中死於絞刑的那些人。有些人還是他一手送上西天的。他們一個接一個出現，速度極快，簡直來不及數。他看過一些人受死的樣子——還開了玩笑，因為他們臨死的時候嘴巴裡還念念有詞地在禱告。絞刑台的踏板落下時會發出嘎嘎聲，突然之間，他們就從強壯而有活力的男人，變成一堆垂掛的衣服！

有些人搞不好還住過同一間牢房——就坐在同樣的位置。牢房裡一片漆黑，為什麼不點個燈呢？這牢房已經建好很多年了。一定有很多人在這裡度過人生的最後幾個小時。這感覺就像坐在遍地死屍的地窖裡——帽子、活繩結、被綑住的雙臂、他認識的臉孔，就算藏在那可怕的面罩底下他也認得——燈呢，燈呢！

他的雙手捶打硬邦邦的門和牆壁，捶得皮開肉綻，這時終於有兩個人出現。一個人拿著一根蠟燭，把蠟燭插進固定在牆上的鐵燭台上。另一人拖著一個床墊進來準備過夜。對這囚犯來說，他不再是孤獨一人了。

夜晚降臨。漆黑、陰沉、寂靜的夜晚。其他的守衛都很高興聽到教堂的鐘響。對他們來說，鐘聲代表生命以及還有新的一天。但對猶太老頭而言，這些鐘聲只帶來絕望。鐵鐘每次轟隆作響都伴隨著那個深沉而空洞的聲音——死亡。愉悅清晨的喧鬧聲和嘈雜聲即使傳到了這裡，對他又有何用？這是另一種形式的喪鐘，除了警告之外還加上了嘲弄。

白天過去了。白天？白天並不存在，它一來就走了，然後夜晚再度來臨。夜很長，但也很短。長是長在令人恐懼的寂靜，短則短在時間流逝的速度極快。他有時一陣狂罵，粗話盡出；有時又大聲號叫，拉扯頭髮。和他同一教派的幾位可敬人士曾到他身邊禱告，但他把他們罵走了。他們要重新開始他們的善舉，他又把他們打跑。

已經到了星期六晚上。他只剩一個晚上好活。就在他想到這點時，天已經亮了——星期天了。

直到可怕的最後一晚，無助、絕望的毀滅感才朝著他行將就木的靈魂全力襲來。倒不是說他曾懷抱什麼明確或肯定的希望，認為自己能獲得寬恕，而是只要約略想到自己很快就得受死，他便無法再繼續往下想。他和這兩個輪班的守衛極少交談，而這兩個人也無意引起他的注意。他坐在那裡，雖然醒著，卻在做夢。現在，他每一分鐘都會驚醒，嘴巴喘著氣，皮膚發燙，焦慮地來回踱步，一旦恐懼和憤怒發作，就連早已熟悉這些景象的守衛也怕得躲得遠遠的。最後，在邪惡心腸的折磨下，他變得很可怕，沒有人可以受得了單獨坐他身邊注視著他。因此，那兩個人一起看守他。

他縮在石床上，回憶過往。他被捕的那天，人群中不知丟來什麼東西把他砸傷，之後他的頭一直纏著一塊亞麻布。他的紅髮垂落在毫無血色的臉上，鬍鬚被扯得捲曲糾結。他的眼睛散發出可怕的光芒，沒洗澡的身體一直發燙，整個人簡直快燒了起來。八點、九點、十點。如果這不是嚇唬他的伎倆，那就是時間真的一小時接一小時地過去。明天這個時候，他會在哪裡！十一點！前一個小時的鐘聲才剛停歇，接著又是一聲鐘響。八點時，他會是自己送葬隊伍行列裡唯一來哀悼的人。到了十一點——

新門監獄那些可怕的牆後不知藏了多少不幸、多少難以言喻的痛苦，不只眼睛看不到，長久以來人們也想不到，但即使如此，那些牆也從未目睹這麼可怕的場面。有幾個人經過時放慢腳步，想知道明日就要被處絞刑的人現在在做什麼。他們要是真看見他，那天晚上就別想睡好覺了。

從傍晚到接近午夜。三三兩兩的人群集結在守衛室門口，表情焦急地詢問有沒有收到任何緩刑的通知。他們得到的答案都是否定的，接著他們會把這令人高興的消息告訴街上成群聚在一起的人，這些人比手畫腳地互相討論猶太老頭會從哪裡出來，還向對方說明絞刑台搭在哪裡，然後才依依不捨地走開，還頻頻回頭想像那個場景。人群逐漸散去，夜深的那一個小時裡，街道只剩下荒涼與黑暗。

監獄前方的空間已經清空，幾道漆成黑色的堅固柵欄也橫放在馬路上，阻擋預期推擠的人潮，此時布朗洛先生及奧利佛出現在小門邊，拿出一張面見囚犯的許可，這張許可還是由一位司法長官簽署，於是他們立刻獲准進入守衛室。

「這位小紳士也要進來嗎，先生？」負責帶他們進去的人說道：「那裡的情況不適合小孩子看，先生。」

「的確不適合，我的朋友，」布朗洛先生回答：「但我和這男人的事與他息息相關，這孩子已經見識過那犯人在盜匪生涯中行凶作惡的囂張模樣，所以我覺得就算他會覺得有一點痛苦和恐懼，但讓他去見見那個人沒關係。」

這些話是在別處說的，以免奧利佛聽到。那人摸摸帽子，好奇地看著奧利佛，打開另一扇門，那扇門就在他們剛進來的門對面。他帶他們進去，穿過黑暗曲折的通道走向牢房。

「這裡就是了，」男人停在幽暗的通道說。那裡有幾個工人安靜無聲地準備著東西。「這就是他要經過的地方。要是您走這條路，還可以看到他出去的門。」

他帶著他們進入一間石造廚房，裡頭有一些大鍋用來煮犯人的食物。接著他指了一扇門。門上方有一道開啟的格柵，從那裡傳來幾個男人的聲音，還混雜著鐵錘的敲打聲，以及丟下木板的聲音。他們正在組絞刑架。

他們從這地方穿過幾道牢固的門，這些門都得由其他獄卒從裡邊打開。進了外面的院子後，爬上一段狹窄的階梯，然後走進一條通道，通道左邊又有一排牢固的門。獄卒示意要他們待在原地，然後用一串鑰匙敲了敲其中一道門。兩個守衛嘀咕了幾句後，走出來到通道上伸伸懶腰，似乎很高興可以暫時放鬆一下。守衛示意這兩位訪客跟著獄卒進到牢房，他們照做了。

那死囚坐在床上，不停左右搖晃身體，表情看起來像是隻困獸而不是人。他的心思顯然回到了以前的生活，因為他一直喃喃低語，除了把他們當作幻覺的一部分外，似乎並沒有意識到他們出現。

「好小子，查理——幹得好——」他咕噥道：「奧利佛，你也是，哈！哈！哈！奧利佛你也是——現在已經成了紳士了——就是——把那孩子帶去睡覺！」

獄卒拉起奧利佛空著的手，低聲向他說別害怕，靜靜地看下去。

「帶他去睡覺！」費金大叫。「聽到沒，你們這些人？他是——是——這些事的罪魁禍首。把他撫養長大還真是值得——波特的喉嚨，比爾。別管那女孩了——波特的喉嚨你能割多深就多深。把他的頭鋸下來！」

「費金，」獄卒說。

「我就是！」猶太老頭大喊著，但立刻回復他在受審時仔細聆聽的神態。「我是老人了，大人，很老很老了！」

「喂，」獄卒說話。他把手放在費金胸口讓他坐下來。「有人想見你，我想應該是要問你一些問題。費金，費金！你是人嗎？」

「快不是了，」他一面回答一面抬起頭，臉上已經沒有人的表情，只剩下憤怒與驚恐。「把他們都打死！他們有什麼權利殺了我？」

他說話時看到了奧利佛和布朗洛先生，便縮到椅子最遠的角落，質問他們來這裡做什麼。

「冷靜，」獄卒依舊按住費金說：「好，先生，告訴他您想做什麼。請盡快，時間愈久他的情況愈糟。」

「你有一些文件，」布朗洛先生上前說道：「是一個叫孟克斯的人為了保險起見，交到你手裡的。」

「這全是一派胡言，」費金說：「我沒有——一分都沒有。」

「看在上帝分上，」布朗洛先生嚴肅地說：「都已經死到臨頭，就別再嘴硬了，只要告訴我那些文件在哪裡。你知道賽克斯已經死了，孟克斯也坦誠了一切，你甭想再有任何好處了？那些文件在哪裡？」

「奧利佛，」費金向他招手大叫：「過來，過來！我悄悄跟你說。」

「我不怕，」奧利佛鬆開布朗洛先生的手低聲說。

「那些文件，」費金把奧利佛拉近身邊說：「放在一個帆布袋裡。樓上前廳的煙囪上面一點有個洞，就放在那裡。我想和你談談，親愛的。我想和你談談。」

「好，好，」奧利佛回答：「讓我先禱告一下。來！讓我先禱告一下。先跪下，跟著我禱告一段就好，然後我們可以談到早上。」

「去外面，去外面，」費金回答，接著便推著奧利佛往前走向門口，空洞的眼神越過他的頭看著前方。「說我已經睡了——他們會相信你的。只要你帶著我，就可以把我弄出去。快啊，快啊！」

「噢！上帝原諒這個可憐人！」奧利佛放聲大哭叫喊著。

「這就對了，這就對了，」費金說：「這可以幫到我們。先是這道門。我們經過絞刑架時如果我搖晃發抖，你可別介意，快走就是了。快，快，快！」

「您沒有其他事想問他嗎？」獄卒問道。

「沒其他問題了，」布朗洛先生回答：「我原本以為我們能讓他看清目前的處境——」

「他已經無可救藥了，」男人搖搖頭回答：「您最好別管他。」

牢房的門開了，兩個守衛也回來了。

「快啊，快啊，」費金大叫：「動作輕一點，但別那麼慢啊。快點，快點！」

這些人用手按住他，讓奧利佛擺脫他的掌握，然後把他拉回去。他拚命使勁掙扎了一番，接著大叫起來，一聲接著一聲，淒厲得甚至可以穿透那些厚實的牆壁。直到他們到了外面的院子，那聲音還在他們耳裡迴盪。

他們還要再過一會兒才會離開監獄。看到這個駭人的場景，奧利佛差點暈了過去。他覺得很虛弱，大約在一小時左右的時間裡，他連走路的力氣都沒有。

等他們出來時，天色已經漸漸亮了。此時已經有許多人聚集在這裡。窗邊擠滿了人，有的抽菸，有的打牌，藉此打發時間。群眾互相推擠、爭執、說笑。一切都傳達出生命與朝氣，但擺在人群正中央的那堆黑色東西除外——黑色的台子、十字橫桿、繩索，還有所有執行死刑的可怕用具。

第五十三章
尾聲

本故事中提到的人物命運差不多都講述完畢了。留給作者交代的部分，只有簡單幾句。

不到三個月後，蘿絲・佛萊明和哈利・梅里便在鄉村教堂裡結婚了，那裡就是年輕牧師以後工作的地方。同一天，他們搬進了他們幸福的新家。

梅里夫人搬來和兒子、媳婦一起住，在平靜的晚年享受她這個年高德劭的人所能享受到的最大幸福——她的一生沒有虛度，不停為這兩個孩子付出最溫暖的情感、最溫柔的關懷，如今則細細品味他們的幸福。

經過仔細而全面的調查，如果要將孟克斯手裡剩餘的那筆財產（不論是他或他母親，手裡財產的價值都從未增加）平均分配給他和奧利佛，每個人可得三千多英鎊。依照他父親的遺囑，奧利佛有權得到全部財產。但布朗洛先生不願意剝奪這名長子重新做人、改邪歸正的機會，於是提議這樣的分配方式，而受他照顧的小奧利佛也欣然接受。

孟克斯仍繼續用這個化名，帶著他分到的財產躲到新大陸一個偏遠的地方，並在當地快速散盡家財，接著又重操舊業。他因為另一樁偽造和詐欺案件被判長期監禁，最後舊疾復發死在牢裡。他朋友費金一伙餘下的幾名主要同黨，也都客死異鄉。

布朗洛先生收養了奧利佛，帶著他和老管家搬到新家，離他幾位好友所住的牧師公館不到兩公里，實現了奧利佛溫暖、誠摯的心中唯一所剩的願望，也因此，他們組成了一個小圈子。在這個不斷變化的世界裡，這個小圈子的幸福狀態，達到世人所知最近乎完美的程度。

兩個年輕人結婚不久後，那位可敬的醫生便回到徹特西。在那裡，少了這一群老友，他原本應該抱怨連連，變得暴躁易怒，但幸好他的個性不是這樣，也做不來這種事情。在兩、三個月的時間裡，他一直透過暗示安慰自己，當地的空氣恐怕已經不適合自己。後來他發現那裡對他來說真的已經變了樣，於是便將業務交給助手，在他年輕朋友擔任牧師的那座村子外租了一間單身漢住的小屋，並立刻恢復了健康。他在這裡忙著種花蒔草、種植樹木、釣魚、做木工，還有各式各樣類似的小消遣：從事這些活動時，他招牌的急性子，不免還是會出現。後來他在各方面都成為造詣高深的權威人士，名聲傳遍鄉里。

醫生在搬家前已對格凜維各先生產生深厚的友誼，而那位古怪的紳士也對他禮尚往來。因此，一年之中，格凜維各先生多次拜訪他，而且每次到訪，格凜維各先生對種樹、釣魚、做木工都興致盎然，不管做什麼事，都維持獨樹一幟、史無前例的風格，而且必定講出他最愛的名言，證明自己的方法才正確。星期天時，他絕不會忘了當著年輕牧師的面批評佈道的內容。之後又總是神祕兮兮地告訴洛斯本先生，他認為牧師表現絕佳，只是覺得不要說出來比較好。布朗洛先生老愛取笑他，要他回想起那晚對奧利佛的預言，並且要他回想那晚他們兩人之間放著一只手表，等奧利佛回來的情景。但格凜維各先生堅稱自己大致上判斷正確，證據就是奧利佛那晚的確沒有回來。談起這件事總會讓他大笑，心情也變得更好。

諾亞．克雷波爾先生因指證費金而獲得皇室特赦。他認為自己的職業並不如他原先所想的那麼安穩。有一小段時間，他因為失去謀生的方法，工作的機會並不多。幾經考慮，他進入告密這一行，這個職業可以讓他以冒充上流為生。他的計畫是：一星期一次，在禮拜時間穿上體面的衣服，由夏洛蒂陪著外出。夏洛蒂這位小姐會在樂善好施的酒館老闆店門前昏倒，而諾亞這位紳士則會花個三便士買白蘭地救醒她。隔天就去告發那老闆[27]，一半的罰款則進了自己的口袋。有時候克雷波爾先生會自己昏倒，但一樣有效。

本伯夫婦遭到免職後，生活逐漸陷入極為貧困不幸的處境，最後成為貧民，進了他們曾經對他人作威作福的同一家濟貧院。據說本伯先生曾提到在這樣潦倒不幸的情況下，他連感謝能與妻子分開的心情都沒有了。

蓋爾斯先生和布里托斯仍堅守崗位，只是前者頭已禿，後者也頭髮花白。他們住在牧師公館，對他們的主人、奧利佛和布朗洛先生一視同仁，付出同等的關心。因此，直到今天，村民還是無法分辨他們究竟是哪一家的僕人。

賽克斯的罪行嚇壞了查理．貝茲少爺。貝茲少爺不斷思考正直的生活究竟好不好，最後得出結論，認為答案絕對是肯定的。於是他痛改前非，決定以全然不同的行為，彌補過錯。好一段時間，他努力奮鬥，吃了很多苦頭。但憑著安分知足的個性，加上良善的目標，他終於成功了。一開始他在農家做苦工，接著當起了搬運工人的幫手，現在他已經是整個北安普頓郡最快樂的年輕畜牧業者。

現在，筆者即將完成任務，雙手因此而顫抖。但筆者仍會保留一點篇幅，繼續延伸這個故事。

儘管筆者已與書中角色相處多時，但仍很樂意和其中某些人物再多處一段時間，努力描述他們的幸福，分享他們的快樂。包括芳華正盛的蘿絲．梅里在她人生無欲無求的道路上，撒下柔軟溫和的光輝，分享給所有與她同行的人，並照進他們的心房。筆者也要描述她的活力和喜悅，出現在圍著爐火的時刻和夏日生氣勃勃的聚會。筆者會跟隨她，在正午時刻穿越酷熱的田野，在灑落月光的夜間散步時，聽她用甜美聲音低聲唱出的曲調，並看著她在外行善，在家笑臉盈盈地執行家務，永遠不喊累。筆者也會描述她和死去姊姊的孩子沉浸在對彼此的愛中，一起花上好幾個小時，畫出他們曾經不幸失去的朋友。筆者會再一次把那些圍在她膝前歡樂的小臉蛋喚到面前，聽一聽他們快樂的閒聊聲，也要回憶起那些清脆的笑聲，回想

27 當時法律規定，禮拜結束前不得販酒，違者處以罰鍰，罰金一半作為告發人的獎金。

那柔和的藍眼睛裡閃爍的同情之淚。這一切，還有成千個表情、笑容，許多的思緒及話語，筆者都很樂意一一記下。

日復一日，布朗洛先生持續用豐富的知識充實他養子的心靈，而奧利佛的本性逐漸發展，表現出布朗洛先生期望他具有的各種特質雛形，因此愈來愈受到他喜愛。他如何在奧利佛身上找到與老朋友相像的新特徵，這些特徵喚醒了他胸中過往的回憶，雖然憂傷，卻又甜蜜，能帶給他安慰。這兩個孤兒經過逆境的試煉，又學會了對他人慈悲，學會了互愛，也學會了熱誠感謝上蒼的庇佑與保護——這些事都無需贅述。筆者已說過他們確實過得很幸福。造物主的信條就是慈悲，最大的特質就是仁善。如果對這樣的造物主沒有心存感激，沒有心懷強烈的情感和人性，是絕對得不到幸福的。

在鄉村老教堂聖壇內，立著一個白色的大理石碑，上面只刻著幾個字：「愛格涅。」墓穴裡沒有棺木，希望很多很多年後，才會刻上另一個名字！但如果死者的靈魂會回到人間，造訪那些他們生前親友因愛（死亡也擋不住的愛）而視為神聖的地方，筆者相信愛格涅的一縷芳魂有時會盤旋在那莊嚴的角落之上。儘管那角落位於教堂內，而她又曾經軟弱、犯錯過，但筆者依舊這樣相信。

國家圖書館出版品預行編目（CIP）資料

孤雛淚 / 查爾斯.狄更新(Charles Dickens)著 ; 方淑惠, 吳延輝譯. -- 初版. -- 臺北市 : 商周出版 : 家庭傳媒城邦分公司發行, 2014.08
面； 公分. -- (商周經典名著 ; 46)
譯自 : Oliver twist
ISBN 978-986-272-640-2(平裝)

873.57 103014916

「線上問卷回函」

商周經典名著 46

孤雛淚

作　　者 / 查爾斯・狄更斯（Charles Dickens）
譯　　者 / 方淑惠（第一章～第三十七章）、李延輝（第三十八章～第五十三章）
企 畫 選 書 / 余筱嵐
責 任 編 輯 / 羅珮芳、彭子宸

版　　權 / 黃淑敏、吳亭儀
行 銷 業 務 / 周佑潔、黃崇華、張媖茜
總 編 輯 / 黃靖卉
總 經 理 / 彭之琬
第一事業群經理 / 黃淑貞
發 行 人 / 何飛鵬
法 律 顧 問 / 元禾法律事務所 王子文律師
出　　版 / 商周出版
台北市104民生東路二段141號9樓
電話：（02） 25007008 傳眞：（02） 25007759
E-mail：bwp.service@cite.com.tw
發　　行 / 英屬蓋曼群島商家庭傳媒股份有限公司城邦分公司
台北市中山區民生東路二段141號2樓
書虫客服服務專線：02-25007718；25007719
服務時間：週一至週五上午09:30-12:00；下午13:30-17:00
24小時傳眞專線：02-25001990；25001991
畫撥帳號：19863813；戶名：書虫股份有限公司
讀者服務信箱：service@readingclub.com.tw
城邦讀書花園：www.cite.com.tw
香港發行所 / 城邦（香港）出版集團
香港灣仔駱克道193號東超商業中心1F E-mail: hkcite@biznetvigator.com
電話：（852） 25086231 傳眞：（852） 25789337
馬新發行所 / 城邦（馬新）出版集團【Cite（M） Sdn Bhd】
41, Jalan Radin Anum, Bandar Baru Sri Petaling,
57000 Kuala Lumpur, Malaysia.
電話：（603） 90578822 傳眞：（603） 90576622
Email: cite@cite.com.my

封 面 設 計 / 廖韡
內 頁 排 版 / 立全電腦印前排版有限公司
印　　刷 / 韋懋實業股份有限公司
經　　銷 / 聯合發行股份有限公司
地址：新北市231新店區寶橋路235巷6弄6號2樓
電話：(02)2917-8022 傳眞：(02)2911-0053

■2014年9月2日初版
■2021年12月21日二版3.3刷
定價380元

Printed in Taiwan

城邦讀書花園
www.cite.com.tw

 ISBN 978-986-272-640-2

廣　告　回　函
北區郵政管理登記證
北臺字第000791號
郵資已付，免貼郵票

104　台北市民生東路二段141號2樓

英屬蓋曼群島商家庭傳媒股份有限公司城邦分公司　收

請沿虛線對摺，謝謝！

書號：BU6046X　書名：孤雛淚(改版)　編碼：

請於此處用膠水黏貼

讀者回函卡

不定期好禮相贈！
立即加入：商周出版
Facebook 粉絲團

感謝您購買我們出版的書籍！請費心填寫此回函卡，我們將不定期寄上城邦集團最新的出版訊息。

姓名：＿＿＿＿＿＿＿＿＿＿＿＿＿＿＿＿　性別：□男　□女

生日：西元＿＿＿＿＿＿＿年＿＿＿＿＿＿＿月＿＿＿＿＿＿＿日

地址：＿＿＿＿＿＿＿＿＿＿＿＿＿＿＿＿＿＿＿＿＿＿＿＿

聯絡電話：＿＿＿＿＿＿＿＿＿＿＿＿　傳真：＿＿＿＿＿＿＿＿＿＿

E-mail ：

學歷：□ 1. 小學 □ 2. 國中 □ 3. 高中 □ 4. 大學 □ 5. 研究所以上

職業：□ 1. 學生 □ 2. 軍公教 □ 3. 服務 □ 4. 金融 □ 5. 製造 □ 6. 資訊

□ 7. 傳播 □ 8. 自由業 □ 9. 農漁牧 □ 10. 家管 □ 11. 退休

□ 12. 其他＿＿＿＿＿＿＿＿＿＿＿＿＿＿＿＿＿＿＿＿

您從何種方式得知本書消息？

□ 1. 書店 □ 2. 網路 □ 3. 報紙 □ 4. 雜誌 □ 5. 廣播 □ 6. 電視

□ 7. 親友推薦 □ 8. 其他＿＿＿＿＿＿＿＿＿＿＿＿＿＿＿＿

您通常以何種方式購書？

□ 1. 書店 □ 2. 網路 □ 3. 傳真訂購 □ 4. 郵局劃撥 □ 5. 其他＿＿＿＿

您喜歡閱讀那些類別的書籍？

□ 1. 財經商業 □ 2. 自然科學 □ 3. 歷史 □ 4. 法律 □ 5. 文學

□ 6. 休閒旅遊 □ 7. 小說 □ 8. 人物傳記 □ 9. 生活、勵志 □ 10. 其他

對我們的建議：＿＿＿＿＿＿＿＿＿＿＿＿＿＿＿＿＿＿＿＿＿＿＿

＿＿＿＿＿＿＿＿＿＿＿＿＿＿＿＿＿＿＿＿＿＿＿＿＿＿＿＿＿

＿＿＿＿＿＿＿＿＿＿＿＿＿＿＿＿＿＿＿＿＿＿＿＿＿＿＿＿＿

【為提供訂購、行銷、客戶管理或其他合於營業登記項目或章程所定業務之目的，城邦出版人集團（即英屬蓋曼群島商家庭傳媒（股）公司城邦分公司、城邦文化事業（股）公司），於本集團之營運期間及地區內，將以電郵、傳真、電話、簡訊、郵寄或其他公告方式利用您提供之資料（資料類別：C001、C002、C003、C011 等）。利用對象除本集團外，亦可能包括相關服務的協力機構。如您有依個資法第三條或其他需服務之處，得致電本公司客服中心電話 02-25007718 請求協助。相關資料如為非必要項目，不提供亦不影響您的權益。】

1.C001 辨識個人者：如消費者之姓名、地址、電話、電子郵件等資訊。
2.C002 辨識財務者：如信用卡或轉帳帳戶資訊。
3.C003 政府資料中之辨識者：如身分證字號或護照號碼（外國人）。
4.C011 個人描述：如性別、國籍、出生年月日。

請於此處用膠水黏貼